przed świtem

STEPHENIE MEYER

przed świtem

przełożyła
Joanna Urban

Wydawnictwo Dolnośląskie

891·85

Tytuł oryginału
Breaking Dawn

Projekt okładki
Gail Doobinin

Fotografia na okładce
© Roger Hagadone

Redakcja
Emil Kozłowski, Joanna Mika

Korekta
Agnieszka Smolińska, Olga Gitkiewicz, Marta Kitowska

Redakcja techniczna
Jacek Sajdak

ISBN 978-83-245-8897-8

Wydanie II

Wrocław

Wydawnictwo Dolnośląskie
50-010 Wrocław, ul. Podwale 62
oddział Publicat S.A. w Poznaniu
tel. 071 785 90 40, fax 071 785 90 66
e-mail: wydawnictwodolnoslaskie@publicat.pl
www.wydawnictwodolnoslaskie.pl

Dedykuję tę książkę mojej agentce ninja,
Jodi Reamer. Dziękuję, że trzymałaś mnie
z dala od krawędzi przepaści.
Dziękuję także mojemu ulubionemu
zespołowi, o bardzo adekwatnej nazwie Muse*,
za inspirację, której starczyło na całą sagę.

---

* *muse* – ang. muza – przyp. red. pol.

KSIĘGA PIERWSZA

✿✿✿

BELLA

Okres dzieciństwa nie trwa od momentu narodzin do chwili osiągnięcia pewnego wieku. Nie jest tak, że dziecko dorasta i odkłada na bok swoje dziecięce sprawy. Dzieciństwo to królestwo, w którym nikt nie umiera.

Edna St. Vincent Millay (1892–1950), poetka amerykańska

Prolog

Otarłam się o śmierć tyle razy, że dawno wyrobiłam normę przeciętnego śmiertelnika – do czegoś takiego jednak trudno się przyzwyczaić.

Nie mogłam przywyknąć do tego uczucia, ale z drugiej strony, być może, zaczynałam oswajać się z myślą, że podobne sytuacje są w moim przypadku nieuniknione. Chyba rzeczywiście przyciągałam je jak magnes. Wymykałam się śmierci, ale ta uparcie po mnie wracała.

I znowu wróciła. Tyle że tym razem wybrała sobie zaskakująco odmiennego wysłannika.

Do tej pory wszystko było proste. Kiedy się bałam, się, próbowałam uciec. Kiedy nienawidziłam, próbowałam walczyć. Moje reakcje nie były skomplikowane, bo i zabójcy, z którymi miałam do czynienia, podpadali tylko pod jedną kategorię – wszyscy bez wyjątku byli potworami, wszyscy byli moimi wrogami.

A teraz... Prawda jest taka, że kiedy kocha się tego, kto chce cię zabić, brakuje wyboru. Co mogłam zrobić? Jak mogłam uciec, jak mogłam walczyć, skoro zadałabym wtedy ukochanej osobie ból? Jeśli jedyną rzeczą, jakiej ode mnie naprawdę chciała, było moje życie?

Przecież tak bardzo kochałam...

~1~ *Zaręczeni*

Nikt się na ciebie nie gapi. Naprawdę. Nikt się na ciebie nie gapi. Nikt nie zwraca na ciebie najmniejszej uwagi.

Ech, byłam tak beznadziejna w kłamaniu, że nie umiałam przekonać samej siebie. Musiałam sprawdzić.

W miasteczku Forks w stanie Waszyngton były tylko trzy skrzyżowania ze światłami, a ja stałam właśnie na jednym z nich. Najpierw zerknęłam w prawo, na minivana na sąsiednim pasie. Pani Weber wykręcała tułów do tego stopnia, że siedziała praktycznie przodem do mnie. Aż drgnęłam, bo okazało się, że świdrowała mnie wzrokiem. Ku mojemu zdziwieniu, ani nie odwróciła głowy, ani nawet się nie zawstydziła. Hm... Gapienie się na kogoś jest oznaką złych manier, prawda? Czy coś mnie ominęło? A może stanowiłam jakiś wyjątek?

A potem przypomniałam sobie, że szyby mojego auta są mocno przyciemniane, więc kobieta mogła nawet nie wiedzieć, że to ja, a co dopiero, że ją przyłapałam. Usiłowałam pocieszyć się myślą, że to nie we mnie się tak wpatruje, tylko po prostu w mój samochód.

Mój nieszczęsny nowy samochód...

Zerknęłam w lewo i z moich ust wyrwał się jęk. Dwóch pieszych stało na skraju chodnika przy pasach, rezygnując z możliwości przejścia na drugą stronę. Za nimi, przez okno swojego sklepiku z pamiątkami wyglądał pan Marshall. Cóż, przynajmniej nie miał nosa przyklejonego do szyby. Jeszcze nie.

Światło zmieniło się na zielone, więc chcąc im wszystkim jak najszybciej zejść z oczu, odruchowo (i bezmyślnie) wcisnęłam z całej siły pedał gazu, tak jak wcześniej robiłam z moją sędziwą furgonetką, która inaczej po prostu nie ruszyłaby z miejsca.

Silnik zawarczał jak polująca pantera. Auto wyskoczyło do przodu tak błyskawicznie, że aż wcisnęło mnie w siedzenie z czarnej skóry, a żołądek przywarł mi na moment do kręgosłupa.

– Ach! – znowu mimowolnie jęknęłam. Wymacałam hamulec. Na szczęście, tym razem nie straciłam głowy i potraktowałam go jak najdelikatniej. Samochód i tak momentalnie stanął.

Nie odważyłam się rozejrzeć, żeby sprawdzić reakcję czwórki obserwatorów. Jeśli mieli wcześniej jakieś wątpliwości, kto siedzi za kierownicą, właśnie się ich pozbyli. Czubkiem buta popchnęłam gaz o pół milimetra i nareszcie opuściłam feralne skrzyżowanie.

Zmierzałam do pobliskiej stacji benzynowej. Gdyby nie to, że jeździłam już na oparach, nigdy nie pokazałabym się w centrum. Odmawiałam sobie ostatnio bardzo wielu rzeczy, żyjąc bez ulubionych słodyczy i nowej pary sznurowadeł – byle tylko unikać ludzi.

Spiesząc się szaleńczo, jakbym brała udział w jakimś wyścigu, w kilka sekund otworzyłam klapkę wlewu paliwa, odkręciłam korek, wsunęłam kartę do czytnika i wetknęłam dyszę w otwór. Tylko na tempo tankowania nie miałam wpływu. Cyferki na dystrybutorze zmieniały się tak powoli, jakby chciały mnie rozdrażnić.

Słońce zniknęło za chmurami – mżyło, jak zwykle – ale i tak miałam wrażenie, że spada na mnie snop światła i skupia uwagę wszystkich wokół na pierścionku na mojej lewej dłoni. W takich chwilach, kiedy czułam na plecach zaciekawione spojrzenia, wydawało mi się, że mój pierścionek pulsuje niczym neon: „Hej, hej! Tu jestem! Popatrzcie na mnie!".

Wiedziałam, że głupio tak się tym wszystkim przejmować. Czy naprawdę było takie ważne, co kto myślał o moich zaręczynach? O moim nowym samochodzie? O lśniącej czarnej karcie kredytowej w tylnej kieszeni spodni, która paliła niczym rozgrzane do białości żelazo? Albo o tym, że w tajemniczy sposób dostałam się na jedną z najlepszych uczelni w kraju?

– Niech sobie myślą, co chcą – mruknęłam pod nosem.

– Przepraszam… – usłyszałam za sobą męski głos.

Odwróciłam się i zaraz tego pożałowałam.

Przy zaparkowanej obok nowoczesnej terenówce z nowiutkimi kajakami na dachu stało dwóch mężczyzn. Żaden z nich nie patrzył w moją stronę – obaj gapili się na mój wóz.

Mnie osobiście zupełnie on nie ruszał, no ale ja byłam dumna z tego, że rozpoznaję znaczki toyoty, forda i chevroleta. Moje auto, owszem, było czarne, lśniące i piękne, ale jak dla mnie, pozostawało tylko autem.

– Przepraszamy, że zawracamy głowę, ale jaki to model? – zapytał jeden z mężczyzn.

– No, mercedes, prawda?

– Tak, oczywiście – odparł grzecznie mój rozmówca, chociaż jego kolega wzniósł oczy ku niebu. – Tyle to wiemy. Ale... to chyba mercedes guardian, prawda?

Wymówił tę nazwę niemalże z czcią. Pomyślałam sobie, że pewnie łatwo znalazłby wspólny język z Edwardem (z moim narzeczonym Edwardem – nie było co się tego wypierać, nie na kilka dni przed ślubem).

– Ponoć nie są jeszcze dostępne w Europie – ciągnął mężczyzna – a co dopiero tutaj.

Powtórnie przejechał wzrokiem po karoserii. Moim zdaniem auto nie różniło się zbytnio od innych sedanów mercedesa, ale co ja tam wiedziałam. Zresztą, co innego chodziło mi właśnie po głowie – wspomniawszy Edwarda, znowu zaczęłam zastanawiać się nad tym, jaki jest właściwie mój stosunek do takich słów jak „narzeczony", „ślub", „mąż" i tym podobne.

Trudno mi było sobie to poukładać.

Wychowano mnie tak, że krzywiłam się na samą myśl o bukietach i białych sukniach z bufami, ale nie to było najgorsze. Dużo bardziej męczyłam się, próbując połączyć swoją koncepcję „męża" – osoby, w moim przekonaniu, statecznej, szanowanej i nudnej – ze swoją koncepcją „Edwarda". Równie dobrze mogłabym usiłować wyobrazić sobie archanioła jako księgowego! Edward według mnie za nic nie pasował do tak przyziemnej roli.

Jak zwykle, gdy w grę wchodził mój ukochany, zapomniałam o bożym świecie. Nieznajomy od terenówki musiał głośno odchrząknąć, żeby sprowadzić mnie z powrotem na ziemię – nadal oczekiwał ode mnie jakichś dodatkowych informacji na temat samochodu.

– Ja tam nic nie wiem – przyznałam szczerze.

– Mogę sobie zrobić z nim zdjęcie?

Potrzebowałam trochę czasu, żeby zrozumieć, o co mu chodzi.

– Chce pan sobie zrobić zdjęcie z moim autem? – powtórzyłam.

– Inaczej nikt mi nie uwierzy, że coś takiego widziałem. Muszę mieć jakiś dowód.

– Proszę bardzo. Nie ma sprawy.

Szybko odwiesiłam dyszę na miejsce i wsiadłam do środka, żeby nie znaleźć się w kadrze, tymczasem miłośnik motoryzacji wydobył z plecaka imponujący rozmiarami aparat jak dla zawodowca, wręczył go koledze i stanął przy masce. Po chwili zamienili się miejscami, a jeszcze później przenieśli się kawałek dalej, żeby zrobić kilka zdjęć od tyłu.

– Jak ja tęsknię za moją furgonetką – pożaliłam się sama sobie.

Że też akurat musiała wyzionąć ducha zaledwie kilka tygodni po tym, jak zgodziliśmy się z Edwardem, że każde z nas pójdzie na jakiś kompromis, a ja będę musiała, między innymi, pozwolić kupić sobie nowy samochód, kiedy mój stary nie będzie się już nadawał do użytku. Czy to aby na pewno był zbieg okoliczności? Edward twierdził, że w awarii furgonetki nie było nic dziwnego – że był to „zgon z przyczyn naturalnych" – służyła w końcu ludziom kilkadziesiąt lat. Taka była jego wersja. A ja, niestety, nie miałam możliwości jej zweryfikować, bo mój ulubiony mechanik...

Nie, nie, tego tematu nie zamierzałam teraz roztrząsać. Zamiast tego wsłuchałam się w dochodzące z zewnątrz głosy obu mężczyzn.

– Widziałem w necie filmik, na którym potraktowali go miotaczem ognia, i nawet lakier mu się nie zaczął łuszczyć.

– Jasne, że nie. Po tym cudeńku czołg można by przetoczyć i nic. Tutaj na takie modele nie ma wzięcia. To jest auto dla bliskowschodnich dyplomatów, handlarzy bronią i baronów narkotykowych. Dla nich projektuje się takie fortece.

– No to kim ona jest, jak sądzisz? – spytał ciszej ten, który przedtem wywracał oczami.

Skuliłam się, czerwieniejąc.

– Cii – nakazał mu mój niedawny rozmówca. – Cholera ją wie. Nie mam pojęcia, na co tu komu szyby odporne na pociski i dwie tony żelastwa na sam pancerz. Może wybiera się nim w jakieś bardziej niebezpieczne rejony świata?

Pancerz? Świetnie. W dodatku dwutonowy. I te szyby! Odporne na co? Na pociski? To już „zwykłe" kuloodporne nie wystarczały?

Cóż, wszystko to składało się w logiczną całość – dla kogoś obdarzonego, nazwijmy to, „specyficznym" poczuciem humoru.

Dobrze wiedziałam, że Edward niecnie wykorzysta naszą umowę i ufunduje mi coś tak bardzo ekstrawaganckiego, że nigdy niczym nie będę mu w stanie tego wynagrodzić. Coś, przez co będę czuła się zażenowana. Coś, przez co wszyscy będą się za mną oglądać. Jeśli się czegoś nie spodziewałam, to tylko tego, że przyjdzie mu zastąpić moją furgonetkę tak szybko. No i kiedy już zgodziłam się, że mój stary wóz nadaje się tylko do muzeum, nawet w najczarniejszych scenariuszach nie przewidywałam, że nowe samochody będą dwa.

Samochód „przedślubny" i samochód „poślubny" – tak mi to wyjaśnił, kiedy poirytowana zarzuciłam mu, że przesadza.

Tak, mercedes był „tylko na razie" – ot, takie autko zastępcze. Edward powiedział, że go wypożyczył i że zwróci zaraz po weselu. Nie mogłam zrozumieć, po co tak komplikował sobie życie. Uświadomili mi to dopiero dwaj nieznajomi na stacji benzynowej.

Ha, ha. Czyli byłam aż tak wielkim pechowcem, że zdaniem Edwarda, potrzebowałam pancernego auta, żeby nie naruszyć swojej kruchej ludzkiej powłoki? Świetny dowcip. On i bracia musieli mieć ze mnie niezły ubaw.

„A może... A może to jednak wcale nie żart, głuptasku?" – podszepnął mi głosik z głębi mojej głowy. „Może on naprawdę się o ciebie martwi? Nie pierwszy raz przesadzałby, mając na względzie twoje bezpieczeństwo".

Westchnęłam.

Samochodu „poślubnego" jeszcze nie widziałam. Stał w najdalszym kącie obszernego garażu Cullenów, przykryty płachtą materiału. Zdawałam sobie sprawę, że większość ludzi na moim miejscu dawno by już tam zajrzała, ale naprawdę nie chciałam wiedzieć, co mnie czeka.

Kolejne opancerzone auto raczej nie – bo po miesiącu miodowym miałam już nie potrzebować takiej ochrony. Miałam stać się niemalże niezniszczalna. Była to tylko jedna z rzeczy, których nie mogłam się doczekać. Ale nie zaliczały się do nich bynajmniej ani drogie samochody, ani ekskluzywne karty kredytowe.

– Hej! – zawołał ten, który mnie wcześniej zagadnął. Starając się coś zobaczyć przez przyciemnianą szybę, pomiędzy jej taflą a swoją twarzą zrobił ze swoich dłoni coś na kształt tunelu. – Już skończyliśmy! Dziękujemy!

– Nie ma za co! – odkrzyknęłam. Nieco spięta, zapuściłam silnik i ostrożnie, powolutku, wcisnęłam pedał gazu.

Co kilka metrów na słupach telefonicznych i pod znakami drogowymi wisiały te okropne, pofalowane od wilgoci ogłoszenia. Odkąd się pojawiły, pokonałam drogę z centrum do domu wiele razy, ale wciąż nie udawało mi się ich ignorować. Kiedy mój wzrok padał na któreś z nich, za każdym razem czułam się tak, jakbym dostawała w twarz. I uważałam, że jak najbardziej na to zasługuję.

Chcąc nie chcąc, powróciłam do tematu, od którego parę minut wcześniej zdołałam się oderwać. Jadąc tą drogą, nie dawało się go już unikać. Zdjęcie mojego ulubionego mechanika widniało przecież na każdym z mijanych plakatów.

Zdjęcie mojego najlepszego przyjaciela. Mojego Jacoba.

Tych ogłoszeń w stylu „ktokolwiek widział" nie wymyślił wcale ojciec Jacoba. To mój ojciec, Charlie, wydrukował je i porozwieszał w całym miasteczku. Wisiały zresztą nie tylko w Forks – były i w Port Angeles, i w Sequim, i w Hoquiam, i w Aberdeen, i w każdej innej miejscowości w obrębie półwyspu Olympic. Charlie postarał się też o to, żeby plakat został wyeksponowany na każdym posterunku policji w stanie Waszyngton. Na jego własnym posterunku sprawie zaginięcia Jacoba poświęcono osobną tablicę korkową. Tyle że, co bardzo go frustrowało, przez większość czasu ziała ona pustką.

Charliego frustrował nie tylko nikły odzew, z jakim spotkała się jego akcja. Najbardziej zawiódł go Billy – jego najlepszy przyjaciel, ojciec Jacoba.

Billy właściwie wcale się nie zaangażował w poszukiwania swojego szesnastoletniego syna. Odmówił nawet rozwieszenia ogłoszeń w swoim rodzinnym La Push, rezerwacie indiańskim leżącym na wybrzeżu na północ od Forks. Zachowywał się tak, jakby pogodził się z losem. Oznajmił Charliemu, że Jacob jest już dorosły i jak będzie chciał, to sam wróci.

Charliego frustrowało coś jeszcze – to, że ja również byłam tego zdania.

Też niczego nie rozwieszałam. Powód był prosty – zarówno Billy, jak i ja z grubsza wiedzieliśmy, co się dzieje z Jacobem, i mieliśmy stuprocentową pewność, że jeśli nawet ktokolwiek go widział, to nie zobaczył chłopaka ze zdjęcia.

Na widok plakatów, jak zwykle, ścisnęło mnie w gardle, a do oczu napłynęły łzy. Dobrze, że Edward wybrał się akurat w tę sobotę na polowanie. Gdyby zobaczył, co się ze mną dzieje, sam też poczułby się okropnie.

Niestety, to, że była sobota, miało też wady. Kiedy skręciłam w swoją ulicę, ujrzałam radiowóz ojca stojący na naszym podjeździe. Charlie znowu zrezygnował z wyjazdu na ryby. Nadal się boczył, że już za kilka dni ma wydać jedyną córkę za mąż. A skoro był w domu, musiałam już teraz wykonać pewien telefon.

Bardzo mi zależało na tym, żeby zadzwonić w pewne miejsce, ale w obecności ojca było to niemożliwe. Zaparkowawszy koło mojej nieczynnej furgonetki, sięgnęłam do schowka po komórkę od Edwarda. Wybrałam numer i czekając, aż ktoś odbierze, przeniosłam palec nad przycisk, którym kończy się rozmowę. Tak na wszelki wypadek.

– Halo? – usłyszałam głos Setha Clearwatera.

Odetchnęłam z ulgą. Byłam zbyt wielkim tchórzem, żeby rozmawiać z jego starszą siostrą Leą. Kiedy w grę wchodziła jej osoba, zwroty takie, jak „chybaby mnie zabiła", przestawały być jedynie niewinnymi metaforami.

– Cześć, Seth. Tu Bella.

– Cześć, Bella! I co tam u ciebie?

Mam w gardle olbrzymią kluchę. Rozpaczliwie szukam pocieszenia.

– W porządku.

– Dzwonisz, żeby być na bieżąco, co?

– Jesteś jasnowidzem.

– Jakim tam jasnowidzem. Żadna ze mnie Alice – zażartował.

– Po prostu jesteś przewidywalna aż do bólu.

Był jedynym członkiem sfory z La Push, któremu wymówienie imienia któregoś z Cullenów przychodziło z taką łatwością. Mógł nawet dowcipkować sobie z mojej niemalże wszechwiedzącej przyszłej szwagierki.

– Wiem, wiem. – Zawahałam się. – Jak on się czuje?

Seth westchnął.

– Jak zawsze. Nie chce z nami rozmawiać, chociaż wiemy, że nas słyszy. Stara się, tak jakby, nie myśleć po ludzku. Jedzie na czystym instynkcie.

– Wiecie, gdzie teraz jest?

– Gdzieś w północnej Kanadzie. Nie powiem ci, w której prowincji, bo nie zwraca uwagi na takie rzeczy jak drogowskazy.

– Czy cokolwiek wskazuje na to, że mógłby...

– Nie. Nie chce wracać. Przykro mi.

Przełknęłam głośno ślinę.

– Nie ma sprawy, Seth. Wiem, jak jest. Tylko cały czas, jak głupia, mam nadzieję.

– My tu wszyscy też.

– Dzięki, że się ode mnie nie odwróciłeś. Reszta pewnie ma ci to za złe.

– Rzeczywiście, twojego fanklubu tu nie założę – przyznał wesoło. – Co poradzić. Jak dla mnie, to Jacob dokonał pewnego wyboru i ty dokonałaś pewnego wyboru, i tyle. Ale oni swoje. Jake'owi też się nie podoba ich postawa. Chociaż to, że go kontrolujesz, też mu się oczywiście nie podoba.

Zaskoczył mnie tą informacją.

– Myślałam, że się z wami nie kontaktuje.

– Stara się, jak może, ale wszystkiego nie jest w stanie przed nami ukryć.

Czyli Jacob wiedział, że się o niego martwię. Nie byłam pewna, jak się z tym czuję. Cóż, przynajmniej wiedział, że o nim nie zapomniałam. A nie wykluczałam, że mógł mnie mieć za kogoś zdolnego do czegoś takiego.

– No to chyba do zobaczenia na... ślubie – powiedziałam, z trudem wyrzucając z siebie to ostatnie słowo.

– Tak, pojawimy się z mamą na sto procent. Super, że nas zaprosiłaś. To miło z twojej strony.

Entuzjazm w jego głosie wywołał na mojej twarzy uśmiech. Wprawdzie to Edward wymyślił, żeby zaprosić Clearwaterów, ale cieszyłam się, że przyszło mu to do głowy. Seth miał być dla mnie na ślubie kimś w rodzaju symbolicznego łącznika pomiędzy mną a moim zaginionym drużbą.

– Nie mogłabym się bez was obejść.

– Pozdrów ode mnie Edwarda.

– Jasne.

Pokręciłam głową. Cały czas trudno mi było uwierzyć, że Edward i Seth naprawdę się zaprzyjaźnili. Był to jednak dowód, że wszystko może się jeszcze zmienić. Że wampiry i wilkołaki mogą żyć ze sobą w zgodzie, jeśli tylko obie strony wykażą dobrą wolę.

Byli tacy, których ta koncepcja niezbyt zachwycała.

– Ach – wyrwało się Sethowi. – E... Leah wróciła.

– No to cześć!

Rozłączyliśmy się. Położyłam telefon na siedzeniu i zaczęłam szykować się psychicznie do wejścia do domu, gdzie czekał na mnie ojciec.

Biedny Charlie! Tyle się na niego naraz zwaliło! Prawie tak samo, jak o Jacoba, martwił się i o mnie – swoją niepokorną córkę, która dopiero co ukończyła szkołę średnią, a już postanowiła zmienić stan cywilny.

Idąc w mżawce w kierunku domu, sięgnęłam pamięcią do owego wieczoru, kiedy to powiadomiliśmy go o swoich planach...

***

Kiedy dźwięki wydawane przez parkujący radiowóz zaanonsowały przybycie Charliego, pierścionek zaczął mi nieznośnie ciążyć, jakby ważył pół tony. Miałam ochotę schować lewą dłoń do kieszeni albo na niej usiąść, ale Edward powstrzymał mnie, gdy tylko drgnęłam.

– Przestań się wiercić, Bello. Pamiętaj, że nie przyznajesz się przed Charliem do popełnienia morderstwa.

– Łatwo ci mówić.

Nadstawiłam uszu. O chodnik już uderzały rytmicznie podeszwy ciężkich policyjnych butów. Chwilę później zadzwoniły wkładane w zamek klucze. Przypomniały mi się te sceny z horrorów, w których ofiara uświadamia sobie, że zapomniała zamknąć drzwi wejściowe na zasuwkę.

– Uspokój się – szepnął Edward, słysząc, jak szybko zaczęło mi bić serce.

Otwierane energicznie drzwi uderzyły o ścianę. Zadrżałam, jakby ktoś potraktował mnie paralizatorem.

– Witaj, Charlie! – zawołał Edward. Nie był ani trochę spięty.

– Jeszcze nie! – syknęłam.

– Czemu?

– Poczekaj, aż odwiesi kaburę!

Edward zaśmiał się i wolną ręką odgarnął sobie włosy z czoła.

W drzwiach stanął Charlie. Nadal był w mundurze i nadal był uzbrojony. Kiedy zobaczył nas razem, z wysiłkiem powstrzymał grymas rozdrażnienia. W ostatnim czasie wkładał wiele trudu w to, żeby polubić Edwarda. Byłam pewna, że to, co mieliśmy mu do przekazania, natychmiast położy kres tym próbom.

– Cześć, dzieci. Co słychać?

– Chcielibyśmy z tobą porozmawiać – oznajmił Edward pogodnie. – Mamy dobre nowiny.

W ułamku sekundy wysiloną uprzejmość na twarzy Charliego zastąpiła podejrzliwość.

– Dobre nowiny? – warknął, patrząc prosto na mnie.

– Usiądź sobie.

Uniósłszy brew, wpatrywał się we mnie kilka sekund, po czym podszedł do fotela i przysiadł na samym jego brzegu, wyprostowany jak struna.

– Nie denerwuj się, tato – powiedziałam, przerywając pełną napięcia ciszę. – Nie ma czym.

Edward się skrzywił. Domyśliłam się, że wolałby usłyszeć coś w rodzaju: „Och, tato, taka jestem szczęśliwa!".

– Jasne, Bella, już ci wierzę. Jeśli nie ma czym, to czemu tak się tu przede mną pocisz?

– Wcale się nie pocę – skłamałam.

Spuściłam wzrok i trwożnie wtuliłam się w Edwarda, przecierając odruchowo prawą dłonią czoło, żeby usunąć z niego „dowody rzeczowe".

– Jesteś w ciąży! – wybuchnął Charlie. – Przyznaj się, jesteś w ciąży!

Chociaż pytanie to było raczej skierowane do mnie, wpatrywał się teraz gniewnie w Edwarda. Byłam gotowa przysiąc, że przesunął rękę w stronę kabury.

– Skąd! Wcale nie! – zaprotestowałam.

Miałam ochotę dać Edwardowi sójkę w bok, ale wiedziałam, że tylko dostanę od tego siniaka. A mówiłam mu, że wszyscy dojdą właśnie do takiego wniosku! Z jakiego innego powodu ktoś zdrowy na umyśle miałby brać ślub w wieku osiemnastu lat? (Usłyszawszy jego odpowiedź, wywróciłam oczami. Z miłości. Tak, jasne).

Zazwyczaj wystarczyło na mnie spojrzeć, żeby ocenić, czy kłamię czy nie. Charlie przyjrzał mi się uważniej i nieco złagodniał.

– Och. Przepraszam.

– Przeprosiny przyjęte.

Milczeliśmy przez dłuższą chwilę. W końcu dotarło do mnie, że obaj spodziewają się, że to ja pierwsza się odezwę. Spanikowana zerknęłam na Edwarda. Nie było sposobu, by choć jedno słowo na temat naszych zaręczyn przeszło mi przez gardło.

Odpowiedział mi uśmiechem i przeniósł wzrok na ojca.

– Charlie, jestem świadomy, że zabrałem się do tego w złej kolejności. Zgodnie z tradycją, powinienem był najpierw zwrócić się do ciebie. Ale skoro Bella i tak już się zgodziła, a jej opinia jest tu przecież najważniejsza, pozwalam sobie, zamiast o jej rękę, prosić cię o błogosławieństwo. Zamierzamy się pobrać, Charlie. Kocham ją bardziej niż cokolwiek innego na świecie, kocham ją nad życie i, jakimś cudem, ona kocha mnie równie mocno. Czy dasz nam swoje błogosławieństwo?

Był taki pewny siebie, taki spokojny. Nagle, wsłuchując się w ton jego głosu, doświadczyłam niezwykłego uczucia – na moment spojrzałam na świat jego oczami i przez ułamek sekundy wszystko to, o czym mówił, wydało mi się najzupełniej logiczne.

A potem zauważyłam, co się dzieje z Charliem, który właśnie dostrzegł mój pierścionek.

Z zapartym tchem śledziłam, jak jego skóra zmienia kolor – z różowego na czerwony, z czerwonego na fioletowy, z fioletowego na granatowy. Zaczęłam podnosić się z miejsca. Nie jestem pewna po co – może, żeby klepnąć go w plecy, w razie gdyby jednak się krztusił? Ale Edward złapał mnie za rękę i tak cicho, że tylko ja usłyszalam, szepnął:

– Daj mu minutkę.

Tym razem milczeliśmy znacznie dłużej. Twarz ojca przybrała w końcu normalny kolor. Zacisnął usta i zmarszczył czoło –
rozpoznałam jego minę oznaczającą, że intensywnie nad czymś
rozmyśla. Przyglądał nam się i przyglądał, aż wreszcie poczułam,
że Edward się rozluźnia.

– Nie mogę powiedzieć, że jestem zaskoczony – mruknął Charlie.
– Wiedziałem, że prędzej czy później zrobicie taki numer.

Odetchnęłam głęboko.

– Jesteś pewna, że to dobry pomysł? – spytał, posyłając mi
groźne spojrzenie.

– Jestem pewna na sto procent, że Edward to „ten jedyny" –
odpowiedziałam bez zająknięcia.

– Ale po co od razu wychodzić za mąż? Po co ten pośpiech?

Znowu robił się podejrzliwy.

Pośpiech brał się stąd, że z każdym przeklętym dniem zbliżały
się moje dziewiętnaste urodziny, a Edward miał już po wieczność
mieć lat siedemnaście. Musiałam jak najszybciej stać się nieśmiertelna. Co to miało wspólnego z braniem ślubu? Otóż mój ukochany, w ramach skomplikowanej umowy, którą zawarliśmy, zgodził
się na przeprowadzenie całej operacji, pod warunkiem że wcześniej zostanę jego żoną. Jeśli chodzi o mnie, zawarcie małżeństwa
nie było mi do niczego potrzebne.

Rzecz jasna, nie były to szczegóły, którymi mogłabym się podzielić z Charliem.

– Jesienią zaczynamy studia w innym mieście – przypomniał
mu Edward. – Chciałbym, żeby wszystko odbyło się… tak, jak należy. Tak mnie wychowano.

Wzruszył ramionami.

Nie przesadzał – w czasie pierwszej wojny światowej, kiedy
sam był nastolatkiem, obowiązywały jeszcze bardzo surowe normy
obyczajowe.

Charlie wykrzywił usta. Zastanawiał się, do czego by się tu przyczepić. Ale co miał powiedzieć? „Wolałbym, żebyście żyli w grzechu?" Był ojcem – miał związane ręce.

– Wiedziałem, że tak to się skończy – mruknął pod nosem, ściągając brwi.

Nagle z jego twarzy znikły wszelkie negatywne emocje.

– Tato? – spytałam zaniepokojona.

Zerknęłam na Edwarda, ale i jego mina nic mi nie mówiła. Patrzył na ojca.

– Ha, ha, ha! – Charlie znienacka wybuchnął śmiechem. Aż podskoczyłam. – Ha, ha, ha!

Zgiął się wpół i cały się trząsł. Nie wiedziałam, co jest grane.

Zdezorientowana spojrzałam na Edwarda, ale miał zaciśnięte usta, jakby sam również powstrzymywał się od śmiechu.

– A bierzcie sobie ten ślub – wykrztusił Charlie. – Nie ma sprawy. – Znowu zaniósł się śmiechem. – Tylko...

– Tylko co? – spytałam.

– Tylko mamie będziesz musiała to przekazać sama, moja panno! Nie pisnę jej ani słóweczka, o nie! Nie chcę ci odbierać tej przyjemności!

I dalej się ze mnie śmiał.

***

Zatrzymałam się z ręką na gałce w drzwiach wejściowych i uśmiechnęłam do siebie. Jasne, byłam przerażona, kiedy mi to oznajmił. Czy mogło być coś gorszego od obowiązku przekazania wieści Renée? Ślub zaraz po szkole średniej znajdował się na wyższym miejscu jej czarnej listy niż wrzucanie żywych szczeniaków do wrzątku.

Kto mógł przewidzieć jej reakcję? Nie ja. I z pewnością nie Charlie. Może Alice, ale nie wpadłam na to, żeby ją o to zapytać.

– Cóż, Bello – powiedziała Renée, po tym jak udało mi się wyjąkać: „Mamo, wychodzę za mąż za Edwarda". – Jestem trochę zła na was, że nie powiadomiliście mnie wcześniej. Bilety lotnicze drożeją z dnia na dzień. Ojej... – przypomniało jej się. – A co z gipsem Phila? Sądzisz, że zdążą mu go zdjąć? To by fatalnie wyglądało na zdjęciach, gdyby nie był w smokingu...

– Zaraz, mamo, zaczekaj – przerwałam jej. – Co masz na myśli, mówiąc, że mogliśmy powiadomić cię wcześniej? Dopiero dzisiaj się za... za... – Nie byłam w stanie wymówić słowa „zaręczyliśmy". – Dopiero dzisiaj wszystko obgadaliśmy.

– Dzisiaj? Naprawdę? A to ci niespodzianka. Myślałam...

– Co myślałaś? Kiedy tak pomyślałaś?

– Wiesz, kiedy odwiedziliście mnie w kwietniu, wydało mi się, że klamka już zapadła, jeśli rozumiesz, o co mi chodzi. Nietrudno cię przejrzeć, kochanie. Ale nic nie mówiłam, bo wiedziałam, że nic dobrego by z tego nie wynikło. Jesteś jak twój ojciec. – Westchnęła z rezygnacją. – Kiedy już podejmiesz jakąś decyzję, nie ma sensu z tobą dyskutować. No i, też tak samo jak Charlie, jak już coś postanowisz, to to realizujesz.

A potem powiedziała ostatnią rzecz, jaką spodziewałam się usłyszeć od swojej matki.

– Nie popełniasz tego samego błędu co ja, Bello. Po tonie twojego głosu poznaję, że masz niezłego stracha, i domyślam się, że to mnie się tak boisz. – Zachichotała. – Boisz się, co sobie pomyślę. I nic dziwnego, bo tyle ci nagadałam w przeszłości o małżeństwie i głupocie młodych. Niczego nie cofam, ale musisz zrozumieć, że to wszystko, o czym zawsze mówiłam, odnosiło się tylko do mnie samej. Ty popełniasz własne błędy. Jestem pewna, że tego i owego będziesz w życiu żałować. Ale stałość nigdy nie była dla ciebie problemem, skarbie. Masz większą szansę na udany związek niż większość znanych mi czterdziestolatków. – Znowu się zaśmiała. – Och, moja dojrzała nad wiek córeczko... Jak to dobrze, że najwyraźniej znalazłaś kogoś o duszy równie starej jak twoja.

– Czyli nie jesteś... wściekła? Nie powiesz mi, że zmarnuję sobie życie?

– No cóż, oczywiście wolałabym, żebyś poczekała z tym kilka lat. Czy ja wyglądam na teściową? Sama sobie odpowiedz. Ale tu nie chodzi o mnie. Tu chodzi o ciebie. Jesteś szczęśliwa?

– Czy ja wiem? Czuję się, jakbym dostała właśnie młotkiem po głowie.

Zaśmiała się.

– Czy czujesz się szczęśliwa przy Edwardzie?

– Tak, ale...

– Czy wydaje ci się, że kiedyś, być może, będziesz chciała być z kimś innym?

– Nie, ale...

– Ale co?

– Nie masz zamiaru mi powiedzieć, że tak samo odpowiedziałaby każda inna zakochana po uszy nastolatka?

– Ty nigdy nie byłaś nastolatką, kochanie. Dobrze wiesz, co jest dla ciebie najlepsze.

Renée nie tylko zaakceptowała nasze plany – zaangażowała się też nawet w szykowanie zbliżającej się uroczystości. Każdego dnia spędzała parę ładnych godzin na rozmowach telefonicznych z Esme, przyszywaną matką Edwarda, którą z miejsca bardzo, ale to bardzo polubiła. Tak, los oszczędził nam konfliktu pomiędzy teściowymi. Wątpiłam zresztą, by ktokolwiek był w stanie nie polubić kogoś tak kochanego, jak Esme. Ja sama ją uwielbiałam.

Mogłam odetchnąć z ulgą. Rodzina Edwarda i moi rodzice zajęli się wszystkim, tak że ja sama nie musiałam ani niczego robić, ani o niczym wiedzieć, ani nawet o niczym myśleć.

Charlie był, rzecz jasna, wściekły, ale piękne było to, że nie wściekał się na mnie. To Renée miał za zdrajcę. Liczył na to, że odegra za niego rolę surowego rodzica, a tu nic. Wyciągnął asa z rękawa – postraszył mnie mamą – ale nic z tego nie wynikło. Był teraz bezradny, o czym dobrze wiedział. Co mu pozostawało? Kręcenie się po domu z miną cierpiętnika i mamrotanie czegoś o tym, jak to już nikomu nie można zaufać...

– To ja! Wróciłam! – zawołałam, przekraczając próg.

Z pokoju dobiegł głos ojca:

– Czekaj, Bells! Stój tam!

– Hę? – zdziwiłam się, ale i tak odruchowo się zatrzymałam.

– Jeszcze chwilkę. Auć! Alice, ukłułaś mnie!

Alice?

– Przepraszam – zaszczebiotała. – Ale chyba nie mocno, prawda?

– Krwawię!

– Skąd. Nie mogłam ci przebić skóry. Zaufaj mi, Charlie.

– Co się tam dzieje? – spytałam zaintrygowana, nie wiedząc, czy zrobić tych kilka kroków do przodu, czy lepiej nie.

– Daj nam trzydzieści sekund – poprosiła Alice – a twoja cierpliwość zostanie nagrodzona.

– Tak, tak – dodał Charlie.

Zaczęłam przebierać nogami, cicho odliczając. Zanim jeszcze doszłam do trzydziestu, Alice powiedziała:

– Okej, Bello, możesz wejść!

Zachowując ostrożność, skręciłam za róg i znalazłam się w naszym saloniku.

– Och. Ojej, tato. Wyglądasz jak...

– Głupek? – wszedł mi w słowo.

– Chciałam powiedzieć, że jak prawdziwy dżentelmen.

Zarumienił się. Alice ujęła go za łokieć i obróciła powoli wokół jego własnej osi, żeby ze wszystkich stron zademonstrować mi bladoszary smoking.

– Przestań, Alice. Wyglądam jak idiota.

– Nikt ubrany przeze mnie nie może wyglądać jak idiota.

– Ona ma rację, tato. Prezentujesz się fantastycznie. Z jakiej to okazji?

Alice wzniosła oczy ku niebu.

– To tylko przymiarka. Dla was obojga.

Po raz pierwszy oderwałam wzrok od wyelegantowanego Charliego i zobaczyłam, że z oparcia kanapy zwisa starannie złożony pokrowiec z niepokojąco białą zawartością.

– O, nie!

– Przenieś się do swojego magicznego zakątka. To nie potrwa długo.

Wzięłam głęboki wdech i zacisnęłam powieki. Nie otwierając oczu, wdrapałam się niezdarnie po schodach, a stanąwszy na środku swojego pokoju, rozebrałam się do bielizny i rozłożyłam szeroko ręce.

– Pomyślałby kto, że mam ci tu wsadzać drzazgi pod paznokcie – mruknęła Alice, zamykając za sobą drzwi.

Puściłam tę uwagę mimo uszu. Byłam w swoim magicznym zakątku.

Tutaj cały ten cyrk łączący się ze ślubem był już za mną, a wszelkie myśli z nim związane wyparte z mojej świadomości.

Byliśmy sami, tylko Edward i ja. Sceneria bezustannie się zmieniała – raz był to zamglony las, innym razem arktyczna noc albo wielkie miasto z zachmurzonym niebem – wszystko dlatego, że mój ukochany nie chciał mi zdradzić, dokąd pojedziemy w podróż poślubną, żebym miała niespodziankę. Ale też cel naszej podróży nie był dla mnie aż taki ważny. Edward i ja byliśmy razem, a ja posłusznie wywiązałam się z warunków naszej umowy. Przede wszystkim, co było dla niego najistotniejsze, zostałam jego żoną. Przyjęłam też jego ekstrawaganckie prezenty i zapisałam się, choć nie miało to zupełnie sensu, na studia w prestiżowym Dartmouth College w stanie New Hampshire. Teraz przyszła kolej na niego.

Przed zmienieniem mnie w wampira – co było najistotniejsze dla mnie – przyrzekł mi, że w ramach kompromisu zrobi coś jeszcze.

Edward był obsesyjnie zatroskany tym, z iluż to ludzkich doświadczeń będę musiała zrezygnować, jednak jeśli o mnie chodzi zależało mi tylko na jednym z nich. Oczywiście na tym, o którym, z jego punktu widzenia, dla własnego dobra powinnam zapomnieć.

Problem polegał na tym, że po naszym miesiącu miodowym miałam stać się kimś zupełnie innym. Widziałam nowo narodzone wampiry na własne oczy, słyszałam relacje członków rodziny Edwarda i wiedziałam, że przez kilka najbliższych lat opis mojej osoby będzie można zamknąć w dwóch słowach: „spragniona krwi". Dopiero po pewnym czasie na powrót miałam odzyskać nad sobą kontrolę. Ale wraz z nią nie odzyskałabym przecież do końca swojego ludzkiego „ja". Już nigdy nie czułabym się tak, jak teraz.

Jak śmiertelniczka... która jest zakochana do szaleństwa.

Chciałam doświadczyć wszystkiego z interesującej mnie materii przed zamianą mojego ciepłego, kruchego, targanego hormonami ciała w coś o wiele piękniejszego i silniejszego... ale i zupełnie dla mnie niewyobrażalnego. Chciałam, żeby nasz miesiąc miodowy był prawdziwy. I pomimo niebezpieczeństwa, na jakie, według Edwarda, się narażałam, zgodził się to moje marzenie spróbować spełnić.

Byłam tylko nieznacznie świadoma poczynań Alice i dotyku satyny na swojej skórze. W tej chwili nie obchodziło mnie ani to, że wszyscy w miasteczku o mnie plotkowali, ani to, że pewnie byłam za młoda na małżeństwo, ani to, że już wkrótce miałam odegrać główną rolę w pewnym bardzo krępującym spektaklu, na którym mogłam potknąć się o tren albo zachichotać w nieodpowiednim momencie. Nie przejmowałam się nawet tym, że na ślubie nie pojawi się mój najlepszy przyjaciel.

Znajdowałam się z Edwardem w moim magicznym zakątku.

2 Długa noc

— Już za tobą tęsknię.
— Nie muszę cię zostawiać samej. Mogę zostać...
— Mmm?

Na dłuższą chwilę zapadła niemal zupełna cisza. Słychać było tylko przyspieszone bicie mojego serca, urywany rytm naszych oddechów i szept poruszających się synchronicznie warg.

Czasami było mi tak łatwo zapomnieć, że całowałam wampira. Nie dlatego, że wydawał się kimś zwyczajnym, zwyczajnym człowiekiem – ani na moment nie zapominałam, że trzymam w ramionach raczej anioła niż mężczyznę – po prostu przy nim zupełnie nie musiałam się przejmować, że to wampir przyciska swoje usta do moich ust, do moich policzków czy nawet do mojej szyi. Edward twierdził, że już dawno przeszła mu chęć na to, żeby mnie ukąsić – że z podobnych pragnień wyleczyła go całkowicie świadomość, że wówczas by mnie stracił. Wiedziałam jednak, że zapach mojej krwi nadal sprawia mu ból, nadal pali go w gardle, jakby wdychał płomienie.

Otworzyłam oczy i zobaczyłam, że jego też są otwarte. Przyglądał mi się. To, że patrzy na mnie w ten sposób, nie miało dla mnie najmniejszego sensu. Jak mógł uważać mnie za nagrodę? To on był nagrodą. A ja zwyciężcą, któremu nieprzyzwoicie się poszczęściło.

Przez chwilę nie odrywaliśmy od siebie oczu. Jego spojrzenie było tak głębokie, że wyobrażałam sobie, iż jestem w stanie zajrzeć aż na samo dno jego duszy. Wydawało się teraz skończoną głupotą to, że jeszcze nie tak dawno spieraliśmy się, czy Edward w ogóle ją posiada, skoro jest wampirem. Miał najpiękniejszą duszę pod słońcem, piękniejszą od swojego błyskotliwego umysłu, idealnej twarzy czy zachwycającego ciała.

Patrzył na mnie tak, jakby i on widział moją duszę – a to, co widział, bardzo mu się podobało.

Nie mógł jednak poznać moich myśli, chociaż potrafił odczytywać je u wszystkich innych rozumnych istot. Nie wiedzieliśmy, skąd się to u mnie brało – jaka to dziwna anomalia w moim mózgu sprawiała, że opierał się działaniu nadprzyrodzonych sił, jakimi byli obdarzeni niektórzy nieśmiertelni – sił nie tylko nadprzyrodzonych, ale często także przerażających. (Tylko mój mózg był na nie niewrażliwy – jeśli zdolności te opierały się na innych zasadach niż dar Edwarda, mojego ciała nic przed nimi nie chroniło). Byłam szczerze wdzięczna losowi za tę niezidentyfikowaną usterkę, dzięki której moje refleksje pozostawały wyłącznie w moim posiadaniu. Wolałam nawet nie myśleć o tym, do ilu krępujących sytuacji dochodziłoby, gdyby sprawy miały się inaczej.

Ponownie przyciągnęłam Edwarda do siebie.

– Nie ma co, zostaję – zamruczał, kiedy po pewnym czasie się od siebie oderwaliśmy.

– Nie, nie. To twój wieczór kawalerski. Musisz iść.

Powiedziałam tak, ale palce prawej dłoni wplątałam jednocześnie w jego kasztanowe włosy, a lewą dłonią naparłam na jego plecy, żeby zbytnio się ode mnie nie oddalił.

Pogłaskał mnie po twarzy.

– Wieczory kawalerskie są dla tych, dla których małżeństwo wiąże się z utratą wolności. A ja nie mogę się już doczekać, żeby wreszcie mieć te kawalerskie lata za sobą. Po co ktoś taki jak ja miałby iść na taką imprezę?

– Racja – przyznałam, dotykając wargami lodowatej skóry jego szyi.

Było prawie tak, jakbyśmy znajdowali się w moim magicznym zakątku. Niczego nieświadomy Charlie spał smacznie w swoim pokoju, można było więc sobie wyobrażać, że jesteśmy zupełnie sami. Tuliliśmy się do siebie na moim wąskim łóżku, ile tylko pozwalał na to gruby koc, którym byłam otulona ściśle niczym kokonem. Nie dawało się inaczej i nie cierpiałam tego, ale cóż, trudno było o zachowanie romantycznej atmosfery, kiedy zaczynałam szczękać zębami. A Charlie zauważyłby z pewnością, gdybym w sierpniu włączyła ogrzewanie…

Konieczność zawijania się w koc miała też jednak pewną zaletę: kiedy ja się opatulałam, koszula Edwarda lądowała na podłodze. Nadal nie mogłam się przyzwyczaić do tego, jak perfekcyjnie jest zbudowany – jego mięśnie zdawały się wyrzeźbione z lśniącego gładkością marmuru. W rozmarzeniu przejechałam dłonią po jego klatce piersiowej, sięgając zgrabnego brzucha. Edward zadrżał delikatnie. Jego usta znowu odnalazły moje. Ostrożnie pozwoliłam sobie na to, aby koniuszkiem języka przesunąć po jego chłodnych wargach. Westchnął i owionęła mnie słodka woń jego oddechu.

Zaczął odsuwać się ode mnie. Była to z jego strony odruchowa reakcja, gdy tylko dochodził do wniosku, że pozwoliliśmy sobie na zbyt wiele – gdy czuł wyjątkowo silnie, że bardzo chciałby kontynuować to, co zaczął. Przez całe życie odmawiał sobie fizycznego spełnienia. Starał się to dla mnie zmienić, ale wiedziałam, że go to przeraża.

– Czekaj – powiedziałam, łapiąc go za ramię i przytulając. Wyplątałam z koca jedną nogę i owinęłam ją mu w pasie. – Praktyka czyni mistrza.

Zaśmiał się.

– W takim razie powinno nam już do mistrzów niewiele brakować, prawda? Chyba od miesiąca nie zmrużyłaś oka.

– Ale na dziś przypada próba kostiumowa – przypomniałam mu – a na razie ćwiczyliśmy tylko wybrane sceny. Czas nas goni. Następnym razem idziemy już przecież na całość.

Sądziłam, że go rozbawię tym teatralnym porównaniem, ale zamiast odpowiedzieć, zestresował się i spiął. Wydało mi się, że płynne złoto w jego oczach zmieniło się w ciało stałe.

Powtórzyłam sobie w myślach moją wypowiedź i dotarło do mnie, że dla wampira „pójście na całość" miało podwójne znaczenie.

– Bello... – zaczął.

– Przestań – przerwałam mu. – Umowa to umowa.

– Sam już nie wiem. Tak trudno mi się skoncentrować, kiedy robisz się roznamiętniona. Nie potrafię... nie jestem wtedy w stanie jasno myśleć. Stracę nad sobą panowanie. Zrobię ci krzywdę.

– Nic mi nie będzie.

– Bello...

– Cii! – Zatkałam mu usta pocałunkiem, żeby przerwać jego atak paniki. Wszystko to słyszałam już wcześniej i nie miałam najmniejszego zamiaru pozwolić mu się wykręcić. Zwłaszcza że sama dotrzymałam słowa i miałam już nazajutrz zostać jego żoną.

Całowaliśmy się trochę, ale wyczuwałam, że nie jest już w to tak zaangażowany, jak wcześniej. Znowu się martwił – ciągle się martwił. Jakaż czeka nas odmiana, kiedy miał wreszcie stracić powód, dla którego się tak zadręczał! Ciekawa byłam, co pocznie z taką ilością wolnego czasu. Podejrzewałam, że będzie musiał znaleźć sobie jakieś nowe hobby...

– Nie masz pietra? – spytał.

Wiedziałam bez dopytywania się, o jakie lęki mu chodzi, więc odparłam:

– Ani trochę.

– Naprawdę? Nie zmieniłaś zdania? Jeszcze nie jest za późno.

– Czyżbyś próbował mnie rzucić?

Zaśmiał się.

– Tylko się upewniam. Nie chcę, żebyś robiła cokolwiek wbrew sobie.

– Na pewno nie jestem z tobą wbrew sobie. A resztę jakoś przeżyję.

Zawahał się. Pomyślałam, że może znowu palnęłam gafę.

– Nie będziesz za bardzo cierpieć? – spytał cicho. – Mniejsza o ślub – jestem przekonany, że mimo swoich obaw świetnie sobie poradzisz – ale później... Co z Charliem? Co z Renée?

Westchnęłam.

– Będzie mi ich brakowało.

O wiele gorsze było to, że i im miało brakować mnie, ale do tego się już nie przyznałam – nie chciałam Edwardowi podsuwać argumentów.

– A co z Angelą, Benem, Jessiką, Mikiem?

– Ich też mi będzie brakować. – Uśmiechnęłam się w ciemnościach. – Zwłaszcza Mike'a. Och, Mike! Jak mam żyć bez ciebie?

Edward warknął.

Zachichotałam, by zaraz spoważnieć.

– Daj spokój, przerabialiśmy już to wszystko nie raz. Wiem, że będzie ciężko, ale tego właśnie chcę. Chcę być z tobą i to już na zawsze. Jedno ludzkie życie po prostu mnie w tym względzie nie zadowoli.

– Na zawsze w osiemnastoletnim ciele – szepnął.

– To marzenie każdej kobiety – zażartowałam.

– Nie będziesz się już zmieniać, nie będziesz się rozwijać...

– Co masz na myśli?

– Pamiętasz, jak powiedzieliśmy Charliemu, że zamierzamy się pobrać? – odpowiedział mi powoli. – Jak przyszło mu od razu na myśl, że pewnie... że jesteś w ciąży?

– I że w takim razie cię zastrzeli, co? – zgadłam ze śmiechem.

– Przyznaj się – może tylko przez sekundę, ale miał na to ochotę, prawda?

Edward milczał.

– Co jest?

– Widzisz... Żałuję, że jego podejrzenia były bezpodstawne.

– Och – wyrwało mi się.

– A jeszcze bardziej żałuję tego, że to po prostu niemożliwe – ciągnął. – Że nie dane nam jest to błogosławieństwo. Nienawidzę siebie za to, że odbieram ci tę możliwość.

Zatkało mnie na dobrą minutę.

– Wiem, co robię – odezwałam się wreszcie.

– Skąd możesz to wiedzieć, Bello? Spójrz na moją matkę, spójrz na moją siostrę. To nie jest takie proste, jak ci się wydaje.

– Esme i Rosalie wcale sobie tak źle z tym nie radzą. A jeśli okaże się, że to dla mnie problem, to zrobimy jak Esme – adoptujemy.

Westchnął ciężko.

– To nie fair! – powiedział wzburzonym tonem. – Nie chcę, żebyś się dla mnie tak poświęcała. Chcę ci jak najwięcej dawać, a nie coś odbierać. Nie chcę niszczyć ci życia. Gdybym tylko był człowiekiem...

Zakryłam mu usta dłonią.

– Nie niszczysz mi życia, wręcz przeciwnie – nie mogłabym żyć bez ciebie. A teraz dość już tego. Przestań jęczeć albo zadzwonię po twoich braci. Chyba przydałby ci się jednak ten wieczór kawalerski.

– Przepraszam. Jęczę, mówisz? To wszystko te nerwy.

– A może to ty masz pietra?

– Skąd. Czekałem sto lat na to, żeby się z panią ożenić, panno Swan. Nie mogę się już doczekać... – przerwał w pół słowa. – Na miłość boską!

– Co się dzieje?

Zazgrzytał zębami.

– Nie musisz dzwonić po moich braci. Najwyraźniej sami z siebie nie pozwolą mi się wymigać.

Na sekundę przycisnęłam go mocniej do siebie, ale zaraz zwolniłam uścisk. W starciu z Emmettem nie miałam szans.

– Baw się dobrze.

Nagle od strony okna doszedł moich uszu niezwykle przykry dźwięk – ktoś drapał szybę twardymi jak stal paznokciami. Wzdrygnęłam się i przebiegły mnie ciarki.

– Jeśli nie puścisz Edwarda – zasyczał złowrogo niewidoczny nadal Emmett – to sami po niego przyjdziemy!

– Idź już, idź – zaśmiałam się – zanim zburzą mi dom.

Edward wywrócił oczami, ale jednym ruchem zerwał się z łóżka, a drugim włożył na siebie koszulę. Pochylił się nade mną i pocałował mnie w czoło.

– Śpij, skarbie. Przed tobą wielki dzień.

– Wielkie dzięki! Jak będę o tym myśleć, na pewno się rozluźnię.

– Do zobaczenia przed ołtarzem.

– Rozpoznasz mnie po białej sukni.

Byłam z siebie dumna, bo powiedziałam to wręcz z beztroską w głosie.

Zaśmiał się.

– Bardzo przekonywające – stwierdził.

Zaraz potem przykucnął, szykując się do skoku niczym drapieżny kot – jego mięśnie napięły się jak sprężyny – i zniknął. Dał susa przez okno tak szybko, że moje ludzkie oczy nie zdołały tego zarejestrować.

Na zewnątrz jakby coś ciężkiego uderzyło o kamień. Emmett zaklął.

– Tylko żeby się przez was nie spóźnił – mruknęłam pod nosem, wiedząc, że i tak mnie słyszą.

Za szybą ukazała się twarz Jaspera. W słabym świetle księżyca, który musiał wyłonić się akurat zza chmur, jego miodowe włosy nabrały srebrnej barwy.

– O nic się nie martw, Bello. Odstawimy go do domu na długo przed czasem.

Poczułam się nagle bardzo spokojna, a wszystkie moje troski się ulotniły. Jasper był równie utalentowany jak Edward czy Alice. Choć nie czytał w myślach ani nie miał wizji przyszłości, potrafił manipulować ludzkimi emocjami. Nie sposób było się temu oprzeć.

Nadal opatulona kocem podciągnęłam się niezgrabnie do pozycji siedzącej.

– Jasper, jak tak właściwie wyglądają wieczory kawalerskie wampirów? Nie zabieracie go przecież do klubu ze striptizem, prawda?

– Tylko nic jej nie mów! – warknął z dołu Emmett. Znowu rozległo się głuche uderzenie, a po nim cichy śmiech Edwarda.

– Nie obawiaj się – powiedział Jasper i oczywiście natychmiast się uspokoiłam. – My, Cullenowie, mamy swoje własne tradycje. Starczy nam kilka pum, może parę niedźwiedzi grizzly. Na dobrą sprawę to taki zupełnie zwyczajny wypad do lasu.

Czy kiedykolwiek zdołam mówić o „wegetariańskiej" wersji wampirzej diety z taką nonszalancją?

– Dzięki, Jasper.

Mrugnął do mnie i zsunął się w dół.

Zrobiło się zupełnie cicho. Słychać było tylko, jak po drugiej stronie korytarza chrapie Charlie.

Coraz bardziej senna, przyłożyłam głowę do poduszki. Spod ciężkich powiek przyglądałam się ścianom swojego pokoiku zalanego księżycowym światłem.

Po raz ostatni miałam zasnąć w tym pokoju. Po raz ostatni miałam zasnąć jako Isabella Swan. Następnego wieczoru miałam być już Bellą Cullen. Chociaż krzywiłam się na samą myśl o ślubie i weselu, musiałam przyznać, że brzmienie mojego nowego nazwiska bardzo mi się podobało.

Pozwoliłam myślom krążyć swobodnie, spodziewając się, że zmorzy mnie sen, ale po kilku minutach niepokój tylko się wzmógł i ścisnął mi gardło. Łóżko było bez Edwarda jakieś takie za miękkie i za ciepłe. Jasper był już daleko i mój spokój ducha zabrał widać ze sobą.

Nazajutrz czekał mnie bardzo, bardzo długi dzień.

Zdawałam sobie sprawę z tego, że większość moich lęków jest idiotyczna – musiałam po prostu wziąć się jakoś w garść. Czasem trzeba znaleźć się pod ostrzałem spojrzeń. Nie sposób bezustannie wtapiać się w tło.

Kilka moich zmartwień miało jednak większy sens.

Po pierwsze, tren sukni ślubnej. Alice dała się przy nim ponieść fantazji, zapominając o stronie praktycznej. Nie wierzyłam, że uda mi się zejść w wysokich obcasach po schodach domu Cullenów, nie potykając się o to cudo ani o nic nim nie zahaczając. Powinnam choć trochę poćwiczyć tę operację.

Po drugie, zaproszeni goście.

Rodzina Tanyi, klan z Parku Narodowego Denali na Alasce, miała przybyć na kilka godzin przed jutrzejszą ceremonią. Spodziewałam się, że zrobi się gorąco, kiedy znajdą się w jednym pokoju z gośćmi z rezerwatu Quileutów: ojcem Jacoba i Clearwaterami. Denalczycy nie przepadali za wilkołakami. W rzeczy samej, siostra Tanyi, Irina, właśnie z ich powodu postanowiła wcale się nie pojawić na ślubie. Wciąż nie mogła wybaczyć członkom sfory, że zabili jej przyjaciela Laurenta (choć zrobili to na moment przed tym, jak miał zamiar zabić mnie). Ze względu na pielęgnowaną przez nią urazę, Denalczycy odwrócili się od rodziny Edwarda w najczarniejszej godzinie. Gdyby Cullenowie cudem nie zawarli przymierza z watahą, osamotnieni nie przeżyliby ataku nowo narodzonych wampirów...

Edward zarzekał się, że Denalczycy nie stanowią dla Quileutów żadnego zagrożenia. Tanyę i jej najbliższych – z wyjątkiem Iriny – dręczyły teraz potężne wyrzuty sumienia. Pakt z wilkołakami stanowił tylko część ceny, jaką byli gotowi zapłacić za swój karygodny postępek.

Ich wizyta mogła doprowadzić do poważnych komplikacji, ale dla mnie oznaczała coś jeszcze. Był to bardzo błahy problem, ale jednak.

Chodziło o moją niską samoocenę.

Nigdy jeszcze nie widziałam Tanyi, ale byłam pewna, że nasze spotkanie nie będzie przyjemnym doświadczeniem dla mojego ego. Dawno temu, być może jeszcze zanim się urodziłam, wampirzyca próbowała zainteresować Edwarda swoją osobą. Nie, nie miałam jej za złe, że straciła dla niego głowę – było to dla mnie zrozumiałe. A Edward – choć tego z kolei nie pojmowałam – bez wątpienia wolał mnie. Ale Tanya z pewnością była oszałamiająco piękna i wiedziałam, że chcąc nie chcąc, zacznę się z nią porównywać.

Nie miałam za bardzo ochoty jej zaprosić, ale Edward znał mój słaby punkt i żeby dopiąć swego, wywołał we mnie poczucie winy.

– Jesteśmy jedynym substytutem ich prawdziwej rodziny, Bello. Minęło już wiele lat, ale wciąż cierpią z powodu swojego sieroctwa.

Więc zgodziłam się, a obawy zachowywałam odtąd dla siebie.

Tanya miała teraz sporą rodzinę, niemal tak dużą jak Cullenowie. Było ich pięcioro, bo do trzech sióstr dołączyli Carmen i Eleazar, którzy odnaleźli je w podobny sposób jak Alice i Jasper Cullenów. Także tę piątkę łączyło wspólne pragnienie, by kierować się w życiu większym humanitaryzmem niż zwykłe wampiry.

Mimo dwojga nowych towarzyszy Tanya, Kate i Irina czuły się dalej osamotnione. Nadal były w żałobie. Bo przed wielu, wielu laty miały nie tylko siebie, ale i matkę.

Doskonale rozumiałam, jak ogromna była to strata. Wystarczało, że próbowałam sobie wyobrazić rodzinę Cullenów bez jej twórcy, jej przywódcy i przewodnika – bez Carlisle'a, rzecz jasna. Próbowałam i wyobraźnia mnie zawodziła.

Carlisle opowiedział mi historię rodziny Tanyi podczas jednego z tych długich wieczorów, jakie spędzałam w domu Cullenów, starając się nauczyć jak najwięcej o ich pobratymcach, aby jak najlepiej przygotować się do życia, które wybrałam. Tragiczny koniec matki Tanyi ilustrował zaledwie jedną z wielu zasad, jakie musiałam poznać przed dołączeniem do grona nieśmiertelnych.

Tak właściwie to zasada była tylko jedna – jedna, ale przez swoją uniwersalność wpływająca na każdy aspekt wampirzego życia. Brzmiała: „Dochowujcie tajemnicy".

Przestrzeganie jej pociągało za sobą setki określonych zachowań.

Jeśli ktoś chciał mieszkać wśród ludzi, tak jak Cullenowie, musiał starać się niczym nie wyróżniać i opuścić daną miejscowość, nim ktokolwiek zaobserwuje, że jego sąsiad się nie starzeje. Można też było – poza porą posiłków – po prostu unikać ludzi, tak jak mieli to w zwyczaju nieżyjący już nomadzi James i Victoria albo byli kompani Jaspera, Peter i Charlotte.

Kontrolować należało nie tylko siebie, ale i młode, nieobliczalne wampiry, które się samemu stworzyło. Jasper stał się w tym prawdziwym mistrzem, kiedy wędrował z Marią, z kolei Victoria poniosła na tym polu klęskę.

Pewnego rodzaju młodych wampirów nie dawało się jednak kontrolować i tworzenie ich było absolutnie zakazane.

To właśnie tego zakazu dotyczyła historia rodziny Tanyi.

– Nie wiem, jak miała na imię ich matka – wyznał mi Carlisle na wstępie. Musiał doskonale pamiętać ból swojej przyjaciółki, bo jego złote oczy, niemalże nieodbiegające kolorem od jego jasnych włosów, były pełne smutku. – Jeśli tylko daje się tego uniknąć, nigdy jej tam głośno nie wspominają. Nigdy nawet o niej nie myślą, chyba że przypadkiem. Kobieta, która stworzyła Tanyę, Kate i Irinę – która je, jak sądzę, kochała – żyła na wiele lat przed moim narodzeniem, w czasie, kiedy nasz świat zmagał się ze strasz-liwą plagą – z plagą nieśmiertelnych dzieci. Co sobie myśleli naszi pobratymcy sprzed wieków, nadal nie pojmuję. Zamieniali w wampiry maleńkie dzieci – takie, które dopiero co nauczyły się chodzić.

Kiedy wyobraziłam sobie to, co opisywał, zrobiło mi się niedobrze. Przełknęłam głośno ślinę.

– Były bardzo piękne – wyjaśnił szybko Carlisle, widząc moją reakcję. – Tak urocze i rozkoszne, jak to tylko możliwe. Wystar-czyło raz spojrzeć na takie dziecko, aby mimowolnie je poko-chać. Niestety, nie sposób było ich czegokolwiek nauczyć. Pozo-stawały na zawsze na takim stopniu rozwoju, jaki osiągnęły przed przemianą. Gdy coś nie szło po ich myśli, te seplieniące słodko dwulatki z dołeczkami w policzkach, zamiast rzucać się na zie-mię i wierzgać nogami, potrafiły wymordować pół wioski. Gdy były głodne, po prostu atakowały i nie działały na nie wówczas żadne groźby. Ludzie je widywali, więc zaczęły krążyć o nich najróżniejsze historie, a strach przed nimi szerzył się szybciej niż zaraza. Matka Tanyi też stworzyła takie dziecko – ciągnął Carlisle. – Podobnie jak w pozostałych przypadkach, nie rozu-miem, co nią kierowało. – Wziął głęboki wdech, żeby się uspo-koić. – I jak można się domyślić, naraziła się tym samym na gniew Volturich.

Wzdrygnęłam się, jak zwykle kiedy ktoś o nich wspominał, chociaż spodziewałam się, że prędzej czy później będzie o nich mowa. Każde naruszenie prawa zasługiwało na karę, a ta nie była-by skuteczna, gdyby nie miał jej kto wymierzyć. W świecie nie-śmiertelnych samozwańczymi sędziami, mającymi się za władców całej rasy, byli właśnie mieszkający we Włoszech Volturi. Na ich czele stała licząca sobie tysiące lat trójka: Kajusz, Marek oraz Aro, któremu wystarczało dotknąć jakiejś osoby, aby poznać wszystkie myśli, jakie kiedykolwiek przemknęły jej przez głowę. Spotkałam ich tylko raz, a audiencja ta nie trwała długo, podejrzewałam jednak, że to Aro jest prawdziwym przywódcą.

– Volturi – mówił dalej Carlisle – przyglądali się nieśmiertelnym dzieciom zarówno na miejscu, w Volterze, jak i w różnych zakątkach globu, i Kajusz doszedł do wniosku, że nie są one w stanie strzec należycie naszego sekretu. A zatem musiały zostać bez wyjątku zgładzone. Jak już ci mówiłem, wyzwalały u swoich opiekunów niezwykle silne emocje. Nikt nie chciał wydać ich bez walki, a walczono do ostatniej kropli krwi. Rzezie te nie pochłonęły wprawdzie tylu ofiar, co późniejsze wojny toczone na południu kontynentu, ale były fatalne w skutkach pod innymi względami. Rozpadały się rodziny o wielowiekowej historii, zamierały kontakty, ginęły stare tradycje... Była to dla naszego świata ogromna strata. Praktykę tworzenia tego rodzaju wampirów całkowicie wyrugowano. Nieśmiertelne dzieci stały się tabu, tematem zakazanym.

Kiedy mieszkałem u Volturich, miałem kontakt z dwójką z nich, doświadczyłem więc na własnej skórze tego, jak ogromny roztaczają wokół siebie urok. Aro badał je przez wiele lat po katastrofie, jaką wywołały. Wiesz, że ma naturę badacza – wierzył, że odkryje, jak je ujarzmiać. W końcu jednak przyznał rację Kajuszowi – tych złowrogich istot nie wolno tworzyć pod żadnym pozorem.

Kiedy Carlisle powrócił do historii matki trzech sióstr, zdążyłam już zupełnie o niej zapomnieć.

– To, co się stało z matką Tanyi, nie jest do końca jasne – oświadczył. – Wiadomo, że Volturi pojmali najpierw ją i jej nielegalnie stworzonego podopiecznego, a dopiero później przyszli po Tanyę, Kate i Irinę. Siostry nie miały o niczym pojęcia i to je właśnie uratowało. Nie ukarano ich razem z matką, bo dotknąwszy ich, Aro potwierdził, że są niewinne. Żadna z nich ani nigdy wcześniej nie widziała chłopca, ani nawet nie śniła o jego istnieniu, aż do dnia, gdy stały się świadkami tego, jak płonie w ramionach ich matki. Mogę się tylko domyślać, że nie zdradziła im swojego sekretu właśnie dlatego, żeby uchronić je przed takim losem. Tylko czemu w ogóle zmieniła chłopczyka w wampira? Kim był i ile dla niej znaczył, że tak wiele dla niego zaryzykowała? Jej córki nigdy nie poznały odpowiedzi na te pytania. Mimo to nie mogły wątpić, że ich matka poniosła zasłużoną karę, i nie sądzę, żeby przez te wszystkie lata naprawdę jej wybaczyły. Aro był przekonany o ich niewinności, ale Kajusz i tak chciał je spalić – tylko za to, że były blisko związane z oskarżoną. Miały szczęście, że Aro był akurat w dobrym nastroju. Ułaskawiono je, jednak rany w ich sercach nigdy się do końca nie zagoiły i wszystkie trzy do dziś nad wyraz sumiennie przestrzegają naszych praw.

Nie wiedzieć kiedy wspomnienie tamtej opowieści przeszło w senny majak. Stojącą mi przed oczami twarz Carlisle'a zastąpiło nagle nagie szare pole, a moje nozdrza uderzył silny zapach palonego kadzidła.

Nie byłam tam sama.

Widok stojących pośrodku pola złowrogich postaci w szarych pelerynach powinien mnie przerazić nie na żarty – mogli być to tylko Volturi, a ja, wbrew ich rozkazowi, pozostawałam nadal człowiekiem – wiedziałam jednak, jak to czasem bywa w snach, że jestem dla nich niewidzialna.

Wokół mnie w nieregularnych odstępach płonęły ciemne stosy. Rozpoznawałam unoszącą się w powietrzu słodkawą woń, więc unikałam ich wzrokiem. Nie miałam zamiaru przyglądać się twarzom wampirów, na których przed chwilą dokonano egzekucji – po części z lęku, że niektóre mogłabym rozpoznać.

Choć żołnierze Volturich zazwyczaj porozumiewali się szeptem, byli teraz tak wzburzeni, że co chwilę któryś podnosił głos. Otaczali kręgiem kogoś lub coś i to pewnie o tym czymś tak zażarcie debatowali. Chciałam sprawdzić, co też do tego stopnia wyprowadzało ich z równowagi, podeszłam więc bliżej i wślizgnęłam się ostrożnie pomiędzy dwójkę zakapturzonych strażników.

Siedział na kopcu ziemi wysokości dorosłego człowieka. Rzeczywiście, był śliczny – tak uroczy, jak to opisywał Carlisle. Miał może dwa latka, jasnobrązowe loczki i buźkę cherubinka o różowiutkich ustach i pełnych policzkach. Trząsł się cały i zaciskał mocno powieki, jak gdyby ze strachu przed nadchodzącą śmiercią.

Nagle poczułam nieodparte pragnienie, by uratować to biedne dziecko, i to za wszelką cenę. Zagrożenie ze strony Volturich zupełnie przestało się dla mnie liczyć. Nie dbając już o to, czy zdadzą sobie sprawę z mojej obecności czy nie, przepchnęłam się przez kordon i popędziłam ku chłopcu.

I niemal natychmiast się zatrzymałam, bo zrozumiałam wreszcie, na czym siedział. Nie był to kopiec z ziemi czy kamieni, lecz sterta ludzkich zwłok – bladych trupów, z których wyssano całą krew. Było już za późno na odwrócenie wzroku od ich twarzy. Znałam je wszystkie. Angela, Ben, Jessica, Mike... A tuż pod chłopczykiem ciała mojego ojca i matki.

Słodki malec otworzył powoli oczka. Błyszczały czystym szkarłatem.

3 Wielki dzień

I ja otworzyłam oczy.

Przez kilkadziesiąt minut usiłowałam opanować drżenie i wyzwolić się na dobre spod działania snu. Kiedy tak czekałam, aż moje serce wreszcie zwolni, niebo za oknem zmieniło barwę najpierw na szarą, a później na bladoróżową.

Doszedłszy do siebie, na powrót w pełni świadoma, że znajduję się w swoim zabałaganionym pokoju, odrobinę się zirytowałam. Czy naprawdę nie mogłam śnić o czymś przyjemniejszym w noc przed własnym ślubem? Dostałam za swoje – nie trzeba było sobie przypominać przed zaśnięciem takich okropnych historii.

Usiłując otrząsnąć się z koszmaru, ubrałam się i zeszłam do kuchni, choć było jeszcze bardzo wcześnie. Posprzątałam i tak już czyste pokoje, a kiedy wstał Charlie, zrobiłam mu naleśniki. Sama byłam za bardzo spięta, żeby cokolwiek w siebie wmusić – podrygując nerwowo na krześle, przyglądałam się jedzącemu ojcu.

– O trzeciej masz podjechać po pana Webera – przypomniałam.

– Bells, poza przywiezieniem pastora na ceremonię nie mam dziś zupełnie nic do roboty. Nie sądzę, żebym zapomniał o swoim jedynym obowiązku.

Z okazji ślubu wziął cały dzień wolnego i musiało mu się już nudzić, bo od czasu do czasu zerkał ukradkiem na schowek pod schodami, gdzie trzymał swój sprzęt wędkarski.

– To nie jedyny twój obowiązek. Masz jeszcze przyzwoicie się prezentować.

Wbił wzrok w swoją miskę, mrucząc pod nosem coś o robieniu z człowieka pajaca.

Ktoś zapukał energicznie do drzwi wejściowych.

– Jeśli myślisz, że wpadłeś jak śliwka w kompot, to co ja mam powiedzieć? – spytałam ironicznie, podnosząc się z miejsca. – Alice będzie się znęcać nade mną aż do wieczora.

Charlie pokiwał w zamyśleniu głową, przyznając, że wycierpię więcej od niego.

Mijając go, pocałowałam czubek jego głowy – zarumienił się i odchrząknął – i otworzyłam drzwi swojej najlepszej przyjaciółce, a już niedługo i siostrze.

Alice zrezygnowała z charakterystycznej dla siebie nastroszonej fryzurki na rzecz lśniących, starannie uformowanych loczków przypiętych do głowy wsuwkami. Poważna mina zaaferowanej bizneswoman śmiesznie kontrastowała z jej twarzyczką elfa.

Nie zdążyłam się z nią nawet przywitać, bo bezceremonialnie wyciągnęła mnie z domu.

– Cześć, Charlie! – zawołała na odchodnym przez ramię i zanim się obejrzałam, siedziałyśmy już w jej porsche.

Dopiero tu mi się przyjrzała.

– A niech to, spójrz tylko w lusterko na swoje oczy! – Cmoknęła z dezaprobatą. – Coś ty najlepszego wyprawiała? Zarwałaś noc?

– Prawie że.

Posłała mi zagniewane spojrzenie.

– Bello, mam tylko określoną liczbę godzin na to, żeby zrobić cię na bóstwo. Mogłaś się lepiej postarać.

– Nikt nie spodziewa się, że będę wyglądać jak gwiazda filmowa. Bardziej się boję, że zasnę w środku ceremonii i przegapię moment, w którym będę miała powiedzieć „tak", a wtedy Edward wykorzysta sytuację i ucieknie gdzie pieprz rośnie.

Parsknęła śmiechem.

– Jakby co, rzucę w ciebie swoim bukietem.

– Dzięki.

– Przynajmniej będziesz miała czas wyspać się jutro w samolocie.

Uniosłam brew. Jutro, mówisz... Hm... Zamyśliłam się. Skoro planowaliśmy wyjechać jeszcze dziś wieczorem, a według Alice mieliśmy cały jutrzejszy dzień spędzić w samolocie, to... Cóż, w takim razie naszym celem nie było raczej Boise* w stanie Idaho. Do tej pory Edward ani słowem nie zdradził, dokąd zabiera mnie w podróż poślubną. Nie przejmowałam się tym zbytnio, dziwnie było tylko nie wiedzieć, gdzie się spędzi następną noc. Ale mniejsza o to – o wiele bardziej interesowało mnie, jak ją spędzę...

Alice uzmysłowiła sobie, że o mało co by się wygadała, i zmarszczyła czoło.

– Już cię spakowałam – oznajmiła, żeby odwrócić moją uwagę. Podziałało.

– Alice! Dlaczego nie mogę sama się spakować?!

---

* Boise – stolica Idaho, sąsiada stanu Waszyngton, w którym rozgrywa się akcja powieści; miasto to ma tylko nieco ponad sto tysięcy mieszkańców i jest dla Amerykanów synonimem prowincjonalnej dziury – przyp. tłum.

– Musiałabyś poznać zbyt wiele szczegółów.

– A ty nie miałabyś pretekstu do kolejnych zakupów, tak?

– Za dziesięć krótkich godzin staniesz się moją siostrą... Najwyższy czas, żebyś zwalczyła w sobie tę awersję do nowych ubrań.

Naburmuszyłam się i spojrzałam w jej stronę, dopiero kiedy byłyśmy już prawie pod domem.

– Wrócił już? – spytałam.

– Nie martw się, zjawi się, zanim zacznie grać muzyka. Ale i tak zobaczysz go dopiero przy ołtarzu, niezależnie od tego, o której wróci! Wszystko robimy dzisiaj zgodnie z tradycją!

– Też mi tradycyjny ślub! – prychnęłam.

– Niech ci będzie – tradycyjny poza osobami panny młodej i pana młodego.

– Przecież Edward i tak już wszystko podpatrzył!

– O, nie! To dlatego tylko ja widziałam cię do tej pory w sukni ślubnej. Miałam się przy nim na baczności i na pewno nic nie podejrzał.

– Cóż – zmieniłam temat. Skręcałyśmy właśnie w boczną drogę prowadzącą do domu Cullenów. – Widzę, że wykorzystałaś dekoracje z poprzedniej imprezy.

Przez całe pięć kilometrów ciągnęły się rozwieszone na drzewach choinkowe światełka, tyle że Alice dodała do nich kokardy z białej satyny.

– Po co się miały zmarnować. Lepiej się nimi naciesz, bo dekoracji w środku domu nie zobaczysz aż do ostatniej chwili.

Wjechałyśmy do przestronnego garażu usytuowanego na północ od głównego budynku. Miejsce po wielkim jeepie Emmetta nadal świeciło pustką.

– A odkąd to pannie młodej nie wolno zobaczyć dekoracji? – zaprotestowałam.

– Odkąd zgodziła się, żebym to ja zorganizowała jej ślub. Chcę, żebyś zobaczyła wszystko po raz pierwszy dopiero wtedy, kiedy przy dźwiękach muzyki będziesz schodzić po schodach.

Zanim weszłyśmy do kuchni, zakryła mi oczy dłonią. W domu przepięknie pachniało.

– A to co? – spytałam prowadzona jak ślepiec.

– Przesadziłam? – zaniepokoiła się Alice. – Przed tobą nie było tu jeszcze żadnego człowieka. Mam nadzieję, że nie popełniłam głupstwa.

– Pachnie rewelacyjnie – zapewniłam ją. Woń była upajająca, ale nie aż tak, by przyprawiała o ból głowy. Tak właściwie była to mieszanka różnych woni, idealnie ze sobą skomponowanych. – Kwiat pomarańczy... bez... i coś jeszcze, prawda?

– Bardzo dobrze, Bello. Przegapiłaś tylko frezje i róże.

Zdjęła mi dłoń z oczu dopiero w ogromnej łazience. Długi blat pod lustrem był całkowicie zastawiony produktami i przyrządami godnymi ekskluzywnego salonu kosmetycznego. Na ich widok poczułam, że mam za sobą nieprzespaną noc.

– Czy to naprawdę konieczne? Nawet jeśli spędzę tu kilka godzin, dalej będę wyglądać przy Edwardzie jak szara mysz.

Posadziła mnie siłą na różowym krzesełku.

– Kiedy z tobą skończę, nikt nie ośmieli się nazwać cię szarą myszą.

– Tylko ze strachu, że wgryziesz mu się w szyję – wymamrotałam.

Oparłam się wygodniej i zamknęłam oczy z nadzieją, że część czasu uda mi się przespać, i rzeczywiście, kilka razy udało mi się na chwilę zdrzemnąć. Za każdym razem, gdy się budziłam, Alice nadal się przy mnie krzątała, nie zaniedbując ani jednego centymetra kwadratowego mojego ciała.

Było już wczesne popołudnie, kiedy do łazienki wślizgnęła się Rosalie w połyskliwej srebrnej sukni, z włosami upiętymi na czubku głowy w coś w rodzaju miękkiej korony. Wyglądała tak zachwycająco, że zachciało mi się płakać. Jaki sens miało strojenie się i malowanie, kiedy Rosalie przebywała w pobliżu?

– Już wrócili – powiedziała.

Edward wrócił! Mój dziecięcy atak histerii minął jak za sprawą czarodziejskiej różdżki.

– Tylko trzymaj go daleko stąd! – ostrzegła Alice.

– Nie ma zamiaru cię dzisiaj drażnić – zapewniła ją Rosalie. – Za bardzo ceni sobie życie. Esme zagoniła ich do pracy w ogrodzie. Pomóc ci może w czymś? Mogłabym ją uczesać.

Rozdziawiłam usta ze zdziwienia. Potrzebowałam kilkunastu sekund, żeby przypomnieć sobie, jak się je zamyka.

Rosalie od samego początku nie darzyła mnie sympatią. A potem, co jeszcze bardziej pogorszyło panujące między nami stosunki, obraziła się na mnie śmiertelnie za to, jakiego wyboru dokonałam. Chociaż była tak niewyobrażalnie piękna, chociaż miała Emmetta i kochającą rodzinę, oddałaby to wszystko bez wahania za możliwość stania się na powrót człowiekiem. A ja? To, o czym marzyła najbardziej w świecie, bezmyślnie odrzucałam.

– Czemu nie – zgodziła się z zadziwiającą łatwością Alice. – Możesz już zaplatać. Chcę, żeby wyglądało to jak najbardziej misternie. Welon pójdzie tutaj, pod spód...

Wplotła mi palce we włosy. Zaczęła unosić i zwijać kosmyki, żeby zademonstrować, o co chodzi. Po chwili jej miejsce zajęła Rosalie. Formowała moją fryzurę tak delikatnie, że ledwie czułam jej dotyk.

Skończywszy i uzyskawszy aprobatę Alice dla swojego dzieła, została posłana po moją suknię, a następnie poproszona o odnalezienie Jaspera, który powinien był już przywieźć moją mamę i Phila z hotelu. Z parteru domu dochodził odgłos zamykanych i otwieranych bezustannie drzwi wejściowych i coraz wyraźniejszy szmer ludzkich głosów.

Alice kazała mi wstać, bym mogła włożyć suknię, nie niszcząc przy tym koafiury i makijażu. Kiedy zapinała perłowe guziki na plecach, moje kolana trzęsły się do tego stopnia, że spływające do ziemi kaskady satyny drgały niczym lustro wody na wietrze.

– Weź kilka głębokich wdechów – doradziła mi – i zrób coś, żeby serce tak ci nie waliło. Jeszcze trochę i twoja nowa twarz spłynie z potem.

Posłałam jej najbardziej sarkastyczny uśmiech, na jaki było mnie stać.

– Już się robi – wycedziłam.

– Muszę teraz iść się przebrać. Nie załamiesz się nerwowo, jeśli zostawię cię samą na dwie minuty?

– Hm… czy ja wiem…

Wywróciła oczami i wybiegła z pokoju.

Skupiłam się na ruchach swoich płuc, licząc kolejne oddechy i wpatrując się we wzory, które światła łazienkowych lamp tworzyły na połyskliwej powierzchni mojej spódnicy. Bałam się spojrzeć w lustro, podejrzewając, że na widok siebie samej w sukni ślubnej dostałabym prawdziwego ataku paniki.

Alice wróciła, zanim doszłam do dwustu oddechów. Przypominająca srebrny wodospad suknia doskonale podkreślała atuty jej szczupłego ciała.

– Alice… Wow.

– To nic takiego. Nikt dzisiaj nie będzie zwracał na mnie uwagi. Nie, jeśli będziesz przebywać ze mną w jednym pomieszczeniu.

– Ha, ha.

– To jak, panujesz już nad sobą, czy mam zawołać Jaspera?

– Już wrócił? Mama już tu jest?

– Dopiero co weszła. Idzie właśnie po schodach na górę.

Renée przyleciała dwa dni wcześniej i spędzałam z nią tyle czasu, ile tylko się dało – a dokładniej, te nieliczne minuty, gdy udawało mi się odciągnąć ją od Esme i dekorowania domu. Z tego, co zauważyłam, bawiła się przy tym lepiej niż dziecko zamknięte przez przypadek na jedną noc w Disneylandzie. W pewnym sensie czułam się z tego powodu tak samo oszukana jak Charlie. Oboje straciliśmy tyle czasu i energii, obawiając się, jak zareaguje na wieść o tym, że wychodzę za mąż…

– Och, Bella! – zaczęła, zanim jeszcze przekroczyła próg łazienki. – Och, skarbie, jesteś taka piękna! Zaraz się rozpłaczę! Alice, jesteś niesamowita! Powinnaś się zająć planowaniem ślubów zawodowo, razem z Esme! Gdzie wynalazłaś tę suknię? Jest fantastyczna! Taka szykowna, taka elegancka. Bello, wyglądasz jak bohaterka powieści Jane Austen. – Głos mamy zaczął dochodzić jakby z daleka, a kontury otaczających mnie przedmiotów delikatnie się rozmazywały. – To taki oryginalny pomysł, żeby dopasować motyw przewodni całej uroczystości do pierścionka zaręczynowego Belli. Pomyśleć tylko, że był w rodzinie Edwarda już w dziewiętnastym wieku!

Wymieniłyśmy z Alice porozumiewawcze spojrzenia. Umiejscawiając moją suknię w czasie, mama pomyliła się o ponad sto lat. A motywu przewodniego uroczystości nie dopasowano wcale do pierścionka, tylko do mód panujących w czasach młodości Edwarda.

Ktoś stanął w drzwiach i głośno odchrząknął.

– Renée, Esme mówi, że powinniśmy już zająć miejsca.

– Charlie! Ale z ciebie przystojniak! – wykrzyknęła niemalże zszokowanym tonem.

Być może dlatego odpowiedział szorstko.

– Alice się do mnie dorwała.

– To już naprawdę ta godzina? – zdziwiła się Renée. Wydawała się niemal tak samo zdenerwowana jak ja. – Tak to szybko zeszło. Aż kręci mi się w głowie.

Witaj w klubie, pomyślałam.

– Daj się jeszcze przytulić, zanim sobie pójdę – poprosiła mnie. – Tylko ostrożnie, niczego nie podrzyj.

Ścisnęła mnie delikatnie w talii i ruszyła ku drzwiom. W progu odwróciła się na pięcie.

– Mój Boże, o mało co bym zapomniała! Charlie, gdzie jest pudełko?

Ojciec długo przeszukiwał wszystkie kieszenie i w końcu wyjął białą szkatułkę, którą wręczył Renée. Podniósłszy wieczko, mama wyciągnęła rękę w moją stronę.

– Coś niebieskiego – oznajmiła.

– I jednocześnie coś starego* – dodał Charlie. – Należały do mojej matki. Wymieniliśmy tylko u jubilera imitacje na prawdziwe kamienie szlachetne.

W pudełku leżały dwa srebrne grzebienie do podtrzymywania fryzury zdobione kwiatami z ciemnoniebieskich szafirów.

W oczach stanęły mi łzy.

– Mamo, tato... Nie trzeba było...

– To Alice nie pozwoliła nam na nic skromniejszego – wyjaśniła Renée. – Zwracaliśmy się do niej z różnymi sugestiami, ale za każdym razem skakała nam do gardeł.

Wybuchnęłam histerycznym śmiechem.

Alice przejęła grzebienie i zgrabnie wsunęła mi je we włosy tuż pod grubo plecionymi warkoczami.

– No to masz już coś starego i niebieskiego – stwierdziła, odsuwając się na kilka kroków, żeby ocenić efekt – a twoja sukienka jest nowa, więc... przyda ci się jeszcze to.

Rzuciła we mnie czymś, co odruchowo złapałam. Była to biała podwiązka, cieniuchna niczym pajęczyna.

– Należy do mnie i jest do zwrotu – zastrzegła Alice.

Spąsowiałam.

– Świetnie – skomentowała. – Trochę koloru na policzkach – tego właśnie nam brakowało. Nie mam już co poprawiać. – Zadowolona z siebie zwróciła się do moich rodziców: – Renée, musisz już iść na dół.

– Tak jest, proszę pani. – Mama posłała mi całusa i pospiesznie wyszła.

– Charlie, przyniósłbyś nam kwiaty?

Zostałyśmy same. Alice zabrała mi podwiązkę i zanurkowała pod moją spódnicę. Kiedy poczułam jej zimną dłoń na łydce, jęknęłam cicho i zatoczyłam się. W mgnieniu oka cieniutki skrawek materiału znalazł się na właściwym miejscu.

---

* Anglosaski zwyczaj ślubny nakazuje pannie młodej mieć na sobie coś starego, coś nowego, coś pożyczonego i coś niebieskiego – przyp. tłum.

Alice zdążyła wstać, zanim Charlie wrócił z dwoma bogatymi białymi bukietami. Otoczyła mnie miękka mgiełka zapachu róż, frezji i kwiatu pomarańczy.

Na parterze rozległy się pierwsze nuty kanonu Pachelbela*. To Rosalie, po Edwardzie najlepszy muzyk w rodzinie, zasiadła do fortepianu. Zaczęłam spazmatycznie oddychać.

– Spokojnie, Bells – odezwał się Charlie. – Wygląda, jakby miała zwymiotować – mruknął do Alice. – Sądzisz, że da radę?

Jego głos dochodził do mnie z oddali. Nie czułam własnych nóg.

– Akurat jej nie pozwolę nie dać rady. – Alice stanęła przede mną na palcach, by móc spojrzeć mi prosto w oczy, po czym złapała mnie za oba nadgarstki. – Skoncentruj się, Bello. Tam na dole czeka na ciebie Edward.

Wzięłam głęboki wdech, starając się opanować.

Kanon zastąpiła nowa melodia. Charlie dźgnął mnie łokciem.

– Bells, czas na nas.

– Bella? – spytała Alice, cały czas się we mnie wpatrując.

– Już, już – wybąkałam. – Edward. Wiem. Okej.

Pozwoliłam jej wypchnąć się z pokoju. Charlie ciągnął mnie za łokieć.

Na korytarzu muzyka była głośniejsza. Uroczyste dźwięki dolatywały od strony klatki schodowej w towarzystwie woni bijącej od milionów kwiatów. Żeby ruszyć naprzód, skupiłam się na wizji Edwarda, oczekującego mnie na dole.

Rozpoznałam melodię. Była to upiększona ozdobnikami wersja tradycyjnego wagnerowskiego marsza.

– Teraz moja kolej – oświadczyła Alice. – Policzcie do pięciu i ruszajcie za mną.

Spłynęła po schodach z gracją tancerki. Powinnam wcześniej zrozumieć, że popełniłam błąd, wybierając ją na swoją jedyną druhnę. Schodząc tuż za nią, musiałam się wydawać jeszcze bardziej niezdarna niż zazwyczaj.

---

* Johann Pachelbel (1653–1706) – kompozytor niemiecki – przyp. tłum.

Ponad melodię wybiła się znienacka fanfara. Domyśliłam się, że to sygnał.

– Nie pozwól mi się przewrócić – szepnęłam do Charliego. Wziął mnie pod ramię i mocno ścisnął moją dłoń. Krok za krokiem, nakazałam sobie w myślach, dopasowując się do wolnego tempa marsza.

Dopóki nie dotarliśmy bezpiecznie do parteru, nie podniosłam oczu – ukazawszy się zebranym, usłyszałam tylko, jak przeszedł wśród nich szmer. Rzecz jasna, zaczerwieniłam się na ten dźwięk – tak jak się tego spodziewałam, miałam być jedną z tych „uroczo zawstydzonych" panien młodych.

Gdy tylko skończyły się zdradzieckie stopnie, zaczęłam się tęsknie rozglądać. Na ułamek sekundy moją uwagę przykuła obfitość białego kwiecia i długich pęków białych wstążek zwieszających się w girlandach ze wszystkich możliwych płaszczyzn i sprzętów, ale siłą woli oderwałam od nich wzrok i powiodłam nim wzdłuż rzędów opatulonych satyną krzeseł. Wszyscy siedzący na nich patrzyli prosto na mnie, przez co zarumieniłam się jeszcze bardziej, nie odwzajemniałam jednak ich spojrzeń, tylko szukałam dalej.

Nareszcie! Stał przed czymś w rodzaju ogrodowej altany – zgrabnego łuku tonącego we wstążkach i kwiatach. U jego boku czekał Carlisle, a za nim ojciec Angeli. Gdzieś tam znajdowali się pozostali goście – mama, która musiała siedzieć w pierwszym rzędzie, moja nowa rodzina, moi znajomi ze szkoły – ale ci musieli na razie poczekać. Nie liczyło się teraz nic prócz Edwarda.

Tak naprawdę widziałam tylko jego twarz. Przesłaniała wszystko – nawet myśleć nie byłam w stanie o niczym innym. Jego oczy płonęły płynnym, miodowym złotem. Targające nim silne emocje nieomal wykrzywiały idealne rysy. A potem, kiedy nasze spojrzenia się spotkały, jego uśmiech zaparł mi dech w piersiach.

Gdyby nie mocny uścisk Charliego, biegiem rzuciłabym się do Edwarda.

Marsz wydał mi się nagle zbyt powolny i z trudem dostosowywałam się do jego tempa. Na szczęście, mieliśmy do pokonania bardzo krótką drogę. W końcu stanęłam koło Edwarda. Wyciągnął rękę. W znanym od setek lat symbolicznym geście Charlie podał mu moją dłoń. Kiedy poczułam cudownie chłodny dotyk skóry ukochanego, pomyślałam, że oto jestem na właściwym miejscu.

Słowa naszej przysięgi były proste – wypowiadały je przed nami miliony par, żadna jednak tak niezwykła. Poprosiliśmy wcześniej pana Webera tylko o jedną niewielką zmianę, na którą przystał bez trudu: linijkę „dopóki śmierć nas nie rozłączy" zastąpiła bardziej stosowna w naszym przypadku „tak długo, jak oboje będziemy żyć".

Kiedy pastor wypowiadał swoją formułkę, odniosłam wrażenie, że mój świat, który od tak dawna wywrócony był do góry nogami, przyjął na powrót prawidłową pozycję. Uzmysłowiłam sobie, jaka byłam niemądra, tak bardzo bojąc się tej chwili – jak gdyby chodziło o niechciany prezent urodzinowy albo wystawienie się na pośmiewisko, niczym na balu absolwentów. Wpatrując się w lśniące triumfalnie oczy Edwarda, wiedziałam, że i ja na tym wygrywam. Ponieważ nic nie było dla mnie tak ważne jak to, że mogłam z nim być.

Zdałam sobie sprawę, że płaczę, dopiero kiedy przyszła kolej na mnie.

– Tak – wykrztusiłam prawie niezrozumiałym szeptem, mrugając gwałtownie, żeby móc widzieć wyraz twarzy Edwarda.

On sam powtórzył słowa przysięgi wyraźnie i dobitnie.

– Tak.

Pan Weber ogłosił nas mężem i żoną, a potem Edward ostrożnie ujął moją twarz w obie dłonie. Nagle poczułam się tak delikatna, jak płatki zwisających nad naszymi głowami kwiatów. Próbowałam pojąć, jak to możliwe, że ta wspaniała osoba, na którą patrzę przez łzy, należy odtąd do mnie. Przyglądał mi się z taką miną, jakby sam też miał ochotę się rozpłakać – gdyby tylko mógł. Pochylił się ku mnie, a ja wyciągnęłam ku niemu szyję, stanęłam na czubkach palców i nie puszczając bukietu, zarzuciłam mu ręce na ramiona.

Całował mnie czule, okazując jak bardzo mnie wielbi. Zapomniałam o tłumie obserwujących nas gości, o tym, gdzie się znajdujemy i po co... Pamiętałam tylko, że Edward mnie kocha, że pragnie być ze mną i że należę do niego.

Uczepiłam się go kurczowo, nie zważając na śmiechy i chrząkania widowni. To on zaczął ten pocałunek i to on musiał go przerwać. Odsunął mnie od siebie – moim zdaniem zbyt szybko – i przyjrzał mi się z pewnej odległości. Na pierwszy rzut oka wydawał się rozbawiony – uśmiechał się prawie z drwiną – ale pod tym chwilowym przebłyskiem zjadliwego poczucia humoru skrywał głęboką radość równą mojej.

Goście zaczęli bić brawo i Edward zwrócił się w ich stronę. Ja wolałam nie spuszczać go z oczu.

Najpierw uściskała mnie mama i to jej zalana łzami twarz była pierwszą rzeczą, jaką zobaczyłam, kiedy wreszcie z niechęcią oderwałam wzrok od Edwarda. Przechodziłam potem z rąk do rąk, niezupełnie świadoma tego, z kim akurat mam do czynienia – całą swoją uwagę skupiałam na tym, żeby nie puścić ukochanego. Odróżniałam jednak miękkie, ciepłe objęcia znajomych z miasteczka i rezerwatu od zimnych i bardziej powściągliwych mojej nowej rodziny.

Uścisk jednego z gości był tak gorący, że nie sposób było go pomylić z żadnym innym – to Seth Clearwater odważył się stawić czoło gromadzie wampirów, aby zastąpić mojego zaginionego przyjaciela wilkołaka.

4 Gest

Alice tak starannie wszystko zaplanowała, że uroczystość zaślubin płynnie przeszła w wesele. Ceremonia zabrała dokładnie tyle czasu, aby słońce zdążyło schować się za drzewami, i nad rzeką zapadał teraz powoli zmierzch. Edward wyprowadził mnie na zewnątrz przez szklane drzwi. Białe girlandy jarzyły się w świetle lampek na drzewach, a jakieś dziesięć tysięcy kwiatów tworzyło przewiewny wonny baldachim ponad parkietem tanecznym ulokowanym na trawie pomiędzy dwoma wiekowymi cedrami.

Impreza zwolniła tempo, poddając się nastrojowi ciepłego sierpniowego wieczoru. Tłum rozpierzchł się po ogrodzie, tworząc niewielkie grupki. Nadszedł czas na zabawę i rozmowy. Wszyscy chcieli uciąć sobie z nami pogawędkę, chociaż dopiero co składali nam życzenia.

– Moje gratulacje – zawołał Seth Clearwater, schylając się, żeby nie zderzyć się z girlandą. Jego matka, Sue, nie odstępowała jego boku, przyglądając się podejrzliwie nieznanym sobie gościom. Jej szczupła twarz przybrała wojowniczy wyraz, podkreślony dodatkowo przez krótkie jak u rekruta włosy. Ścięła je zaraz po tym, jak zrobiła to z konieczności jej córka, Leah – być może chciała ją w ten sposób wesprzeć. Towarzyszący Clearwaterom Billy Black nie był tak spięty jak Sue.

Zawsze kiedy spoglądałam na ojca Jacoba, miałam poczucie, że widzę nie jedną osobę, ale dwie. Pierwszą z nich był mężczyzna o czole pooranym zmarszczkami i szerokim uśmiechu – usadowiony na wózku inwalidzkim, którego widzieli też wszyscy wokół. Ale był jeszcze drugi mężczyzna – w prostej linii potomek potężnych wodzów, budzący odruchowy respekt. Chociaż, z braku katalizatora, magiczne zdolności jego przodków nie uzewnętrzniły się w jego pokoleniu, znane z legend siły były w Billym nadal dość żywotne, by mógł je odziedziczyć jego jedyny syn. Tyle że Jacob odrzucił swoje dziedzictwo i watahą musiał dowodzić Sam Uley...

Zważywszy na okoliczności, wydawało się wręcz dziwne, że Billy jest do tego stopnia rozluźniony – czarne oczy błyszczały mu, jakby przed chwilą otrzymał jakieś dobre nowiny. To opanowanie mi imponowało. Przecież z jego punktu widzenia ten ślub musiał być tragedią – najgorszą rzeczą, jaka mogła przydarzyć się córce jego najlepszego przyjaciela. Wiedziałam, że z trudem skrywa swoje prawdziwe uczucia, zwłaszcza że dzisiejsza uroczystość stanowiła poważny krok w kierunku naruszenia kilkudziesięcioletniego paktu pomiędzy Cullenami a Quileutami – paktu, który zabraniał rodzinie Edwarda stwarzać nowe wampiry. Cullenowie zdawali sobie sprawę, że sfora wie, co się święci, nie mieli jednak pojęcia, jak po fakcie zareaguje. Przed niedawnym zawarciem przymierza moja przemiana sprowokowałaby natychmiastowy atak, wojnę. Ale teraz, kiedy obie strony poznały się lepiej, czy wilki nie mogły po prostu nam przebaczyć?

Jak gdyby w odpowiedzi na moje pytanie, Seth pochylił się ku Edwardowi z otwartymi ramionami, a Edward uścisnął go bez wahania wolną ręką.

Zauważyłam, że Sue zadrżała.

– I wszystko dobrze się skończyło – powiedział Seth do Edwarda. – Super. Aż miło na was popatrzeć.

– Dzięki, Seth. Twoje słowa wiele dla mnie znaczą. – Edward odsunął się od niego i przeniósł wzrok na Sue i Billy'ego. – Wam też dziękuję. Za to, że puściliście Setha. Że pojawiliście się tu dzisiaj wesprzeć Bellę.

– Cała przyjemność po naszej stronie – odparł Billy swoim niskim, lekko zachrypniętym głosem.

Zaskoczył mnie jego optymistyczny ton. Być może więzy pomiędzy dwoma rasami miały się jeszcze zacieśnić.

Za trójką gości z La Push utworzyła się już kolejka, więc Seth pomachał nam na pożegnanie i skierował wózek Billy'ego w stronę stołów z jedzeniem. Sue położyła Billy'emu dłoń na ramieniu, a synowi na plecach.

Przejęli nas Angela i Ben, po nich rodzice Angeli, a następnie Jessica i Mike. Ci ostatni, czego się nie spodziewałam, trzymali się za ręce. Nie wiedziałam, że znowu są razem, i ucieszyłam się, że do siebie wrócili.

Po znajomych z Forks przyszła kolej na moich nowych przyszywanych kuzynów – klan wampirów z Denali. Kiedy stojąca z samego przodu piękność o blond lokach, po których pomarańczowym odcieniu rozpoznałam Tanyę, wyciągnęła przed siebie ręce, żeby uściskać Edwarda, uświadomiłam sobie, że na moment wstrzymałam oddech. Towarzyszące jej trzy złotookie wampiry przyglądały mi się z nieskrywaną ciekawością. Pierwsza z kobiet miała długie, jasne włosy, proste niczym nitki kukurydzy. Włosy drugiej były czarne, podobnie jak jedynego w tej rodzinie mężczyzny, a w bladych cerach obojga zachował się jakiś ślad ich dawnej śniadości.

Wszyscy czworo byli tak nieziemsko piękni, że aż mnie skręciło. Tanya nadal ściskała Edwarda.

– Och, Edwardzie – powiedziała. – Stęskniłam się już za tobą.

Zaśmiał się i zwinnie wyswobodził, kładąc jej dłoń na ramieniu i odsuwając się o krok, jakby chciał się jej lepiej przyjrzeć.

– Tak, mieliśmy długą przerwę. Dobrze wyglądasz.

– Ty też.

– Pozwól, że przedstawię ci moją żonę. – Po raz pierwszy użył publicznie tego określenia i widać było jak na dłoni, że sprawiło mu to ogromną satysfakcję. Denalczycy roześmiali się serdecznie. – Tanyo, oto Bella.

Wampirzyca była dokładnie tak urocza, jak to sobie wyobrażałam w najgorszych koszmarach. Zmierzyła mnie wzrokiem. Wydawała się raczej oceniać swoje szanse w porównaniu z dopiero co poznaną rywalką, niż godzić z porażką. Podała mi rękę.

– Witaj w rodzinie, Bello. – Uśmiechnęła się smutnawo. – Chciałabym przy okazji osobiście przeprosić cię za to, że chociaż uważamy się za członków tej rodziny, nie zachowaliśmy się, jak na bliskich krewnych przystało, kiedy... kiedy ostatnio byliście w potrzebie. Powinniśmy byli poznać cię już wcześniej. Czy jesteś w stanie nam wybaczyć?

– Oczywiście, że tak – pospieszyłam z odpowiedzią, z trudem łapiąc powietrze. – Tak mi miło, że tu jesteście.

– Może teraz, kiedy wszyscy Cullenowie są już sparowani, to do nas los się uśmiechnie, co, Kate? – Tanya uśmiechnęła się do długowłosej blondynki.

– Marzenie ściętej głowy – skwitowała Kate, wywracając oczami. Wzięła od siostry moją dłoń i ścisnęła ją delikatnie. – Witaj, Bello.

Brunetka położyła dłoń na naszych.

– Jestem Carmen, a to Eleazar. Bardzo się cieszymy, że możemy cię wreszcie poznać.

– Ja... ja też – wyjąkałam.

Tanya zerknęła za siebie na następnych w kolejce – byli to zastępca Charliego, Mark, i jego żona. Wpatrywali się w Denalczyków oczami wielkimi jak spodki.

– Będziemy mieli jeszcze czas lepiej się poznać – stwierdziła Tanya. – Całe wieki! – Śmiejąc się, odsunęła się ze swoimi bliskimi na bok.

Wesele przebiegało według tradycyjnego scenariusza. Kiedy kroiliśmy nasz efektowny tort, oślepiły mnie flesze (tak na marginesie tort był zresztą, moim zdaniem, zbyt duży, zważywszy na stosunkowo niewielką liczbę gości). Potem nakarmiliśmy się nim nawzajem, a Edward przełknął dzielnie swoją porcję, czemu przyglądałam się z niedowierzaniem. Rzucając bukietem, wykazałam się niespotykaną u siebie zręcznością, a wiązanka trafiła prosto w ręce zaskoczonej Angeli. Przed zdejmowaniem podwiązki zsunęłam ją dyskretnie niemal do łydki, ale kiedy Edward usuwał ją, jak należało, zębami, i tak spłonęłam rumieńcem, a Emmett i Jasper mieli ubaw po pachy. Wynurzywszy się spod mojej spódnicy, Edward mrugnął do mnie porozumiewawczo, po czym wycelował swoją zdobyczą w środek twarzy Mike'a Newtona.

Nadszedł czas na pierwszy taniec wieczoru, zgodnie ze zwyczajem, w wykonaniu młodej pary. Od zawsze panicznie bałam się tańczyć – zwłaszcza przed widownią – ale tym razem weszłam na parkiet bez oporów, nie mogąc się doczekać, kiedy znowu znajdę się w objęciach Edwarda. Prowadził mnie tak pewnie, że niczym nie musiałam się przejmować – wirowałam wdzięcznie w błyskach fleszy i poświacie rzucanej przez baldachim choinkowych lampek.

– Czy dobrze się pani bawi, pani Cullen? – szepnął mi do ucha.

Zaśmiałam się.

– Trochę potrwa, zanim się przyzwyczaję.

– Mamy czas – przypomniał mi przepełnionym radością głosem. Pocałował mnie, nie przerywając tańca. Zaczęto nam robić jeszcze więcej zdjęć niż przedtem.

Muzyka zmieniła się i Charlie poklepał Edwarda po ramieniu. Z nim tańczyć nie było mi już tak łatwo – to po tacie odziedziczyłam brak zdolności w tej dziedzinie – poruszaliśmy się więc ostrożnie po parkiecie, nieśmiało się kolebiąc. Edward i Esme kręcili się tymczasem wokół nas niczym Fred Astaire i Ginger Rogers.

– Pusto będzie bez ciebie w domu. Już czuję się osamotniony.

Ścisnęło mnie w gardle, ale spróbowałam obrócić jego obawy w żart.

– Mam okropne wyrzuty sumienia, że przeze mnie będziesz teraz musiał sobie sam gotować. Narażam twoje zdrowie na szwank. To karalne. Mógłbyś mnie aresztować.

Uśmiechnął się szeroko.

– Myślę, że jakoś to przeżyję. Tylko dzwoń, jak często się da.

– Obiecuję.

Zatańczyłam chyba ze wszystkimi. Miło było widzieć starych znajomych, ale tak naprawdę zależało mi tylko na przebywaniu z Edwardem. Szczerze się ucieszyłam, kiedy w pierwszej minucie kolejnego tańca przeprosił mojego partnera i porwał mnie w swoje ramiona.

– Nadal nie przepadasz za Mikiem, co? – skomentowałam, kiedy znaleźliśmy się od niego w takiej odległości, że nie mógł już nas podsłuchać.

– Nie przepadam, bo muszę wysłuchiwać jego myśli. Ma szczęście, że nie wyrzuciłem go z wesela. Albo że jeszcze gorzej go nie potraktowałem.

– Mike myślał o mnie w ten sposób? Tak, tak, już ci wierzę.

– Czy w w ciągu ostatnich kilku godzin widziałaś swoje odbicie?

– Ehm… Nie, a bo co?

– W takim razie podejrzewam, że nie zdajesz sobie sprawy, jak niezwykle atrakcyjnie się dzisiaj prezentujesz. Wcale się nie dziwię, że Mike nie mógł się powstrzymać i fantazjował o tobie, chociaż jesteś już mężatką. Mam żal do Alice, że nie zmusiła cię do przejrzenia się w lustrze.

– Przesadzasz, wiesz? Jesteś zaślepiony.

Westchnął. Zatrzymał się i odwrócił mnie twarzą w stronę domu. W zajmujących całą powierzchnię ściany szybach odbijali się tańczący goście. Edward wskazał palcem na parę dokładnie naprzeciwko nas.

– Zaślepiony, mówisz?

U boku jego sobowtóra stała ciemnowłosa piękność. Miała mlecznobiałą cerę bez jednej skazy i błyszczące z podekscytowania oczy obramowane gęstymi rzęsami. Rozszerzająca się subtelnie ku dołowi połyskująca biała kreacja, którą miała na sobie, przypominała odwrócony kwiat kalii. Dzięki doskonale dopasowanemu krojowi sukni nieznajoma wyglądała w niej elegancko i wdzięcznie – przynajmniej dopóki stała nieruchomo.

Nim zdążyłam mrugnąć i sprawić tym samym, by piękność przemieniła się z powrotem we mnie, Edward znienacka zesztywniał i obrócił się machinalnie w przeciwnym kierunku, jak gdyby ktoś go zawołał.

– Och.

Zmarszczył czoło, ale zaraz się uspokoił.

– Co się stało? – spytałam.

– Kolejny prezent ślubny. Niespodzianka.

– Hę?

Nie odpowiedział, tylko jak gdyby nigdy nic zaczął znowu tańczyć, manewrując mną jednak tak, abyśmy znaleźli się poza
oświetlonym parkietem. Nawet tam nie przestaliśmy wirować
i wkrótce odgrodził nas od świateł przyjęcia gruby pień jednego
z sędziwych cedrów.

Edward spojrzał prosto w mrok.

– Dziękuję – powiedział w przestrzeń. – To bardzo... to bardzo miło z twojej strony.

– Tak, miły ze mnie chłopak, prawda? – odpowiedział mu
znajomy zachrypnięty głos. – Można? Nie przeszkadzam?

Dłoń powędrowała mi do ust. Gdyby nie Edward, pewnie bym
się przewróciła.

– Jacob! – wykrztusiłam, gdy wrócił mi oddech. – Jacob!

– Cześć, Bells.

Zaczęłam przedzierać się niezdarnie przez ciemność. Edward
podtrzymywał mnie za łokieć, dopóki nie przyjął mnie ktoś równie
dobrze widzący w nocy jak on. Jacob przyciągnął mnie do siebie
i przez cienką warstwę satyny poczułam, jak bardzo gorąca jest jego skóra. Bynajmniej nie próbował ze mną zatańczyć – przytulał
mnie tylko, a ja przylgnęłam czołem do jego piersi.

Pochylił się, żeby przycisnąć mi policzek do czubka głowy.

– Rosalie mi nie wybaczy, jeśli choć raz z nią nie zatańczę –
mruknął Edward, niby to usprawiedliwiając się, dlaczego nas
opuszcza, wiedziałam jednak dobrze, że tak naprawdę był to poniekąd jego prezent ślubny dla mnie – kilka chwil sam na sam
z Jacobem.

– Och, Jacob... – Znowu się rozpłakałam. Mówiłam niewyraźnie przez łzy. – Dziękuję.

– Przestań ryczeć, dziewczyno. Zrujnujesz sobie sukienkę. To tylko ja.

– Tylko? Och, Jake! Co to byłoby za wesele bez ciebie?

Prychnął.

– Tak, dopiero teraz może zacząć się porządna imprezka. Drużba dojechał.

– Teraz są tu wszyscy, których kocham.

– Sorki za spóźnienie – szepnął w moje włosy.

– Tak się cieszę, że cię widzę!

– I o to chodziło.

Zerknęłam w kierunku domu, ale tańczący przesłaniali miejsce, w którym ostatni raz widziałam ojca Jacoba. Nie byłam pewna, czy aby już sobie nie poszedł.

– Czy Billy wie, że tu jesteś?

Nagle zrozumiałam, że tak, bo było to jedyne wytłumaczenie tego, że był wcześniej w tak doskonałym humorze.

– Sam musiał mu powiedzieć. Wpadnę do niego, jak tylko… jak tylko będzie po weselu.

– Sprawisz mu na pewno ogromną przyjemność.

Odsunął się ode mnie odrobinę i wyprostował. Lewą dłonią obejmował mnie cały czas za szyję, a prawą wziął mnie za rękę i przycisnął ją sobie do piersi. Poczułam pod palcami, jak bije mu serce, i domyśliłam się, że nie wybrał tego miejsca przypadkowo.

– Nie wiem, czy dane mi będzie więcej niż ten jeden taniec – powiedział, zaczynając powoli się kołysać, co zupełnie nie pasowało do dochodzącej z oddali muzyki – więc muszę się naprawdę postarać.

Tańczyliśmy w rytmie uderzeń jego serca.

– Cieszę się, że przyszedłem – odezwał się cicho po chwili – a nie sądziłem, że tak będzie. Myślałem, że zrobi mi się smutno. Ale dobrze cię znowu widzieć.

– Nie chcę, żeby było ci smutno.

– Wiem. A ja nie przyszedłem tutaj, żeby wywołać w tobie poczucie winy.

– Coś ty. Jestem przeszczęśliwa, że się zjawiłeś. To najlepszy prezent, jaki mógłbyś mi dać.

Zaśmiał się.

– To dobrze, bo nie miałem czasu wpaść po drodze do żadnego sklepu.

Oczy przyzwyczaiły mi się do ciemności i dostrzegłam kontury jego twarzy, tyle że wyżej, niż się tego spodziewałam. Czy to możliwe, że ciągle rósł? Musiał już mieć dobrze ponad dwa metry. Z ulgą upewniłam się, że poza tym nic a nic się nie zmienił – nadal miał wystające kości policzkowe, oczy głęboko osadzone pod krzaczastymi brwiami, idealnie białe zęby i pełne wargi, wykrzywione w sarkastycznym uśmiechu pasującym do tonu jego głosu. Wyglądał jednak na spiętego – miał się na baczności. Robił to wszystko, żeby mnie uszczęśliwić, i bardzo się starał, żeby nie okazać, jak wiele go to kosztowało.

Nie zasługiwałam na tak wspaniałego przyjaciela, jak Jacob.

– Kiedy postanowiłeś wrócić?

– Świadomie czy nieświadomie? – Zanim sam odpowiedział sobie na to pytanie, wziął głęboki wdech. – Tak naprawdę to sam nie wiem. Właściwie już od pewnego czasu kierowałem się w stronę domu. Może coś mnie tu ciągnęło? Ale dopiero dzisiaj rano zacząłem skupiać się na tym, żeby zdążyć na czas. I przejmować się, że mi się to nie uda. Biegłem jak szalony. – Zaśmiał się, kręcąc głową. – Nawet nie wiesz, jakie to niezwykłe uczucie chodzić znowu na dwóch nogach. I mieć na sobie ubranie! Tym bardziej, że nie spodziewałem się, że będzie mi dziwnie być znowu człowiekiem. Wyszedłem już z wprawy.

Cały czas tańczyliśmy.

– Ale było warto, choćby tylko po to, żeby cię taką zobaczyć. To niesamowite. Jesteś taka piękna.

– Alice poświęciła mi dziś bardzo dużo czasu. No i pamiętaj, że tu jest ciemno.

– A ty nie zapominaj, że widzę w ciemnościach.

– No tak.

Ach, te wyostrzone zmysły wilkołaków. Tak łatwo wyleciało mi z głowy, ile potrafi. Wydawał się zwykłym człowiekiem. Zwłaszcza teraz.

– Ostrzygłeś się – zauważyłam.

– Tak. Pomyślałem, że zrobię przy okazji jakiś użytek z rąk. Bez nich jest z tym trochę kłopotu.

– Ładnie ci tak – skłamałam.

Znowu prychnął.

– Jasne, nie ma jak zardzewiałe kuchenne nożyczki. – Uśmiechnął się szeroko, ale szybko spoważniał. – Bello, jesteś szczęśliwa?

– Tak.

– To dobrze. – Wzruszył ramionami. – To chyba najważniejsze.

– A ty, jak się miewasz? Tak naprawdę?

– Jest okej. Nie zamartwiaj się o mnie tyle. Przestań dręczyć Setha.

– Nie wydzwaniam do niego, żeby go dręczyć. Po prostu go lubię.

– Tak, to dobry dzieciak. Akurat w jego towarzystwie całkiem dobrze się czuję. Mówię ci, gdybym mógł się pozbyć tych głosów z mojej głowy, bycie wilkiem byłoby super.

Zaśmiałam się na myśl, jak to ostatnie zdanie zabrzmiałoby w uszach jakiegoś przypadkowego świadka naszej rozmowy.

– Tak, u mnie też tylko gadają i gadają.

– Gdybyś ty słyszała jakieś głosy, to by oznaczało, że jesteś nienormalna. Ale zaraz, przecież ty jesteś nienormalna – zażartował.

– Dzięki.

– Pewnie łatwiej jest być chorym psychicznie niż wilkołakiem. Głosy z głowy wariata nie nasyłają na niego nianiek, żeby miały go na oku.

– Nianiek?

– Sam jest w pobliżu. I kilkoro innych. No wiesz, tak na wszelki wypadek.

– Na wypadek czego?

– Na wypadek, gdybym przestał się kontrolować czy coś. Gdybym postanowił rozwalić to przyjęcie. – Po jego twarzy przemknął uśmiech. Pewnie miałby na to ochotę. – Nie bój się, nie przyszedłem tu po to, żeby zepsuć ci wesele. Przyszedłem tu po to, żeby... – nie dokończył.

– Żeby moje wesele było idealne.

– Masz wobec mnie bardzo duże wymagania.

– No to dobrze, że sam jesteś taki duży.

Jęknął, słysząc tak kiepski dowcip, a potem westchnął.

– Przyszedłem tu po to, żeby pokazać ci, że jestem twoim przyjacielem. Twoim najlepszym przyjacielem. To nasz ostatni wieczór.

– Sam powinien ci bardziej ufać.

– Czy ja wiem, może jestem przewrażliwiony na swoim punkcie. Może są tu raczej ze względu na Setha. Naprawdę dużo tu wampirów. Seth nie podchodzi do tego tak poważnie, jak by wypadało.

– Seth wie po prostu, że nic mu nie grozi. Rozumie Cullenów lepiej niż Sam.

– Niech ci będzie – zażegnał pospiesznie potencjalny konflikt.

Jacob dyplomatą? Poczułam się dziwnie.

– Przykro mi, że musisz słyszeć te głosy – powiedziałam. – Tak bardzo chciałabym móc jakoś temu zaradzić.

Temu i wielu innym rzeczom.

– Nie jest tak źle. Tak sobie tylko narzekam.

– A ty... jesteś szczęśliwy?

– Na ile to możliwe. Ale koniec gadania o mnie. To twój dzień. – Zaśmiał się. – Założę się, że jesteś w swoim żywiole. Tyle godzin w centrum zainteresowania...

– Tak. Nigdy mi tego za wiele.

Znowu się zaśmiał, a potem spojrzał w dal ponad moją głową. Powiodłam wzrokiem za jego spojrzeniem. Z zaciśniętymi ustami przyglądał się światełkom na drzewach, wirującym tancerzom i płatkom kwiatów odrywających się od girland. Wszystko to wydawało się bardzo odległe od ciemnego, cichego miejsca, w którym się oboje znajdowaliśmy. Wrażenie było takie, jakbyśmy przyglądali się płatkom sztucznego śniegu w szklanej kuli.

– Jednego im nie można odmówić – stwierdził – talentu do wyprawiania przyjęć.

– Na Alice nie ma siły.

Westchnął.

– Piosenka się skończyła. Myślisz, że dadzą nam przetańczyć jeszcze jedną? Czy już przeciągam strunę?

Uścisnęłam go mocniej.

– Możemy przetańczyć tyle piosenek, ile ci się tylko podoba.

Zaśmiał się.

– To by dopiero było ciekawe doświadczenie. Pozwól jednak, że zostaniemy przy dwóch. Nie chciałbym, żeby ludzie zaczęli plotkować.

Znowu zaczęliśmy się kołysać.

– Myślałby kto, że się już przyzwyczaiłem do pożegnań z tobą – mruknął.

Spróbowałam przełknąć gulę, która pojawiła się w moim gardle, ale mi się to nie udało. Jacob spojrzał na mnie i ściągnął brwi. Starł mi palcami łzy z policzka.

– To ja powinienem tu płakać, Bello.

– Na weselach każdy płacze – odparłam.

– Wszystko idzie zgodnie z twoim planem, prawda?

– Tak.

– No to się uśmiechnij.

Posłuchałam go, ale wyszedł z tego grymas, który tylko go rozśmieszył.

– Właśnie taką chciałbym cię zapamiętać. Będę wmawiał sobie, że...

– Że co? – przerwałam mu. – Że nie żyję?

Zacisnął zęby. Walczył z sobą, żeby po naszym spotkaniu pozostały mi jedynie miłe wspomnienia. I tak domyślałam się, co chce powiedzieć.

– Nie – odpowiedział w końcu. – Ale będę wyobrażał sobie, że ciągle tak wyglądasz. Zaróżowione policzki. Bijące serce. Dwie lewe nogi. Wszystko ze szczegółami.

Rozmyślnie z całej siły nadepnęłam mu na stopę.

Uśmiechnął się.

– Cała ty.

Chciał dodać coś jeszcze, ale szybko zamknął usta i znowu zacisnął zęby, powstrzymując się od palnięcia głupstwa.

Kiedyś wszystko było takie proste. Przebywanie w towarzystwie Jacoba było dla mnie czystym relaksem. Ale potem wrócił Edward i nasza przyjaźń została wystawiona na próbę. Stało się tak, ponieważ – zdaniem Jacoba – wybierając Edwarda, wybrałam los gorszy od śmierci, a co najmniej jej ekwiwalent.

– No, co? – ośmieliłam go. – Powiedz mi. Mnie możesz powiedzieć wszystko.

– To nie tak. Widzisz... Nie mam ci nic do powiedzenia.

– Przestań, Jake. No, wyrzuć to z siebie.

– Ale to prawda. To nie... To... to pytanie. Chciałbym, żebyś ty coś mi powiedziała.

– Wal śmiało.

Walczył z sobą przez kolejną minutę. Wreszcie zrobił głośno wydech.

– Tak nie wypada. Zresztą, to nie ma znaczenia. Po prostu bardzo chciałbym wiedzieć...

Nie musiał kończyć – zrozumiałam.

– Jeszcze nie dziś – szepnęłam.

Tak dobrze go znałam. Pragnął, żebym pozostała człowiekiem, jeszcze bardziej niż Edward. Każde uderzenie mojego serca było dla niego świętością. Odliczał je z narastającym niepokojem.

– Ach, tak? – powiedział, usiłując zamaskować, jak wielką czuje ulgę. – No tak.

Zmieniła się muzyka, ale tym razem tego nie zauważył.

– To kiedy? – wyszeptał.

– Nie jestem pewna. Za tydzień, może dwa.

Ratował się, pokrywając swoje zdenerwowanie kpiną.

– A cóż to cię zatrzymuje? – zadrwił.

– Po prostu nie chcę spędzić miesiąca miodowego, wijąc się z bólu.

– A jak wolisz go spędzić? Grając w warcaby? Ha, ha.

– Bardzo zabawne.

– Żartuję, Bells. Ale, szczerze, nie widzę w tym sensu. I tak nie możesz mieć teraz ze swoim wampirem prawdziwego miodowego miesiąca, więc po co odstawiać całą tę szopkę? Załatwcie to jak najszybciej. Przynajmniej nie będziecie musieli tyle na siebie czekać. Chociaż – wtrącił szczerze – jak dla mnie, to dobrze, że tak w kółko to odkładacie. No, co się tak rumienisz?

– A odczep się! – warknęłam. – A właśnie, że mogę mieć prawdziwy miesiąc miodowy! Mogę robić wszystko, na co tylko mam ochotę! Z niczym nie będziemy musieli czekać!

Zatrzymał się raptownie. W pierwszym odruchu, sądząc, że zaraz się pożegna, bo zauważył wreszcie, że leci już nowa piosenka, zaczęłam zastanawiać się gorączkowo, jakby tu załagodzić sprawę i rozstać się w zgodzie. Ale potem wytrzeszczył oczy i dostrzegłam w nich przerażenie.

– Co takiego? – wykrztusił. – Powtórz, co powiedziałaś!

– Co mam powtórzyć? Jake? O co ci chodzi?

– Co ty najlepszego wygadujesz? Że możesz mieć prawdziwy miesiąc miodowy? Będąc nadal człowiekiem? Nabijasz się ze mnie? Jak możesz nabijać się z czegoś takiego? To chore!

Wzbierał we mnie gniew.

– Powiedziałam ci, żebyś się odczepił! Nie twój interes! Jak można... Nie powinniśmy w ogóle o tym rozmawiać! To... to moja prywatna sprawa!

Jake chwycił mnie za ramiona, wbijając mi palce w ciało.

– Auć! To boli! Puszczaj!

Potrząsnął mną.

– Bella, oszalałaś?! Nie możesz być aż tak głupia! Błagam, powiedz mi, że to dowcip!

Znowu mną potrząsnął. Jego rozedrgane dłonie wysyłały wibracje w głąb moich kości.

– Jake, przestań!

W ciemności wokół nas nagle się zakotłowało.

– Puszczaj ją w tej chwili! – Głos Edwarda był zimny jak stal i ostry jak brzytwa.

Zza pleców Jacoba dobiegł niski charkot, a potem drugi, głośniejszy.

– Jake, wyluzuj! – odezwał się skądś Seth Clearwater. – Tracisz nad sobą kontrolę!

Jacob stał nieruchomo, wpatrując się we mnie szeroko otwartymi oczami.

– Zrobisz jej krzywdę – ciągnął Seth cicho. – Puść ją.

– Ale to już! – rozkazał Edward.

Jacob opuścił ręce. Krew powracająca do ramion niemal sprawiła mi ból. Zanim zdołałam w jakikolwiek sposób zareagować, gorące dłonie wilkołaka zastąpiły lodowate ręce wampira, moje stopy oderwały się od ziemi, a wszystkie dźwięki zagłuszył szum powietrza.

Zdążyłam ledwie mrugnąć i już stałam dwa metry dalej. Przede mną Edward szykował się do kolejnego skoku. Pomiędzy nami a Jacobem pojawiły się dwa ogromne wilki, które najwyraźniej nie miały jednak zamiaru mnie atakować, a jedynie nie chciały dopuścić do bójki. Zaś Seth – patykowaty, piętnastoletni Seth – zaciskał kurczowo swoje długie ramiona wokół dygoczącego Jacoba i odciągał go na bok.

Jest tak blisko, pomyślałam. Jeśli Jacob przeobrazi się teraz w wilka...

– Spokojnie, Jake. Chodźmy już. No, chodź.

– Zabiję cię! – syknął Jacob. Pewnie chciał krzyknąć, ale emocje dławiły mu gardło. Świdrował Edwarda wzrokiem, a jego oczy miotały błyskawice. – Zabiję cię własnoręcznie! I to zaraz! – Jego ciało przeszedł potężny dreszcz.

Większy z wilków, czarny, warknął ostrzegawczo.

– Puszczaj go, Seth – zażądał Edward, ale Seth ponowił próbę, a Jacob, skupiony na czym innym, pozwolił odciągnąć się o kolejny metr.

– Nie rób tego, Jake. Wycofaj się. No, chodź.

Sam – bo to on był czarnym basiorem – dołączył do Setha i zaczął napierać na Jacoba, oparłszy czoło o jego pierś. Podziałało. Szybko zniknęli w trójkę w ciemnościach: Seth ciągnąc, Jake trzęsąc się, a Sam pchając.

Drugi wilk przyglądał się tej dziwnej scenie. W słabym świetle nie byłam pewna, jakiego koloru miał sierść. Barwy czekolady? Czyżby był to Quil?

– Przepraszam – szepnęłam do niego.

– Już wszystko w porządku, Bello – zapewnił mnie Edward.

Basior spojrzał na niego nieprzyjaźnie. Edward skinął głową. Wilk prychnął i ruszył za pobratymcami. Po chwili zniknął bez śladu.

– Już po wszystkim – mruknął do siebie Edward. – Wracajmy – zwrócił się do mnie.

– Ale Jake…

– Nie przejmuj się nim. Sam ma wszystko pod kontrolą.

– Tak strasznie mi głupio, Edwardzie. Zachowałam się jak idiotka…

– To nie twoja wina.

– Po co się na niego zdenerwowałam?! Tak bardzo się starał! Co ja sobie, głupia, myślałam, że co osiągnę?!

– Nie zadręczaj się. – Dotknął mojej twarzy. – Musimy wrócić na wesele, zanim ktoś zorientuje się, że nas nie ma.

Pokręciłam głową, starając się zrozumieć, o co mu chodzi. Zanim ktoś się zorientuje? To ktoś mógł przegapić to zajście?

Ale kiedy zastanowiłam się nad tym dłużej, uświadomiłam sobie, że to, co mi wydawało się godne zbiegowiska, w rzeczywistości było krótką i cichą wymianą zdań kilku skrytych w cieniu osób.

– Chwila – poprosiłam.

W moim sercu panowała żałoba, a w głowie zamęt, ale wszystko to nie miało teraz znaczenia – liczył się mój wygląd. Wiedziałam, że sztukę kamuflażu muszę doprowadzić do perfekcji.

– Jak tam suknia?

– Prezentujesz się idealnie. Nawet fryzura ci się nie rozsypała.

Wzięłam dwa głębokie wdechy.

– Okej. Możemy iść.

Objął mnie ramieniem i podprowadził do parkietu, a kiedy znaleźliśmy się pod baldachimem lampek, zakręcił mną dookoła. Wkrótce wirowaliśmy wśród innych par, jak gdybyśmy nigdy nie przerywali tańca.

– Nic ci...

– Nic a nic. Nie mogę tylko uwierzyć, że to zrobiłam. Co jest ze mną nie tak?

– Nic nie jest z tobą nie tak.

Tak bardzo ucieszyłam się na widok Jacoba. I doskonale wiedziałam, jakie to dla niego poświęcenie. A mimo to wszystko zniszczyłam, zmieniłam jego prezent w katastrofę. Powinnam się leczyć.

Żeby tego wieczoru nie zrujnować swoją głupotą nic więcej, postanowiłam sprawę Jacoba odłożyć do szuflady i zająć się nią później. Będziesz miała jeszcze wiele czasu, żeby to sobie wypominać, pomyślałam. Na razie i tak nic nie możesz tu pomóc.

– Sprawa zamknięta – powiedziałam. – Nie wracajmy już do niej dzisiaj.

Spodziewałam się, że Edward się ze mną zgodzi, ale odpowiedziała mi cisza.

– Co jest?

Zamknął oczy i przytknął czoło do mojego czoła.

– Jacob ma rację. Co ja sobie wyobrażam, że kim jestem, cudotwórcą?

– Nieprawda. – Starałam się zachować normalny wyraz twarzy w razie, gdyby obserwowali mnie goście. – Jacob jest zbyt uprzedzony, żeby rozsądnie to rozważyć.

Edward coś wymamrotał. Wydało mi się, że wyłapałam: „trzeba było dać się mu zabić" i „co ja sobie wmawiam".

– Przestań – przerwałam mu ostro. Ujęłam jego twarz w dłonie i zaczekałam, aż otworzy oczy. – Ty i ja. Nic innego się nie liczy. Nie pozwalam ci myśleć teraz o niczym innym, zrozumiano?

– Tak – westchnął.

– Zapomnij, że Jacob w ogóle tu był. – Sama zamierzałam dokładnie tak postąpić. – Dla mnie. Obiecaj, że dasz sobie z tym spokój.

Przez moment patrzył mi prosto w oczy.

– Obiecuję.

– Dziękuję. I pamiętaj, że wcale się nie boję.

– Ale ja się boję – szepnął.

– To przestań. – Wzięłam głęboki wdech i uśmiechnęłam się. – A tak w ogóle, kocham cię.

– To dlatego tu jesteśmy. – Z trudem zmusił się do uśmiechu.

– Dosyć tego – wtrącił się Emmett, stając za jego plecami. – Ja też chcę zatańczyć z panną młodą. Z moją małą siostrzyczką. Może to ostatnia okazja, żeby wywołać na jej twarzy rumieniec. – Zaśmiał się głośno, jak zwykle niewzruszony napiętą sytuacją.

Okazało się, że nie tańczyłam jeszcze z wieloma osobami, ale tańcząc, mogłam przynajmniej się uspokoić i kiedy Edward odzyskał mnie po kilkudziesięciu minutach, szufladka z napisem „Jacob" była już zamknięta na klucz. Czując wokół siebie silne ramiona Edwarda, poddałam się na nowo szczęściu, odzyskując pewność, że wszystko nareszcie jest w zupełnym porządku. Uśmiechnęłam się i złożyłam mu głowę na piersi. Przytulił mnie do siebie jeszcze mocniej.

– Mogłabym się do tego przyzwyczaić – oznajmiłam.

– Chyba nie chcesz mi powiedzieć, że przekonałaś się do tańca?

– Nie jest tak źle – z tobą jako partnerem. Ale chodziło mi bardziej o to. – Przywarłam do niego z całych sił. – Chciałabym móc już nigdy się z tobą nie rozstawać.

– Na zawsze razem – obiecał mi, pochylając się, żeby mnie pocałować.

Całował mnie bardzo na serio – powoli, ale coraz namiętniej...

Zdążyłam zapomnieć o bożym świecie, lecz na ziemię sprowadził mnie głos Alice:

– Bello, czas się przebrać!

Czy naprawdę nie mogła zaczekać?

Edward zignorował siostrę i naparł na moje wargi z jeszcze większą energią. Serce waliło mi jak oszalałe, a zaciśnięte na szyi dłonie Edwarda pokryły krople potu.

– Chcecie spóźnić się na samolot? – Alice nie dawała za wygraną. – Spędzicie uroczy miesiąc miodowy, koczując w hali odlotów.

Edward odsunął się ode mnie tylko na ułamek sekundy.

– Sio! – mruknął i zabrał się z powrotem do całowania.

– Bello, chcesz polecieć ubrana w suknię ślubną?

Puściłam jej pytanie mimo uszu. Zresztą, było mi naprawdę wszystko jedno.

Alice jęknęła cicho.

– Powiem jej, dokąd ją zabierasz – zagroziła Edwardowi.

Zamarł na moment, a potem spiorunował ją wzrokiem.

– I pomyśleć, że coś tak małego może tak działać człowiekowi na nerwy.

– Nie po to naszukałam się idealnej sukienki na podróż, żeby teraz się miała zmarnować – odpyskowała. – Idziemy – zakomenderowała, biorąc mnie za rękę.

Zaparłam się, żeby móc pocałować go jeszcze choć raz, ale pociągnęła mnie niecierpliwie za sobą. Kilkoro z przyglądających się nam gości zachichotało. Poddałam się, żeby nie robić z siebie pośmiewiska, i pozwoliłam odprowadzić się do pustego domu.

Alice wyglądała na zezłoszczoną.

– Przepraszam.

– To nie twoja wina – westchnęła. – Po prostu nad sobą nie panujesz.

Jej mina męczennicy rozbawiła mnie. Zmarszczyła czoło.

– Dziękuję, dziękuję za najpiękniejsze wesele w historii – powiedziałam szczerze. – Wszystko było super. Jesteś najlepszą, najmądrzejszą, najbardziej utalentowaną siostrą pod słońcem.

Starczyło, by poprawić jej humor. Uśmiechnęła się od ucha do ucha.

– Cieszę się, że ci się podobało.

Na górze czekały Renée i Esme. We trójkę błyskawicznie przebrały mnie w wybrany przez Alice granatowy zestaw. Ktoś wyjął mi z włosów szpilki i pozwolił skręconym puklom opaść swobodnie na plecy, za co byłam wdzięczna, bo uratowało mnie to przed bólem głowy.

Mama ani na moment nie przestała szlochać.

– Zadzwonię, jak tylko będziemy na miejscu – przyrzekłam, tuląc ją na pożegnanie. Wiedziałam, że cierpi katusze, zachodząc w głowę, dokąd też mnie Edward wywozi. Nie znosiła sekretów, chyba że była w nie wtajemniczona.

Alice przebiła tę obietnicę.

– Powiem ci, jak tylko pojadą na lotnisko.

Czyli miałam dowiedzieć się ostatnia? To nie było fair!

– Musisz nas wkrótce odwiedzić. I to jak najszybciej. Teraz twoja kolej. Powygrzewasz się wreszcie na słoneczku – ta pogoda tutaj...

– Dzisiaj nie padało – przypomniałam jej, zmieniając temat.

– To cud.

– Wszystko gotowe – powiedziała Alice. – Twoje walizki są już w samochodzie – Jasper wyprowadza go właśnie z garażu.

Pociągnęła mnie ku schodom. Renée poszła z nami, nadal się do mnie tuląc.

– Kocham cię, mamo – szepnęłam, kiedy schodziłyśmy na dół. – Jak to dobrze, że masz Phila. Dbajcie o siebie.

– Też cię kocham, skarbie. Moja maleńka.

– Pa. Kocham cię – powtórzyłam przez ściśnięte gardło.

Edward czekał na mnie u stóp schodów. Wzięłam go za rękę, ale wzrokiem zaczęłam przeczesywać zgromadzony w salonie tłumek pragnących pożegnać nas osób.

– Tato? – zawołałam, rozglądając się.

– Tam – szepnął Edward.

Poprowadził mnie wśród gości, którzy grzecznie ustępowali nam miejsca. Znaleźliśmy Charliego opartego pod dziwnym kątem o ścianę – wyglądało to trochę tak, jakby się chował. Czerwone obwódki wokół jego oczu wyjaśniały, dlaczego.

– Och, tato!

Kiedy objęłam go w pasie, po policzkach znowu pociekły mi łzy – wyjątkowo dużo dzisiaj płakałam. Poklepał mnie po plecach.

– Już dobrze, już dobrze. Bo spóźnisz się na samolot.

Z trudem mówiłam przy Charliem o swoich uczuciach. Pod tym względem byliśmy do siebie podobni – żeby uniknąć skrępowania, ratowaliśmy się, wspominając coś trywialnego. Ale teraz musiałam zachować się dojrzalej.

– Pamiętaj, że zawsze będę cię kochać, tato.

– Ja też cię kocham, Bells. I nigdy nie przestanę.

Pocałowałam go w policzek w tym samym momencie, gdy on pocałował mój.

– Zadzwoń – poprosił.

– Jak tylko będę mogła – obiecałam, wiedząc, że nie mogę mu przyrzec nic więcej. Nic więcej prócz sporadycznych telefonów. Moi rodzice mieli mnie już nigdy nie zobaczyć – za bardzo miałam się zmienić, a przede wszystkim mogłam stać się dla nich zbyt niebezpieczna.

– Czas na ciebie. No, bo spóźnisz się na samolot.

Goście znowu się przed nami rozstąpili. Edward przytulił mnie mocno do swego boku.

– Gotowa?

– Tak.

Nie kłamałam.

Kiedy pocałował mnie na progu, wybuchły brawa. A kiedy wybiegliśmy przed dom, posypał się ryż. Większość ziaren nas omijała, ale ktoś – prawdopodobnie Emmett – celował z zabójczą precyzją w plecy Edwarda, a we mnie trafiało sporo z tego, co odbijało się od nich rykoszetem.

Samochód upiększała ogromna ilość kwiatów, upiętych w sznury ciągnące się na całej jego długości. Z tylnego zderzaka zwisały pęki długich zwiewnych wstążek i chyba z tuzin butów – na oko zupełnie nowych i w dodatku ekskluzywnych.

Wsiadałam do środka, a Edward osłaniał mnie przed strugami ryżu. Po krótkiej chwili znalazł się za kierownicą i odpalił silnik.

– Kocham was wszystkich! – zawołałam, machając przez okno do swoich bliskich. Oni też machali.

Tuż przed tym, zanim weranda, na której stali, znikła mi z oczu, mój wzrok padł na rodziców. Phil czule przytulał do siebie Renée, a ona obejmowała go w pasie, ale też trzymała za rękę Charliego. Tyle różnych odcieni miłości, pomyślałam, ale wszystkie ze sobą w harmonii. Ten obrazek przepełnił mnie nadzieją.

Edward ścisnął moją dłoń.

– Kocham cię – powiedział.

Oparłam mu głowę o ramię.

– To dlatego tu jesteśmy – zacytowałam go.

Pocałował mnie we włosy.

Kiedy wyjechaliśmy na główną drogę, a Edward dodał gazu, ponad pomruk silnika wybił się dobiegający z lasu dźwięk. Skoro byłam w stanie go usłyszeć, Edward słyszał go także, nie odezwał się jednak ani słowem, a i ja w żaden sposób go nie skomentowałam.

Przeszywające, rozpaczliwe wycie zanikało stopniowo, aż w końcu zapadła cisza.

5 Wyspa Esme

– Houston? – spytałam zdziwiona, kiedy doszliśmy do naszej bramki na lotnisku w Seattle.

– To tylko kolejny przystanek w podróży – wyjaśnił Edward z zawadiackim uśmiechem.

Kiedy mnie obudził w Teksasie, miałam wrażenie, że dopiero co zasnęłam. Powłócząc nogami, dałam się ciągnąć przez hale terminali, usiłując nie zapomnieć, że po każdym mrugnięciu otwiera się oczy.

Zatrzymaliśmy się przy stanowisku odpraw dla lotów międzynarodowych, ale musiało minąć kilka minut, zanim zorientowałam się, co jest grane.

– Rio de Janeiro? – wykrztusiłam.

– Kolejny przystanek – poinformował mnie enigmatycznie.

Lot do Ameryki Południowej trwał wiele godzin, ale w szerokim fotelu pierwszej klasy było całkiem wygodnie, zwłaszcza, że Edward nie wypuszczał mnie z objęć. Obudziłam się dopiero, gdy kołując, zniżaliśmy się ku lotnisku – tym razem zupełnie wyspana i w stu procentach przytomna.

Wbrew temu, czego się spodziewałam, zamiast zaczekać na przesiadkę, wzięliśmy taksówkę i zaczęliśmy się przedzierać przez tętniące życiem ulice Rio. Zapadał zmierzch. Nie rozumiałam, co Edward mówi po portugalsku do kierowcy, podejrzewałam jednak, że przed kolejnym etapem podróży mamy zanocować w hotelu. Na myśl o tym poczułam wręcz paraliżującą tremę.

Tłum na ulicach nieco się przerzedził. Znajdowaliśmy się w najdalej na zachód wysuniętej części miasta i kierowaliśmy się w stronę oceanu.

Wysiedliśmy w porcie.

Edward poprowadził mnie wzdłuż przycumowanych do brzegu jachtów. Ich biel kontrastowała z głęboką czernią wody. Ten, przy którym się zatrzymaliśmy, choć równie luksusowy, był mniejszy od pozostałych, a i bardziej od nich opływowy – najwyraźniej zbudowano go z myślą o tym, by rozwijał jak największą prędkość, a nie po to, by mieścił jak najwięcej pasażerów.

Edward przeskoczył lekko przez reling, chociaż niósł nasze walizy. Odstawiwszy je, odwrócił się, żeby pomóc mi dostać się na pokład.

Przyglądałam się w milczeniu, jak szykuje jacht do wypłynięcia w morze, zaskoczona, z jaką pewnością i znawstwem to robi. Nigdy mi nie wspominał, że interesuje się żeglarstwem. Ale z drugiej strony, nie było przecież chyba dziedziny, w której nie byłby dobry.

Popłynęliśmy na wschód, na otwarty ocean. Przypominałam sobie gorączkowo podstawy geografii. O ile dobrze pamiętałam, na wschód od Brazylii nic już właściwie nie było. Nic... aż do wybrzeży Afryki.

Edward gnał jednak śmiało dalej, aż światła Rio zaczęły się rozmazywać, a wreszcie znikły za horyzontem. Na twarzy mojego towarzysza widniał znajomy uśmiech, jaki nieodmiennie wywoływał u niego pęd. Jacht pruł dziobem fale i pył wodny osiadał mi na skórze i we włosach.

Powstrzymywałam się długo, ale ciekawość w końcu wzięła nade mną górę.

– Daleko jeszcze? – spytałam.

Nie byłoby to do niego podobne, gdyby zapomniał, że jestem człowiekiem, ale zaczynałam się już zastanawiać, czy aby nie planuje spędzić na tej łupinie kilku dni.

– Jakieś pół godziny.

Zauważył, jak kurczowo trzymam się siedzenia, i znowu łobuzersko się uśmiechnął.

No cóż, pomyślałam, kiedy się podróżuje z wampirem, to trzeba być gotowym na wszystko. Może płynęliśmy na Atlantydę?

– Spójrz tam! – zawołał dwadzieścia minut później, przekrzykując silnik.

Z początku nie widziałam w ciemnościach nic prócz białego traktu odbijającego się w wodzie księżyca, ale wpatrywałam się we wskazany punkt tak długo, aż wreszcie wyłowiłam odcinający się od połyskliwych fal czarny kształt. Zmrużywszy oczy, dostrzegłam więcej szczegółów. Z grubsza był to trójkąt, o jednym boku opadającym ku wodzie łagodniej niż drugi. Kiedy podpłynęliśmy bliżej, jego krawędzie okazały się dziwnie rozedrgane i pierzaste.

Nagle zrozumiałam, że przed nami wyłania się z wody wyspa i patrzę na kołyszące się na wietrze palmy. Piaszczysta plaża odbijała blade światło księżyca.

– Co to? – wyszeptałam.

Edward zmienił kurs, kierując jacht ku północnemu skrajowi lądu. Usłyszał mnie mimo warkotu silnika i uśmiechnął się szeroko.

– To Wyspa Esme.

Zwolnił, by móc dobić z precyzją do krótkiego drewnianego pomostu. Kiedy zgasił silnik, uderzył mnie spokój wokoło. Nie słychać było nic prócz liżących burty fal i szumiącej w koronach palm bryzy. Powietrze było tu nagrzane, wilgotne i wonne – jak w zaparowanej łazience po gorącym prysznicu.

– Wyspa Esme?

Wciąż szeptałam, ale mój głos i tak nieprzyjemnie przeciął ciszę.

– Prezent od Carlisle'a. Esme zaoferowała się, że pożyczy nam ją na czas naszego miodowego miesiąca.

Prezent? Kto daje wyspę w prezencie? Zmarszczyłam czoło. Nie zdawałam sobie sprawy, że to przybrani rodzice nauczyli Edwarda być tak niezwykle hojnym.

Postawił bagaże na pomoście i wrócił, ale zamiast pomóc mi wysiąść, wziął mnie znienacka na ręce. Zeskoczył z jachtu, jakbym ważyła tyle, co piórko.

– Nie powinieneś z tym zaczekać, aż staniemy przed jakimś progiem? – spytałam, z trudem łapiąc dech.

– Jestem po prostu bardzo skrupulatny – odparł z uśmiechem.

Bynajmniej mnie nie puszczając, chwycił rączki obu waliz jedną ręką i zszedłszy z pomostu, ruszył piaszczystą ścieżką w głąb tropikalnego lasu. W gęstwinie było zupełnie ciemno, ale już po krótkiej chwili za liśćmi zamigotało ciepłe, przyjazne światło. Uświadomiłam sobie, że to dom i że światło pada z dwóch wielkich, kwadratowych okien widniejących po obu stronach drzwi wejściowych – i wróciła do mnie trema, jeszcze silniejsza, niż wtedy, kiedy w Rio sądziłam, że jedziemy do hotelu.

Serce załomotało mi o żebra, a ściśnięte gardło przestało dopuszczać powietrze do płuc. Poczułam na sobie wzrok Edwarda, ale wolałam na niego nie patrzeć. Niewidzącymi oczami gapiłam się uparcie przed siebie.

Zazwyczaj pytał mnie w takiej sytuacji, co się dzieje, ale tym razem milczał. Odgadłam, że musi być równie zdenerwowany jak ja.

Zostawił bagaże na przestronnej werandzie, by móc wolną ręką otworzyć drzwi. Nie były zamknięte na klucz. Znów na mnie spojrzał. Zaczekał, aż podniosłam wzrok, i dopiero wtedy przekroczył próg.

Niósł mnie przez kolejne pokoje, zapalając po drodze światła. Żadne z nas się nie odezwało. Pomyślałam sobie, że to bardzo duży dom jak na taką małą wyspę i że wydaje mi się dziwnie znajomy. Cullenowie preferowali w wystroju wnętrz beże i zdążyłam się już do nich przyzwyczaić, poczułam się tu więc jak u siebie. Nie byłam jednak w stanie skoncentrować się na detalach – krew tak mocno pulsowała mi w skroniach, że widziałam wszystko jak przez mgłę.

A potem Edward zatrzymał się i zapalił światło po raz ostatni.

Pokój, w którym się znajdowaliśmy, wyglądał jak te u moich wampirów – był duży i biały, z suwanymi szklanym drzwiami zajmującymi niemal całą przeciwległą ścianę. Na zewnątrz mienił się w świetle księżyca biały piasek, a ledwie kilka metrów dalej o brzeg rozbijały się fale oceanu. Był to piękny widok, ale na mnie nie zrobił żadnego wrażenia – całą moją uwagę przykuło gigantyczne białe łóżko, ku któremu spływały z sufitu welony moskitiery.

Edward postawił mnie na ziemi.

– Ehm... przyniosę walizki.

W sypialni było za ciepło, jeszcze duszniej niż na dworze. Na karku zaczęły mi się zbierać krople potu. Podeszłam powoli do łóżka i dotknęłam moskitiery. Nie wiedzieć czemu, miałam potrzebę sprawdzenia, czy wszystko jest prawdziwe.

Nie usłyszałam, kiedy wrócił. Jego chłodne palce pojawiły się znikąd i starły mi wilgoć z szyi.

– Gorąco tutaj – powiedział przepraszającym tonem. – Pomyślałem... że tak będzie najlepiej.

– Jak zwykle skrupulatny – mruknęłam pod nosem.

Zachichotał nerwowo. Rzadko bywał do tego stopnia zestresowany.

– Starałem się zorganizować wszystko tak, żeby... żeby było to dla ciebie jak najprostsze.

Nie spoglądając w jego kierunku, przełknęłam głośno ślinę. Czy ktoś kiedykolwiek słyszał o takim miesiącu miodowym, jak nasz?

Znałam odpowiedź na to pytanie. Nie. To miał być pierwszy raz.

– Tak sobie pomyślałem – zaczął nieśmiało – że może... może chciałabyś ze mną teraz popływać? – Wziął głęboki wdech i kiedy ponownie się odezwał, wydawał się już bardziej rozluźniony. – Woda jest nadal ciepła. Spodoba ci się. Kąpiel o północy...

– Brzmi zachęcająco – wyjąkałam łamiącym się głosem.

– Zostawię cię teraz samą, dobrze? Jesteś człowiekiem i masz za sobą długą podróż...

Skinęłam machinalnie głową. Nie czułam się jak żywy człowiek – raczej jak drewniana kukła – ale może kilka minut w samotności rzeczywiście by pomogło.

Musnął wargami moją szyję, tuż pod uchem. Zaśmiał się cicho i poczułam na rozgrzanej skórze igiełki jego zimnego oddechu.

– Tylko niech pani nie każe na siebie zbyt długo czekać, pani Cullen.

Drgnęłam na dźwięk swojego nowego nazwiska.

Edward przesunął wargami po moim ramieniu.

– Będę czekał na ciebie w wodzie.

Minąwszy mnie, zbliżył się do suwanych drzwi, za którymi był już tylko piasek. Po drodze zrzucił z siebie koszulę i cisnął ją na podłogę. Kiedy wyszedł w noc, do pokoju wtargnęło ciepłe, słonawe powietrze.

Czy moje ciało zapłonęło żywym ogniem? Musiałam spojrzeć w dół, żeby upewnić się, że nie – a przynajmniej, że nie dosłownie.

Oddychaj, nakazałam sobie, oddychaj! Udało mi się jakoś dojść do wielkiej walizy, którą Edward zostawił otwartą na niskiej komodzie. Chyba należała do mnie, bo na samym jej wierzchu spoczywała moja kosmetyczka, a sporo kryjących się w niej ubrań miało kolor różowy. Poza kosmetyczką nic jednak nie wyglądało znajomo.

Przerzucając starannie złożone stosiki w poszukiwaniu czegoś wygodnego i zwyczajnego – na przykład znoszonego dresu – zorientowałam się w pewnym momencie, że ręce mam pełne koronek i niewielkich skrawków satyny. Bielizna. Bardzo kobieca bielizna. Z francuskimi metkami.

Nie wiedziałam jak, ale byłam pewna, że kiedyś Alice mi za to zapłaci.

Poddałam się. Poszłam do łazienki i wyjrzałam przez okno wychodzące na tę samą plażę, co suwane drzwi. Edwarda nie było ani na niej, ani w wodzie – zapewne nurkował, korzystając w pełni z tego, że nie musiał się wynurzać, by nabierać powietrza.

Księżyc tylko kilka dni dzieliło od pełni. Jasny piasek wydawał się jeszcze bielszy w jego blasku. Kątem oka dostrzegłam, że coś się poruszyło – na wygiętym pniu jednej z otaczających plażę palm wisiały pozostałe części garderoby Edwarda. Kołysały się na wietrze.

Znowu zalała mnie fala gorąca.

Wziąwszy kilka głębszych wdechów, podeszłam do wiszących nad długim blatem luster. Wyglądałam dokładnie tak, jak ktoś, kto cały dzień przespał na pokładzie samolotu. Znalazłam swoją szczotkę i zaczęłam nią energicznie rozplątywać kołtuny z tyłu głowy, aż wszystkich się pozbyłam. Na szczotce zostało pełno włosów. Starannie wyszorowałam zęby – i to dwukrotnie. Potem obmyłam twarz i spryskałam sobie kark zimną wodą, bo parzył, jakbym miała gorączkę. Sprawiło mi to taką ulgę, że obmyłam też przedramiona. Wreszcie poddałam się i postanowiłam po prostu wziąć prysznic. Wiedziałam, że to idiotyczne brać prysznic przed kąpielą, ale musiałam się uspokoić, a gorąca woda zawsze działała na mnie jak balsam.

Uznałam także, że wypadałoby już ogolić nogi.

Kiedy skończyłam, wzięłam z blatu duży biały ręcznik i owinęłam się nim niczym sarongiem.

Jakoś nigdy wcześniej się nad tym nie zastanawiałam, ale teraz przyszło podjąć mi tę decyzję: co na siebie włożyć? Przecież nie kostium kąpielowy. I nie to, co przed chwilą z siebie zdjęłam. Co do ubrań przyszykowanych dla mnie przez Alice, wolałam o nich nawet nie myśleć.

Oddech znów przyspieszył i zaczęły trząść mi się ręce – tyle, jeśli chodzi o zbawienny wpływ prysznica. Do tego doszły lekkie zawroty głowy. Atak paniki był tuż za rogiem. Nadal owinięta ręcznikiem, usiadłam na chłodnych kafelkach posadzki i schowałam głowę pomiędzy kolana, modląc się, żeby Edward nie zastał mnie czasem w tej pozycji. Już ja dobrze wiedziałam, co by sobie pomyślał na mój widok. Szybko wyciągnąłby pochopne wnioski i stwierdził, że powinniśmy się wycofać, zanim stanie się coś strasznego.

W ogóle nie myślałam o tym w tych kategoriach. Owszem, panikowałam, ale z zupełnie innego powodu.

Bałam się, bo nie miałam pojęcia, jak się do tego zabrać. Bałam się wyjść z łazienki i zmierzyć z nieznanym. Zwłaszcza w francuskiej bieliźnie. Co jak co, ale na nią nie byłam jeszcze gotowa.

Czułam się dokładnie tak, jakbym miała zaraz wystąpić przed kilkutysięczną publicznością, chociaż zupełnie nie mam pojęcia o swojej roli.

Jak ludzie to robili? Jak udawało im się zapomnieć o strachu – a raczej obnażyć przed kimś innym wszystkie swoje lęki i niedoskonałości – skoro żadne z nich nie miało za partnera kogoś tak absolutnie oddanego jak Edward? Gdyby to nie Edward czekał tam na mnie na plaży, gdybym każdą komórką swojego ciała nie czuła, że kocha mnie równie mocno, jak ja jego – bezwarunkowo, nieodwołalnie i (co tu kryć) irracjonalnie – nie byłabym w stanie podnieść się z podłogi.

Ale to Edward na mnie czekał, więc szepnęłam do siebie: nie bądź tchórzem, wstałam niezdarnie i podciągnąwszy ręcznik pod same pachy, wyszłam zdecydowanym krokiem z łazienki. Na ogromne łóżko i walizkę pełną koronek nawet nie spojrzałam. Miałam jeden cel. Wymaszerowałam przez otwarte drzwi na sypki piasek.

Noc wyprała krajobraz z wszelkich barw prócz czerni i bieli. Szłam powoli po ciepłym pudrze, aż dotarłam do zakrzywionego drzewa, na którym Edward pozostawił ubranie. Podparłam się dłonią o szorstki pień i upewniłam się, że oddycham miarowo. A przynajmniej dostatecznie miarowo.

Odszukałam go wzrokiem, co nie było trudne. Stał tyłem do mnie, zanurzony po pas, wpatrując się w owalną tarczę księżyca. W bladym świetle skóra Edwarda była idealnie biała – jak piasek, jak sam księżyc – a jego mokre włosy wydawały się równie czarne, jak ocean. Nie poruszał się, a dłonie opierał o lustro wody – niskie fale rozbijały się o niego, jak gdyby był głazem. Napawałam się zgrabnym kształtem jego pleców, jego ramion, jego szyi – jego nieskazitelną urodą...

Zaklęty w moim ciele ogień nie parzył mi już skóry – skrył się głębiej, gdzieś, gdzie obracał właśnie w popiół całą moją niezgrabność i zakłopotanie. Bez wahania zsunęłam z siebie ręcznik i odwiesiwszy go obok rzeczy Edwarda, wyszłam w białe światło. Mnie też czyniło równie bladą, jak tutejszy piasek.

W swoim mniemaniu zbliżałam się do brzegu bezszelestnie, wiedziałam jednak, że Edward mnie słyszy. Nie odwracał się. Pozwoliłam, by jedna z fal liznęła mi stopy, i przekonałam się, że mnie nie oszukiwał – woda była ciepła jak w wannie.

Zaczęłam stąpać ostrożnie, niepewna, co wyczuję pod nogami, ale mój niepokój okazał się bezpodstawny – aż po miejsce, w którym stał mój ukochany, niewidoczne dno było gładkie i opadało łagodnie. Znalazłszy się u boku Edwarda, położyłam dłoń na jego unoszącej się na wodzie dłoni.

– Jaki on piękny – powiedziałam, spoglądając na księżyc.

– Całkiem ładny – stwierdził Edward, niewzruszony.

Powoli obrócił się w moją stronę. Ruch ten wywołał drobne fale, które rozbiły się o mój tułów. Jego oczy wydawały się srebrne, a twarz barwy lodu. Wplótł swoje palce w moje, zanurzając nasze dłonie pod wodę. Była tak ciepła, że w kontakcie z chłodną skórą Edwarda nie dostawałam gęsiej skórki.

– Ale nie użyłbym słowa „piękny" – ciągnął. – Nie, kiedy mogę porównać go z tobą.

Uśmiechnęłam się delikatnie, a potem uniosłam wolną rękę (już się nie trzęsła) i położyłam mu ją na sercu. Białe na białym – nareszcie do siebie pasowaliśmy. Edward ledwie dostrzegalnie drgnął. Jednak był spięty. Zauważyłam, że zaczął inaczej oddychać.

– Obiecałem, że spróbujemy, ale jeśli tylko… jeśli tylko zrobię coś nie tak, jeśli poczujesz ból, proszę, natychmiast mi o tym powiedz.

Nie przestając patrzeć mu prosto w oczy, z powagą skinęłam głową. Zrobiłam krok do przodu i wtuliłam się w jego pierś.

– Nie bój się – szepnęłam. – Jesteśmy sobie przeznaczeni. Już zawsze będziemy razem.

Chociaż sama to powiedziałam, zakręciło mi się w głowie. Tak, taka była prawda. Nie miałam co do tego żadnych wątpliwości. Zwłaszcza tu i teraz, w tej idealnie pięknej chwili.

Objął mnie mocno i przycisnął do siebie – lato do zimy. Poczułam się tak, jakby przez każdy nerw w moim ciele przeszedł prąd.

– Już zawsze – zgodził się i pociągnął mnie na głęboką wodę.

Nazajutrz obudziły mnie promienie słońca parzące w plecy. Nie byłam pewna, czy to późny ranek, czy może już popołudnie, poza tym wszystko jednak było jasne – wiedziałam doskonale, gdzie się znajduję. Leżałam na wielkim białym łożu, a przez otwarte na plażę drzwi do pokoju wlewało się oślepiające słońce, którego blask zmiękczały nieco fałdy moskitiery.

Nie otwierałam oczu. Byłam zbyt szczęśliwa, by chcieć cokolwiek zmienić, choćby jeden drobiazg. Jedynymi dźwiękami, jakie do mnie dochodziły, były: szum fal oceanu, szmer naszych oddechów i bicie mojego serca.

Mimo skwaru czułam się komfortowo. Chłodna skóra Edwarda stanowiła wspaniałe antidotum na upał. Leżałam w jego ramionach z głową na jego piersi, ale w ogóle nie byłam z tego powodu nic a nic skrępowana. Dziwiłam się w rozleniwieniu, jak ubiegłego wieczoru mogłam tak panikować. Wszystkie moje lęki wydawały mi się teraz śmieszne.

Przesunął palcami wzdłuż linii mojego kręgosłupa. Domyśliłam się, że już wie, że nie śpię. Nadal nie otwierając oczu, objęłam go mocniej za szyję i przywarłam do niego jeszcze ściślej.

Nie odzywał się. Jego palce wędrowały powoli to w górę, to w dół. Właściwie ledwie mnie dotykał – śledził tylko opuszkami jakieś wzory na moich plecach.

Ta chwila mogłaby dla mnie trwać wiecznie, ale moje ciało miało inne pomysły. Zaśmiałam się. Ach, ten niecierpliwy żołądek! Jak mogłam być głodna po tym wszystkim, co stało się zeszłej nocy? Było to takie prozaiczne. Ściągnięto mnie siłą na ziemię z niebiańskich wyżyn.

– Co cię tak rozbawiło? – zamruczał Edward, nie przestając głaskać moich pleców. Jego głos, poważny i zachrypnięty, przywołał falę świeżych wspomnień. Twarz i szyję zalał mi głęboki rumieniec.

W odpowiedzi na jego pytanie zaburczało mi w brzuchu. Znowu się zaśmiałam.

– Oj, nie da się na dłużej zapomnieć, że się jest człowiekiem.

O dziwo, nie zawtórował mi. Potrzebowałam kilku sekund, żeby poprzez wiele spowijających mnie warstw radości przebiła się do mojego umysłu informacja, że poza kokonem szczęścia, w którym się znajduję, panuje zupełnie inna atmosfera.

Otworzyłam oczy. Pierwszą rzeczą, którą zobaczyłam, była blada skóra Edwarda, wręcz srebrzysta pod zgrabnym łukiem jego brody. Poznałam, że ma zaciśnięte zęby. Podparłam się na łokciu, żeby móc przyjrzeć się wyrazowi jego twarzy.

Wpatrywał się w zwiewny baldachim nad naszymi głowami i gdy studiowałam jego rysy, nawet na mnie nie spojrzał. Byłam w szoku. Przeszedł mnie dreszcz.

– Czy coś się stało? – spytałam, czując, że głos płata mi figle. – Czy stało się coś złego?

– Jeszcze pytasz? – zadrwił.

W pierwszym odruchu, jak przystało na osobę o dość niskim poczuciu własnej wartości, zaczęłam się zastanawiać, co też mogłam zrobić nie tak. Przypomniałam sobie krok po kroku, co się między nami wydarzyło, ale nie byłam w stanie doszukać się niczego, czym mogłam go urazić. Wszystko okazało się o wiele prostsze, niż się tego spodziewałam – pasowaliśmy do siebie niczym dwa sąsiadujące ze sobą kawałki układanki. W głębi ducha czerpałam z tego faktu ogromną satysfakcję. Ogień i lód potrafiły w jakiś niewyjaśniony sposób ze sobą współistnieć. Traktowałam to jako kolejny dowód na to, że jesteśmy z Edwardem dla siebie stworzeni.

Nie przychodziło mi do głowy nic, czym zasłużyłabym sobie na takie zachowanie. Skąd ten cynizm i chłód? Czy coś przegapiłam?

Spróbował wygładzić zmarszczki niepokoju na moim czole.

– O czym myślisz? – szepnął.

– Jesteś podenerwowany, a ja nie rozumiem dlaczego. Czy coś ci... – nie dokończyłam.

Zmrużył oczy.

– Bardzo cię boli, Bello? Nie oszczędzaj mnie, powiedz mi całą prawdę.

– Boli? – powtórzyłam. Głos miałam nienaturalnie cienki, bo swoim pytaniem Edward zupełnie zbił mnie z tropu.

Zacisnął usta i uniósł jedną brew.

To kurcząc, to rozprostowując zesztywniałe mięśnie, skupiłam się na moment na tym, jak się miewam od strony fizycznej. Nie powiem, do pewnego stopnia byłam nawet obolała, ale przede wszystkim odnosiłam dziwne wrażenie, że jestem na dobrej drodze do zmienienia się w meduzę czy galaretę, bo wszystkie moje kości zdawały się poluzowane w stawach. Nie było to jednak nieprzyjemne uczucie.

Zirytowałam się odrobinę. Był to najpiękniejszy poranek w moim życiu, a Edward próbował go zepsuć swoim głupim przewrażliwieniem.

– Czemu myślisz, że coś mnie boli? Nigdy nie czułam się lepiej.

Przymknął powieki.

– Przestań.

– Co „przestań"?

– Przestań się tak zachowywać! Jak mogłem się na to zgodzić?! Jestem potworem!

– Co ty wygadujesz?! – zdenerwowałam się. Jego pesymizm plamił najdroższe mi wspomnienia. – Nie mów takich rzeczy!

Nadal nie otwierał oczu – jak gdyby nie chciał na mnie patrzeć.

– Spójrz tylko na siebie, Bello. A potem powiedz mi, że nie jestem potworem.

Zraniona i zszokowana, mimowolnie go posłuchałam. Z moich ust dobył się krótki jęk zaskoczenia.

Co się ze mną stało? Wyobraźnia mnie zawiodła. Skórę miałam pokrytą jak gdyby miękkimi płatkami śniegu! Potrząsnęłam głową i niezliczone białe drobinki oderwały się od moich włosów.

Złapałam jedną z nich w dwa palce. Był to kawałek piórka.

– Dlaczego jestem cała w pierzu? – spytałam zdezorientowana.

Edward prychnął niecierpliwie.

– Rozgryzłem poduszkę. Może dwie. Mniejsza z tym, nie o to mi chodzi.

– Rozgryzłeś poduszkę? Dlaczego?

– Na miłość boską, Bello! – niemalże warknął. Ujął moją dłoń niezwykle ostrożnie i podstawił mi pod nos moje przedramię. – Tu! Spójrz na to!

Tym razem zrozumiałam.

Pod cienką warstewką pierza kryły się podłużne fioletowe siniaki, kontrastujące makabrycznie z jasnym odcieniem mojej skóry. Ciągnęły się aż po ramię, a potem schodziły w dół, na żebra. Przycisnęłam jeden z nich palcem i przyglądałam się, jak blednie. Odrobinę przy tym pulsował.

Edward przytknął swoją dłoń do mojej ręki – właściwie to ledwie ją musnął, bo wyraźnie bał się mnie dotykać – i zademonstrował, że zsinienia idealnie pokrywały się z rozstawem jego długich palców. Właśnie one pozostawiły ślady na moim ciele.

– Och – wyrwało mi się.

Próbowałam sobie przypomnieć te chwile – przypomnieć sobie ból – ale bez powodzenia. Nie pamiętałam, żeby aż tak na mnie napierał, żeby choć raz przesadził. Jeśli już, to raczej pragnęłam, żeby trzymał mnie jeszcze mocniej – tak bardzo mi się to podobało.

– Tak bardzo mi przykro, Bello – szepnął, kiedy badałam swoje obrażenia. – Wiedziałem, że tak to się skończy. Nie powinienem był... – Jęknął cicho, zdjęty obrzydzeniem. – Nie ma słów, którymi mógłbym cię przeprosić.

Przesłonił sobie twarz ramieniem i znieruchomiał.

Siedziałam przez dłuższą chwilę zupełnie oszołomiona, starając się wczuć w jego położenie. Jego rozpacz była tak daleka od mojej euforii, że przychodziło mi to z trudem.

Powoli wychodziłam z szoku, ale nic nie pojawiło się w jego miejsce. W głowie miałam pustkę. Nie wiedziałam, co powiedzieć. Od czego miałam zacząć, żeby uwierzył? Żeby poczuł się tak samo cudownie jak ja – przed paroma minutami.

Dotknęłam jego ramienia, ale nie zareagował. Próbowałam odciągnąć na bok rękę, którą zasłaniał sobie twarz, ale równie dobrze mogłabym siłować się z posągiem.

– Edwardzie?

Nie poruszył się.

– Edwardzie?

Nic. Trudno, pomyślałam, niech to będzie monolog.

– Mnie nie jest przykro. Jestem taka... Nawet nie wiem, jak to określić. Jestem taka szczęśliwa? Nie, to nie oddaje tego w pełni. Nie bądź na siebie zły. Nic sobie nie wypominaj. Naprawdę, nic mi...

– Tylko nie mów, że nic ci nie jest – przerwał mi lodowatym tonem. – Nie powtarzaj tego uparcie, bo zaraz oszaleję.

– Ale to prawda – szepnęłam.

– Bello, błagam, przestań!

– Nie. To ty przestań, Edwardzie.

Odsłonił twarz. Jego złote oczy przyjrzały mi się uważnie.

– Nie psuj wszystkiego – powiedziałam. – Patrz na moje usta. Jestem. Szczęśliwa.

– Ja już wszystko zepsułem.

– Przestań! – nakazałam mu.

Zazgrzytał zębami.

– Uch! – jęknęłam. – Dlaczego, u diabła, nie potrafisz czytać mi w myślach! To takie denerwujące być mentalną niemową!

Otworzył szerzej oczy. Wbrew sobie, dał się zaskoczyć.

– A to coś nowego. Przecież ty uwielbiasz to, że nie potrafię czytać ci w myślach.

– Nie dzisiaj.

Wpatrywał się we mnie intensywnie.

– Dlaczego?

Sfrustrowana, pacnęłam go oburącz w pierś. Zabolało mnie ramię, ale zignorowałam ból.

– Bo nie musiałbyś się tak zadręczać, gdybyś mógł zobaczyć, jak się w tej chwili czuję! A raczej, jak się czułam pięć minut temu.

Byłam taka szczęśliwa! Po prostu, nie wiem, unosiłam się w powietrzu. A teraz... Tak szczerze, jestem na ciebie wkurzona.

– Powinnaś być na mnie zła.

– No to jestem. I co, czujesz się przez to lepiej?

Westchnął.

– Nie. Nie sądzę, żebym od czegokolwiek mógł się teraz poczuć lepiej.

– Tak – wycedziłam – widzę. I właśnie dlatego jestem na ciebie zła. Psujesz mi całą frajdę, Edwardzie.

Wywrócił oczami i pokręcił głową.

Wzięłam głęboki wdech. Czułam się teraz nieco bardziej obolała, ale nie było tak źle. Przypomniało mi się, jak spróbowałam podnoszenia ciężarów, kiedy Renée po raz kolejny miała obsesję na punkcie fitnessu – sześćdziesiąt pięć powtórzeń z pięciokilowym obciążeniem na każdą rękę. Następnego dnia nie mogłam chodzić. Było to nieporównywalnie gorsze doświadczenie.

Postanowiłam pokonać swoją irytację i spróbowałam przybrać łagodniejszy ton.

– Oboje nie wiedzieliśmy, czego się spodziewać. I miało być ciężko, prawda? Tak zakładałam. A tymczasem... okazało się to o wiele prostsze, niż myślałam. A te tu – przejechałam palcami po siniakach – to naprawdę nic takiego. Sądzę, że jak na pierwszy raz, poszło nam rewelacyjnie. A jak trochę poćwiczymy...

Edward spojrzał na mnie z takim oburzeniem, że przerwałam, nie dokończywszy zdania.

– Tak zakładałaś? Spodziewałaś się tego, Bello? Oczekiwałaś, że zrobię ci krzywdę? Myślałaś, że będzie jeszcze gorzej? Uważasz ten eksperyment za udany, bo jesteś w stanie podnieść się z łóżka? Nic ci nie złamałem, więc odnieśliśmy sukces?

Nie zabrałam głosu, tylko zaczekałam, aż wszystko z siebie wyrzuci. A potem, aż zacznie na powrót normalnie oddychać. Odpowiedziałam mu powoli i ze spokojem.

– Nie wiedziałam, czego się spodziewać – ale z pewnością nie spodziewałam się, że będzie tak... tak pięknie i tak cudownie. –

Mój głos przeszedł w szept. Wbiłam wzrok w swoje dłonie. – To znaczy, nie wiem, jak tobie było, ale mnie było właśnie tak.

Podparł palcem moją brodę, żebym znowu na niego spojrzała.

– Czy to cię teraz właśnie trapi? – spytał przez zaciśnięte zęby.

– Martwisz się, że nie miałem z tego żadnej przyjemności?

Nie podnosiłam oczu.

– Wiem, że się od siebie różnimy. Nie jesteś człowiekiem. Ale usiłuję ci tylko wyjaśnić, że przynajmniej z punktu widzenia człowieka trudno sobie wyobrazić coś lepszego.

Zamilkł na tak długo, że w końcu nie wytrzymałam i zerknęłam na niego. Złagodniały mu rysy twarzy. Wyglądał na zamyślonego.

– Najwyraźniej winien ci jestem kolejne przeprosiny. – Zmarszczył czoło. – Nie przypuszczałem, że jedynym wnioskiem, jaki wyciągniesz z mojego lamentu, będzie to, że ostatnia noc nie była dla mnie... cóż, że nie była najlepszą nocą mojego istnienia. Ale nie chcę o niej myśleć w ten sposób – nie, kiedy ty musiałaś tyle wycierpieć...

– Naprawdę? – Kąciki moich ust uniosły się lekko. – Ta była najlepsza? – spytałam nieśmiało.

Nadal zamyślony, ujął moją twarz obiema dłońmi.

– Po tym, jak dobiliśmy targu, poszedłem do Carlisle'a, mając nadzieję, że udzieli mi jakichś wskazówek. Oczywiście ostrzegł mnie, że narażam cię na ogromne niebezpieczeństwo – po jego twarzy przemknął cień – ale ufał mi, ufał mi, choć na to nie zasłużyłem.

Chciałam zaprotestować, ale zanim zdążyłam się odezwać, przyłożył mi do ust dwa palce.

– Spytałem go także, czego ja sam mam oczekiwać. Nie wiedziałem, jak to będzie... jak to wygląda u wampirów. – Uśmiechnął się, ale bez przekonania. – Carlisle wyjaśnił mi, że to bardzo silne doznanie, nieporównywalne z niczym innym. Powiedział, że nie powinienem lekceważyć tej siły. Ponieważ zwykle jesteśmy nad wyraz opanowani, silne emocje mogą nas zmieniać, pozostawić w naszej psychice trwały ślad. Ale dodał, że tym to akurat nie muszę się przejmować, bo przy tobie już się ogromnie zmieniłem.

Tym razem jego uśmiech wydawał się bardziej szczery.

– Rozmawiałem też z moimi braćmi. Powiedzieli mi, że to wielka przyjemność. Ustępuje jedynie piciu ludzkiej krwi. – Skrzywił się. – Ale próbowałem nawet twojej krwi i nie wierzę, żeby jakakolwiek mogła pociągać bardziej niż to... Nie uważam, że moi bracia są w błędzie, nie. Sądzę tylko, że z nami jest inaczej. Dla nas to po prostu coś więcej.

– O wiele więcej. Dla nas to wszystko.

– Nie zmienia to jednak faktu, że nie powinniśmy się tak daleko zapędzać. Nie powinniśmy, nawet jeśli naprawdę mogłabyś czerpać z tego tak wielką radość, jak twierdzisz.

– A to co ma znaczyć? Myślisz, że wszystko sobie zmyśliłam? Po co?

– Żeby zmniejszyć moje wyrzuty sumienia, rzecz jasna. Ale nie mogę ignorować dowodów, Bello. Ani zapomnieć, że już nieraz próbowałaś wcześniej podobnych sztuczek, kiedy popełniałem jakiś błąd.

Ujęłam go pod brodę i pochyliłam się, tak że nasze twarze dzieliło od siebie tylko kilka centymetrów.

– Słuchaj, Edwardzie. Niczego nie udaję i to już na pewno nie ze względu na ciebie, jasne? Dopóki nie zacząłeś zrzędzić, nawet nie wiedziałam, że istnieje jakiś powód, dla którego miałabym starać się poprawić ci humor. Jeszcze nigdy w życiu nie byłam w takiej euforii – nie byłam tak szczęśliwa ani wtedy, kiedy doszedłeś do wniosku, że twoja miłość do mnie jest silniejsza niż chęć, by mnie zabić, ani wtedy, kiedy obudziłam się rano, a ty po raz pierwszy na mnie czekałeś, ani wtedy, kiedy usłyszałam twój głos w studiu tanecznym... – Edward wzdrygnął się, przypomniawszy sobie, jak bliska byłam wówczas śmierci, ale nie przerwałam swojej wyliczanki – ...ani nawet wtedy, kiedy na ślubie powiedziałeś „tak" i uświadomiłam sobie, że poniekąd jesteś teraz mój na wieki. To moje najdroższe wspomnienia, Edwardzie, a to, co się wydarzyło dziś w nocy, bije je na głowę, i jest tak, czy tego chcesz, czy nie, więc lepiej się z tym pogódź.

Dotknął pary pionowych zmarszczek, które pojawiły się pomiędzy moimi brwiami.

– Unieszczęśliwiam cię teraz. Nie chcę, żeby tak było.

– Więc sam siebie przestań unieszczęśliwiać! Tylko tego nam teraz brakuje do pełni szczęścia.

Zmrużył oczy, a potem wziął głęboki wdech i skinął głową.

– Masz rację. Co było, minęło i nie da się już tego zmienić. Skoro czujesz się dobrze, nie ma sensu, żebym psuł ci nastrój. Zrobię, co tylko w mojej mocy, żebyś była szczęśliwa.

Przyjrzałam mu się podejrzliwie. Uśmiechnął się pogodnie.

– Co tylko w twojej mocy?

W tym samym momencie zaburczało mi w brzuchu.

– Jesteś głodna – powiedział szybko. W mgnieniu oka zerwał się na równe nogi, wzbijając w powietrze chmurę śnieżnobiałych drobinek. Przypomniałam sobie o poduszkach.

– Skąd właściwie przyszedł ci do głowy pomysł, żeby zniszczyć poduszki Esme? – spytałam, siadając na łóżku i zabierając się do wytrzepywania sobie piórek z włosów.

Stał już przy drzwiach. W międzyczasie zdążył naciągnąć na siebie spodnie koloru khaki.

– Nie powiem, żeby to była świadoma decyzja – powiedział, mierzwiąc sobie włosy. Z nich także wypadło kilka piórek. – Dziś w nocy raczej nie kierowałem się rozumem. Cóż... Cieszmy się, że to poduszki, a nie ty. – Potrząsnął głową, jakby chciał odegnać jakąś myśl. Zaraz potem uśmiechnął się szeroko, ale domyśliłam się, że włożył w ten uśmiech wiele pracy.

Łóżko było bardzo wysokie. Zsunęłam się ostrożnie na podłogę i ponownie się przeciągnęłam, tym razem bardziej świadoma, co mnie ciągnie czy boli. Jęk Edwarda doszedł moich uszu. Odwrócił się do mnie plecami, a dłonie zwinął w pięści, aż zbielały mu kłykcie.

– Aż tak strasznie wyglądam? – spytałam, starając się mówić swobodnym tonem.

Parsknął czy prychnął, ale się nie odwrócił – pewnie dlatego, by ukryć przede mną swój wyraz twarzy. Chcąc poznać odpowiedź na swoje pytanie, poszłam do łazienki i obejrzałam się od stóp do głów w dużym lustrze wprawionym w drzwi.

Niewątpliwie bywało już ze mną dużo gorzej.

Miałam odrobinę napuchnięte wargi i blade zsinienie na jednym z policzków, ale poza tym z moją twarzą było wszystko w zupełnym porządku. Co do reszty mojego ciała, tu i ówdzie „zdobiły" je sinofioletowe plamy. Skupiłam się na tych, które były najtrudniejsze do ukrycia – na rękach i ramionach – ale nie prezentowały się wcale tak fatalnie. Byłam przyzwyczajona – od zawsze dostawałam siniaków od byle czego. Zazwyczaj kiedy jakiś przyuważyłam, nie pamiętałam już, w co się uderzyłam.

Jedynym problemem było to, że moje siniaki pojawiły się dopiero niedawno i następnego dnia miałam wyglądać dużo gorzej. Nie miało mi to ułatwić życia.

Trudno.

Przeniosłam wzrok na swoje włosy…

– Bello? – Edward zjawił się przy moim boku, gdy tylko usłyszał głośny jęk.

– Jak ja się tego pozbędę?! – Zrozpaczona, wskazałam na swoją głowę, na której na pierwszy rzut oka rozsiadł się biały kurczak. Zaczęłam wyskubywać pojedyncze piórka.

– No tak, ta to nie ma się czym martwić – mruknął Edward pod nosem, ale stanął za mną i zabrał się do roboty. Szło mu to znacznie sprawniej niż mnie.

– Jak ci się udało powstrzymać od śmiechu? Wyglądam idiotycznie.

Nie odpowiedział, tylko skubał dalej, ale nie było trudno zgadnąć, jak tego dokonał – był w takim nastroju, że nic nie miało szans go rozbawić.

Minęła minuta.

– Nie pomaga – zauważyłam. – Wszystko już zaschło. Będę musiała spróbować wypłukać je pod prysznicem. – Odwróciłam się na pięcie i objęłam Edwarda w pasie. – Może miałbyś ochotę się do mnie przyłączyć?

– Lepiej pójdę przygotować ci coś do jedzenia – stwierdził, wyswobadzając się pospiesznie z mojego uścisku. Wręcz wybiegł z łazienki.

Westchnęłam ciężko. Wszystko wskazywało na to, że nasz miesiąc miodowy dobiegł końca.

Na tę myśl coś ścisnęło mnie w gardle.

Pozbywszy się większości pierza z włosów i włożywszy niezna-ną, białą, bawełnianą sukienkę, która zakrywała najgorsze z sinia-ków, podreptałam boso w kierunku, z którego dochodziła smako-wita woń jajek, bekonu i żółtego sera.

Edward stał przy kuchence ze stali nierdzewnej i właśnie prze-kładał omlet na jasnoniebieski talerz. Zapach jedzenia był tak in-tensywny, że traciłam nad sobą kontrolę. Miałam chęć zjeść omlet wraz z talerzem i jeszcze patelnię na dokładkę. Żołądek głośno domagał się posiłku.

– Proszę – oznajmił Edward z uśmiechem.

Postawił talerz na stoliku z blatem z kafli.

Usiadłam na jednym z dwóch metalowych krzeseł i zabrałam się do jedzenia. Omlet był bardzo gorący, ale nie zwracałam na to uwagi.

Edward usiadł naprzeciwko mnie.

– Oj, widzę, że cię zaniedbywałem.

Przełknęłam spory kęs.

– Spałam – przypomniałam mu. – A tak w ogóle, bardzo to smaczne. Jestem pod wrażeniem, że ktoś, kto nie jada, potrafi tak dobrze gotować.

– Food Network* – powiedział, obdarzając mnie zawadiackim uśmiechem, który tak uwielbiałam.

---

* www.foodnetwork.com – jeden z najpopularniejszych amerykańskich portali po-święconych gotowaniu – przyp. tłum.

Ucieszyłam się na jego widok. Miło było widzieć, że Edward zachowuje się już normalniej.

– Skąd wziąłeś jajka?

– Poprosiłem ekipę sprzątającą, żeby zaopatrzyli spiżarnię i lodówkę. To pierwszy raz, musieli się zdziwić. A jeszcze bardziej się zdziwią, kiedy zobaczą to pierze w sypialni... – Posmutniał i utkwił wzrok w jakimś punkcie ponad moją głową.

Nic nie mówiłam, żeby niechcący nie poruszyć jakiegoś drażliwego tematu. Zjadłam za to wszystko do ostatniej okruszyny, chociaż jedzenia starczyłoby dla dwojga.

– Dziękuję – powiedziałam i wyciągnęłam szyję w stronę Edwarda, żeby go pocałować. Pochylił się odruchowo i cmoknął mnie, ale zaraz zesztywniał i się wyprostował.

Zacisnęłam zęby. Już wcześniej chciałam mu zadać pewne pytanie, ale teraz, kiedy się zdenerwowałam, zabrzmiało jak oskarżenie.

– Czy mam rozumieć, że do końca naszego pobytu tutaj nawet mnie nie dotkniesz?

Zawahał się, a potem uśmiechnął z wysiłkiem i pogładził mnie po policzku. Nie cofnął od razu ręki, więc nie mogąc się oprzeć, wtuliłam twarz we wnętrze jego dłoni.

– Wiesz, że nie to miałam na myśli.

Z westchnieniem opuścił rękę.

– Wiem. Masz rację. – Zamilkł na moment. Uniósł lekko brodę. Kiedy ponownie się odezwał, w jego głosie słychać było zdeterminowanie: – Aż do twojej przemiany nie mam zamiaru ponownie się z tobą kochać. Już nigdy, przenigdy nie zrobię ci krzywdy.

6 Odwracanie uwagi

Od tego ranka priorytetem stało się zapewnianie mi rozrywki. Nurkowaliśmy – ja z maską i fajką, Edward, rzecz jasna, bez żadnego sprzętu. Chodziliśmy na spacery do tropikalnego lasu okalającego wzniesienie w sercu wyspy. Odwiedziliśmy papugi mieszkające w koronach drzew na południowym brzegu. Podziwialiśmy znikające za horyzontem słońce ze skalistej zatoczki na zachodzie. Pływaliśmy z morświnami, które bawiły się w jej ciepłych, płytkich wodach – a raczej ja sama pływałam, bo przed Edwardem uciekały w takim popłochu, jak gdyby pojawił się rekin.

Doskonale wiedziałam, co jest grane. Nowe zajęcia i atrakcje miały na celu odwrócenie mojej uwagi od seksu. Edward przechodził samego siebie. Gdy mówiłam, dajmy na to, że nie mam ochoty na oglądanie kolejnego filmu na DVD (w salonie mieli ogromny telewizor plazmowy i chyba z milion płyt), natychmiast wywabiał mnie z domu takimi magicznymi hasłami jak „rafa koralowa", „żółwie morskie" albo „podwodne jaskinie". A potem już cały dzień spędzaliśmy w ciągłym ruchu, tak że kiedy wracaliśmy wieczorem do domu, myślałam tylko o tym, żeby coś zjeść i pójść spać.

Pochłaniałam ogromne ilości jedzenia. Z jednej strony byłam po prostu głodna – po tylu godzinach pływania i wspinania się musiałam uzupełnić zapasy energii – z drugiej strony był to chyba jednak podstęp gotującego dla mnie Edwarda, bo od pełnego żołądka oczy same mi się zamykały. Raz zasnęłam nawet przy stole i musiał zanieść mnie do łóżka. I tak, codziennie wcielał w życie swój niecny plan.

Nie oznaczało to, że się poddałam, o nie. Błagałam, marudziłam, wysuwałam nowe argumenty. Na próżno. Poza tym, na przeszkodzie stawało mi własne wyczerpanie, bo zwykle, zanim zdążyłam się rozkręcić, odpływałam w niebyt. A wtedy pojawiały się sny – najczęściej koszmary, bardzo rzeczywiste, o co obwiniałam zbyt jaskrawe barwy wyspy – po których niezmiennie budziłam się zmęczona, niezależnie od tego, jak długo spałam.

Jakiś tydzień po przybyciu na wyspę postanowiłam pójść z Edwardem na kompromis. Próbowałam tej metody w przeszłości i zawsze się sprawdzała.

Zajmowałam teraz drugą sypialnię, tak zwaną niebieską, bo ekipa sprzątająca miała przypłynąć dopiero następnego dnia i w białym pokoju nadal królowało pierze. Niebieska sypialnia była mniejsza, a stojące w niej łóżko miało rozsądniejsze wymiary. Ściany pokrywała tu boazeria z ciemnego drewna tekowego, a wszystkie obicia i pościel uszyte były z drogiego błękitnego jedwabiu.

Od paru dni sypiałam w bieliźnie z kolekcji skompletowanej przez Alice – i tak zakrywała więcej niż zestawy bikini, w których zmuszona byłam paradować za dnia. Zastanawiałam się, czy moja przyjaciółka spakowała mi tyle fikuśnych fatałaszków, bo widziała w wizji, do czego mogłabym ich potrzebować, i zarumieniłam się na samą myśl o tym, że to nią właśnie mogło kierować.

Zaczęłam od niewinnego zestawu z kremowej satyny, gotowa spróbować wszystkiego, ale też świadoma faktu, że jeśli już na sam początek odsłonię zbyt wiele, efekt może być odwrotny od zamierzonego.

Edward wydawał się niczego nie zauważać – zachowywał się, jak gdybym miała wciąż na sobie stary, wyciągnięty dres, który zastępował mi piżamę w Forks.

Moje siniaki prezentowały się teraz znacznie lepiej – w pewnych miejscach zżółkły, a w innych całkiem zniknęły – więc przebierając się wieczorem w łazience, zdecydowałam się na jeden z bardziej odważnych kompletów, czarny i koronkowy, na który wstydziłam się spojrzeć nawet wtedy, gdy miałam go w rękach. Wróciłam do sypialni, ani razu nie zerknąwszy w lustro – bałam się, że jeśli się zobaczę, to spanikuję.

Z satysfakcją odnotowałam, że Edward, zanim się opanował, na sekundę wybałuszył oczy.

– I jak, podoba ci się? – spytałam, obracając się na palcach, żeby mógł obejrzeć mnie ze wszystkich stron.

Odchrząknął.

– Wyglądasz ślicznie. Jak zawsze zresztą.

– Dzięki – odpowiedziałam, odrobinę zawiedziona.

Byłam już bardzo zmęczona, więc wdrapałam się po prostu na łóżko i ułożyłam do snu. Edward otoczył mnie ramieniem i przyciągnął do siebie, ale nie było w tym nic nadzwyczajnego – robił tak co wieczór, bo inaczej upał nie pozwoliłby mi zasnąć.

– Zawrzyjmy umowę – zaproponowałam zaspanym głosem.

– Nie ma mowy.

– Nie wiesz jeszcze, co oferuję ci w zamian.

– To bez znaczenia.

– Szkoda – westchnęłam. – A tak bardzo chciałam... No nic. Trudno.

Wzniósł oczy ku niebu. Zamknęłam swoje, pewna, że złapał przynętę. Ziewnęłam.

Wystarczyła minuta – nie zdążyłam jeszcze zasnąć.

– Niech ci będzie. O co chodzi?

Zacisnęłam zęby, żeby się nie uśmiechnąć. Jeśli istniało coś, czemu Edward nie był w stanie się nigdy oprzeć, to tą rzeczą była możliwość, by mi coś podarować.

– Tak sobie myślałam... Wiem, że to całe Dartmouth to tylko zasłona dymna, ale jeden semestr w college'u chyba mi nie zaszkodzi. – Przywoływałam jeden z jego własnych argumentów z czasów, kiedy próbował odłożyć na późniejszy termin moją przemianę. – Pomyśl, ile radości sprawimy Charliemu, opowiadając mu, jak to jest na studiach. Pewnie będzie mi głupio, kiedy nie uda mi się nadążyć za tymi wszystkimi geniuszami, ale co mi tam. A to, czy będę miała na zawsze osiemnaście lat czy dziewiętnaście – to w końcu nie jest aż tak duża różnica. Nie dostanę chyba jeszcze w przyszłym roku kurzych łapek, prawda?

Na dłuższą chwilę zapadła cisza.

– Zaczekasz – powiedział cicho Edward. – Zostaniesz jeszcze trochę człowiekiem...

Ugryzłam się w język, pozwalając mu, żeby sam to przetrawił.

– Czemu mi to robisz? – wycedził przez zęby, znienacka wybuchając gniewem. – Czy nie jest mi już dostatecznie trudno, kiedy muszę cię taką oglądać? – Pociągnął za marszczenie z koronek zdobiących moje biodro. Przez moment myślałam, że ją wyrwie, ale rozluźnił chwyt. – Mniejsza o to. Nie będę zawierał z tobą żadnych umów.

– Ale ja chcę pójść na studia!

– Nie, wcale nie chcesz. I nie ma nic, dla czego byłoby warto znowu cię narażać. Dla czego byłoby warto znów sprawiać ci ból.

– Ale ja naprawdę chcę pojechać do Dartmouth. No, może nie tyle, żeby pójść do college'u, ale żeby pobyć jeszcze trochę człowiekiem.

Zamknął oczy i wypuścił powietrze przez nos.

– Doprowadzasz mnie do szału, Bello. Dyskutowaliśmy już o tym milion razy, a ty zawsze upierałaś się, że chcesz jak najszybciej zostać wampirem.

– Tak, ale teraz mam nowy powód, żeby zostać człowiekiem.

– Jaki?

– Sam zgadnij. – Podniosłam się, żeby go pocałować.

Pocałował mnie, ale nie tak, żebym doszła do wniosku, że wygrywam. Starał się raczej nie zranić moich uczuć. Był w każdym calu opanowany – piekielnie denerwująco opanowany. Po chwili delikatnie mnie od siebie odsunął i przytulił do piersi.

– Jesteś taka ludzka, Bello – zaśmiał się. – Rządzą tobą hormony.

– W tym cała rzecz. Lubię ten aspekt bycia człowiekiem. Nie chcę z tego jeszcze rezygnować. Nie chcę czekać całe lata, aż w końcu przestanę być polującą na ludzi bestią i ta część mojej natury do mnie wróci.

Ziewnęłam mimowolnie, wywołując na jego twarzy uśmiech.

– Jesteś zmęczona. Śpij już, skarbie. – Zaczął nucić kołysankę, którą skomponował dla mnie, kiedy się poznaliśmy.

– Ciekawe, czemu jestem wiecznie taka zmęczona – mruknęłam z sarkazmem. – Pomyślałby kto, że to jakiś spisek...

Zaśmiał się tylko i podjął przerwaną melodię.

– Wydawać by się też mogło, że lepiej od tego sypiam...

Przerwał nucenie.

– Bello, śpisz ostatnio jak zabita. Odkąd tu przyjechaliśmy, nie powiedziałaś przez sen ani słowa. Gdyby nie twoje chrapanie, bałbym się, że wpadłaś w śpiączkę.

Wzmiankę o chrapaniu puściłam mimo uszu – nie chrapałam.

– Nie rzucam się? A to ciekawe. Zwykle tarzam się po całym łóżku, kiedy dręczą mnie koszmary. I krzyczę.

– Dręczą cię koszmary?

– Bardzo realistyczne. Wykańczają mnie. – Ziewnęłam. – Trudno mi uwierzyć, że nie mamroczę o nich całą noc.

– A co ci się śni?

– Hm... Różne rzeczy. Ale wszystkie w tych samych kolorach.

– W tych samych kolorach?

– Wszystko jest takie jaskrawe i rzeczywiste. Zazwyczaj zdaję sobie sprawę z tego, że to tylko sen, ale w tych ostatnich koszmarach nie jestem już tego taka pewna. Przez to jeszcze bardziej się ich boję.

Kiedy ponownie się odezwał, był wyraźnie poruszony.

– Czego dokładnie się tak boisz?

Wzdrygnęłam się odruchowo.

– Najczęściej... – zawahałam się.

– Tak?

Nie wiedzieć czemu, nie miałam ochoty wyznać mu, że co noc nawiedza mnie pewne dziecko – było w tym śnie coś niewytłumaczalnie intymnego. Zamiast opowiadać Edwardowi całą intrygę, zdradziłam mu tylko jeden jej element – już sam w sobie wystarczająco przerażający.

– Volturi – wyszeptałam.

Przycisnął mnie mocniej do siebie.

– Już nigdy nie będziesz musiała mieć z nimi do czynienia. Wkrótce staniesz się jedną z nas, a wtedy nie będą mieli żadnego powodu, żeby cię niepokoić.

Pozwoliłam mu się pocieszać, ale czułam się nieco winna tego nieporozumienia. W moich koszmarach nie o to chodziło. Nie bałam się o siebie – bałam się o chłopca.

Nie był to już ten sam chłopiec, co za pierwszym razem – wampirze dziecko o szkarłatnych oczach siedzące na stosie trupów najbliższych mi ludzi. Malec, o którym śniłam czterokrotnie przez ostatni tydzień, był bez wątpienia człowiekiem: miał zaróżowione policzki i oczy o ślicznym odcieniu ciepłej zieleni. Ale podobnie jak nieśmiertelne dziecko, ze strachu dygotał na całym ciele, bo i wokół niego zacieśniali krąg Volturi.

W tym dziwnym śnie, starym i nowym zarazem, byłam pełna determinacji. Po prostu musiałam uratować tego szkraba. Nic innego nie wchodziło w rachubę. A jednocześnie wiedziałam, że nie mam szans.

Edward zauważył w moich oczach przygnębienie.

– Mogę ci jakoś pomóc?

Machnęłam ręką.

– To tylko sny.

– Może mam ci zaśpiewać? Mogę śpiewać choćby do rana, jeśli tylko pomoże to odgonić złe sny.

– Nie wszystkie są takie złe. Niektóre są całkiem przyjemne. Takie... kolorowe. Nurkuję i przyglądam się rybom i koralowcom. Wydaje mi się, że to dzieje się naprawdę – nie myślę, że to sen. Może to przez tę wyspę. Wszystkie barwy są tu takie ostre.

– Chcesz już wracać do domu?

– Nie, nie. Jeszcze nie. Możemy zostać odrobinę dłużej?

– Możemy tu zostać tak długo, jak to ci się będzie żywnie podobało – obiecał.

– Kiedy zaczyna się rok akademicki? Wcześniej mnie to nie interesowało i nie zwróciłam uwagi.

Westchnął. Być może potem znowu zaczął nucić kołysankę, ale zanim to do mnie dotarło, byłam już gdzie indziej.

Obudziłam się gwałtownie, głośno dysząc. Czyli to jednak był sen? A takie żywe były tamte kolory, takie prawdziwe tamte zapachy... Zdezorientowana, rozglądałam się po ciemnym pokoju. Ledwie ułamek sekundy wcześniej stałam w pełnym słońcu.

– Bello – szepnął Edward. – Skarbie, nic ci nie jest?

Obejmował mnie i delikatnie mną potrząsał.

– Och.

To był tylko sen. To nie działo się naprawdę.

Ku mojemu zdumieniu, bez żadnego ostrzeżenia po policzkach pociekły mi łzy. Edward zaczął ścierać je pospiesznie swoimi chłodnymi palcami, ale wciąż napływały nowe.

– Bello! – powtórzył, coraz bardziej zaniepokojony. – Co się stało?

– To był tylko sen – wykrztusiłam łamiącym się głosem, który przeszedł w szloch.

Próbowałam jakoś nad sobą zapanować, ale ogarnął mnie tak przeraźliwy smutek, że nie sposób było z nim walczyć. Tak bardzo żałowałam, że mój sen nie okazał się prawdą!

– Już w porządku, kochanie, już wszystko dobrze. Jestem przy tobie. – W zdenerwowaniu kołysał mnie szybciej, niż by wypadało. – Kolejny koszmar? Ale to był tylko sen, tylko sen.

– To nie był koszmar. – Pokręciłam głową, przecierając oczy wierzchem dłoni. – To był bardzo piękny sen. – Tu głos znowu odmówił mi posłuszeństwa.

– To czemu płaczesz? – spytał Edward zaskoczony.

– Bo się obudziłam! – jęknęłam. Łkając, zarzuciłam mu ręce na szyję i wtuliłam się w jego obojczyk.

Zaśmiał się z mojej logiki, ale słychać było, że wciąż się o mnie martwi.

– Już wszystko w porządku, Bello. Oddychaj głęboko.

– Ale było mi tak dobrze! – zawodziłam. – Dlaczego, dlaczego to musiał być tylko sen!

– Opowiedz mi go w szczegółach – zachęcił. – Może to ci pomoże.

– Byliśmy na plaży...

Przerwałam. Cofnęłam głowę, by móc spojrzeć załzawionymi oczami na ledwie widoczną w ciemnościach twarz mojego zatroskanego anioła. Zamyślona, wpatrywałam się w niego, czując, że moja absurdalna rozpacz słabnie. Trwało to dłuższą chwilę.

– Byliśmy na plaży i co?

– Och, Edwardzie!

Byłam rozdarta.

Nie mógł patrzeć, jak cierpię.

– Opowiedz mi. Proszę.

Ale nie potrafiłam. Zamiast tego, znów przyciągnęłam go do siebie i wpiłam się ustami w jego wargi. Nie kierowało mną pożądanie. To była potrzeba – tak silna, że odczuwanie jej sprawiało mi ból.

Edward z początku nie protestował, ale szybko przejrzał moje zamiary i jak mógł najczulej, odsunął mnie od siebie.

– Nie, Bello, nie!

Był w szoku. Spoglądał na mnie z taką miną, jak gdyby bał się, że postradałam zmysły.

Pokonana, opuściłam ręce i znów wybuchnęłam spazmatycznym płaczem. Nie mogłam się powstrzymać.

To nie miało sensu. Miał rację – widać zwariowałam.

Obserwował mnie zagubiony, z twarzą wykrzywioną bólem.

– Prze... prze... przepraszam – wyjąkałam.

Porwał mnie w objęcia i przycisnął do piersi.

– Nie mogę, Bello! – zawołał udręczonym głosem. – Przecież wiesz, że nie mogę!

– Ale ja tak proszę... – Ledwie mnie było słychać. – Proszę, Edwardzie...

Nie wiedziałam, co na niego podziałało. Może moje łzy. Może nie spodziewał się, że zareaguję tak gwałtownie. A może po prostu jego własne potrzeby domagały się zaspokojenia równie nieznośnie, jak moje. Niezależnie od przyczyny, poddał mi się z jękiem, namiętnie mnie całując.

I mój sen stał się rzeczywistością.

Obudziwszy się, bałam się otworzyć oczy. Starałam się leżeć zupełnie nieruchomo i miarowo oddychać.

Czułam obok siebie ciało Edwarda, ale i on się nie poruszał, ani nawet mnie nie obejmował. Uznałam to za zły znak i wolałam się nie przyznawać, że już nie śpię. Nie miałam ochoty zmierzyć się z jego gniewem – bez względu na to, przeciwko komu miał być dziś skierowany.

Zerknęłam na niego ostrożnie spod półprzymkniętych powiek. Z rękami splecionymi pod głową wpatrywał się w ciemny sufit. Podciągnęłam się na łokciu, by mieć lepszy widok. Jego twarz nie wyrażała żadnych emocji.

– Duże będę miała kłopoty? – spytałam nieśmiało.

– Gigantyczne – odpowiedział, ale potem posłał mi kpiarskie spojrzenie.

Odetchnęłam z ulgą.

– Bardzo cię przepraszam – powiedziałam. – Nie chciałam... Ten płacz... Nie wiem, co we mnie wstąpiło.

Pokręciłam z niedowierzaniem głową, wspominając swoje łzy i wszechogarniający smutek.

– I w końcu nie opowiedziałaś mi tego swojego snu.

– Tak, jakoś tak wyszło... Ale chyba poniekąd pokazałam ci, o czym był, prawda? – Zaśmiałam się nerwowo.

– Och. – Otworzył szeroko oczy, a potem zamrugał. – Ciekawe...

– To był bardzo piękny sen – westchnęłam.

Nie skomentował tego, więc na wszelki wypadek spytałam:

– I co, wybaczysz mi?

– Właśnie się nad tym zastanawiam.

Usiadłam, zamierzając się sobie przyjrzeć – w moim polu widzenia nie było na szczęście żadnego pierza – ale kiedy się podniosłam, okropnie zakręciło mi się w głowie. Zachwiałam się i osunęłam na poduszki. Edward błyskawicznie mnie objął.

– Ojej... A to co ma być?

– Wiesz, długo spałaś. Dwanaście godzin.

– Dwanaście?

To było do mnie niepodobne.

Podczas tej krótkiej wymiany zdań przyjrzałam się sobie ukradkiem. Nic nie rzucało się w oczy. Na moich rękach nie było żadnych siniaków poza tymi żółknącymi sprzed tygodnia. Przeciągnęłam się jeszcze na próbę, ale nic mnie nie zabolało. Czułam się zupełnie normalnie. A właściwie znacznie lepiej niż zazwyczaj.

– Inspekcja zakończona?

Nieco zawstydzona, skinęłam głową.

– I poduszkom nic się nie stało.

– Niestety, nie można tego powiedzieć o twojej... hm... koszulce nocnej.

Wskazał podbródkiem nogi łóżka, gdzie na jedwabnym prześcieradle poniewierały się skrawki czarnej koronki.

– Jaka szkoda – stwierdziłam. – Podobała mi się.

– Mnie też.

– Czy coś jeszcze trzeba dopisać do listy szkód? – spytałam bojaźliwie.

– Będę musiał kupić Esme nową ramę do łóżka – wyznał, zerkając sobie przez ramię.

Podążyłam wzrokiem za jego spojrzeniem. Byłam wstrząśnięta, kiedy zobaczyłam, że od deski u wezgłowia, niczym od tabliczki czekolady, oderwano spore, nieforemne kawałki.

Zmarszczyłam czoło.

– Czy nie powinnam była usłyszeć, jak to robisz?

– Kiedy twoja uwaga skupiona jest na czym innym, stajesz się wyjątkowo mało spostrzegawcza.

– No tak – przyznałam, pąsowiejąc. – Byłam trochę zajęta.

Z westchnieniem dotknął mojego zarumienionego policzka.

– Strasznie będę za nimi tęsknił.

Przestraszona, zaczęłam wypatrywać w jego twarzy oznak zniechęcenia lub zagniewania. Wyglądał na spokojnego, ale z jego oczu nie dawało się nic wyczytać.

– Wszystko w porządku?

Zaśmiał się.

– Co? – spytałam.

– Muszą cię zżerać wyrzuty sumienia. Patrzysz na mnie jak ktoś, kto popełnił jakąś zbrodnię.

– To prawda – mruknęłam. – Czuję się winna.

– Winna uwiedzenia własnego roznamiętnionego męża? Za to nie grozi kara śmierci.

Najwyraźniej się ze mnie nabijał.

Zarumieniłam się jeszcze bardziej.

– „Uwiedzenie" sugeruje premedytację.

– Może źle dobrałem słowa – zgodził się.

– Nie jesteś na mnie zły?

Uśmiechnął się smutnawo.

– Nie.

– Dlaczego?

– Cóż... – Zamyślił się. – Przede wszystkim, nie zrobiłem ci krzywdy. Tym razem było mi o wiele łatwiej się kontrolować, odpowiednio kanalizować nadmiar energii. – Spojrzał w stronę zniszczonego wezgłowia. – Może dlatego, że wiedziałem już mniej więcej, czego się spodziewać.

Uśmiechnęłam się. W moim sercu zakiełkowała nadzieja.

– Mówiłam ci, że praktyka czyni mistrza.

Wywrócił oczami.

Zaburczało mi w brzuchu. Edward parsknął śmiechem.

– Śniadanko dla człowieka?

– O tak.

Wyskoczyłam z łóżka. Okazało się, że przesadziłam, bo zatoczyłam się jak pijana. Edward złapał mnie, zanim wpadłam na szafkę.

– Nic ci nie jest?

– Jeśli będę tak samo niezdarna po przemianie, to złożę reklamację.

W kuchni sama zabrałam się za przygotowanie posiłku. Postanowiłam usmażyć kilka jajek, bo byłam zbyt głodna, by czekać na cokolwiek bardziej wyrafinowanego, a i tak, zniecierpliwiona, zsunęłam je na talerz, ledwie się ścięły.

– Od kiedy to jadasz jajka sadzone żółtkiem od góry? – zdziwił się Edward.

– Od dzisiaj.

– Czy wiesz, ile pochłonęłaś jaj, odkąd się tu zjawiliśmy?

Wyciągnął spod zlewu kubeł na śmieci – był pełen pustych niebieskich kartonów.

– Dziwne – powiedziałam, przełknąwszy parzący kęs. – To ta wyspa tak wpływa na mój apetyt.

I na moje sny, i na mój już wcześniej nie najlepszy zmysł równowagi.

– Ale podoba mi się tutaj – ciągnęłam. – Tylko będziemy musieli już niedługo wyjechać, prawda, żeby zdążyć na początek roku w Dartmouth. Kurczę, musimy sobie znaleźć jakąś stancję i w ogóle będzie sporo rzeczy do załatwienia.

Edward usiadł ze mną przy stole.

– Nie musisz już dłużej udawać, że chcesz iść na studia – przecież dostałaś, czego chciałaś. I nie zawarłem z tobą żadnej umowy, więc nie jesteś do niczego zobowiązana.

Prychnęłam.

– Wcale nie udawałam. W odróżnieniu od innych osób, nie snuję po kryjomu intryg. Co można by tu dziś zrobić, co zmęczyłoby Bellę? – powiedziałam, marnie naśladując brzmienie jego głosu. Zaśmiał się, zamiast zawstydzić. – Naprawdę chcę jeszcze trochę pobyć człowiekiem. – Pochyliłam się, by móc pogłaskać go po nagim torsie. – Nie mam cię jeszcze dość.

– To oto ci chodzi? O seks? – spytał zaskoczony, powstrzymując moją dłoń, która zmierzała w stronę jego brzucha. Wzniósł oczy ku niebu. – Czemu nie przyszło mi to do głowy? – mruknął z sarkazmem. – Zmarnowałem tyle czasu na wymyślanie setek argumentów.

Zaśmiałam się.

– Zmarnowałeś, niewątpliwie.

– Jesteś taka ludzka – powiedział mi znowu.

– Wiem.

Kąciki jego ust uniosły się lekko ku górze.

– Pojedziesz ze mną do Dartmouth? Naprawdę?

– Pewnie i tak mnie wyrzucą po jednym semestrze.

– Będę ci dawał korepetycje. – Nie krył już swojej radości. – Spodoba ci się, zobaczysz.

– Jak myślisz, uda nam się wynająć mieszkanie tak na ostatnią chwilę?

Zakłopotany, spuścił oczy.

– Cóż, właściwie to mamy już tam dom. Zadbałem o to, tak na wszelki wypadek.

– Kupiłeś dom?!

– Nieruchomości to dobra lokata kapitału.

Uniosłam brwi, ale stwierdziłam, że nie warto się kłócić.

– Czyli wszystko już załatwione – podsumowałam.

– Będę musiał tylko sprawdzić, czy możesz zatrzymać na tak długo swój samochód przedślubny.

– Tak, tak. Koniecznie. Bałabym się jeździć po mieście. Jeszcze by mnie jakiś czołg przejechał...

Uśmiechnął się szeroko.

– Ile jeszcze dni możemy tu zostać? – spytałam.

– Spokojnie. Nawet kilka tygodni, gdybyś miała ochotę. Zanim wyjedziemy do New Hampshire, odwiedzimy jeszcze Charliego. A Boże Narodzenie moglibyśmy spędzić u Renée...

Odsłaniał przede mną bardzo nęcące perspektywy – jeszcze przez długi czas wszyscy moi bliscy mieliby być szczęśliwi... Nagle zagrzechotała zapomniana szuflada z Jacobem i musiałam się poprawić. No tak – wszyscy prócz jednej osoby.

Niczego to nie ułatwiało. Odkrywszy, jak naprawdę przyjemnie jest być człowiekiem, odczuwałam coraz większą pokusę, żeby odkładać swoje plany w nieskończoność. Osiemnaście lat a dziewiętnaście, dziewiętnaście a dwadzieścia? Czy miało to jakieś znaczenie? Nie powinnam się aż tak bardzo zmienić. A w zamian nadal mogłabym być przy Edwardzie człowiekiem... Podjęcie decyzji stawało się trudniejsze niż kiedykolwiek.

– Kilka tygodni – zgodziłam się. A potem (bo zaraz pewnie znowu miało nie być okazji) dodałam: – Pamiętasz, co mówiłam wcześniej o mistrzach?

Zaśmiał się.

– Pozwolisz, że wrócimy do tego za jakiś czas? Słyszę, że ktoś cumuje przy pomoście. To na pewno ekipa sprzątająca.

Powiedział, że wrócimy do tego za jakiś czas. Czy miał na myśli to, że nie będzie się już opierał? Uśmiechnęłam się do swoich myśli.

– Muszę wyjaśnić Gustavowi, skąd wziął się ten bałagan w białej sypialni, a potem możemy sobie pójść. Na południe stąd jest w lesie taki...

– Nigdzie nie idę – przerwałam mu. – Nie mam zamiaru wędrować znowu po całej wyspie. Zostaniemy w domu i puścimy sobie film.

Mówiłam tonem naburmuszonego dziecka. Edward zacisnął usta, żeby nie wybuchnąć śmiechem.

– W porządku, jak wolisz. Wybierz jakiś, a ja pójdę im otworzyć.

– Nie słyszałam dzwonka.

Przekrzywił głowę, nasłuchując. Pół sekundy później ktoś zapukał cichutko do drzwi. Edward uśmiechnął się z triumfem i wyszedł z kuchni.

Podeszłam do półek pod imponującym rozmiarami telewizorem i zaczęłam przyglądać się tytułom na grzbietach pudełek. Ciężko było dokonać wyboru – mieli więcej DVD niż w wypożyczalni.

Edward rozmawiał z kimś na korytarzu, powoli się do mnie zbliżając. Musiał naprawdę świetnie znać portugalski, skoro umiał mówić tak szybko. Odpowiadał mu niski, męski głos, kontrastujący z jego aksamitnym barytonem.

Po krótkiej chwili wprowadził do pokoju dwoje Brazylijczyków, tłumacząc im coś i wskazując na kuchnię. Wydawali się przy nim wyjątkowo niscy i ciemni. Oboje mieli sporo zmarszczek; mężczyzna był otyły, kobieta zaś szczupła. Przypomniałam sobie, że zaraz przejdą do białej sypialni zrobić tam porządek, i zaczerwieniłam się odrobinę.

Edward wskazywał teraz na mnie, uśmiechając się z dumą, i z potoku obcych słów wyłowiłam swoje imię. Korpulentny mężczyzna uśmiechnął się grzecznie, ale jego drobna, śniada towarzyszka nie. Wpatrywała się we mnie z bardzo dziwną miną. Wydawała się po części zszokowana, a po części zatroskana, ale przede wszystkim... okropnie wystraszona. Zanim jakoś na to zareagowałam, Edward nakazał im gestem pójść za sobą i odeszli w trójkę w stronę kurnika.

Wrócił sam. Podszedł do mnie i przytulił do siebie.

– Czemu tak na mnie patrzyła? – spytałam go szeptem. Miałam na myśli oczywiście to, czego tak się bała.

Edward wzruszył ramionami. Najwyraźniej się nią nie przejmował.

– Kaure jest w połowie Indianką z plemienia Ticuna. Wychowano ją wśród wielu przesądów – czyli, jak dla nas, jest bardziej świadoma pewnych zjawisk niż mieszkańcy nowoczesnego świata. Podejrzewa, czym jestem, a przynajmniej – czym mniej więcej jestem. – Jakoś nie robiło to na nim wrażenia. – Mają tutaj swoje własne legendy. Wierzą w istnienie *libishomen*: demonów, które żywią się wyłącznie krwią pięknych kobiet*. – Łypnął na mnie pożądliwie.

Wyłącznie pięknych kobiet? Hm, to poniekąd był komplement.

---

* Właściwie *lobisomen* – port. wilkołak – przyp. tłum.

– Wyglądała na przerażoną – powiedziałam.

– Bo jest przerażona – ale boi się głównie o ciebie.

– O mnie?

– Boi się, że sprowadziłem tu ciebie w niecnych zamiarach. No wiesz, jesteś tu ze mną sam na sam. – Zaśmiał się złowieszczo, a potem spojrzał na półki z DVD. – To co, wybierz jakiś film i obejrzymy go sobie. Jak para normalnych młodych ludzi.

– Tak, jak zobaczy cię przed telewizorem, to zaraz uwierzy, że jesteś człowiekiem – zadrwiłam.

Zarzuciłam mu ręce na szyję, stając na palcach, więc pochylił się, żebym mogła go pocałować. Potem po prostu mnie podniósł, bo w ten sposób nie musiał się wyginać.

– Film może poczekać – mruknęłam, kiedy jego wargi przesunęły się ku mojej szyi. Wplotłam palce w jego kasztanowe włosy.

Nagle usłyszałam, jak ktoś gwałtownie nabiera powietrza do płuc, tak jak się robi, kiedy widzi się coś szokującego. Edward natychmiast postawił mnie na podłodze.

W holu stała oniemiała Kaure. W rękach miała spory worek pełen pierza, które bieliło się także w jej czarnych włosach. Wpatrywała się we mnie wytrzeszczonymi ze strachu oczami, więc spąsowiałam i spuściłam wzrok.

Otrząsnąwszy się z szoku, kobieta wymamrotała kilka słów. Mówiła po portugalsku, ale domyśliłam się, że to przeprosiny. Edward z uśmiechem odpowiedział jej coś przyjaznym tonem i odwróciła się, by po chwili zniknąć w głębi korytarza.

– Pomyślała sobie to, co myślę, że sobie pomyślała, prawda? Rozbawiłam go tym pokręconym zdaniem.

– Tak.

Sięgnęłam do półki i wyjęłam pierwszą płytę z brzegu.

– Proszę. Nastaw ją i poudawajmy, że oglądamy.

Film okazał się starym musicalem pełnym uśmiechniętych twarzy i falbaniastych sukienek.

– W sam raz na miesiąc miodowy – ocenił Edward.

Kiedy aktorzy tańczyli na ekranie w rytm pierwszej z piosenek, umościłam się na kanapie w jego ramionach.

– Przeniesiemy się teraz może z powrotem do białej sypialni?

– zamyśliłam się na głos.

– Czy ja wiem... Ta rama łóżka w niebieskiej nadaje się już tylko do wyrzucenia. Może jeśli ograniczymy się z sianiem zniszczenia do jednego pokoju, to Esme nas tu jeszcze kiedyś zaprosi.

Uśmiechnęłam się od ucha do ucha.

– Więc będziemy jeszcze siać zniszczenie?

Zaśmiał się, widząc moją minę.

– Sądzę, że będzie bezpieczniej, jeśli zacznę z tobą współdziałać, niż jeśli dam się zaskoczyć kolejnym niezapowiedzianym atakiem z twojej strony.

– Nie czekałbyś długo – przyznałam ze swobodą, ale serce biło mi już jak oszalałe.

– Jesteś pewna, że dobrze się czujesz? Ten twój puls...

– Jestem zdrowa jak koń. – Zamilkłam na moment. – Hej, a może miałbyś ochotę pójść ze mną ocenić, ile już wyrządziliśmy szkód?

– Chyba grzeczniej byłoby zaczekać, aż będziemy zupełnie sami. Ty może nic nie zauważysz, jeśli zacznę demolować pokój, ale Gustavowi i Kaure napędziłbym niezłego stracha.

Szczerze mówiąc, zdążyłam już zapomnieć, że ktoś jest w pomieszczeniu obok.

– Rzeczywiście. Ech...

Brazylijczycy krzątali się cicho po domu, a ja czekałam zniecierpliwiona, aż skończą, próbując koncentrować się na fabule cukierkowego musicalu. Chociaż według Edwarda przespałam pół doby, zaczynałam robić się senna.

Z półdrzemki wyrwał mnie niski głos. Nie wypuszczając mnie z objęć, Edward wyprostował się i odpowiedział Gustavowi po portugalsku. Mężczyzna skinął głową i ruszył ku drzwiom wejściowym.

– Odpływają – poinformował mnie Edward.

– Czyli za chwilę będziemy już sami?

– Może najpierw zjesz obiad? – zasugerował.

Rozdarta, przygryzłam dolną wargę. Byłam już bardzo głodna.

Uśmiechając się, ujął moją dłoń i zaprowadził do kuchni. Znał mnie tak dobrze, że właściwie nie musiał umieć czytać w moich myślach.

– To mi się wymyka spod kontroli – pożaliłam się, kiedy napełniłam już żołądek.

– Może, żeby spalić kalorie, popływasz teraz z delfinami?

– Może później. Mam inny pomysł, jak spalić kalorie.

– Tak? Jaki?

– Ta rama łóżka jest jeszcze całkiem dobra…

Nie musiałam kończyć. Uciszywszy mnie pocałunkiem, jednym ruchem wziął mnie na ręce i z nadludzką szybkością zaniósł do niebieskiej sypialni.

7 Szok

Rząd czarnych sylwetek sunął ku mnie we mgle. W rubinowych oczach złowrogich postaci jarzyła się żądza mordu. Jeden po drugim, wampiry odsłaniały ostre, mokre zęby – jedne, by groźnie warknąć, inne, by się uśmiechnąć.

Usłyszałam za sobą jęk dziecka, ale nie mogłam się odwrócić. Chociaż wszystko się we mnie rwało do tego, by upewnić się, że nic mu nie jest, nie mogłam teraz się zdekoncentrować ani na sekundę.

Nasi przeciwnicy byli coraz bliżej. Przy każdym ich ruchu ciemne peleryny unosiły się w powietrzu. Zobaczyłam, jak blade palce zaciskają się w szpony. Szereg rozpraszał się stopniowo – obchodzili nas ze wszystkich stron. Byliśmy otoczeni i bez szans.

A potem, jak gdyby po błysku flesza, coś się odmieniło. Z pozoru sytuacja pozostała bez zmian – Volturi nadal zbliżali się w przyczajonych pozach. Ale teraz spoglądałam na nich innymi oczami. Głodnymi oczami. Chciałam, żeby zaatakowali. Pragnęłam skosztować ich krwi. Z uśmiechem na twarzy przyszykowałam się do skoku, a zza moich obnażonych zębów wydobył się charkot...

Aż usiadłam na łóżku.

Rozejrzałam się dookoła. W pokoju panowały egipskie ciemności. Było też gorąco jak w saunie. Pot zlepił mi włosy na skroniach i spływał za dekolt.

Pomacałam prześcieradło koło siebie, ale moja ręka na nikogo nie natrafiła.

– Edward?

W tym samym momencie wyczułam pod palcami jakiś papier. Była to złożona na pół kartka. Zabrałam ją ze sobą i po omacku dotarłam do włącznika światła w przeciwległym krańcu pokoju.

Liścik był zaadresowany do „Pani Cullen".

Mam nadzieję, że się nie obudzisz i nawet nie zauważysz mojej nieobecności, gdyby jednak stało się inaczej, wiedz, że niedługo wrócę. Popłynąłem tylko na stały ląd na małe polowanie. Śpij spokojnie – kiedy wstaniesz rano, będę już z powrotem. Kocham cię.

Westchnęłam. Od naszego ślubu minęły już jakieś dwa tygodnie, powinnam się więc spodziewać, że Edward prędzej czy później mnie opuści, ale nie zaprzątałam sobie głowy liczeniem dni. Na wyspie Esme żyliśmy poza czasem – dryfowaliśmy w absolutnej harmonii.

Otarłam wilgoć z czoła. Chociaż według stojącego na szafce zegara minęła pierwsza, czułam się zupełnie rozbudzona. Wiedziałam, że już nie zasnę, zwłaszcza taka zgrzana i lepiąca się od potu. Nie mówiąc już o tym, że gdybym zamknęła oczy, pod moimi powiekami pojawiłyby się natychmiast tamte skradające się, złowrogie postacie.

Zaczęłam wędrować bez celu po ciemnym domu, zapalając po drodze światła. Bez Edwarda wydawał się taki wielki i pusty. Taki inny.

Swój spacer zakończyłam w kuchni, gdzie doszłam do wniosku, że coś smacznego z pewnością podniesie mnie na duchu.

Grzebałam w szafkach, dopóki nie znalazłam wszystkich składników potrzebnych do usmażenia kurczaka. Skwierczenie mięsa, drewniana łopatka szurająca po patelni – te odgłosy przypomniały mi, jak szykowałam obiady dla Charliego po powrocie ze szkoły. Nie było już tak cicho i poczułam się pewniej.

Kurczak pachniał tak smakowicie, że nawet nie przeniosłam go na talerz i przez swoją łapczywość poparzyłam się w język. Dopiero po piątym czy szóstym kęsie danie ostygło na tyle, że poczułam jego smak. Znieruchomiałam. Czy mięso aby nie było zepsute? A może zbytnio się pospieszyłam? Rozkroiłam kilka kawałków, ale w środku też były białe. Na próbę wsadziłam do ust kolejny i trochę go pożułam. Fuj – zdecydowanie zepsuty. Zerwałam się, żeby wypluć wszystko do zlewu. Znienacka nawet sam zapach kurczaka i oleju wydał mi się obrzydliwy. Wzięłam talerz i strzepnęłam jego zawartość do śmieci, a potem otworzyłam szeroko okno, żeby przewietrzyć. Do kuchni wtargnął podmuch chłodnawej bryzy. Przyjemnie mnie orzeźwiła.

Poczułam się nagle zmęczona, ale nie miałam ochoty wracać do dusznej sypialni. Otworzyłam więcej okien w pokoju telewizyjnym i położyłam się na kanapie, która stała tuż pod nimi. Nastawiwszy to samo DVD, co poprzedniego dnia, zasnęłam, zanim jeszcze dobiegła końca otwierająca film piosenka.

Kiedy się ocknęłam, słońce stało już wysoko na niebie, ale to nie światło mnie obudziło. Otaczały mnie zimne, silne ramiona – Edward przyciągał mnie właśnie do siebie.

W tej samej chwili poczułam skurcz w żołądku, tak bolesny, jakby ktoś kopnął mnie w brzuch.

– Przepraszam – mruczał mi Edward do ucha, przecierając chłodną dłonią moje lepkie czoło. – Nie jestem jednak taki skrupulatny. Nie pomyślałem, jak ci będzie beze mnie. Zanim następny raz cię zostawię, załatwię, żeby zainstalowano tu klimatyzację.

Nie byłam w stanie skupić się na jego słowach.

– Zaraz – wykrztusiłam, wyswobadzając się z jego objęć.

Puścił mnie odruchowo.

– Coś nie tak? Bello?

Z ręką na ustach pobiegłam do łazienki. Czułam się tak fatalnie, że nawet nie przeszkadzało mi – z początku – że Edward przygląda się, jak klęcząc na podłodze, wymiotuję do sedesu.

– Bello, co ci się stało?

Na razie nie mogłam mu odpowiedzieć. Żeby się na coś przydać, odgarnął mi włosy do tyłu i czekał, aż dojdę do siebie.

– Przeklęty kurczak! – jęknęłam.

– Wszystko w porządku? – spytał mocno zaniepokojony.

– Tak – wydyszałam. – To tylko zatrucie pokarmowe. Nie musisz tego oglądać. Idź już sobie.

– Zostanę.

– Idź sobie! – powtórzyłam, próbując niezdarnie wstać, żeby opłukać usta. Pomógł mi się podnieść, nie zwracając uwagi na to, że odganiam go słabymi kuksańcami.

Kiedy wytarłam już sobie buzię, zaniósł mnie do łóżka i usadził na nim ostrożnie, wspierając ramieniem.

– Zatrucie pokarmowe?

– Tak – wychrypiałam. – W nocy usmażyłam sobie trochę kurczaka. Smakował jakoś dziwnie, więc resztę wyrzuciłam. Ale zdążyłam przełknąć kilka kęsów.

Przyłożył mi dłoń do czoła. Sprawiło mi to ulgę.

– I jak, lepiej ci już teraz?

Zastanowiłam się. Mdłości minęły równie szybko, jak się pojawiły. Czułam się tak samo, jak każdego ranka.

– Chyba już wszystko w normie. Właściwie to jestem trochę głodna.

Kazał mi odczekać godzinę, a zanim zaserwował jajka sadzone, dał wielką szklankę wody. Nic mi już nie dolegało, byłam tylko odrobinkę rozbita, bo wstawałam w środku nocy. Włączył CNN – byliśmy tu tacy odcięci od świata, że nawet gdyby wybuchła trzecia wojna światowa, nic byśmy o tym nie wiedzieli. Usiadłam mu na kolanach i rozleniwiona oparłam głowę o jego ramię.

Po pewnym czasie znużyło mnie oglądanie wiadomości, więc obróciłam się, żeby go pocałować. Podobnie jak rano, kiedy się poruszyłam, brzuch przeszył mi ostry ból. Odskoczyłam od Edwarda jak oparzona. Tym razem nie miałam szans zdążyć do łazienki – musiał wystarczyć kuchenny zlew.

Edward znowu podtrzymywał mi włosy.

– Może powinniśmy popłynąć do Rio i iść do lekarza? – zaproponował z troską w głosie, kiedy płukałam usta.

Pokręciłam przecząco głową i podreptałam w kierunku korytarza. U lekarza na pewno nie ominąłby mnie jakiś zastrzyk.

– Jak umyję zęby, od razu poczuję się lepiej.

Odświeżona, zabrałam się do wybebeszania walizki. Wiedziałam, że Alice spakowała mi niewielką apteczkę – bandaże, środki przeciwbólowe i inne rzeczy niezbędne śmiertelnikom – a także to, czego mi było teraz trzeba: coś na niestrawność. Może gdybym uspokoiła swój żołądek, uspokoiłabym i Edwarda? Miałam taką nadzieję.

Zanim jednak znalazłam Pepto-Bismol, natknęłam się na coś innego – charakterystyczne jasnoniebieskie pudełeczko. Wyciągnęłam je z walizki i wpatrywałam się w nie przez dłuższą chwilę, zapomniawszy o bożym świecie.

A potem zaczęłam liczyć dni.

Raz.

Drugi.

W połowie trzeciego rachunku wystraszyło mnie pukanie do drzwi. Pudełko wypadło mi z rąk wprost do otwartej walizki.

– Wszystko w porządku? – zawołał Edward. – Znowu wymiotowałaś?

– Tak i nie – odpowiedziałam zmienionym głosem.

– Bello? Mogę wejść?

Słychać było, że martwi się o mnie.

– O... kej?

Stanąwszy na progu, jednym spojrzeniem ocenił sytuację. Siedziałam po turecku przed walizką. Wzrok musiałam mieć błędny. Usiadł koło mnie i znowu przyłożył mi dłoń do czoła.

– Co się dzieje?

– Ile dni minęło od naszego ślubu? – wyszeptałam.

– Siedemnaście – odpowiedział machinalnie. – Bello, o co chodzi?

Podniosłam palec do ust, żeby go uciszyć. Znowu podliczałam, wypowiadając bezgłośnie kolejne liczby. Przedtem byłam w błędzie – nie sądziłam, że jesteśmy na wyspie aż tak długo. Machnęłam ręką i zaczęłam wszystko od początku.

– Bello! – Zaczynał tracić cierpliwość. – Zaraz oszaleję z niepokoju!

Spróbowałam przełknąć ślinę, ale nie pomogło, sięgnęłam więc do walizki i odszukałam pudełeczko z tamponami. Podałam mu je bez słowa.

Nic nie zrozumiał.

– Myślisz, że ta niby-choroba to przez zespół napięcia przedmiesiączkowego?

– Nie, Edwardzie – udało mi się wykrztusić. – Usiłuję ci powiedzieć, że powinnam dostać okres pięć dni temu.

Wyraz jego twarzy się nie zmienił. Tak, jakbym w ogóle się nie odezwała.

– Sądzę, że wcale niczym się nie strułam – dodałam.

Nie reagował. Zmienił się w posąg.

– Te sny – zaczęłam wyliczać w zamyśleniu. – I to spanie do późna. I te łzy, wtedy w nocy. I tyle teraz jem. Och. O mój Boże...

Spojrzenie Edwarda stało się szkliste, jak gdyby nic już nie widział.

Odruchowo położyłam sobie rękę na brzuchu.

– Ojej! – jęknęłam.

Zerwałam się na równe nogi. Edward nawet nie drgnął. Nadal miałam na sobie jedwabne szorty i koszulkę na ramiączkach, w które przebrałam się do snu. Szorty zsunęłam odrobinę, a koszulkę podciągnęłam i przyjrzałam się badawczo swojemu brzuchowi.

– To niemożliwe – szepnęłam.

Jeśli chodziło o ciążę czy niemowlęta, miałam zerowe doświadczenie, ale nie byłam głupia. Widziałam w życiu dość filmów i programów telewizyjnych, żeby wiedzieć, że nie tak to wygląda. Okres spóźniał mi się przecież tylko o pięć dni. Jeśli naprawdę byłam w ciąży, nie powinnam jeszcze mieć żadnych jej objawów: ani porannych mdłości, ani wzmożonego apetytu, ani zmienionych upodobań co do długości snu.

A przede wszystkim, z całą pewnością, nie byłoby po mnie owej ciąży widać.

Wciągnęłam brzuch, ale nadal sterczał. Spoglądałam na niego pod różnym kątem, ale bynajmniej się od tego nie zmniejszył. Pomacałam go ostrożnie. Pod skórą zdawało się kryć coś zadziwiająco twardego.

– Niemożliwe – powtórzyłam.

Mógł mi rosnąć brzuch, mógł mi się spóźniać okres (a spóźniał się bez wątpienia, chociaż mój cykl zawsze był nadzwyczaj regularny), ale przecież nigdy w życiu nie znalazłam się w sytuacji, w której mogłabym zajść w ciążę. Na miłość boską, jedyną osobą, z którą kiedykolwiek uprawiałam seks, był wampir!

Wampir, który nadal siedział znieruchomiały na podłodze, nie dając mi nadziei na to, by miał się jeszcze kiedyś poruszyć.

Musiało istnieć jakieś inne wyjaśnienie. Może zapadłam na jakąś rzadką południowoamerykańską chorobę przypominającą przebiegiem ciążę, tylko w przyspieszonym tempie?

A potem coś mi się przypomniało – pewien szary poranek spędzony wieki temu na wyszukiwaniu informacji w Internecie. Siedziałam wtedy za starym biurkiem w swoim pokoju w domu

Charliego i wpatrywałam się w ekran sędziwego, rzężącego komputera, pogrążona w lekturze strony internetowej o nazwie „Wampiry od A do Z". Niespełna dwadzieścia cztery godziny wcześniej Jacob Black, próbując zabawiać mnie quileuckimi legendami, w które sam jeszcze nie wierzył, powiedział, że Edward jest wampirem.

Przeczytałam wtedy pobieżnie wiele haseł poświęconych podaniom i mitom o wampirach na całym świecie: na Filipinach funkcjonowały pod nazwą Danag, po hebrajsku Estrie, w Rumunii Varacolaci, we Włoszech Stregoni benefici... (Ta ostatnia legenda była akurat oparta na poczynaniach mojego własnego teścia i goszczących go przed wiekami Volturich, ale rzecz jasna wówczas nie miałam o tym pojęcia). Z wpisu na wpis historie stawały się coraz bardziej nieprawdopodobne, więc coraz mniej poświęcałam im uwagi. Ostatnie hasła pamiętałam jak przez mgłę. W większości wyglądały na wymówki wymyślane po to, by usprawiedliwiać przypadki nagłej śmierci wśród noworodków – bądź zdrady małżeńskie. „Skąd, kochanie, nie mam żadnego romansu! Ta seksowna kobieta, którą widziałaś wymykającą się z naszego domu, to demon, sukub*. Miałem szczęście, że wyszedłem z tego żywy!". Oczywiście, wiedząc to i owo o Tanyi i jej siostrach, podejrzewałam, że niektóre z tych wymówek były prawdziwe. Pań takie przygody również nie omijały, przynajmniej teoretycznie: „Jak możesz mnie oskarżać o niewierność tylko dlatego, że po powrocie z dwuletniego rejsu zastajesz mnie w ciąży! To inkub mnie uwiódł. Zahipnotyzował mnie. One mają różne nadprzyrodzone zdolności...".

Fakt ten został jeszcze powtórzony w zawartej w leksykonie definicji inkuba – potrafił zapładniać swoje bezbronne ofiary.

Pokręciłam głową w niedowierzaniu. Ale jak... ale przecież...

Pomyślałam o Esme, a przede wszystkim o Rosalie. Wampiry nie mogą mieć dzieci. Gdyby było to możliwe, moja szwagierka

---

* sukub – kobieta-demon odbywająca stosunki seksualne z pogrążonymi we śnie mężczyznami; inkub – jej męski odpowiednik – przyp. tłum.

z pewnością by już o tym wiedziała. Podania o inkubach można było włożyć między bajki.

Tyle że... Cóż, pomiędzy kobietami a mężczyznami była pewna różnica. Rosalie nie mogła zajść w ciążę, ponieważ pozostała na wieki taką, jaką była w dniu przemiany. Z tą chwilą przestała się zmieniać. A ciała zwykłych kobiet zmieniają się bezustannie. Po pierwsze, zachodzą w nich zmiany wynikające z cyklu menstruacyjnego. A po drugie, już po zapłodnieniu, przeobrażają się, by móc pomieścić w sobie rosnący płód. Ani jedno, ani drugie, nie było Rosalie dane.

Ale mnie owszem.

Zmieniałam się, i to w jakim tempie!

Dotknęłam rysującego się pod moją bluzką wybrzuszenia, którego wczoraj tam jeszcze nie było.

Co do zwykłych mężczyzn – ci pozostają pod tym względem z grubsza tacy sami od momentu osiągnięcia dojrzałości płciowej aż do śmierci. Przypomniało mi się (skąd ja czerpałam takie informacje?), że kiedy Charliemu Chaplinowi urodziło się najmłodsze dziecko, słynny aktor był już dobrze po siedemdziesiątce. Mężczyźni nie muszą się zastanawiać, kiedy mają „dni płodne", ani nikt ich nie popędzał by zostali ojcami, „zanim będzie za późno".

Tylko kto mógł wiedzieć, że wampirów także to dotyczy, skoro ich partnerki były bezpłodne? Jaki wampir miał dość silną wolę, by sprawdzić teorię w praktyce z jakąś śmiertelniczką? Albo w ogóle chciał wypróbowywać na niej, jak silną ma wolę?

Do głowy przychodził mi tylko jeden.

Część mojego umysłu analizowała wspomnienia, przypuszczenia i zgromadzoną przeze mnie wiedzę, ale pozostała jego część – odpowiedzialna za kontrolowanie mięśni, aż po te najdrobniejsze – z powodu szoku nie była w stanie normalnie funkcjonować. Chociaż chciałam błagać Edwarda, żeby wyjaśnił mi, co jest grane, nie mogłam nawet otworzyć ust. Powinnam do niego podejść, dotknąć go, ale moje kończyny odmawiały posłuszeństwa. Mogłam tylko wpatrywać się szeroko otwartymi oczami w swoje odbicie w lustrze, macając niepewnie powiększony brzuch.

A potem, podobnie jak w koszmarze, który nawiedził mnie poprzedniej nocy, w ułamku sekundy sytuacja odwróciła się o sto osiemdziesiąt stopni. Nagle to, co widziałam w lustrze, zaczęłam postrzegać zupełnie inaczej, chociaż tak naprawdę nic się nie zmieniło.

Tę ogromną zmianę spowodowało pewne drobne zdarzenie: pod dłonią, którą trzymałam na brzuchu, poczułam drgnięcie. Coś mnie kopnęło – coś, co znajdowało się w głębi mojego ciała.

W tym samym momencie zadzwonił telefon Edwarda. Natarczywy dźwięk dzwonka rozdarł nieprzyjemnie ciszę.

Żadne z nas się nie poruszyło – telefon dzwonił i dzwonił. Starałam się go ignorować. Przycisnęłam mocniej palce do brzucha. Czekałam w skupieniu. Widziałam w lustrze, że nie wyglądam już na wstrząśniętą, tylko na zamyśloną. Nie wiedzieć kiedy, po policzkach zaczęły spływać mi łzy.

Telefon uparcie nie milkł. Byłam zła na Edwarda, że go nie odbiera. Doświadczałam właśnie czegoś nieopisanego – najprawdopodobniej była to najważniejsza chwila w całym moim życiu.

Dryń! Dryń! Dryń!

W końcu irytacja wzięła górę nad innymi emocjami. Uklękłam koło Edwarda (poruszałam się teraz wyjątkowo ostrożnie, o wiele bardziej świadoma każdego swojego ruchu) i zabrałam się za przeszukiwanie jego kieszeni. Do pewnego stopnia spodziewałam się, że kiedy już znajdę telefon, Edward ożyje i sam go odbierze, ale ani drgnął.

Rozpoznałam wyświetlający się na ekranie numer – nietrudno było zresztą zgadnąć, kto się do nas dobija.

– Cześć, Alice.

Mój głos wciąż nie brzmiał najlepiej. Musiałam odchrząknąć.

– Bella? Bello, nic ci nie jest?

– Ehm. Nie, nie. Czy jest gdzieś tam Carlisle?

– Tak, a o co chodzi?

– Hm... Właściwie to sama nie wiem.

– Czy z Edwardem wszystko w porządku? – spytała zaniepokojona. Usłyszałam, jak woła Carlisle'a, ale zaraz znowu zwróciła się do słuchawki. – Dlaczego sam nie odebrał telefonu?

– Nie jestem pewna, co nim kieruje.

– Bello, co się tam u was dzieje? Widziałam przed sekundą...

– Co widziałaś?

Nie odpowiedziała.

– Daję ci Carlisle'a.

Poczułam się tak, jakby ktoś wstrzyknął mi do żył lodowatą wodę. Gdyby Alice miała wizję, w której tuliłabym do siebie zielonookie dziecko o twarzyczce aniołka, z pewnością nie musiałaby tego przede mną ukrywać, prawda?

Zanim w słuchawce odezwał się doktor, minęło może z pół sekundy, ale wizja, jaką stworzyłam dla Alice, zdążyła rozkwitnąć pod moimi powiekami. Śliczne niemowlę, jeszcze piękniejsze niż chłopczyk z moich snów – po prostu maleńki Edward. Ciepło bijące z mojego serca przegoniło chłód.

– Witaj, Bello, tu Carlisle. Co się dzieje?

– Eee...

Nie wiedziałam, od czego zacząć. Może miał mnie wyśmiać albo powiedzieć, że poniosła mnie fantazja? Może znowu sen mylił mi się z rzeczywistością?

– Trochę się martwię o Edwarda... Czy wampiry mogą doznawać szoku?

– Czy jest ranny? – Carlisle wyraźnie się zdenerwował.

– Nie, nie – zapewniłam go. – Tylko... coś bardzo go zaskoczyło.

– Nic nie rozumiem.

– Wydaje mi się... że... hm... wydaje mi się, że... że chyba... – Wzięłam głęboki wdech. – Że chyba jestem w ciąży.

Jak gdyby na potwierdzenie moich słów tajemnicze coś znowu mnie kopnęło. Szybko przyłożyłam sobie dłoń do brzucha.

Carlisle długo milczał. Wreszcie odezwał się w nim zawodowiec:

– Kiedy miałaś ostatnią miesiączkę?

– Szesnaście dni przed ślubem.

Podliczałam to już tyle razy, że mogłam odpowiedzieć mu na to pytanie bez wahania.

– Jak się czujesz?

– Dziwnie – wyznałam łamiącym się głosem. Znowu się rozpłakałam. – Nie uwierzysz mi pewnie, jak ci powiem, bo niby jeszcze za wcześnie na takie objawy. Nie wiem, może zwariowałam. Ale mam dziwne sny i cały czas jem i płaczę bez powodu, i mam nudności, i... i mogę przysiąc, że przed chwilą coś się we mnie poruszyło.

Edward uniósł głowę.

Odetchnęłam z ulgą.

Wyciągnął rękę w moją stronę. Twarz miał białą jak ściana. Nie uśmiechał się.

– Oj, chyba Edward chce z tobą porozmawiać.

– Daj mi go – poprosił Carlisle. Był bardzo spięty.

Nie byłam pewna, czy Edward jest w stanie coś z siebie wykrztusić, ale posłusznie podałam mu telefon. Przycisnął go sobie do ucha.

– Czy to możliwe? – wyszeptał.

Carlisle tłumaczył mu coś długo. Edward wpatrywał się niewidzącymi oczami w przestrzeń.

– A co z Bellą? – spytał, obejmując mnie ramieniem i przyciągając do siebie.

Kolejna długa odpowiedź.

– Tak, tak. Obiecuję.

Wcisnął przycisk kończący rozmowę, a zaraz potem wybrał nowy numer.

– I co powiedział Carlisle? – spytałam niecierpliwie.

Edward wyglądał na kogoś, z kogo uszło życie.

– Uważa, że jesteś w ciąży.

Po ciele rozlała mi się fala gorąca. W moim brzuchu znowu coś się poruszyło.

– A teraz do kogo dzwonisz? – wskazałam ręką na telefon, który znowu trzymał przy uchu.

– Na lotnisko. Wracamy do domu.

Edward wisiał na telefonie ponad godzinę. Domyśliłam się, że organizuje naszą podróż powrotną, ale nie mogłam mieć pewności, bo nie używał angielskiego. Musiał się z kimś wykłócać, bo dużo mówił przez zaciśnięte zęby. Wykłócał się i jednocześnie pakował. Wirował po sypialni niczym wściekłe tornado, pozostawiając jednak za sobą porządek zamiast chaosu. W pewnym momencie rzucił na łóżko zestaw ubrań dla mnie, nawet nie spoglądając w ich stronę, z czego wywnioskowałam, że pora już, żebym i ja zaczęła się szykować. Kiedy się przebierałam, krążył dookoła, cedząc w słuchawkę gniewne słowa i gwałtownie gestykulując.

Nie mogłam dłużej znosić bijącej od niego negatywnej energii, więc wymknęłam się po cichu z pokoju. Od patrzenia na to, jak straszliwie Edward jest skoncentrowany, zrobiło mi się niedobrze – nie były to poranne mdłości, po prostu czułam się nieswojo. Chciałam gdzieś zaczekać, aż będzie w lepszym humorze. Szczerze mówiąc, kiedy był taki oschły i skupiony, odrobinę się go bałam.

Podobnie jak podczas swojego nocnego spaceru, wylądowałam w kuchni. W jednej z szafek znalazłam paczkę precli. Podjadając je bezmyślnie, wyglądałam przez okno, za którym połyskiwały w słońcu plaża z palmami, skały i ocean.

Poczułam kolejne kopnięcie.

– Wiem. Ja też nie chcę stąd wyjeżdżać.

Stałam tak jeszcze przez chwilę, ale tajemniczy ktoś już się nie odezwał.

– To podejrzane – szepnęłam. – Czemu on tak się wścieka?

Rozumiałabym, gdyby był zaskoczony. Zadziwiony. Ale nie wzburzony.

Jak gdyby działo się coś złego.

Czym tak się denerwował? Przecież sam mi mówił, że byłoby cudownie, gdybyśmy pobierali się tak wcześnie z powodu wpadki.

Spróbowałam wydedukować, co go gryzie.

Może nie było nic dziwnego w jego pragnieniu, by jak najszybciej wrócić do domu. Chciał, żeby Carlisle mnie zbadał, żeby potwierdził moje przypuszczenia – choć, jeśli o mnie chodzi, nie miałam już żadnych wątpliwości. Chcieli się też pewnie dowiedzieć, dlaczego objawy mojej ciąży są już tak zaawansowane – czemu mam widoczny brzuszek i wyczuwam ruchy dziecka. Nie było to normalne.

Gdy tylko o tym pomyślałam, doszłam do wniosku, że Edwardowi zależało po prostu na dobru dziecka. Ja sama nie wpadałam jeszcze w panikę, ale mój mózg działał znacznie wolniej niż jego. Nadal byłam na etapie zachwycania się wizją, w której tuliłam do siebie śliczne niemowlę o zielonych oczach – takich samych, jak oczy Edwarda, gdy był jeszcze człowiekiem. Miałam nadzieję, że malec odziedziczy po nim rysy twarzy bez żadnych domieszek z mojej strony.

Zabawne, jak szybko i jak całkowicie owa wizja stała mi się niezbędna. Wystarczyło jedno małe kopnięcie, by zmienił się cały mój świat. Do niedawna istniała tylko jedna rzecz, bez której nie mogłabym żyć – teraz było ich dwie. I to bynajmniej nie o połowę mniej dla mnie ważne. Nie rozdzieliłam pomiędzy nie swojej miłości, nie, nie tak to działało. Wrażenie było raczej takie, jakby moje serce raptownie urosło, jakby w mgnieniu oka napęczniało i stało się dwukrotnie większe. Tyle dodatkowej przestrzeni, a cała już wypełniona! Od tego przybytku mogło zakręcić się w głowie.

Tak na dobrą sprawę, nigdy do końca nie rozumiałam, skąd u Rosalie tyle rozżalenia. Nigdy nie zastanawiałam się, jak by to było, gdybym została matką, nigdy tego nie planowałam. Kiedy zarzekałam się przed Edwardem, że rezygnując dla niego z macierzyństwa, wcale się nie poświęcam, nie kłamałam – naprawdę, zupełnie mnie to nie interesowało. Nie przepadałam za dziećmi – kojarzyły mi się z hałasem i różnymi obrzydliwymi wydzielinami, którymi zawsze były gdzieś upaćkane. Nigdy nie miałam z nimi zresztą zbyt wiele do czynienia. A kiedy marzyłam, że Renée urodzi mi brata, chodziło o starszego brata – kogoś, kto mógłby się zaopiekować mną, a nie na odwrót.

To dziecko, dziecko Edwarda, to była zupełnie inna historia.

Potrzebowałam go jak powietrza. To nie był wybór – to była konieczność.

Może po prostu miałam wyjątkowo kiepską wyobraźnię? Może to dlatego nie chciałam wyjść za Edwarda i panikowałam przed ślubem – bo nie umiałam sobie wyobrazić, ile szczęścia da mi świadomość, że jestem jego żoną? A dopóki nie zaszłam w ciążę, nie wiedziałam, że chciałabym mieć dziecko...

Położyłam dłoń na brzuchu, żeby nie przegapić następnego kopnięcia, i znowu pociekły mi łzy.

– Bello?

Odwróciłam się. Ton jego głosu sprawiał, że miałam się na baczności – był taki zimny, taki ostrożny. Jego twarz zdawała się wykuta z lodu.

Zobaczył, że płaczę.

– Bello! – W ułamku sekundy pokonał dzielącą nas odległość. – Coś cię boli? – Sprawdził, czy nie mam gorączki.

– Nie, nie...

Przycisnął mnie do siebie.

– Nie bój się, kochanie. Wszystko będzie dobrze. Nie pozwolę, żeby stała ci się krzywda. Za szesnaście godzin będziemy w domu. Carlisle będzie na nas czekał w pełnej gotowości. Wszystkim się zajmiemy.

– To znaczy, co zrobicie?

Pochylił się, żeby spojrzeć mi prosto w oczy.

– O nic się nie bój. Wyjmiemy z ciebie to coś, zanim zdąży ci w jakikolwiek sposób zaszkodzić.

– To coś?! – wykrztusiłam.

Nie zauważył tego, bo nagle zerknął ku drzwiom.

– A niech to! Zapomniałem, że miał się dziś zjawić Gustavo. Odprawię go i zaraz do ciebie wrócę.

I już go nie było.

Nogi ugięły mi się w kolanach. Musiałam podeprzeć się o komodę, żeby się nie przewrócić.

Edward określił właśnie moje maleństwo słowami „to coś"! Powiedział, że Carlisle je ze mnie wyjmie!

– Nie – wyszeptałam.

Myliłam się. Wcale nie zależało mu na dziecku. Chciał je skrzywdzić. Idylliczny obrazek w mojej głowie zastąpił z miejsca inny, straszny i mroczny: moje śliczne zielonookie dzieciątko zapłakane, moje słabe ręce nie dość silne, by je obronić...

Co miałam robić? Jak mogłam przemówić im do rozsądku? Co, jeśli miało mi się to nie udać? Czy to dlatego Alice zamilkła, gdy spytałam ją o jej wizję? Czy właśnie to w niej zobaczyła? Edwarda i Carlisle'a zabijających chłopczyka o porcelanowej skórze, zanim jeszcze miał stać się zdolny do samodzielnego życia?

– Nie – powtórzyłam głośniej.

Nie mogłam do tego dopuścić. Musiałam coś wymyślić.

Usłyszałam, że Edward znowu rozmawia z kimś po portugalsku. Był coraz bliżej. Nagle przerwał i westchnął głośno – jak ktoś, kto mimo wysiłków nie może postawić na swoim. Moich uszu doszedł jakiś inny głos – nieśmiały i cichy. To z kobietą Edward rozmawiał, a nie z Gustavem.

Wszedł do kuchni pierwszy. Podszedł prosto do mnie i ścierając mi łzy z policzków, szepnął do ucha:

– Uparła się, że musi zostawić to, co przywiozła – zrobiła nam obiad.

Wiedziałam, że gdyby był mniej spięty, mniej zdenerwowany, wywróciłby teraz oczami.

– To tylko wymówka – wyjaśnił. – Chce się upewnić, że jeszcze cię nie zabiłem.

Końcówkę tego drugiego zdania wręcz wycedził.

Na progu pojawiła Kaure, trzymając w rękach nakryty półmisek. Żałowałam, że nie potrafię mówić po portugalsku i że mój hiszpański ogranicza się do garstki podstawowych zwrotów. Gdyby było inaczej, mogłabym podziękować tej dzielnej kobiecie za to, że odważyła się rozgniewać wampira, by sprawdzić, czy nic mi nie jest.

Spoglądała nerwowo to na mnie, to na Edwarda. Zauważyłam, że zwróciła szczególną uwagę na barwę moich policzków i krople wilgoci w kącikach oczu. Dodając od siebie kilka słów w nieznanym mi języku, odstawiła przyniesiony półmisek na blat.

Edward warknął coś do niej – nigdy jeszcze nie widziałam, żeby zachowywał się wobec kogoś tak nieuprzejmie. Odwróciła się na pięcie, żeby wyjść, i fałdy jej długiej spódnicy zafurkotały w powietrzu, posyłając w moim kierunku zapach ugotowanego przez nią dania: zapach ryby i cebuli. Był bardzo intensywny. Dostałam odruchu wymiotnego i rzuciłam się do zlewu.

Edward zaraz do mnie doskoczył. Poczułam na czole jego dłonie i chociaż co innego miałam na głowie, dotarło do mnie, że szepcze mi coś tkliwie do ucha. Nagle zimne dłonie zniknęły. Trzasnęły drzwi lodówki. Dzięki Bogu, w tym samym momencie przepadła też natarczywa woń jedzenia, a na moje czoło powrócił kojący kompres. Wkrótce było po wszystkim. Głaskana przez Edwarda po skroni, wypłukałam usta.

Niewidoczne dzieciątko poruszyło się niepewnie.

Już wszystko dobrze, przekazałam mu myślami. Nic nam nie będzie.

Edward obrócił mnie delikatnie i przytulił do siebie. Oparłam mu głowę na ramieniu. Moje dłonie w opiekuńczym geście powędrowały do wzdętego brzucha.

Ktoś jęknął cicho. Podniosłam oczy.

Kaure wcale sobie jeszcze nie poszła. Stała tam, gdzie wcześniej, na progu, z rozdziawionymi ustami i wzrokiem wbitym w dolną część mojego tułowia. Obie ręce miała podniesione, jakby do niedawna starała się rozpaczliwie wpaść na pomysł, jak mi pomóc.

Edward też jęknął. Błyskawicznie obrócił się do niej, obejmując mnie jednocześnie jedną ręką w pasie, jak gdyby nie chciał, żebym mu się wyrwała, i na ile było to możliwe, zasłaniając mnie własnym ciałem.

Indianka zaczęła na niego krzyczeć, wydzierać się na całe gardło. Ciskała niezrozumiałymi dla mnie słowami niczym sztyletami. Potrząsając groźnie drobną piąstką, zrobiła kilka kroków do przodu i dostrzegłam, że mimo zajadłości, w jej oczach czaił się strach.

Edward również zrobił krok w jej kierunku. Przestraszyłam się, że ma wobec niej złe zamiary i uczepiłam się kurczowo jego ramienia, ale kiedy przerwał jej gniewną tyradę, szczerze mnie zaskoczył tym, jak łagodnie się do niej zwraca. Było to dziwne, zważywszy zwłaszcza na to, jak źle ją potraktował jeszcze przed jej wybuchem. Mówił nie tylko cicho, ale wręcz ją o coś błagał. Co więcej, na wypowiadane przez niego słowa składały się teraz egzotyczne, gardłowe dźwięki i ze zdumieniem uświadomiłam sobie, że to już nie portugalski.

Kaure także była zdumiona. Zamilkła na moment, po czym ściągnąwszy brwi, ostro zadała mu pytanie w tym samym języku.

Spojrzałam na Edwarda. Posmutniały, skinął głową. Kobieta cofnęła się odruchowo i przeżegnała się pospiesznie.

Wskazał na nią, a potem na mnie, i położył mi dłoń na policzku. Odpowiedziała coś wzburzona, wymachując rękami. O coś go chyba oskarżała. Trwało to dość długo.

Edward znowu zwrócił się do niej błagalnym tonem i tym razem podziałało. Im dłużej mówił, tym wyraźniej zmieniał się wyraz jej twarzy. Coraz więcej było w kobiecie wahania. Kilkakrotnie na mnie zerknęła. Zdezorientowana, przyglądałam się całej tej scenie.

Kiedy Edward skończył, Kaure wydawała się coś rozważać. Spoglądała to na mnie, to na niego, a potem, chyba mimowolnie, zrobiła krok do przodu. Przyłożyła sobie dłoń do mostka i patrząc na mnie... pokazała na migi brzuch ciężarnej.

Drgnęłam. Tego się nie spodziewałam. Czy legendy jej plemienia o drapieżnych krwiopijcach i o tym opowiadały? Czy naprawdę wiedziała, co we mnie rośnie?

Podeszła bliżej – tym razem już świadoma tego, co robi – i zadała Edwardowi kilka krótkich pytań. Odpowiedział jej, ale był przy tym bardzo spięty. Potem zamienili się rolami – to on zadał jej jedno pytanie. Zawahała się i powoli pokręciła przecząco głową. Kiedy ponownie się odezwał, w jego głosie słychać było tyle cierpienia, że spojrzałam na niego. Twarz miał wykrzywioną z bólu.

Indianka zrobiła jeszcze kilka kroków, aż wreszcie znalazła się na tyle blisko nas, że mogła położyć swoją dłoń na mojej dłoni, którą nadal opierałam na powiększonym brzuchu. Powiedziała tylko jedno słowo – po portugalsku.

– Morte* – westchnęła cicho.

Obróciła się, zwieszając ramiona, jak gdyby przeprowadzona przed chwilą rozmowa dodała jej lat, po czym wyszła z kuchni.

Hiszpański znałam słabo, ale tyle zrozumiałam.

Edward znowu zmienił się w posąg. Oczami pełnymi udręki wpatrywał się w miejsce, w którym stała Kaure. Kilka minut później w oddali rozległ się odgłos odpalanego silnika. Warkot cichł stopniowo, aż w końcu zapadła cisza.

Mój towarzysz poruszył się dopiero wtedy, kiedy chciałam wyjść do łazienki. Złapał mnie za rękę.

– Dokąd idziesz? – wyszeptał, jakby mówienie sprawiało mu ból.

– Muszę znowu umyć zęby.

– Nie przejmuj się tym, co powiedziała. To tylko bzdurne legendy – indiańskie bajki, wymyślone dla rozrywki gawiedzi.

– I tak nic nie zrozumiałam.

Żałosne były jego próby podniesienia mnie na duchu. Jak mogłam coś zbagatelizować, tłumacząc sobie, że to „tylko" legenda? Legendy otaczały mnie za wszystkich stron. Wszystkie okazywały się prawdziwe.

– Spakowałem ci już szczoteczkę. Zaraz ją znajdę.

---

* *Morte* – port. śmierć (podobne do hiszpańskiego *muerte*) – przyp. tłum.

Poszedł przodem.

– Kiedy dokładnie wyjeżdżamy? – zawołałam za nim.

– Jak tylko będziesz gotowa.

Kiedy myłam zęby, krążył po sypialni, czekając, aż będzie mógł na powrót zapakować szczoteczkę. Wręczyłam mu ją zaraz po wyjściu z łazienki.

– Zaniosę już bagaże na jacht.

– Edwardzie...

Odwrócił się.

– Tak?

Nie odpowiedziałam od razu. Usiłowałam szybko wymyślić jakiś fortel, dzięki któremu zyskałabym kilka sekund.

– Czy mógłbyś... uszykować mi jakiś prowiant na drogę? No wiesz, mogę zgłodnieć.

– Oczywiście. – Nagle spojrzał na mnie czulej. – O nic się nie martw. Carlisle zbada cię już za parę godzin. Wkrótce będzie po wszystkim.

Nie ufałam swojemu głosowi, więc skinęłam tylko głową. Edward zniknął z bagażem za drzwiami.

Zrobiłam piruet i dopadłam jego telefonu porzuconego na blacie. Bardzo to było do niego niepodobne, że o tylu rzeczach zapominał – o tym, że Gustavo miał przyjechać, o swojej własnej komórce. Był taki zestresowany, że ledwo go poznawałam.

Zaczęłam przeglądać spis telefonów, dziękując losowi, że Edward wyłączył dźwięk, ale i tak nie byłam pewna, czy nie przyłapie mnie później. Czy wrócił już z przystani? Czy był w stanie usłyszeć mój szept z kuchni?

Znalazłam numer, o który mi chodziło – numer, pod który nie dzwoniłam nigdy przedtem. Wybrałam odpowiedni przycisk i zacisnęłam kciuki.

– Halo? – rozległ się anielski głos.

– Rosalie? – szepnęłam. – Mówi Bella. Błagam, musisz mi pomóc.

KSIĘGA DRUGA

❋❋❋

JACOB

Chociaż, żeby prawdę powiedzieć,
rozum z miłością rzadko chodzą w parze w dzisiejszych czasach.

William Szekspir *Sen nocy letniej*
akt III, scena I
(przeł. Stanisław Barańczak)

Prolog

Życie to jedno wielkie gówno, a potem się umiera.

Ta. Chciałoby się.

8 Kurczę, kiedy wreszcie wybuchnie ta wojna z wampirami?

– Jezu, Paul – jęknąłem – nie masz własnego domu?

Uśmiechnął się tylko bezczelnie. Siedział rozwalony na mojej kanapie, oglądając jakiś kretyński mecz baseballu w moim telewizorze. Powoli – naprawdę powoli – wyjął z torebki na kolanach dorodnego chipsa i wsadził go sobie w całości do ust.

– Mam nadzieję, że sam je kupiłeś.

Chrup.

– Sorki – wymlaskał z pełnymi ustami. – Twoja siostra powiedziała, że mam się rozgościć i brać, co chcę.

– Rachel gdzieś się tu kręci?

Starałem się zadać to pytanie takim tonem, żeby nie zorientował się, że chcę mu przyłożyć, i może bym go nawet przechytrzył, ale usłyszał, jak się poruszyłem. Wcisnął paczkę *doritos* pomiędzy oparcie a swoje plecy i zasłonił sobie twarz pięściami jak bokser.

– No, dalej. Bez Rachel też sobie poradzę.

Prychnąłem.

– Jasne. A przy pierwszej okazji polecisz się jej wypłakać.

Zaśmiał się. Opuszczając ręce, opadł na kanapę.

– Ja tam nie kabluję. Gdyby jakimś cudem udało ci się coś mi zrobić, zobaczysz, zostanie to między nami. I *vice versa*, co nie?

Miłe to było z jego strony, że sam się prosił. Rozluźniłem mięśnie, jakbym już z nim skończył.

– Niech ci będzie.

Przeniósł wzrok na ekran.

Wymierzyłem cios.

Kiedy moja pięść zderzyła się z jego nosem, rozległo się bardzo satysfakcjonujące chrupnięcie. Paul próbował mnie złapać, ale wywinąłem się, zanim zdołał mnie schwycić dostatecznie mocno. Za to zdążyłem zabrać z kanapy torbę z *doritos*.

– Złamałeś mi nos, debilu!

– Ale to zostaje między nami, co nie, Paul?

Odłożyłem chipsy na miejsce. Kiedy znowu spojrzałem na Paula, nastawiał sobie pospiesznie nos, żeby nie zrósł mu się krzywy. Krew przestała mu już lecieć, więc wyglądał trochę dziwnie, bo jaskrawe strużki spływały mu jeszcze po wargach i brodzie, ale już nie wyżej.

Ścisnął chrząstkę i skrzywił się z bólu. Zaklął głośno.

– Cholery można z tobą dostać, Jacob. Już wolałbym trzymać się z Leą.

– Och, Leah! Założę się, że oszaleje z radości, jak się dowie, że masz ochotę spędzać z nią więcej czasu sam na sam. Po prostu się rozpromieni.

– Zapomnisz, że to powiedziałem! Umowa stoi?

– Jasne. Na pewno mi się to przypadkowo przy niej nie wymsknie.

– Ech, ty. – Zrezygnowany, rozsiadł się z powrotem na kanapie, wycierając sobie resztki krwi z kołnierzyka podkoszulka. – Szybki jesteś, to ci trzeba przyznać – stwierdził.

I znowu zapatrzył się na swój durny mecz.

Postałem nad nim przez chwilę jak głupi i poszedłem do swojego pokoju, błagając cicho kosmitów, żeby go uprowadzili.

Kiedyś, kiedy szukało się guza, Paul był niezawodny. Nie trzeba było go nawet tykać – wystarczała jakaś pierwsza z brzegu złośliwa uwaga. Naprawdę, niewiele było mu trzeba, żeby stracił nad sobą kontrolę. Ale teraz, kiedy człowiek aż rwał się do porządnego sparingu z warczeniem, ranami gryzionymi i łamaniem drzew, oczywiście nic już bęcwała nie ruszało.

A już myślałem, że gorzej być nie może, kiedy i jego trafił ten cholerny „grom z jasnego nieba”. Czwarte wpojenie w sforze to już była przesada. Kiedy to się miało skończyć? Na litość boską, legendy mówiły, że to rzadkość! Rzygać mi się chciało od tych ich amorów.

Czemu musiało paść akurat na moją siostrę? A jak już, to nie mógł jej sobie wpoić kto inny?

Kiedy Rachel wróciła do domu z uniwerku pod koniec letniego semestru – kujonka, skończyła studia przed czasem – moim największym zmartwieniem było to, jak utrzymamy przed nią wszystko w tajemnicy. Nie byłem przyzwyczajony do krycia się z tym, kim jestem, w swoim własnym domu. Dopiero wtedy dotarło do mnie, jak ciężko mają Embry czy Collin, których rodzice nie wiedzą, że mają synów wilkołaków. Szczerze im współczułem. Taka, na przykład, mama Embry'ego sądziła, że jej syn przechodzi okres nastoletniego buntu. W kółko miał szlaban za wymykanie się z domu, ale co poradzić, nie mógł przecież tych zakazów przestrzegać. Jego mama sprawdzała co noc, czy jest w swoim pokoju, i co noc zastawała puste łóżko. Robiła mu dzikie awantury, a on wysłuchiwał jej skarg w milczeniu i dalej robił swoje. Próbowaliśmy nakłonić Sama, żeby dla dobra Embry'ego zgodził się ją wtajemniczyć, ale Embry powiedział, że jakoś to przeżyje. Sfora była najważniejsza.

Postanowiłem brać z niego przykład i byłem gotowy stawać na głowie, żeby tylko nic się nie wydało, ale już dwa dni po powrocie Rachel wpadła na Paula na plaży i wiadomo co. Ta-dam! Miłość od pierwszego wejrzenia! Ohyda. A zgodnie z naszymi regułami przed swoją drugą połówką nie ma się nic do ukrycia.

Rachel dowiedziała się co i jak, a ja załapałem, że Paul zostanie kiedyś moim szwagrem. Pięknie. Billy też nie był tym zachwycony, ale znosił to lepiej niż ja – lepiej, bo uciekał z domu do Clearwaterów. Cóż, ja nie mogłem pójść w jego ślady – Leah czy Paul, to nie była dla mnie żadna alternatywa.

Ciekawe, pomyślałem, czy gdybym wpakował sobie kulkę w łeb, to bym się zabił, czy tylko musiałbym potem pół dnia skrobać ściany?

Padłem na łóżko. Jechałem na oparach – nie spałem od ostatniego patrolu – ale wiedziałem, że i tak nie zasnę. W głowie mi aż huczało. Myśli obijały się od środka o czaszkę niczym rój spłoszonych pszczół. Głośno tam było. A od czasu do czasu któraś mnie na dodatek gryzła. To musiały chyba raczej być szerszenie.

Pszczoły po jednym ukąszeniu szlag trafiał. A mnie bezustannie dawały w kość te same myśli.

To całe czekanie doprowadzało mnie do szału. Minęły już prawie cztery tygodnie. Spodziewałem się, że gdy dojdzie co do czego, to jakoś tam się o tym dowiem. Nie spałem po nocach, wyobrażając sobie, jak to będzie.

Charlie szlochający w słuchawkę – Bella i jej mąż zginęli w katastrofie lotniczej. Nie, chyba przesadzałem z tą katastrofą – taką to za trudno byłoby upozorować. Chyba że pijawki nie miały nic przeciwko zabiciu kilkudziesięciu niewinnych pasażerów... Ale niby dlaczego miałyby mieć coś przeciwko? Zresztą, może rozbiłaby się awionetka? Na awionetkę byłoby ich stać...

A może morderca miał wrócić do domu sam po nieudanej próbie zrobienia z Belli jednej z nich? Ba, może nawet nie doszliby do tego etapu – może zgniótłby ją niechcący jak paczkę chipsów, próbując sobie dogodzić? Bo jej życie było dla niego mniej ważne niż zaspokajanie własnych samczych zachcianek...

Och, jaką tragiczną historię miałby do opowiedzenia! Bella przypadkową ofiarą napadu rabunkowego. Bella zadławiła się na śmierć przy kolacji. Bella zginęła w wypadku samochodowym. Tyle ludzi ginie na drogach. Moja mama też tak zginęła. Nikt by nie nabrał podejrzeń.

Czy zamierzał „sprowadzić jej zwłoki" do Forks? „Pochować" ją tu dla Charliego? Oczywiście ceremonia odbyłaby się przy zamkniętej trumnie. Mamy też nie pozwolili mi zobaczyć...

Ze „zwłokami" czy bez, mniejsza o to, byleby drań wrócił. Bylebym miał szansę dorwać gada. Bo może wcale nie miało być żadnej oficjalnej wersji wydarzeń. Może Charlie miał zadzwonić do Billy'ego z pytaniem, czy nie kontaktował się z nim czasem doktor Cullen? Może doktor Cullen miał po prostu z dnia na dzień przestać chodzić do pracy? Dom by opuścili. Nikt by nie odbierałby ich telefonów. Jakaś drugorzędna stacja telewizyjna podałaby w dzienniku informację o ich tajemniczym zniknięciu, węsząc jakieś machloje...

A może w ich wielkim białym domu wybuchłby straszliwy pożar, a wszyscy jego mieszkańcy spaliliby się w łóżkach? Oczywiście, żeby ten numer przeszedł, potrzebowaliby ośmiu trupów – ośmiu trupów ludzi o podobnej budowie ciała, spalonych do tego stopnia, żeby nie tylko nikt nie mógł ich rozpoznać, ale żeby jeszcze nie sposób ich było zidentyfikować po zębach.

To by było dopiero wyzwanie – to znaczy, wyzwanie dla mnie. Ciężko byłoby mi ich znaleźć, gdyby tego nie chcieli. Ale z drugiej strony, miałbym na to całą wieczność. Jak się ma wieczność, można sprawdzić każdą słomkę w każdym stogu siana na świecie.

Właściwie to nie miałbym nic przeciwko rozłożeniu na części pierwsze jakiegoś stogu. Przynajmniej miałbym wreszcie coś do roboty! Okropnie było tak siedzieć i zapewne tracić okazję do zemsty. Jeśli pijawki zamierzały wynieść się z okolicy, mogły właśnie wcielać swój plan w życie.

Moglibyśmy wyprawić się tam jeszcze dziś wieczorem, pomyślałem. Moglibyśmy zabić każdego, kto by się nawinął.

Podobał mi się ten pomysł, bo znałem Edwarda dostatecznie dobrze, by wiedzieć, że jeśli zabiłbym któregoś z członków jego rodziny, to, o czym tak marzyłem, na pewno by mnie nie ominęło. Gościu sam by mnie znalazł. Och, to by była dopiero walka – nie rzuciłbym się na niego z całą sforą, o nie. Odesłałbym ich. Tylko ja i on. Niech wygra lepszy.

Ale Sam nie chciał o tym słyszeć. „Nie zerwiemy paktu. Niech oni zrobią to pierwsi". Jednak nie mieliśmy żadnego dowodu na to, że Cullenowie coś przewinili. Na razie. Trzeba było tu dodać „na razie", bo wszyscy zdawaliśmy sobie sprawę, że to tylko kwestia czasu. Bella albo miała wrócić jako jedna z nich, albo miała nie wrócić wcale. Tak czy siak, zabiliby człowieka. A to oznaczałoby, że mamy zielone światło.

W drugim pokoju Paul zarżał jak koń. Może rozbawiła go reklama. Może zmienił kanał i oglądał komedię. Wszystko jedno – działał mi na nerwy i tyle.

Pomyślałem, że mógłbym znów złamać mu nos. Ale musiałem przyznać przed samym sobą, że tak naprawdę to nie z Paulem chciałem się bić.

Spróbowałem skupić się na innych dźwiękach, na wietrze szumiącym w koronach drzew. W wietrze kryły się miliony głosów, których nie byłem w stanie usłyszeć w tym ciele, ale i tak słuch miałem teraz sto razy lepszy od każdego zwykłego człowieka. Słyszałem, co się działo za lasem, co się działo na drodze. Słyszałem auta pokonujące zakręt, za którym wreszcie wyłaniała się plaża – i wyspy, i skały, i ocean aż po horyzont. Gliniarze z La Push lubili się tam zaczajać na turystów, którzy zapatrzeni w morze, jakoś nigdy nie zwracali uwagi na stojący w tym miejscu znak ograniczenia prędkości.

Słyszałem głosy ludzi przed sklepem z pamiątkami na plaży i dzwonek trącany przez otwierane i zamykane drzwi. Słyszałem mamę Embry'ego obsługującą kasę. Właśnie drukował się paragon.

Słyszałem, jak fale przypływu biją o przybrzeżne głazy. Jakieś dzieciaki piszczały głośno, bo nie zdążyły uciec przed lodowatą wodą, a ich mamy zaczęły narzekać, że pomoczyły sobie ubrania… Nagle tuż obok nich wyłapałem znajomy głos.

Nasłuchiwałem w takim skupieniu, że gdy Paul znowu wybuchnął śmiechem, aż poderwałem się z łóżka.

– Wynoś się z mojego domu! – syknąłem do ściany.

Wiedziałem, że Paul mnie nie posłucha, więc zrobiłem to sam. Otworzyłem okno w swoim pokoju i wyskoczyłem na dwór. Wolałem już więcej nie oglądać swojego przyszłego szwagra. Byłoby to zbyt kuszące. Znowu bym go uderzył, a Rachel i tak miała być na mnie wściekła. Zaschnięta krew na koszulce Paula? To musiała być moja wina. Po co więcej dowodów. Oczywiście miałaby rację, ale to nie było fair.

Z pięściami wbitymi w kieszenie, poszedłem w kierunku wybrzeża. Kiedy znalazłem się wśród ludzi, nikt ani razu się za mną nawet nie obejrzał. Lato miało swoje zalety – to, że chodziłem w samych szortach, nie robiło teraz na nikim żadnego wrażenia.

Nasłuchując uważnie, namierzyłem Quila bez trudu. Zastałem go na południowym krańcu plaży, bo unikał tłumu przyjezdnych.

Ani na moment nie przestawał upominać swojej podopiecznej:

– Trzymaj się z dala od wody, Claire! Przestań! Nie, nie chodź tam! O, nie! Bądź grzeczna! Powiedz, chcesz, żeby Emily była na mnie zła? Nie zabiorę cię już więcej na plażę, jeśli nie... Ach, tak? Nie... Ech. Myślisz, że to zabawne, co? Mam cię! Ha, i kto jest teraz górą?

Kiedy go zobaczyłem, trzymał dziewczynkę w powietrzu za łydkę. Chichocząc, wymachiwała wiaderkiem, a jej dżinsowe spodenki były zupełnie mokre. Na środku podkoszulka Quila widniała wielka mokra plama.

– Pięć dolców na małą! – zawołałem.

– Cześć, Jake.

Claire pisnęła i cisnęła wiaderkiem w jego kolana.

– Puś mie! Puś!

Postawił ją ostrożnie na ziemi. Podbiegła do mnie i przytuliła mi się do nogi.

– Wuja Jay!

– Co słychać, Claire?

Zaśmiała się.

– Kil telaz caaaly mokly!

– Właśnie widzę. A gdzie twoja mama?

– Pojechala, pojechala! – zaśpiewała. – Klel bedzie bawić sie z Kilem caly dzień. Klel juz nigdy nie włóci do domu.

Puściła mnie i potruchtała z powrotem do Quila. Wziął ją na barana.

– Ktoś tu chyba miał niedawno drugie urodziny, prawda?

– Trzecie – poprawił mnie. – Przegapiłeś przyjęcie. Motywem przewodnim były księżniczki. Kazała mi chodzić z koroną na głowie, a potem Emily podsunęła jej pomysł, żeby wypróbować na mnie jej zabawowy zestaw do makijażu.

– Wow. Wielka szkoda, że mnie to ominęło.

– Nie martw się, Emily ma zdjęcia. Wyszedłem całkiem sexy.

– Ale z ciebie frajer.

Quil wzruszył ramionami.

– Najważniejsze, że Claire świetnie się bawiła. O to chodziło.

Wywróciłem oczami. Faceci po wpojeniu byli nie do wytrzymania. Wszystko jedno, na jakim byli etapie – czy mieli się żenić lada dzień jak Sam, czy dawali robić z siebie idiotów jako niańki jak Quil – bijące od nich spokój i pewność wywoływały u mnie odruch wymiotny.

Claire znowu pisnęła i pokazała palcem coś w dole.

– Kil, tam, sićny kamyk! Daj mi, daj!

– Który, maleńka? Ten czerwony?

– Nie cielwony.

Uklęknął ostrożnie. Wrzasnęła i złapała go za włosy, jak gdyby były to lejce.

– Ten niebieski?

– Nie, nie, nie… – zaśpiewała, podekscytowana nową zabawą.

Najdziwniejsze było to, że Quil miał z tego tyle samo radochy, co ona. Wyrazem twarzy w niczym nie przypominał tych wszystkich mamuś i tatusiów, którzy zjechali tu na wakacje – tak wielu z nich miało minę, która mówiła: „Boże, kiedy ten dzieciak wreszcie zaśnie?". Nigdy jeszcze nie spotkałem prawdziwego rodzica, któremu te wszystkie idiotyczne, wymyślane na poczekaniu przez pociechę gry sprawiałyby tyle frajdy. Widziałem raz, jak Quil chował się za różnymi rzeczami i wyskakiwał zza nich z głośnym „a kuku" przez bitą godzinę, i wcale nie wyglądał przy tym na znudzonego.

Nawet nie potrafiłem się z niego nabijać – za bardzo mu zazdrościłem.

Jasne, to było beznadziejne, że czekało go jeszcze czternaście lat celibatu, zanim jego wybranka miała być wreszcie w jego wieku – dobrze chociaż, że wilkołaki się nie starzały – ale najwyraźniej wcale mu to nie przeszkadzało.

– Quil, nie masz czasami ochoty umówić się z kimś na randkę? – spytałem.

– Hę?

– Nie, nie zólty! – zaprotestowała mała.

– No wiesz. Spędzić trochę czasu z prawdziwą dziewczyną. Nic poważnego, tak tylko na razie. W te wieczory, kiedy Claire zajmuje się jej mama.

– Kamyk! Ce mój kamyk! – zaczęła się wydzierać, bo zbyt długo nie proponował jej niczego nowego. Uderzyła go piąstką w ciemię.

– Przepraszam, skarbie. Już, już. To może chodzi ci o ten fioletowy?

– Nie – zachichotała. – Nie fioletoly.

– Daj mi jakąś wskazówkę. Błagam cię, maleńka.

Zamyśliła się na moment.

– Zjelony – zdradziła litościwie.

Rozejrzał się dookoła, po czym podsunął jej pod nos cztery bryłki w różnych odcieniach wskazanego przez nią koloru.

– Jeden z tych?

– Tak!

– To który to?

– Wsyyyskie!

Wsypał kamyki w jej nadstawione rączki. Zaśmiała się głośno i natychmiast cisnęła nimi prosto w jego głowę. Skrzywił się teatralnie, a potem wstał i ruszył w stronę parkingu. Pewnie bał się, że dziewczynka zmarznie niedługo w swoim przemoczonym ubraniu. Jego paranoja była dalej posunięta niż u nadopiekuńczej matki.

– Przepraszam za ten głupi tekst o chodzeniu na randki – powiedziałem.

– Nie ma sprawy. Zaskoczyłeś mnie tylko. Jakoś nigdy na to nie wpadłem.

– Nie sądzę, żeby Claire miała ci to kiedyś za złe. No wiesz, kiedy już dorośnie. Trudno, żeby ci wypominała, że nie żyłeś jak mnich, kiedy chodziła jeszcze w pieluchach.

– Jestem pewien, że by zrozumiała.

Nic więcej nie dodał.

– Ale i tak się z nikim nie umówisz, prawda? – domyśliłem się.

– Nie umiem sobie tego wyobrazić – przyznał cicho. – Po prostu jakoś siebie w tym nie widzę. Zresztą, odkąd jest Claire... dziewczyny przestały dla mnie istnieć. Nie zwracam uwagi na to, która jest ładna, a która nie. Nawet nie widzę ich twarzy.

– No tak, i jeszcze ostatnio ta korona i makijaż. Może to nie inne dziewczyny będą dla Claire konkurencją.

Parsknął śmiechem. Wydął usta i kilka razy głośno cmoknął.

– Dasz się gdzieś wyciągnąć w ten piątek, co, Jacob?

– Chciałoby się – powiedziałem, a potem skrzywiłem się. – Chociaż, tak właściwie, to mam wolny wieczór.

Zawahał się na moment.

– A ty nie masz czasami ochoty umówić się z kimś na randkę? – zapytał.

Westchnąłem. Co poradzić, sam go sprowokowałem.

– Może byś tak poszedł się gdzieś zabawić – ciągnął. – Sam przestał żyć jak mnich.

Nie żartował – współczuł mi i to było jeszcze gorsze.

– Też nie zwracam uwagi na dziewczyny, Quil. Też nie widzę ich twarzy.

I on westchnął.

W oddali, w głębi lasu rozległo się wilcze wycie – tylko my dwaj na tej plaży byliśmy w stanie usłyszeć je poprzez szum fal.

– Cholera, to Sam – zaklął Quil. Jego ręce powędrowały odruchowo do Claire, jakby chciał sprawdzić, czy jego podopieczna czasem nie znikła. – A ja nie wiem, gdzie jest jej mama!

– Zobaczę, co jest grane, i dam ci znać, jeśli będziesz nam potrzebny – obiecałem. Zacząłem mówić tak szybko, że zjadałem końcówki. – Hej, a może byś tak zostawił ją u Clearwaterów? Jakby co, to małą zajmą się Sue i Billy. No i może wiedzą, co się dzieje.

– Okej. No, leć już!

Rzuciłem się do biegu – dla oszczędności czasu nie przez cherlawy żywopłot w kierunku ścieżki, tylko po linii prostej. Przeskoczyłem przez stos wyrzuconego przez morze drewna i nie zmniejszając tempa, zacząłem przedzierać się przez głogi. Kolce cięły mi boleśnie skórę, ale to ignorowałem – ranki miały się zagoić jeszcze przed moją przemianą.

Za sklepem wypadłem na szosę. Ktoś na mnie zatrąbił. Kilka metrów i nareszcie skryły mnie drzewa. Tu mogłem przyspieszyć, dając większe susy. Gdybym był na otwartej przestrzeni, wzbudziłbym sensację. Czasami korciło mnie, żeby dla jaj wziąć udział w jakimś wyścigu – może nawet w eliminacjach olimpijskich czy czymś takim. Fajnie byłoby zobaczyć miny tych wszystkich gwiazd atletyki, kiedy bym je wyprzedzał. Ale przed biegiem wszyscy uczestnicy musieli poddawać się testom na obecność sterydów i pewnie wykryto by w mojej krwi coś baaardzo dziwnego.

Gdy tylko znalazłem się w prawdziwej puszczy, z dala od dróg i domów, wyhamowałem i ściągnąłem szorty, po czym z wielką wprawą zwinąłem je w rulonik, by następnie przymocować je sobie rzemieniem do kostki. Jeszcze wiązałem supeł, a już zacząłem się przeobrażać. Wzdłuż kręgosłupa przeszedł mnie ognisty dreszcz, wywołując w rękach i nogach gwałtowne drżenie. Wszystko trwało zaledwie sekundę. Kiedy zalała mnie fala gorąca, poczułem owo ciche migotanie, które czyniło ze mnie kogoś innego. Opadłszy przednimi łapami na ziemię, przeciągnąłem się z lubością.

Tak skoncentrowany jak dziś, nie miałem z przemianą żadnych kłopotów. Mój wybuchowy charakter coraz rzadziej dawał o sobie znać. Ale zdarzało się, że dawał.

Przypomniałem sobie tamten okropny moment na żałosnej parodii wesela. Do tego stopnia byłem ogarnięty gniewem, że moje ciało przestało działać tak jak należy. Trząsłem się i płonąłem, ale nie mogłem się zmienić i uwięziony w swojej ludzkiej postaci nie mogłem zabić mordercy, choć dzieliło mnie od niego tylko kilka kroków. Myślałem, że oszaleję. Tak bardzo chciałem go zabić. Tak bardzo bałem się, że zrobię jej krzywdę. Jej albo moim braciom, którzy stali pomiędzy nami. A potem, akurat wtedy, kiedy w końcu odzyskałem nad sobą kontrolę, padła komenda Sama, święty rozkaz Alfy. Ach, gdyby tamtej nocy śledzili mnie tylko Embry i Quil, bez naszego przywódcy... Może udałoby mi się załatwić gada...

Nienawidziłem tych chwil, kiedy Sam mnie do czegoś zmuszał. Tego uczucia, że nie mam wyboru, że muszę się podporządkować, ugiąć przed nim kark...

Przerwałem, bo uzmysłowiłem sobie, że mam słuchaczy. Nie byłem w swoich myślach sam.

Wiecznie zaabsorbowany sobą, zadrwiła Leah.

I kto to mówi, odparowałem.

Spokój, chłopaki, uciszył nas Sam.

Zamilkliśmy posłusznie, ale wyłapałem, że Lei nie spodobało się słowo „chłopaki". Drażliwa jak zwykle.

Sam udał, że niczego nie zauważył.

Gdzie Quil i Jared?

Quil jest z Claire. Odprowadza ją do Clearwaterów.

To dobrze. Będzie mógł zostawić ją z Sue.

Jared wybierał się do Kim, pomyślał Embry. Sądzę, że by cię nie usłyszał.

Rozległ się chóralny jęk. Ja również do niego dołączyłem. Kiedy Jared przychodzi do nas prosto od Kim, jeszcze długo o niej myśli. A nikt nie chciał zobaczyć na powtórce tego, czym się teraz zajmowali.

Sam przysiadł na moment, odrzucił łeb w tył i głośno zawył. Tym razem był to nie tylko sygnał, ale i polecenie.

Wataha miała się zebrać kilka kilometrów na wschód od miejsca, w którym się znajdowałem. Pędziłem ile sił. Leah, Embry i Paul też jeszcze byli w drodze, Leah nawet całkiem blisko – wkrótce moich uszu dobiegł tętent jej łap – ale wybraliśmy równoległe trasy, woląc nie spędzać ze sobą więcej czasu, niż to było absolutnie konieczne.

Cóż, nie będziemy na niego czekać cały dzień. Doszlusuje do nas później.

Co się dzieje, szefie? odezwał się Paul.

Musimy pogadać. Wydarzyło się coś ważnego.

Poczułem, że Sam wybiega ku mnie myślami – i nie tylko on, bo razem z nim i Seth, i Collin, i Brady. Ci dwaj ostatni – nasze nowe nabytki – byli dziś z Samem na patrolu, nic więc dziwnego, że wiedzieli to, co on. Ale dlaczego Seth był już z nimi na miejscu zbiórki i czemu został już we wszystko wtajemniczony? To była zagadka.

Seth, powiedz im, czego się dowiedziałeś.

Zapragnąłem już tam być. Dodałem gazu. Chwilę potem usłyszałem, że Leah też zwiększa tempo. Nie cierpiała, gdy ktoś ją wyprzedzał. Oprócz tego, że była najszybsza w sforze, nie miała zbyt wielu powodów do dumy.

Spróbuj teraz, cieniasie, syknęła i dopiero wtedy pokazała, co potrafi. Weszła mi na ambicję. Przed kolejnym susem wbiłem pazury w ziemię, byle tylko lepiej się odbić.

Sam nie był w nastroju do tolerowania naszych szczeniackich zachowań.

Jake, Leah, odpuśćcie sobie.

Żadne z nas nie zwolniło.

Sam warknął, ale dał za wygraną.

Seth?

Dzwonił do nas Charlie. Chciał rozmawiać z Billym, ale nie zastał go w domu.

Zgadza się, wtrącił Paul. To ja odebrałem ten telefon.

Na dźwięk imienia ojca Belli drgnąłem. A więc się doczekałem. Koniec niepewności. Przyspieszyłem, zmuszając swoje płuca do pracy, co wymagało ode mnie sporo wysiłku, bo nagle jakby zesztywniały.

To na którą wersję się zdecydowali?

Charlie był bardzo zdenerwowany. Ponoć Bella i Edward wrócili już w zeszłym tygodniu i...

Znowu mogłem normalnie oddychać.

Bella żyła.

A przynajmniej nie była taka zwyczajnie martwa.

Nie spodziewałem się, jak ogromna to będzie dla mnie różnica. Cały ten czas miałem ją za martwą – dopiero teraz zdałem sobie z tego sprawę. Dopiero teraz dotarło do mnie, że nie wierzyłem, że Cullen przywiezie ją żywą. Ale i tak nie miało to znaczenia, bo wiedziałem, co Seth miał zaraz powiedzieć.

Tak, masz rację, Jacob, na tym koniec dobrych wiadomości. Charlie rozmawiał z Bellą przez telefon. Miała zmieniony głos, bardzo słaby. Oznajmiła mu, że jest chora. Wtedy włączył się Carlisle i wyjaśnił Charliemu, że w tej Ameryce Południowej zaraziła się jakąś bardzo rzadką chorobą. Musi przejść kwarantannę. Charlie odchodzi od zmysłów, bo nie pozwalają mu się z nią zobaczyć. Mówi, że wszystko mu jedno, czy się zarazi, czy nie, ale Carlisle nie chce się ugiąć. Żadnych odwiedzin. Powiedział, że sprawa jest poważna i że robi wszystko, co w jego mocy. Charlie męczy się z tym od kilku dni, ale zadzwonił do Billy'ego dopiero teraz. Twierdzi, sądząc po głosie Belli, że dziś jej się pogorszyło.

Zapadła wiele mówiąca cisza. Wszyscy ją zrozumieliśmy – Seth nie musiał już niczego dodawać.

Czyli oficjalna wersja miała być taka, że Bella zmarła na jakąś egzotyczną chorobę. Czy mieli pozwolić Charliemu zobaczyć jej zwłoki? To akurat dałoby się załatwić – nie musiałaby już przecież oddychać i byłaby upiornie blada. Tylko dotknąć by jej nie mógł, bo jeszcze by zauważył, jak dziwnie twarda jest jej skóra. No i trzeba by było odczekać, aż byłaby w stanie w pełni się kontrolować, żeby nie rzuciła się na niego ani na innych żałobników. Ile to mogło potrwać?

Czy planowali ją pochować? Czy miała później sama się odkopać, czy pijawki zamierzały przyjść jej z pomocą pod osłoną nocy?

Pozostali członkowie sfory przysłuchiwali mi się w milczeniu. Żadne z nich aż tyle się nad tymi kwestiami nie zastanawiało.

Wybiegłem na polanę właściwie w tym samym momencie co Leah, ale dopilnowała, żeby na mecie wyprzedzić mnie o pół kroku. Usiadła koło brata, a ja podszedłem do Sama, gdyż zwykle stawałem po jego prawicy. Paul przesunął się, żeby ustąpić mi miejsca.

Znowu cię pokonałam, pomyślała Leah, ale mało mnie to obeszło.

Zdziwiłem się, że tylko ja jeszcze stoję. Byłem taki nabuzowany, że sierść na karku zjeżyła mi się.

Co jest? Na co czekamy? spytałem zniecierpliwiony.

Nikt mi nie odpowiedział, ale w ich umysłach wychwyciłem wahanie.

Chłopaki, co z wami! Dranie zerwały pakt!

Nie mamy na to dowodów. Może Bella naprawdę jest chora.

Chyba masz mnie za idiotę!

Przyznaję, pomyślał Sam, ostrożnie dobierając słowa. Wszystko zdaje się zmierzać do wiadomego końca. Ale Jacob, jeśli nawet uznamy, że to już, czy naprawdę chcesz tak na to zareagować? Czy to w ogóle podchodzi pod złamanie postanowień paktu? Wszyscy wiemy, jak o tym marzyła.

W pakcie nie ma nic o tym, jakie były preferencje ofiary!

Ale czy Bellę można nazwać ofiarą? Czy tak byś określił jej położenie?

Tak!

Jake, odezwał się Seth. To nie są nasi wrogowie.

Zamknij się, mały! To, że jesteś tak zboczony, że wybrałeś sobie jednego z nich na idola, nie zmienia jeszcze przepisów prawa. To są nasi wrogowie. To nasze terytorium. Musimy ich wytrzebić. Mam gdzieś, ile frajdy sprawiło ci wojowanie u boku Edwarda Cullena.

A co, jeśli Bella będzie walczyć z nimi? odpyskował Seth. Jak wtedy się zachowasz?

To już nie będzie Bella.

Mamy ją zostawić dla ciebie?

Mimowolnie się skrzywiłem.

A widzisz? Nie zrobisz tego. Więc co, zmusisz jedno z nas? A potem będziesz miał do tego kogoś żal przez resztę życia?

Wcale nie będę...

Jasne, że nie. Ech, Jacob, nie jesteś gotowy do tej konfrontacji.

Tego było już za wiele. Warcząc ostrzegawczo na piaskowego wilka siedzącego w kręgu naprzeciwko mnie, przyczaiłem się do skoku.

Jacob! upomniał mnie Sam. Seth, w tej chwili się zamknij.

Seth skinął łbem.

Kurczę, coś przegapiłem? spytał Quil. Pędził już do nas przez las. Mówili mi, że dzwonił Charlie...

Szykujemy się na Cullenów, odpowiedziałem. Może byś tak cofnął się do Kim i wyciągnął stamtąd Jareda? Musimy mieć jak największą przewagę liczebną.

Żadnego zawracania, rozkazał Sam. Niczego jeszcze nie postanowiliśmy.

Znowu warknąłem.

Jacob, muszę przede wszystkim mieć na względzie dobro tej watahy. Mam was za wszelką cenę chronić, a nie narażać na niepotrzebne niebezpieczeństwo. Odkąd nasi przodkowie podpisali pakt, czasy się zmieniły. Tak szczerze... nie wierzę, żeby Cullenowie stanowili dla nas jakieś zagrożenie. Poza tym, wiemy, że nie zostaną tu już długo. Nakłamią, ile wlezie, ale potem będą musieli zniknąć. I wszystko wróci do normy.

Do normy?

Jeśli ich zaatakujemy, będą się bronić do końca.

Masz pietra? zaszydziłem.

A ty, jesteś gotowy stracić któregoś z swoich braci? Zamilkł na moment. Albo siostrę? dodał.

Nie boję się śmierci.

Wiem o tym, Jacob. To dlatego nie mogę teraz polegać na twoich sądach.

Spojrzałem mu prosto w oczy.

Uszanujesz pakt naszych ojców czy nie?

Szanuję swoich współtowarzyszy. Szanuję i chronię.

Tchórz.

Zesztywniała mu szczęka. Obnażył kły.

Dość tego. Nie masz wyboru. Musisz mnie posłuchać.

Jego mentalny głos zmienił się – doszło to specyficzne echo, które sprawiało, że nie mogliśmy przeciwstawić się przywódcy. Powiódłszy wzrokiem po pyskach zebranych, Sam przemówił głosem Alfy:

Nie zaatakujemy, dopóki sami nas nie sprowokują. Będziemy nadal przestrzegać paktu. Cullenowie nie stanowią zagrożenia ani dla naszego plemienia, ani dla mieszkańców Forks. Bella Swan podjęła decyzję samodzielnie i w pełni świadoma konsekwencji. Nie będziemy karać naszych byłych sojuszników za jej wybór.

Święte słowa, pomyślał Seth z entuzjazmem.

Wydawało mi się, że kazałem ci się zamknąć.

Ups. Przepraszam, szefie.

Jacob, a ty dokąd?

Opuściłem krąg, kierując się na zachód, tak żeby być zwróconym do Sama plecami.

Idę pożegnać się z ojcem. Nie widzę powodów, dla których miałbym tu dłużej siedzieć.

Znowu odchodzisz? Jake, nie rób tego!

Zamknij się, Seth, pomyślało wiele głosów naraz.

Nie chcemy cię stracić, zwrócił się do mnie Sam łagodniejszym tonem.

Więc zmuś mnie, żebym z wami został. Odbierz mi wolną wolę. Zrób ze mnie swojego niewolnika.

Wiesz, że tak cię nie potraktuję.

W takim razie, nie mam nic więcej do powiedzenia.

Uciekłem z polany, bardzo starając się nie myśleć o tym, co planowałem. Zamiast tego, skoncentrowałem się na wspomnieniach z okresu, kiedy nieprzerwanie byłem wilkiem. Pozwoliłem wtedy odpłynąć wszystkim moim ludzkim odruchom, aż wreszcie było we mnie więcej ze zwierzęcia niż z człowieka. Żyłem chwilą: jadłem, kiedy byłem głodny, spałem, kiedy byłem zmęczony, piłem, kiedy chciało mi się pić, i biegałem – ot, dla samego biegania. Miałem proste potrzeby, które można było zaspokoić w prosty sposób. Jeśli już odczuwałem ból, łatwo można było mu zaradzić.

Bolał mnie pusty żołądek. Bolały marznące na lodzie łapy. Bolały rany zadane pazurami wyrywającego się obiadu. Na każdy ból istniała prosta odpowiedź, jasny sposób, aby go zakończyć.

Nie tak jak wtedy, kiedy byłem człowiekiem.

Mimo to, przeobraziłem się w niego, gdy tylko znalazłem się w pobliżu swojego domu. Musiałem przemyśleć coś na osobności.

Odwiązałem szorty od nogi i jeszcze zanim naciągnąłem je na siebie, zacząłem biec.

Udało mi się. Ukryłem przed innymi to, na czym mi zależało, i teraz Sam nie mógł mnie już powstrzymać. Już mnie nie słyszał.

Jego rozkaz był jasny. Sfora nie zamierzała przeprowadzić ataku na Cullenów.

W porządku.

Może sfora jako całość, ale nic nie wspomniał o działaniu na własną rękę.

Nie zabronił mi zaatakować ich w pojedynkę.

Więc mogłem to zrobić.

Jeszcze dziś.

9 *No, tego to się nie spodziewałem*

Tak naprawdę wcale nie chciałem pożegnać się z ojcem.

Wystarczyłby przecież jeden szybki telefon do Sama i byłoby po wszystkim. Już coś by wykombinowali, żeby przejrzeć moje plany. Pewnie spróbowałby mnie rozzłościć albo nawet by mnie pobił, byle tylko sprowokować moją przemianę i pozwolić Samowi wydać nowy edykt.

Ale Billy wiedział, że będę wzburzony, kiedy dotrą do mnie wieści, i czekał na mnie. Kiedy wyłoniłem się z lasu, siedział na podwórku na wózku inwalidzkim i patrzył prosto w moją stronę, jakby wiedział już wcześniej, w którym miejscu się pojawię. Postanowiłem go wyminąć i skręciłem w stronę garażu.

– Masz chwilkę, Jake?

Zatrzymałem się. Spojrzałem na niego, a potem na garaż.

– Nie bądź taki. Chociaż pomóż mi wejść do domu.

Zazgrzytałem zębami, ale doszedłem do wniosku, że jeśli ani trochę przed nim nie pogram, tym chętniej skontaktuje się z Samem i narobi mi kłopotów.

– Odkąd to potrzebujesz do tego mojej pomocy?

Zaśmiał się tubalnie.

– Mam obolałe ręce. Pokonałem sam całą drogę od Sue.

– Miałeś z górki. Jeszcze się pewnie rozpędziłeś.

Wepchnąłem wózek po rampie, którą zbudowałem przy wejściu, i znaleźliśmy się w saloniku.

– Przejrzałeś mnie. Super się jechało. Chyba miałbym na liczniku z pięćdziesiąt kilometrów.

– Jak tak dalej pójdzie, zniszczysz sobie wózek i będziesz musiał czołgać się na łokciach.

– Akurat. Będziesz miał obowiązek wszędzie mnie nosić.

– No, to nie licz, że często wyrwiesz się z domu.

Złapał za opony i podjechał do lodówki.

– Coś zostało?

– Pojęcia nie mam. Ale Paul siedział tu cały dzień, więc pewnie nie.

Westchnął.

– Muszę zacząć chować jedzenie, jeśli nie chcę umrzeć z głodu.

– Lepiej powiedz Rachel, żeby się do niego przeniosła.

Billy natychmiast spoważniał. Kąciki jego oczu zalśniły.

– Jest w domu dopiero od kilku tygodni, po raz pierwszy po długiej przerwie. Dziewczynkom jest ciężko – były starsze od ciebie, kiedy zmarła mama. Nie tak łatwo im tu wracać.

– Wiem.

Rebecca nie odwiedziła nas, odkąd wyszła za mąż, ale ona przynajmniej miała dobre usprawiedliwienie – lot z Hawajów kosztowałby sporo kasy. Studiując na uniwersytecie stanowym, Rachel nie miała tak dobrej wymówki. Co roku latem chodziła na zajęcia* i pracowała dodatkowo na dwie zmiany w jakiejś knajpie na terenie campusu. Gdyby nie Paul, już dawno by się znowu dokądś wyniosła. Może to dlatego Billy go jeszcze nie pogonił.

Podszedłem do drzwi.

– Idę do garażu trochę popracować nad takim tam...

– Nie opowiesz mi najpierw, co robiliście w lesie? Muszę zadzwonić do Sama, żeby być na bieżąco?

Obróciłem się do niego tyłem, żeby nie widział mojego wyrazu twarzy.

– Nic nie robiliśmy. Sam daje im wolną rękę. Ze sfory zrobił się fanklub pijawek.

– Jake...

– Nie chcę o tym rozmawiać.

– Synu, czy znowu nas opuszczasz?

Na długą chwilę zapadła cisza. Zastanawiałem się, jak to powiedzieć.

– Rachel może wprowadzić się z powrotem do swojego pokoju. Wiem, że nienawidzi tego dmuchanego materaca.

– Wolałaby spać na podłodze niż stracić ciebie. Ja zresztą też.

Prychnąłem.

– Jacob, błagam cię. Jeśli musisz... jeśli potrzebujesz czasu, żeby dojść ze sobą do ładu, idź. Ale nie trzymaj nas znowu tak długo w niepewności. Wróć, jak tylko będziesz mógł. Będziemy czekać.

– Kto wie, może wyspecjalizuję się w weselach? Zrobię miłą niespodziankę Samowi i Emily, a potem Rachel i Paulowi. Albo Jaredowi i Kim, jeśli się pospieszą. Chyba powinienem sprawić sobie garnitur.

– Jake, spójrz na mnie.

Odwróciłem się powoli.

---

* Na niektórych uczelniach amerykańskich latem odbywają się normalne zajęcia, dla tych, którzy chcą szybciej kończyć studia, zaliczyć dodatkowe przedmioty, oszczędzić na czesnym, które zwykle jest wtedy niższe itd. – przyp. tłum.

– Co?

Przez dobrą minutę patrzył mi prosto w oczy.

– Dokąd teraz pójdziesz?

– Nie mam konkretnego planu.

Przekrzywił głowę, mrużąc oczy.

– Czy aby na pewno?

Wpatrywaliśmy się w siebie w milczeniu. Mijały kolejne sekundy.

– Jacob – powiedział przez ściśnięte gardło – Jacob, nie rób tego. To nie jest tego warte.

– Nie wiem, o co ci chodzi.

– Sam ma rację. Zostaw Bellę i Cullenów w spokoju.

Spoglądałem na niego jeszcze przez chwilę, a potem dwoma zamaszystymi krokami pokonałem odległość dzielącą mnie od przeciwległego krańca pokoju, chwyciłem kabel telefoniczny i odłączyłem go z obu stron. Zwinięty, mieścił się cały w mojej prawej dłoni.

– No to cześć – rzuciłem do Billy'ego.

– Jake, czekaj… – zawołał za mną, ale byłem już na zewnątrz i otwierałem drzwi garażu.

Motocyklem dotarłbym na miejsce później, niż gdybym pobiegł, ale ta metoda przemieszczania się była dyskretniejsza. Zastanawiałem się tylko, ile czasu zabierze Billy'emu dotarcie do sklepu, gdzie znajdował się najbliższy telefon, i skontaktowanie się z kimś, kto mógłby przekazać wiadomość Samowi, zwłaszcza że ten na pewno jeszcze nie wrócił z leśnego patrolu. Największym problemem było to, że lada moment miał pojawić się u nas Paul. Mógł się przeobrazić w mgnieniu oka i dać Samowi znać, co się święci.

Postanowiłem niczym się nie przejmować. Planowałem jechać jak najszybciej, a jeśli mieli mi zagrodzić drogę, trudno, coś tam się wymyśli.

Odpaliłem motor i ruszyłem po błocie w kierunku szosy. Mijając dom, nie obejrzałem się za siebie.

Jak to w szczycie sezonu wakacyjnego, był duży ruch. Przemykałem pomiędzy samochodami, prowokując część kierowców do wciśnięcia klaksonu, a kilku do pokazania mi środkowego palca. Skręciłem w sto jedynkę z prędkością ponad stu dziesięciu kilometrów na godzinę i nawet nie zerknąłem w lusterko. Dołączyłem do szeregu aut dopiero po to, żeby nie zderzyć się z minivanem – wprawdzie wyszedłbym z tego wypadku żywy, ale musiałbym odłożyć plany na później. Żeby całkowicie się zrosnąć, złamane kości członków sfory – przynajmniej te największe – potrzebowały co najmniej kilku dni. Już ja dobrze o tym wiedziałem.

Szosa opustoszała nieco, więc przyspieszyłem do stu trzydziestu. Nie tknąłem hamulca, dopóki nie zamajaczyła przede mną droga dojazdowa do domu Cullenów. Wydedukowałem, że powinienem być już bezpieczny. Sam nie zapuściłby się tak daleko. Chłopaki się spóźniły.

Teraz, kiedy miałem już pewność, że nikt mnie nie zatrzyma, przyszła wreszcie pora na obmyślenie taktyki. Żeby mieć na to czas, zwolniłem do trzydziestki, biorąc kolejne zakręty o wiele ostrożniej, niż to było konieczne.

Usłyszeliby mnie, nawet gdybym nie wziął motocykla, więc atak z zaskoczenia nie wchodził w rachubę. Nie miałem też żadnych szans na ukrycie swoich zamiarów – Edward poznałby moje myśli, gdybym tylko znalazł się dostatecznie blisko. Kto wie, może już był w stanie w nich czytać. Sądziłem jednak, że mogę jeszcze dopiąć swego, bo po swojej stronie miałem jego ego. Wiedziałem, że tak jak ja, zignoruje błagania swoich bliskich i zechce zmierzyć się ze mną w pojedynkę.

Chciałem po prostu wejść do środka, zobaczyć dowody na własne oczy, a potem rzucić Edwardowi rękawicę.

Prychnąłem. Jak znałem gada, ta cała teatralna oprawa mogła mu nawet przypaść do gustu.

A jak już z nim skończę, pomyślałem, zanim rozerwą mnie na strzępy, spróbuję załatwić tylu z nich, ilu tylko się da...

Ha! Ciekaw byłem, czy Sam miał uznałaby zabicie mnie za złamanie paktu. Pewnie stwierdziłby, że sam sobie na to zasłużyłem. Wszystko, byle tylko nie urazić swoich nowych przyjaciół.

Wjechałem na polanę. Wampirzy odór powalał na kolana. Poczułem się, jakbym dostał w twarz zgniłym pomidorem. Co za ohyda! Aż skręcał mi się żołądek. Było mi dużo trudniej znosić ten smród teraz, niż na weselu, kiedy ginął rozrzedzony zapachem tłumu ludzkich gości – ale i tak było to nic w porównaniu z męczarniami, które przeżywałbym, gdybym przybrał postać wilka.

Nie miałem pojęcia, jakie powitanie mi zgotują. Na razie na podjeździe nie było żywego ducha. Mimo że, rzecz jasna, dobrze wiedzieli, że już tu jestem.

Zgasiwszy silnik, wsłuchałem się w ciszę. Dopiero teraz wyłapałem szmer wzburzonych głosów dochodzący zza szerokich dwuskrzydłowych drzwi wejściowych. Ktoś jednak był w domu. Kiedy usłyszałem swoje imię, uśmiechnąłem się zadowolony, że moje najście choć trochę ich zestresowało.

Wziąłem na zapas głęboki wdech – w środku miało być jeszcze gorzej – i jednym potężnym susem znalazłem się na werandzie.

Drzwi otworzyły się, zanim jeszcze je dotknąłem. Na progu stanął doktor. Miał bardzo poważną minę.

– Witaj, Jacobie – powiedział spokojnie. Nie spodziewałem się, że będzie aż taki opanowany. – Jak się masz?

Starałem się oddychać przez usta. Fetor sączący się z wnętrza salonu mącił mi w głowie.

Rozczarowało mnie to, że to Carlisle wyszedł mi naprzeciw. Sto razy wolałbym Edwarda, najlepiej z obnażonymi kłami. Carlisle był taki... taki ludzki czy coś. Może odnosiłem takie wrażenie, bo tyle razy odwiedzał mnie w domu, kiedy leżałem połamany na wiosnę? Tak czy siak, poczułem się nieswojo, stojąc z nim oko w oko ze świadomością, że gdybym tylko mógł, tobym go zabił.

– Dowiedziałem się właśnie, że Bella wróciła żywa – oświadczyłem.

– Ehm, Jacob, to nie jest najlepszy moment… – Może i wyglądał na podenerwowanego, ale najwyraźniej z zupełnie innego powodu, niż zakładałem. – Nie moglibyśmy przełożyć tego na później?

Zbił mnie tym pytaniem z tropu. Czy naprawdę proponował mi przełożenie pogromu swojej rodziny na jakiś inny termin?

A potem usłyszałem głos Belli, zachrypnięty i zmęczony, i nie mogłem już myśleć o czymkolwiek innym.

– Ale dlaczego? – wykłócała się z kimś. – Czy przed Jacobem też mamy utrzymywać to w tajemnicy? A niby po co?

Znowu się zdziwiłem. Coś mi tu nie grało. Spróbowałem przypomnieć sobie, jakie głosy miały nowo narodzone wampiry, z którymi walczyliśmy na wiosnę, ale przy nas co najwyżej warczały. Może dopiero później zaczynały mówić tak dźwięcznie jak te starsze? Może na samym początku wszystkie tak rzęziły?

– Jacob, proszę, wejdź! – wychrypiała głośniej.

Carlisle ściągnął brwi.

Przyszło mi na myśl, że może Bella jest spragniona mojej krwi, i też zmarszczyłem czoło.

– Przepraszam – powiedziałem do doktora i wyminąłem go.

Sporo mnie to kosztowało – musiałem się przełamać, żeby zapomnieć o instynkcie i zwrócić się plecami do przeciwnika. Okazało się jednak, że nie jest to niewykonalne. Cóż, jeśli istniało coś takiego jak niegroźny wampir, to był nim właśnie łagodny Carlisle.

Zadecydowałem, że jeśli dojdzie do walki, będę się trzymał od niego z daleka. Miałem ich do zabicia dostatecznie dużo, by móc sobie na to pozwolić.

Carlisle Carlisle'em, ale wśliznąwszy się do salonu, nie odrywałem już pleców od ściany. Rozejrzałem się dookoła. W pokoju sporo się zmieniło. Kiedy byłem tu po raz ostatni, wszystko było przerobione na potrzeby przyjęcia, a teraz królowały tu odcienie beżu i bieli. Blada cera szóstki wampirów, stojących przy białej kanapie, idealnie wpasowywała się do wystroju wnętrza.

Tak, byli tu wszyscy, wszyscy bez wyjątku, ale nie dlatego mnie zamurowało i nie dlatego opadła mi szczęka.

To widok Edwarda tak na mnie podziałał. To przez wyraz jego twarzy.

Widziałem go rozgniewanego, widziałem go aroganckiego, a raz widziałem nawet, jak cierpiał, ale to... To było coś więcej niż cierpienie. Był na granicy szaleństwa.

Nawet nie podniósł głowy – stał zesztywniały z dłońmi zwiniętymi w pięści i oczami wbitymi w kanapę, a minę miał przy tym taką, jakby ktoś go biczował.

Nie byłem nawet w stanie rozkoszować się jego bólem. Wiedziałem, że tylko jedna rzecz mogła doprowadzić go do takiego stanu i że owa rzecz również nie była mi obojętna. Zrobiłem krok do przodu i podążyłem wzrokiem za jego spojrzeniem.

Dostrzegłem ją w tym samym momencie, w którym poczułem jej znajomy zapach. Znajomy, a nie nowy. Zapach, a nie odór.

Leżała zwinięta w kłębek, z rękami wokół kolan, zasłonięta częściowo przez oparcie kanapy. Przez dłuższą chwilę nie docierało do mnie nic innego prócz tego, że nadal była tą Bellą, którą kochałem. Nadal miała miękką, ciepłą skórę o brzoskwiniowym odcieniu i oczy barwy czekolady. Jej serce ciągle biło – dziwnie nierytmicznie, ale biło. Pomyślałem, że to chyba tylko piękny sen, z którego przyjdzie mi się zaraz obudzić.

A potem zobaczyłem ją tak naprawdę.

Pod oczami miała ciemne worki, tym bardziej wyraźne, że bardzo zmizerniała. Czyżby schudła? Skóra jej twarzy była bardzo naciągnięta – jakby kości policzkowe miały ją niedługo przebić. Włosy miała potargane i upięte niedbale z tyłu głowy, a kilka kosmyków przykleiło jej się do szyi i czoła, błyszczących od potu. Jej palce i nadgarstki wydawały się tak kruche, że aż przeszły mnie ciarki.

A jednak była chora. I to bardzo chora.

Historyjka opowiedziana przez Charliego Billy'emu wcale nie była zmyślona. Cullenowie nie kłamali.

Kiedy tak gapiłem się na Bellę, wytrzeszczając oczy, nagle odrobinę pozieleniała. Jasnowłosa wampirzyca – ta, która mogłaby startować w wyborach Miss World, Rosalie – pochyliła się nad nią z troską, zasłaniając mi widok.

Znowu coś mi się nie zgadzało. Znałem niemal wszystkie sympatie i antypatie Belli – zazwyczaj to, co w danym momencie myślała, było tak oczywiste, że równie dobrze mogłaby mieć to wypisane na czole. W rezultacie, wielu rzeczy nie musiała mi wcale tłumaczyć. I tak, na przykład, wiedziałem, że nie przepadała za Rosalie. Wystarczyło popatrzeć, jak krzywi usta, kiedy o niej wspomina. Powiedzieć, że jej nie lubiła, to mało. Bała się jej.

A przynajmniej tak było do tej pory.

Bo teraz nie wyglądała na przestraszoną, tylko tak jakoś... Jakby było jej głupio, że sprawia Rosalie kłopot! Wampirzyca błyskawicznym ruchem podstawiła jej pod brodę stojącą nieopodal miednicę. Zdążyła. Bella zaczęła głośno wymiotować.

Edward uklęknął przy kanapie. Widać było, że bardzo to wszystko przeżywa. Tymczasem Rosalie ostrzegła go machnięciem dłoni, żeby zbytnio się nie zbliżał.

Edward nie mógł się zbliżać do Belli? Nic nie trzymało się kupy.

Kiedy Bella doszła już do siebie, uśmiechnęła się do mnie blado. Chyba trochę się mnie krępowała.

– Przepraszam, że musisz to oglądać – powiedziała szeptem.

Edward cicho jęknął. Głowa opadła mu bezwładnie na jej kolana. Dotknęła jego policzka, jakby to on potrzebował pociechy.

Nie zdawałem sobie sprawy z tego, że przeszedłem przez pokój, dopóki Rosalie z sykiem nie zastąpiła mi drogi. Ledwo zwróciłem na nią uwagę. Była dla mnie jak ktoś z ekranu telewizora. Trudno było uwierzyć, że jest prawdziwa.

– Rose, przestań – szepnęła Bella. – Pozwól mu przejść.

Blondyna przepuściła mnie, ale domyślałem się, że miała wielką ochotę inaczej mnie potraktować. Przyglądając mi się spode łba, gotowa do skoku, przykucnęła przy Belli. Nigdy nie przypuszczałem, że tak łatwo przyjdzie mi ją ignorować.

– Bella, co z tobą? – spytałem.

Nie myśląc o tym, co robię, położyłem obie dłonie na oparciu kanapy i także przyklęknąłem, lądując tym samym zaledwie metr od jej... męża. Nawet na niego nie zerknąłem, a i on zupełnie nie przejmował się moją obecnością.

Wziąłem Bellę za rękę. Była lodowata.

– Wszystko w porządku?

Głupie pytanie. Nie dostałem na nie odpowiedzi.

– Och, Jacob! Tak się cieszę, że przyszedłeś mnie odwiedzić!

Chociaż Edward nie potrafił czytać w jej myślach, przypisał chyba tym słowom jakieś inne znaczenie niż ja, bo znów jęknął i schował twarz w kocu, którym się zakrywała. Pogłaskała go po policzku.

– Bella, powiesz mi, co ci jest? – powtórzyłem, zaciskając mocniej dłonie wokół jej lodowatych palców.

Zamiast mi odpowiedzieć, rozejrzała się po pokoju, jak gdyby czegoś wypatrywała. W jej spojrzeniu kryła się zarówno prośba, jak i ostrzeżenie. Szóstka wampirów nie odrywała od niej oczu. W końcu obróciła się ku Rosalie.

– Pomożesz mi wstać?

Wampirzyca odsłoniła zęby i popatrzyła na mnie z taką miną, jak gdyby chciała rzucić mi się do gardła. Właściwie to „jak gdyby" nie było tu potrzebne.

– Proszę, Rose.

Twarz blondyny wykrzywił grymas, ale posłusznie podparła jej plecy. Edward za to nie poruszył się ani o milimetr.

– Nie, nie – zaprotestowałem. – Leż sobie, leż.

Taka była słaba. Wolałem jej nie przemęczać.

– Odpowiadam na twoje pytanie – warknęła.

O, to już bardziej przypominało dawną Bellę.

Wspierana przez Rosalie, wstała ostrożnie z kanapy. Edward, jak kukła, przez moment pozostał w niezmienionej pozycji, po czym powoli osunął się na poduszki. Koc, którym się okrywała, opadł na ziemię.

Jej tułów był straszliwie zdeformowany, spuchnięty niczym balon. Wypłowiały szary sweter, który miała na sobie, ledwie mieścił chorobliwie nabrzmiały brzuch, chociaż, sądząc po długości rękawów, był na nią o wiele za duży. Reszta jej ciała zdawała się wychudzona, a przez to nieproporcjonalnie drobna, jak gdyby na bebech składało się to, co zostało wyssane z innych miejsc. Czym była ta przerażająca narośl, zorientowałem się z opóźnieniem – nic nie rozumiałem, dopóki Bella czułym gestem nie przyłożyła do niej obu dłoni, jednej u góry, drugiej u dołu, tuląc ją do siebie.

Wiedziałem już, co widzę, ale nadal nie mogłem w to uwierzyć. Rozmawiałem z Bellą zaledwie miesiąc wcześniej. Nie mogła być już w ciąży. A zwłaszcza w tak zaawansowanej ciąży.

Tyle że była.

Nie chciałem na to patrzeć, nie chciałem o tym myśleć. Wyobrażać sobie jego w niej... A teraz jeszcze jakaś jego część – kogoś, kogo tak nienawidziłem – zagnieździła się tam na dobre! Trudno byłoby mi wymyślić potworniejszy scenariusz. Żołądek podszedł mi do gardła. Przełknąłem wymiociny.

Ale przecież to nie było wszystko – było jeszcze gorzej! To wymizerowane ciało, te sterczące kości policzkowe... Mogłem się tylko domyślać, dlaczego była taka chora, dlaczego jej brzuch był tak wielki. Powód tego był taki, że owo coś, co kryło się tam w środku, odbierało jej powoli życie, by samemu się nasycić...

Bo było potworem. Takim samym potworem, jak jego ojciec.

Zawsze wiedziałem, że drań ją kiedyś zamorduje.

Usłyszawszy we mnie tę myśl, podniósł raptownie głowę, a ułamek sekundy później stał już nade mną. Pod oczami miał ciemnofioletowe cienie.

– Na dwór – zakomenderował. – Migiem.

Podniosłem się z klęczek i spojrzałem na niego z góry. Czyli doczekałem się tego, po co tu przyszedłem.

– Miejmy to już za sobą – zgodziłem się.

Doskoczyli do nas jego bracia – pierwszy ten osiłek, Emmett, a zaraz za nim ten cały Jasper, co to zawsze wyglądał na głodnego. Zupełnie się tym nie przejąłem. Może sfora miała przyjść posprzątać to, co mieli ze mnie zostawić? A może nie. Było mi wszystko jedno.

Mój wzrok padł przypadkowo na stojące za nimi Esme i Alice. Były takie drobne i kobiece, że jakoś dziwnie robiło mi się na myśl, że też są wampirami. Na szczęście, byłem pewien, że trzej bracia uporają się ze mną tak szybko, że nie będę musiał mieć z nimi dwiema do czynienia. Głupio by mi było zabijać dziewczyny – nawet jeśli żywiły się krwią.

Chociaż dla blondyny zrobiłbym chyba wyjątek...

– Nie! – jęknęła Bella, wyrywając się do przodu, żeby złapać Edwarda za rękę. Miała kłopoty z utrzymaniem równowagi. Rosalie przesunęła się za nią jak cień, jak gdyby łączył je niewidzialny łańcuch.

– Muszę z nim tylko coś przedyskutować – uspokoił Bellę Edward i pogłaskał ją po policzku.

Krew mnie zalała, kiedy zobaczyłem, że po tym wszystkim, co jej zrobił, pozwalała mu się jednak jeszcze dotykać.

– Nie przemęczaj się – ciągnął błagalnym tonem. – Proszę, połóż się z powrotem. Przyrzekam, że nie potrwa to dłużej niż kilka minut.

Przyjrzała mu się uważnie, starając się wyczytać z jego twarzy prawdziwe intencje, a potem skinęła głową i opadła ciężko na kanapę. Oparłszy się z pomocą Rosalie o poduszki, skupiła swoją uwagę na mnie. Unikałem jej wzroku.

– Zachowuj się – upomniała mnie. – I wracaj szybko.

Nie odpowiedziałem jej. Nie miałem zamiaru dzisiaj nikomu nic obiecywać. Wyszedłem za Edwardem. Jego bracia zostali w środku.

Mimo szoku, który przeżyłem przed chwilą, nie byłem w stanie się nie cieszyć, że tak łatwo udało mi się dopiąć swego. Sądziłem, że trzeba będzie nie lada fortelu, żeby odłączyć Cullena od jego pobratymców.

Oddalał się od domu szybkim krokiem, ani razu nie oglądając się za siebie, żeby sprawdzić, czy czasem nie szykuję się do skoku.

Nie było mu to potrzebne. Dowiedziałby się, że atakuję, gdy tylko podjąłbym taką decyzję. Co oznaczało, że musiałem ją podjąć naprawdę błyskawicznie.

– Nie jestem jeszcze gotowy na to, żebyś mnie zabił – odezwał się cicho. – Daj sobie na wstrzymanie. Musisz uzbroić się w cierpliwość.

Myślał może, że coś mnie obchodzą jego preferencje?

– Obawiam się, że to nie w moim stylu – warknąłem.

Przeszliśmy kilkaset metrów drogą wiodącą do szosy, Edward przodem, prowadząc, ja – depcząc mu po piętach. W moim ciele szalał pożar, trzęsły mi się ręce. Czekałem w napięciu na stosowny moment.

Zatrzymał się bez ostrzeżenia i obrócił przodem do mnie. Na widok jego miny znowu mnie zamurowało.

Poczułem nagle, że jestem tylko smarkaczem – wyrośniętym smarkaczem, który mieszka od urodzenia w tym samym prowincjonalnym miasteczku. Zwykłym dzieciakiem. Musiałbym jeszcze o wiele więcej przeżyć, o wiele więcej się nauczyć, o wiele więcej wycierpieć, żeby zrozumieć, jakie Edward znosił męczarnie.

Podniósł rękę gestem kogoś, kto chce sobie otrzeć pot z czoła. Jego palce zaryły o marmurową skórę, jak gdyby zamierzał za karę oderwać sobie kawałek policzka. Czarne, rozognione oczy wydawały się nieobecne, zapatrzone w jakąś przerażającą wizję. Otworzył usta jak do krzyku, ale nie wydobył się z nich żaden dźwięk.

Taką minę mógłby mieć człowiek płonący na stosie.

Nie potrafiłem wykrztusić z siebie ani słowa. Ta twarz, to co się za nią kryło, było zbyt prawdziwe. Po tym, co widziałem w domu, po tym, co wyczytałem wtedy w ich oczach, mogłem się tylko domyślać, ale teraz zyskałem pewność.

– To ją zabija, prawda? Bella umiera.

Wiedziałem, że gdy tylko powiedziałem to na głos, i ja zacząłem przypominać Cullena wyglądem. Prezentowałem się pewnie nieco lepiej, nie aż tak upiornie, ale tylko dlatego, że nadal byłem w ciężkim szoku. Tylu emocji doświadczyłem w ciągu ostatnich kilkunastu minut, że nie zdążyłem jeszcze wszystkiego poukładać sobie w głowie. Edward miał za to czas osiągnąć stan, w którym się znajdował. Moja reakcja różniła się też od jego, bo byłem zahartowany – traciłem już Bellę w myślach tyle razy, na tyle różnych sposobów. Nie mogłem też jej przecież stracić tak naprawdę, bo nigdy ani nie była, ani nie miała być moja.

A przede wszystkim, nie ja to na nią ściągnąłem.

– Moja wina – wyszeptał.

Ugięły się pod nim kolana. Upadł na błoto. Trudno było wyobrazić sobie łatwiejszy cel.

Ale ja, który przyszedłem tutaj, marząc o jego śmierci, zamiast zaatakować, poczułem, że ogień mnie opuścił.

– Tak – wyjęczał Edward, nie podnosząc głowy, jak gdyby zwierzał się ziemi. – Tak, to ją zabija.

Zirytował mnie tą swoją bezradnością. Chciałem walczyć, a nie dokonać egzekucji. Gdzie się podział zadufany w sobie arogant?

– A wy co? – oburzyłem się. – Czemu nic nie robicie? Carlisle zapomniał, że jest lekarzem? Czemu po prostu tego czegoś z niej nie wyciągnie?

Spojrzał na mnie. Odpowiedział mi zmęczonym głosem rodzica zmuszonego wyjaśniać dziecku coś oczywistego dziesiąty raz z rzędu.

– Bella nam nie pozwala.

Musiało trochę potrwać, zanim to do mnie dotarło. Jezu, ta dziewczyna to miała pomysły! Mogłem się tego domyślić. Cała ona, masochistka jedna. Poświęcić życie dla wampirzego bękarta? Jasne, z uśmiechem na twarzy.

– Tak dobrze ją znasz – powiedział Edward. – Tak szybko ją przejrzałeś. Ja nie. Nie zorientowałem się w porę. W drodze powrotnej zupełnie nie chciała ze mną rozmawiać, może tylko coś tam lakonicznie odpowiadała. Sądziłem, że się boi – w jej sytuacji byłoby to zrozumiałe. Myślałem, że jest zła na mnie za to, że naraziłem jej życie na niebezpieczeństwo. Już kolejny raz. Do głowy by mi nie przyszło to, nad czym wtedy rozmyślała, to, co wtedy postanowiła. Dopiero kiedy spotkaliśmy z moimi bliskimi na lotnisku i pobiegła prosto w ramiona Rosalie... Właśnie Rosalie! Kto by się spodziewał? I usłyszałem, co Rosalie myśli. Dopiero wtedy się dowiedziałem. A ty zrozumiałeś w ułamku sekundy...

Ni to jęknął, ni to westchnął.

– Jedną chwileczkę. Mówisz, że Bella wam nie pozwala – zaszydziłem. – Czy nie zauważyliście, że ma tyle samo siły, co każda inna normalna dziewczyna, która waży te pięćdziesiąt parę kilo? Naprawdę jesteście tacy ciemni? Niech jedno z was ją przytrzyma i wstrzyknijcie jej coś, czym się usypia ludzi do operacji.

– Chciałem tak zrobić – wyszeptał. – I Carlisle się zgodził...

Ale co? Byli za bardzo honorowi?

– Nie, nie o honor tu poszło. Widzisz, Jacob, wszystko komplikuje to, że Bella ma ochroniarza.

Och. Ich postępowanie wydawało mi się pozbawione sensu, ale teraz wszystko stało się jasne. To taką rolę odgrywała blondyna. Tylko co z tego niby miała mieć? Czy Miss World aż tak bardzo życzyła Belli śmierci?

– Może – stwierdził Edward. – Choć z jej punktu widzenia nie tak to wygląda.

– W czym problem? Unieszkodliwcie laskę i tyle. Można was poskładać z powrotem do kupy, prawda? To zróbcie z niej tymczasowo puzzle i zajmijcie się Bellą.

– Rosalie poparli Emmett i Esme. Emmett nigdy by nam nie pozwolił... – urwał w połowie zdania. – A Carlisle nie pomoże mi tak długo, jak długo będzie to równoznaczne ze zwróceniem się przeciwko Esme...

– Trzeba było zostawić Bellę ze mną.

– Masz rację.

Na to było już jednak trochę za późno. Może powinien był o tym pomyśleć, zanim zmajstrował jej dzieciaka, który wysysał z niej życie.

Spojrzał na mnie z wnętrza swojego prywatnego piekła i zobaczyłem, że się ze mną zgadza.

– Nie wiedzieliśmy – powiedział tak cicho, jak cichy był ludzki oddech. – Nigdy mi się to nawet nie śniło... Bo i nigdy wcześniej nie było takiej pary, jak Bella i ja. Skąd mogliśmy wiedzieć, że ze zwykłymi kobietami możemy płodzić dzieci...

– ...skoro każda zwykła kobieta powinna była zostać rozerwana na strzępy w trakcie ich płodzenia?

– Tak – przyznał, wciąż nie podnosząc głosu. – Zdarzają się wśród nas tacy zwyrodnialcy: wampiry-inkuby, wampirzyce-sukuby... To prawda. Ale w ich wypadku uwiedzenie człowieka stanowi wyłącznie wstęp do krwawej uczty...

Pokręcił głową, jak gdyby na samą myśl o tym brało go obrzydzenie. Morderca. Uważał, że czymś się od nich różni!

– Nie wiedziałem, że istnieje specjalne określenie na takich jak ty. – Splunąłem.

Spojrzał na mnie wzrokiem kogoś, kto przeżył tysiąc lat.

– Nawet ty, Jacobie, nie jesteś w stanie mnie nienawidzić tak bardzo, jak nienawidzę sam siebie.

I tu się mylisz, pomyślałem, zbyt wzburzony, by zabrać głos.

– Nie uratujesz jej, zabijając mnie – szepnął.

– To co może ją uratować?

– Jacob, musisz coś dla mnie zrobić.

– Wiesz, gdzie możesz wsadzić sobie prośby, pijawko!

Wpatrywał się we mnie uparcie tymi swoimi oczami, w których potworne zmęczenie mieszało się z szaleństwem.

– To może dla niej?

Zacisnąłem zęby.

– Zrobiłem wszystko, co było możliwe, żeby ją do ciebie zniechęcić. Wszystko, co tylko mogłem. Teraz jest już za późno.

– Tak dobrze ją znasz, Jacob. Łączy was jakaś tajemnicza więź, której nie potrafię zrozumieć. Jesteś częścią jej, a ona jest częścią ciebie. Mnie nie chce słuchać, bo sądzi, że jej nie doceniam. Uważa, że da radę... – Przerwał i przełknął ślinę. – Może ciebie posłucha.

– A niby czemu by miała?

Poderwał się. Oczy płonęły mu jeszcze jaśniej niż przedtem, bardziej dziko. Czyżby naprawdę tracił rozum? Czy wampir mógł zwariować?

– Być może – odpowiedział na pytanie, które zadałem w myślach. – Nie wiem. Ale dokładnie tak się czuję. – Pokręcił głową. – Staram się to przed nią ukrywać, bo gdy się denerwuje, robi się jej gorzej. Już teraz zwraca wszystko, co zjada. Muszę być opanowany. Nie mogę przysparzać jej cierpień. Ale nie daruję sobie, jeśli zmarnuję taką szansę. Musisz do niej pójść! A nuż cię posłucha!

– Nie powiem jej nic, czego sam już jej nie powiedziałeś. Co mogę jeszcze zrobić? Nakrzyczeć na nią, że jest skończoną idiotką? Pewnie sama dobrze o tym wie. Uświadomić jej, że umiera? Założę się, że o tym to wie lepiej od nas.

– Możesz zaoferować jej to, czego pragnie.

Co on bredził, do cholery? Może już oszalał.

– Nie dbam już o nic prócz tego, by wyszła z tego żywa – oznajmił z niespodziewaną stanowczością. – A później nie będę jej stawał na drodze do spełnienia marzeń. Jeśli pragnie zostać matką, niech nią zostanie. Niech ma pół tuzina dzieci. – Zamilkł na moment. – Niech rodzi choćby i szczenięta, jeśli to właśnie ma ją uszczęśliwić.

Na chwilę nasze oczy się spotkały. Widać było, że jest na skraju przepaści. Przestałem patrzeć na niego ze sceptycyzmem, za to szeroko rozdziawiłem usta.

– Ale nie tak! – syknął, nim doszedłem do siebie. – Niech będzie w normalnej ciąży, a nie w ciąży z tym czymś, co wysysa z niej życie, kiedy ja mogę tylko bezradnie się temu przyglądać! Przyglądać się, jak z dnia na dzień jest jej gorzej, jak mizernieje w oczach! Jak to coś sprawia jej ból! – Nabrał szybko powietrza z głośnym świstem, jak człowiek, który dostał cios w żołądek. –

Jacob, musisz przemówić jej do rozsądku. Mnie już nie chce słuchać. Rosalie utwierdza ją w przekonaniu, że jej decyzja jest słuszna – dopinguje ją w jej szaleństwie, podsyca chore nadzieje. Broni jej. Nie, raczej broni tego czegoś. Życie Belli nic dla niej nie znaczy!

Z mojego gardła wydobył się taki odgłos, jak gdybym się krztusił.

Co on wygadywał? Że Bella powinna, co? Mieć dziecko? Ze mną?! Co takiego? Niby jak? Czyżby zamierzał ją zostawić? A może sądził, że nie miałaby nic przeciwko, żebyśmy się nią dzielili?

– Cokolwiek wybierze. Cokolwiek, byle wyszła z tego żywa.

– To najbardziej idiotyczna rzecz, jaką kiedykolwiek od ciebie usłyszałem – wymamrotałem.

– Przecież Bella cię kocha.

– Ale nie dość mocno.

– Jest gotowa umrzeć, byle mieć dziecko. Może zaakceptuje coś mniej ekstremalnego.

– Czy ty ją choć trochę znasz?

– Wiem, wiem. Trzeba ją będzie przekonywać całe wieki. To dlatego jesteś mi potrzebny. Znasz jej myśli. Przemów jej do rozumu.

Jak mogłem brać coś takiego pod uwagę? Za dużo tego było. Wydawało mi się to niemożliwe do zrealizowania. Niemoralne. Chore. Pożyczać Bellę na weekendy i odwozić ją w poniedziałek rano jak film do wypożyczalni? Co to za zboczona propozycja?

Ale jaka kusząca...

Nie chciałem nawet o tym myśleć, nie chciałem sobie niczego wyobrażać, ale obrazy i tak się pojawiły. Zbyt wiele razy fantazjowałem w ten sposób o Belli w przeszłości – i wtedy, kiedy jeszcze miałem u niej jakieś szanse, i na długo po tym, kiedy było jasne, że to czysty masochizm i że rozdrapuję tylko stare rany, ale nie mogłem się opanować.

Teraz też tego nie potrafiłem. Bella w moich ramionach, Bella powtarzająca szeptem moje imię...

Najgorsza ze wszystkich była wizja dla mnie zupełnie nowa – ta, której nigdy nie powinienem był nawet poznać. A przynajmniej jeszcze nie teraz. Wiedziałem, że gdyby nie Edward, minęłoby wiele lat, zanim by do mnie przyszła i zanim bym z jej powodu cierpiał. Ale podsunął mi ją i zagnieździła się w moim mózgu niczym chwast – sączący truciznę i niemożliwy do wytrzebienia. Bella, zdrowa, uśmiechnięta i rumiana, tak odmienna od tej, która czekała na nas w salonie. A jej ciało niezdeformowane, tylko piękne w swoich krągłościach. Bella nosząca w sobie moje dziecko...

Wyrwałem się z wysiłkiem chwastom swoich myśli.

– Przemówić jej do rozumu? Na jakim świecie ty żyjesz?

– Chociaż spróbuj.

Pokręciłem przecząco głową, ale zignorował moją odmowę, bo słyszał, co się działo w moim umyśle. Walczyłem sam z sobą.

– Skąd wytrzasnąłeś taki dziki plan? Wymyślasz je tak na poczekaniu?

– Odkąd uzmysłowiłem sobie, jakie Bella ma zamiary, za co gotowa jest umrzeć, nie myślę o niczym innym – tylko o tym, jak ją uratować. Ale nie wiedziałem, jak się z tobą skontaktować. Gdybym zadzwonił, rzuciłbyś słuchawką, czyż nie? Pewnie sam bym po ciebie niedługo przyszedł, gdybyś do nas dzisiaj nie zawitał. Tylko tak trudno ją zostawić, choćby na kilka minut. Jej stan... tak szybko się zmienia. To coś... rośnie. W zastraszającym tempie. Nie powinienem ruszać się z domu.

– Co to w ogóle jest?

– Żadne z nas nie ma pojęcia. Ale jest silniejsze od niej. Już teraz.

Wyobraziłem go sobie nagle – krwiożerczego potworka rozrywającego Bellę od środka.

– Pomóż mi skończyć ten koszmar – poprosił. – Pomóż mi nie dopuścić do tragedii.

– Ale jak? Oferując jej swoje usługi ogiera rozpłodowego? – Nawet się nie wzdrygnął, kiedy to powiedziałem, ale ja tak. – Jesteś chory. To obrzydliwe. Bella nigdy się na to nie zgodzi.

– Spróbuj. Nie mamy nic do stracenia. W niczym jej tym nie zaszkodzimy.

Ale sam sobie miałem tym zaszkodzić. Kolejne przykre doświadczenie. Czy już bez tego nie odrzucała mnie dostatecznie wiele razy?

– Zdenerwujemy ją, ale to wszystko. Czy to taka wysoka cena?

– To nie wypali.

– Może nie. Ale a nuż zasiejesz w niej ziarno zwątpienia. Może zacznie się łamać. Jeden moment wahania to wszystko, czego nam trzeba.

– A potem co? Ze wszystkiego się wycofasz? Sorki, Bella, tylko żartowałem?

Nie mogłem uwierzyć, że wdałem się z nim w tę kretyńską dyskusję. Gdybym zaproponował Belli to, na co mnie namawiał, jak nic dałaby mi w twarz – nie żebym się z sobą cackał, ale pewnie znowu złamałaby sobie przy tym rękę. Nie powinienem mu pozwalać na wygadywanie takich głupot i mieszanie mi w głowie. Powinienem go teraz po prostu zabić.

– Jeszcze trochę – wyszeptał. – Jeszcze nie. Bez względu na to, czy sobie na to zasłużyłem, czy nie, to by ją zniszczyło i jesteś tego świadomy. Nie ma co się spieszyć. Zwłaszcza że, jeśli cię nie posłucha, sam się do ciebie zgłoszę. Kiedy jej serce przestanie bić, będę cię błagał na klęczkach, żebyś ze mną skończył.

– Nie będziesz musiał się dopraszać.

Na jego twarzy pojawił się bardzo blady uśmiech.

– Bardzo na to liczę.

– W takim razie, jesteśmy umówieni.

Skinął głową i wyciągnął do mnie rękę. Uścisnąłem ją, przełamując wstręt. Była zimna jak kamień.

– Umowa stoi – potwierdził.

10 Czemu po prostu sobie stamtąd nie poszedłem? No tak. Bo jestem kretynem

Czułem się, jakbym... Sam nie wiem. Jakby to nie działo się naprawdę. Jakbym występował w jakiejś gotyckiej wersji durnego młodzieżowego serialu komediowego. Tyle że zamiast grać naiwnego kujona, który zamierza zaprosić najładniejszą laskę w szkole na bal absolwentów, byłem wilkołakiem idącym spytać żonę wampira, która już dawno dała mi do zrozumienia, że nie mam u niej szans, czy nie miałaby ochoty zamieszkać ze mną na kocią łapę i zrobić sobie ze mną dziecka.

Super.

Nie, pomyślałem, nie zrobię tego. To wbrew wszelkim zasadom przyzwoitości. Zapomnę o wszystkim, co mi ten dziad nagadał.

Ale porozmawiam z nią. Postaram się, żeby mnie wysłuchała.

A ona mi odmówi. Jak zawsze, zresztą.

Edward nie skomentował w żaden sposób mojego postanowienia, tylko szedł dalej w kierunku domu. Zaciekawiło mnie nagle, czemu wcześniej zatrzymał się w tym a nie innym miejscu. Czy znajdowało się na tyle daleko, że kiedy mówił do mnie szeptem, jego bliscy nie mogli go podsłuchać? Czy o to mu chodziło?

Nie byłem pewien.

Kiedy stanęliśmy na progu, przyjrzałem się pozostałym Cullenom i w ich oczach zobaczyłem jedynie podejrzliwość i zdezorientowanie. Nikt nie sprawiał wrażenia ani zniesmaczonego, ani oburzonego. Jednak dobrze dedukowałem. Żadne z nich nie słyszało, o jaką przysługę Edward mnie poprosił.

Zawahałem się, nie wiedząc, jak mam się teraz zachować. Stanie w drzwiach miało też tę zaletę, że dawało się tu jeszcze swobodnie oddychać.

Edward szedł sztywno w kierunku kanapy. Zaniepokojona Bella nie odrywała od niego wzroku – zerknęła tylko na mnie i dalej go obserwowała. Twarz jej poszarzała. A więc miał rację, mówiąc, że gdy się denerwowała, robiło się jej gorzej...

– Pozwolimy teraz porozmawiać Jacobowi z Bellą w cztery oczy – oznajmił.

Intonację miał jak robot. Jego głos nie zdradzał żadnych emocji.

– Po stosie moich popiołów – syknęła Rosalie. Nadal pochylała się nad Bellą, gładząc ją zaborczo po bladym policzku.

Edward puścił tę uwagę mimo uszu.

– Bello – odezwał się takim samym drewnianym głosem. – Jacob chciałby z tobą porozmawiać. Czy boisz się zostać z nim sam na sam?

Spojrzała na mnie. Wyglądała na zagubioną.

– Nie, Rose, o nic się nie martw – zwróciła się do swojej obrończyni. – Jake nas nie skrzywdzi. Możesz mnie z nim spokojnie zostawić.

– To może być podstęp – ostrzegła ją blondyna.

– Nie wiem, na czym miałby polegać – stwierdziła Bella.

– Mnie i Carlisle'a będziesz miała cały czas na oku – zapewnił siostrę Edward. Powoli tracił nad sobą kontrolę, okazując coraz więcej gniewu. – To nas Bella się obawia.

– Ależ nie – wyszeptała Bella. W oczach stanęły jej łzy. – Nie, to nieprawda...

Pokręcił głową z bladym uśmiechem na twarzy. Od patrzenia na ten uśmiech serce ściskał żal.

– Nie o to mi chodziło, skarbie. Nie martw się o mnie. Nic mi nie jest.

Miał rację. Bella w chorobliwy sposób starała się nie zranić jego uczuć. Sama się podkręcała. Aż niedobrze się od tego robiło. Ta dziewczyna była klasycznym przypadkiem męczennicy. Jak nic urodziła się w złym stuleciu. Powinna żyć w czasach, w których w imię swoich przekonań mogłaby zginąć pożarta przez lwy na arenie.

– Proszę was, wyjdźmy wszyscy – powiedział Edward, wskazując na drzwi.

Żeby nie niepokoić Belli, próbował nie dać nic po sobie poznać, ale na przywdzianej przez niego masce pojawiało się coraz więcej rys. Widziałem, że niewiele mu już brakuje do tamtego skazańca płonącego na stosie, który rozmawiał ze mną na zewnątrz. Pozostali też to widzieli, więc nikt mu się nie sprzeciwił. W milczeniu wyszli na dwór jedno po drugim. W porę zszedłem im z drogi. Przemieszczali się bardzo szybko – po dwóch uderzeniach mojego serca w salonie pozostała tylko niezdecydowana Rosalie i Edward, czekający na nią na progu.

– Rose – odezwała się cicho Bella. – Chciałabym, żebyś wyszła.

Blondyna zmroziła brata wzrokiem. Nakazała mu gestem, żeby opuścił dom pierwszy. Kiedy zniknął w drzwiach, posłała mi ostrzegawcze spojrzenie, po czym, najeżona, podążyła za resztą.

Zostaliśmy sami. Przeszedłszy przez pokój, usiadłem koło Belli na podłodze. Zacząłem rozgrzewać jej dłonie, delikatnie je pocierając.

– Dzięki, Jake. To bardzo przyjemne.

– Nie będę ci wciskał kitów, Bells. Jesteś kretynką.

– Wiem – westchnęła. – Wyglądam koszmarnie.

– Jak jakaś szkarada, co wypełzła z bagien.

Zaśmiała się.

– Strasznie fajnie, że przyszedłeś. Miło jest się znowu uśmiechać. Mam już powoli serdecznie dosyć tej rozpaczy i napięcia wokół siebie.

Wywróciłem oczami.

– Wiem, wiem – przyznała. – Sama to na siebie ściągnęłam.

– Zgadza się. I co to, kurde, ma być? Jak ty to sobie niby wyobrażasz?

– Edward poprosił cię, żebyś na mnie nakrzyczał?

– Coś w tym stylu. Tyle że nie rozumiem, czemu sobie ubzdurał, że mnie wysłuchasz. To byłby pierwszy raz w historii.

Znowu westchnęła.

– Mówiłem ci...

Weszła mi w słowo.

– Wiesz, Jacob, że „mówiłem ci, że tak będzie" ma brata? Ma na imię „zamknij się, do cholery".

– Nieźle.

Wyszczerzyła zęby w triumfalnym uśmiechu. Jej i tak już napięta skóra naciągnęła się na kościach policzkowych jeszcze bardziej niż przedtem.

– Niestety, to nie ja na to wpadłam. Zapamiętałam ten tekst z powtórki Simpsonów.

– Musiałem przegapić ten odcinek.

– Był bardzo zabawny.

Przez minutę siedzieliśmy w zupełnej ciszy. Jej dłonie zrobiły się nieco cieplejsze.

– Naprawdę cię poprosił, żebyś ze mną porozmawiał?

Skinąłem głową.

– Mam spróbować przemówić ci do rozumu. Ale przecież nie mam szans. To przegrana sprawa.

– Więc dlaczego się zgodziłeś?

Nie odpowiedziałem jej. Sam do końca tego nie wiedziałem.

Wiedziałem jednak co innego – że każda spędzona z Bellą sekunda zwiększy tylko ból, który będę musiał znosić po naszym rozstaniu. Byłem jak narkoman, któremu kończyły się zapasy. Dzień, w którym miałem zacząć przymusowy odwyk, zbliżał się nieubłaganie, i im więcej miałem strzelić sobie działek, tym bardziej miałem później cierpieć.

Dalej milczeliśmy.

– Wszystko jakoś się ułoży – odezwała się Bella. – Jestem o tym głęboko przekonana.

Zalał mnie gniew.

– Czy jednym z objawów, które masz, jest demencja? – warknąłem.

Parsknęła śmiechem, chociaż byłem tak na nią zły, że trzęsły mi się już ręce, a wraz z nimi jej własne.

– Być może – powiedziała. – Ale Jake, zwróć uwagę, że nie mówię, że to pójdzie jak z płatka. Zresztą, jak mogłabym przetrwać to wszystko, co do tej pory mi się przytrafiło, nie uwierzywszy, że czasem zdarzają się rzeczy niemożliwe? Że istnieje coś takiego jak magia?

– Magia?!

– Ty też powinieneś w nią wierzyć. Zwłaszcza ty. – Uśmiechała się, jakby była nawiedzona. Uwolniła jedną dłoń z mojego uścisku i przycisnęła mi ją do policzka. Ręka zdążyła jej się rozgrzać, ale w porównaniu z moją skórą nadal była chłodna. – Inni nie mogą mieć tej pewności, ale w twoim życiu ma się przecież wydarzyć coś magicznego.

– O czym ty bredzisz?

Z jej twarzy nie znikał uśmiech.

– Edward opowiedział mi kiedyś, jak to u was jest z tym wpojeniem. Powiedział mi, że to czysta magia, jak coś wziętego prosto ze *Snu nocy letniej*. Pewnego dnia, Jacob, znajdziesz tę, której tak naprawdę szukasz, a wtedy może zrozumiesz, czemu postępuję teraz tak, a nie inaczej.

Gdyby nie to, że nie chciałem jej zaszkodzić, zacząłbym się na nią chamsko wydzierać.

Ale i tak ton głosu miałem ostry.

– Jak można… Jak możesz mi w ogóle sugerować, że po wpojeniu zobaczę nagle sens w tym… – wskazałem na jej nabrzmiały brzuch; brakowało mi słów – …w tym twoim szaleństwie? Naprawdę uważasz, że wystarczy, że spojrzę na jakąś obcą babę, i już pogodzę się z tym, co tu wyprawiasz? To powiedz mi, jaki w takim razie to wszystko miało sens? To, że się w tobie zakochałem? To, że ty zakochałaś się w nim? Kiedy umrzesz – warknąłem – jakim cudem to wszystko ma się naprawić? Jak ma sens zadawanie nam wszystkim tyle bólu? Mnie, jemu, samej sobie? Nie, żeby mnie to coś obchodziło, ale przecież to go zabije. – Drgnęła, ale nie przerwałem. – Jaki w takim razie miała sens ta cała wasza pokręcona *love story*? Jeśli masz jakieś rozsądne usprawiedliwienie na to, co robisz, proszę, zdradź mi je, bo sam jakoś nie mogę na nie wpaść.

Westchnęła.

– Nie umiem jeszcze odpowiedzieć na wszystkie twoje pytania. Ale czuję... po prostu czuję, że wyniknie z tego coś dobrego. Wiem, że trudno to sobie teraz wyobrazić, ale wierzę z całej siły, że tak będzie. Na tym chyba polega wiara.

– Umierasz za nic, Bella! Za nic!

Przeniosła dłoń z mojego policzka na swój brzuch i pogłaskała się po nim czule. Nie musiała nic mówić – wiedziałem, co sobie myśli. To dla niego poświęcała życie. Dla tego czegoś tam w środku.

– Nie umrę – oświadczyła przez zaciśnięte zęby. Domyśliłem się, że powtarza argumenty, które przytaczała już nie raz. – Nie pozwolę, żeby moje serce przestało bić. Dam radę. Jestem silna.

– Bello, pleciesz od rzeczy. Aż tak silna to nie jesteś. Za długo przebywałaś w towarzystwie istot o nadludzkich zdolnościach i teraz starasz się im dorównać. Żaden normalny człowiek by tego nie przeżył i ty nie będziesz tu wyjątkiem.

Teraz to ja przytuliłem swoją wielką dłoń do jej policzka. Nie musiałem sobie przypominać, że powinienem być ostrożny – wszystko w Belli aż krzyczało: „Uwaga! Jestem krucha!".

– Uda się – mruknęła pod nosem. – Musi się udać. Dam radę.

Zabrzmiało to jak kwestia z tej bajki dla dzieci o dzielnej małej lokomotywie – *The Little Engine That Could*.

– Jakoś tego nie widzę – stwierdziłem cierpko. – Ale mniejsza o to. To co, powiesz mi, jaki masz plan? Bo jakiś masz, mam nadzieję?

Nie patrząc mi w oczy, skinęła głową.

– Słyszałeś kiedyś, że Esme skoczyła z klifu? To znaczy, kiedy jeszcze była człowiekiem.

– I co z tego?

– Była tak bliska śmierci, że nawet nie próbowano jej ratować – zamiast do lekarza, zawieziono ją prosto do kostnicy. Ale kiedy znalazł ją Carlisle, jej serce nadal biło...

Właśnie to miała na myśli, zarzekając się wcześniej, że nie pozwoli mu ucichnąć.

– Czyli nie zamierzasz wyjść z tego jako człowiek – podsumowałem głosem bez wyrazu.

– Zgadza się. Nie jestem głupia. – Spojrzała na mnie. – Chociaż w tym punkcie, jak podejrzewam, pewnie się różnimy.

– Wampiryzacja jako metoda ratowania życia – wymamrotałem.

– Sprawdziła się w przypadku Esme. I Emmetta. I Rosalie. Nawet Edward tak właśnie stał się jednym z nich. Kiedy Carlisle decydował się ich przemieniać, żadne z nich, delikatnie mówiąc, nie było w najlepszej formie. Inaczej zostawiłby ich w spokoju. Nie odbierał im życia, tylko je ratował.

Dobry wampir. A jednak. Tak jak wcześniej przy doktorze, na myśl o tym naszły mnie wyrzuty sumienia. Odgoniłem je pospiesznie i wróciłem do przekonywania Belli.

– Posłuchaj, Bells. Nie możesz planować tego skończyć w taki sposób.

Podobnie jak wtedy, kiedy dowiedziałem się o telefonie Charliego, uświadomiłem sobie z opóźnieniem, na czym tak naprawdę mi zależało. Zdałem sobie sprawę, że pragnąłem przede wszystkim, aby żyła, a pod jaką postacią, to już nie miało dla mnie znaczenia.

Wziąłem głęboki wdech.

– Nie czekaj, aż będzie za późno. Nie czekaj, kiedy jesteś w takim stanie. Musisz żyć. Okej? Po prostu żyj. Nie rób mi tego. Nie rób tego Edwardowi. – Mimowolnie podnosiłem stopniowo głos i mówiłem coraz bardziej surowym tonem. – Wiesz, co on zrobi, kiedy umrzesz. Już to raz przerabialiście. Chcesz, żeby wrócił do tych włoskich zabójców?

Skuliła się, wbijając się w poduszki.

Postanowiłem jej nie zdradzać, że tym razem lot przez Atlantyk nie miał być konieczny.

Walcząc z sobą, żeby przemawiać do niej trochę łagodniej, spytałem:

– Pamiętasz, jak leżałem pokiereszowany przez tych nowo narodzonych? Pamiętasz, co mi powiedziałaś?

Czekałem, ale nie chciała udzielić mi odpowiedzi. Zacisnęła usta.

– Powiedziałaś, że mam być grzeczny i słuchać Carlisle'a – przypomniałem jej. – I co zrobiłem? Posłuchałem wampira. Dla ciebie.

– Posłuchałeś go, bo wiedziałeś, że tak właśnie trzeba.

– Okej, niech ci będzie. Dwa powody do wyboru.

Wzięła głęboki wdech.

– Ja też wiem, że w tym wypadku tak właśnie trzeba. – Zerknęła na swój wielki brzuch. – Nie zabiję go – szepnęła.

Znowu zatrzęsły mi się ręce.

– Och, co za nowina! Nikt mi nic nie powiedział. Czyli to chłopak? Powinienem był przynieść pęk niebieskich balonów dla naszego zucha!

Zaczerwieniła się. Zawsze było jej do twarzy z rumieńcem. Na jego widok poczułem się tak, jakby ktoś wbił mi nóż w bebechy i go przekręcił. Taki ząbkowany. Z zardzewiałym ostrzem.

Miałem to wszystko stracić. Znowu.

– No, nie wiem, czy to chłopiec – przyznała nieśmiało. – Na ultrasonografie nic nie widać, bo błona otaczająca dziecko jest zbyt gruba – jak ich skóra. Jego płeć to nadal tajemnica. Ale zawsze wyobrażam je sobie jako chłopca.

– Bello, to coś w środku to nie jest jakiś słodziak z reklamy pieluch.

– Pożyjemy, zobaczymy.

Boże, miała hopla na jego punkcie.

– Ja może tak, ale ty nie – przypomniałem jej.

– Straszny z ciebie pesymista, Jacob. Jakieś tam prawdopodobieństwo, że wyjdę z tego żywa, istnieje.

Byłem tak wściekły, że zamiast to skomentować, spuściłem głowę i zacząłem głęboko oddychać, żeby odzyskać nad sobą kontrolę.

– Spokojnie, Jake. – Głaskała mnie czule po głowie. – Wszystko będzie dobrze. Cii. Wszystko się ułoży.

Nie podniosłem oczu.

– A właśnie że nie.

Starła mi z policzka kroplę jakiegoś płynu.

– Cii.

– O co ci teraz chodzi, Bello? – wykrztusiłem, wbijając wzrok w jasną wykładzinę. Moje brudne stopy zostawiały na niej brzydkie smugi. I bardzo dobrze. – Sądziłem, że niczego tak nie pragniesz w życiu jak być ze swoim krwiopijcą. A teraz tak po prostu go odrzucasz? To się nie trzyma kupy. Niby to od kiedy jesteś taka zdesperowana, żeby zostać mamą? Skoro dopiero to jest dla ciebie spełnieniem marzeń, to dlaczego poślubiłaś wampira?

Byłem niebezpiecznie blisko złożenia jej propozycji, o której mówił Edward. Widziałem, że słowa niosą mnie w tamtym kierunku, ale nie mogłem nic na to poradzić.

Westchnęła.

– To nie tak. Rzeczywiście, nigdy nie chciałam mieć dziecka. Nawet się nad tym tak na poważnie nie zastanawiałam. Ale to, że będę matką, nie jest też w tym wszystkim najważniejsze. Najważniejsze jest... hm... że to właśnie konkretne dziecko.

– To zabójca, Bello. Tylko spójrz na siebie.

– To nie jego wina, tylko moja. Jestem tylko słabym człowiekiem. Ale zawzięłam się i zobaczysz, Jake...

– Wiesz co? Zamknij się. Takie banialuki to możesz wygadywać przy swoim panu krwiopijcy, ale mnie nie oszukasz. Już ty dobrze wiesz, że wykorkujesz.

Wpatrywała się we mnie wzburzona.

– Wcale tego nie wiem. Martwię się, że tak to się może skończyć, jasne, ale...

– Widzieliście ją! Martwi się tym! – wycedziłem.

Jęknęła znienacka i złapała się za brzuch. Mój gniew błyskawicznie się ulotnił, jakby ktoś wcisnął w moim mózgu wyłącznik.

– Nic mi nie jest – wysapała. – To nic takiego.

Nie dotarło do mnie jednak to, co powiedziała, bo w tym samym momencie odsłoniła swój brzuch i zszokowany, rozdziawiłem usta. Cały był w wielkich fioletowo-czarnych plamach, jakby ktoś pomalował go atramentem.

Zobaczyła moją minę i szybko opuściła sweter.

– Mały jest silny – wytłumaczyła. – To wszystko.

Atramentowe plamy były siniakami! O mały włos nie zwymiotowałem. Zrozumiałem, co Edward miał na myśli, mówiąc, że nie może patrzeć, „jak to coś sprawia jej ból". Nagle i ja sam poczułem, że wariuję.

– Bella... – zacząłem.

Wychwyciła zmianę w moim głosie, więc spojrzała na mnie. Wciąż jeszcze ciężko oddychała. Wyglądała na zdezorientowaną.

– Bella, nie rób tego!

– Jake...

– Posłuchaj mnie. Jeszcze nie protestuj, dobra? Posłuchaj tylko. A co gdyby...

– Co gdyby co?

– Gdybyś miała jeszcze jedną szansę? Gdyby to nie było tak, że wszystko albo nic? Gdybyś posłuchała Carlisle'a jak na grzeczną dziewczynkę przystało i wyszła z tego żywa?

– Nie pozwolę...

– Jeszcze nie skończyłem. Wyobraź sobie, że już jest po wszystkim. Żyjesz i jesteś człowiekiem. Czy nie mogłabyś wtedy spróbować jeszcze raz?

Zmarszczyła czoło. Dotknęła miejsca, w którym stykały się moje ściągnięte brwi, i starała się przez chwilę je wygładzić, trawiąc to, co powiedziałem

– Nie rozumiem... O co ci chodzi z tym, że mogłabym spróbować jeszcze raz? Chyba nie sądzisz, że Edward pozwoliłby mi?... A zresztą, co to za różnica? Jestem pewna, że każde dziecko...

– Nie – warknąłem. – Nie każde. Tylko jego dziecko.

Wyraz zagubienia na jej twarzy pogłębił się.

– Co takiego?

A potem zamrugała i widać było, że wreszcie załapała.

– Och. O nie. Jacob, to wstrętne! Uważasz, że powinnam zabić swoje dziecko i zastąpić je jakimś innym?! Dać się sztucznie za-płodnić?! – Była na mnie wściekła. – Po co miałabym chcieć uro-dzić dziecko jakiegoś obcego faceta?! Bo co, bo to żadna różni-ca?! Każde się nada?!

– Nic nie mówiłem o żadnym obcym facecie – mruknąłem.

Pochyliła się ku mnie.

– To jak by to miało wyglądać?

– Już nic. Zapomnij. Zignoruj mnie jak zwykle.

– Skąd ci to przyszło do głowy? – drążyła.

– Bello, koniec tematu!

Ale i tak nabrała podejrzeń.

– Czy to on kazał ci to mi zaproponować?

Zawahałem się, zaskoczony, że wpadła na to tak szybko.

– Nie, skąd.

– Nie kłam. To jego pomysł, prawda?

– Nie, przysięgam. Ani słowem nie wspomniał o sztucznym za-płodnieniu.

Twarz jej złagodniała. Opadła z powrotem na poduszki, spra-wiając wrażenie wyczerpanej. Kiedy się ponownie odezwała, pa-trzyła gdzieś w bok i wyraźnie nie mówiła już do mnie:

– Nie ma rzeczy, której by dla mnie nie zrobił, a ja tak bardzo go ranię... Ale co on sobie myśli? Że wymienię nasze maleń-stwo... – pogłaskała się po brzuchu – ...na jakieś...

Głos jej się łamał. W jej oczach zabłysły łzy.

– Nie musisz go ranić – wyszeptałem. Słowa jego prośby pali-ły moje gardło niczym trucizna, ale rozumiałem już, że tylko tak można było Bellę najpewniej uratować. Chociaż prawdopodobień-stwo, że nam się uda, było nadal jak jeden do tysiąca. – Mogłabyś go jeszcze na nowo uszczęśliwić, naprawdę. On oszaleje, jeśli nic nie zrobisz. Wszystko na to wskazuje.

Nie wyglądało na to, żeby mnie słuchała. Przygryzając wargę, jedną ręką gładziła się powoli po brzuchu.

Milczeliśmy bardzo długo. Zachodziłem w głowę, jak daleko mogli oddalić się Cullenowie. Czy byli świadkami tego, jak niezdarnie usiłuję nakłonić Bellę do zmiany zdania?

– Nie z nieznajomym? – przerwała ciszę.

Drgnąłem.

– Co dokładnie powiedział ci Edward? – spytała cicho.

– Nic takiego. Myślał tylko, że może mnie wysłuchasz.

– Nie, nie. Co powiedział ci o tym, że mogę spróbować raz jeszcze?

Świdrowała mnie wzrokiem. Uzmysłowiłem sobie, że zdradziłem jej już zbyt dużo szczegółów.

– Nic. Nic a nic.

Otworzyła nieznacznie usta.

– Wow – wyrwało jej się.

Żadne z nas nic więcej nie dodało. Wpatrywałem się we własne stopy, nie śmiejąc spojrzeć jej w oczy.

– Naprawdę zrobiłby dla mnie wszystko – szepnęła. – Prawda?

– Bells, mówiłem ci już, że mu odbija. Dosłownie.

– Dziwię się, że od razu mi na niego nie naskarżyłeś. Żeby wpakować go w kłopoty.

Podniosłem głowę i zobaczyłem, że szeroko się uśmiecha.

– Myślałem o tym.

Spróbowałem obdarzyć ją podobnym uśmiechem, ale coś czułem, że mi to nie wychodzi.

Była już świadoma, co jej proponuję, i nie zamierzała nawet wziąć tego pod uwagę. Wiedziałem, że tak będzie. Ale i tak zabolało.

– Ty też, tak jak on, nie zawahałbyś się przed niczym. Nie pojmuję, czemu tak wam na mnie zależy. Nie zasłużyłam sobie na żadnego z was.

– Ale i tak nas zlekceważysz.

– Tym razem, niestety, muszę – westchnęła. – Żałuję, że nie potrafię wytłumaczyć ci tego tak, żebyś zrozumiał. Nie potrafię zrobić mu krzywdy – wskazała na swój brzuch – tak samo jak nie potrafiłabym sięgnąć po broń i strzelić do ciebie. Kocham go.

– Ech, Bella, dlaczego zawsze kochasz tych, których nie powinnaś?

– Ja tam wcale tak nie uważam.

Odchrząknąłem, żeby pozbyć się guli rosnącej w gardle i by móc przybrać dostatecznie stanowczy ton.

– Zaufaj mi.

Zacząłem wstawać.

– Dokąd idziesz?

– Nic tu już nie wskóram.

Wyciągnęła ku mnie rękę.

– Nie idź jeszcze.

Uzależnienie wysysało ze mnie wolną wolę, zatrzymując mnie za wszelką cenę w pobliżu zapasu towaru.

– Nie pasuję tutaj. Muszę już wracać.

– Dlaczego tu dzisiaj przyszedłeś? – spytała, wciąż ku mnie sięgając, choć brakowało jej już sił.

– Tylko po to, żeby sprawdzić, czy jeszcze żyjesz. Nie wierzyłem w tę historię Charliego o tym, że jesteś chora.

Nie byłem w stanie ocenić po wyrazie jej twarzy, czy kupiła tę bajeczkę czy nie.

– Odwiedzisz mnie jeszcze? Zanim…

– Nie będę tu przesiadywał, żeby przyglądać się, jak umierasz.

Wzdrygnęła się.

– Masz rację, masz rację. Powinieneś już sobie pójść.

Ruszyłem w kierunku drzwi.

– Pa – zawołała za mną cicho. – Kocham cię.

O mało co nie zawróciłem. Odczułem przemożną chęć, żeby odwrócić się, paść na kolana i znowu zacząć ją błagać. Wiedziałem jednak, że muszę odejść i twardo rzucić swój nałóg z dnia na dzień, bo w przeciwnym razie zabiłaby mnie, tak samo, jak zamierzała zabić Edwarda.

– Jasne, jasne – burknąłem, nie zwalniając.

Na zewnątrz nie zauważyłem żadnych wampirów – pośrodku polany stał za to mój motocykl, ale zignorowałem go. Tym razem był dla mnie zbyt powolny. Wiedziałem, że ojciec szaleje z niepokoju – a i Sam również. Wszyscy pewnie czekali z zapartym tchem, kiedy zamienię się w wilka – i się nie doczekali. Ciekawe, co sobie myśleli? Że Cullenowie dorwali mnie, zanim jeszcze ich zaatakowałem? Rozebrałem się do naga, nie przejmując się tym, że ktoś mnie może podglądać, i rzuciłem się biegiem w las. Kilka kroków i pędziłem już na czterech łapach.

Pojawili się w moich myślach w komplecie. Jak mogło być inaczej?

Jacob.

Jake.

Osiem głosów odetchnęło z ulgą.

W tej chwili do domu, padł rozkaz Alfy. Sam był na mnie wściekły.

Poczułem, że Paul znika, żeby przekazać dobrą nowinę Billy'emu i Rachel. Tak bardzo zależało mu na tym, żeby nie trzymać ich dłużej w niepewności, że nie zaczekał, aż zdam raport z tego, co się wydarzyło.

Nie musiałem informować sfory, że zaraz będę na miejscu – widzieli moimi oczami rozmazane pędem drzewa. Nie musiałem im też tłumaczyć, w jakim jestem żałosnym stanie – mętlik w mojej głowie mówił sam za siebie.

Poznali wszystkie najokropniejsze szczegóły – zobaczyli posiniaczony brzuch Belli (ochrypłe: „Mały jest silny, to wszystko"), Edwarda z twarzą człowieka płonącego na stosie (szept: „Mogę tylko bezradnie się temu przyglądać! Przyglądać się, jak z dnia na dzień jest jej gorzej, jak mizernieje w oczach! Jak to coś sprawia jej ból!"), Rosalie przyczajoną nad zmizerniałą Bellą (jęk: „Życie Belli nic dla niej nie znaczy!") – i nareszcie żadne z nich nie miało na podorędziu żadnego komentarza.

Oniemieli. Cisza, która zapanowała w moim umyśle, była jak niemy krzyk.

!!!!!

Nim wyszli z szoku, byłem już w połowie drogi do domu. Wybiegli mi naprzeciw.

Panował półmrok, bo zachodzące słońce całkowicie przesłaniały chmury. Zaryzykowałem i przebiegłem przez szosę w swojej wilczej postaci. Udało się – nikt mnie nie zauważył.

Spotkaliśmy się jakieś piętnaście kilometrów przed La Push na polanie pozostawionej przez drwali. Znajdowała się z dala od uczęszczanych dróg, pomiędzy dwiema górskimi odnogami, gdzie raczej nikt by się na nas nie napatoczył. Paul dołączył do watahy w tym samym momencie co ja, więc nikogo nie brakowało.

W mojej głowie panował kompletny chaos. Przekrzykiwali jedno drugie.

Sam, z sierścią zjeżoną groźnie na karku, zamiast zająć swoje miejsce w kręgu, krążył nerwowo wokół niego, warcząc nieustannie. Paul i Jared, z położonymi uszami, nie odstępowali go ani na krok. Pozostali członkowie sfory, poruszeni, nie potrafili usiedzieć spokojnie, a od czasu do czasu cicho pomrukiwali.

Z początku trudno było stwierdzić, przeciwko komu skierowany jest ich gniew, i pomyślałem, że już po mnie, ale na wpół oszalały po wizycie u Belli, jakoś wcale się tym nie przejąłem. Jeśli zamierzali mnie ukarać za niesubordynację, mogli ze mną zrobić, co chcieli.

A potem bezładna plątanina ich myśli zmieniła się w płynącą zgodnie ławicę.

Jak to możliwe? Co to ma znaczyć? Co to się urodzi?

Nie powinni do tego dopuszczać. To coś może im się wymknąć spod kontroli.

To wbrew naturze. To obrzydliwe. To po prostu zbrodnia.

Nie możemy pozwolić, by to coś przyszło na świat.

Zsynchronizowali nie tylko swoje myśli, ale i ruchy, i obchodzili teraz krąg w jednakowym tempie – wszyscy oprócz mnie i jeszcze jednego z braci. Usiadłem przy nim, zbyt oszołomiony, by zainteresować się, który to, i zerknąć na niego lub wejrzeć w jego umysł.

Pakt nie obejmuje takiej ewentualności.

Grozi nam niebezpieczeństwo.

Próbowałem podążyć krętą ścieżką, wyznaczoną ich rozumowaniem, aby zobaczyć, do jakich wniosków dojdą i co postanowią, ale to, co do mnie docierało, wydawało się nie mieć sensu. Obrazy, które najczęściej przywoływali, ukazywały moje własne wspomnienia i w dodatku najgorsze z najgorszych: odsłonięty brzuch Belli pokryty siniakami i wykrzywioną cierpieniem twarz Edwarda.

Oni też się tego czegoś obawiają.

Ale nie zrobią nic, żeby to coś uśmiercić.

Bo chcą ocalić Bellę Swan.

Nie możemy pozwolić na to, by ich postawa wpłynęła na naszą.

Bezpieczeństwo naszych bliskich i pozostałych mieszkańców tych okolic jest ważniejsze niż życie jednej dziewczyny.

Jeśli tego czegoś nie zabiją, to będziemy zmuszeni ich wyręczyć.

Żeby chronić nasze plemię.

Żeby chronić nasze rodziny.

Musimy zabić to coś, zanim będzie za późno.

Kolejne wspomnienie. Tym razem słowa Edwarda. „To coś... rośnie. W zastraszającym tempie".

Nadal byłem rozbity, ale spróbowałem się skoncentrować, by móc przypisywać to, co słyszę, do konkretnych członków watahy.

Nie ma czasu do stracenia, pomyślał Jared.

Będą stawiać opór, ostrzegł Embry. Czeka nas ciężka walka.

Jesteśmy gotowi, stwierdził Paul.

Musimy wykorzystać element zaskoczenia, planował Sam.

Będziemy mieli większe szanse na wygraną, jeśli zaatakujemy, kiedy będą rozdzieleni, podpowiedział Jared. Będziemy mogli wtedy załatwiać jednego po drugim.

Wstałem powoli, potrząsając łbem. Czułem się dziwnie – jak gdybym od patrzenia na krążące wilki dostawał zawrotów głowy. Mój kompan także się poderwał. Podparł mnie ramieniem, żebym odzyskał równowagę.

Czekajcie, pomyślałem.

Przystanęli, ale tylko na sekundę.

Mamy niewiele czasu, powiedział Sam.

Co się z wami dzieje? zaprotestowałem. Nie zdecydowaliście się zaatakować ich po południu, chociaż w grę wchodziło złamanie paktu, a teraz, kiedy nikt nie naruszył jego postanowień, planujecie rzeź?

Czegoś takiego w pakcie nie przewidziano, wyjaśnił Sam. A to coś w Belli stanowi zagrożenie dla każdego człowieka w promieniu wielu kilometrów. Nie wiemy, jakiego typu istotę spłodził Cullen, ale wiemy, że jest silna i bardzo szybko się rozwija. I że będzie za młoda, żeby przestrzegać jakiegokolwiek paktu. Pamiętasz tamte nowo narodzone wampiry, z którymi walczyliśmy na wiosnę? W głowach miały tylko zabijanie, a przy tym były zupełnie nie do ujarzmienia. Wyobraź sobie coś takiego, ale chronione przez Cullenów.

Nie mamy pewności... zacząłem.

Zgadza się, pewności nie mamy. Ale nie możemy ponosić takiego ryzyka. Pozwalamy Cullenom mieszkać w tych stronach tylko dlatego, że ufamy im w stu procentach. Wiemy, że nie zrobią tu nikomu nic złego. Ale czemuś takiemu nie można ufać.

Cullenowie marzą o tym, żeby się tego czegoś pozbyć, tak samo jak my.

Sam wyciągnął z zakamarków mojej pamięci obraz, na którym Rosalie czaiła się gotowa do skoku u boku Belli, i zaprezentował go całej watasze.

Niektórzy są gotowi o to coś walczyć, niezależnie od tego, czym jest.

Na miłość boską, to tylko płód!

Nie na długo, szepnęła Leah.

Jake, odezwał się Quil. Uwierz, to poważny problem. Nie możemy go tak po prostu zignorować.

Przesadzacie, chłopaki. Jedyną osobą, której grozi z tego powodu śmiertelne niebezpieczeństwo, jest Bella.

Bella znowu ryzykuje na własne życzenie, przypomniał mi Sam. Tyle że tym razem konsekwencje jej wyboru mamy ponosić wszyscy.

Nie wydaje mi się.

Nie możemy mamić się nadzieją. Ani się obejrzymy, a po naszym terenie będzie grasował wampir. Nie możemy do tego dopuścić.

Więc każcie się Cullenom wyprowadzić, zaproponował wilk, na którym nadal się opierałem. Okazało się, że to Seth. A któżby inny?

I ściągnąć takie nieszczęście na jakichś niewinnych ludzi? Kiedy krwiopijcy wchodzą na nasze terytorium, unieszkodliwiamy ich, choćby nawet nie chcieli u nas polować. Staramy się uratować tyle istnień, ile tylko się da.

To szaleństwo, powiedziałem. Jeszcze przed paroma godzinami upierałeś się, że nie możesz narażać sfory.

Przed paroma godzinami nie wiedziałem jeszcze, że coś grozi naszym bliskim.

Nie no, po prostu nie wierzę, że to się dzieje naprawdę! A jak niby zamierzacie zabić tego potworka, nie zabijając Belli?

W mojej głowie zapadła wiele mówiąca cisza.

Jęknąłem z bezsilności.

Ona też jest człowiekiem! To jej nie mamy już obowiązku chronić?!

I tak jest umierająca, pomyślała Leah. Skrócimy tylko ten proces.

Miarka się przebrała. Oderwawszy się od Setha, skoczyłem na jego siostrę, obnażając kły. Miałem już ją złapać za tylną lewą łapę, kiedy Sam wgryzł mi się w bok i szarpnął do tyłu.

Zawyłem z bólu i gniewu i błyskawicznie się odwróciłem.

Przestań! rozkazał mi Sam głosem, którego nie można było pomylić z żadnym innym.

Ugięły się pode mną nogi. Zatrzymałem się raptownie, jedynie siłą woli powstrzymując się przed upadkiem.

Sam przeniósł wzrok na Leę.

Nie wolno ci się na nim wyżywać, zakomenderował. Życie Belli to wysoka cena i w pełni zdajemy sobie z tego sprawę. Zabijanie ludzi jest wbrew wszelkim wyznawanym przez nas zasadom. To potworne, do czego zmuszają nas okoliczności. Będziemy długo cierpieć po tym, co wydarzy się dziś wieczorem.

Dziś wieczorem? powtórzył wstrząśnięty Seth. Sam, uważam, że powinniśmy to jeszcze przedyskutować. A przynajmniej skonsultować się ze starszyzną. Chyba nie mówisz serio. Naprawdę chcesz, żebyśmy teraz zaraz...

Nie stać nas teraz na to, żeby odnosić się do Cullenów z taką tolerancją, jak ty. Nie ma czasu na debatę. Możesz mieć inne zdanie, ale i tak zrobisz to, co ci każę.

Seth ugiął przednie łapy i opuścił łeb ku ziemi – taka była siła dekretu Alfy.

Sam zaczął zataczać ciasne kręgi wokół naszej dwójki.

Potrzebna nam do tego cała sfora. Jacob, jesteś z nas najsilniejszy. Też musisz z nami pójść. Rozumiem, że będzie to dla ciebie trudne, więc twoim zadaniem będzie blokowanie Emmetta i Jaspera, bo to z kolei najsilniejsi z Cullenów. Przydzielam ci Quila i Embry'ego. Co do... Ehm... Naszym głównym celem zajmie się kto inny.

Drżały mi kolana. Z wysiłkiem trzymałem się na wyprostowanych nogach, chociaż głos Alfy smagał moją wolę jak bicz.

Paul, Jared i ja skupimy się na Rosalie i Edwardzie. Z tego, co przekazał nam Jacob, wynika, że przy Belli zastaniemy właśnie tych dwoje. W pobliżu mogą też być Carlisle i Alice, być może Esme. Zostawimy ich Brady'emu, Collinowi, Sethowi i Lei. Ktokolwiek znajdzie się w sytuacji, w której nikt nie będzie mu bronić dostępu do... Poczuliśmy wszyscy, jak sięga po imię Belli, ale w ostatniej chwili się reflektuje. ...dostępu do tej nienarodzonej istoty, niech zabije ją bez wahania. W tym wszystkim nie chodzi przecież o nic innego.

Chór warknięć wyrażających zgodę na strategię przywódcy zabrzmiał niczym grzmot przetaczający się po polanie. Od rosnącego napięcia wszystkim zjeżyła się sierść. Bracia przyspieszyli kroku, a odgłosy ich łap odbijających się od podłoża przybrały na sile, bo wilki ryły teraz darń pazurami.

Tylko ja i Seth nie dołączaliśmy wciąż do pierścienia, za to tkwiliśmy w samym jego środku. Nie obnażyliśmy też kłów, a nasze uszy nie przywierały nam płasko do czaszek. Pod ciężarem rozkazu Alfy, Seth prawie że dotykał nosem ziemi. Dzięki łączącej nas więzi, czułem, jak bardzo cierpi zmuszony do zdradzenia Cullenów. Odkąd na jeden dzień stali się sojusznikami i miał sposobność walczyć u boku Edwarda, stał się prawdziwym miłośnikiem wampirów.

Nie próbował jednak w żaden sposób stawiać oporu. Nie był w stanie, niezależnie od rozdzierającego go bólu. Nie miał wyboru.

A ja, czy miałem jakiś wybór? Samiec Alfa z definicji był władcą absolutnym.

Sam jeszcze nigdy nie posunął się tak daleko. Wiedziałem, że w głębi duszy męczy się, widząc jak Seth klęka przed nim jak niewolnik przed panem. Gdyby nie był przekonany, że to jedyne słuszne rozwiązanie, do niczego by nas nie zmuszał. Kiedy znaliśmy wszystkie jego myśli, nie mógł przed nami kłamać. Naprawdę wierzył, że zamordowanie Belli i potwora, którego w sobie nosiła, to nasz święty obowiązek. Naprawdę wierzył, że nie ma czasu do stracenia. Wierzył w to do tego stopnia, że był gotowy za to zginąć.

Wyłapałem, że zamierza zabić Edwarda samodzielnie, sądził bowiem, że zdolność wnikania w cudze umysły czyni z Cullena najpoważniejszego przeciwnika. Był zbyt odpowiedzialny, by pozwolić zmierzyć się z nim komukolwiek z nas.

Za drugiego w kolejności najgroźniejszego wampira uważał Jaspera i to z tego powodu przydzielił go mnie. Zakładał, że oprócz niego tylko ja mogę zwyciężyć taki pojedynek. Najłatwiejsze cele pozostawił młodszym wilkom i Lei. Drobna Alice nie stanowiła większego zagrożenia, skoro w naszym przypadku nie mogła opierać się na swoich wizjach, a walcząc z Cullenami przeciwko nowo narodzonym, dowiedzieliśmy się, że Esme daleko do urodzonego zabójcy. Większe wyzwanie miał stanowić Carlisle, ale jego piętą Achillesa było to, że brzydził się przemocą.

Śledząc, jak Sam obmyśla taktykę pod takim kątem, żeby zapewnić każdemu członkowi sfory jak największe szanse na przeżycie, poczułem się jeszcze gorzej niż Seth.

Cały świat stanął na głowie. Jeszcze kilka godzin wcześniej o niczym tak nie marzyłem, jak o wyprawie watahy na Cullenów. Ale Seth miał rację. Nie byłem gotowy do tej konfrontacji. To nienawiść tak mnie zaślepiła. Nie pozwalałem sobie na żadne głębsze rozważania, bo wiedziałem, dokąd mnie doprowadzą, jeśli ugnę się przed rozsądkiem.

Carlisle Cullen. Myśląc o nim bez nienawiści, nie mogłem zaprzeczyć, że zabicie go byłoby zwykłym morderstwem. Miał dobre intencje. Był równie wartościową istotą, jak każda z osób, które chcieliśmy chronić. Jeśli nie kimś od nich lepszym. Pozostali jego pobratymcy także zapewne nie zasługiwali na śmierć, ale byli mi bardziej obojętni. Nie znałem ich aż tak dobrze. To Carlisle musiałby walczyć sam z sobą, żeby nas zaatakować, nawet jeśli miałby zrobić to w samoobronie. To dlatego byliśmy zdolni go zabić – ponieważ miałby opory przed zabiciem nas, swoich przeciwników.

Ta cała akcja Sama... Wszystko we mnie krzyczało: „Nie!".

I to nie tylko dlatego, że czułem się tak, jakby moi bracia mieli zabić nie Bellę, ale mnie samego. Albo jakbym miał popełnić samobójstwo.

Weź się w garść, Jacob, nakazał mi Sam. Najważniejsze jest dobro plemienia.

Sam, zaoponowałem, przecież myliłem się, kiedy chciałem ich wcześniej zaatakować.

Wtedy się myliłeś, ale teraz mamy powody do interwencji.

Zabrałem się na odwagę.

Nie pójdę z wami.

Zatrzymał się przede mną. Patrząc mi prosto w oczy, zaczął przeciągle warczeć przez zaciśnięte zębiska.

A właśnie, że pójdziesz, oświadczył głosem Alfy. Bijący od niego autorytet zdawał się palić mi skórę. Dziś wieczór nie będzie żadnych odstępstw od reguły. Pójdziesz z nami i z nami zasadzisz się na Cullenów. Razem z Quilem i Embrym zajmiesz się Jasperem i Emmettem. Macie obowiązek chronić swój lud. Taka jest wasza rola. I wywiążecie się dziś z tego obowiązku.

Ugiąłem się, jakby na moich barkach spoczął jakiś ogromny ciężar. Chwilę później leżałem już przed Samem na brzuchu, bezwolny i upokorzony.

Żaden członek watahy nie mógł sprzeciwić się Alfie.

11 Dwie pierwsze pozycje na mojej prywatnej liście rzeczy, których za nic w świecie nie chciałbym zrobić

Sam ustawiał już pozostałych w szyku bojowym, ale ja leżałem wciąż na ziemi. Embry i Quil czekali nade mną, aż wreszcie dojdę do siebie i przejmę nad nimi dowództwo.

Czułem w sobie rosnącą potrzebę, by się podnieść i ich poprowadzić, ale chociaż wiedziałem, że w końcu się jej poddam, zwalczałem ją w sobie uparcie, kuląc się i krzywiąc.

Embry jęknął mi cicho do ucha. Nie chciał myśleć słowami, bojąc się, że przypomni tym Samowi o moim istnieniu. Zrozumiałem, że namawia mnie, żebym wstał – chciał, żebyśmy jak najszybciej mieli już to wszystko za sobą.

Bał się jak każdy z nas – nie tyle o siebie, co o sforę jako całość. Nie wierzyliśmy, że wszyscy wyjdziemy z tego żywi. Kogo mieliśmy stracić? Czyje myśli miały na zawsze zamilknąć? Czyją pogrążoną w żałobie rodzinę mieliśmy pocieszać następnego dnia rano?

Kiedy tak wsłuchiwałem się w lęki swoich towarzyszy, niepostrzeżenie stałem się jednym z nich, bo mój umysł dołączył wreszcie do tych wspólnych rozważań. Machinalnie podniosłem się z ziemi i otrząsnąłem.

Embry i Quil odetchnęli z ulgą. Quil trącił mój bok nosem.

Myślami wybiegali ku czekającemu nas wyzwaniu, ku naszej misji. Zaczęliśmy razem wspominać nocne treningi z Cullenami sprzed kilku miesięcy, kiedy to przyglądaliśmy się, jak krwiopijcy szykują się do starcia z nowo narodzonymi. Emmett był najsilniejszy, ale większym problemem miał być dla nas Jasper. Też nie brakowało mu siły, ale przede wszystkim błyskawicznie się przemieszczał. Był maszyną do zabijania. Ile stuleci ćwiczył się w tej sztuce? Dostatecznie dużo, by dla swoich pobratymców być autorytetem w tej dziedzinie.

To ja mogę dowodzić, jeśli wolałbyś tylko pomagać, zaoferował się Quil.

W jego myślach wychwytywałem więcej ekscytacji niż u większości pozostałych braci. Rwał się do tego, żeby sprawdzić swoje własne umiejętności w walce z mistrzem, przyglądając się na treningach, jak Jasper instruuje Cullenów i nadal mu nie przeszło. Dla niego to miał być konkurs, a świadomość, że może w tym konkursie stracić życie, nie osłabiała bynajmniej jego zapału. Paul był podobnie nastawiony do wyprawy, Collin i Brady także – dzieciaki, które nie brały jeszcze udziału w żadnej bitwie. Gdyby naszymi przeciwnikami mieli nie być jego przyjaciele, Seth najprawdopodobniej też by się tak zachowywał.

Jake? Quil dał mi sójkę w bok. To jak będzie? Jak chcesz to rozegrać?

Pokręciłem tylko głową. Nie mogłem się na niczym skoncentrować – przymus słuchania rozkazów Alfy zrobił ze mnie marionetkę. Czułem, że to nie ja, tylko wola Sama porusza mięśniami w moich łapach: lewa do przodu, prawa do przodu...

Seth wlókł się za Collinem i Bradym. W jego drużynie dowo-dziła Leah. Planując akcję z młodzikami, zupełnie nie brała brata pod uwagę, i widziałem, że najchętniej po prostu by mu odpuści-ła. W jej postawie było wiele z matki. Najbardziej życzyłaby sobie, aby Sam odesłał po prostu Setha do domu. Do chłopaka nic z jej rozterek jednak nie docierało. Tak jak ja, próbował przywyknąć do pociągających za jego kończyny sznurków.

Może gdybyś przestał się opierać... podszepnął mi Embry.

Po prostu skup się naszym zadaniu, wtrącił się Quil. Dostali nam się ci najwięksi. Super. Poradzimy sobie. Damy im popalić. Nakręcał się jak zawodnik przed ważnym meczem.

Wiedziałem, że byłoby to najprostsze wyjście z sytuacji – nie myśleć o niczym innym, oprócz tego, żeby zabić. Nietrudno mi było sobie wyobrazić, że rzucam się na Emmetta czy Jaspera. Nie-raz miałem na to ochotę. Uważałem ich za swoich wrogów przez bardzo długi czas i nic nie stało na przeszkodzie, żebym znowu zaczął ich tak traktować.

Musiałbym tylko zapomnieć, że chronili teraz tę samą osobę, którą chroniłbym i ja, gdyby tylko było to możliwe. Musiałbym za-pomnieć, że tak właściwie, nie było żadnego powodu, dla którego miałbym chcieć ich pokonać...

Jake, ostrzegł mnie Embry, nie zapominaj, po czyjej jesteś stronie.

Szurałem łapami, sprzeciwiając się każdemu pociągnięciu sznurka na tyle, na ile mogłem.

Nie ma sensu z tym walczyć, szepnął Embry.

Miał rację. Czy tego chciałem, czy nie, miałem w końcu pod-porządkować się Samowi, chyba że ten łaskawie zmieniłby zdanie. Ale na to nic, rzecz jasna, nie wskazywało.

Zresztą, to, że Alfa mógł nami dyrygować, było w pełni uza-sadnione. Nawet taka zgrana sfora jak nasza nie byłaby liczącą się siłą bez przywódcy. Żeby działać efektywnie, musieliśmy poruszać się i myśleć jak jeden organizm. A jeden organizm mógł mieć tyl-ko jedną wolę.

Tylko co, jeśli Sam się mylił? Nic nie można było na to poradzić. Nikt nie mógł mu się przeciwstawić.

No, z jednym wyjątkiem...

I nagle mnie olśniło. W mojej głowie pojawiła się myśl, którą zawsze od siebie odrzucałem – ale teraz, ze spętanymi łapami, powitałem ją z ulgą. Z czymś więcej niż ulgą – z dziką radością.

Nikt nie mógł przeciwstawić się Alfie – nikt, z wyjątkiem mnie.

Nie, nie spłynęła na mnie żadna tajemna wiedza. Ten potencjał miałem w sobie od chwili, gdy obudziły się we mnie moce moich przodków, ale postanowiłem z niego nie korzystać.

Nigdy nie chciałem dowodzić watahą. Teraz też nie zamierzałem. Nie miałem ochoty brać odpowiedzialności za los swoich kompanów. Sam sprawdzał się w tej roli o wiele lepiej, niż ja mógłbym kiedykolwiek.

Ale dziś wieczór podjął złą decyzję.

A ja nie urodziłem się po to, by padać przed nim na kolana.

Ledwo pogodziłem się ze swoim przeznaczeniem, opadły więzy.

Wzbierało we mnie nowe uczucie – poczucie swobody, ale i dziwnej, stłumionej mocy. Stłumionej, bo swoją moc samiec Alfa czerpał ze sfory, a ja takiej nie posiadałem. Przez sekundę czułem się przeraźliwie samotny.

Nie miałem już własnej sfory.

Ale kiedy ruszyłem w stronę Sama, który namawiał się z Paulem i Jaredem, szedłem już wyprostowany i pewny swojej siły. Słysząc, że się zbliżam, odwrócił się do mnie przodem i ściągnął brwi.

Nie pójdę z wami, powtórzyłem.

W moich myślach rozbrzmiewał dumnie głos Alfy.

Sam od razu zorientował się, co się stało. Z jękiem cofnął się o krok.

Jacob, wykrztusił zszokowany, co ty, u licha, narobiłeś?

Nie będę słuchał twoich rozkazów. Nie, kiedy zamierzasz popełnić zbrodnię.

Wpatrywał się we mnie oszołomiony.

Wolisz... wolisz naszych wrogów od swojego plemienia?

To nie tak. Potrząsnąłem łbem, żeby trafniej dobierać słowa. Oni nie są naszymi wrogami. Nigdy nimi nie byli. Teraz już to wiem. Dopiero teraz, kiedy przestałem wreszcie myśleć tylko o tym, jak ich wymordować, i poważniej się nad tym wszystkim zastanowiłem.

Nie chodzi ci o nich, wypomniał mi, tylko o Bellę. Nigdy nie była ci pisana, nigdy nie chciała z tobą być, ale nadal uparcie niszczysz sobie życie z jej powodu!

Była to prawda bolesna, ale jednak prawda. Biorąc głęboki wdech, wziąłem sobie słowa Sama do serca.

Może i masz rację. Ale to, co dla nas na dzisiaj planujesz, zniszczy nas wszystkich. Ci z nas, którzy przeżyją to starcie, już zawsze będą musieli żyć ze świadomością, że z zimną krwią dokonali morderstwa.

Musimy chronić nasze rodziny!

Wiem, co postanowiłeś. Ale mnie to już nie dotyczy. Nikt już nie będzie podejmował za mnie takich decyzji.

Jacob, nie możesz zwrócić się przeciwko swoim bliskim!

Przemówił do mnie podwojonym echem głosem Alfy, ale jego magia już na mnie nie działała. Stracił nade mną kontrolę. Mimo to zacisnął zęby, starając się wymusić moje posłuszeństwo.

Spojrzałem prosto w jego rozognione gniewem oczy.

Potomek Ephraima Blacka nie urodził się po to, żeby wykonywać polecenia potomka Leviego Uleya.

A więc do tego doszło? Zjeżył sierść na karku i obnażył kły. Paul i Jared, warcząc groźnie, przyczaili się u jego boków. Nawet jeśli mnie pokonasz, sfora i tak za tobą nie pójdzie!

Teraz to ja cofnąłem się zaskoczony.

Sam, oszalałeś? Wcale nie chcę z tobą walczyć.

Tak? To jakie masz plany? Nie ustąpię dobrowolnie, żebyś kosztem plemienia mógł bronić wampirzego bękarta.

Nikt ci nie każe ustępować.

Jeśli wydasz im rozkaz, żeby za tobą poszli...

Nigdy nie zniżę się do odbierania komukolwiek wolnej woli.

Skulił się, gdy skrytykowałem nie wprost jego postępowanie, ale zaraz potem zrobił krok do przodu, tak że nasze pyski znalazły się zaledwie kilka centymetrów od siebie. Dopiero teraz zdałem sobie sprawę, że jakiś czas temu go przerosłem.

W sforze może być tylko jeden przywódca. Wataha wybrała mnie. Czy dziś wieczorem zamierzasz rozszarpać nas na strzępy? Zwrócisz się przeciwko swoim braciom? Czy oprzytomniejesz i do nas wrócisz?

W każdym jego słowie ukryta była komenda, ale byłem na nie odporny. W moich żyłach płynęła czysta krew Alfy.

Odkryłem kolejny powód, dla którego Alfa był zawsze tylko jeden. Moje ciało zaczęło reagować na rzucone mi przez Sama wyzwanie. Coraz silniej odczuwałem potrzebę, by zawalczyć o to, co mi się teoretycznie należało. Najbardziej prymitywna, wilcza część mojego „ja" szykowała się do pojedynku, w którym stawką była władza.

Całą energię skupiłem na ujarzmieniu instynktu. Atakowanie Sama nie miało dla mnie żadnego sensu. Chociaż go odrzuciłem, uważałam go wciąż za brata.

W sforze może być tylko jeden przywódca – nie kwestionuję tego. Chcę po prostu pójść swoją drogą.

I dołączyć do Cullenów?

Wzdrygnąłem się.

Nie wiem, Sam. Ale wiem jedno…

Teraz to jemu ugięły się kolana na dźwięk mojego głosu. Potrafiłem wywrzeć na niego większy wpływ niż on wcześniej na mnie. Działo się tak dlatego, że zgodnie z zasadami dziedziczności to ja powinienem od zawsze dowodzić nim.

Wiem, że stanę pomiędzy wami a Cullenami. Nie będę się bezczynnie przyglądał, jak mordujecie niewinnych… ludzi. Trudno mi tak myśleć o wampirach, ale to była prawda. Sfora nie zasłużyła sobie na to, by upaść tak nisko, Sam. Poprowadź ją we właściwym kierunku.

Odwróciłem się do niego tyłem. Powietrze wokół mnie rozdarło chóralne wycie. Odbiłem się od ziemi i rzuciłem pędem przez las, zostawiając wywołane przez siebie poruszenie. Liczyła się każda sekunda. Na szczęście, z całej sfory tylko Leah miała szanse mnie doścignąć i to jedynie wtedy, gdyby wystartowała równo ze mną.

Przeraźliwe zwierzęce odgłosy mąciły wciąż nocną ciszę, ale na szczęście słyszałem je coraz słabiej. Jeszcze mnie nie gonili.

Musiałem ostrzec Cullenów, zanim wataha się zgra i mnie powstrzyma. Gdyby krwiopijcy byli przygotowani do starcia, być może Sam uznałby, że jednak należy wszystko przemyśleć. Biegłem ku białemu domowi, którego wciąż nienawidziłem, zostawiając swój własny dom za sobą. Swój były własny dom. Dopiero co się go wyparłem.

Dzisiejszy dzień zaczął tak samo jak każdy inny: o wschodzie słońca wróciłem w deszczu z patrolu, zjadłem śniadanie z Billym i Rachel, oglądałem jakieś głupoty w telewizji, sprzeczałem się z Paulem... Jak to się stało, że przeszedł w ten surrealistyczny koszmar? Jak to się stało, że wszystko nagle się poplątało i skończyłem zupełnie sam jako karykatura Alfy – wilkołak bez własnej sfory, za to preferujący wampiry?

Z zamyślenia wyrwał mnie dźwięk, którego tak się obawiałem – gdzieś za mną, ale coraz bliżej, uderzały miękko o ziemię czyjeś potężne łapy. Zwiększyłem tempo, ruszając przez ciemny las niczym rakieta. Na dobrą sprawę, nie musiałem nawet dotrzeć do samego domu – wystarczyłoby, że Edward odczyta ostrzeżenie w moich myślach. Leah nie była w stanie zatrzymać mnie w pojedynkę.

A potem wychwyciłem nastrój panujący w głowie ścigającego mnie wilka. Basior nie był wściekły... tylko pełen entuzjazmu. Nie gonił mnie po to, żeby wgryźć mi się w kark... tylko po to, żeby do mnie dołączyć.

Na moment zgubiłem rytm, ale szybko doszedłem do siebie.

Zaczekaj! Nie mam takich długich nóg jak ty!

SETH?! Co ty najlepszego wyprawiasz?! WRACAJ DO DOMU!

Nie odpowiedział, ale i nie zawrócił, bo nadal czułem za sobą jego podekscytowanie. Potrafiłem patrzeć na świat jego oczami, podobnie jak on mógł moimi. Dla mnie pogrążony w mroku las prezentował się posępnie. Dla niego trwał cudowny wieczór pełen nadziei.

Nie wiedzieć kiedy, musiałem mimowolnie zwolnić, bo znienacka znalazł się tuż obok mnie.

Seth, nie żartuję! To nie miejsce dla ciebie! Spadaj! Już cię tu nie ma!

Chuderlawy, piaskowy wilk tylko prychnął.

Jestem z tobą, Jacob. Uważam, że masz rację. Nie mam zamiaru słuchać Sama, kiedy...

Już ja ci dam nie słuchać Sama! Bierz swoją włochatą dupę w troki i wracaj do La Push, ale to już!

Nie.

Wracaj do domu!

Czy to rozkaz?

Jego słowa natychmiast mnie zatrzymały. Hamując, zostawiłem za sobą cztery wyryte pazurami w błocie bruzdy.

Nikogo do niczego nie zmuszam. Powtarzam tylko to, co już sam dobrze wiesz.

Usiadł koło mnie.

Powiem ci, co wiem – wiem, że w mojej głowie zrobiło się nagle jakoś tak cholernie cicho. Co, sam tego nie zauważyłeś?

Zamrugałem, zaskoczony. Machając nerwowo ogonem, uzmysłowiłem sobie, co miał tak naprawdę na myśli. Wcale nie było cicho – przynajmniej dla kogoś postronnego. Daleko, na zachód od nas, nadal brzmiały przeciągłe wycia.

Oni nadal są wilkami, powiedział Seth.

Nie trzeba mi było o tym przypominać. Byli przecież w gotowości bojowej. Mieli używać łączącej ich więzi do tego, by wiedzieć, co się działo z każdej strony. Ale nie słyszałem myśli żadnego z nich. W mojej głowie rozbrzmiewał tylko głos Setha.

Wygląda na to, że poszczególne sfory nie mogą się w ten sposób z sobą kontaktować. No cóż, nasi przodkowie nie mieli się jak o tym dowiedzieć, prawda? Nigdy nie było dwóch sfor naraz. Zawsze brakowało wilków, żeby starczyło na dwie sfory. Wow. Ale cicho. Aż mi tak jakoś dziwnie. Ale właściwie to całkiem fajne, co nie? Ci cali Ephraim, Quil i Levi to musieli mieć łatwe życie. Zamiast tego okropnego jazgotu, tylko trzy głosy. A dwa to jeszcze lepiej.

Zamknij się, Seth.

Tak jest, szefie.

Przestań! Nie ma żadnych dwóch sfor. Jest JEDNA sfora i do tego na doczepkę ja. To wszystko. Więc zmykaj do domu.

Jeśli nie ma dwóch sfor, to czemu słyszymy tylko siebie nawzajem i nikogo innego? Sądzę, że nie można lekceważyć tego, co się wydarzyło, kiedy wypiąłeś się na Sama. Zaszła wtedy jakaś zmiana. A potem okazało się, że mogę pójść za tobą, i tego też nie można lekceważyć.

Coś w tym jest, przyznałem. Ale skoro wszystko mogło się tak nagle zmienić, to równie dobrze wszystko może lada chwila wrócić do normy.

Seth podniósł się i zaczął szybkim krokiem iść na wschód.

Nie mamy teraz czasu się nad tym zastanawiać. Musimy dotrzeć do Cullenów przed Samem.

W tym punkcie akurat się z nim zgadzałem. Nie miałem czasu się kłócić. Pognałem, dbając jednak o to, żeby mógł za mną nadążyć. Deptał mi po piętach, trzymając się mojej prawej strony, tam, gdzie, zgodnie z tradycją, było miejsce drugiego basiora watahy.

Mogę wybrać inny szyk, pomyślał, zwieszając odrobinę głowę. Nie dlatego poszedłem za tobą, że liczyłem na awans.

A biegnij sobie, jak chcesz. Mnie tam wszystko jedno.

Nie dochodziły do nas odgłosy pogoni, ale obaj w tym samym momencie trochę przyspieszyliśmy. No to miałem kłopot. Jeśli nie mogłem już podsłuchiwać myśli sfory, nie na wiele miałem się Cullenom przydać. Miałem wiedzieć o zbliżającym się zagrożeniu tyle samo, co oni.

Będziemy patrolowali okolicę, zaproponował Seth.

A co, jeśli chłopaki nas zaatakują? Ściągnąłem brwi. Rzucisz się na swoich braci? Na swoją rodzoną siostrę?

No nie... Tylko podniosę alarm i się wycofam.

Okej, brzmi nieźle. Ale co potem? Nie wydaje mi się, żebym był w stanie...

Wiem. Ja też nie. Nie był już taki pewny siebie. Ale będzie im tak samo trudno się przemóc jak nam. Może to wystarczy, żeby ich zatrzymać. No i do tego jest ich teraz tylko ośmioro.

Ech, Seth, przestań być taki... Musiałem trochę pomyśleć, żeby dobrać odpowiednie słowo. Przestań być takim niepoprawnym optymistą, dobra? Działasz mi na nerwy.

Nie ma sprawy. Mam zacząć zrzędzić i rozpaczać, czy po prostu się zamknąć?

Po prostu się zamknij.

Już się robi.

Naprawdę? A chyba coś właśnie usłyszałem.

Nareszcie zamilkł na dobre.

Przebiegliśmy szosę i znaleźliśmy się w lesie otaczającym dom Cullenów. Czy Edward mógł nas już tu usłyszeć?

Może powinniśmy powtarzać sobie w myślach coś w stylu: „Mamy pokojowe zamiary"?

Skoro tak uważasz.

Edward? odezwał się nieśmiało. Edward, jesteś tam? Kurczę, czuję się jak idiota.

Potwierdzam, brzmi to idiotycznie.

Myślisz, że nas słyszy?

Tak sądzę. Od domu dzieliło nas już tylko nieco ponad kilometr. Cześć, Edward. Jeśli mnie słyszysz, przekaż pozostałym, żeby ustawili wozy w kole. Zbliżają się Indianie!

Ale to nie o nas chodzi. My jesteśmy po waszej stronie, dodał Seth.

Minęliśmy ostatnie drzewa i wypadliśmy na ich wielki trawnik. Okna domu były ciemne, ale jego mieszkańcy bynajmniej się nie wynieśli. Edward stał na werandzie pomiędzy Emmettem a Jasperem. W skąpym świetle ich skóra była biała jak śnieg.

– Jacob? Seth? Co się dzieje?

Zwolniłem i cofnąłem się pod las. Miałem wrażenie, że płonie mi gardło, tak ostry był ich zapach odbierany przez wilczy nos. Seth zaskowyczał cicho. Przez chwilę się wahał, ale w końcu nie wytrzymał i do mnie dołączył.

Aby odpowiedzieć Edwardowi na jego pytanie, celowo przypomniałem sobie ze szczegółami swoją konfrontację z Samem, zaczynając od końca, tak jakbym przewijał film na wideo. Seth myślał o wydarzeniach ostatniej godziny wraz ze mną, wypełniając luki i pokazując poszczególne sceny z innej perspektywy. Zatrzymaliśmy się na wymianie zdań o „tym czymś", bo Edward syknął gniewnie i dał susa z werandy na trawę.

– Chcą zabić Bellę?

Mówił z tak płaską intonacją, że Emmett i Jasper, którzy nie słyszeli naszej relacji, wzięli jego pytanie za zdanie oznajmujące. W mgnieniu oka zajęli pozycje u boków Edwarda, gotowi skoczyć nam do gardeł.

Ej, co wy? pomyślał Seth, robiąc kilka kroków do tyłu.

– Em, Jazz – nie oni! Reszta sfory. Postanowili nas zaatakować.

Bracia wyprostowali się. Jasper nie spuszczał z nas oczu, ale Emmett spojrzał na Edwarda.

– Zaatakować? – powtórzył. – Ale po co?

– Bo mają ten sam problem, co ja – syknął Edward. – Tyle że chcą go rozwiązać w nieco brutalniejszy sposób. Dzwoń do Carlisle'a! Niech jak najszybciej wracają z Esme do domu.

Jęknąłem głucho. A więc byli rozproszeni!

– Są niedaleko – poinformował mnie swoim wypranym z emocji głosem maszyny.

Pójdę na zwiad, oznajmił Seth. Zrobię rundkę od zachodu.

– Jak sądzisz, czy grozi ci jakieś niebezpieczeństwo? – spytał Edward.

Ja i Seth popatrzyliśmy po sobie.

Raczej nie, pomyśleliśmy. Ale zaraz dodałem: Może to ja powinienem pójść się rozejrzeć. Tak na wszelki wypadek...

Jakby co, to mnie będzie łatwiej ich udobruchać, stwierdził Seth. W sforze mają mnie za dzieciaka.

Ja też cię mam za dzieciaka.

No to zmykam. Dogadaj się z Cullenami, co i jak.

Obrócił się na pięcie i pobiegł w las. Pozwoliłem mu odejść. Nie zamierzałem mu rozkazywać.

Zerknąłem na Edwarda. Stał pośrodku polany i przyglądał mi się. Usłyszałem, że Emmett rozmawia z kimś szeptem przez telefon. Jasper wpatrywał się w punkt, w którym Seth zniknął w ciemnościach.

Na werandzie pojawiła się znienacka Alice. Przez dłuższą chwilę, zaniepokojona, mierzyła mnie wzrokiem, po czym błyskawicznie podeszła do Jaspera. Domyśliłem się, że Rosalie jest w środku z Bellą. Nadal strzegła jej jak oka w głowie – tyle że nie przed tym zagrożeniem, przed którym było trzeba.

– To nie pierwszy raz, kiedy mam u ciebie dług wdzięczności – powiedział Edward. – Sam z siebie nigdy bym cię nie poprosił, żebyś aż tak się poświęcał.

Pomyślałem o prośbie, z jaką zwrócił się do mnie po południu. Gdy w grę wchodziła Bella, nie istniały dla niego żadne granice.

Poprosiłbyś, poprosił.

Zastanowiwszy się nad tym przez moment, skinął głową.

– Chyba rzeczywiście masz rację.

Westchnąłem ciężko.

Poza tym, może to i nie pierwszy raz, ale nigdy nie poświęcałem się ze względu na ciebie.

– Zgadza się – mruknął.

Przepraszam, że z tego mojego przekonywania nic nie wyszło. Uprzedzałem, że Bella nie będzie chciała mnie słuchać.

– To nie twoja wina. Też w to nie wierzyłem. Ale sam rozumiesz...

Musiałeś spróbować. Jasne. A tak w ogóle, co u niej? Polepszyło jej się choć trochę?

Przygarbił się i spuścił oczy.

– Jest coraz gorzej – wyszeptał.

Nie chciałem nawet o tym myśleć. Byłem wdzięczny Alice, że zabrała głos:

– Jacob, byłbyś tak dobry i zmienił się w człowieka? To trochę denerwujące nie wiedzieć, co jest grane.

Pokręciłem przecząco głową. Edward pospieszył z wyjaśnieniem:

– Musi pozostawać w kontakcie z Sethem.

– W takim razie, może ty byłbyś łaskaw wytłumaczyć mi, co się dzieje?

Zdał jej oszczędny raport, nadal nie dając po sobie poznać, jak to wszystko przeżywa:

– Sfora uważa, że stan Belli to także ich problem. Wilki podejrzewają, że to... to, co Bella w sobie nosi, może w niedalekiej przyszłości zagrażać ich najbliższym. Czują się w obowiązku zlikwidować to zagrożenie. Jacob i Seth sprzeciwili się Samowi i opuścili watahę, żeby nas ostrzec. Pozostali planują napaść na nas jeszcze dziś wieczorem.

Alice syknęła i cofnęła się odruchowo. Emmett i Jasper wymienili spojrzenia, a potem zerknęli w stronę ściany lasu.

Ani żywego ducha, zameldował Seth. Na zachodzie bez zmian. Może chcą nas zajść z drugiej strony.

To zrobię pełną pętlę.

– Carlisle i Esme są już w drodze – oznajmił Emmett. – Będą za góra dwadzieścia minut.

– Powinniśmy omówić taktykę – powiedział Jasper.

Edward skinął głową.

– Wejdźmy do środka.

Idę robić rundki z Sethem. Umówmy się, że jeśli będę za daleko, żebyś mógł mi czytać w myślach, to sygnałem ostrzegawczym będzie moje wycie.

– Dobrze.

Rozglądając się na wszystkie strony, jedno po drugim zniknęli w domu. Zanim drzwi się zamknęły, odwróciłem się i ruszyłem na zachód.

Na razie nic, pomyślał Seth.

Zajmę się granicą od zachodu, okej? Tylko dawaj gazu – nie damy im się prześliznąć.

Posłusznie ostro przyspieszył.

Przez kilkanaście minut okrążaliśmy dom w milczeniu. Wsłuchiwałem się w słyszane przez niego dźwięki na wypadek, gdyby się zagapił.

Hej, zawołał po kwadransie. Coś pędzi prosto na mnie!

Już lecę!

Nie, zostań tam, gdzie jesteś. To nie sfora. To nie te odgłosy.

Seth...

Wampiry, przerwał mi, wyłapawszy niesioną wiatrem woń. Założę się, że to Carlisle.

Seth, lepiej się wycofaj. To może być ktoś inny.

Nie, to oni. Rozpoznaję ich zapach. Czekaj, tylko się zmienię i powiem im, co jest grane.

Seth, to chyba nie jest najlepszy...

Ale już go nie było.

Mocno podenerwowany, przemierzałem dalej obraną przez siebie trasę. Super byłby ze mnie przywódca, gdyby coś mu się stało już pierwszego wieczoru! Nie mówiąc o tym, że Leah zrobiłaby ze mnie mielone.

Na szczęście się nie rozgadał. Nie minęły dwie minuty, a już usłyszałem w głowie jego głos.

Spoko, to Carlisle z Esme. Żebyś widział ich miny, jak mnie zobaczyli! Są już pewnie w domu. Carlisle kazał ci podziękować.

Facet jest w porządku.

To jeden z powodów, dla których myślę, że stoimy po właściwej stronie.

Mam taką nadzieję.

Jake, czemu wciąż masz doła? Założę się, że Sam i reszta wcale się dzisiaj nie pojawią. Sam ma swój rozum. Nie jest samobójcą.

Westchnąłem. Właściwie to było mi wszystko jedno.

Och. Rozumiem. Sam to nie jest twój największy problem.

Dobiegłem do końca swojego odcinka i zawróciłem – wiedziałem gdzie, bo czuć było tam zapach Setha. Razem robiliśmy pełne koło, nie pozwalając nikomu się prześlizgnąć.

Myślisz, że Bella i tak umrze, dodał Seth szeptem.

Tak, tak właśnie myślę.

Biedny Edward. Pewnie szaleje z rozpaczy.

I to dosłownie.

Na dźwięk jego imienia z zakamarków mojej pamięci wypłynęły na powierzchnię związane z nim obrazy. Seth przyglądał im się wstrząśnięty.

O, kurczę! No, nie! Jacob, chyba żartujesz! Skąd ci to w ogóle przyszło do głowy?! Nie wierzę! Obiecałeś mu, że go zabijesz?! Co to ma być?! Musisz mu odmówić!

Był taki poruszony, że zaczął przy tym wyć.

Zamknij się! Zamknij się, idioto! Cullenowie pomyślą sobie, że zbliża się wataha!

Cholera.

Rzuciłem się pędem w kierunku domu.

Tylko nie biegnij za mną! Rób teraz pełną pętlę!

Seth wściekł się, ale miałem go gdzieś.

Fałszywy alarm, fałszywy alarm, pomyślałem, gdy tylko znalazłem się dostatecznie blisko. Przepraszam. Seth jest jeszcze młody. Zapomniało mu się. Nikt nie atakuje.

Kiedy dotarłem do polany, zobaczyłem, że Edward wygląda przez ciemne okno. Musiałem się upewnić, czy dostał moją wiadomość.

Nikogo tam nie ma – już wiesz?

Skinął głową.

To, że nasza metoda porozumiewania się działała tylko w jedną stronę, trochę komplikowało nam życie, ale z drugiej strony jemu akurat wolałbym nie siedzieć w głowie.

Miałem już odejść, kiedy Edward zerknął nagle za siebie, jakby ktoś go zawołał. Zauważyłem, że przeszedł go potężny dreszcz. Nie patrząc na mnie, odgonił mnie gestem dłoni, po czym znikł mi z oczu.

Co się stało?

Nie liczyłem na to, że mi odpowie.

Usiadłem pośrodku trawnika i nastawiłem uszu. Miałem tak dobry słuch, że niemalże wychwytywałem, jak kilkanaście kilometrów dalej Seth stąpa miękko po leśnej ściółce. Grube mury domu Cullenów nie stanowiły dla mnie żadnej przeszkody.

– Fałszywy alarm – wyjaśniał komuś Edward swoim nienaturalnie monotonnym głosem. – Coś innego wyprowadziło Setha z równowagi i zapomniał, że czekamy na umówiony sygnał. Jest jeszcze bardzo młody.

– Jak to miło, że pilnują nas przedszkolaki – zaszydził ktoś basem. Pomyślałem, że to Emmett.

– Wyświadczyli nam dzisiaj ogromną przysługę – upomniał go Carlisle. – W dodatku musieli zapłacić za to wysoką cenę.

– Wiem, jestem tylko zazdrosny. Też chciałbym tam być.

– Seth wątpi, żeby Sam miał zaatakować po tym, co się wydarzyło – powiedział Edward. – Raz, że nas uprzedzono, dwa, że stracili dwóch członków sfory.

– A co sądzi Jacob? – spytał Carlisle.

– Nie jest aż takim optymistą.

Zapadła cisza. W tle coś jakby ciekło, ale nie mogłem dojść, co to takiego. Domyślałem się za to bez trudu, który ze słyszanych przez mnie oddechów należy do Belli. Oddychała o wiele głośniej od pozostałych, chrapliwie, z wyraźnym wysiłkiem i co chwila w innym rytmie. Słyszałem także, jak bije jej serce – moim zdaniem niepokojąco szybko. Porównywałem je jednak z swoim własnym, a nie byłem taki pewny, czy miało to jakiś sens. Normalny to ja nie byłem.

– Nie dotykaj jej! Obudzisz ją! – szepnęła Rosalie.

Ktoś westchnął.

– Rosalie... – mruknął Carlisle.

– Tylko nie zaczynaj! Pozwoliłyśmy ci wcześniej postawić na swoim, owszem, ale to wszystko, na co wyraziłyśmy zgodę, zrozumiano?

Hm, czyli i Bella, i Rosalie mówiły teraz w liczbie mnogiej. Ciekawe. Jakby założyły własną sforę.

Zacząłem krążyć nerwowo po polanie, z każdym kółkiem przybliżając się nieco do domu. Jego ciemne okna działały na mnie niczym telewizor w nudnej poczekalni – nie sposób było na dłużej oderwać od niego oczu.

Po kilku minutach i kilku zaliczonych kółkach, mijając werandę, szorowałem ją już futrem. Mogłem zaglądać teraz przez okna do środka, ale niewiele było widać: górną część ścian, fragmenty sufitu i zwisający z niego żyrandol.

A może, gdybym tak wyciągnął szyję? I jedną łapą podparł się o krawędź werandy...

Spodziewałem się, że przestronny salon Cullenów będzie prezentował się tak samo jak po południu, ale jego wystrój zdążył zmienić się do tego stopnia, że z początku zgłupiałem. Wydało mi się, że jakimś cudem pomyliłem pokoje.

Ściana szkła od strony rzeki zniknęła – jej następczyni wyglądała na metalową. Wszystkie meble i sprzęty odciągnięto na bok, żeby nie zawadzały, tak że pośrodku pustej przestrzeni pozostała jedynie Bella, skulona dziwacznie na wąskim łóżku. Nie było to zwyczajne łóżko, tylko takie na kółkach, z metalową ramą, jak w szpitalu. Bella była też, jak prawdziwy pacjent, podłączona do różnych czujników, a w bladą skórę miała powbijane różne rurki. Czujniki migały, ale nie wydawały żadnych dźwięków. Odgłos cieknącej cieczy okazał się dochodzić z kroplówki – z woreczka na specjalnym stojaku sączył się nieprzeźroczysty, białawy płyn.

Bella spała, ale niespokojnie. W pewnym momencie zakrztusiła się troszeczkę. Edward i Rosalie zaraz się do niej rzucili, żeby sprawdzić, czy nic jej nie jest. Wstrząsnął nią pojedynczy dreszcz i przeciągle jęknęła. Rosalie pogłaskała ją z troską po czole.

Edward zesztywniał. Stał tyłem do mnie, więc nie mogłem ocenić wyrazu jego twarzy, ale zrobił to Emmett i natychmiast zastąpił bratu drogę.

– Nie dzisiaj, Edward – powiedział, kładąc mu obie dłonie na piersi. – Dzisiaj mamy inne zmartwienia.

Edward obrócił się na pięcie. Nasze oczy się spotkały. Znowu miał minę człowieka płonącego na stosie.

Szybko wróciłem na cztery łapy i czmychnąłem w las, do Setha. Nie chciałem tam zostać ani chwili dłużej. Nie chciałem na to patrzeć.

Z godziny na godzinę z Bellą było coraz gorzej.

12 Do niektórych ludzi po prostu nie dociera, że nie są gdzieś mile widziani

Byłem na krawędzi snu.

Słońce wzeszło za chmurami przed godziną – las nie był już czarny, tylko szary. Seth padł koło pierwszej, ale obudziłem go o świcie i zrobiliśmy zmianę warty. Chociaż patrolowałem terytorium Cullenów całą noc, miałem kłopoty z zaśnięciem, bo nie umiałem na dość długo się wyłączyć, ale pomagało mi wsłuchiwanie się w rytmiczny bieg mojego kompana. Raz, dwa-trzy, cztery. Raz, dwa-trzy, cztery. Bum, bum-bum, bum. I tak bez końca. Głuche uderzenia łap odbijających się od wilgotnego podłoża. Trasa, której się trzymaliśmy, zamieniała się już powoli w wydeptaną ścieżkę.

Seth nie myślał o niczym, może o zieleni i szarości lasu, to relaksowało. Aby nie dopuszczać do siebie bolesnych wspomnień, pozwoliłem, by moją głowę wypełnił ciąg odbieranych przez niego obrazów – rozmazane od pędu plamy w różnych odcieniach szarości i zieleni. Jeszcze minutka, a jak nic byłbym zasnął.

Ale wtedy ciszę poranka rozdarło nagle przeraźliwe wycie.

Jednym ruchem zerwałem się z ziemi. Jeszcze zanim wyprostowałem tylne łapy, przednie były gotowe do sprintu. Ruszyłem ku miejscu, w którym zamarł Seth, nasłuchując jego uszami, jak coś czworonożnego mknie w naszym kierunku.

Cześć, chłopaki.

Seth zaskowyczał z szoku. A potem przyjrzeliśmy się uważniej myślom przybysza i jak na komendę obaj warknęliśmy.

O, nie! jęknął Seth. Tylko nie to! Spadaj, Leah!

Kiedy znalazłem się koło niego, odrzucił właśnie łeb w tył, gotowy zawyć po raz drugi – tym razem, żeby się pożalić.

Stul pysk, baranie!

No tak. Uch! Uch! Uch! Zaczął ryć pazurami w ziemi, pozostawiając w niej głębokie ślady.

Wśród drzew zamajaczyło coś szarego – to Leah przedzierała się zwinnie przez zarośla.

Seth, przestań jojczyć. Zachowujesz się jak małe dziecko.

Warknąłem na nią. Uszy przywarły mi płasko do czaszki. Leah odruchowo cofnęła się o krok.

Co ty najlepszego wyprawiasz? spytałem.

Westchnęła ciężko.

To chyba oczywiste, prawda? Szczeknęła krótko, co oznaczało, że zaśmiała się sarkastycznie. Jestem teraz renegatem, tak jak wy. Chcę dołączyć do tej waszej żałosnej sfory. Do klubu wampirzych psów obronnych.

Nie ma mowy. Zawracaj, zanim przegryzę ci ścięgno.

Już widzę, jak mnie doganiasz. Wyszczerzyła zębiska w uśmiechu, spinając mięśnie, gotowa puścić się biegiem. To jak, nieulękniony przywódco? Ścigamy się?

Wziąłem głęboki wdech, napełniając płuca, aż wydęło mi boki. Zrobiłem wydech dopiero wtedy, kiedy byłem już pewien, że się na Leę nie wydrę.

Seth, leć do Cullenów dać im znać, że to tylko twoja durna siostra. Włożyłem w te słowa tyle jadu, ile tylko się dało. Sam się nią zajmę.

Już się robi!

Był szczęśliwy, że może zejść jej z oczu. Pospiesznie oddalił się w stronę białego domu.

Teraz to Leah zaskowyczała. Mało brakowało, a pobiegłaby za nim.

Puszczasz go tam SAMEGO?! krzyknęła, jeżąc sierść na karku.

Założę się, że wolałby zostać przez nich zaatakowany, niż dłużej tu z tobą siedzieć.

Zamknij się, Jacob. Och, przepraszam – powinnam była powiedzieć: „Zamknij się, wielce szanowny Alfo".

Co tu robisz, do cholery?

Myślisz, że mogłabym siedzieć spokojnie w domu po tym, jak mój młodszy brat zgłosił się na ochotnika, żeby zostać gryzakiem dla wampirów?

Seth ani nie chce, ani nie potrzebuje twojej ochrony. Zresztą, nikt cię tu nie chce.

Ojoj, już to sobie biorę do serca. Ha, prychnęła. Chcesz, żebym sobie poszła? To pokaż mi kogoś, kto dla odmiany ceni sobie moje towarzystwo.

Czyli tu wcale nie chodzi o Setha, tak?

Oczywiście, że tu chodzi o Setha. Usiłuję ci tylko pokazać, że bycie niechcianą to dla mnie nie pierwszyzna. Ten argument do mnie zupełnie nie trafia.

Zazgrzytałem zębami. Spróbowałem to wszystko sobie poukładać.

Czy to Sam cię przysłał?

Gdybym wypełniała teraz rozkazy Sama, to byś mnie nie słyszał. Wypowiedziałam mu służbę.

Wsłuchiwałem się w skupieniu w wmieszane w jej słowa myśli. Musiałem mieć się na baczności – to mógł być jakiś podstęp, może próba odwrócenia mojej uwagi – ale niczego się nie doszukałem. Deklaracja była szczera. Leah przyznawała się do swojego położenia z niechęcią graniczącą z rozpaczą, ale niczego przede mną nie ukrywała.

I co, jesteś teraz lojalna wobec mnie? spytałem drwiącym tonem. Ha, ha. Świetny dowcip.

Nie mam wielkiego pola manewru. Staram się dokonać właściwego wyboru. Wierz mi, jestem równie zachwycona tym, jak się to wszystko potoczyło, jak ty.

Tym razem kłamała. W zakamarkach jej umysłu tlił się niezdrowy entuzjazm. Nie była szczęśliwa, ale to, że opuściła sforę, mimo wszystko dawało jej kopa. Przeczesywałem jej myśli, starając się zrozumieć, co ją w tym tak kręci.

Skrzywiła się, niechętna moim zabiegom. Do tej pory, na ile było to możliwe, ignorowałem to, co działo się w jej głowie. Nigdy wcześniej nie próbowałem jej lepiej poznać.

Przerwał nam Seth, który zaczął myśleć intensywnie o pojawieniu się Lei, żeby wiadomość ta dotarła do Cullenów. Podobnie jak poprzedniego wieczoru, Edward stał w ciemnym oknie i wysłuchując raportu, nie okazywał żadnych emocji. Twarz miał jak zombie.

Kurczę, niedobrze z nim, mruknął do siebie Seth.

Edward i na to nie zareagował. Bez słowa zniknął w głębi domu. Kiedy Seth zawrócił, Leah odrobinę się rozluźniła.

Co u nich? spytała. Coś się zmieniło?

Nie będę ci nic mówił, bo i tak długo tu nie zabawisz.

I tu się pan myli, panie Alfo. Skoro najwyraźniej muszę należeć do jakiejś sfory – a nie myśl, że nie próbowałam zerwać tej więzi wcześniej, ale sam dobrze wiesz, że się nie da – to wolę już być z wami.

Leah, ty nawet mnie nie lubisz. A ja nie lubię ciebie.

Wielka mi nowina. Słuchaj, nie przeszkadza mi to. Zostaję z Sethem. Koniec, kropka.

Wampirów też nie lubisz. Nie sądzisz, że mielibyśmy tu do czynienia z konfliktem interesów?

Ty też nie lubisz wampirów.

Ale ten sojusz to był mój pomysł. Jestem w tę sprawę zaangażowany. Ty nie.

Będę się trzymać od nich z daleka. Mogę patrolować okolicę, tak jak Seth.

A ja mam ci powierzyć takie odpowiedzialne zadanie?

Wyprostowała się, stając na palcach, żeby dorównać mi wzrostem, i spojrzała mi prosto w oczy.

Nie zdradzę swojej watahy.

Miałem ochotę odrzucić łeb do tyłu i głośno zawyć, tak jak wcześniej zrobił to Seth.

To nie jest twoja wataha! To nie jest właściwie żadna wataha! To tylko ja próbuję coś załatwić na własną rękę! Cholerni Clearwaterowie! Co z wami?! Czemu nie możecie zostawić mnie w spokoju?!

Zza drzew wynurzył się akurat Seth. Aż jęknął, tak go zraniłem. Super.

Myślałem, że na coś ci się przydałem.

Może trochę inaczej: nie uprzykrzałeś mi życia. Ale jeśli tak to wygląda, że albo ty i Leah, albo nic – jeśli jedynym sposobem na pozbycie się jej, jest odesłanie cię do domu – nie dziw się, że wolałbym, żebyś był już w La Push.

Widzisz, Leah? Wszystko zepsułaś!

Wiem, wiem.

Rozpacz w jej myślach stała się jeszcze wyraźniejsza niż przedtem.

W tych dwóch krótkich słowach wyczułem więcej bólu, niż można się było tego spodziewać. Nie chciałem go czuć. Nie chciałem, żeby było mi Lei żal. Zgoda, nikt w sforze za nią nie przepadał ani tego nie ukrywał, ale sama sobie na to zasłużyła, dręcząc nas swoim zgorzknieniem, którym przesiąknięta była każda jej myśl i które sprawiało, że przebywanie w jej głowie było koszmarem.

Setha też dopadły wyrzuty sumienia.

Jake... Tylko się ze mną drażnisz, prawda? Nie odeślesz mnie do domu? Leah nie jest taka najgorsza. Naprawdę. A jeśli będzie nas troje, będziemy mogli zataczać w lesie większe koło. I Samowi zostanie tylko siedem wilków. W życiu na nas nie napadnie, jeśli będziemy mieć taką przewagę liczebną. Widzisz, ile plusów?

Wiesz, że nie chcę tworzyć nowej sfory. Nie chcę być przywódcą.

To nie bądź naszym przywódcą, zaproponowała Leah.

Prychnąłem.

Popieram. Zmykajcie do domu.

Jake, pomyślał Seth. Tu jest moje miejsce. Ja tam lubię wampiry. A przynajmniej Cullenów. Uważam ich za ludzi i zamierzam ich bronić. Od tego właśnie jesteśmy.

Może i jest tu twoje miejsce, ale twojej siostry to nie dotyczy. A uparła się, że cię nie...

Urwałem w połowie zdania, bo w tym samym momencie coś zrozumiałem. Coś, o czym Leah starała się za wszelką cenę nie myśleć.

Nie miałem najmniejszych szans się jej pozbyć.

A ponoć jesteś tu dla Setha, zarzuciłem jej kwaśno.

Wzdrygnęła się.

Oczywiście, że jestem tu dla Setha.

I żeby uwolnić się od Sama.

Zacisnęła zęby.

Nie muszę ci się z niczego tłumaczyć. Muszę tylko robić, co mi każą. Należę do tej sfory, Jacob. To nie podlega dyskusji.

Odszedłem od niej, warcząc.

A niech to. Nawet wołami nie zaciągnąłbym jej do domu. Mogła nie darzyć mnie sympatią, mogła nienawidzić Cullenów, mogła marzyć o tym, żeby ich wymordować, choćby zaraz, i wściekać się, że zamiast tego przyszło jej ich ochraniać – ale i tak wszystko to nie miało najmniejszego znaczenia, skoro nareszcie zdołała się uwolnić od Sama.

Mnie nie lubiła, więc nie było to z jej strony znowu takie poświęcenie wysłuchiwać bez końca, że chcę się jej pozbyć.

Ale Sama kochała. Nadal go kochała. I mając wybór, nie chciała ani sekundy dłużej wysłuchiwać, jak bardzo ciąży mu jej obecność, tak było to dla niej bolesne. Żeby uciec przed jego myślami, była gotowa na wszystko. Nawet na przyjęcie posady pieska salonowego wampirów.

No, tak daleko, to się raczej nie posunę, poprawiła mnie. Usiłowała przybrać szorstki, agresywny ton głosu, ale w masce, za którą się kryła, było coraz więcej rys. Najpierw na pewno co najmniej kilka razy spróbowałabym się zabić.

Słuchaj, Leah...

Nie, to ty słuchaj, Jacob. Przestań się ze mną kłócić, bo i tak nic nie wskórasz. Obiecuję, że nie będę sprawiać kłopotów, okej? Będę ci posłuszna. Tylko nie każ mi wracać do Sama i do roli jego żałosnej byłej, której nie może spławić. Jeśli chcesz, żebym sobie poszła... Przysiadła na tylnych łapach i spojrzała mi prosto w oczy... to będziesz musiał mnie do tego ZMUSIĆ.

Przez minutę po prostu warczałem na nią z bezsilności. Mimo tego, jak Sam potraktował poprzedniego dnia mnie i Setha, powoli zaczynałem mu współczuć. Nic dziwnego, że brutalnie korzystał ze swojej pozycji Alfy. Jakim cudem mógłby inaczej zrealizować jakikolwiek plan?

Seth, czy będziesz na mnie bardzo zły, jeśli zabiję twoją siostrę?

Udał, że musi się nad tym zastanowić.

Hm... Tak, raczej tak.

Westchnąłem.

Dobra, panno Posłuszna. To może na coś nam się przydasz i powiesz nam, co wiesz? Co zrobiliście, kiedy odłączyliśmy się od sfory?

Wyliśmy dalej. Ale to pewnie sami słyszeliście. Robiliśmy tyle hałasu, że trochę to potrwało, zanim się zorientowaliśmy, że obu was już nie słychać. Sam dostał... Zabrakło jej słów, żeby to opisać, ale zobaczyliśmy jej wspomnienie. Wzdrygnęliśmy się obaj.

Szybko stało się jasne, że musimy zmienić nasze plany. Sam postanowił z samego rana naradzić się ze starszyzną. Mieliśmy się spotkać i na nowo obgadać strategię. Było jednak widać, że nie zamierza wyprawiać się na Cullenów zaraz po tym. Bez was dwóch i z uprzedzonym przeciwnikiem to byłoby samobójstwo. Nie jestem pewna, co zrobią, ale gdybym była pijawką, nie przechadzałbym się teraz po lesie. Sezon polowań na wampiry można uważać za otwarty.

Postanowiłaś odpuścić sobie to poranne spotkanie? spytałem.

Kiedy zeszłego wieczoru rozdzielano patrole, poprosiłam o pozwolenie na powrót do domu, żeby móc opowiedzieć mamie, co się wydarzyło...

Cholera! Powiedziałaś mamie? jęknął Seth.

Seth, powstrzymaj się jeszcze sekundkę z wylewaniem swoich żalów. Leah, mów dalej.

Gdy tylko zmieniłam się w człowieka, stwierdziłam, że muszę to wszystko przemyśleć. No i w końcu zastanawiałam się całą noc. Założę się, że chłopaki myślały, że śpię. Ta cała koncepcja, że są teraz dwie osobne sfory i dwa osobne wspólne umysły, nie dawała mi spokoju. Z jednej strony mogłabym zadbać o bezpieczeństwo brata, tudzież, hm... skorzystać z innych zalet takiego stanu rzeczy, z drugiej strony wyszłabym na zdrajcę i musiałabym nie wiadomo jak długo wąchać wampirzy smród. Wiecie, na co się zdecydowałam. Zostawiłam mamie liścik. Spodziewam się, że usłyszymy, kiedy wieści dotrą do Sama...

Nastawiła ucha ku zachodowi.

Tak, też tak myślę, odparłem.

To wszystko. To co teraz?

Oboje z Sethem spojrzeli na mnie wyczekująco.

Właśnie czegoś takiego zawsze chciałem uniknąć.

Chyba po prostu musimy mieć się na baczności. Nic więcej zresztą nie możemy zrobić. Powinnaś się zdrzemnąć, Leah.

Ty też prawie nie zmrużyłeś oka.

A podobno miałaś być mi posłuszna?

Jasne, mruknęła. Zobaczysz, ten tekst szybko przestanie cię bawić. W tym samym momencie mimowolnie ziewnęła. Ech, niech ci będzie. Wszystko mi jedno.

To ja wracam do patrolowania granicy, okej? Nie jestem nic a nic zmęczony. Seth aż podrygiwał w miejscu, taki był szczęśliwy, że nie odesłałem go do domu.

Dobra, leć. A ja pójdę zobaczyć, co słychać u Cullenów.

Seth oddalił się od nas pospiesznie świeżo wydeptaną ścieżką. Leah odprowadziła go zamyślonym spojrzeniem.

Może jednak zrobię ze dwie rundki, zanim się zwinę? zastanowiła się. Hej, Seth! Chcesz się przekonać, o ile okrążeń jestem w stanie cię przegonić?

NIE! padła stanowcza odpowiedź.

Szczeknęła cicho, czyli się zaśmiała, i wystrzeliła w las. Warknąłem za nią, ale byłem bezradny. Mogłem pożegnać się z ciszą i spokojem.

Nie powinienem narzekać – Leah naprawdę się starała. Pędząc po wybranej przez nas trasie, ograniczyła typowe dla siebie docinki do minimum, ale nie sposób było zignorować tego, jak bardzo była dziś z siebie zadowolona. Trochę mnie to irytowało. Przypomniało mi się powiedzenie, że przy trzech osobach już robi się tłok*. Właściwie to nawet gdybym był sam, po mojej głowie krążyłoby zbyt wiele myśli. A jeśli już musiała być nas trójka, chętnie wymieniłbym Leę na kogokolwiek innego.

Na Paula? zasugerowała.

Może, powiedziałem.

Zaśmiała się. Była taka podekscytowana uwolnieniem się od Sama, że nawet jej to nie dotknęło. Ciekaw byłem, na jak długo miało jej starczyć dobrego humoru.

W takim razie, niech to będzie mój cel – mniej ci grać na nerwach niż Paul.

Tak, popracuj nad tym.

---

* Chodzi o angielskie powiedzenie *Two is a company, three is a crowd* – przyp. tłum.

Zmieniłem się w człowieka kilka metrów od skraju trawnika. Nie zakładałem wcześniej, że będę tu tyle przebywał w tej postaci. Ale nie przypuszczałem też, że już niedługo będę dzielił swoje myśli z Leą. Naciągnąłem podniszczone szorty i ruszyłem w kierunku domu.

Drzwi wejściowe otworzyły się, zanim jeszcze dotarłem do schodków. Zdziwiłem się, bo nie wyszedł Edward, tylko Carlisle. Wyglądał na zmęczonego i pokonanego. Na sekundę przestało mi bić serce. Zatrzymałem się jak sparaliżowany, nie mogąc wykrztusić ani słowa.

– Nic ci nie jest, Jacob?

– Czy Bella?... – nie dokończyłem.

– Bella... Cóż, powiedzmy, że jej stan nie zmienił się za bardzo od ubiegłego wieczoru. Przestraszyłem cię? Wybacz mi. Edward uprzedził nas, że zbliżasz się pod postacią człowieka, więc wyszedłem cię przywitać, żeby nie musiał odchodzić od jej łóżka. Niedawno się obudziła.

A dla Edwarda każda spędzana z nią minuta była bezcenna, bo wiedział, że nie zostało im zbyt wiele czasu – Carlisle nie powiedział tego na głos, ale rozumiało się to samo przez się.

Nie spałem od wielu godzin – ostatni raz jeszcze przed ostatnim patrolem. Dopiero teraz tak naprawdę to poczułem. Zrobiłem krok do przodu, usiadłem na schodkach i oparłem się całym ciężarem o barierkę werandy.

Poruszając się ciszej od szeptu, jak to dane było tylko wampirom, Carlisle przycupnął koło mnie i oparł się o barierkę po przeciwnej stronie.

– Podczas twojej poprzedniej wizyty nie miałem możliwości ci podziękować. Nawet nie wiesz, jak bardzo doceniam twoje... zaangażowanie. Wiem, że zależy ci jedynie na obronie Belli, ale zawdzięczam ci również ocalenie reszty mojej rodziny. Edward opowiedział nam, jaką przyszło ci zapłacić za to cenę...

– Nie ma o czym mówić.

– Skoro tak wolisz.

Siedzieliśmy w milczeniu. Z piętra dochodziły głosy Alice, Emmetta i Jaspera, którzy z powagą o czymś dyskutowali. W innym pomieszczeniu Esme nuciła pod nosem jakąś bliżej nieokreśloną melodię. Tuż za ścianą oddychali Rosalie i Edward – nie byłem w stanie powiedzieć, które jest które – i ciężko sapała wyczerpana Bella. Znowu wsłuchałem się w bicie jej serca i znowu wydało mi się ono niepokojąco niemiarowe.

Jak każdy, zarzekałem się kiedyś, że za żadne skarby nie zrobię tego czy tamtego, ale los zakpił ze mnie i w ciągu minionych dwudziestu czterech godzin zmusił do zrobienia każdej z tych rzeczy. Po co uczepiłem się Cullenów? Mogłem tu tylko czekać bezsilny, aż Bella umrze.

Miałem dość słuchania. Stwierdziłem, że już lepiej porozmawiać.

– Bella jest dla ciebie rodziną? – spytałem Carlisle'a. Zwróciłem wcześniej uwagę na to, że mówił o Belli i „reszcie mojej rodziny".

– Tak. Jest już dla mnie jak rodzona córka. Ukochana córka.

– Ale mimo to pozwolisz jej umrzeć.

Zamilkł na dłuższą chwilę, aż w końcu podniosłem wzrok. Sprawiał wrażenie jeszcze bardziej znużonego, niż kiedy się ze mną witał. Wiedziałem, co czuje.

– Potrafię sobie wyobrazić, jak bardzo jesteś na mnie zły, Jacobie. Ale uważam, że należy uszanować jej wolę. To nie byłoby w porządku, gdybym podjął za nią taką decyzję, gdybym ją do czegoś zmusił.

Chciałem się na niego rozgniewać, ale bardzo mi to utrudniał. Było tak, jakby podrzucał mi moje własne słowa, tylko nieco zniekształcone. Gdy sam je wypowiadałem, takie nastawienie wydawało mi się słuszne, ale teraz zmieniłem zdanie. Jak mogłem w takiej sytuacji dawać jej wolny wybór?

Z drugiej strony… Pamiętałem siebie, upokorzonego, leżącego przed Samem. Jak się czułem ze świadomością, że wbrew sobie wezmę udział w zabijaniu kogoś, kogo kochałem.

Na tym jednak kończyły się podobieństwa. Sam się mylił. A Bella kochała tych, których kochać nie powinna.

– Jak sądzisz, czy są jakieś szanse na to, że z tego wyjdzie? To znaczy, czy uda wam się w porę zrobić z niej wampirzycę? Opowiedziała mi... o przypadku Esme.

– Myślę, że mamy szansę jak jeden do dwóch – odpowiedział cicho. – Widziałem, jak wampirzy jad czyni cuda, ale istnieją pewne warunki, które muszą zostać spełnione. Jej serce pracuje teraz ponad siły – jeśli się zatnie, jeśli stanie... nie będę mógł już w niczym pomóc.

W tle serce Belli na przemian to dudniło, to słabło, podkreślając w przerażający sposób jego słowa.

Może Ziemia zaczęła obracać się w przeciwnym kierunku? Może dlatego wszystko było zupełnie inne niż wczoraj? Nagle wstąpiła we mnie ogromna nadzieja, że Cullenom powiedzie się plan, za którego potworność jeszcze wczoraj chciałem ich zabić.

– Co to coś z nią wyprawia? – wyszeptałem zrozpaczony. – Tak gwałtownie się jej pogorszyło. Widziałem te wszystkie rurki i całą resztę. Przez okno.

– Ten płód nie jest kompatybilny z jej organizmem. Na przykład, ma bardzo dużo siły – choć to Bella mogłaby pewnie jeszcze jakiś czas wytrzymać. Największym problemem jest to, że nie pozwala jej przyswajać w odpowiednich ilościach składników pokarmowych. Jej ciało odrzuca pożywienie w każdej postaci. Próbuję karmić ją dożylnie, ale po prostu nic się nie wchłania. W dodatku jej potrzeby są, rzecz jasna, zwiększone, co przyspiesza cały proces. Innymi słowy, Bella umiera na moich oczach z głodu – nie tylko ona, ale i płód – a ja nie mogę tego ani zatrzymać, ani spowolnić. Główkuję bez końca, ale nie mam pojęcia, czego to coś może chcieć. – Jego zmęczony głos załamał się pod koniec.

Poczułem to samo, co dzień wcześniej, kiedy zobaczyłem czarne plamy na jej brzuchu – potworny gniew i przedsmak szaleństwa.

Zacisnąłem dłonie w pięści, żeby opanować drżenie. Nienawidziłem tej rzeczy, która ją krzywdziła. Nie wystarczało bękartowi, że bił Bellę od środka – nie, musiał jeszcze zagłodzić ją na śmierć! Pewnie szukał czegoś, w czym mógłby zatopić kły – gładkiego gardła, z którego sączyłby krew. Ale skoro był jeszcze zbyt mały, by móc kogoś zabić, postanowił w zamian wyssać z Belli życie.

Ja tam doskonale wiedziałem, czego to coś chciało: śmierci i krwi, krwi i śmierci.

Skóra zaczęła mnie piec od narastającego gorąca. Oddychałem powoli, skupiając się na tym, żeby odzyskać spokój.

– Żebym tak tylko mógł to coś zbadać i określić, czym tak właściwie jest – jęknął Carlisle. – Ale co poradzić, płód jest dobrze chroniony. Wszystkie próby uzyskania obrazu z USG spełzły na niczym. Wątpię też, czy dałoby się przebić igłą owodnię – zresztą Rosalie i tak nie pozwala mi na przeprowadzenie takiego zabiegu.

– Przebić igłą owodnię? – powtórzyłem. – Ale po co? Czego można się tak dowiedzieć?

– Im więcej wiem o tym płodzie, tym trafniej jestem w stanie ocenić, do czego będzie zdolny. Co ja bym dał za chociaż kilka mililitrów płynu owodniowego! Starczyłoby, że poznałbym liczbę chromosomów...

– Pogubiłem się, doktorze. Może jeszcze raz, ale tak, żebym coś zrozumiał?

Zaśmiał się – nawet w jego śmiechu pobrzmiewało znużenie.

– Oczywiście. Na jakim poziomie mieliście biologię w szkole? Przerabialiście pary chromosomów?

– Tak myślę. Mamy dwadzieścia trzy takie pary, prawda?

– Ludzie tak.

Zaskoczył mnie.

– A wy, ile macie?

– Dwadzieścia pięć.

Przez chwilę wpatrywałem się w swoje pięści, marszcząc czoło.

– I co to znaczy?

– Sądziłem, że oznacza to, że nasze gatunki bardzo się od siebie różnią. Że mają z sobą mniej wspólnego niż lew i zwykły kot. Ale ta nowa forma życia... Cóż, wszystko wskazuje na to, że pod względem genetycznym jesteśmy z sobą bliżej spokrewnieni, niż mi się wydawało. – Westchnął ze smutkiem. – To przez to ich nie ostrzegłem.

Też westchnąłem. Kiedy się dowiedziałem, co się stało, wściekłem się na Edwarda za jego ignorancję. Nadal się na niego wściekałem. Ale złościć się za to na Carlisle'a było mi znacznie trudniej. Może dlatego, że w jego przypadku nie wchodziła w grę dzika zazdrość?

– Znajomość liczby par chromosomów mogłaby okazać się użyteczna – wiedzielibyśmy, czy płodowi jest bliżej do nas czy do Belli. Wiedzielibyśmy, czego się spodziewać. – Wzruszył ramionami. – Ale może w niczym by to nam jednak nie pomogło. Chyba po prostu szukam dla siebie jakiegoś zajęcia i tyle.

– Ciekawe, ile ja mam chromosomów? – mruknąłem w zamyśleniu. Znowu wyobraziłem sobie, jak by to było, gdybym poddał się testom na obecność sterydów przed jakimiś zawodami sportowymi. Czy DNA też by wtedy badali?

Carlisle odchrząknął.

– Masz dwadzieścia cztery pary, Jacobie.

Spojrzałem na niego, unosząc ze zdziwienia brwi.

Wyglądał na speszonego.

– Intrygowało mnie to od dawna... więc pozwoliłem sobie skorzystać z okazji i sprawdziłem to, kiedy leczyłem cię w czerwcu.

Zamyśliłem się na moment.

– Pewnie powinienem się teraz na ciebie wkurzyć. Ale tak właściwie to wszystko mi jedno.

– Przepraszam. Powinienem był zapytać.

– Nie ma sprawy. Nie miałeś złych zamiarów.

– Nie, przyrzekam, nie chciałem tego w żaden sposób wykorzystać przeciwko wam. Po prostu... wasz gatunek mnie fascynuje. Podejrzewam, że będąc wampirem przez tyle stuleci, zdążyłem już przywyknąć do większości naszych niezwykłych cech. Co innego różnice między ludźmi a wami. Są dla mnie niezwykle interesujące. Jest w tym wręcz coś z magii.

– Czary-mary, hokus-pokus – prychnąłem. Był jak Bella z tym swoim bredzeniem o czarach.

Znowu smutno się zaśmiał.

A potem z wnętrza domu dobiegł baryton Edwarda i obaj zamieniliśmy się w słuch.

– Zaraz wracam, Bello, chcę tylko zamienić słówko z Carlisle'em. Rosalie, czy mogłabyś mi towarzyszyć?

W jego głosie coś się zmieniło, wydawał się nieco bardziej ożywiony. Pojawiła się w nim jakaś iskierka – może nie nadziei, ale przynajmniej pragnienia, by mieć nadzieję.

– Co się dzieje? – spytała Bella ochryple.

– Nic, czym powinnaś zawracać sobie głowę, najdroższa. To nam zajmie tylko sekundę. Rosalie, mogę cię prosić?

– Esme? – zawołała. – Popilnowałabyś dla mnie przez chwilę Belli?

Esme spłynęła po schodach, nie robiąc przy tym więcej hałasu niż lekki wietrzyk.

– Żaden kłopot – odpowiedziała.

Carlisle obrócił się twarzą w stronę drzwi. Pierwszy wyszedł Edward, a zaraz po nim jego siostra. Twarz Edwarda, podobnie jak jego głos, nie należała już do umarłego. Sprawiał wrażenie kogoś, kto ma plan. Rosalie przyglądała mu się podejrzliwie.

Zamknął za nią drzwi.

– Carlisle…

– O co chodzi, Edwardzie?

– A może podeszliśmy do tego wszystkiego w zupełnie niewłaściwy sposób? Przysłuchiwałem się waszej rozmowie i kiedy powiedziałeś, że nie wiesz czego temu… temu płodowi trzeba, Jacobowi przyszła do głowy pewna bardzo ciekawa myśl.

Mnie? Co ja takiego sobie pomyślałem? Poza tym, jak bardzo tego czegoś nienawidzę? Dla Edwarda nie było to przecież nic nowego. Sam miał trudności z używaniem wobec tego czegoś neutralnego terminu – „płód".

– Pod tym kątem jeszcze na to nie patrzyliśmy – ciągnął. – To potrzeby Belli staraliśmy się zaspokoić. Ale jej ciało reaguje teraz na zwykłe ludzkie pożywienie tak, jakby była już jedną z nas. W takim razie, być może powinniśmy przede wszystkim skupić się na tym, czego potrzebuje... płód. Może jeśli on najpierw dostanie to, czego chce, będziemy mogli później skuteczniej pomóc Belli.

– Nie za bardzo za tobą nadążam, Edwardzie – wyznał Carlisle.

– Tylko pomyśl. Jeśli to stworzenie ma w sobie więcej z wampira niż z człowieka, to czego łaknie, czego od nas nie dostaje?

Jacob na to wpadł.

Naprawdę? Spróbowałem odtworzyć w myślach całą naszą rozmowę, zwracając szczególną uwagę na to, jakie przemyślenia zachowałem dla siebie. Właściwy fragment przypomniałem sobie w tym samym momencie, w którym Carlisle zrozumiał aluzje Edwarda.

– Och – powiedział zaskoczony. – Uważasz, że płód... odczuwa pragnienie?

Rosalie zasyczała triumfalnie. Wyzbyła się wszelkich podejrzeń. Jej znośnie idealna twarz rozpogodziła się, a oczy rozbłysły z podekscytowania.

– No przecież – wyszeptała. – Carlisle, zgromadziliśmy dla Belli spory zapas grupy zero Rh minus, prawda? To dobry pomysł – dodała, unikając mnie wzrokiem.

– Hm... – doktor pocierał sobie w zamyśleniu podbródek. – Ciekawe... Tylko jak będzie najlepiej ją zaaplikować?

Wampirzyca pokręciła głową.

– Nie mamy czasu do stracenia. Sądzę, że powinniśmy zacząć od najbardziej tradycyjnej metody.

– Czekajcie – odezwałem się wreszcie. – Chcę tylko coś wyjaśnić. Zamierzacie zmusić Bellę do picia krwi?

– Sam nam to podsunąłeś, psie – warknęła Rosalie, najeżając się, ale nadal nie patrząc w moim kierunku.

Zignorowałem ją i spojrzałem na Carlisle'a. W jego oczach, tak jak wcześniej u Edwarda, pojawiła się nadzieja. Zacisnął usta, rozważając wszystkie za i przeciw.

– Nie no, co za... – zabrakło mi słów.

– Obrzydlistwo? – podpowiedział mi Edward. – Ohyda?

– Coś w tym rodzaju.

– Ale co, jeśli to jej pomoże? – szepnął.

Potrząsnąłem gniewnie głową.

– Jak tego dokonasz, wetkniesz jej rurkę do gardła?

– Na początek spytam ją, co ona na to. Chciałem tylko najpierw skonsultować się z Carlisle'em.

Rosalie mu przytaknęła.

– Jeśli powiesz, że to dla dobra maleństwa, nie trzeba jej będzie do niczego zmuszać. Nawet jeśli nie obędzie się bez rurki w gardle.

Kiedy wymawiała słowo „maleństwo", miejsce szorstkości zajęło w jej głosie rozczulenie, które wywołało u mnie mdłości. Uświadomiłem sobie, że blondyna nie cofnie się przed niczym, byle tylko utrzymać tego potworka przy życiu. Czy właśnie o to w tym wszystkim chodziło? Czy to z tego powodu obdarzyła nagle Bellę względami? Czy Rosalie najzwyczajniej w świecie chciała mieć dziecko?

Kątem oka dostrzegłem, że Edward ledwie zauważalnie skinął głową. Nie patrzył na mnie, ale wiedziałem, że udziela odpowiedzi.

Hm. Nie spodziewałem się, że lodowata Barbie może mieć instynkt macierzyński. A już myślałem, że zależało jej na Belli! Pewnie sama miała wetknąć jej w gardło tę nieszczęsną rurkę!

Edward zacisnął usta i domyśliłem się, że znowu mam rację.

– Cóż, nie ma co się dłużej zastanawiać – stwierdziła Rosalie niecierpliwie. – Jak uważasz, Carlisle? Czy możemy przeprowadzić próbę?

Wziął głęboki wdech, po czym wstał.

– Spytajmy Bellę.

Blondyna uśmiechnęła się z zadowoleniem – wiedziała, że ma na nią dostatecznie duży wpływ.

Weszli do domu, więc powlokłem się za nimi. Nie byłem do końca pewny, po co to robię. Może kierowała mną chorobliwa ciekawość? Czułem się jak postać z filmu grozy – wszędzie tylko potwory i krew.

A może po prostu nie mogłem się oprzeć kolejnej działce swojego narkotyku, póki jeszcze miałem do niego dostęp?

Bella leżała na swoim szpitalnym łóżku z monstrualnym brzuchem nakrytym pościelą. Była tak blada, że wyglądała niemal na przeźroczystą, jakby zmieniła się woskową lalkę. Gdyby nie delikatne falowanie jej klatki piersiowej, można by pomyśleć, że już nie żyje. No i gdyby chwilę potem nie zaczęła nam się podejrzliwie przyglądać.

Kiedy przekroczyłem próg, pozostała trójka była już przy niej – przemieścili się tak niesamowicie szybko, że aż przebiegły mnie ciarki. Sam podszedłem do łóżka powoli.

– Co jest grane? – spytała Bella skrzekliwym szeptem. Woskową dłoń przesunęła odruchowo, jak gdyby liczyła na to, że ochroni nią swój wielki brzuch.

– Jacob wpadł na pomysł, dzięki któremu być może zrobi ci się lepiej – wyjaśnił Carlisle. Że też musiał mnie w to wplątać! Nic nikomu nie proponowałem. Nie mógł powiedzieć, zgodnie z prawdą, że to jej mąż miał takie szalone zapędy? – To nie będzie... przyjemne, ale...

– Ale pomoże maleństwu – wtrąciła z uczuciem Rosalie. – Wpadliśmy na to, jak je skuteczniej nakarmić. A przynajmniej taką mamy nadzieję.

Bella zatrzepotała rzęsami, a potem zaśmiała się, co zabrzmiało tak, jakby kaszlnęła.

– I nie będzie to przyjemne? – szepnęła. – No, nareszcie jakaś odmiana. – Wskazała brodą na rurkę wbitą w rękę i znowu kaszlnęła.

Blondyna jej zawtórowała.

Wyglądała jak żywy trup i musiało bardzo ją boleć, ale stać ją było na sarkastyczne uwagi! Cała Bella. To przez wzgląd na nas próbowała rozładować napiętą atmosferę.

Edward okrążył Rosalie. Sądząc po jego skupionej minie, nastrój siostry bynajmniej mu się nie udzielił. Ucieszyło mnie to. Pomagała mi świadomość – odrobinę, ale zawsze – że cierpiał bardziej ode mnie.

Wziął Bellę za rękę – tę, którą nie broniła wzdętego brzucha.

– Skarbie, mamy ci do zaproponowania coś, co zapewne uznasz za ohydne. Obrzydliwe.

Używał tych samych określeń, które wcześniej podrzucał mnie. Cóż, przynajmniej nie owijał niczego w bawełnę.

Wzięła kolejny rozedrgany, płytki wdech.

– Jak bardzo obrzydliwe?

Odpowiedział jej Carlisle.

– Uważamy, że płód może mieć upodobania bardziej zbliżone do naszych niż do twoich. Sądzimy, że łaknie krwi.

Zamrugała.

– Ach, tak. Och.

– Twój stan – stan was obojga – gwałtownie się pogarsza. Nie mamy czasu na obmyślenie jakiejś bardziej wyrafinowanej metody żywienia was. Najszybciej będzie, jeśli wypróbujemy naszą teorię...

– Mam pić krew – wyszeptała. Skinęła delikatnie głową, ledwie znajdując w sobie na to dość siły. – Da się zrobić. Przyda mi się zawczasu trochę praktyki, prawda?

Przeniosła wzrok na Edwarda, a jej białawe wargi wygięły się w szerokim uśmiechu. Cullen się nie uśmiechnął.

Zniecierpliwiona Rosalie zaczęła wybijać stopą nerwowy rytm. Było to bardzo irytujące. Zastanowiłem się, co by zrobiła, gdybym rozbił nią na wylot ścianę.

– To jak, które z was złapie dla mnie grizzly? – spytała Bella.

Carlisle i Edward spojrzeli po sobie. Rosalie przestała hałasować.

– Co jest?

– Chcemy, by próba dała jak najlepszy efekt, więc nie możemy niczego komplikować – powiedział Carlisle.

– Jeśli płód łaknie krwi – wyjaśnił Edward – to nie krwi zwierzęcej.

– Nie zauważysz żadnej różnicy – obiecała jej Rosalie. – Nie myśl o tym i tyle.

Bella rozdziawiła usta.

– To czyją?...

Zerknęła na mnie.

– Nie, Bells, nie jestem tutaj po to, żeby zostać dawcą. Poza tym, to ludzkiej krwi domaga się to coś. Nie sądzę, żeby moja się nadawała.

– Mamy cały zapas krwi – poinformowała ją Rosalie, odzywając się równocześnie ze mną, jakby wcale mnie tam nie było. – Sprowadziliśmy ją dla ciebie – tak na wszelki wypadek. O nic się nie martw. Wszystko będzie dobrze. Mam przeczucie, że to jest to. Maleństwo będzie zachwycone.

Bella pogłaskała się po brzuchu.

– Cóż, jestem głodna jak wilk, więc on pewnie też. No to do dzieła – zażartowała. – Moje pierwsze wampirze śniadanko.

13 Dzięki Bogu, mam mocny żołądek

Carlisle i Rosalie pobiegli pędem na górę. Usłyszałem, jak debatują, czy powinni tę krew podgrzać, czy raczej zaserwować ją zimną. Fuj. Ciekawe, jakie jeszcze okropieństwa prócz lodówki z krwią skrywało to domostwo z horrorów? Izbę tortur? Trumny w lochach?

Edward został przy Belli. Wciąż trzymał ją za rękę. Znów przybrał wyraz twarzy chodzącego trupa. Wydawał się niezdolny do wykrzesania z siebie energii nawet na to, by podtrzymać w sobie nadzieję, która zakiełkowała w nim przed chwilą. Patrzyli sobie z Bellą prosto w oczy, ale nie było w tym nic ckliwego. Wyglądało to tak, jak gdyby ze sobą rozmawiali. Przypominali mi do pewnego stopnia Sama i Emily.

Nie, nie było w tym nic ckliwego, ale z tego powodu jeszcze trudniej było znajdować się z nimi w jednym pokoju.

Wiedziałem, jak czuła się z tym Leah – z tym, że musiała się temu cały czas przyglądać. Z tym, że musiała słyszeć to w głowie Sama. Oczywiście wszystkim w sforze było jej szkoda, nie byliśmy potworami – przynajmniej nie w tym sensie. Ale mieliśmy jej za złe to, jak sobie z tym radzi. Przy każdej nadarzającej się okazji wyżywała się na nas, jakby uważała, że powinniśmy cierpieć tak samo, jak ona.

Teraz jednak obiecałem sobie, że nigdy więcej nie będę jej niczego zarzucał. Ktoś tak głęboko nieszczęśliwy po prostu nie mógł tego kryć przed światem. Nie mógł, ot tak, wziąć się w garść i przestać próbować sobie ulżyć, obdzielając drobnymi porcjami ciążącego mu rozgoryczenia wszystkich dookoła.

Nie mógł też się opanować, gdy otwierała się przed nim możliwość dołączenia do nowej watahy. Jak mogłem obwiniać Leę o to, że odebrała mi wolność? Na jej miejscu postąpiłbym tak samo. Gdyby był to jedyny sposób na ukojenie mojego bólu, długo bym się nie wahał.

Po schodach zbiegła z prędkością błyskawicy Rosalie. Przemknęła przez pokój, wzbijając w powietrze drobinki wampirzego odoru i wpadła do kuchni. Skrzypnęły drzwiczki od szafki.

– Rosalie, nieprzezroczysty – szepnął Edward, wywracając oczami.

Bella spojrzała na niego zaintrygowana, ale tylko pokręcił głową.

Blondyna mignęła nam przez ułamek sekundy, po czym ponownie zniknęła na piętrze.

– To był twój pomysł? – spytała mnie Bella, starając się z wysiłkiem mówić na tyle głośno, bym mógł ją usłyszeć, chociaż mam przecież doskonały słuch. Często sprawiała wrażenie, jakby zapominała, że nie jestem do końca człowiekiem, i musiałem przyznać, że nawet mi się to podobało. Przysunąłem się bliżej, żeby niepotrzebnie się nie nadwyrężała.

– Pomysł niby mój, ale to nie moja wina, że go podchwycili. To twój wampir wyłapał z moich myśli taki jeden gorzki komentarz i tyle.

Uśmiechnęła się blado.

– Nie spodziewałam się, że cię jeszcze zobaczę.

– Ja też nie – przyznałem.

Głupio mi było tak nad nią stać, ale pijawki odsunęły wszystkie meble, żeby zrobić miejsce na sprzęt medyczny. Pewnie było im wszystko jedno, czy stali czy siedzieli – jaka to różnica, kiedy jest się z kamienia. Mnie też by to raczej nie przeszkadzało, gdyby nie to, że byłem taki okropnie zmęczony.

– Edward opowiedział mi o tym, co musiałeś zrobić. Tak mi przykro.

– To była tylko kwestia czasu – skłamałem. – Prędzej czy później i tak jakiś rozkaz Sama nie przypadłby mi do gustu i bym się wyłamał.

– I Seth poszedł za tobą...

– Tak, ale jest w siódmym niebie, że może wam w czymś pomóc.

– Nie cierpię komplikować innym życia.

Parsknąłem śmiechem – bliżej mu było właściwie do szczeknięcia.

Westchnęła cicho.

– Od samego początku ci je komplikuję, prawda?

– No, bez przesady.

– Nie musisz tu zostawać i patrzeć na to wszystko – powiedziała, prawie nie wydając z siebie głosu.

Tak, mogłem odejść. Chyba nawet byłby to dobry pomysł. Ale biorąc pod uwagę to, jak wyglądała, mógłbym wtedy przegapić ostatnie piętnaście minut jej życia.

– Poniekąd to nie mam gdzie się podziać – stwierdziłem, starając się nie okazywać przy tym żadnych emocji. – Niestety, odkąd pojawiła się Leah, bycie wilkiem wiele straciło na swojej atrakcyjności.

– Leah? – wykrztusiła.

– Nic jej nie mówiłeś? – spytałem Edwarda.

Wzruszył tylko ramionami, nie odrywając wzroku od jej twarzy. Najwyraźniej w tak niezwykle ważnym dla niego momencie nie była to informacja warta tego, by przekazywać ją dalej.

Bella nie przyjęła jej z podobną obojętnością. Widać było, że to dla niej zła wiadomość.

– Ale dlaczego? – wychrypiała.

Odpowiedź na to pytanie mógłbym rozwinąć w powieść, ale wolałem oszczędzić chorej szczegółów.

– Żeby mieć oko na Setha.

– Ależ Leah nas nienawidzi.

Nas. Pięknie. Bella wyglądała na przerażoną.

– Nie martw się – pocieszyłem ją. – Będzie obchodzić was szerokim łukiem.

Szkoda, że i mnie nie miała zostawić w spokoju.

– Jest teraz członkiem mojej sfory – skrzywiłem się – i jako taki musi mnie słuchać.

Nie przekonałem jej.

– Bella, boisz się Lei, chociaż twoją najlepszą kumpelką jest teraz ta blond psychopatka?

Na piętrze ktoś syknął cicho. Super, usłyszała mnie.

Bella ściągnęła brwi.

– Nie mów tak. Rose... Rose mnie rozumie.

– Jasne – prychnąłem. – Rozumie, że umrzesz, i ma to gdzieś, dopóki, jak dostanie jej się ten mały mutant.

– Przestań gadać głupoty.

Była chyba zbyt słaba, żeby się na mnie rozzłościć. Postanowiłem to wykorzystać i ją rozbawić.

– Radzisz mi tak, jakby to było możliwe.

Przez sekundę Belli udawało się nie uśmiechać, ale w końcu poddała się i uniosła kąciki bladych ust.

W tym samym momencie wrócili Carlisle i psychopatka. Doktor niósł plastikowy kubek, taki z wieczkiem z dziurką, w którą była wetknięta słomka. Ach, „nieprzezroczysty"! Dopiero teraz skojarzyłem. Edward nie chciał, żeby Bella wiedziała, co robi, bardziej, niż to było absolutnie konieczne. Nie widać było, co za napój znajduje się w naczyniu. Ale już z daleka czułem jego zapach.

Carlisle wyciągnął rękę z kubkiem w stronę Belli, ale zawahał się w połowie drogi. Bella wpatrywała się w trzymany przez niego przedmiot, znowu wyglądając na przerażoną.

– Może jednak spróbujemy innej metody? – zaproponował cicho.

– Nie – szepnęła. – Nie. Zobaczmy najpierw, jak to podziała. Nie mamy czasu...

Z początku myślałem, że wreszcie zmądrzała i chce pomóc samej sobie, ale potem zauważyłem, że pogłaskała się delikatnie po brzuchu.

Wzięła kubek. Zatrzęsła jej się przy tym ręka i usłyszałem, jak w środku coś zachlupotało. Usiłowała wesprzeć się na łokciu, ale ledwo miała siłę unieść głowę. Kiedy zobaczyłem, jak bardzo osłabła w ciągu jednej doby, wzdłuż kręgosłupa przeszedł mnie piekący żarem dreszcz.

Rosalie objęła ją ramieniem, podpierając jednocześnie jej głowę, tak jak się to robi przy noworodkach. Musiała mieć hopla na punkcie małych dzieci.

– Dzięki – powiedziała Bella.

Rozejrzała się dookoła. Nawet w takiej chwili jeszcze się krępowała. Założyłbym się, że gdyby nie była taka wymizerowana, to by się zarumieniła.

– Nie zwracaj na nich uwagi – mruknęła blondyna.

Poczułem się nieswojo. Powinienem był sobie pójść, kiedy wspomniała o tym Bella. Nie pasowałem tu, nie byłem jednym z domowników. Zastanowiłem się, czy nie mógłbym się jakoś wymknąć, ale potem uzmysłowiłem sobie, że tylko pogorszyłoby to sprawę – Belli jeszcze trudniej byłoby się przełamać, kiedy pomyślałaby sobie, że poszedłem, bo nie radzę sobie z obrzydzeniem. Co właściwie aż tak bardzo nie mijało się z prawdą.

Co poradzić? Z jednej strony nie chciałem brać na siebie odpowiedzialności za to, jaką metodę zastosowano, ale z drugiej, nie miałem też ochoty przyczynić się do tego, żeby próba jej realizacji skończyła się niepowodzeniem.

Bella podstawiła sobie kubek pod nos, żeby powąchać wylot słomki. Drgnęła i skrzywiła się.

– Bello, skarbie, możemy wymyślić coś innego – odezwał się z troską Edward, sięgając po kubek.

– Zatkaj sobie nos – poradziła Rosalie.

Patrzyła na rękę Edwarda z taką miną, jakby miała ochotę zatopić w niej zęby. Jaka szkoda, że się opanowała! Cullen z pewnością nie puściłby jej tego płazem, a byłbym przeszczęśliwy, widząc, jak blondyna traci kończynę.

– Nie, nie o to mi chodzi – powiedziała Bella. – Po prostu jestem zaskoczona. – Znowu powąchała słomkę. – Pachnie całkiem apetycznie – przyznała.

Przełknąłem ślinę, walcząc ze sobą, żeby na mojej twarzy nie pojawił się żaden grymas.

– To dobry znak – zachęciła ją Rosalie. – Musimy być na właściwym tropie. No, spróbuj.

Była taka zadowolona, że nie zdziwiłbym się, gdyby zaczęła podskakiwać i wymachiwać rękami, jak piłkarz, który właśnie strzelił gola.

Bella wsunęła słomkę w usta. Zacisnęła powieki i zmarszczyła nos. Ręka znowu się jej zatrzęsła i usłyszałem chlupot krwi. Ciągnęła płyn przez rurkę przez kilka sekund, a potem jęknęła cicho, nie otwierając oczu.

Edward i ja doskoczyliśmy do niej jednocześnie. Dotknął jej twarzy. Zwinąłem schowane za plecami dłonie w pięści.

– Bello, najdroższa...

– Wszystko w porządku – szepnęła. Spojrzała na niego... przepraszająco. Błagalnie. Z przestrachem. – W smaku też jest dobre.

Omal nie zwymiotowałem. Zagryzłem usta.

– To świetnie – zagruchała blondyna, cała podekscytowana. – To dobry znak.

Edward nic nie powiedział. Wtulał dłoń w policzek Belli, układając palce tak, by pasowały do kształtu jej kruchych kości.

Z westchnieniem zabrała się do picia. Tym razem pociągnęła naprawdę spory łyk. Zrobiła to z energią, której się po niej nie spodziewałem – jak gdyby brał nad nią górę jakiś tajemniczy instynkt.

– Jak tam reakcja żołądka? – spytał Carlisle. – Nic ci się nie cofa?

Pokręciła przecząco głową.

– Nie, wcale mnie nie mdli. No cóż, zawsze musi być ten pierwszy raz.

Rosalie promieniała.

– Wspaniale!

– Myślę, że jeszcze za wcześnie na świętowanie – bąknął doktor.

Bella wypiła kolejny duży łyk krwi. Zerknęła na Edwarda.

– Czy właśnie przegrałam, czy zaczniemy liczyć dopiero, kiedy zostanę wampirem?

– Nikt jeszcze niczego nie podlicza – zapewnił ją z nieudanie wymuszonym uśmiechem. – Zresztą, w tym przypadku nikt przecież nie zginął. Nadal masz czyste konto.

Nic z tego nie kapowałem.

– Później ci to wyjaśnię – szepnął Edward ciszej od szmeru.

Bella zauważyła, że poruszył ustami.

– Coś powiedziałeś?

– Nic, nic. Mówiłem tylko do siebie.

Jeśli miało im się poszczęścić, jeśli Bella miała przeżyć, zostać jedną z nich i zyskać czujne, wampirze zmysły, Edward musiał przygotować się, że jego kłamstewka przestaną uchodzić mu na sucho. Powinien zacząć ćwiczyć się w szczerości.

Drgnęły mu wargi, ale powstrzymał uśmiech.

Bella piła dalej, nie patrząc na nas, tylko na okno. Prawdopodobnie udawała, że wcale nas tam nie ma. A może tylko, że mnie tam nie ma? Nikogo innego z obecnych nie odrzucało to, co robiła. Wręcz przeciwnie – pewnie powstrzymywali się siłą woli, żeby nie wyrwać jej kubka i samemu go nie wychylić.

Edward wzniósł oczy ku niebu.

Jezu, jak oni z nim wytrzymywali? Co za pech, że nie słyszał akurat myśli Belli. Tak by ją irytował, że wkrótce miałaby go po dziurki w nosie.

Zachichotał. Bella zaraz przeniosła na niego wzrok i widząc go w dobrym humorze, posłała półuśmiech. Domyśliłem się, że nie było jej dane go takim oglądać od wielu dni.

– Co cię tak rozbawiło? – spytała.

– Jacob.

Teraz to ja zostałem obdarowany półuśmiechem.

– Tak – potwierdziła. – Jak on coś powie...

Świetnie. Czyli awansowałem na ich nadwornego błazna.

– Ba-bam – zanuciłem, naśladując nieudolnie odgłos uderzania w obudowę i membranę bębna.

Bella znowu się uśmiechnęła, po czym zabrała się z powrotem za opróżnianie kubka. Wykończyła jego zawartość z głośnym siorbnięciem, kiedy słomka zassała powietrze.

– Udało się! – oznajmiła triumfalnie. Głos miała wyraźnie mocniejszy – wciąż był zachrypnięty, ale po raz pierwszy tego dnia nie mówiła szeptem. – Carlisle, jeśli tego nie zwymiotuję, wyjmiesz ze mnie te wszystkie igły?

– Tak szybko, jak to tylko będzie możliwe – obiecał jej. – Jak na razie zupełnie się zresztą nie sprawdzają.

Rosalie czule poklepała Bellę po skroni. Wymieniły pełne nadziei spojrzenia.

Każdy to widział – kubek ludzkiej krwi natychmiast dodał jej sił. Powoli wracały rumieńce. Nie potrzebowała już chyba aż tak bardzo wsparcia Rosalie. Oddychała lżej i mógłbym przysiąc, że serce biło jej głośniej i bardziej miarowo.

Wszystko przyspieszyło.

Cień nadziei dostrzegalny wcześniej w oczach Edwarda zmienił się w silne uczucie.

– Chcesz więcej? – spytała Rosalie.

Bella posmutniała.

Edward spiorunował Rosalie wzrokiem, a potem zwrócił się do chorej:

– Nie musisz tak od razu.

– Wiem. Ale... chcę – wyznała ponuro.

Blondyna przeczesała palcami jej przetłuszczone włosy.

– Nie wstydź się, Bello. Masz prawo mieć różne zachcianki. To zrozumiałe. – Powiedziała to tonem pocieszycielskim, ale potem dodała ostro: – Kto tego nie rozumie, nie powinien tutaj być.

To mnie miała oczywiście na myśli, ale nie zamierzałem dać się sprowokować. Cieszyłem się, że Belli się polepszyło. Co z tego, że wybrana dla niej kuracja mnie odrzucała? Czy jakoś to skomentowałem?

Carlisle wziął od Belli kubek.

– Zaraz wracam.

Wyszedł z pokoju.

Przyjrzała mi się.

– Jacob, wyglądasz okropnie – wychrypiała.

– I kto to mówi.

– Serio. Ile godzin jesteś już na nogach?

Zastanowiłem się nad tym.

– Hm... Tak właściwie to nie wiem.

– Ojej. Teraz jeszcze ty się przeze mnie rozchorujesz. Jake, nie bądź głupi.

Zacisnąłem zęby. To jej było wolno zabijać się dla potwora, ale ja nie mogłem zarwać kilku nocy, żeby się temu przyglądać?

– Proszę – ciągnęła – prześpij się trochę. W pokojach na górze są łóżka. Możesz wybrać, które chcesz.

Mina Rosalie powiedziała mi, że z jednego z nich nie będę mógł jednak skorzystać. Na co w ogóle tej Bezsennej Królewnie było łóżko? Przypominała rozpieszczoną dziewczynkę, która nie pozwala nikomu dotykać swoich zabawek.

– Dzięki za propozycję, Bells, ale wolałbym się przespać w lesie. Rozumiesz, jak najdalej od tego zapachu.

Skrzywiła się.

– No tak.

Akurat wrócił Carlisle. Wyciągnęła rękę po kubek, ale tym razem, głęboko zamyślona, zupełnie nie zwracała uwagi na to, co robi. Sączyła płyn w milczeniu.

Naprawdę, zdrowiała w oczach. Uważając na łączące ją z aparaturą rurki, podciągnęła się i ostrożnie usiadła. Rosalie nachyliła się zaraz ku niej, gotowa ją złapać, gdyby zabrakło jej sił, ale nic takiego się nie wydarzyło. Bella szybko opróżniała kubek, oddychając głęboko pomiędzy łykami.

– I jak się czujesz? – odezwał się Carlisle.

– Dobrze. Nie chce mi się wymiotować ani nic. Jestem tylko taka... jakby głodna. Ale nie mam pewności, czy to taki zwykły ludzki głód, czy wciąż to wampirze pragnienie. Wiesz, o co mi chodzi.

– Carlisle, tylko spójrz na nią – zamruczała blondyna, taka zadowolona, że mogłaby świergolić jak kanarek. – Nie ma najmniejszych wątpliwości, że tego właśnie jej trzeba. Moim zdaniem powinna dostać trzecią porcję.

– Bella nadal jest człowiekiem, Rosalie. Jeść też coś musi. Może odczekajmy chwilę, żeby zobaczyć, jakie ta metoda przyniesie efekty, a potem przeprowadzimy próbę z czymś bardziej tradycyjnym. Bello, na co miałabyś apetyt?

– Na jajka – odpowiedziała bez namysłu.

Uśmiechnięci, wymienili z Edwardem porozumiewawcze spojrzenia. Cullen nie doszedł jeszcze w pełni do siebie, ale od dnia ich ślubu nie widziałem go tak ożywionego.

Zamrugałem wtedy i o mało co nie zapomniałem otworzyć oczu.

– Jacob – Edward zabrał głos – nie torturuj się, powinieneś iść spać. Tak, jak powiedziała Bella, możesz tu czuć się jak u siebie w domu, chociaż pewnie będzie ci wygodniej na dworze. Nie martw się, że coś przegapisz – jakby co, na pewno cię znajdę.

– Jasne – bąknąłem.

Miał rację. Teraz, gdy Bella zyskała co najmniej kilka godzin, mogłem zostawić ją z czystym sumieniem i zwinąć się gdzieś w kłębek pod drzewem – na tyle daleko stąd, żeby nie dosięgał mnie ich smród. Jakby co, pijawka mnie obudzi. Mógłby w ten sposób spłacić częściowo swój dług wdzięczności.

– Zgadza się – potwierdził.

Skinąłem głową i położyłem dłoń na dłoni Belli. Była zimna jak lód.

– Oby tak dalej, Bells.

– Dzięki, że mnie wspierasz.

Obróciła dłoń, żeby uścisnąć mi rękę. Poczułem, jak obrączka przesuwa się swobodnie po jej wychudzonym palcu.

– Dalibyście jej jakiś koc czy coś – mruknąłem pod nosem, ruszając w kierunku drzwi.

Zanim do nich doszedłem, panującą na zewnątrz ciszę rozdarło wycie dwojga wilków. Rozpoznałbym, gdyby któreś z nich tylko poniosły emocje. Tym razem nie było mowy o nieporozumieniu. Moja wataha ogłaszała alarm.

– Cholera – warknąłem.

Wybiegłem na werandę i dałem potężnego susa, pozwalając, by jeszcze w locie rozsadził mnie ognisty dreszcz. Przeobrażając się, usłyszałem dźwięk rozdzieranego materiału. Moje szorty! Kretyn. Nie miałem nic na zmianę. Ale teraz nie to było najważniejsze. Wylądowawszy już na łapach, pomknąłem na zachód.

Co jest? wykrzyknąłem w myślach.

Zbliżają się, odpowiedział Seth. Co najmniej trzech.

Rozdzielili się?

Patroluję granicę z przeciwnej strony z prędkością światła, oznajmiła Leah, i jak na razie nic.

Seth, tylko ich NIE atakuj, zrozumiano? Zaczekaj na mnie.

Zwalniają. Uch, to idiotyczne nie móc słyszeć, co kombinują. O! Wydaje mi się...

Co?

Wydaje mi się, że się zatrzymali.

Czekają na pozostałych?

Cii! Czujesz to?

Skoncentrowałem się na tym, co do niego docierało. Powietrze w lesie jakby bezgłośnie zadrżało.

Któryś zmienia się w człowieka?

Na to wygląda, stwierdził Seth.

Leah wypadła na polankę, na której stał. Żeby wyhamować, wbiła pazury w ziemię, aż ją zarzuciło niczym wyścigowe auto.

Mam cię, braciszku.

Są coraz bliżej, powiedział zdenerwowany. Idą. Powoli.

Zaraz tam będę, przyrzekłem.

Spróbowałem w biegu dorównać Lei. Czułem się strasznie ze świadomością, że grozi im niebezpieczeństwo, a mnie przy nich jeszcze nie ma. Że też atak nie mógł nadejść z innej strony! Tak, żebym mógł znaleźć się pomiędzy nimi a tym, co im groziło. Czymkolwiek by to było.

Kto by pomyślał, że miewasz takie opiekuńcze zapędy, rzuciła cierpko Leah.

Skup się lepiej na tym, co się dzieje.

Jest ich czterech, zadecydował Seth. Dzieciak miał naprawdę dobry słuch. Trzy wilki i jeden człowiek.

Ledwie to powiedział, dotarłem do polanki, gdzie od razu ustawiłem się w szyku, z samego przodu. Seth odetchnął z ulgą i wyprostowawszy się, z radością zajął miejsce na prawo ode mnie. Leah podreptała na pozycję po mojej lewej, ale zrobiła to ze znacznie mniejszym entuzjazmem.

Czyli Seth stoi wyżej ode mnie w hierarchii, pomyślała naburmuszona.

Kto pierwszy, ten lepszy, odparł, zadowolony ze swojej zapobiegliwości. Poza tym, nigdy nie byłaś druga po Alfie. Zawsze to jakiś awans.

Jeśli muszę teraz słuchać takiego smarkacza, jak ty, to mam w nosie taki awans.

Cicho tam! upomniałem ich. Mam gdzieś, gdzie stoicie. Zamknijcie się i przygotujcie.

Przybysze ukazali nam się kilka sekund później. Tak, jak to przewidział Seth, szli, a nie biegli. Pierwszy wyłonił się zza drzew Jared, w ludzkiej postaci, z rękami w górze. Paul, Quil i Collin podążali za nim na czterech łapach. Żaden z wilków nie okazywał agresji – mieli się na baczności, ale w pełni się kontrolowali.

Zdziwiło mnie jedno – że Sam wybrał Collina a nie Embry'ego. Nie tak bym postąpił, gdybym wysyłał misję pokojową w głąb terytorium wroga. Postawiłbym na kogoś doświadczonego w walce. Collin był jeszcze dzieckiem.

Może ci tutaj mają tylko uśpić naszą czujność? zasugerowała Leah.

A Sam planował zmierzyć się Cullenami, mając do pomocy tylko Embry'ego i Brady'ego? Było to bardzo mało prawdopodobne.

Mam to sprawdzić? Dwie minuty i będę z powrotem.

Może powinienem ostrzec Cullenów? zastanowił się Seth.

A co, jeśli chodzi o to, żeby nas rozdzielić? spytałem. Cullenowie słyszeli wasze wycie. Są w gotowości.

Sam nie zachowałby się tak lekkomyślnie... szepnęła Leah, próbując podnieść na duchu samą siebie. Wyobrażała sobie właśnie, jak jej ukochany atakuje wampiry, nie zważając na ich ponad dwukrotną przewagę liczebną.

Jasne, że nie, zapewniłem ją, chociaż jej wizja sprawiła, że i mnie obleciał strach.

Przez cały ten czas Jared i trzy wilki obserwowali nas, czekając na naszą reakcję. Dziwnie się czułem, nie mogąc podsłuchiwać myśli Quila, Paula i Collina. Z ich min nie udawało mi się niczego wyczytać.

Jared odchrząknął, a potem skinął na mnie głową.

– Nie mamy złych zamiarów, Jake. Chcemy porozmawiać.

Myślisz, że to prawda? spytał mnie Seth.

Niby ma to sens. Ale kto ich tam wie...

Tak, przytaknęła mi Leah. Ale kto ich tam wie...

Żadne z nas się nie rozluźniło.

Jared ściągnął brwi.

– Byłoby nam łatwiej, gdybyś ty też mógł zabierać głos.

Przyjrzałem się mu z powątpiewaniem. Zamierzałem zmienić się w człowieka dopiero wtedy, kiedy poczuję się nieco pewniej. Kiedy miałem poznać odpowiedzi na wszystkie dręczące mnie pytania. Dlaczego Collin? To intrygowało mnie najbardziej.

– Dobra – poddał się Jared. – Widzę, że muszę powiedzieć ci to, co mam do powiedzenia, i tyle. Jake, chcemy, żebyś do nas wrócił.

Dla potwierdzenia jego słów Quil zaskowyczał błagalnie.

– Jesteśmy nadal jedną rodziną. Nie niszcz tego. To nie tak powinno wyglądać.

Co do bycia rodziną nie mogłem się z nim nie zgodzić, ale co to miało teraz do rzeczy? Ja i Sam nie przestaliśmy się różnić w bardzo istotnych kwestiach.

– Wiemy, jak bardzo... jak bardzo jesteś zaangażowany uczuciowo w to, co się dzieje u Cullenów. Sami też tego nie bagatelizujemy. Ale z tym odłączeniem się od sfory, to cię poniosło.

Poniosło?! warknął Seth. A jak postanowiliście zaatakować swoich sojuszników bez ostrzeżenia, to was nie poniosło, co?!

Seth, słyszałeś kiedyś co to „twarz pokerzysty"? Uspokój się.

Przepraszam.

Jared przeniósł wzrok z Setha z powrotem na mnie.

– Sam jest gotowy jeszcze się wstrzymać. Opadły już emocje, przedyskutował całą sprawę ze starszyzną i doszli do wniosku, że pośpiech nie leży w niczyim interesie.

Z ichniego na nasze: stracili element zaskoczenia, uzupełniła Leah.

Jak to szybko poszło! Aż mi było z tym nieswojo. Czyli nasza dawna sfora była teraz sforą Sama, a o chłopakach mówiliśmy „oni"? Z dnia na dzień zmienili się w obcych, którym nie można było ufać. I w dodatku to Leah tak myślała – to ona stała po mojej stronie i to mnie obejmowało jej „my".

– Billy i Sue podzielają twoją opinię, Jacob – że można zaczekać, aż Bella... aż Bellę da się z tego wyłączyć. Żaden z nas nie czułby się dobrze, gdyby przyszło mu ją zabić.

Chociaż przed chwilą upomniałem za to Setha, nie mogłem się opanować i cicho warknąłem. Żaden z nich nie czułby się z tym dobrze. Jak miło.

Jared znowu podniósł ręce do góry.

– Jacob, wyluzuj. Wiesz, co mam na myśli. Najważniejsze jest to, że jesteśmy gotowi zaczekać i zobaczyć, jak się rozwinie sytuacja. I dopiero za jakiś czas podjąć decyzję, czy ten... czy to coś nam zagraża.

Ha, pomyślała Leah. Bo uwierzę.

Nie kupujesz tego?

Wiem, co knują, Jake. Wiem, co Sam knuje. Liczą na to, że Bella umrze tak czy siak. I że wtedy do tego stopnia ci odbije...

Że sam poprowadzę ich do ataku?

Uszy przywarły mi płasko do czaszki. Czy Leah ich przejrzała? Wszystko to brzmiało zupełnie logicznie, był to bardzo prawdopodobny scenariusz. Kiedy... Jeśli to coś miało zabić Bellę, łatwo zdołałbym zapomnieć, co teraz czułem wobec Cullenów. Znowu miałbym ich za wrogów – za żywiące się krwią pijawy.

Przypomniałbym ci, szepnął Seth.

Wiem, mały. Pytanie tylko, czy chciałbym cię słuchać.

– Jake? – odezwał się Jared.

Westchnąłem ciężko.

Leah, zrób rundkę – tak na wszelki wypadek. Muszę z nim pogadać, a chcę mieć stuprocentową pewność, że kiedy będę człowiekiem, nic mnie nie zaskoczy.

Nie bądź taki wstydliwy. Przy mnie też możesz się przeobrazić. Wierz mi, starałam się, jak mogłam, ale i tak widziałam cię już nago. Nie przejmuj się, nie kręcisz mnie.

Nie próbuję dbać o twoją cnotę, tylko zabezpieczyć tyły. Już cię tu nie ma!

Leah sarknęła, ale wystrzeliła w las. Słyszałem, jak przed każdym susem wbija pazury w ziemię, żeby jak najlepiej się odbijać.

Obnażanie się przy innych członkach sfory było czymś, czego nie dawało się uniknąć, ale dopóki nie dołączyła do nas Leah, było nam to właściwie obojętne. Dopiero wtedy zrobił się problem. Średnio panowała nad wybuchami gniewu i kiedy uczyła się być wilkołakiem, potrzebowała trochę czasu, zanim opanowała sztukę przeobrażania się na życzenie. Nic w tym dziwnego, ale wcześniej, gdy tylko się zdenerwowała, eksplodowała, rozrywając na sobie ubranie, i każdy z nas, chcąc nie chcąc, coś tam podejrzał. Nie żeby nie było warto zerkać w takich momentach w jej stronę – gorzej, jeśli przyłapała kogoś na wspominaniu takiej sytuacji.

Jared i wilki wpatrywali się w punkt, w którym zniknęła. Nie wiedzieli, co tym myśleć.

– Dokąd pobiegła? – spytał Jared.

Zignorowałem go. Zamknąwszy oczy, skupiłem się na przemianie. Wrażenie było takie, jakby zadrgało powietrze wkoło mnie – i we mnie – i to we mnie zaczęło falami ulatywać. Uniosłem się na tylnych łapach z takim wyczuciem, że kiedy przeniosłem na nie ciężar ciała, zmieniłem się w człowieka i mogłem stanąć prosto.

– Och – wyrwało się Jaredowi. – Cześć.

– Cześć.

– Dzięki, że chcesz ze mną porozmawiać.

– Nie ma za co.

– Naprawdę, chcemy, żebyś do nas wrócił.

Quil znowu zaskowyczał.

– Nie wiem, czy to takie proste, Jared.

– Wróć do domu – powiedział, pochylając się ku mnie. Był gotowy mnie błagać. – Jakoś się dogadamy. Nie możesz tak żyć. Sethowi i Lei też pozwól wrócić.

Zaśmiałem się.

– Jasne, pozwól. A do czego ja ich niby staram się w kółko przekonać?

Seth prychnął mi za plecami.

Jared przyjrzał się mu uważnie, trawiąc moje słowa.

– To co robimy?

Zamyśliłem się nad odpowiedzią. Czekał cierpliwie.

– Nie wiem. Ale nie jestem pewien, czy da się tak po prostu wrócić do punktu wyjścia. Nie wiem, jak tym się steruje. Nie wydaje mi się, żebym mógł włączać i wyłączać w sobie Alfę na zawołanie. To chyba permanentny stan.

– Twoje miejsce jest przy nas.

Uniosłem brwi.

– Jared, w jednej sforze nie może być dwóch Alf. Pamiętasz, jak o mało co nie skoczyliśmy sobie wczoraj z Samem do gardeł? Instynkt bierze górę.

– To co, będziecie teraz do końca życia trzymać się tych pasożytów? Wasz dom jest gdzie indziej. Nawet nie macie w co się ubrać. Zamierzacie cały czas być wilkami? Wiesz przecież, że Leah nie lubi jeść surowego mięsa.

– Kiedy Leah zgłodnieje, może zrobić, co zechce. Jest ze mną z własnej nieprzymuszonej woli. Ja tam nikogo do niczego nie namawiam.

Jared westchnął.

– Sam chciałby cię przeprosić za to, jak cię wczoraj potraktował.

Skinąłem głową.

– Już nie jestem na niego zły.

– Ale?

– Ale nie wrócę. Jeszcze nie teraz. Też chcemy poczekać i zobaczyć, jak to się wszystko potoczy. I będziemy patrolować terytorium Cullenów tak długo, jak długo będzie nam się to wydawało konieczne. Bo, wbrew temu, co myślicie, tu nie chodzi tylko o Bellę. Chronimy tych, którzy powinni być chronieni. A Cullenowie też się zaliczają do tej grupy.

A przynajmniej większość z nich.

Seth szczeknął, żeby wyrazić swoje poparcie.

Jared zmarszczył czoło.

– Widzę, że cię raczej nie przekonam.

– Nie teraz. Poczekamy, zobaczymy.

Zwrócił się do Setha:

– Sue kazała ci przekazać, że masz... Nie, kazała mi ciebie błagać, żebyś wrócił do domu. Jest załamana. Zostawiliście ją zupełnie samą. Nie wiem, jak mogliście z Leą zrobić coś takiego własnej matce. Porzucić ją w ten sposób, kiedy wasz ojciec dopiero co zmarł...

Seth zajęczał.

– Dałbyś spokój, Jared – warknąłem.

– Opowiadam mu tylko, co się dzieje u niego w domu.

– Jasne – prychnąłem. Sue była twardsza od każdego, kogo znałem. Twardsza od mojego ojca, twardsza ode mnie. Na tyle twarda, by pozwolić Jaredowi grać na emocjach swoich własnych dzieci, jeśli tylko miało to sprowadzić je z powrotem. Ale takie manipulowanie Sethem nie było fair. – Sue wie o tym od ilu godzin? A większość tego czasu spędziła z Billym, Starym Quilem i Samem, prawda? Tak, na pewno po prostu umiera z samotności. Ale oczywiście, jeśli chcesz, możesz iść, Seth. Wiesz o tym.

Pociągnął nosem.

Nagle nastawił ucha ku północy. Leah musiała już być blisko. Kurczę, była naprawdę szybka. Pojawiła się, zanim dwukrotnie mrugnąłem, i wyhamowała ostro w zaroślach kilka metrów ode mnie. Wszedłszy na polankę, zajęła moje dawne miejsce przed Sethem. Trzymała nos wysoko w górze i ostentacyjnie nie spoglądała w moim kierunku.

Doceniałem jej wysiłki.

– Leah? – Teraz Jared zamierzał wypróbować swoje sztuczki na niej.

Łaskawie zwróciła na niego uwagę, ale jednocześnie odsłoniła odrobinę kły.

Jared nie wydawał się zaskoczony jej wrogością.

– Leah, dobrze wiesz, że nie chcesz tutaj być.

Warknęła na niego. Posłałem jej ostrzegawcze spojrzenie, którego nie zauważyła. Seth jęknął i trącił ją ramieniem.

– Przepraszam – Jared wycofał się na moment. – Chyba nie powinienem był niczego zakładać z góry. Ale przecież z krwiopijcami nic cię nie łączy.

Leah popatrzyła znacząco na swojego brata i na mnie.

– Rozumiem, chcesz mieć oko na Setha – powiedział Jared. Zerknął podejrzliwie na mnie, a potem znowu na Lę. Najprawdopodobniej zastanawiał się, o co jej chodziło z tym drugim spojrzeniem. Podobnie jak ja. – Ale Jake nie pozwoli, żeby stała mu się krzywda – ciągnął – no i on sam nie boi się tu być. – Skrzywił się. – Zresztą, mniejsza o niego. Proszę cię, Leah. Chcemy, żebyś wróciła. Sam chce, żebyś wróciła.

Lei drgnął ogon.

– Sam kazał mi cię błagać. Powiedział, że jeśli będzie trzeba, mam paść przed tobą na kolana. Chce, żebyś wróciła do domu, Lee-lee. Tam, gdzie prawdziwie przynależysz.

Dostrzegłem, że wzdrygnęła się, kiedy Jared nazwał ją tak, jak kiedyś Sam. A potem, kiedy dodał ostatnie cztery słowa, zjeżyła sierść na karku i warknęła przeciągle przez zaciśnięte zębiska. Nie musiałem siedzieć w jej głowie, żeby usłyszeć, że to stek przekleństw, i Jared też nie musiał. Niemal dało się rozróżniać pojedyncze obelgi.

Odczekałem, aż skończyła.

– Wiem, że nadstawiam teraz za Leę karku, ale chciałbym podkreślić, że „prawdziwie przynależy" tam, gdzie jej się to żywnie podoba.

Znowu warknęła, ale chyba po to, żeby pokazać, że się ze mną zgadza, bo patrzyła przy tym na Jareda.

– Słuchaj, Jared, postawmy sprawę jasno, jesteśmy nadal rodziną. Jakoś się w końcu dogadamy, ale dopóki to nie nastąpi, powinniście raczej trzymać się granic swojego terytorium. Tylko po to, żeby nie było żadnych nieporozumień. Nikt nie lubi kłótni w rodzinie, prawda? Sam też wolałby uniknąć spięć, nie mam racji?

– Jasne, że by wolał – odparł opryskliwie Jared. – Nie będziemy przekraczać granic naszych ziem. Ale gdzie jest twoje terytorium, Jacob? Czy to teraz terytorium wampirów?

– Nie, Jared. Tymczasowo jestem bezdomny. Ale nie martw się o mnie. To nie potrwa wiecznie. – Musiałem głęboko odetchnąć. – Już niedługo... Nie zostało aż tak dużo czasu. A po wszystkim, Cullenowie się wyprowadzą, a Seth i Leah wrócą do domu.

Clearwaterowie zaskowytali chóralnie, zwracając się nosami w moją stronę.

– A co będzie z tobą, Jake?

– Pewnie znowu będę wędrował. Nie mogę kręcić się po okolicy. Dwie Alfy nie powinny wchodzić sobie w paradę. Poza tym, i tak miałem takie plany. Zanim jeszcze wszystko się pokomplikowało.

– Jak możemy się teraz z wami komunikować?

– Zawyjcie. Ale nie przekraczajcie granicy, okej? Przyjdziemy do was. I przekaż Samowi, że nie musi przysyłać takich licznych delegacji. Nie zamierzamy się z wami bić.

Jared nastroszył się, ale skinął głową. Nie podobało mu się, że stawiam Samowi jakieś warunki.

– To do zobaczenia.. A może nie?

Pomachał nam bez przekonania.

– Czekaj, Jared. Jeszcze jedno małe pytanie. Czy z Embrym wszystko w porządku?

Szczerze się zdziwił.

– Z Embrym? Jasne, że wszystko z nim w porządku. A bo co?

– Zaintrygowało mnie tylko, czemu Sam przysłał Collina.

Przyglądałem mu się badawczo, wciąż wierząc, że coś przede mną ukrywają. Wychwyciłem dziwny błysk w jego oku, ale nie wyglądał na ten, którego się spodziewałem.

– Obawiam się, Jake, że to już nie twój interes.

– Pewnie nie. Po prostu byłem ciekaw.

Kątem oka zobaczyłem, że Quil drgnął, ale nie dałem po sobie nic poznać, żeby go nie zdradzić. Najwyraźniej był bardziej skłonny do zwierzeń.

– Przekażę Samowi twoje... zalecenia. No to cześć.

Westchnąłem.

– Cześć. Hej, powiedz mojemu ojcu, że nic mi nie jest, dobra? I że mi przykro, że tak to wyszło, i że go kocham.

– Powiem mu, powiem.

– Z góry dziękuję.

– Chodźcie, chłopaki – Jared rzucił do wilków. Odwróciwszy się, ruszył przed siebie. Ze względu na Leę wolał się przy nas nie przeobrażać.

Paul i Collin zaraz się zerwali, ale Quil się zawahał i jęknął cicho. Zrobiłem krok do przodu.

– Tak, wiem. Mi też ciebie brakuje.

Podbiegł do mnie ze zwieszonym smutno łbem. Poklepałem go po ramieniu.

– Wszystko się ułoży.

Zaskowyczał.

– Powiedz Embry'emu, że to już nie to samo, kiedy się nie ma was dwóch za sobą.

Skinął łbem, a potem przycisnął mi swój zimny nos do czoła. Leah prychnęła. Podniósł głowę, ale nie po to, żeby zgromić ją wzrokiem, tylko żeby spojrzeć za siebie, tam, gdzie zniknęli pozostali.

– Tak, Quil – powiedziałem. – Wracaj do domu.

Znowu jęknął, ale posłuchał mnie i potruchtał w las. Mogłem się założyć, że Jared nie będzie wobec niego zbyt wyrozumiały. Gdy tylko przesłoniły go drzewa, wydobyłem na zewnątrz ciepło kryjące się w głębi mojego ciała i pozwoliłem mu rozejść się po kończynach. Jeden ognisty dreszcz i ponownie stanąłem na czterech łapach.

A już myślałam, że pójdziecie ze sobą do łóżka, zadrwiła Leah.

Puściłem jej komentarz mimo uszu.

I jak mi poszło? spytałem ich. Martwiłem się, bo niby występowałem także w ich imieniu, ale nie mogąc słuchać ich myśli, nie byłem do końca pewien, czy reprezentowałem ich poglądy. Nie chciałem być taki jak Jared. Nie chciałem niczego zakładać. Czy powiedziałem może coś, co nie przypadło wam do gustu? Albo w drugą stronę, frustrujecie się, bo zapomniałem o czymś ważnym?

Poszło ci świetnie! pochwalił mnie Seth.

Chociaż mogłeś go walnąć w pewnym momencie, pomyślała Leah. Nie miałabym nic przeciwko.

A ta sprawa Embry'ego... Seth pokręcił głową. Ale się porobiło, że Sam nie pozwolił mu przyjść.

Nie załapałem.

Jak to, nie pozwolił mu przyjść?

Nie domyśliłeś się, Jake? Przecież widziałeś Quila. Jest rozdarty. Dałbym dziesięć dolców do jednego, że Embry jest w jeszcze gorszym stanie. A pamiętaj, że Embry nie ma Claire. Quil nie może tak po prostu zrezygnować z wizyt w La Push. To dla niego wręcz fizycznie niemożliwe. Ale dla Embry'ego jak najbardziej. Więc Sam woli za wszelką cenę unikać sytuacji, w których mógłby wystawić go na pokuszenie. Nie może na to pozwolić, żeby nasza sfora była większa od jego.

Naprawdę tak sądzisz? Wątpię, żeby Embry miał coś przeciwko rozerwaniu na strzępy kilku Cullenów.

Ale jakby nie było, jest twoim najlepszym przyjacielem. On i Quil woleliby już przejść na twoją stronę, niż zostać zmuszeni do walki przeciwko tobie.

W takim razie, jestem zadowolony, że Sam kazał zostać mu w domu. Jeśli o mnie chodzi, ta sfora jest już dostatecznie duża. Westchnąłem. No, dobra, to na jakiś czas mamy niby spokój. Seth, zostaniesz teraz sam na warcie. Mogę na ciebie liczyć, że niczego nie przegapisz? Leah i ja musimy się przekimać. Do niczego nie można się było przyczepić, ale kto wie? Może jednak coś kombinują.

Nie zawsze byłem taki przewrażliwiony, ale nie mogłem zapomnieć, jak Sam czuł się poprzedniego wieczoru. Tak bardzo zależało mu na zlikwidowaniu zagrożenia, że był zupełnie zaślepiony. Czy zamierzał wykorzystać fakt, że mógł nas teraz okłamywać?

Jasne, wyśpijcie się. Seth był przeszczęśliwy, że może się na coś przydać. Czy mam zdać raport Cullenom? Pewnie się denerwują.

Ja do nich najpierw wpadnę. I tak chciałem sprawdzić, jak tam kuracja Belli.

W moim umyśle pojawiły się obrazy z przemienionego w salę szpitalną salonu.

Fuj, jęknął zaskoczony Seth.

Leah potrząsnęła łbem, jakby próbowała pozbyć się w ten sposób moich wspomnień.

Cholera jasna, to chyba najobrzydliwsza rzecz, o jakiej w życiu słyszałam! Co za ohyda! Dobrze, że mam pusty żołądek, bo bym się porzygała.

Seth odczekał minutę, żeby się uspokoiła, i dopiero wtedy dodał:

Cóż, to w końcu wampiry. To znaczy, można się było tego po nich spodziewać. A jeśli to pomaga Belli wrócić do zdrowia, to można się tylko cieszyć, prawda?

Oboje z Leą spojrzeliśmy na niego, jakby spadł z księżyca.

Co takiego?

Kiedy był mały, mama często go niechcący upuszczała, wyjaśniła mi Leah.

Rozumiem, że lądował na głowie?

Lubił też gryźć pręty swojego łóżeczka.

Pomalowane farbą z ołowiem?

Na to wygląda.

Bardzo zabawne, sarknął Seth. Może byście się już tak zamknęli i poszli spać?

14 Kiedy jest naprawdę źle? Kiedy ma się wyrzuty sumienia, że się było chamskim wobec wampirów

Przed domem Cullenów nikt nie czekał na moją relację. Czyżby nieustannie spodziewali się ataku?

Wszystko w porządku, pomyślałem ze znużeniem.

Znałem już fasadę domu na tyle dobrze, iż zauważyłem, że coś się zmieniło. Na dolnym stopniu schodków werandy leżała kupka kolorowych, jasnych szmat. Podszedłem bliżej. Wstrzymując oddech, trąciłem szmaty nosem. Nasycone wampirzym smrodem niewyobrażalnie cuchnęły.

Wyglądało to na komplet ubrań. Hm. Edward musiał wychwycić, jak przemieniałem się w locie – wypominałem sobie swoją głupotę. Miło z jego strony, że pomyślał. Ale było mi z tym dziwnie.

Ostrożnie wziąłem tłumok w zęby i zaniosłem do lasu. Tak na wszelki wypadek, bo mogło się okazać, że to tylko żart blond psychopatki i są w nim same ciuchy dla dziewczyn. Dopiero miałaby ubaw z mojej miny, gdybym, goły jak święty turecki, zorientował się, że trzymam w ręce sukienkę!

Za zasłoną drzew odrzuciłem ubrania na mech, zmieniłem się w człowieka i zabrałem się do ich starannego wytrzepywania – żeby choć trochę mniej śmierdziały, wymłóciłem je porządnie o pobliski pień. Na szczęście, były przeznaczone dla faceta i chyba dobre na szerokość (musiały należeć do Emmetta), jednak zarówno biała koszula, jak i jasnobrązowe spodnie, okazały się za krótkie. W koszuli podwinąłem rękawy do łokci, ale ze spodniami nie mogłem nic zrobić. Ech, pomyślałem, jakoś to przeżyję.

Musiałem przyznać, że poczułem się dużo lepiej, kiedy w moim posiadaniu znalazły się jakieś ubrania – pomimo że cuchnęły i były na mnie za małe. Trudno było żyć ze świadomością, że w razie czego nie można po prostu podskoczyć do domu i zabrać starych spodni od dresu. Co tu ukrywać, byłem bezdomny – nie miałem dokąd wracać. Nie miałem też żadnego majątku, co może teraz za bardzo mi nie przeszkadzało, ale już niedługo mogło zacząć działać na nerwy.

Przebrawszy się w nowe-używane ciuchy, ledwie trzymając się na nogach ze zmęczenia, wszedłem powoli po schodkach na werandę, ale przed drzwiami się zawahałem. Czy powinienem zapukać? Niby wiedzieli, że przyszedłem. Tylko czemu nikt się nie pojawił? Spodziewałem się jakiejś reakcji, a tu nikt ani nie zaprosił mnie do środka, ani nie powiedział, że mam spadać. Trudno. Wzruszyłem ramionami i przekroczyłem próg.

Jeszcze więcej zmian. Przez te dwadzieścia minut, kiedy mnie nie było, zdążyli przywrócić salon do poprzedniego stanu. Grał cicho wielki telewizor – puścili jakąś komedię obyczajową dla kobiet, ale nikt nie wydawał się nią zainteresowany. Carlisle i Esme stali przy ścianie od strony rzeki, która znowu była ze szkła, a nie ze stali. Alice, Jasper i Emmett rozmawiali na piętrze. Bella leżała na kanapie, podobnie jak poprzedniego wieczoru, a w jej ciele tkwiła tylko jedna rurka. Za sofą ze stojaka po staremu zwisała kroplówka. Podczas mojej obecności Cullenowie owinęli Bellę kilkoma kołdrami – tak szczelnie, że przypominała naleśnik albo mumię. Dobrze, że mnie posłuchali. Rosalie siedziała na podłodze u wezgłowia kanapy, a Edward na kanapie z przeciwnej strony, z końcówką kokonu z kołder na kolanach. Podniósł wzrok i uśmiechnął się do mnie – tak na ułamek sekundy wygiął kąciki ust – jak gdyby ucieszył się na mój widok.

Bella nie usłyszała, że wszedłem. Zerknęła na mnie tylko dlatego, że zrobił to Edward. Też się uśmiechnęła, ale bynajmniej nie tak zdawkowo jak on. Oczy jej rozbłysły. Po prostu promieniała radością. Nie pamiętałem, kiedy ostatni raz witała mnie z taką energią i entuzjazmem.

Na litość boską, przecież była mężatką! I to szczęśliwą mężatką – nie było wątpliwości, że kocha swojego wampira nad życie. W dodatku była w mocno zaawansowanej ciąży.

Więc dlaczego, do cholery, musiała się tak ekscytować moją wizytą? Jak gdybym samym swoim pojawieniem się sprawił jej jakąś dziką przyjemność.

Gdyby tak miała mnie gdzieś… albo jeszcze lepiej – gdyby nie życzyła sobie, żebym się do niej zbliżał. O ile łatwiej byłoby mi wtedy trzymać się od niej z daleka!

Edward wydawał się podzielać moje zdanie. Ostatnio tak często byliśmy jednomyślni, że można było od tego oszaleć. Przyglądał się wpatrzonej we mnie, radosnej Belli, marszcząc czoło.

– Chcieli tylko pogadać – wymamrotałem. Ciężko mi było mówić, bo zasypiałem na stojąco. – W najbliższym czasie na pewno nie zaatakują.

– Wiem – odparł. – Prawie wszystko słyszałem.

Nieco mnie to ocuciło. Spotkaliśmy się z delegacją sfory dobre pięć kilometrów od domu Cullenów.

– Jakim cudem?

– Ostatnio przebywaliśmy sporo w swoim towarzystwie, więc nauczyłem się lepiej cię rozróżniać i przez to coraz lepiej cię teraz słyszę. Jest mi też odrobinę łatwiej wyłapywać twoje myśli, kiedy jesteś człowiekiem. W rezultacie niewiele chyba przegapiłem z waszej rozmowy.

– Och. – Zirytowałem się na niego, że ma takie zdolności – właściwie zupełnie bez sensu. Postanowiłem wziąć się w garść. – Fajnie. Nie lubię się powtarzać.

– Mówiłam ci, żebyś położył się do łóżka – odezwała się Bella – ale, jak widzę, i tak za jakieś sześć sekund stracisz przytomność, więc chyba nie ma po co ci o tym przypominać.

Trudno było uwierzyć, o ile dźwięczniejszy miała głos, o ile zdrowiej wyglądała. Poczułem zapach świeżej krwi i zobaczyłem, że w dłoniach znów trzyma swój kubek. Ile krwi potrzebowała, by pozostać przy życiu do porodu? Czy w pewnym momencie Cullenowie nie mieli zostać zmuszeni do zamordowania kilku sąsiadów?

Nie chciałem spać u nich w domu. Idąc ku drzwiom, odliczałem dla Belli sekundy:

– Jedna Missisipi, dwie Missisipi...

– Widzisz gdzieś tu jakąś powódź? – mruknęła Rosalie.

– Wiesz, jak utopić blondynkę? – spytałem ją, nie odwracając się za siebie. – Wystarczy przykleić lusterko do dna basenu.

Zanim zamknąłem za sobą drzwi, usłyszałem śmiech Edwarda. Jego nastrój był wyraźnie zależny od stanu zdrowia Belli.

– Stary dowcip! – zawołała za mną Rosalie.

Zszedłem ociężale po schodkach werandy. Moim jedynym celem było dowleczenie się do granicy lasu, gdzie było czystsze powietrze. Ofiarowane ubrania planowałem zostawić nieopodal domu, zamiast przywiązywać je do nogi, żeby oszczędzić sobie konieczności ciągłego ich wąchania. Przemierzając trawnik, manipulowałem niezdarnie przy guzikach koszuli. Pomyślałem, że nie ma szans, żeby guziki kiedykolwiek stały się modne wśród wilkołaków.

– Dokąd idziesz? – spytała w salonie Bella.

– Zapomniałem mu o czymś powiedzieć.

– Daj mu się wyspać. To chyba może poczekać, prawda?

Tak, Edward, błagam, daj mi się wyspać.

– To zajmie tylko chwilę.

Odwróciłem się powoli. Był już na zewnątrz. Podszedł do mnie z przepraszającym wyrazem twarzy.

– Jezu, co znowu?

– Wybacz, że zawracam ci głowę...

Zawahał się, jak gdyby nie wiedział, jak ubrać w słowa to, co miał mi do powiedzenia.

O czym myślisz, czytający w myślach?

– Kiedy rozmawiałeś z wysłannikami Sama, przekazywałem wszystko od razu Carlisle'owi, Esme i pozostałym i zaczęli się martwić, że...

– Nie przejmujcie się – przerwałem mu. – Nie zrezygnujemy z patroli. Wierzymy Samowi, ale mimo wszystko będziemy mieć oczy szeroko otwarte. A wy nawet nie musicie mu wierzyć.

– Nie, Jacobie, nie o to mi chodzi. Tu ufamy wam całkowicie. Ale Esme przejęła się trudną sytuacją twojej nowej sfory i poprosiła mnie, żebym pomówił o tym z tobą na osobności.

Zbił mnie z pantałyku.

– Trudną sytuacją mojej sfory?

– Zwłaszcza tym, że jesteście teraz bezdomni. Esme bardzo to przeżywa. Chciałaby się wami jakoś zaopiekować.

Prychnąłem. Wampirzyca matką-kwoką! Ale dziwo!

– Jesteśmy twardzi. Powiedz jej, żeby się o nas nie martwiła.

– W każdym razie, możecie liczyć na jej wsparcie. Na przykład, o ile dobrze zrozumiałem, Leah woli spożywać posiłki w swojej ludzkiej postaci.

– I co z tego?

– Mamy zawsze w domu zapasy zwykłego ludzkiego jedzenia – dla kamuflażu i rzecz jasna dla Belli. Gdyby tylko Leah miała na coś ochotę, niech się nie krępuje. Ty i Seth też zawsze jesteście mile widziani w naszej kuchni.

– Dobra, podam to dalej.

– Tylko weź pod uwagę, że Leah nas nienawidzi.

– Bo co?

– Bo jeśli nie będziesz dość delikatny, to nie skorzysta z tej oferty. Więc postaraj się, z łaski swojej.

– Zrobię, co się da.

– Pozostaje jeszcze kwestia ubrań.

Zerknąłem na te, które miałem na sobie.

– A, tak. Dzięki.

Uznałem, że okażę trochę kultury i nie wspomnę, jak okropnie ich podarek cuchnie.

Na twarzy Edwarda zamajaczył uśmiech.

– Cóż, nie sądzę, żeby zaopatrzenie was w odpowiednie ich ilości nastręczało nam jakichś kłopotów. Alice rzadko kiedy pozwala nam włożyć na siebie jedną rzecz dwa razy. Mamy całe sterty ubrań odłożone dla fundacji Goodwill. Leah ma chyba ten sam rozmiar co Esme, prawda? A Seth...

– Nie byłbym taki pewien, czy Leah zgodzi się przyjąć używane ciuchy od wampirów. Nie ma takiego pragmatycznego podejścia do życia, jak ja.

– Mam nadzieję, że uda ci się przedstawić naszą propozycję w jak najlepszym świetle. A żywność i ubrania to nie wszystko. Gdybyście tylko potrzebowali jakiegoś przedmiotu, środka transportu, czy jeszcze czegoś, proście śmiało. Skoro wolicie spać na dworze, zapraszamy też do korzystania z naszych pryszniców. Proszę, nie uważajcie się za osoby, które nie mają dokąd pójść i do kogo się zwrócić.

Wcześniej starał się mówić cicho, ale to ostatnie zdanie powiedział głośniej, z uczuciem. Przemawiały przez niego prawdziwe emocje.

Wpatrywałem się w niego przez chwilę, osłupiały i zaspany.

– Ehm... no... to miło z waszej strony. Powiedz Esme, że... ehm... że doceniamy jej troskę. Ale nasza trasa przecina w kilku miejscach rzekę, więc za prysznice dziękujemy, jesteśmy czyści.

– Gdybyś jednak mimo wszystko przekazał to pozostałym...

– Jasne, jasne.

– Dziękuję.

Chciałem już odejść, ale zaraz zamarłem w pół kroku, bo z wnętrza domu doszedł mnie cichy jęk bólu. Kiedy się odwróciłem, Edwarda już nie było.

CO ZNOWU?

Ruszyłem za nim, powłócząc nogami jak zombie. I używając takiej samej liczby komórek mózgowych co zombie. Nic nie wskazywało na to, żebym miał jakikolwiek wybór. Wydarzyło się coś niedobrego. Miałem sprawdzić co. Miałem nie być w stanie nic na to poradzić. I miałem poczuć się gorzej.

Wydawało się to nieuniknione.

Znowu otworzyłem sobie drzwi. Bella sapała, obejmując swój wielki brzuch. Rosalie podtrzymywała ją, a Edward, Carlisle i Esme pochylali się nad nią zaaferowani. Kątem oka zauważyłem, że coś poruszyło się na schodach. Była to Alice – stała u ich szczytu wpatrzona w scenę na dole, przyciskając sobie dłonie do skroni. Wyglądało to dziwnie – jakby coś w jakiś sposób nie pozwalało jej dołączyć do pozostałych.

– Sekundkę, Carlisle – wykrztusiła Bella.

– Muszę cię zbadać – nalegał doktor. – Słyszeliśmy, że coś chrupnęło.

– Myślę... – sapnęła. – że to żebro. Auć. Tak. Tutaj.

Wskazała na swój lewy bok, uważając, żeby go nie dotknąć.

To potworne coś łamało jej kości.

– Prześwietlę ci klatkę piersiową – wyjaśnił Carlisle. – Mogły powstać niebezpieczne odłamki. Chyba nie chcesz, żeby jeden z nich coś ci przebił, prawda?

Wzięła głęboki wdech.

– Dobrze. Zgoda.

Rosalie wzięła ją delikatnie na ręce. Edward miał chyba coś przeciwko, ale blondyna obnażyła zęby i warknęła:

– Już ją mam.

Czyli Bella nabrała sił, ale to coś w jej brzuchu także. Nie dało się zagłodzić tylko jednego z nich i tak samo nie można było leczyć tylko jednego. Tak to działało. Żadną metodą nie mogliśmy wygrać.

Rosalie zaniosła szybko Bellę po schodach na górę, nieodstępowana ani na krok przez Edwarda i Carlisle'a. Oszołomiony, stałem wciąż na progu, ale żadne z nich nie zwróciło na mnie najmniejszej uwagi.

A więc trzymali tutaj nie tylko bank krwi, ale i rentgen? Doktor chyba miał w zwyczaju zabierać pracę do domu.

Byłem zbyt zmęczony, żeby pójść za nimi, zbyt zmęczony, żeby się ruszyć. Po ścianie osunąłem się na podłogę. Drzwi były nadal otwarte, więc zwróciłem się w ich stronę, wdzięczny losowi, że wpadał przez nie do środka orzeźwiający wietrzyk. Nasłuchiwałem z głową wspartą o framugę.

Na piętrze słychać było różne odgłosy wydawane przez aparaturę do prześwietlania. A może było to tylko złudzenie? A potem ktoś zszedł po schodach – cichutko jak kot. Nie musiałem podnosić oczu, żeby odgadnąć kto to.

– Chcesz poduszkę? – spytała Alice.

– Nie – mruknąłem.

Czy te wampiry musiały mi tak nadskakiwać?

– Wątpię, żeby było ci wygodnie – zauważyła.

– Nie jest.

– Więc dlaczego się gdzieś nie przeniesiesz?

– Padam na nos. A ty, dlaczego nie jesteś z resztą na górze? – odpyskowałem.

– Boli mnie głowa – odpowiedziała.

Zerknąłem na nią. Była taka drobna. Tułów miała na oko szerokości mojego bicepsa. Teraz wyglądała na jeszcze mniejszą, bo jakby się garbiła. Krzywiła się z bólu.

– Od kiedy wampiry boli głowa?

– Tych normalnych nie boli.

Prychnąłem. Normalne wampiry!

– Czemu nigdy nie opiekujesz się Bellą? – spytałem oskarżycielskim tonem. Wcześniej tyle się działo, że jakoś mi to umknęło, ale było to dziwne, że najlepszej przyjaciółki chorej nigdy nie ma u jej boku. Może gdyby tam się znalazła, zabrakłoby miejsca dla Rosalie? – Myślałem, że jesteście dla siebie jak siostry.

– Tak jak już mówiłam... – przysiadła półtora metra ode mnie, owijając kolana szczupłymi ramionami – ...boli mnie głowa.

– I to właśnie przez Bellę cię boli?

– Tak.

Zmarszczyłem czoło. Byłem zbyt padnięty, żeby zajmować się zagadkami. Skapitulowałem. Odwróciłem głowę ku drzwiom i zamknąłem oczy.

– Tak dokładnie – uściśliła – to nie przez Bellę, tylko przez ten... płód.

Ach, kolejna osoba nastawiona do tej sprawy tak, jak ja. Łatwo się było tego domyślić. Wypowiedziała to ostatnie słowo z taką samą niechęcią jak wcześniej Edward.

– Nie widzę go – powiedziała mi, chociaż równie dobrze mogła mówić do siebie, bo skąd miała mieć pewność, że jeszcze nie zasnąłem. – Nie widzę go w swoich wizjach. Tak samo jak ciebie.

Drgnąłem, a potem zacisnąłem zęby. Nie chciałem być porównywany do tego czegoś.

– A Belli to się udziela. Otacza to coś ze wszystkich stron, więc sama jest taka... rozmazana. Mam tak, jakbym patrzyła w telewizor, który nie ma dobrze nastawionej anteny, i wytężając wzrok, starała się skupić na widocznych na ekranie postaciach. To od tego tak mnie boli głowa. A i tak nie widzę więcej niż kilka minut naprzód. Jej przyszłość za bardzo zależy od tego... od tego płodu. Kiedy na samym początku podjęła decyzję... gdy tylko stwierdziła, że chce go zatrzymać, od razu w moich wizjach pojawiły się te zakłócenia. Napędziła mi niezłego stracha!

Zamilkła na chwilę, po czym dodała:

– Muszę przyznać, że twoje wizyty sprawiają mi ulgę – chociaż roztaczasz wokół siebie ten nieprzyjemny zapach mokrego psa. Wszystko znika. Jakbym zamknęła oczy. To bardzo kojące.

– Jestem do usług.

– Ciekawe, co jeszcze to coś ma z tobą wspólnego... i dlaczego w ogóle jesteście do siebie pod tym względem podobni.

Z głębi moich kości wystrzeliło ciepło. Zacisnąłem dłonie w pięści, żeby opanować dreszcze.

– Nie mam z tym małym krwiopijcą nic wspólnego – wycedziłem.

– Ale coś musi w tym być.

Nie odpowiedziałem jej. Gorączka w moim ciele opadała. Byłem zbyt wyczerpany, żeby rozgniewać się na dobre.

– Miałbyś coś przeciwko, gdybym przy tobie usiadła?

– Nie. I tak tu wszędzie śmierdzi.

– Dzięki, Jacob. Co ja bym bez ciebie zrobiła? Przecież nie mogę wziąć aspiryny.

– Mogłabyś już przestać gadać? Tu się śpi.

Natychmiast się uciszyła. Kilka sekund i odpłynąłem w niebyt.

Śniło mi się, że okropnie chce mi się pić. Przede mną stała duża szklanka pełna wody prosto z lodówki – zamglona i zroszona kropelkami, jak na reklamie Coca Coli. Pociągnąłem spory łyk. I wtedy okazało się, że to nie woda, tylko skoncentrowany wybielacz. Wyplułem go zaraz, krztusząc się i spryskując wszystko dookoła, ale część trafiła mi do nosa. Trucizna niemiłosiernie parzyła...

Obudził mnie właśnie ból w nosie – tak raptownie i skutecznie, że od razu przypomniało mi się, gdzie jestem. Smród był nie do wytrzymania. Fuj. A przecież na progu nie powinno było być tak źle. Ktoś śmiał się głośno – za głośno. Ten śmiech brzmiał znajomo, ale jakoś nie kojarzył mi się z wszechobecnym odorem. Jakoś tu nie pasował.

Jęknąłem i otworzyłem oczy. Ciemniejące niebo miało kolor matowej stali – było jeszcze widno, ale nie miałem pojęcia, jaka jest pora dnia. Może zachodziło już słońce, a może zbierało się tylko na burzę?

– Nareszcie – odezwała się Rosalie. – Piłę łańcuchową naśladujesz świetnie, ale po pewnym czasie robi się to trochę nużące.

Przekręciłem się na drugi bok i usiadłem. Wiedziałem już, skąd wziął się tak silny odór. Kiedy spałem, ktoś włożył mi pod głowę dużą puchową poduchę. Pewnie próbował być miły. Chyba że była to blondyna.

Z daleka od cuchnącego pierza zacząłem czuć inne zapachy, między innymi bekonu i cynamonu. Mrugając, rozejrzałem się po pokoju.

Nie zmieniło się zbyt wiele, poza tym, że Bella siedziała teraz pośrodku kanapy. Zniknęła kroplówka. Poniżej Rosalie złożyła głowę na kolanach dziewczyny. Na widok tego, z jaką swobodą jej dotykała, wciąż przechodziły mnie ciarki, chociaż wiedziałem już, że to kretyński odruch.

Alice, podobnie jak jej siostra, siedziała na ziemi. Wyglądała znacznie lepiej niż przed moją drzemką – i nic dziwnego, bo w międzyczasie znalazła sobie kolejny środek przeciwbólowy.

– Patrzcie, kto się obudził! – zawołał wesoło Seth.

Siedział koło Belli, po przeciwnej stronie niż Edward. Edward trzymał ją za rękę, a on obejmował ją bezceremonialnie, podjadając coś z przelewającego się talerza.

Co to miało być?!

– Przyszedł, żeby sprawdzić, czy tu jesteś – wyjaśnił mi Edward, przyglądając się, jak wstaję – i Esme namówiła go, żeby został na śniadaniu.

– Tak było – włączył się Seth, zobaczywszy moją minę. – Tylko sprawdzałem, czy nic ci nie jest. Tak długo nie zmieniałeś się w wilka, że Leah zaczęła się martwić. Powiedziałem jej, że pewnie zasnąłeś jako człowiek i tyle, ale znasz ją. A potem zaserwowali mi to całe jedzenie, no i tak tu siedzę. Kurczę – zwrócił się do Edwarda z podziwem – ty to umiesz gotować. I piec.

– Dziękuję – mruknął Edward.

Oddychałem powoli, starając się rozluźnić. Nie byłem w stanie oderwać wzroku od ręki, którą przytulał do siebie Bellę.

– Bella trochę zmarzła – powiedział Edward cicho.

Co mi było zresztą do tego? Nie była moja.

Seth usłyszał Edwarda, spojrzał na mnie spłoszony i nagle uznał, że musi jeść obiema rękami. Zatrzymałem się przed kanapą, nadal usiłując wszystko ogarnąć.

– Leah na patrolu? – spytałem Setha zaspanym głosem.

– No – odpowiedział z pełnymi ustami. Też miał na sobie nowe ubrania. Pasowały na niego lepiej niż moje. – Wszystko pod kontrolą. Nic się nie martw. Jakby co, to zawyje. Wymieniła mnie o północy. Biegałem dwanaście godzin non stop – dodał z nieskrywaną dumą.

– O północy? Zaraz… to która jest teraz godzina?

Zerknął na okno, żeby się upewnić.

– Właśnie świta.

A niech to. Przespałem resztę dnia i całą noc. Straciłem czujność.

– Cholera. Sorki, Seth. Głupio mi. Powinieneś był mnie kopnąć czy coś.

– Nie, no co ty, musiałeś odpocząć. Kiedy ostatni raz miałeś przerwę na spanie? Jeszcze przed ostatnim patrolem dla Sama, prawda? Czyli, ile godzin byłeś na chodzie? Czterdzieści? Pięćdziesiąt? Jake, nie jesteś maszyną. Poza tym niczego nie przegapiłeś.

Na pewno niczego? Spojrzałem szybko na Bellę. Jej twarz nabrała zdrowego kolorytu – była blada, ale nie chorobliwie, tylko tak, jak kiedyś. Zaróżowiły się jej usta. Nawet włosy prezentowały się lepiej – wydawały się bardziej lśniące. Zauważyła, że się jej przeglądam, i uśmiechnęła się szeroko.

– Jak tam żebro?

– Nastawione i opatrzone. Nawet go nie czuję.

Wywróciłem oczami. Usłyszałem, że Edward zgrzyta zębami, i zrozumiałem, że jej przesadnie heroiczna postawa denerwuje go jeszcze bardziej niż mnie.

– Co na śniadanie? – spytałem nieco sarkastycznie. – Zero Rh minus czy AB Rh plus?

Bella pokazała mi język. Można było pomyśleć, że zupełnie wróciła już do zdrowia.

– Omlety – odpowiedziała, ale mimowolnie popatrzyła w dół i dostrzegłem kubek wciśnięty pomiędzy jej nogę a udo Edwarda.

– Poczęstuj się – doradził mi Seth. – W kuchni jeszcze sporo zostało. Musisz umierać z głodu.

Przyjrzałem się resztkom na jego talerzu. Obok połówki omleta z żółtym serem leżała jedna czwarta cynamonowej drożdżówki wielkości frisbee. Zignorowałem burczący brzuch.

– A co twoja siostra ma na śniadanie? – spytałem go z krytyką w głosie.

– Za kogo mnie masz? – obruszył się. – Zaniosłem jej jedzenie, zanim jeszcze sam cokolwiek tknąłem. Powiedziała, że woli padlinę zeskrobaną z szosy, ale założę się, że temu się nie oprze. Te cynamonowe drożdżówki... – Brakowało mu słów, żeby je opisać.

– W takim razie wybiorę się z nią na polowanie.

Ruszyłem w stronę wyjścia. Seth tylko westchnął.

– Jacobie, mogę ci zabrać chwilkę?

Był to Carlisle, więc odwróciłem się bez komentarza. Gdyby to kto inny próbował mnie zatrzymać, z pewnością nie zachowałbym się tak grzecznie.

– A o co chodzi?

Musieli zejść przed chwilą po schodach – Carlisle zmierzał w moim kierunku, a Esme znikała właśnie w kuchni. Stanął spory kawałek ode mnie, dalej, niż by wypadało, gdyby rozmawiały ze sobą dwie zwyczajne osoby. Doceniałem takie drobne gesty.

– Skoro mowa o polowaniu... – zaczął poważnym tonem. – Tak się składa, że ja i moi najbliżsi mamy z tym teraz spory problem. O ile dobrze zrozumiałem, nasz pakt z twoimi pobratymcami obecnie nie obowiązuje, chciałem więc się ciebie poradzić. Jak sądzisz, czy Sam nas zaatakuje, jeśli przekroczymy stworzoną przez twoją sforę granicę? Chcielibyśmy uniknąć sytuacji, w której moglibyśmy zrobić krzywdę komuś ze starej watahy, no i oczywiście nie chcemy również, by nam samym stała się krzywda. Gdybyś był na naszym miejscu, jak byś postąpił?

Zaskoczony jego bezpośredniością, mimowolnie się od niego odsunąłem. Miałem sobie wyobrażać, co bym zrobił, gdybym był wampirem? Co ja tam o tym wiedziałem? Ale, z drugiej strony, znałem Sama.

– To ryzykowne – powiedziałem. Starałem się skupiać wyłącznie na Carlisle'u, ignorując pozostałe spojrzenia, które na sobie czułem.

– Sam trochę się uspokoił, ale jestem pewien, że jego zdaniem pakt już nie obowiązuje. Tak długo, jak będzie myślał, że jego plemię, czy w ogóle jacyś ludzie, są w niebezpieczeństwie, tak długo, jeśli na was się natknie, nie będzie zadawał żadnych pytań – wiesz, co mam na myśli. Na szczęście dla was ich priorytetem zawsze będzie La Push. Założę się, że Sam oddelegował większość chłopaków do patrolowania swojego terytorium. Nawet jeśli po lesie krążą jakieś oddziały, są nie dość liczne, żeby trzeba się było nimi bardzo przejmować.

Carlisle pokiwał w zamyśleniu głową.

– Uważam, że jeśli już, to tak na wszelki wypadek powinniście przemieszczać się w dużej grupie – ciągnąłem. – I chyba lepiej byłoby, gdybyście wyruszyli w dzień, bo my, wilkołaki, wierzymy w tradycyjne podania i spodziewamy się po was większej aktywności w nocy. Jesteście szybcy – przeprawcie się przez góry i zacznijcie polować na tyle daleko od rezerwatu, żeby Samowi nie opłacało się tam nikogo wysłać.

– Mamy zostawić Bellę samą w domu, bez opieki?

Prychnąłem.

– A my to co, strzyżone pudle?

Zaśmiał się, ale zaraz z powrotem spoważniał.

– Jacobie, nie możesz walczyć przeciwko swoim braciom.

Ściągnąłem brwi.

– Nie mówię, że nie będzie to dla mnie trudne, ale jeśli naprawdę przyjdą tu, żeby ją zabić – będę w stanie im się przeciwstawić.

Pokręcił głową. Moja deklaracja nie przypadła mu do gustu.

– Nie chodzi mi o to, że… że nie dasz rady. Tyle że byłoby to naganne z punktu widzenia moralności. Nie mogę mieć czegoś takiego na sumieniu.

– Nie ty będziesz miał to na sumieniu, tylko ja. I jakoś to przeżyję.

– Nie, Jacobie. Zrobimy co w naszej mocy, żeby do tego nie
dopuścić. – Zamyślił się na moment. – Będziemy polować trójka-
mi – zadecydował. – Tak chyba będzie najlepiej.

– Czy ja wiem. Rozdzielanie się to nigdy nie jest dobry pomysł.

– Posiadamy dodatkowe umiejętności, które pozwolą nam wy-
równać braki. Jeśli w każdej trójce znajdzie się Edward, zyskamy
pewność, że w promieniu kilku kilometrów nikt się na nas nie czai.

Obaj zerknęliśmy na Edwarda. Miał taki wyraz twarzy, że
Carlisle czym prędzej musiał się wycofać ze swoich planów.

– Cóż, sądzę, że istnieją też inne sposoby – stwierdził. Widać
nic nie mogło odciągnąć teraz Edwarda od Belli. – Alice, podejrzewam, że mogłabyś nam podpowiadać, których tras powinniśmy
się wystrzegać?

– Tych, które znikałyby w moich wizjach, rzecz jasna – odparła. – To proste.

Słysząc, że nie będzie musiał opuścić chorej, Edward wyraźnie
się rozluźnił, Bella za to posmutniała i zapatrzyła się w Alice. Na
jej czole, jak zwykle, gdy się martwiła, pojawiła się maleńka
zmarszczka.

– Czyli wszystko ustalone – podsumowałem. – Seth, chcę, żebyś wrócił na patrol o zmierzchu. Do tego czasu gdzieś się prześpij, okej?

– Jasne, jasne. Zamienię się w wilka, jak tylko skończę. Chyba że... – zawahał się i spojrzał na Bellę. – Będziesz mnie potrzebować?

– Ma koce – warknąłem.

– Dzięki, Seth, nic mi nie będzie – odpowiedziała szybko Bella.

Do pokoju weszła Esme, niosąc duży płaski zamykany pojemnik na żywność. Patrząc na mnie nieśmiało, przystanęła obok Carlisle'a, ale nieco z tyłu, po czym zrobiła krok do przodu i wyciągnęła ku mnie ręce.

– Jacobie... – odezwała się. Jej głos nie był tak przenikliwy, jak pozostałych. – Wiem, że... że przez nasz specyficzny zapach, odrzuca cię na myśl, że miałbyś tu coś zjeść, ale czułabym się znacznie lepiej, gdybyś, zanim wyjdziesz, wziął ze sobą coś do jedzenia. To z naszego powodu nie masz teraz domu. Proszę, przyjmij to ode mnie, a będę mniej się zadręczać.

Jej ciemnozłote oczy wpatrywały się we mnie błagalnie. Nie wiem, jak jej się to udało, bo wyglądała najwyżej na dwadzieścia pięć lat, a cerę miała bladą jak kość słoniowa, ale coś w jej twarzy przypomniało mi nagle moją mamę.

Jezu...

– Ehm – odchrząknąłem. – Nie ma sprawy. Zobaczę, może Leah jest jeszcze głodna czy coś.

Wziąłem od niej pojemnik jedną ręką, którą zostawiłem na wpół wyprostowaną, żeby znajdował się jak najdalej ode mnie. Zamierzałem się go pozbyć w lesie – zostawić pod jakimś drzewem czy coś w tym stylu. Nie chciałem sprawiać Esme przykrości.

Przypomniałem sobie, że słyszy mnie Edward. Tylko nic jej nie mów! pomyślałem. Niech myśli, że to zjadłem.

Nie spojrzałem na niego, żeby sprawdzić, czy planuje spełnić moją prośbę. Lepiej byłoby dla niego, gdyby mnie posłuchał. Miał u mnie dług wdzięczności.

– Dziękuję ci, Jacobie – powiedziała Esme z uśmiechem.

Na miłość boską, jak ktoś z kamienną skórą mógł mieć w policzkach dołeczki?!

– Ehm. To ja dziękuję.

Moja twarz zrobiła się gorąca – gorętsza niż zwykle.

Dlatego właśnie nie powinno się zadawać z wampirami – człowiek się do nich przyzwyczajał i jego świat stawał na głowie. Można było zacząć ich traktować jak przyjaciół.

– Wpadniesz później? – spytała Bella w tym samym momencie, w którym doszedłem do wniosku, że muszę się wynieść z ich domu jak najszybciej.

– Ehm... czy ja wiem...

Zacisnęła usta, jakby powstrzymywała uśmiech.

– Proszę, Jake. Mogę znowu zmarznąć...

Wziąłem głęboki wdech przez nos i zaraz potem zorientowałem się, że to nie najlepszy pomysł. Za późno. Skrzywiłem się.

– Może.

– Zostawiłam na werandzie kosz z ubraniami – powiedziała Esme. – Dla Lei. Są świeżo wyprane. Starałam się ich jak najmniej dotykać. – Zmarszczyła czoło. – Czy mógłbyś je jej zanieść?

Słuchając jej, podszedłem powoli do drzwi – zrobiła kilka kroków za mną.

– Jasne – mruknąłem, a potem wyślizgnąłem się na dwór, zanim ktokolwiek spróbował wzbudzić we mnie jeszcze więcej poczucia winy.

15 *Tik-tak, tik-tak, tik-tak...*

Cześć, Jake. Myślałem, że chciałeś, żebym stawił się o zmierzchu. Dlaczego nie przysłałeś Lei, żeby mnie obudziła, zanim sama poszła spać?

Bo nie byłeś mi potrzebny. Jeszcze się nie zmęczyłem.

Ruszył już biegiem wzdłuż północnej granicy.

Coś się dzieje?

Nic. Nic a nic.

Dotarł akurat do miejsca, w którym mój trop odłączał się od naszej starej trasy i skręcał w bok śladem jednego z moich wypadów. Seth też skręcił.

Tak, potwierdziłem. Zrobiłem kilka dodatkowych odnóg. Tak na wszelki wypadek. Skoro Cullenowie mają wybrać się na polowanie...

Dobry pomysł.

Wrócił na główną pętlę.

Łatwiej było mi być na patrolu z nim niż z Leą. Chociaż się starała – bardzo się starała – w jej myślach zawsze wyczuwało się niechęć. Nie chciała służyć wampirom. Nie chciała widzieć tego, jak mimowolnie coraz cieplej zaczynam o nich myśleć. Nie chciała przyglądać się, z jaką swobodą jej brat się z nimi przyjaźni i jak łącząca ich więź staje się coraz silniejsza.

Dziwne, jak to się wszystko układało. Spodziewałbym się raczej, że jej największym problemem będę ja sam. Kiedy należeliśmy jeszcze do sfory Sama, straszliwie działaliśmy sobie na nerwy. Ale zmieniła swoje nastawienie do mnie i antypatią darzyła tylko Cullenów i Bellę. Nie wiedziałem, skąd ta zmiana. Może po prostu była mi wdzięczna, że jej nie przepędziłem? Może zobaczyła, że lepiej ją teraz rozumiem? Niezależnie od przyczyny, stosunki między nami okazały się znacznie lepsze, niż mogłyby być.

Nie oznaczało to jednak, że zachowywała się w stu procentach poprawnie. Jedzenie i ubrania od Esme płynęły właśnie z nurtem rzeki do morza. Zjadłem swoją połowę zawartości pojemnika – nawet nie dlatego, że z dala od wampirzego smrodu wyjątkowo apetycznie pachniała, tylko po to, żeby pokazać Lei, że należy się poświęcać w imię tolerancji – ale i tak odmówiła. Była naprawdę uparta. Niewielki jeleń wapiti, którego zabiła koło południa, nie zaspokoił w pełni głodu, a polowanie popsuło jej humor. Nienawidziła jeść takich zakrwawionych ochłapów.

Może powinniśmy zapuszczać się bardziej na wschód? zaproponował Seth. Sprawdzać, czy gdzieś tam się nie czają.

Myślałem o tym, przyznałem. Ale zróbmy to dopiero, jak obudzi się Leah. Ktoś musi pilnować domu. Chociaż, z drugiej strony, lepiej byłoby załatwić to jak najszybciej. Zanim w lesie pojawią się wampiry.

Racja.

Zacząłem się zastanawiać.

Jeśli Cullenowie mogli opuścić bezpiecznie okolicę, żeby polować, to właściwie powinni byli opuścić ją na dobre. Szkoda, że nie wynieśli się zaraz po tym, jak ich ostrzegłem, co się święci. Było ich stać na to, żeby wynająć gdzieś jakiś dom. I mieli tych przyjaciół na Alasce, którzy byli na ślubie. Zabraliby ze sobą Bellę i byłoby po sprawie. Mieliby problem wilkołaków z głowy.

Pewnie sam powinienem był to zasugerować, ale bałem się, że mnie posłuchają, a nie chciałem, żeby Bella zniknęła. Nigdy bym się nie dowiedział, czy przeżyła ciążę, czy nie.

Co za głupota. Co za egoizm. Nie, trzeba było kazać im się wynieść. Pozostanie w Forks w tej sytuacji nie miało sensu. Nawet dla mnie samego byłoby lepiej, gdyby Bella wyjechała. Nie oszczędziłoby mi to bólu, ale przynajmniej musiałbym pójść na odwyk.

Łatwo było mi tak twierdzić, kiedy nie było jej przy mnie. Kiedy nie przyglądałem się, jak bardzo cieszy się z moich wizyt. I jednocześnie, jak kurczowo czepia się życia...

Och, pytałem już o to Edwarda, wtrącił się Seth.

O co?

Pytałem go, czemu jeszcze nie uciekli. Czemu nie przeprowadzili się do Tanyi, czy jeszcze gdzie indziej. Na tyle daleko, żeby Sam dał im spokój.

Musiałem sobie przypomnieć, że przecież przed chwilą postanowiłem poradzić im, żeby dokładnie tak postąpili. Bo tak miało być dla nich najlepiej. Więc z jakiej racji miałbym się wściekać na Setha? Chłopak mnie wyręczył. Nie miałem żadnego powodu, żeby za to na niego naskoczyć. Żadnego.

I co powiedział? Że czekają na odpowiedni moment?

Nie. Że nigdzie się nie wybierają.

Nie powinienem był na to reagować, jak na dobrą wiadomość.

Dlaczego? To kretynizm tak tu się okopywać.

Nie do końca. Słychać było, że do Setha przemówiły ich argumenty. Musieliby na nowo zgromadzić cały sprzęt medyczny dla Carlisle'a, a tego nie da się zrobić z dnia na dzień. Tutaj ma wszystko, czego mu potrzeba, żeby pielęgnować Bellę, a na dodatek legalne papiery, żeby w razie czego móc coś dokupić. Przy okazji polowania wybierze się też właśnie na zakupy. Sądzi, że już niedługo trzeba będzie uzupełnić zapasy krwi. Bella zużyła już prawie całą zero Rh minus, którą dla niej trzymali. Carlisle woli nie dopuścić do tego, żeby krwi nagle zabrakło. Wiedziałeś, że można kupić krew? Ale tylko, jeśli jest się lekarzem.

Może i brzmiało to logicznie, ale nie dawałem się przekonać.

Ja wciąż uważam, że to głupie. Mogliby zabrać sporo rzeczy ze sobą, prawda? A inne ukraść po drodze albo w nowym miejscu. Po co przejmować się przestrzeganiem prawa, jak jest się niezniszczalnym i nieśmiertelnym?

Edward uważa, że nie powinno się Belli nigdzie przenosić, że to zbyt ryzykowne.

Bella czuje się już dużo lepiej.

Zgadza się. Porównał, jak wyglądała w moich wspomnieniach, podłączona do rurek, a jak, kiedy widział ją po raz ostatni, wychodząc z ich domu. Uśmiechnięta, pomachała mu na pożegnanie. Ale, widzisz, ona za bardzo nie może się ruszać. To coś prawie non stop kopie ją od środka.

Zebrało mi się na wymioty. Przełknąłem kwas.

Wiem. No tak.

Złamało jej następne żebro, dodał ponuro.

Zaplątały mi się łapy. Dopiero po kilku sekundach złapałem z powrotem rytm.

Carlisle oczywiście zaraz ją zbadał i opatrzył. Powiedział, że to kolejne pęknięcie. A Rosalie palnęła coś o tym, że nawet zwykłe ludzkie dzieci łamią czasem swoim mamom żebra, i Edward tak na nią spojrzał, jakby chciał jej jednym szarpnięciem oderwać głowę.

Wielka szkoda, że się pohamował.

Seth postanowił ciągnąć swoją relację. Nie prosiłem go o to, ale wiedział, że zainteresuje mnie każdy szczegół.

Belli skacze dzisiaj trochę temperatura, ale nie ma wysokiej gorączki. Dostaje potów, a potem znowu robi jej się zimno. Carlisle nie jest pewny, co o tym sądzić – może po prostu się przeziębiła. Taka wykończona tym wszystkim musi mieć nie najlepszą odporność.

Tak, to raczej zbieg okoliczności.

Ale humor jej dopisuje. Kiedy rozmawiała z Charliem, śmiała się i w ogóle.

Z Charliem?! Co takiego?! Jak to, z Charliem?!

Teraz to Seth zgubił rytm – mój wybuch furii zupełnie go zaskoczył.

Wydaje mi się, że codziennie do niej dzwoni. Czasami dzwoni też jej mama. Bella ma teraz o wiele silniejszy głos, więc chyba jej uwierzył, kiedy zapewniała go, że wyszła już na prostą.

Że wyszła na prostą?! Co oni sobie wyobrażają, do cholery?! Jeśli podsycą jego nadzieje, tym łatwiej się później załamie! Przecież ona umrze! Powinni go na to przygotowywać! Powinni o niego zadbać! Jak ona może mu to robić?!

Może nie umrze, szepnął Seth nieśmiało.

Wziąłem głęboki wdech, żeby się uspokoić.

Seth, jeśli Bella z tego wyjdzie, to nie jako człowiek. Dobrze o tym wie i Cullenowie też o tym wiedzą. Jeśli nie umrze, i tak przez kilka dni będzie musiała udawać trupa. Albo to, albo zniknie. Myślałem, że starają się jakoś do tego Charliego przygotować, jakoś mu w tym wszystkim ulżyć, ale tak...

Te teksty o zdrowieniu to chyba pomysł Belli. Nikt niczego nie powiedział na głos, ale sądząc po minie Edwarda, ma na ten temat takie samo zdanie, jak ty.

Boże, znowu to samo. Super.

Przez kilka minut biegliśmy w milczeniu. W pewnym momencie odbiłem na południe na mały zwiad.

Tylko nie oddalaj się za bardzo.

Dlaczego nie?

Bella kazała mi ciebie poprosić, żebyś do niej zajrzał.

Zacisnąłem zęby.

Alice też by się ucieszyła. Mówi, że ma dość przesiadywania na strychu, jak jakiś wampir z filmu, co zmienia się w nietoperza. Prychnął rozbawiony. Wymieniałem się wcześniej z Edwardem – no wiesz, żeby pomóc Belli z tą temperaturą – Edward był na gorączkę, a ja na dreszcze. Jeśli nie chcesz się w to bawić, mogę tam wrócić...

Sam tam wpadnę, warknąłem.

Okej. Powstrzymał się od komentarzy i skupił się przeczesywaniu pustego lasu.

Biegłem dalej na południe, wypatrując czegokolwiek nowego. Zawróciłem dopiero wtedy, kiedy natknąłem się na pierwsze ślady bytności ludzi. Do miasteczka był stamtąd jeszcze spory kawałek, ale nie chciałem, żeby znowu się rozeszło, że po puszczy grasują olbrzymie wilki. Już od dłuższego czasu udawało nam się nie rzucać w oczy – wolałem, żeby tak pozostało.

Przeciąłem naszą stałą trasę i skierowałem się w stronę domu Cullenów. Wiedziałem, że nie powinienem tam wracać, ale nie mogłem się powstrzymać. Chyba po prostu jestem masochistą.

Nie jesteś żadnym masochistą, Jake. Wszystko jest z tobą w porządku. To ta cała sytuacja nie jest normalna.

Błagam, Seth, stul dziób.

Już stulam.

Tym razem nie zawahałem się przed drzwiami, tylko wszedłem śmiało do środka, jak gdybym był u siebie. Liczyłem na to, że zirytuję tym Rosalie, ale próba się nie powiodła – ani jej, ani Belli nie było w pokoju. Podenerwowany, rozejrzałem się dookoła, z głupią nadzieją, że może je przegapiłem. Serce załomotało mi jak szalone.

– Nic jej nie jest – odezwał się szeptem Edward. – A raczej, jest bez zmian.

Siedział na kanapie z twarzą ukrytą w dłoniach i nie podnosił głowy. Esme obejmowała go ramieniem, najwyraźniej usiłując pocieszyć.

– Witaj, Jacobie – powiedziała. – Miło cię znowu widzieć.

– Bardzo miło – włączyła się Alice z głośnym westchnieniem. Zbiegając po schodach, posłała mi oskarżycielskie spojrzenie, jak gdybym spóźnił się na umówione spotkanie.

– Ehm. Cześć wszystkim – wybąkałem. Dziwnie mi było z tym, że próbowałem być wobec nich grzeczny. – Gdzie Bella?

– W łazience – odparła Alice. – Rozumiesz, jej dieta składa się głównie z płynów. No i przez ciążę też trzeba ponoć częściej korzystać z toalety.

– Ach, tak.

Zakłopotany, kołysałem się na piętach, nie wiedząc, co ze sobą począć.

– Świetnie – usłyszałem przesycony sarkazmem głos Rosalie.

Obróciłem głowę i zobaczyłem, jak wynurza się ze schowanego za ciągiem schodów korytarzyka, uśmiechając się złośliwie. Trzymała Bellę na rękach.

– A tak mi się wydawało, że coś nagle zaśmierdziało.

Tak jak poprzednio, oczy Belli rozbłysły na mój widok, jak u dziecka widzącego prezenty pod choinką. Jak gdybym przyniósł jej najbardziej odlotowy podarunek w historii świata.

To było nie fair.

– Jacob! Przyszedłeś!

– Cześć, Bells.

Esme i Edward oboje wstali. Przyglądałem się, jak Rosalie z wyjątkową delikatnością odkłada Bellę na kanapę. I jak mimo starań wampirzycy Bella nagle blednie i wstrzymuje oddech – bo za wszelką cenę nie chce dać po sobie poznać, jak bardzo ją boli.

Edward pogłaskał ją po czole, a potem po szyi. Z pozoru tylko odgarniał jej włosy, ale jak dla mnie, badał temperaturę ciała Belli.

– Nie jest ci zimno? – spytał cicho.

– Nie. Wszystko w porządku.

– Bello, wiesz, co powiedział Carlisle – przypomniała jej Rosalie. – Nie możesz niczego bagatelizować. Żadnych objawów. Inaczej niezwykle trudno jest nam o was należycie dbać.

– Dobrze, przyznaję, jest mi trochę zimno. Edwardzie, mógłbyś mi podać tamten koc?

Wzniosłem oczy ku niebu.

– To po co tutaj jestem, co?

– Dopiero wszedłeś – wyjaśniła Bella. – Założę się, że od świtu nie miałeś ani chwili przerwy. Odpocznij sobie najpierw trochę. Zobaczysz, koc też mi pomoże.

Zignorowałem ją i zanim jeszcze skończyła mówić, usiadłem na podłodze koło kanapy – nie byłem tylko pewny, jak się zabrać do swojego zadania. Bella wyglądała na tak kruchą, że bałem się ją ruszyć, a nawet przytulić. W końcu oparłem się ostrożnie o jej bok i wziąłem za rękę, układając ramię tak, żeby dotykało jej własnego na całej jego długości. Nie umiałem ocenić, czy skórę miała chłodniejszą niż zwykle.

– Dzięki, Jake.

Poczułem, że zadrżała.

– Nie ma za co.

Edward przysiadł na oparciu kanapy u stóp Belli. Nie spuszczał wzroku z jej twarzy.

Zaburczało mi w brzuchu. Niestety, tyle osób w pokoju miało nienaturalnie wyczulony słuch, że nie mogło to przejść niezauważone.

– Rosalie, może byś tak skoczyła do kuchni przynieść Jacobowi coś do jedzenia? – zaproponowała Alice. Nie było jej widać, bo siedziała cichutko za kanapą.

Lodowata Barbie z niedowierzaniem w oczach zapatrzyła się w punkt, z którego dochodził głos Alice.

– Dzięki, Alice, ale nie mam ochoty zjeść czegoś, do czego Blondie przed sekundą napluła. Mój organizm nie zareagowałby chyba dobrze na wampirzy jad.

– Ależ Rosalie nigdy nie zawstydziłaby Esme, okazując taki brak szacunku wobec podstawowych zasad gościnności.

– Oczywiście, że nie – zagruchała słodko wampirzyca i wyszła szybko do kuchni. Ton jej głosu był wybitnie fałszywy i nie zamierzałem dać mu się zwieść.

Edward westchnął.

– Powiesz mi, jeśli zatruje to jedzenie, prawda? – spytałem go.

– Tak – przyrzekł.

Z jakichś powodów mu uwierzyłem.

Z kuchni dobiegło przeraźliwe walenie, a potem – co było jeszcze dziwniejsze – seria zgrzytów. Edward znowu westchnął, ale teraz wyglądał przy tym na nieco rozbawionego. Zanim zdążyłem się nad tym zastanowić, wróciła Rosalie i na ziemi koło mnie postawiła srebrną miskę.

– Smacznego, kundlu.

Musiała być to wcześniej zwykła duża misa na sałatę, ale blondyna wygięła jej krawędź na zewnątrz w taki sposób, że naczynie przypominało teraz kształtem miskę dla psa. Byłem pod wrażeniem, z jaką szybkością stworzyła swoje dzieło. I z jaką precyzją. Zadbała o wszystkie szczegóły: z boku wydrapała paznokciem napis „Azor". Miała piękny charakter pisma.

Zawartość miski wyglądała bardzo zachęcająco – prawdziwy stek, wielki pieczony ziemniak i dodatki – więc powiedziałem:

– Dzięki, Blondie.

Sarknęła.

– Hej, wiesz, co to jest, ma jasne włosy i mózg? – Dokończyłem, nie czekając na jej odpowiedź: – Golden retriever.

Przestała się uśmiechać.

– Ten też już słyszałam – odparła.

– Będę próbował dalej – obiecałem i zabrałem się do jedzenia.

Skrzywiła się, wywracając oczami. Usiadła w jednym z foteli, wzięła pilota i zaczęła skakać po kanałach telewizyjnych. Zmieniała je tak szybko, że z pewnością nie szukała niczego do obejrzenia.

Jedzenie było tak dobre, że nawet nie przeszkadzał mi wampirzy odór. A może po prostu się do niego przyzwyczajałem? Hm... Nie chciałem, żeby tak było.

Miałem właśnie zamiar wylizać opróżnioną miskę – tylko po to, żeby wywołać u Rosalie obrzydzenie – kiedy poczułem, że Bella swoimi zimnymi palcami przeczesuje mi włosy. Poklepała mnie z tyłu głowy.

– Co? – spytałem. – Powinienem je podciąć?

– Nie powiem, trochę zarosłeś. Może...

– Niech zgadnę, jedno z tu obecnych pracowało w ekskluzywnym salonie w Paryżu?

Zachichotała.

– Kto wie.

– Dzięki, ale nie skorzystam – oświadczyłem, zanim zaproponowała coś konkretnego. – Jeszcze kilka ładnych tygodni obejdę się bez fryzjera.

Wybiegłem myślami te kilka tygodni naprzód i nagle coś mnie zaciekawiło. Przez chwilę dobierałem w milczeniu słowa, żeby niechcący nie urazić Belli.

– A ty... na kiedy masz ten, no, termin? Wiesz, o co mi chodzi. Kiedy nasz mały mutant ma przyjść na świat?

Trzepnęła mnie w ucho – równie dobrze mogła musnąć mnie piórkiem – ale nic nie powiedziała.

– Pytam serio – ciągnąłem. – Chcę wiedzieć, jak długo jeszcze będę musiał tu przychodzić.

Jak długo jeszcze będę miał do kogo tu przychodzić, pomyślałem.

Spojrzałem na nią – zamyśliła się głęboko, a pomiędzy jej brwiami znowu pojawiła się ta charakterystyczna maleńka zmarszczka, oznaczająca, że Bella się martwi.

– Nie wiem – wyszeptała. – Nie do końca. Oczywiście, nie ma mowy o podręcznikowych dziewięciu miesiącach i nie da mi się zrobić USG, więc Carlisle szacuje na podstawie tego, jak wyglądam. U zwyczajnych kobiet odległość odtąd dotąd – nakreśliła palcem linię przez środek swojego brzucha – wynosi tuż przed porodem zazwyczaj około czterdziestu centymetrów. Jeden centymetr na każdy tydzień. Dziś rano u mnie było to trzydzieści centymetrów, a dziennie przybywają mi dwa, czasem więcej...

Dwa tygodnie w jeden dzień, jedna doba w niespełna dwie godziny – życie przeciekało jej przez palce w zawrotnym tempie. Ile to dawało jej jeszcze czasu, skoro liczyło się do czterdziestu tygodni? Cztery dni? Musiała minąć minuta, żebym przypomniał sobie, jak się przełyka ślinę.

– Nic ci nie jest? – spytała.

Skinąłem głową, bo nie miałem pewności, czy zdołałbym z siebie coś wykrztusić.

Słuchający moich myśli Edward odwrócił się od nas, ale zobaczyłem jego odbicie w szybie okiennej. Znowu był człowiekiem płonącym na stosie.

To zabawne, że przez poznanie terminu jeszcze trudniej było mi myśleć o odejściu lub o tym, że Bella mogłaby wynieść się z Forks. Byłem wdzięczny Sethowi, że poruszył z Cullenami ten temat, dzięki czemu wiedziałem, że jednak nie wyjadą. Zwariowałbym, zastanawiając się w kółko, czy wyprowadzą się już następnego dnia, czy może dopiero za dwa albo za trzy. Zastanawiając się, ile mi z tych czterech dni zabiorą. Z moich czterech dni.

Zabawne, że chociaż było już prawie po wszystkim, władza Belli nade mną wciąż rosła – jak gdyby pomiędzy tą więzią a pęczniejącym brzuchem istniała jakaś zależność. Jak gdyby, zyskując na wadze, Bella mogła przyciągać mnie z coraz większą siłą.

Spróbowałem na chwilę otrząsnąć się z tego uczucia, żeby móc przyjrzeć się całej tej sytuacji z większym dystansem. Naprawdę tak było – naprawdę coś mnie pchało ku Belli bardziej niż kiedykolwiek. To nie moja wyobraźnia wmawiała mi, że coraz bardziej jej potrzebowałem. Skąd to się brało? Czy działo się tak dlatego, że umierała? Czy, że wiedziałem, że nawet jeśli nie umrze – a był to przecież najbardziej optymistyczny scenariusz – zmieni się w coś całkowicie dla mnie obcego?

Przejechała mi palcem po policzku. Moja skóra, w miejscu, w którym jej dotknęła, była mokra.

– Wszystko będzie dobrze.

Zabrzmiało to nieco tak, jakby zanuciła – jakby chciała mnie uspokoić tak, jak kołysanką uspokaja się niemowlę. Były to tylko puste słowa, ale nie miało to znaczenia – wierszyki śpiewane dzieciom też często nie miały większego sensu. Aaa, kotki dwa...

– Jasne – burknąłem.

Skulona, przytuliła się do mojej ręki, opierając mi głowę na ramieniu.

– Myślałam już, że nie przyjdziesz. Seth zarzekał się, że się pojawisz, i Edward też, ale jakoś im nie dowierzałam.

– Dlaczego? – spytałem szorstko.

– Jesteś nieszczęśliwy, kiedy musisz tutaj siedzieć. Ale jednak wpadłeś.

– Chciałaś, żebym do ciebie zajrzał.

– Wiem. Ale to nie fair wobec ciebie, że mam takie zachcianki, więc nie musiałeś. Zrozumiałabym.

Na moment zapadła cisza. Edward wziął się w garść i prezentował się już w miarę normalnie, nie patrzył jednak na Bellę, tylko na ekran telewizora. Rosalie, która nadal skakała w szaleńczym tempie po kanałach, dotarła już do tych z szóstej setki. Ciekaw byłem, kiedy będzie musiała zacząć wszystko od początku.

– Dziękuję, że przyszedłeś – szepnęła Bella.

– Czy mogę cię o coś spytać?

– Oczywiście.

Edward udawał, że wcale nie interesuje go nasza rozmowa, ale przecież wiedział, o co zamierzam ją zapytać, więc nie dawałem się na to nabrać.

– Dlaczego tak właściwie chcesz, żebym tu przychodził? Seth też mógłby cię ogrzać, a facet jest zawsze taki wesoły, że pewnie milej jest przebywać w jego towarzystwie. Ale kiedy staję na progu, uśmiechasz się od ucha do ucha, jakbyś była moją największą fanką.

– Mało kogo lubię bardziej od ciebie.

– To beznadzieja.

– Wiem. – Westchnęła. – Przepraszam.

– Ale dlaczego tak mnie lubisz? Nie wytłumaczyłaś mi tego.

Edward znowu odwrócił głowę i niby to wyglądał przez okno. Zerknąłem na jego odbicie w szybie. Tym razem nie dawał nic po sobie poznać.

– Kiedy tu jesteś, mam takie wrażenie... że wszystko jest na swoim miejscu. Cała moja wielka rodzina w komplecie. Tyle lat mieszkałam tylko z mamą, a teraz otacza mnie wielu ludzi, którzy mnie kochają. To wspaniałe uczucie. – Po jej twarzy przemknął uśmiech. – Ale żebym tak się czuła, ty też musisz tu być.

– Bella, nigdy nie będę członkiem twojej rodziny.

A mogłem nim zostać. Mogłem się tu dobrze czuć. Ale to należało do odległej przeszłości, która umarła, zanim dano jej szansę się narodzić.

– Zawsze byłeś i będziesz członkiem mojej rodziny – zaprotestowała.

Zazgrzytałem zębami.

– Taką odpowiedź to wiesz, co sobie możesz.

– A jaka jest prawidłowa?

– Co powiesz na: „Jacob, kręci mnie oglądanie tego, jak się męczysz"?

Wzdrygnęła się.

– Naprawdę wolałbyś usłyszeć coś takiego? – spytała cicho.

– Ułatwiałoby to sprawę. I lepiej bym cię rozumiał. I łatwiej by mi było się do tego dostosować.

Spojrzałem na nią. Była tak blisko mnie. Miała zaciśnięte powieki i zmarszczone czoło.

– Coś gdzieś zrobiliśmy nie tak, Jake. Zeszliśmy z właściwego kursu. Powinieneś być częścią mojego życia. Oboje to czujemy.

Zamilkła na chwilę, nie otwierając oczu – jak gdyby spodziewała się, że zaraz jej zaprzeczę. Widząc, że nie zamierzam się jednak odezwać, znowu zabrała głos:

– To nie powinno tak wyglądać. Gdzieś popełniliśmy błąd. Nie, to ja go popełniłam. To wszystko przeze mnie...

Ucichła, a zmarszczka pomiędzy jej brwiami zaczęła powoli znikać, aż wreszcie jedyną oznaką tego, że się martwiła, był delikatny grymas majaczący w kącikach ust. Czekałem, aż sypnie na moje rany kolejną porcją soli, gdy znienacka z głębi jej gardła wydobyło się słodkie chrapnięcie.

– Była już bardzo zmęczona – wyjaśnił Edward. – Miała za sobą długi dzień. Ciężki dzień. Sądzę, że zasnęłaby już wcześniej, ale chciała cię zobaczyć.

– Seth mówił, że to coś złamało jej kolejne żebro – powiedziałem, nie patrząc w jego stronę.

– Tak. I coraz trudniej jej się oddycha.

– Super.

– Daj mi znać, kiedy będzie trzeba zbić jej temperaturę.

– Okej.

Na razie na ręce, którą mnie nie dotykała, miała gęsią skórkę. Ledwie drgnąłem, żeby rozejrzeć się za jakimś kocem, kiedy Edward chwycił za pled przewieszony przez oparcie kanapy i zarzucił go na Bellę zgrabnym ruchem.

Hm, skoro jego paranormalne zdolności pomagały zaoszczędzić trochę czasu w tak banalnych sprawach, może nie musiałem też odstawiać przedstawienia, żeby pokazać, jak bardzo jestem na nich wściekły za to, jak pozwalali jej traktować Charliego. Edward pewnie po prostu słyszał, co ja o tym wszystkim myślę.

– Tak – potwierdził. – To nie najlepszy pomysł.

– Więc czemu to robicie?

Czemu Bella wmawiała swojemu ojcu, że „wychodzi na prostą", skoro później miał się tylko czuć od tego gorzej?

– Woli go uspokajać, bo nie może patrzeć na to, jak bardzo Charlie to przeżywa.

– Więc lepiej...

– Nie, tak nie jest lepiej. Ale nie będę jej teraz zmuszał do niczego, co miałoby ją unieszczęśliwić. Bez względu na konsekwencje. To jej samopoczucie jest najważniejsze. Resztą zajmę się później ja sam.

Coś mi się nie zgadzało. Bella nigdy nie podeszłaby do tego z takim wyrachowaniem. Może i była umierająca, ale nigdy nie pozwoliłaby na to, żeby Charlie miał kiedykolwiek przez nią bardziej cierpieć, ani by ktokolwiek miał ponosić przykre konsekwencje jej własnych wyborów. To było do niej niepodobne. Znałem ją na tyle dobrze, by domyślać się, że miała inne plany.

– Jest przekonana, że przeżyję – Edward przerwał moje rozmyślania.

– Chyba nie wierzy, że wyjdzie z tego jako człowiek?!

– Nie. Nawet jej wiara ma swoje granice. Ale i tak ma nadzieję, że wkrótce go znowu zobaczy.

Bella i jej dzikie pomysły! Co jeszcze miała wymyślić?!

Spojrzałem wreszcie na Edwarda. Oczy miałem szeroko otwarte ze zdumienia.

– Że go zobaczy?! Że go zobaczy po przemianie?! Że spotka się z Charliem, kiedy będzie miała czerwone oczy i będzie blada jak ściana, i będzie iskrzyć się w słońcu?! Nie jestem pijawką, więc może coś mi umknęło, ale chyba nie wybrałbym własnego ojca na swoją pierwszą ofiarę.

Edward westchnął.

– Wie, że nie będzie mogła się do niego zbliżać co najmniej przez rok, ale uważa, że da się to jakoś usprawiedliwić. Że powiemy Charliemu, że musiała wyjechać do jakiejś superkliniki na drugim końcu świata. Że będzie niby stamtąd regularnie do niego dzwonić...

– To szaleństwo.

– Tak.

– Charlie nie jest głupi. Nawet jeśli Bella go nie zabije, zauważy, że się zmieniła.

– Na to, że się zacznie czegoś domyślać, to ona akurat liczy.

Wpatrywałem się w niego, czekając, aż mi to wyjaśni.

– Nawet jeśli Charlie uwierzy w jej wymówki, prędzej czy później się wyczerpią, bo przecież Bella nie będzie się starzeć. – Uśmiechnął się odrobinę. – Pamiętasz, jak starałeś się jej przekazać, czym się stałeś? Jak ją na to naprowadzałeś, żeby sama zgadła?

Wolną dłoń zacisnąłem w pięść.

– Opowiedziała ci o tym?

– Tak. Kiedy tłumaczyła mi, jak chce to rozegrać. Widzisz, zgodnie z naszymi prawami, też nie możemy nikomu zdradzać, kim jesteśmy. Gdyby Bella zwierzyła się Charliemu, mogłoby mu grozić śmiertelne niebezpieczeństwo. Ale nie brakuje mu inteligencji i twardo stąpa po ziemi. Bella sądzi, że sam znajdzie jakieś wytłumaczenie na to, co się dzieje z jego córką. Zakłada, że nie trafi. Cóż, nie śpimy w trumnach i nie uciekamy na widok czosnku. Ale będzie miał jakieś tam swoje podejrzenia, tak jak Bella na samym początku, kiedy mnie poznała, a my się do nich dopasujemy. Wierzy, że będzie mogła pozostawać z nim w kontakcie.

– To szaleństwo – powtórzyłem.

– Tak – znowu się ze mną zgodził.

Okazywał słabość, pozwalając, żeby w tym wypadku postawiła na swoim, tylko po to, żeby zadbać o jej samopoczucie. Nie miało z tego wyniknąć nic dobrego.

Wydedukowałem, że w takim razie najprawdopodobniej Edward nie spodziewa się, by miała wyjść z tego cało i by mogła wcielić swój plan w życie. Wyrażając na to zgodę, pragnął ją tylko udobruchać i jak najdłużej podtrzymywać iluzję, że wszystko się ułoży.

Chyba miało mu się to udać, skoro zostały tylko cztery dni.

– Wezmę później wszystko na siebie – szepnął, spoglądając w dół tak, żebym nie mógł już widzieć nawet odbicia jego twarzy. – Nie będę jej teraz przysparzał bólu.

– Jeszcze cztery dni?

Nie podniósł głowy.

– Mniej więcej.

– A potem?

– Co dokładnie masz na myśli?

Zastanowiłem się nad tym, co powiedziała mi wcześniej Bella. Tego mutanta w jej brzuchu otaczała wyjątkowo gruba błona – tak gruba i wytrzymała, jak skóra wampirów. Więc jak miał wyglądać poród? Jak to coś miało się z niej wydostać?

– W miarę możliwości – odpowiedział mi Edward – gromadzimy wszelkie dostępne informacje na ten temat i wychodzi na to, że tego typu istoty wygryzają dziurę w ściance macicy.

O mało co nie zwymiotowałem.

– Gromadzicie informacje? – wymamrotałem.

– To dlatego nie widujesz tu za często Jaspera i Emmetta. Carlisle też się tym zajmuje. Analizują lokalne podania, odsiewają ziarna od plew, byle tylko dowiedzieć się jak najwięcej o tym, z czym mamy tu do czynienia.

Lokalne podania? Skoro istniały opowieści na ten temat...

– To świadczy to o tym, że to nie pierwsza taka istota? – dokończył za mnie. – Być może. Ale takie przekazy to nic pewnego. Niektóre zrodziły się ze strachu, inne są efektem bogatej wyobraźni dawnych bajarzy... – Zawahał się. – Chociaż legendy twojego plemienia okazały się prawdziwe, czyż nie? Hm... Więc może i na tych możemy polegać. Pochodzą z tego samego obszaru, więc niewątpliwie mogą mieć wspólne źródło...

– Jak na nie natrafiliście?

– Kiedy byliśmy z Bellą w Ameryce Południowej, spotkaliśmy pewną kobietę, Indiankę. Jako dziecko nasłuchała się przekazywanych z pokolenia na pokolenie historii o takich istotach. Ostrzegano ją przed nimi.

– I co radzono? – spytałem cicho.

– Zalecano zabijać je natychmiast po urodzeniu. Zanim miały możliwość nabrać więcej sił.

Tak, jak tego chciał Sam. Czy jednak miał rację?

– Rzecz jasna, to samo mówią legendy o nas samych. Że trzeba na nas polować. Że jesteśmy bezdusznymi mordercami.

Witajcie w klubie, pomyślałem.

Edward parsknął śmiechem.

– A co podania mówią... o matkach?

Jego twarz wykrzywił ból. Musiałem odwrócić wzrok. Wiedziałem, że mi nie odpowie. Chyba w ogóle nie był w stanie nic powiedzieć.

To Rosalie mi odpowiedziała. Odkąd Bella zasnęła, siedziała nieruchomo i cicho, tak że niemal zapomniałem o jej obecności. Swoją przemowę zaczęła od pogardliwego prychnięcia.

– Oczywiście żadna nie przeżyła.

„Żadna nie przeżyła" – ot tak, prosto z mostu, bo i co ją obchodziły matki – tak to odebrałem.

– Rodzenie dziecka wśród pełnych zarazków bagien, za jedynego pomocnika mając miejscowego szamana, który rozmazywał ci po twarzy ślinę leniwca, żeby odgonić złe duchy – trudno zaliczać do bezpiecznych przypadków. Nawet zupełnie zwyczajne porody w połowie kończyły się tragicznie. Żadne z tamtych dzieci nie miało tego, co to – grupy opiekunów świadomych, czego temu wyjątkowemu dziecku potrzeba, i starających się te potrzeby zaspokoić. Lekarza prowadzącego posiadającego olbrzymią wiedzę o naturze wampirów. Gotowego planu, jak sprowadzić dziecko na świat. Jadu na podorędziu, który naprawi wszystkie ewentualne szkody. Dziecku nic nie będzie. Jestem przekonana, że tamte matki też wyszłyby z tego bez szwanku – gdyby tylko istniały, bo w to akurat wątpię.

Dziecko to, dziecko tamto – jakby tylko ono było ważne. Życie Belli traktowała jako zbiór elementów, o które trzeba było zadbać, żeby osiągnąć cel. Tak naprawdę, samo w sobie nic jej nie obchodziło.

Edward zrobił się biały jak prześcieradło. Dłonie zacisnął w pięści. Jego siostra z wystudiowaną obojętnością obróciła się do niego plecami. Pochylił się do przodu, tak że już nie siedział, tylko kucał gotowy do skoku.

Pozwól, że cię wyręczę, poprosiłem.

Zaskoczony, uniósł brew.

Podniósłszy bezszelestnie z ziemi swoją psią miskę, jednym energicznym ruchem nadgarstka wyrzuciłem ją w powietrze. Z głośnym brzękiem trafiła idealnie w tył głowy blondyny, na której rozpłaszczyła się jak naleśnik, po czym ścięła rykoszetem górny kawałek drewnianego słupka balustrady u stóp schodów.

Bella drgnęła, ale nie otworzyła oczu.

– Głupia blondynka – mruknąłem.

Rosalie przekręciła powoli głowę. Posłała mi mordercze spojrzenie.

– Mam. Przez ciebie. Jedzenie. We włosach.

To mnie rozłożyło.

Wybuchnąłem takim śmiechem, że pociekły mi łzy i musiałem odsunąć się od Belli, żeby nią nie zatrząść. Dołączyła do mnie schowana za kanapą Alice, co zabrzmiało tak, jakby rozdzwoniły się dzwoneczki.

Byłem zdziwiony, że blondyna się na mnie nie rzuciła. Poniekąd tego się właśnie spodziewałem. Ale zaraz przestałem się nad tym zastanawiać, bo zdałem sobie sprawę, że mój śmiech obudził Bellę, chociaż nie przeszkodził jej gorszy hałas.

– Co cię tak rozbawiło? – wymamrotała zaspana.

– Rosalie ma przeze mnie jedzenie we włosach – wyjaśniłem, znowu się krztusząc.

– Nie wybaczę ci tego, psie – syknęła poszkodowana.

– Nie tak trudno wymazać pamięć blondynce – odparowałem. – Wystarczy, że podmucha się jej do ucha.

– Lepiej zmień repertuar – warknęła.

– Przestań, Jake. Daj jej s… – Bella przerwała w połowie zdania, ale zamiast jęknąć z bólu, zassała tylko głośno powietrze. W tej samej sekundzie znalazł się nade mną Edward i ściągnął z niej koc, żeby zobaczyć, co się z nią dzieje. Wygięła się w łuk, tak że plecami nie dotykała już kanapy.

– Mały – wysapała – tylko się przeciąga.

Wargi jej zbielały. Zaciskała zęby, jakby próbując zdusić krzyk. Edward ujął jej twarz w obie dłonie.

– Carlisle! – zawołał spiętym głosem.

– Już jestem – odpowiedział mu doktor. Nie usłyszałem go, kiedy wchodził do pokoju.

– Okej – stwierdziła Bella, choć nadal oddychała płytko i szybko. – Chyba już przeszło. Biedactwo, nie ma wystarczająco dużo miejsca, to wszystko. Robi się taki duży.

Tak gruchała o czymś, co rozrywało ją od środka, że nie dawało się tego słuchać. Zwłaszcza po tym pokazie bezduszności w wykonaniu Rosalie. Naszła mnie ochota, żeby i w Bellę czymś rzucić.

Nie zauważyła, w jakim jestem nastroju.

– Wiesz, Jake, przypomina mi ciebie – ciągnęła rozczulonym tonem, wciąż posapując.

– Nie porównuj mnie do tego czegoś! – wycedziłem przez zęby.

– Chodzi mi tylko o to, że też tak szybko rosłeś – powiedziała. Miała przy tym taką minę, jakbym zranił jej uczucia. I dobrze. – Pamiętam, jak wystrzeliłeś. Można by było stać wtedy przy tobie z centymetrem i co kilka minut pewnie wychodziłby inny wynik. On też tak ma.

Ugryzłem się w język – tak mocno, że poczułem w ustach krew – żeby nie palnąć tego, co przyszło mi na myśl. Oczywiście ranka zabliźniła się, zanim jeszcze zdążyłem przełknąć ślinę. Tego właśnie Belli trzeba, pomyślałem. Gdyby tylko była taka silna, jak ja... Gdyby wszystko też się na niej tak błyskawicznie goiło...

Odetchnęła normalniej i ułożyła się z powrotem wygodnie na kanapie.

– Hm... – mruknął Carlisle.

Spojrzałem na niego i okazało się, że się mi przypatruje.

– Co? – spytałem ostro.

Edward przekrzywił głowę, kontemplując to, co wychwycił w umyśle ojca.

– Mówiłem ci już, że intryguje mnie budowa genetyczna tego płodu. Że zastanawiam się, ile ma chromosomów.

– No i?

– Cóż, biorąc pod uwagę, ile was łączy...

– Ile nas łączy?! – powtórzyłem, oburzony, że trafiłem do jednego worka z potworem.

– Nie dość, że rośnie szybko jak wilkołak, to jeszcze Alice obu was nie widzi.

Zamarłem.

Rzeczywiście. Zapomniałem o tym drugim.

– Jeśli te cechy regulują geny, być może znamy już odpowiedź na moje pytanie.

– Dwadzieścia cztery pary... – szepnął do siebie Edward.

– Nie możecie mieć pewności.

– Nie – pocieszył mnie Carlisle – ale to interesujące.

– Tak, po prostu fascynujące – burknąłem z przekąsem.

Jakby na potwierdzenie moich słów, w tym samym momencie Bella zachrapała.

Carlisle i Edward wdali się w gorącą dyskusję o genetyce. Wkrótce jedynymi słowami, które rozumiałem, były spójniki i moje własne imię. Alice wtrącała co jakiś czas świergotliwym głosikiem swoje trzy grosze.

Mimo że rozmawiali o mnie, wolałem nie wiedzieć, do jakich dochodzili wniosków. Miałem co innego na głowie – musiałem pogodzić ze sobą kilka faktów.

Po pierwsze, Bella powiedziała, że to coś w jej brzuchu chroni błona równie twarda jak wampirza skóra – błona, przez którą nie przechodziły ultradźwięki i której nie dawało się przebić żadną igłą. Po drugie, Rosalie twierdziła, że mają gotowy plan, jak bezpiecznie przeprowadzić poród. Po trzecie, jak przyznał Edward, według indiańskich legend istoty spłodzone przez wampiry opuszczały swoje matki, wygryzając się na zewnątrz.

Zadrżałem.

Wszystko to w obrzydliwy sposób trzymało się kupy, ponieważ po czwarte, mało co było w stanie przebić coś dorównującego wytrzymałością wampirzej skórze. Jeśli wierzyć podaniom, wystarczająco silne były jednak zęby tego potwornego mieszańca.

I moje własne zęby były wystarczająco silne.

I wampirze zęby także.

Trudno było zignorować nasuwającą się konkluzję. Żałowałem gorzko, że tego nie potrafię.

Chyba już się domyślałem, jak Rosalie zamierzała temu czemuś pomóc „bezpiecznie" przyjść na świat.

16 Alarm! Za dużo rewelacji naraz

Wyszedłem przed czasem, na długo przed świtem. Wcześniej trochę się zdrzemnąłem oparty o bok kanapy, ale nie spałem za dobrze. Cullen obudził mnie, kiedy na czole Belli pojawiły się krople potu, po czym zajął moje miejsce, żeby się nie przegrzała. Kiedy się przeciągnąłem, stwierdziłem, że czuję się wypoczęty i że w takim razie wrócę do lasu.

— Dziękuję — powiedział cicho Edward, widząc w moich myślach, co planuję. — Jeśli będzie spokojnie, wyprawimy się na polowanie jeszcze dziś.

— Dam znać, jak wygląda sytuacja.

Zmieniwszy się w wilka, odetchnąłem z ulgą. Od długiego siedzenia cały zesztywniałem. Biegnąc, dawałem jak największe susy, żeby pozbyć się z mięśni wszystkich supłów.

Witamy rannego ptaszka, odezwała się w mojej głowie Leah.

Dobrze, że już jesteś. Seth dawno zasnął?

Jeszcze wcale nie zasnął, pomyślał półprzytomnie. Ale mało mi brakuje. A co, jestem potrzebny?

Sądzisz, że dasz radę być na nogach jeszcze godzinę?

Jasne. Żaden kłopot. Zerwał się i otrząsnął z paprochów.

Lecimy na wschód, tak jak się umawialiśmy, rzuciłem do Lei. A ty, Seth, wracaj na naszą stałą trasę.

Zrozumiano. Puścił się biegiem.

I znów robię coś, żeby krwiopijcom nie stała się krzywda, pożaliła się.

Masz z tym jakiś problem?

Jasne, że nie, zadrwiła. Moje kochane pijaweczki! Tak bardzo chciałabym móc je utulić.

Miło mi to słyszeć. A teraz zobaczmy, które z nas jest szybsze.

No, na to zawsze jestem gotowa!

Znajdowała się na najdalej na zachód wysuniętym punkcie naszej pętli, ale zamiast dotrzeć do mnie po przekątnej, mijając dom

Cullenów, wybrała celowo dłuższą drogę wzdłuż granicy. Nie czekając, ruszyłem prosto na wschód. Wiedziałem, że jeśli zwolnię choć na sekundę, mimo przewagi, lada chwila mnie przegoni.

Nos nisko przy ziemi, upomniałem ją. To nie wyścig, to rekonesans.

Wyłapię wszystkie tropy, a i tak cię wyprzedzę, odpyskowała.

Nie przesadzała.

Wiem, tak tylko gadam.

Zaśmiała się.

Biegliśmy krętą ścieżką wijącą się wśród wschodniego pasma gór. Dobrze ją znałem. Po tym, jak rok wcześniej wampiry wyjechały z Forks, zaczęliśmy przeczesywać tę część lasu regularnie, żeby lepiej chronić mieszkańców tych okolic. Wycofaliśmy się z tych terenów, kiedy Cullenowie wrócili. Zgodnie z postanowieniami paktu, były to ich ziemie.

Jednak dla Sama prawdopodobnie nic to teraz nie znaczyło. Pakt przestał obowiązywać. Pozostawało tylko pytanie, do jakiego stopnia był gotowy rozproszyć swoje siły. Czy polował na zbłąkanych kłusujących Cullenów, czy nie? Czy Jared mówił prawdę, czy też wykorzystał fakt, że nie mogliśmy już podsłuchiwać jego myśli?

Coraz głębiej zanurzaliśmy się w góry, ale nadal nie natrafiliśmy na ani jeden wilczy trop, dookoła roiło się za to od starych śladów wampirów. Doskonale rozróżniałem teraz, który zapach należy do kogo – w końcu wdychałem je cały dzień.

Krwopijcy wyjątkowo często wybierali jeden ze szlaków – jakiś czas temu chodzili tam wszyscy oprócz Edwarda. Musieli mieć jakiś powód do zbierania się w tym konkretnym miejscu, o którym zapomniano, kiedy przywiózł umierającą ciężarną żonę z powrotem do domu. Zazgrzytałem zębami. Cokolwiek to było, nie miało ze mną nic wspólnego.

Przywiązywałem większą uwagę do wychwytywania nowych tropów niż do ścigania się z Leą, więc teoretycznie już dawno mogłaby mnie wyprzedzić, ale o dziwo, nie robiła tego – trzymała się mojej prawej strony, towarzysząc mi, zamiast konkurować.

Zapędziliśmy się już bardzo daleko, zauważyła.

Zgadza się. Gdyby Sam wystawił tutaj jakieś czujki, już dawno coś byśmy znaleźli.

Zrozumiał, że większy sens ma okopywanie się w La Push. Jak by nie było, dzięki nam pijawki zyskały trzy pary dodatkowych oczu. Sam wie, że nie da rady ich teraz zaskoczyć.

Sprawdzamy tak tylko na wszelki wypadek.

Nie chcemy przecież narażać naszych drogich pasożytów na niebezpieczeństwo.

Właśnie, przytaknąłem, ignorując jej sarkazm.

Bardzo się zmieniłeś, Jacob. Zwrot o sto osiemdziesiąt stopni.

Ty też już nie jesteś tą Leą, którą kiedyś kochałem.

Racja. Czy mniej już cię drażnię od Paula?

Nie wierzyłem, że to kiedyś powiem... ale tak.

Ach, kolejny sukces.

Moje gratulacje.

Zamilkliśmy oboje. Był już chyba najwyższy czas zawrócić, ale żadne z nas nie miało na to ochoty. Nareszcie zyskaliśmy trochę swobody. Mieliśmy po dziurki w nosie wpatrywania się w tę samą trasę kilkadziesiąt razy z rzędu. Dobrze było móc rozprostować kości i przebiec się po bardziej urozmaiconym terenie. Nie spieszyło nam się zbytnio, więc postanowiłem zapolować w drodze powrotnej. Leah była już nieźle głodna.

Mniam, mniam, pomyślała z kwaśną miną.

To wszystko kwestia nastawienia, zachęciłem ją. Tak odżywiają się wilki. To zupełnie naturalne. I smak nie jest wcale taki zły. Gdybyś tylko nie patrzyła na to z ludzkiej perspektywy...

Daruj sobie, przerwała mi. Spoko, zapoluję. Ale lubić tego nie muszę.

Jak sobie chcesz.

Jeśli wolała komplikować sobie życie, trudno. To nie był mój problem.

Nie odzywała się przez dobre kilka minut. Zacząłem się zastanawiać, czy by jednak nie zawrócić.

Dziękuję, powiedziała ni stąd, ni zowąd, zupełnie innym tonem.

Za co?

Za to, że mogę tu być. Że pozwoliłeś mi zostać. Potraktowałeś mnie o wiele lepiej, niż powinnam się była tego spodziewać.

Ehm... To żaden kłopot. Szczerze. Myślałem, że jak cię przyjmę, będzie znacznie gorzej.

Prychnęła, ale w rozbawieniu.

Cóż za uroczy komplement!

Uważaj, bo ci jeszcze przewróci w głowie.

Obiecuję, że będę uważać – pod warunkiem, że tobie nie przewróci w głowie to, co ja mam do powiedzenia. Zrobiła pauzę. Uważam, że jesteś świetną Alfą, Jacob. Nie taką jak Sam, ale świetną na swój własny sposób. Dobrze mieć nad sobą kogoś takiego jak ty.

Zamurowało mnie. Potrzebowałem sekundy, by móc coś z siebie wydusić.

Ehm... Dzięki. Tylko z tym przewracaniem w głowie... Nie jestem pewien, jak to ze mną będzie. Kurczę, ale wyskoczyłaś! Co cię naszło?

Nie odpowiedziała mi od razu, więc zajrzałem głębiej w jej umysł, żeby sprawdzić czemu. Myślała o przyszłości – o tym, co powiedziałem Jaredowi – że nie zostało aż tak dużo czasu, a po wszystkim zacznę znowu włóczyć się samotnie po odludziach. Obiecałem mu wtedy, że kiedy Cullenowie się wyprowadzą, ona i Seth wrócą do domu...

Chcę zostać z tobą, oświadczyła.

Tym razem zdziwienie mnie sparaliżowało. Stanąłem jak wryty. Leah wyhamowała kilka metrów dalej i zawróciła.

Przyrzekam, nie będę dla ciebie ciężarem. Nie będę nawet za tobą chodzić. Będziesz mógł pójść, dokąd będziesz chciał, i ja też pójdę, dokąd będę chciała. Krążyła przede mną w tę i z powrotem, wymachując nerwowo swoim szarym ogonem. Będziesz musiał tylko ścierpieć to, że będziesz słyszał moje myśli, kiedy oboje będziemy wilkami, ale zamierzam rzucić to, jak tylko się da, więc może nie będzie się to zdarzać aż tak często.

Nie wiedziałem, co powiedzieć.

Nie byłam taka szczęśliwa od ładnych kilku lat.

Ja też chciałbym zostać w twojej sforze, odezwał się cicho Seth. Dopiero teraz uzmysłowiłem sobie, że chociaż był daleko, słyszał całą naszą rozmowę. Bardzo mi w niej dobrze.

Hej, spokojnie! Nie zapędzajcie się! Już niedługo nie będzie żadnej mojej sfory! Próbowałem ułożyć myśli w jak najbardziej logiczną całość, byle tylko zdołać ich przekonać. Teraz mamy jakiś cel, ale kiedy... kiedy go zabraknie, będę po prostu wałęsał się jako wilk. Seth, potrzebujesz jakiegoś celu w życiu. Dobry z ciebie chłopak. Jesteś tym typem człowieka, który lubi mieć zawsze o co walczyć. A poza tym, nie ma mowy, żebyś miał opuścić teraz La Push. Musisz skończyć szkołę, zdobyć jakiś zawód. Musisz zaopiekować się Sue. Nie chcę brać na siebie odpowiedzialności za to, że złamię ci życie.

Ale...

Jacob ma rację, poparła mnie Leah.

Trzymasz moją stronę?

Jeśli chodzi o Setha, jak najbardziej. Ale nic, z tego, co powiedziałeś, nie odnosi się do mnie. I tak zamierzałam się wyprowadzić z domu. Znajdę sobie jakąś pracę daleko od La Push... Może zapiszę się na jakieś kursy dokształcające... Zacznę uprawiać jogę i medytować, żeby radzić sobie z wybuchami gniewu... I pozostanę członkiem twojej sfory – żeby nie zwariować. Chyba widzisz, że to ma sens, prawda? Nie będę wchodzić ci w drogę, ty mi nie będziesz wchodził w drogę, i oboje będziemy zadowoleni.

Obróciłem się i ruszyłem powoli na zachód.

To za duża sprawa, żebym mógł od razu podjąć decyzję. Muszę to sobie najpierw przemyśleć, rozumiesz.

Rozumiem, jasne. Nie będę cię popędzać.

Powrót zajął nam więcej czasu. Nie miałem głowy do wyścigów. Usiłowałem tylko skupić się na tyle, żeby nie wyrżnąć łbem o pierwsze z brzegu drzewo. Seth trochę narzekał, ale udawało mi się go ignorować. Wiedział, że mam rację. Nie zdobyłby się na zostawienie swojej mamy. Miał dołączyć do Sama i razem z nim chronić mieszkańców La Push.

Nie mogłem jednak oczekiwać, że w jego ślady pójdzie Leah. I to najzwyczajniej w świecie mnie przerażało.

Tylko nas dwoje w sforze? Mniejsza o to, że nie musiałbym jej widywać, ale dzielić się wyłącznie z nią swoją każdą, choćby najbardziej intymną myślą? Nie potrafiłem sobie tego wyobrazić. Ciekaw byłem, czy po prostu tego do końca nie przeanalizowała, czy też aż do tego stopnia była zdesperowana.

Słuchała moich rozważań bez słowa komentarza – jakby próbowała mi udowodnić, że nie sprawi kłopotów.

Kiedy zza widnokręgu wyłoniło się wreszcie słońce, różowiąc chmury za naszymi plecami, napatoczyliśmy się na stado mulaków*. Leah westchnęła w myślach, ale zareagowała bez wahania – sprawnie i pewnie, a zarazem z wielką gracją. W kilku susach dopadła największego z samców, zanim jeszcze zorientował się, że grozi mu niebezpieczeństwo.

Nie kazałem na siebie długo czekać. Powaliwszy na ziemię drugą największą sztukę, szybko zmiażdżyłem zębami jej kark, żeby oszczędzić niepotrzebnych cierpień. Dotarło do mnie, że obrzydzenie walczy w Lei z głodem i chcąc jej pomóc, pozwoliłem, by górę wziął nade mną wilczy instynkt. W czasie długiej samotnej wędrówki nauczyłem się w nim kompletnie zatracać – rozumieć to zwierzę w sobie i rozumować jak zwierzę.

Leah zauważyła oczywiście, co się ze mną dzieje. Zawahała się na sekundę, ale zaraz potem odniosłem wrażenie, że ostrożnie, powolutku, zaczyna przełączać się na moje postrzeganie świata. Było to dziwne uczucie – łącząca nasze umysły więź stała się nagle silniejsza niż kiedykolwiek przedtem, bo po raz pierwszy oboje naprawdę dążyliśmy do tego, żeby ją podtrzymać.

---

* Mulak – gatunek jelenia – przyp. tłum.

O dziwo, podziałało. Leah wgryzła się w ramię swojej ofiary, odrywając od barku gruby pas parującego mięsa. Jej ludzkie odruchy nakazywały jej się wzdrygać, udawało jej się jednak je ignorować. Może i działała w odrętwieniu, jak automat, ale przynajmniej mogła najeść się w spokoju.

Mnie bycie wilkiem przychodziło z łatwością. Cieszyłem się, że nie zapomniałem tej sztuki. Już niedługo znowu miałem tak żyć.

Tylko czy stałym elementem tego życia miała być odtąd obecność siostry Setha? Jeszcze tydzień wcześniej taka perspektywa by mnie przerażała. Po prostu nie zniósłbym towarzystwa Lei. Ale teraz znałem ją już lepiej. A uwolniona od źródła ciągłego bólu nie była już takim samym wilkiem. Nie była już taką samą dziewczyną.

Jedliśmy łapczywie, aż napełniliśmy żołądki.

To myślenie po zwierzęcemu nie było wcale takie złe, stwierdziła, wycierając pysk i łapy o mokrą trawę. Sam to sobie darowałem – dopiero co zaczęło mżyć, a w drodze powrotnej mieliśmy znów przeprawić się przez rzekę. Będzie jeszcze okazja się umyć. Dzięki.

Nie ma za co.

Kiedy dobiegliśmy do naszej stałej trasy, Seth ledwie trzymał się na nogach. Kazałem mu iść spać i zajęliśmy się patrolowaniem granicy razem z Leą. Umysł jej brata zapadł w sen praktycznie już po kilku sekundach.

Odwiedzisz jeszcze pijawki?, spytała.

Pewnie tak.

Ciężko w tym wszystkim siedzieć, ale tak samo ciężko dać sobie z tym wszystkim spokój, prawda? Wiem, jak się czujesz.

Wiesz co, Leah, lepiej dobrze sobie przemyśl, czy chcesz się ze mną związać na dłużej. Już za kilka dni w mojej głowie rozpęta się piekło. Jeśli ze mną zostaniesz, będziesz musiała przez to przejść.

To, co ci powiem, nie zabrzmi za dobrze, ale szczerze. Dobrze? Łatwiej mi będzie zmierzyć się z twoją tragedią niż z moimi własnymi demonami.

Skoro tak uważasz.

Wiem, że będzie to dla ciebie bardzo mroczny okres. Potrafię sobie wyobrazić, co będziesz przeżywał – może nawet lepiej, niż ci się wydaje. Nie przepadam za Bellą, ale... ona jest tym dla ciebie, kim dla mnie Sam. Jest ucieleśnieniem twoich pragnień, ale nigdy nie będzie twoja.

Nie byłem w stanie jej odpowiedzieć.

Wiem, że jest ci trudniej niż mnie. Sam jest przynajmniej szczęśliwy. Przynajmniej żyje i ma się dobrze. Kocham go na tyle mocno, by nie życzyć mu źle. Chcę, żeby spełniały się jego wszystkie marzenia... Westchnęła. Tylko nie chcę się temu przyglądać.

Czy musimy ciągnąć ten temat?

Myślę, że tak. Bo chciałabym, żebyś zrozumiał, że jeśli pozostaniemy w jednej sforze, nie będziesz dodatkowo przez mnie cierpiał. Cholera, może nawet cię jakoś wesprę! Nie urodziłam się jako wredna suka. Kiedyś byłam całkiem sympatyczna.

Coś pamięć mnie zawodzi.

Zaśmialiśmy się oboje.

Przykro mi, że tak to się potoczyło. Bardzo ci współczuję. To straszne, że jest coraz gorzej, a nie coraz lepiej.

Dzięki, Leah.

Sięgnęła do moich najsmutniejszych wspomnień z ostatnich dni, na podstawie których doszła właśnie do takich a nie innych wniosków. Próbowałem jakoś zagłuszyć te czarne wizje, ale bez powodzenia. Na szczęście, patrzyła na nie z dużo większym ode mnie dystansem i pod innym kątem i musiałem przyznać, że było to pomocne. Mogłem sobie wmawiać, że może za parę lat też tak będę do nich podchodził.

Wyłapała wiele zabawnych momentów, które brały się z tego, jak bardzo irytowało mnie nieraz przebywanie wśród wampirów. Spodobało jej się na przykład to, jak dokuczałem jasnowłosej psychopatce, i rozbawiona przypomniała sobie nawet kilka dowcipów o blondynkach, które mógłbym w przyszłości wykorzystać.

Niespodziewanie zatrzymała się nad obrazem Rosalie na dłużej i spoważniała. Na moment straciłem wątek.

Wiesz, co jest w tym najbardziej pokręcone? zapytała.

Jak dla mnie, to już wszystko po równo. Cały świat stanął na głowie. O co ci dokładnie chodzi?

Ta blond wampirzyca, której tak bardzo nienawidzisz – doskonale ją rozumiem.

Przez sekundę sądziłem, że to dowcip – bardzo kiepski dowcip – ale potem uświadomiłem sobie, że nie żartuje, i zakipiał we mnie gniew, nad którym nie miałem siły zapanować. Dobrze, że dzieliło nas pół okrążenia. Gdyby tylko była na tyle blisko, żebym mógł ją ugryźć...

No, co ty! Wstrzymaj się! Daj mi to sobie wytłumaczyć!

Nie chcę tego słuchać. Sama dalej biegaj.

Jake, czekaj! zawołała błagalnie. Usiłowałem się uspokoić, ale tylko po to, by móc zmienić się w człowieka. Zaczekaj! Hej! No, nie bądź taki!

Leah, naprawdę, to nie najlepsza metoda na przekonanie mnie, że powinienem spędzać z tobą w przyszłości więcej czasu.

Boże, człowieku, ale z ciebie choleryk. Nawet nie wiesz, co miałam na myśli.

Tak? To co miałaś na myśli?

Nagle znowu stanęła przede mną zgorzkniała, umęczona Leah, którą tak dobrze znałem.

Miałam na myśli bycie ślepą uliczką genetyki.

Pogarda w jej tonie zbiła mnie z tropu. Nie spodziewałem się, że coś przebije moją furię.

Nic nie rozumiem.

A rozumiałbyś, gdybyś nie był taki sam, jak cała reszta? Gdybyś na hasło „kobiece sprawy" – doprawiła te dwa słowa wyjątkowo silną dawką sarkazmu – nie uciekał, gdzie pieprz rośnie, tak jak każdy inny durny facet, mógłbyś poświęcić im trochę uwagi i rozjaśniłoby ci się w łepetynie.

Hm...

No tak, każdy z nas wolał nie wnikać w jej prywatne sprawy, ale co z tego? Kto na naszym miejscu miałby na coś takiego ochotę? Pamiętałem oczywiście, w jaką panikę wpadła w pierwszym miesiącu po dołączeniu do sfory – i pamiętałem, jak z chłopakami wzdrygaliśmy się za każdym razem, gdy wracała myślami do swoich problemów. Nie mogła być w ciąży, bo przecież po Samie z nikim się nie spotykała – no, chyba że w grę wchodziło niepokalane poczęcie. Ale tygodnie mijały, a nadal nic się nie działo, i wreszcie musiała przyznać, że jej ciało przestało funkcjonować zgodnie z naturalnym rytmem. Z jakimkolwiek rytmem. Więc czym teraz była? Czy owa zmiana zaszła dlatego, że stała się wilkołakiem? Czy też może stała się wilkołakiem, ponieważ od samego początku coś z nią było nie tak? Jedyna taka dziewczyna w historii plemienia… Czyżby nigdy tak do końca nie była prawdziwą kobietą?

Żaden z nas nie chciał brać udziału w podobnych rozważaniach. Co zresztą mieliśmy robić? Próbować postawić się w jej położeniu?

Wiesz, co Sam sądzi o wpojeniu, pomyślała spokojniej.

Że to po to, żeby mieć pewność, że nasz ród nie wymrze.

Właśnie. Żeby mieć z kim płodzić słodkie szczeniaczki. Przetrwanie gatunku, nasi górą – te sprawy. Przyciągnie cię ta osoba, z którą będzie się miało największe szanse przekazać następnemu pokoleniu swoje wilcze geny.

Czekałem, aż mi wyjaśni, gdzie w tym schemacie widzi miejsce dla siebie.

Gdybym była coś warta, w przypadku Sama padłoby na mnie.

Przeszył ją taki ból, że aż pomyliłem krok i musiałem zwolnić.

Jestem do niczego. Mam jakąś ukrytą wadę. Mimo swoich superprzodków, najwyraźniej nie potrafię przekazać ich wspaniałego genu. Więc zostałam dziwadłem – dziewczyną-wilkiem – bo do niczego innego się nie nadaję. Nie ma co się oszukiwać: jestem ślepą uliczką.

Nie mów tak, zaprotestowałem. Z tymi genami to tylko pomysł Sama. Prawda, istnieje takie zjawisko jak wpojenie, ale nie wiemy dlaczego. Billy ma na przykład zupełnie inną teorię.

Wiem, wiem. Myśli, że przez to nowe pokolenie wilków jest silniejsze od poprzedniego. Bo ty i Sam wyrośliście tacy wielcy – znacznie więksi od wilków z poprzedniej sfory. Ale tak czy siak, mnie to nie dotyczy. Jestem już po menopauzie. Mam dwadzieścia lat i jestem już po menopauzie.

Pięknie. O niczym tak nie marzyłem w tej chwili, jak o tym, żeby zakończyć tę rozmowę.

Spokojnie, Leah. To pewnie tylko efekt uboczny tego, że tak często zmieniamy się w wilki i przestajemy się starzeć. Zobaczysz, pobędziesz trochę człowiekiem, to te tam... to coś tam ci się odblokuje.

Może masz rację – tylko co z tego, skoro bez względu na mój rewelacyjny rodowód i tak nikt nigdy nie wpoi sobie mnie. Wiesz, dodała w zamyśleniu, gdyby nie było cię w pobliżu, to Seth mógłby sobie rościć prawo do zostania nową Alfą. Przynajmniej, zważywszy na jego koligacje. No bo mnie tam, rzecz jasna, nikt nie brałby pod uwagę...

Naprawdę chcesz, żeby przytrafiło ci się to całe wpojenie albo żeby kto inny tak oszalał na twoim punkcie? A co jest złego w zwykłym zakochiwaniu się, jak normalni ludzie? Jak dla mnie, z wpojeniem jest tak jak z rozkazami Alfy – to tylko kolejna odmiana zniewolenia.

Sam, Jared, Paul, Quil... nie wydają mi się nieszczęśliwi.

Bo są jak po praniu mózgu!

Więc wolałbyś uniknąć wpojenia?

Jasne, że bym wolał.

Tylko dlatego, że jesteś już zakochany w Belli. A po wpojeniu by ci przeszło. Nie musiałbyś już tak cierpieć. Nie zastanawiałeś się nad tym?

Chciałabyś zapomnieć o tym, co czułaś do Sama?

Zamyśliła się.

Sądzę, że tak.

Westchnąłem. Miała do tego o wiele zdrowsze podejście niż ja.

Ale wracając do punktu wyjścia – rozumiem, dlaczego ta blond wampirzyca jest taka chłodna. W przenośni, oczywiście. Jest bardzo skoncentrowana, skupiona na osiągnięciu upragnionego celu, zgadza się? Bo zawsze najbardziej chce się tego, czego nie można mieć.

Też byś tak postąpiła? Zamordowałabyś kogoś – bo nie da się inaczej nazwać tego, co ona robi, starając się za wszelką cenę nie dopuścić do tego, żebyśmy pomogli Belli – zamordowałabyś kogoś, żeby mieć dziecko? Kiedy to odezwał się w tobie instynkt macierzyński?

Tak, jak ci mówiłam – chcę tego, czego nie mogę mieć. Gdyby wszystko było ze mną w porządku, kto wie, może nigdy nie miałabym takich ciągot.

I zabiłabyś kogoś, żeby zostać matką? drążyłem uparcie.

Myślę, że Rosalie nie czerpie przyjemności z tego, że Bella może umrzeć, tylko z tego, że oczekuje dziecka. Przeżywa to trochę tak, jakby sama była w ciąży. Gdyby... gdyby to mnie Bella poprosiła o pomoc... Zastanowiła się nad tym. Nie lubię jej jako osoby, ale pewnie też bym się zgodziła.

Spomiędzy moich zaciśniętych kłów wydobyło się głośne warknięcie.

Bo gdyby odwrócić role, chciałabym, żeby Bella zrobiła dla mnie to samo. I Rosalie też. Obie podjęłybyśmy tę samą decyzję, co Bella.

O, nie! Następna się znalazła!

To zabawne, do czego człowiek robi się zdolny, kiedy w grę wchodzi coś, czego nie można mieć.

Nie, no... Dosyć tego. Mam dość. Koniec tematu, zrozumiano? Proszę bardzo.

Nie wystarczało mi to, że ucichła. Chciałem od niej odpocząć.

Znajdowałem się niespełna dwa kilometry od miejsca, w którym zostawiłem swoje nowe ubrania, więc czym prędzej zmieniłem się w człowieka i przeszedłem resztę drogi na dwóch nogach. Nie myślałem o rozmowie, którą odbyłem z Leą, ale nie dlatego, że nie sprowokowała mnie do żadnych przemyśleń, lecz dlatego, że nie mogłem ich znieść. Nie miałem najmniejszego zamiaru spoglądać na całą sytuację z innej perspektywy – z jej perspektywy – ale było mi piekielnie trudno się przed tym uchronić, bo do mojej głowy dostały się wszystkie jej refleksje i emocje.

Nie zamierzałem też już nigdy więcej patrolować z nią granicy. Właściwie mogłem po prostu odesłać ją do La Push. Jedna mała komenda Alfy przed moim odejściem nikomu nie mogła zaszkodzić.

Kiedy dotarłem do domu, było jeszcze bardzo wcześnie. Bella pewnie nadal spała. Postanowiłem, że sprawdzę tylko, co słychać, powiem Cullenom, że mogą się już wybrać na polowanie, a potem znajdę jakąś polankę porośniętą na tyle miękką trawą, że będę mógł się na niej przespać w ludzkiej postaci. Chciałem wrócić na patrol dopiero wtedy, kiedy Leah miała z niego zejść.

Z wnętrza budynku dochodził szmer rozmów. Czyżby Bella już wstała? Ale zaraz zrzedła mi mina, bo usłyszałem, że na piętrze znowu buczy aparatura. Czyli trwało prześwietlenie. Świetnie. Wyglądało na to, że pierwszy z pozostałych nam czterech dni zaczął się mocnym akcentem.

Zanim sięgnąłem do klamki, drzwi otworzyła Alice.

Skinęła głową na powitanie.

– Cześć, wilk.

– Cześć, mała. Co tam się dzieje na górze?

Salon był pusty – wszyscy wybyli do rentgena.

Wzruszyła swoimi kościstymi ramionkami.

– Podejrzewają nowe złamanie.

Starała się powiedzieć to z jak największą swobodą, ale w głębi jej oczu zauważyłem płomienie. Edward i ja nie byliśmy tu jedynymi, którzy czuli się jak na stosie. Alice też kochała Bellę.

– Kolejne żebro? – spytałem ochryple.

– Nie. Teraz miednica.

Śmieszne, że za każdym razem reagowałem tak gwałtownie – jak gdyby każda nowa rzecz, o jakiej mnie informowano, była dla mnie całkowitym zaskoczeniem. Kiedy miałem przestać czuć się zaskoczony? Czego się spodziewałem?

Alice wpatrywała się w moje rozedrgane dłonie.

Na piętrze odezwała się Rosalie.

– A widzisz. Mówiłam, że ci się przywidziało, Edwardzie. Nic nie chrupnęło. Musisz chyba wybrać się do laryngologa.

Nikt jej nie odpowiedział.

Alice skrzywiła się.

– Jak tak dalej pójdzie, Edward straci cierpliwość i rozerwie ją na strzępy. Dziwię się, że Rosalie tego nie widzi. A może widzi, tylko liczy na Emmetta.

– Emmetta wezmę na siebie – zaoferowałem się – a ty możesz pomóc Edwardowi z tym rozrywaniem.

Uśmiechnęła się blado.

Po schodach zeszła cała procesja. Tym razem chorą niósł jej mąż. Trzymała oburącz kubek z krwią, a twarz miała białą jak trup. Widać było, że chociaż Edward stara się zamortyzować każdy najdrobniejszy wstrząs, i tak przenosiny sprawiają Belli ból.

– Jake – wyszeptała i mimo wszystko zmusiła do uśmiechu.

Przyglądałem się jej w milczeniu.

Położywszy ją ostrożnie na kanapie, Edward usiadł u jej wezgłowia. Przez chwilę zastanawiałem się, dlaczego nie zostawili jej na górze, ale szybko wydedukowałem, że musiał być to pomysł Belli. Wolała pewnie udawać, że wszystko z nią jest w porządku, więc nie potrzebuje non stop szpitalnego osprzętu. A Edward naturalnie podporządkował się jej prośbie.

Carlisle zszedł powoli na samym końcu, spięty i zatroskany. Rozpacz go postarzała. Nareszcie wyglądał na kogoś, kto mógłby być lekarzem.

– Sprawdziliśmy połowę trasy stąd do Seattle – zakomunikowałem mu – i ani śladu sfory. Macie ode mnie zielone światło.

– Dziękuję, Jacobie. W samą porę. Tyle mamy do załatwienia... – Zerknął na kubek, który tak kurczowo trzymała Bella. Oczy miał czarne jak węgiel.

– Myślę też, że spokojnie możecie wyruszyć w grupie większej niż trzy osoby. Jestem przekonany, że Sam koncentruje swoje siły wokół La Push.

Pokiwał głową. Wydało mi się dziwne, że tak chętnie słuchał moich rad.

– Dobrze. Najpierw pójdziemy ja, Alice, Esme i Jasper, a później Alice może wziąć Emmetta i Ro...

– Nie ma mowy – syknęła Rosalie. – Emmett może pójść już w pierwszej turze.

– Powinnaś się posilić – przypomniał jej łagodnie.

Ton głosu, jaki przybrał, nie wpłynął na jej własny.

– Jeśli już wybiorę się na polowanie, to tylko z nim – warknęła, wskazując podbródkiem na Edwarda, po czym odgarnęła włosy do tyłu.

Carlisle tylko westchnął.

Momentalnie w salonie pojawili się Jasper i Emmett i razem z Alice ustawili się w gotowości przy drzwiach w szklanej ścianie. Z pewnym opóźnieniem dołączyła do nich Esme.

Carlisle położył mi rękę na ramieniu. Była lodowata, ale jej nie strąciłem – po części dlatego, że zaskoczył mnie tym gestem, a po części, ponieważ nie chciałem ranić jego uczuć.

– Dziękuję – powtórzył, a potem z pozostałą czwórką rzucił się pędem przed trawnik. Zniknęli mi z oczu, zanim jeszcze zdążyłem zaczerpnąć powietrza. Musieli być o wiele bardziej spragnieni, niż podejrzewałem.

W pokoju zapadła cisza. Czułem, że ktoś wpatruje się we mnie gniewnie i dobrze wiedziałem kto. Planowałem wcześniej jak najszybciej wrócić do lasu się przespać, ale możliwość popsucia poranka pewnej wampirzycy była zbyt kusząca.

Podszedłem do fotela stojącego obok tego, który zajmowała, i rozsiadłem się, a raczej rozwaliłem, przechylając głowę ku Belli, tak że moja lewa stopa wylądowała tuż przy twarzy Rosalie.

– Fuj – mruknęła, marszcząc nos. – Niech ktoś wypuści psa.

– Znasz dowcip o tym, jak umierają komórki mózgowe blondynek?

Nic nie powiedziała.

– To jak? Znasz odpowiedź, czy nie?

Ignorowała mnie, udając, że ogląda telewizję.

– Zna ten dowcip? – spytałem Edwarda.

Nie rozbawiła go ta sytuacja – nawet nie drgnął, a oczu nie spuszczał z Belli – ale odpowiedział:

– Nie.

– Super. W takim razie, na pewno ci się spodoba, Blondie. Komórki mózgowe blondynki umierają samotnie.

Nadal na mnie nie patrzyła.

– Zabijałam setki razy więcej niż ty, parszywy kundlu. Nie zapominaj o tym.

– Prędzej czy później, królowo piękności, straszenie mnie przestanie ci wystarczać. Och, jak ja czekam na ten dzień!

– Wystarczy, Jacob – upomniała mnie Bella.

Zerknąłem na nią. Przyglądała mi się krzywo. Najwyraźniej jej wczorajszy dobry nastrój minął bezpowrotnie.

Trudno, nie chciałem jej denerwować.

– Mam sobie pójść?

Miałem już prawie nadzieję – a raczej niemal obleciał mnie strach – że nareszcie przejadła jej się moja obecność, ale zamrugała gwałtownie, zszokowana, że mogłem dojść do takiego wniosku.

– Nie! Oczywiście, że nie!

Westchnąłem. Edward też westchnął, tyle że bardzo dyskretnie. Też wolałby, żeby Bella wreszcie mnie przegoniła. Pomyślałem, że to wielka szkoda, że nigdy by jej nie zasugerował niczego, co by ją unieszczęśliwiło.

– Wyglądasz na zmęczonego – stwierdziła.

– Ledwo żyję – przyznałem.

– Chciałoby się – mruknęła Rosalie tak cicho, żeby Bella nie mogła jej usłyszeć.

Osunąłem się w fotelu dla większej wygody. Moja naga stopa zawisła przez to jeszcze bliżej wampirzycy. Blondyna zesztywniała. Po kilku minutach poproszona przez Bellę o więcej krwi, zerwała się z miejsca, aż zawiał wiatr, i pognała na piętro. Było naprawdę spokojnie. Właściwie to nic nie stało na przeszkodzie, żebym się zdrzemnął.

Ciszę przerwał Edward.

– Mówiłaś coś? – zwrócił się do Belli wyraźnie zdezorientowany.

Było to dziwne, bo nikt nic nie powiedział, a słuch miał przecież równie dobry, jak ja.

Bella spojrzała na niego zagubiona.

– Ja? Nie, nic nie mówiłam.

Ukłęknął i pochylił się nad nią. Zdawał się analizować coś intensywnie, więc chyba wpadł na jakiś trop. Zerknął znowu na Bellę.

– O czym teraz myślisz?

Wzruszyła ramionami.

– O niczym. O co ci chodzi?

– A przed chwilą?

– Hm... O Wyspie Esme. I o pierzu.

Co miał piernik do wiatraka? Ale Bella się zarumieniła i zrozumiałem, że lepiej, żebym się tego nie dowiedział.

– Powiedz coś jeszcze – poprosił.

– Ale co? I po co? Edwardzie, o co chodzi?

Jego wyraz twarzy znowu raptownie się zmienił i Edward zrobił coś, od czego mimowolnie rozdziawiłem usta. Usłyszałem, jak ktoś za moimi plecami zachłystuje się powietrzem i domyśliłem się, że wróciła Rosalie. Zachowanie jej brata było dla niej tak samo zaskakujące, jak dla mnie.

Tak delikatnie, jak tylko było to możliwe, przyłożył obie dłonie do nabrzmiałego brzucha Belli.

– To co... – Ugryzł się w język. – Dzie... dziecko lubi dźwięk twojego głosu – wykrztusił.

Na moment wszystkich zamurowało. Nie byłem w stanie choćby mrugnąć.

– Matko Boska, ty słyszysz jego myśli! – wykrzyknęła Bella.

Zaraz potem się skrzywiła.

Edward przesunął rękę ku górze i pogłaskał czule miejsce, w które to coś pewnie ją kopnęło.

– Cii – szepnął. – Przestraszyłaś... go.

Ze zdumienia otworzyła szeroko oczy. Poklepała się po brzuchu.

– Przepraszam, kochanie.

Edward nasłuchiwał uważnie z przechyloną głową.

– O czym teraz myśli? – chciała wiedzieć Bella.

– Jest bardzo... – zamilkł i spojrzał na nią. Wyglądał na wzruszonego i poruszonego, tak jak ona, ale jednocześnie nadal był pełen rezerwy. – Jest szczęśliwy – powiedział z niedowierzaniem.

Zaparło jej dech w piersiach. Nie sposób było nie zauważyć błysku fanatyzmu w jej oczach: mieszanki nabożnego uwielbienia i ślepego oddania. Uśmiechnęła się szeroko, a po policzkach pociekły jej łzy.

Edward z kolei ani się nie przeraził, ani się nie rozgniewał, ani nie upodobnił się do człowieka płonącego na stosie czy do kogokolwiek innego, kim był w ciągu ostatnich kilku dni. Widziałem go w różnych momentach, ale takiego jeszcze nigdy. Na chwilę razem z Bellą popadł w bezgraniczny zachwyt.

– Oczywiście, że jesteś szczęśliwy, mój maleńki – zagruchała, głaskając się po brzuchu i płacząc z radości. – Jakże mogłoby być inaczej? Przecież wiesz, że jesteś kochany, a w brzuszku u mamusi jest ci tak cieplutko i bezpiecznie. Och, mój mały EJ!* Moja gwiazdeczka! Tak bardzo cię kocham!

– Jak go nazwałaś? – spytał Edward zaintrygowany.

Znowu się zarumieniła.

---

* EJ (wym. i dżej) – w języku angielskim można w ten sposób tworzyć zdrobnienie – w tym przypadku od pierwszych liter imion Edward i Jacob – przyp. tłum.

– Widzisz... wymyśliłam już dla niego imiona. Nic ci nie mówiłam, bo chyba... nie byłeś zainteresowany.

– EJ?

– Twój ojciec też miał na imię Edward.

– Tak, to prawda. A co... – Przerwał, bo coś zbiło go z pantałyku. – Hm...

– Co?

– Dźwięk mojego głosu też lubi.

– Jasne, że lubi – powiedziała niemalże takim tonem, jakby napawała się jakimś sukcesem. – Masz najpiękniejszy głos w całym wszechświecie. Kto mógłby go nie pokochać?

– Masz jakiś plan awaryjny? – spytała Rosalie, pochylając się ku Belli ponad oparciem z taką samą jak ona obrzydliwie usatysfakcjonowaną miną. – Co jeśli to dziewczynka a nie chłopiec?

Bella otarła sobie łzy wierzchem dłoni.

– Brałam już pod uwagę kilka wersji. Bawiłam się różnymi połączeniami Renée i Esme, i tak sobie myślę, że może... Renezmej? Z akcentem na drugą sylabę.

– Renezmej?

– Pisałoby to się Renesmee. I jak, zbyt dziwaczne?

– Nie, podoba mi się – zapewniła ją Rosalie. Prawie że stykały się głowami – złote włosy przy brązowych o mahoniowym odcieniu. – Jest piękne. I jedyne w swoim rodzaju, więc pasuje jak ulał.

– Mimo wszystko, nadal wydaje mi się, że to Edward.

Duży Edward dalej nasłuchiwał, zapatrzony w dal niewidzącymi oczami.

– I co? I co? – zawołała Bella podekscytowana. – O czym teraz myśli?

Zamiast jej odpowiedzieć, zrobił coś, czym tak zaskoczył całą naszą trójkę, że każde z nas aż jęknęło – ostrożnie przyłożył ucho do jej brzucha.

– Kocha cię – wyszeptał, całkowicie oszołomiony. – Po prostu cię ubóstwia.

W tej samej chwili zrozumiałem, że zostałem sam. Zupełnie sam.

Miałem ochotę się kopnąć, kiedy zdałem sobie sprawę, jak bardzo liczyłem na tego gada. Jaki byłem głupi! Jakby można było zaufać pijawce! To, że mnie w końcu zdradzi, było nieuniknione.

Liczyłem na to, że będzie po mojej stronie. Liczyłem na to, że będzie cierpiał jeszcze bardziej niż ja. A przede wszystkim liczyłem na to, że będzie nienawidził bardziej niż ja tego odrażającego, zabijającego Bellę stwora.

Stawiałem na niego.

Mimo to siedzieli teraz razem, przytuleni, rozmarzeni, zachwycając się tym niewidocznym, nabierającym sił potworem jak szczęśliwi młodzi rodzice.

A ja zostałem sam z swoją nienawiścią i z swoim bólem, który dokuczał mi tak bardzo, jak gdybym był na torturach. Jak gdyby przeciągano mnie powoli przez łoże z postawionych na sztorc żyletek. Ból był tak silny, że śmierć wydawała się przy nim wybawieniem.

Z moich mięśni wystrzeliło ciepło, przywracając je do życia. Zerwałem się z fotela. Wszyscy troje podnieśli głowy. Edward skupił się na powrót na moich myślach i jego twarz znowu wykrzywił ból.

– Aaa... – wykrztusił.

Nie wiedziałem, co robię – stałem tak, dygocząc, gotowy pomóc sobie w taki sposób, jaki pierwszy przyszedł mi do głowy.

Poruszając się równie szybko, co atakujący wąż, Edward dopadł stolika i wyjął z szuflady jakiś drobny przedmiot. Cisnął to coś w moją stronę, a ja machinalnie to złapałem.

– Idź już, Jacob. Wyjdź stąd jak najprędzej.

Nie powiedział tego agresywnie czy z odrazą – rzucił mi te słowa niczym koło ratunkowe. Podsuwał po przyjacielsku inną drogę ucieczki.

Ściskałem kluczyki samochodowe.

17 *Na kogo ja wyglądam?*
Na czarnoksiężnika z krainy Oz*?*
Potrzebny ci umysł?
Potrzebne ci serce? Śmiało, bierz moje.
Bierz wszystko, co mam.

Biegnąc do garażu, obmyśliłem z grubsza plan działania. Jego druga część polegała na tym, że w drodze powrotnej miałem skasować pożyczony wóz.

Zdziwiłem się więc trochę, kiedy nacisnąłem przycisk na kluczyku i to nie volvo zapiszczało i błysnęło zapraszająco światłami. Odezwał się inny samochód – samochód tak niesamowity, że wyróżniał się nawet na tle kolekcji Cullenów, chociaż na widok każdego zaparkowanego tu auta można się było poślinić.

Czy Edward naprawdę miał zamiar dać mi kluczyki do astona martina vanquisha, czy był to tylko przypadek?

Nie zatrzymałem się jednak, żeby się nad tym zastanowić – ani nad tym, czy ten fakt miał jakoś wpłynąć na drugą część mojego planu. Wsunąłem się w jedwabiście gładki skórzany fotel i odpaliłem silnik, siedząc za kierownicą, kolana miałem niemalże pod brodą. Auto zamruczało jak dziki kot. Jeszcze dzień wcześniej zareagowałbym na ten dźwięk głuchym jękiem, ale teraz koncentrowałem się tylko na wprawianiu pojazdu w ruch.

Namacałem odpowiednią dźwignię i przesunąłem siedzenie do tyłu, jednocześnie naciskając gaz. Wóz nie tyle wyjechał z garażu, co z niego wyskoczył – miałem wręcz wrażenie, że wzbił się w powietrze.

Pokonanie wąskiej, krętej drogi dojazdowej zajęło tylko kilka sekund. Samochód dawał się prowadzić z taką łatwością, jak gdyby

---

* Czarnoksiężnik z krainy Oz, bohater powieści dla dzieci L. Franka Bauma, obdarował umysłem Stracha na Wróble, a sercem Blaszanego Drwala – przyp. tłum.

odbierał polecenia wprost z mojego mózgu, a nie za pośrednictwem moich rąk. Wypadłszy z zielonego tunelu na szosę, kątem oka zauważyłem szary pysk Lei czającej się niepewnie w paprociach. Na ułamek sekundy zaniepokoiłem się, co wilczyca sobie o mnie pomyśli, ale potem uzmysłowiłem sobie, że nic mnie to nie obchodzi.

Skręciłem na południe, bo nie miałem dość cierpliwości, żeby przeprawiać się dokądś promem, walczyć w korkach, czy robić cokolwiek innego, przez co musiałbym zwolnić.

Poniekąd uśmiechnęło się do mnie szczęście – jeśli aż tak cynicznie można było określić to, że jadąc często uczęszczaną drogą trzysta na godzinę, nie natknąłem się na ani jednego policjanta – nawet na terenach zabudowanych, gdzie przecież obowiązywała pięćdziesiątka. Co za rozczarowanie. Zawsze byłaby to jakaś rozrywka trochę się pościgać, nie wspominając o tym, że numer rejestracyjny doprowadziłby funkcjonariuszy do kogoś, komu chciałem dokopać. Oczywiście krwiopijca wywinąłby się od kary łapówką, ale przynajmniej choć trochę utrudniłbym mu życie.

Jedyny stróż prawa, jaki zwrócił na mnie uwagę, towarzyszył mi przez kilka kilometrów na południe od Forks, biegnąc lasem wzdłuż szosy. Jego zwalista sylwetka co jakiś czas migała pomiędzy pniami drzew. Sądząc po kolorze sierści, był to Quil. Musiał wiedzieć, że to ja, bo zniknął bez podnoszenia alarmu. Tak jak w przypadku Lei, zacząłem się zastanawiać, do jakich dojdzie wniosków, ale zaraz stwierdziłem, że właściwie mam to gdzieś.

Objechawszy wrzynającą się głęboko w ląd zatokę, skierowałem się na północ, ku rozlewającej się na wszystkie strony aglomeracji obejmującej Tacomę i Seattle. Taka była pierwsza część mojego planu – dostać się do największego miasta w okolicy.

Wydawało mi się, że podróż trwa całe wieki – pewnie dlatego, że nadal przeciągano mnie po żyletkach – ale tak naprawdę zajęła niespełna dwie godziny. Wjechawszy na przedmieścia, nareszcie zwolniłem. Wcześniej mogłem sprawiać inne wrażenie, ale naprawdę nie chciałem zabić żadnego niewinnego przechodnia.

Mój plan był idiotyczny. Wiedziałem, że nie wypali. Ale kiedy opuszczając dom Cullenów, przetrząsałem gorączkowo archiwa pamięci w poszukiwaniu jakiegoś leku na swój ból, jedyną metodą, jaka przyszła mi do głowy, była ta, którą na patrolu podsunęła mi Leah: „Po wpojeniu by ci przeszło. Nie musiałbyś już tak cierpieć". Może jednak istniały na świecie gorsze rzeczy od zniewolenia? Może najgorszą rzeczą na świecie było czuć się tak, jak ja teraz?

Ale widziałem już wszystkie dziewczyny w La Push, w Forks i w rezerwacie Makah. Potrzebowałem nowych bodźców.

Jak wypatrzeć tę jedyną w tłumie nieznajomych? Cóż, po pierwsze, trzeba było trafić na tłum. Zacząłem rozglądać się za odpowiednim miejscem. Minąłem kilka centrów handlowych, gdzie pewnie bez problemu znalazłbym kupę potencjalnych kandydatek w swoim wieku, ale jakoś nie mogłem zmusić się do tego, żeby się zatrzymać. Czy aby na pewno chciałem zakochać się na zabój w dziewczynie, która całymi dniami chodziła po sklepach?

Im dalej jechałem na północ, tym na ulicach było więcej ludzi. W końcu trafiłem na duży park pełen dzieciaków i rodzin, i deskorolek, i rowerów, i latawców, i pikników, i całego tego tałatajstwa. Dopiero wtedy dotarło do mnie, że była ładna pogoda. Świeciło słońce i takie tam. Wszyscy wyszli z domów nacieszyć się bezchmurnym niebem.

Zaparkowałem w poprzek dwóch miejsc dla niepełnosprawnych – po prostu prosiłem się o mandat – po czym dołączyłem do spacerowiczów.

Chodziłem chyba z kilka godzin, w każdym razie na tyle długo, żeby słońce znalazło się po przeciwnej stronie nieba. Przyglądałem się uważnie każdej mijanej dziewczynie, odnotowując najdrobniejsze szczegóły: która była ładna, która miała niebieskie oczy, która dobrze prezentowała się z aparatem na zębach, która zbyt mocno się umalowała... Żeby udowodnić sobie, że naprawdę się staram, w każdej próbowałem doszukać się czegoś interesującego: jedna, na przykład, miała wyjątkowo prosty nos, inna mogłaby odgarnąć sobie włosy sprzed oczu, jeszcze inna mogłaby reklamować szminki, gdyby tylko reszta jej twarzy była taka idealna jak usta...

Czasami też się mi przyglądały. Czasami wyglądały na przestraszone – jakby myślały sobie: „Co ten wielki dziwak się tak na mnie gapi?". Czasami wydawały mi się nawet zainteresowane moją osobą, ale to chyba raczej schlebiało sobie moje ego.

Tak czy siak, nic z tego nie wynikło. Nawet kiedy popatrzyłem prosto w oczy dziewczynie, która bezkonkurencyjnie była najseksowniejszą laską w całym parku – i najprawdopodobniej w całym mieście – a ona przyjrzała mi się w zamyśleniu, które można było wziąć za zainteresowanie, nie poczułem nic szczególnego. Nic prócz tej samej przemożnej chęci, by znaleźć jakiś sposób na ukojenie mojego bólu.

Z czasem zacząłem zauważać zupełnie nie to, co powinienem: rzeczy kojarzące mi się z Bellą. Ta miała włosy takiego samego koloru. Ta miała oczy prawie takiego samego kształtu. U tamtej tak samo wystawały kości policzkowe. U jeszcze innej rzuciła mi się w oczy charakterystyczna zmarszczka między brwiami i pomyślałem, że może i Bellę coś teraz martwi...

To wtedy dałem za wygraną. Byłbym idiotą, gdybym wierzył, że tylko dlatego, iż byłem dostatecznie zdesperowany, lada chwila wpadnę na tę jedną jedyną, bo udało mi się jakimś cudem wybrać i odpowiedni czas, i miejsce. Moje poszukiwania nie miały sensu tym bardziej, że znajdowałem się daleko od domu. Jeśli Sam miał rację i w tym wszystkim chodziło o przekazywanie wilczych genów, największe szanse na znalezienie swojej drugiej połówki miałem w La Push. Ale najwyraźniej nikt się tam dla mnie nie nadawał. Jeśli z kolei to teoria Billy'ego była słuszna, to trudno było stwierdzić, jaka jest recepta. No bo od czego niby nowe pokolenie wilków robiło się silniejsze?

Wróciłem do auta i przysiadłszy na jego masce, zacząłem bawić się kluczykami.

Może miałem ten sam problem, który podejrzewała u siebie Leah? Coś było za mną nie tak i natura tak to obmyśliła, że nie miałem nic przekazać następnym pokoleniom? A może po prostu moje życie było jednym wielkim okrutnym żartem i nie było ucieczki przed jego puentą?

– Hej, wszystko w porządku? Hej, ty, ze skradzionym samochodem!

Musiała minąć sekunda, żebym uświadomił sobie, że to do mnie ktoś woła, i kolejna sekunda, żebym zdecydował się podnieść głowę.

Wpatrywała się we mnie z troską znajomo wyglądająca dziewczyna. Przypomniało mi się, dlaczego rozpoznałem jej twarz – była jedną z tych, które wcześniej klasyfikowałem. Miała złotorude włosy, kilka złotych piegów na policzkach i nosie, jasną cerę i oczy barwy cynamonu.

– Jeśli do tego stopnia gryzą cię wyrzuty sumienia po kradzieży, to wiesz, zawsze możesz sam zgłosić się na policję.

Mówiąc to, uśmiechnęła się i w jej brodzie pojawił się dołeczek.

– Nie ukradłem go, tylko pożyczyłem – warknąłem.

Mój głos zabrzmiał bardzo dziwnie – jakbym płakał czy coś. Zrobiło mi się jeszcze bardziej głupio.

– Jasne. Już widzę, jak to przejdzie w sądzie.

Posłałem jej pełne niechęci spojrzenie.

– Coś jeszcze?

– Nie, nic. A z tym samochodem, to tylko żartowałam. Zatrzymałam się, bo widzisz... wyglądasz jakby coś cię gryzło. Och, zapomniałam się przedstawić. Jestem Lizzie.

Wyciągnęła rękę na powitanie. Popatrzyłem na jej dłoń, ale nie zareagowałem. Wreszcie ją opuściła.

– Hm... – Zakłopotana podrapała się po głowie. – Tak sobie tylko pomyślałam, że może mogłabym ci jakoś pomóc. Wydawało mi się, że kogoś tam szukałeś. – Wskazała na park i wzruszyła ramionami.

– Bo tak było.

Czekała.

Westchnąłem.

– Nie, sorry, nie potrzebuję niczyjej pomocy. Nie ma jej tutaj.

– Przykro mi.

– Mnie też – mruknąłem.

Przyjrzałem jej się raz jeszcze. Lizzie. Ładna była. I na tyle miła, żeby próbować pomóc naburmuszonemu nieznajomemu, który pewnie sprawiał wrażenie dziwaka. Dlaczego nie mogła być tą jedną jedyną? Dlaczego wszystko musiało być takie cholernie skomplikowane? Była ładna, sympatyczna, miała nawet poczucie humoru. Dlaczego nie mogło trafić akurat na nią?

– Piękne auto – powiedziała. – Wielka szkoda, że już ich nie produkują. To znaczy, vantage też ma świetną sylwetkę, ale w vanquishu jest coś takiego...

Sympatyczna dziewczyna, która znała się na samochodach. Świdrowałem ją wzrokiem, modląc się, żebym wpadł na pomysł, jak sprowokować to przeklęte wpojenie. No, Jake, na co czekasz?

– Jak się nim jeździ? – spytała.

– Och, tego nie da się opisać.

Uśmiechnęła się i jej uroczy dołeczek znowu objawił się światu. Najwyraźniej była szczerze ucieszona, że udało jej się wyciągnąć ze mnie jakąś w miarę normalną i grzeczną odpowiedź. Posłałem jej wysilony uśmiech.

Niestety, jej pogodna mina nie mogła mi pomóc. Zatapiające się w mojej skórze niewidzialne ostrza nie znikły. Niezależnie od tego, jak bardzo tego chciałem, mojego życia nie dawało się ot tak naprawić.

Jeszcze dużo mi brakowało do Lei. Nie byłem w stanie zakochać się w kimś innym. Moja rozpacz była zbyt wielka. Może za dziesięć lat – kiedy serce Belli miało już od dawna być martwe, a ja sam miałem mieć już cały proces żałoby za sobą, miałem się pozbierać – może wtedy mógłbym zaprosić Lizzie na przejażdżkę szybkim autem, porozmawiać z nią o markach i modelach, dowiedzieć się o niej czegoś więcej, przekonać się, czy podoba mi się jako osoba. Może wtedy, ale nie teraz.

Nie mogłem liczyć na to, że uratuje mnie magia. Musiałem znieść te tortury jak mężczyzna. Zacisnąć zęby.

Lizzie nie odchodziła. Może miała nadzieję, że wezmę ją jednak na tę przejażdżkę. A może nie.

– Chyba lepiej będzie, jak już oddam to auto facetowi, od którego je pożyczyłem – powiedziałem.

Znowu się uśmiechnęła.

– Miło słyszeć, że zejdziesz ze złej drogi.

– To twoja zasługa.

Przyglądała się, jak wsiadam do środka, chyba nadal przejmując się tym, jak się czuję. Pewnie wyglądałem na kogoś gotowego zjechać z klifu. Czego pewnie nawet bym i spróbował, gdybym miał pewność, że taki upadek zabije wilkołaka. Pomachała mi na pożegnanie i odprowadziła mnie wzrokiem.

Z początku przestrzegałem przepisów i w ogóle. Nigdzie mi się nie spieszyło. Nie chciałem dojechać na miejsce. Znowu znaleźć się w tamtym lesie, w tamtym domu. Wrócić do źródła bólu, od którego uciekłem. Znowu poczuć, że zostałem z nim zupełnie sam.

Dobra, dramatyzowałem. Nie miałem być zupełnie sam, ale to właściwie było jeszcze gorsze. Czemu Leah i Seth musieli cierpieć razem ze mną? Dobrze, że chociaż Seth miał w miarę szybko wrócić do watahy. Nie zasłużył sobie na to, żeby przechodzić przez coś takiego. Leah też nie, ale przynajmniej miała rozumieć, co się ze mną dzieje. Nie było rzeczy, której by nie wiedziała o bólu.

Na myśl o tym, czego chciała ode mnie Leah, westchnąłem ciężko, bo wiedziałem teraz, że dopnie swego. Ciągle byłem na nią wkurzony, ale nie mogłem też ignorować faktu, że wyrażając zgodę na jej prośbę, ulżyłbym jej w cierpieniu. A teraz, gdy już znałem ją lepiej, wiedziałem, że gdyby miała taką możliwość, pewnie zrobiłaby dla mnie to samo.

Życie z Leą miało być co najmniej interesujące. Dziwnie byłoby mieć ją za towarzyszkę – za przyjaciółkę. Spodziewałem się, że w kółko będziemy się na siebie irytować. Nie pozwalałaby mi obnosić się demonstracyjnie ze swoim smutkiem, o nie, ale pomyślałem, że poniekąd wyszłoby mi to na dobre. Miał mi się przydać ktoś, kto od czasu do czasu dałby mi kopa w tyłek. A przede wszystkim była jedyną znaną mi osobą, która potrafiła postawić się teraz na moim miejscu.

Przypomniało mi się, jak polowaliśmy rano i jak ściśle współpracowały wtedy z sobą nasze umysły. Nie było to takie złe. Było to coś nowego. Coś trochę przerażającego, odrobinę krępującego. Ale też – choć głupio mi się było do tego przyznać – coś przyjemnego.

Nie, nie musiałem zostać zupełnie sam.

Wiedziałem też, że Leah ma w sobie dość siły, żeby ze mną wytrzymać przez najbliższe miesiące. Miesiące i lata. Na samą myśl o nich robiłem się zmęczony. Czułem się tak, jakbym wpatrywał się w bezkresny ocean ze świadomością, że mam dopłynąć do przeciwległego brzegu bez chwili odpoczynku.

Taki szmat czasu miała trwać moja żałoba, a tak niewiele dzieliło mnie od jej początku. Od początku mojej próby przebycia oceanu. Tylko trzy i pół dnia, a ja marnowałem je jak idiota na bezsensowne wycieczki do Seattle.

Docisnąłem gaz.

Wjeżdżając do Forks, dostrzegłem Sama i Jareda siedzących po obu stronach drogi niczym wartownicy. Byli dobrze schowani w leśnym gąszczu, ale spodziewałem się ich i wiedziałem, czego wypatrywać. Mijając ich, skinąłem tylko głową. Zupełnie mnie nie interesowało, co sobie pomyśleli o mojej eskapadzie.

Skręciwszy do Cullenów, skinięciem głowy przywitałem się też z Sethem i Leą. Ściemniało się, a po tej stronie zatoki niebo było mocno zachmurzone, ale zauważyłem ich, bo ślepia błysnęły w świetle reflektorów. Postanowiłem, że wyjaśnię im wszystko później. Będziemy mieć na takie rzeczy mnóstwo czasu.

Ku mojemu zdziwieniu, Edward czekał na mnie w garażu. Pierwszy raz od dawna widziałem go bez Belli. Sądząc po wyrazie jego twarzy, nie stało jej się na szczęście nic złego – właściwie to w ciągu ostatnich kilku dni nie widziałem, żeby wyglądał tak dobrze. Przypomniało mi się, skąd brał się jego spokój, i ze złości i obrzydzenia ścisnęło mnie w żołądku.

Wielka szkoda, że przez te wszystkie rozmyślania zapomniałem skasować mu auto. Trudno. Zresztą, przez to, że w grę wchodził aston martin, pewnie nie byłbym w stanie zdobyć się na to, żeby choćby go zadrasnąć. Może Edward odgadł, jakie są moje preferencje, i to właśnie dlatego wybrał ten wóz a nie inny?

– Mam z tobą do omówienia dwie sprawy – oświadczył, kiedy zgasiłem silnik.

Wziąłem głęboki wdech i przez chwilę nie wypuszczałem powietrza z płuc, po czym wysiadłem powoli z samochodu i rzuciłem Edwardowi kluczyki.

– Dzięki za pożyczkę – powiedziałem cierpko. Najwyraźniej nie była bezinteresowna. – Czego znowu chcesz?

– Po pierwsze... wiem, że jesteś przeciwny dyscyplinowaniu członków swojej sfory, ale...

Mrugnąłem, zdumiony, że wyskoczył akurat z czymś takim.

– Co takiego?

– Jeśli nie potrafisz albo nie będziesz chciał wpłynąć jakoś na Leę, to będę...

– Na Leę? – przerwałem mu, cedząc przez zaciśnięte zęby. – Co się stało?

Zrobił surową minę.

– Podeszła pod dom sprawdzić, czemu tak nagle wyjechałeś. Usiłowałem jej to wyjaśnić i podejrzewam, że zaszło między nami nieporozumienie.

– Jak zareagowała?

– Zmieniła się w człowieka i...

– Naprawdę? – znowu mu przerwałem, tym razem dlatego, że ta informacja mnie zszokowała. Nie mieściło mi się to w głowie. Leah pozbyła się swojej jedynej broni na progu siedziby wroga?!

– Chciała... porozmawiać z Bellą.

– Z Bellą?!

Edward był oburzony.

– Nie pozwolę, żeby Bellę ktoś łajał jak psa, i nic mnie to nie obchodzi, jakie usprawiedliwienia ma Leah na swoje zachowanie! Nie zrobiłem jej krzywdy, nigdy się do tego nie posunę, ale jeśli jeszcze raz zrobi Belli scenę, po prostu ją wyrzucę i to dosłownie – tak się zamachnę, że wyląduje na drugim brzegu rzeki!

– Chwileczkę. O co zrobiła Belli scenę?

Nic z tego, co mówił, nie miało dla mnie sensu.

Teraz to on wziął głęboki wdech, żeby się uspokoić.

– Niepotrzebnie się na nią zezłościła. Sam nie mam zamiaru udawać, że rozumiem, czemu Bella nie może zakończyć znajomości z tobą, ale wiem jedno – że nie postępuje w ten sposób po to, żeby cię zranić. Bardzo cierpi przez to, ile bólu zadaje zarówno tobie, jak i mnie, prosząc cię o to, żebyś nie odchodził. Leah była dla niej zbyt szorstka. Doprowadziła ją do łez, a...

– Czekaj. Czyli Leah nakrzyczała na Bellę z mojego powodu?

Skinął głową.

– Broniła cię jak lwica.

Ho, ho!

– Nie prosiłem jej o to.

– Wiem, że nie.

Wywróciłem oczami. Jasne, że wiedział. Wszystko przecież wiedział.

Z tej Lei to był jednak niezły numer. Kto by przypuszczał, że stać ją na coś takiego? Że wparuje do salonu krwiopijców, w dodatku w ludzkiej postaci, i oznajmi, że nie podoba jej się to, jak mnie tam traktowano!

– Nie mogę obiecać, że ją spacyfikuję – powiedziałem. – Nie chcę jej do niczego zmuszać. Ale porozmawiam z nią, okej? I nie sądzę, żeby planowała powtórkę. Nie jest osobą, która gromadzi w sobie złe emocje. Jak ma do kogoś jakieś pretensje, to wyrzuca je z siebie za jednym zamachem.

– Tak, to było widać.

– Z Bellą też zresztą porozmawiam. Żeby się tym nie gryzła. To mój problem.

– Już jej to mówiłem.

– No tak, jasne. Jak się czuje?

– Śpi. Jest z nią Rose.

Czyli blond psychopatkę nazywał teraz Rose? Nie ma co, facet przeszedł na ciemną stronę mocy.

Puścił tę moją uwagę mimo uszu, za to odpowiedział bardziej szczegółowo na moje pytanie.

– Poniekąd... czuje się już znacznie lepiej. Poza tym, że po wizycie Lei ma okropne wyrzuty sumienia.

Lepiej. Też mi coś. Bo słyszał myśli potworka i tak ich to rozczuliło? Żenada.

– To coś więcej – mruknął. – Ponieważ mam teraz kontakt z dzieckiem, udało mi się ustalić, że jest nad wiek rozwinięte intelektualnie. Do pewnego stopnia rozumie, co się do niego mówi.

Rozdziawiłem usta.

– Serio?

– Tak. Na to wygląda. Na przykład, chyba dotarło do niego, że swoimi ruchami sprawia Belli ból. Stara się być teraz ostrożniejszy. Z miłości do niej. Bo on już ją kocha.

Gapiłem się na niego, czując się tak, jakby oczy miały mi wyjść z orbit. Niedowierzanie wzięło nade mną górę, ale nie przeszkodziło mi to szybko kojarzyć fakty – domyśliłem się od razu, co też takiego spowodowało, że Edward tak radykalnie zmienił swoje poglądy. To właśnie swoją miłością zmutowany bękart przekonał go do siebie.

Edward nie był w stanie nienawidzić czegoś, co kochało Bellę. Gdyby było inaczej, nienawidziłby przecież i mnie. Pomiędzy mną a nienarodzonym potworem była jednak istotna różnica. Kochałem Bellę, ale jej nie zabijałem.

Mówił dalej, jakby nie usłyszał moich myśli:

– Jestem zdania, że ta ciąża jest już bardziej zaawansowana, niż to sobie wyliczyliśmy. Gdy tylko wróci Carlisle...

– To jeszcze nie wrócili? – odezwałem się ostro. Pomyślałem o Samie i Jaredzie obserwujących drogę. Może zaintrygowani moim zachowaniem zdecydowali się sprawdzić, co jest grane?

– Alice i Jasper są już z powrotem. Carlisle przysłał przez nich całą krew, jaką udało mu się dostać, ale ma zamiar załatwić jej jeszcze więcej, bo Belli wzrasta apetyt i zużyje ten zapas w jeden dzień. Został więc na miejscu i dobija się do kolejnego dostawcy. Nie sądzę, żeby było to konieczne, ale chce być gotowy na każdą okoliczność.

– Dlaczego nie sądzisz, żeby było to konieczne? Skoro Bella potrzebuje jej coraz więcej...

Wyjaśniając to, uważnie mi się przyglądał i, jak znam życie, jeszcze uważniej wczytywał się w moje myśli.

– Będę starał się przekonać Carlisle'a, żeby zrobić Belli cesarskie cięcie tak szybko, jak to tylko możliwe.

– Co takiego?!

– Dziecko najprawdopodobniej unika wykonywania gwałtowniejszych ruchów, ale utrudniają mu to znacznie jego rozmiary. Szaleństwem byłoby zwlekać, skoro wszystko wskazuje na to, że jest już gotowe do samodzielnego życia. Każdy dodatkowy dzień zbyt wiele Bellę kosztuje.

I znowu straciłem punkt podparcia – przez własną łatwowierność. Najpierw liczyłem jak głupi, że Edward nienawidzi tego stwora jeszcze bardziej niż ja. A teraz uzmysłowiłem sobie, że za pewnik brałem te nieszczęsne cztery dni.

Wyobraziłem sobie ocean rozpaczy, który miałem przemierzyć i na ten widok po prostu mnie zatkało.

Edward czekał. Patrzyłem mu prosto w oczy i dochodząc do siebie, zauważyłem, że zaszła w nim jeszcze jedna zmiana.

– Myślisz, że ona wyjdzie z tego żywa – wyszeptałem.

– Tak. To ta druga rzecz, o której chciałem z tobą porozmawiać.

Nie mogłem wykrztusić z siebie nic więcej. Gdy Edward to zrozumiał, sam zabrał głos:

– Tak – powtórzył. – To, że czekaliśmy, aż dziecko w pełni się rozwinie, było szalenie niebezpieczne. W każdym momencie mogło się okazać, że jest już za późno. Ale jeśli weźmiemy sprawy w swoje ręce, jeśli będziemy działać sprawnie, nie widzę powodu, dla którego ta operacja miałby się nie udać. Niezwykle pomocne będzie też to, że czytam dziecku w myślach. Na szczęście, Bella i Rose podzielają moje zdanie. Teraz, kiedy już je przekonałem, że przejmując inicjatywę, nie skrzywdzimy dziecka, nic nie stoi nam na przeszkodzie.

– Kiedy wróci Carlisle? – spytałem cicho. Nie oddychałem jeszcze normalnie.

– Najpóźniej jutro w południe.

Ugięły się pode mną kolana. Musiałem złapać się samochodu, żeby się nie przewrócić. Edward odruchowo wyciągnął ku mnie rękę, ale dotarło do niego zaraz, że przecież nie skorzystam z jego pomocy, więc szybko ją cofnął.

– Tak bardzo mi przykro – powiedział. – Szczerze ci współczuję, że przez to tyle wycierpisz. Chociaż mnie nienawidzisz, muszę przyznać, że sam nie myślę o tobie w ten sposób. Poniekąd mam cię prawie... prawie za brata. A przynajmniej za towarzysza broni. To, że tak się męczysz, dotyka mnie bardziej, niż sobie wyobrażasz. Ale zobaczysz, Bella przeżyje – dodał stanowczo, prawie agresywnie – a wiem, że oprócz tego nic się dla ciebie nie liczy.

Chyba miał rację. Trudno mi to było stwierdzić. Kręciło mi się w głowie.

– Wybacz, że zwracam się do ciebie z czymś takim w takiej chwili – ciągnął. – Wiem, ile na ciebie naraz spadło, ale sam rozumiesz, nie zostało nam dużo czasu. Jacob, muszę cię o coś prosić. Będę cię o to błagał, jeśli będzie trzeba.

– Nic mi już nie zostało – wymamrotałem.

Uniósł znowu rękę, tym razem jakby chciał mi ją położyć na ramieniu, ale znowu się powstrzymał i westchnął.

– Wiem, wiem, ile już z siebie dałeś. Ale jest coś jeszcze, co możesz zrobić. I co możesz zrobić tylko ty. Nie tyle jako Jacob Black, ile jako prawdziwy Alfa. Jako sukcesor Ephraima.

Nie byłem w stanie mu odpowiedzieć.

– Pragnę uzyskać od ciebie pozwolenie na zrobienie wyjątku od zasad, które z Ephraimem ustaliliśmy. Pragnę, żebyś nam zagwarantował, że w tym jednym jedynym wypadku za złamanie postanowień paktu nie spotka nas kara. Pragnę, żebyś pozwolił nam uratować Belli życie. Jesteś świadomy tego, że zrobimy to tak czy siak, ale nie chcę doprowadzać do konfliktu, skoro można go uniknąć. Nigdy nie zamierzaliśmy cofnąć danego wam słowa i nie przyjdzie nam to łatwo. Pragnę, żebyś nam ten jeden raz wybaczył, Jacobie, ponieważ doskonale rozumiesz, dlaczego tak postąpimy. Pragnę, by przymierze pomiędzy naszymi rodzinami przetrwało ten trudny czas.

Spróbowałem przełknąć ślinę.

Idź do Sama, pomyślałem. To do Sama musisz się z tym zwrócić.

– Sam dzierży władzę w sforze, ale tylko dlatego, że się jej zrzekłeś. Nigdy mu jej nie odbierzesz, ale tak naprawdę na to, o co proszę, nie może wyrazić zgody nikt oprócz ciebie.

Ta decyzja nie należy do mnie.

– Należy i dobrze o tym wiesz. Jedno twoje słowo wyda na nas wyrok albo nas ułaskawi. Tylko ty możesz przyrzec nam nietykalność.

Nic już nie wiem. Mam mętlik w głowie.

– Mamy coraz mniej czasu.

Zerknął w stronę domu.

Tak, mieliśmy coraz mniej czasu. Z moich kilku dni zrobiło się kilka godzin.

Nie wiem. Daj mi się nad tym zastanowić. Tylko parę minut, dobra?

– Zgoda.

Zacząłem iść w kierunku domu. Edward poszedł za mną. Trudno było uwierzyć, że przychodzi mi to z taką łatwością –

chodzenie po ciemku z wampirem depczącym mi po piętach. Nie czułem, że grozi mi jakiekolwiek niebezpieczeństwo ani nawet nie było mi nieswojo. Mógłby iść koło mnie ktokolwiek. No, ktokolwiek, od kogo cuchnęło.

Coś poruszyło się w zaroślach na skraju trawnika, a potem cicho jęknęło. Spośród paproci wyłonił się Seth. Dopadł nas w kilku susach.

– Cześć, mały – mruknąłem.

Nachylił ku mnie łeb. Poklepałem go po ramieniu.

– Wszystko w porządku – skłamałem. – Opowiem wam później. Przepraszam, że wyjechałem tak bez żadnego ostrzeżenia.

Wyszczerzył kły w uśmiechu.

– I przekaż swojej siostrze, żeby dała Belli spokój. Dosyć już namieszała.

Dał mi znać, że rozumie.

Pchnąłem go lekko.

– Wracaj na patrol. Niedługo cię zmienię.

Pchnął mnie raz dla żartu i pogalopował z powrotem do lasu.

– Ech, Seth – westchnął Edward. – Aż miło zaglądać w jego umysł. Zawsze jest taki szczery i szlachetny, i pogodny... Powinieneś dziękować losowi, że dzielisz myśli z kimś takim.

– Wierz mi, dziękuję.

Ruszyliśmy dalej. Nagle drgnęliśmy obaj, bo z wnętrza domu doszedł nas odgłos picia przez słomkę. Edward natychmiast przyspieszył – zanim zdążyłem mrugnąć, pokonał schodki werandy i zniknął za drzwiami.

– Bello, skarbie, myślałem, że śpisz – usłyszałem. – Przepraszam. Nie wyszedłbym, gdybym wiedział.

– Nie przejmuj się. Po prostu zachciało mi się bardzo pić, to się obudziłam. Jak to dobrze, że Carlisle ma przywieźć większy zapas. Będzie czym karmić maluszka, kiedy już się pojawi się na świecie.

– Masz rację. O tym nie pomyślałem.

– Ciekawa jestem, czy będzie jadał coś jeszcze.

– Pewnie z czasem się tego dowiemy.

Wszedłem do środka.

– Nareszcie – ucieszyła się Alice.

Bella przeniosła wzrok na mnie. Na sekundę na jej twarzy pojawił się ten przeuroczy uśmiech, którym ostatnio zawsze mnie witała, a który doprowadzał mnie do szału, ale zaraz raptownie posmutniała. Zacisnęła usta, jakby starała się nie rozpłakać.

Gdybym miał Leę pod ręką, dałbym jej po gębie.

– Cześć, Bells – powiedziałem szybko. – I jak się czujesz?

– Dobrze.

Podszedłem, by przysiąść obok niej na oparciu kanapy. Edward zajął już miejsce na podłodze.

– Ale dzień, co? Rewelacja goni rewelację.

– Jacob, nie musisz tego robić.

– Nie wiem, o co ci chodzi.

Bella posłała mi karcące spojrzenie.

– Tak bardzo mi... – zaczęła.

Ścisnąłem jej wargi pomiędzy kciukiem a palcem wskazującym.

– Jake – wymamrotała, próbując odsunąć moją rękę. Użyła przy tym tak mało siły, jakby wcale się nie starała.

Pokręciłem głową.

– Możesz mówić, ale nie takie głupoty.

– Dobrze, nie będę – przyrzekła, o ile dobrze zrozumiałem zniekształcone dźwięki.

Odsunąłem rękę.

– Przykro! – dokończyła szybko i uśmiechnęła się triumfalnie.

Wzniosłem wzrok ku niebu, ale potem odpowiedziałem uśmiechem. W jej oczach doszukałem się wszystkiego, czego wypatrywałem w parku.

Za kilkanaście godzin będzie kimś innym. Ale miałem nadzieję, że nadal będzie żyła, a tylko to się liczyło, prawda? Miała spoglądać na mnie prawie takimi samymi oczami. Uśmiechać się do mnie prawie takimi samymi ustami. Nadal miała mnie znać tak dobrze, jak nikt inny na świecie, kto nie miał dostępu do wszystkich moich myśli.

Leah może i była ciekawym kompanem – może nawet mógłbym ją nazwać swoim prawdziwym przyjacielem, bo udowodniła, że jest gotowa mnie bronić – ale nie była moim najlepszym przyjacielem. Nie mogła zastąpić Belli. Oczywiście różniły się od siebie tym, że Bellę irracjonalnie kochałem, ale łączyło mnie z nią coś jeszcze, jakaś niezniszczalna, tajemnicza więź.

Za kilkanaście godzin miała stać się moim wrogiem. Albo moim sprzymierzeńcem. Kim, to już najwyraźniej zależało ode mnie.

Westchnąłem.

Dobrze, pomyślałem, oddając ostatnią rzecz, jaką mogłem jej dać. Poczułem się dziwnie pusty. Daję wam wolną rękę. Możecie ją uratować. Ja, potomek Ephraima, uroczyście oświadczam, że naruszenie przez was paktu w tym wypadku nie pociągnie za sobą żadnych konsekwencji. Pozostali mogą mieć później do mnie o to pretensje, ale nie będą mogli zaprzeczyć, że miałem prawo wyrazić na to zgodę.

– Dziękuję – szepnął Edward na tyle cicho, żeby Bella nie mogła go usłyszeć. Powiedział to jednak z takim uczuciem, że kątem oka dostrzegłem, jak pozostałe wampiry odwracają się, poruszone.

– A ty, co porabiałeś? – spytała mnie Bella, starając się przybrać rozluźniony ton głosu. – I jak ci minął dzień?

– Fantastycznie. Wybrałem się na przejażdżkę. Przeszedłem się po parku.

– To fajnie.

– No, fajnie.

Skrzywiła się nagle.

– Rose?

Blondyna zachichotała.

– Znowu?

– W ciągu ostatniej godziny wypiłam chyba z siedem litrów – wyjaśniła Bella.

Edward i ja zeszliśmy Rosalie z drogi. Wzięła Bellę na ręce, żeby zanieść ją do łazienki.

– Czy nie mogłabym się przejść? – poprosiła chora. – Nogi tak mi zesztywniały.

– Jesteś pewna? – zaniepokoił się Edward.

– Rose mnie złapie, jeśli się potknę o własne stopy. Co jest całkiem prawdopodobne, skoro ich nie widzę.

Rosalie postawiła ją ostrożnie i podniosła dłonie na wysokość jej ramion, żeby w razie czego móc szybko przyjść z pomocą. Bella wyciągnęła ręce przed siebie, odrobinę się krzywiąc.

– Jak miło się rozprostować – stwierdziła. – Tylko taka jestem duża!

Rzeczywiście, jej brzuch był jak osobny organizm.

– Jeszcze jeden dzień – poklepała go czule.

Poczułem się tak, jakby znienacka ktoś wbił we mnie nóż, ale starałem się to ukryć. Mogłem chyba ukrywać swoje uczucia jeszcze przez jeden dzień, prawda?

– Okej, możemy iść – oznajmiła. – O, nie!

Kubek, który zostawiła na kanapie, przewrócił się na bok i na jasne obicie wylewała się krew.

Chociaż wyprzedziły ją trzy pary rąk, Bella pochyliła się odruchowo, żeby naprawić szkodę.

Z głębi jej ciała wydobył się przedziwny, stłumiony dźwięk – jakby coś się rwało.

– Och! – jęknęła.

A potem osunęła się na podłogę jak szmaciana lalka.

Rosalie błyskawicznie ją złapała, więc nie zdążyła upaść. Edward też znalazł się nagle przy niej i wysunął ku niej ręce. Kubkiem na kanapie nikt się już nie przejmował.

– Bella! – zawołał Edward. Panika wykrzywiła mu twarz.

Chwilę później powietrze rozdarł jej krzyk.

Nie był to zwykły krzyk bólu, ale raczej mrożące krew w żyłach agonalne wycie. Ustało raptownie, gdy w gardle Belli coś zabulgotało. Jej oczy błysnęły białkami, drgnęła w ramionach Rosalie i z jej ust trysnęła na wszystkie strony fontanna wymiotowanej krwi.

18 *Tego się nie da opisać*

Zakrwawione ciało Belli zaczęły przechodzić rytmiczne dreszcze, jakby poddawano ją elektrowstrząsom. Mogło się zdawać, że próbuje się wyrwać z objęć Rosalie, ale twarz miała pustą, nieprzytomną – poruszała się tylko dlatego, że miotało się to coś kryjące się w brzuchu. Każdemu drgnięciu towarzyszyły chrupnięcia i trzaski.

Cullenów sparaliżowało tylko na ułamek sekundy – kiedy doszli do siebie, ledwo za nimi nadążałem. Blondyna wzięła Bellę na ręce, wyrzucając z siebie słowa z taką prędkością, że miałem spory problem z ich rozdzieleniem. Oboje z Edwardem pognali na górę.

Pobiegłem za nimi.

– Morfina! – zakomenderował Edward.

– Alice, dzwoń do Carlisle'a! – wrzasnęła Rosalie.

Pokój, do którego za nimi trafiłem, przypominał oddział urazowy założony w bibliotece. Z szpitalnych reflektorów biło białe światło, zmieniające Bellę w jeszcze bledszą, niż była w rzeczywistości. Leżała tam, gdzie wszystkie lampy były wycelowane – na samym środku, na stole operacyjnym – i rzucała się niczym ryba na piasku. Rosalie przytrzymywała ją w miejscu, zrywając z niej ubranie, a Edward wkłuwał się strzykawką w jej rękę.

Ile razy wyobrażałem ją sobie nago? Teraz nie mogłem na nią patrzeć. Nie chciałem, żeby te obrazy krążyły później po mojej głowie.

– Edward, co się dzieje?

– Dziecko ma kłopoty z oddychaniem!

– Musiało się odkleić łożysko!

W którymś momencie Bella odzyskała przytomność. Usłyszawszy tę wymianę zdań, krzyknęła z taką siłą, że o mało co nie pękły mi bębenki:

– Wyciągnijcie go stamtąd! SZYBKO! On się DUSI!

Obserwowałem z przerażeniem, jak od wysiłku pękają jej żyłki w gałkach ocznych.

– Morfina... – zaczął gniewnie Edward.

– NIE! TERAZ!... – nie skończyła, bo zakrztusiła się kolejną fontanną krwi. Podtrzymał jej głowę, starając się w desperacji opróżnić jej usta, żeby mogła znowu zaczerpnąć tchu.

Do pokoju wpadła Alice i nałożyła Rosalie niebieską słuchawkę z bluetoothem. Od razu się wycofała. Jej złote oczy płonęły. Blondyna syknęła do telefonu coś niezrozumiałego.

W jaskrawym świetle skóra Belli wydawała się bardziej fioletowa i czarna niż biała. Tuż pod naskórkiem olbrzymiego rozedrganego brzucha rozszerzała się szkarłatna plama. Rosalie podniosła w górę skalpel.

– Zaczekaj, aż dotrze tam morfina! – upomniał ją Edward.

– Nie mamy czasu! – warknęła. – On umiera!

Zbliżyła ostrze do brzucha Belli i z miejsca, w którym go nacięła, wypłynęła obficie czerwień. Wyglądało to tak, jakby ktoś wywrócił wiadro albo odkręcił do końca kran. Bella drgnęła, ale nie krzyknęła. Nadal się krztusiła.

I wtedy Rosalie straciła nad sobą kontrolę. Zobaczyłem, jak rysy jej twarzy tężeją, jak odsłania zęby, jak w jej czarnych oczach pojawia się głód.

– Rose, nie! – zgromił ją Edward, ale nie miał jak jej powstrzymać, bo obiema rękami starał się podeprzeć Bellę tak, by ta mogła oddychać.

To ja skoczyłem na Rosalie. Nawet nie zmieniłem się w wilka. Kiedy zderzyłem się z jej kamiennym ciałem, przesuwając ją w kierunku wyjścia, poczułem, jak trzymany przez nią skalpel wbija się głęboko w moje lewe ramię. Prawą dłoń przycisnąłem jej do twarzy, unieruchamiając żuchwę i zatykając nos, po czym odepchnąłem ją od siebie, by móc kopnąć ją w brzuch. Wrażenie było takie, jakbym walnął w beton, ale podziałało i z impetem zderzyła się z framugą drzwi. Deska złamała się pod jej ciężarem, a słuchawka rozpadła na kawałeczki. W tej samej chwili zjawiła się Alice i chwyciwszy Rosalie za szyję, zaczęła wyciągać ją na korytarz.

Musiałem oddać blondynie sprawiedliwość – ani trochę się nie broniła. Naprawdę chciała, żebyśmy ją obezwładnili. Pozwoliła pokornie, żebym potraktował ją jak worek treningowy, byle tylko ocalić Bellę. No, może nie Bellę, tylko to „coś" w niej, ale zawsze.

Wyrwałem sobie skalpel z ręki.

– Alice, zabierz ją stąd! – rozkazał Edward. – Przypilnujcie jej z Jasperem! A ty, Jacob, zostań! Jesteś mi potrzebny!

Zostawiłem Alice samą przy jej robocie i wróciłem czym prędzej do stołu operacyjnego. Bella robiła się coraz bardziej sina. Miała szeroko otwarte oczy.

– Umiesz robić sztuczne oddychanie? – upewnił się Edward.

Mówił ostrym tonem, jak żołnierz. Przyjrzałem mu się, ale nic nie wskazywało na to, żeby miał zareagować tak, jak Rosalie. Był maksymalnie skupiony na swoim zadaniu.

– Umiem.

– No to jazda! Zajmij się nią. Muszę wyjąć dziecko, zanim...

Przerwał mu straszliwy trzask dobywający się z wnętrza ciała Belli, głośniejszy niż wszystkie poprzednie i tak potworny, że zamarliśmy, czekając, aż Bella znowu zawyje z bólu. Ale nic takiego się nie stało. Co gorsza, obie jej nogi, do tej pory zgięte w kolanach, rozjechały się na boki jak u porzuconej marionetki.

– To kręgosłup – wymamrotał Edward.

– Wyjmuj go, wyjmuj! – popędziłem go wściekły, rzucając mu skalpel. – Ona teraz nic już nie poczuje!

Pochyliłem się nad jej ustami. To, czym się wcześniej krztusiła, już chyba z nich wypłynęło. Wdmuchałem jej do środka całe powietrze, jakie miałem w płucach. Wstrząsana drgawkami klatka piersiowa uniosła się posłusznie, więc gardła najwyraźniej nic już nie blokowało.

Wargi Belli miały smak krwi.

Słyszałem urywane bicie jej serca. Trzymaj się, pomyślałem, pompując w jej ciało kolejną porcję powietrza. Obiecałaś. Obiecałaś, że nie pozwolisz przestać mu bić.

Moich uszu doszedł cichy odgłos wydawany przez ostrze skalpela w zetknięciu ze skórą. Na podłogę pociekło jeszcze więcej krwi.

Następny odgłos zupełnie mnie zaskoczył. Aż przeszły mnie ciarki. Brzmiało to tak, jakby ktoś darł arkusze blachy. Wróciły wspomnienia sprzed kilku miesięcy, kiedy walcząc z nowo narodzonymi, Cullenowie rozrywali ich zębami na strzępy.

Zerknąłem na Edwarda. Twarz miał przyciśniętą do brzucha Belli. Jak miał przeciąć wampirzą skórę, jeśli nie wampirzymi zębami?

Zadrżałem, ale nie przestawałem wdmuchiwać w Bellę powietrza. Zakaszlała, zamrugała, łypnęła na mnie półprzytomnie.

– Zostajesz ze mną! – krzyknąłem do niej. – Słyszysz? Nigdzie się nie wynosisz! Zostajesz tutaj, Bella! Dasz radę! Twoje serce musi bić!

Rozglądała się za kimś, może za mną, może za Edwardem, ale wzrok miała błędny i niczego nie widziała. Patrzyłem na nią i tak. Nie mogłem oderwać od niej oczu.

Nagle jej ciało znieruchomiało – choć zaczęła samodzielnie oddychać, a jej serce na całe szczęście nadal pracowało. Uświadomiłem sobie z opóźnieniem, że to dlatego, że było już po wszystkim. Ustały targające nią dreszcze. Pewnie już to wyjął, pomyślałem.

I rzeczywiście tak było.

– Renesmee – szepnął Edward.

Czyli Bella się myliła. Jednak nie nosiła w sobie chłopca, tak jak to sobie wyobrażała. Cóż, nie była to właściwie dla mnie jakaś wielka niespodzianka. Chyba nigdy w życiu nie udało jej się niczego przewidzieć.

Uparcie patrzyłem w jej nakrapiane czerwono oczy, ale poczułem, że z wysiłkiem wyciągnęła ku Edwardowi ręce.

– Pozwól mi... – wycharczała. – Daj mi ją, proszę.

Niby wiedziałem, że zawsze spełniał jej życzenia, niezależnie od tego jak bardzo były idiotyczne, ale nawet mi się nie śniło, że posłucha jej w tak ekstremalnej sytuacji, jak ta. Więc nie przyszło mi do głowy, żeby go powstrzymać.

Moje ramię musnęło coś ciepłego. Samo to powinno mnie było zaalarmować. Odkąd zostałem wilkołakiem, nic nigdy nie wydawało mi się ciepłe w dotyku.

Mimo to nie mogłem przestać wpatrywać się w twarz Belli. Zamrugała, zmarszczyła czoło i wreszcie coś zobaczyła. Przemówiła czule, ale słychać było po jej głosie, że ma coraz mniej siły.

– Renes... mee... Jaka śliczna...

A potem syknęła z bólu.

Przeniosłem wzrok niżej, ale było już za późno – Edward zdążył już odebrać jej to ciepłe stworzenie. Skórę miała całą w krwi – w krwi, która trysnęła jej z ust, w krwi, którą umazane było to coś, co przed chwilą tuliła do siebie, i wreszcie w krwi sączącej się ze świeżej ranki w kształcie półksiężyca tuż nad jej lewą piersią.

– Renesmee, nie wolno! – powiedział Edward stanowczym tonem, jak gdyby chciał nauczyć potwora dobrych manier.

Nie spojrzałem ani na niego, ani na to coś. I dzięki temu zauważyłem, że Bella znowu błysnęła białkami.

Jej serce wydało z siebie ostatnie „ta-dam", jakby się zacięło i wreszcie ucichło na dobre.

Nie minęło pół sekundy, a moje dłonie znalazły się na jej mostku. Odliczałem w głowie kolejne pchnięcia, usiłując zachować równy rytm. Raz. Dwa. Trzy. Cztery.

Przerwałem na moment, żeby wdmuchać w jej usta kolejną porcję powietrza.

Nic już nie widziałem, tak bardzo załzawione miałem oczy, ale stałem się jeszcze bardziej niż przedtem wyczulony na wszelkie dźwięki. Słyszałem, jak pod moimi rękami rzęzi nieposłuszne serce. Słyszałem, jak moje własne bije jak oszalałe. Słyszałem też jakby jeszcze jedno, nienaturalnie szybkie, jak u ptaka, ale nie miałem głowy zastanawiać się, co to jest.

Znowu wpiłem się w blade usta Belli.

– Na co czekasz? – wychrypiałem do Edwarda, ciężko dysząc. I znowu nacisk na mostek. Raz. Dwa. Trzy. Cztery.

– Weź ode mnie dziecko – zażądał.

– Ach, wyrzuć je przez okno.

Raz. Dwa. Trzy. Cztery.

– Daj mi ją – dobiegł od progu dźwięczny, kobiecy głos.

Obaj jednocześnie warknęliśmy.

Raz. Dwa. Trzy. Cztery.

– Już się kontroluję – przyrzekła Rosalie. – Edward, daj mi małą. Zajmę się nią, dopóki Bella...

Kiedy wymieniali się dzieckiem, znowu oddychałem za Bellę. Bicie trzepoczącego się serduszka powoli ucichło w oddali.

– Zabierz ręce, Jacob.

Nie odsunąłem ich od jej mostka, ale oderwałem wzrok od białek jej oczu. Edward trzymał w dłoni strzykawkę – całą srebrną, jak gdyby zrobioną z metalu.

– A to co? – spytałem.

Odsunął mnie brutalnie jednym szybkim ruchem. Swoim ciosem złamał mi mały palec. Chrupnęła kostka. W tej samej sekundzie wbił Belli igłę prosto w serce.

– Mój jad – odpowiedział, dociskając tłok.

Jej serce przeszedł gwałtowny wstrząs, jak gdyby reanimowano je prądem.

– Pompuj dalej – rozkazał.

Nie okazywał już żadnych uczuć. Bił od niego chłód, ale i zdecydowanie – jak gdyby był maszyną.

Zignorowawszy ból zrastającego się już palca, zabrałem się z powrotem do pracy. Serce Belli wydało mi się teraz twardsze, jak gdyby przepływająca przez nie krew zwalniała w nim i gęstniała. Posyłając tę nową lepką ciecz arteriami w głąb jej ciała, przyglądałem się poczynaniom Edwarda.

Można było pomyśleć, że obsypuje ją pocałunkami – musnął wargami jej szyję, nadgarstki, zgięcie łokci... Ale słyszałem, jak jego zęby raz za razem przecinają jej skórę, wstrzykując wampirzy jad w tylu miejscach, w ilu tylko się dało. Zauważyłem, jak po każdym ugryzieniu jego blady język przesuwa się wzdłuż krwawiącej ranki, ale zanim dostałem na ten widok mdłości czy ataku furii, uświadomiłem sobie, co Edward robi. Tam, gdzie rozprowadzał jad językiem po skórze, ta błyskawicznie się zasklepiała. Ani krew, ani trucizna nie mogły już wydostać się na zewnątrz.

Wdmuchałem w Bellę jeszcze więcej powietrza, ale nic to nie dało, poza tym, że zawartość moich płuc wypchnęła w górę jej klatkę piersiową. Przeniosłem się na mostek i po raz kolejny zacząłem odliczanie, podczas gdy krążący wokół mnie Edward nadal z uporem maniaka starał się dokonać cudu – złożyć Bellę z powrotem w jedną całość.

„A nie sprawią wszystkie Króla konie ni żołnierze..."*

Bo jak dla mnie Belli wcale tam nie było. Byliśmy tylko my dwaj.

Próbowaliśmy ożywić trupa.

Tyle tylko pozostało z dziewczyny, którą obaj kochaliśmy – te połamane, wykrwawione, sponiewierane zwłoki. Nie byliśmy w stanie tu już nic pomóc.

Wiedziałem, że już za późno. Wiedziałem, że Bella nie żyje. Wiedziałem to na pewno, bo nie czułem, żeby cokolwiek mnie przy niej jeszcze trzymało. Nie widziałem żadnego powodu, dla którego miałbym przy niej jeszcze być. Zresztą, jakiej „niej", skoro Belli już nie było? Do jej pustego ciała nic mnie nie ciągnęło. Bezsensowna potrzeba przebywania jak najbliżej niej – znikła.

---

* Fragment popularnego wierszyka dla dzieci o człowieku-jajku (tu w tłumaczeniu Macieja Słomczyńskiego): „Humpty Dumpty na murze siadł / I Humpty Dumpty z muru spadł. / A nie sprawią wszystkie Króla konie ni żołnierze, / Że w jedną Humpty Dumpty całość znów się zbierze" – przyp. tłum.

A może raczej – zmieniła się. Bo czułem teraz coś skrajnie przeciwnego – przemożną ochotę na to, by zostawić Bellę, wyjść z pokoju i zbiec po schodach. Zapewne to instynkt nakazywał mi jak najszybciej się stąd wynosić. Wynosić się stąd i już nigdy, przenigdy tu nie wracać.

– No to idź – warknął Edward, znowu mnie odpychając, żeby zająć moje miejsce. Tym razem złamał mi chyba aż trzy palce.

Wyprostowałem je otępiały, nie zwracając uwagi na ból.

Uciskał jej klatkę piersiową w szybszym tempie niż ja.

– Bella żyje – wycedził. – Zobaczysz, dojdzie do siebie.

Nie byłem już taki pewny, czy zwracał się do mnie.

Odwróciłem się na pięcie, zostawiając go z jego trupem, i podszedłem powoli do drzwi. Strasznie powoli. Nie potrafiłem wykrzesać z siebie więcej energii.

Czyli stało się. To już było to. Wypłynąłem na ocean bólu. Woda w nim wrzała, a drugi brzeg znajdował się tak daleko, że nie mogłem uwierzyć w to, że istnieje, a co dopiero go dojrzeć.

Znowu poczułem się pusty – tym razem, bo straciłem w życiu cel. Tak długo walczyłem tylko o to, żeby uratować Bellę. Ale nie dało się jej uratować. Na własne życzenie została rozerwana od środka przez bękarta spłodzonego przez tego gada, więc walka została przegrana. Było już po wszystkim.

Wlokąc się na dół po schodach, co chwila się wzdrygałem, bo zza moich pleców dobiegało głuche dudnienie. To Edward zmuszał do pracy martwe serce.

Gdyby tylko tak to działało, wlałbym sobie jakoś do czaszki coś żrącego i pozwolił, żeby wypaliło wszystkie moje wspomnienia z ostatnich kilkunastu minut. Uszkodziłbym sobie z chęcią trwale mózg, byle tylko się ich pozbyć – tego wycia, tej krwi, tych przeraźliwych trzasków i chrupnięć, kiedy rodzący się mutant torował sobie drogę na zewnątrz...

Marzyłem o tym, żeby puścić się biegiem, brać po dziesięć stopni naraz i wypaść na dwór, ale stopy miałem ciężkie jak z ołowiu, a ciało bardziej zmęczone niż kiedykolwiek. Posuwałem się w żółwim tempie, szurając nogami niczym niedołężny starzec.

Przystanąłem na najniższym stopniu, żeby trochę odpocząć przed otworzeniem drzwi. Rosalie siedziała tyłem do mnie na białej kanapie, w tym jej końcu, na którym nie było plam krwi, gruchając i świergoląc do opatulonego w koc potworka. Musiała usłyszeć, że się zatrzymałem, ale nie zareagowała, całkowicie pochłonięta przywłaszczonym przez siebie macierzyństwem. Może odtąd miała być szczęśliwa. Dostała, czego chciała, a Bella już nigdy nie miała jej tego odebrać. Zastanowiłem się, czy czasem nie liczyła na to od samego początku.

Dotarło do mnie, że w wolnej ręce trzyma coś podłużnego, a mały morderca mlaszcze głośno, ssąc coś łapczywie. Karmiła go. Czym? – nietrudno było się domyślić. W pokoju pachniało przecież krwią. Ludzką krwią. Czego innego można się było spodziewać po stworzeniu, które brutalnie okaleczyło własną matkę? Równie dobrze mogło pić krew Belli. A może i ją piło.

Wydawane przez to coś odgłosy niespodziewanie postawiły mnie z powrotem na nogi. Wróciły siły, ale wraz z nimi także nienawiść i gorączka – ukrop, który obmywał mi mózg, ale niczego w nim nie wymazywał. Przeciwnie, zgromadzone w mojej głowie obrazy były dla niego paliwem i to paliwem, którego zapasy, choć podsycały ogień, bynajmniej się nie wyczerpywały. Poczułem, jak wstrząsają mną potężne, piekące dreszcze. Nareszcie nie musiałem robić nic, by je pohamować.

Rozanielona blondyna niczego nie zauważyła. Wiedziałem, że tak rozproszona, nie będzie dość szybka, żeby mnie powstrzymać.

Sam miał rację. To diabelskie nasienie nie powinno przyjść na świat. Było niebezpiecznym wybrykiem natury. Demonem bez duszy. Czymś, co nie miało prawa do życia.

Czymś, co należało jak najprędzej zniszczyć.

Doszedłem do wniosku, że nie ciągnie mnie jednak wcale w stronę wyjścia, tylko właśnie do małego krwiopijcy. Coś pchało mnie ku niemu, zachęcało, żebym podszedł bliżej. Takie było moje przeznaczenie. To ja miałem z nim skończyć – spełnić swój obowiązek i wyplenić zło.

Rosalie miała w odwecie spróbować mnie zabić, ale byłem gotowy stanąć z nią do walki. Nie miałem tylko pewności, czy udałoby mi się ją załatwić, zanim pozostali przyszliby jej z pomocą. Może tak, może nie. Było mi wszystko jedno.

Nie obchodziło mnie też zbytnio, czy wilki, niezależnie z której sfory, pomszczą moją śmierć, czy też uznają, że Cullenowie postąpili słusznie. Liczyło się dla mnie tylko to, że właśnie ja miałem wymierzyć sprawiedliwość. Że ja miałem się zemścić. Nie mogłem pozwolić na to, żeby coś, co zabiło Bellę, żyło choćby minutę dłużej.

Gdyby wyszła z tego cało, znienawidziłaby mnie za to. Sama chciałaby mnie zabić. Ale miałem to gdzieś. Tak jak ona miała gdzieś mnie, kiedy dała się zarżnąć jak zwierzę. Czemu miałbym brać teraz pod uwagę jej uczucia?

Pozostawał jeszcze Edward. Tak oszalały z żalu, że nie potrafił przyjąć do wiadomości, że Bella nie żyje. Musiał być zbyt zajęty reanimowaniem trupa, żeby czytać mi w myślach, skoro jeszcze nie pojawił się na dole.

Czyli miałem jednak nie dotrzymać danego mu słowa. Chyba że miałem wyjść żywy ze starcia z Rosalie, Jasperem i Alice. Trzech na jednego? Nie stawiałbym na to. Zresztą, nawet gdybym ich pokonał, nie spełniłbym tej obietnicy. Nie dość mu współczułem. Dlaczego nie miałby odpokutować za to, co zrobił? Czy nie byłoby to bardziej fair – i o wiele bardziej satysfakcjonujące – gdybym zostawił go po prostu samemu sobie? Z niczym?

Byłem do tego stopnia przepełniony nienawiścią, że wyobraziwszy to sobie, niemalże się uśmiechnąłem. Wieczność bez Belli. Bez potomka-zabójcy. I bez tylu członków rodziny, ilu tylko udałoby mi się zabić. Chociaż nie miałem dożyć momentu, w którym mógłbym spalić ich ciała, więc pewnie miał ich sobie złożyć później do kupy. W odróżnieniu od Belli, której nie mógł już uzdrowić.

Zaciekawiło mnie, czy potworka też mógłby na powrót ożywić. Ale przecież mutant w połowie był człowiekiem – jak nic odziedziczył po Belli coś z jej kruchości. Słychać to było po tym, jak trzepotało w nim serce.

Tak, jego serce biło. Ale jej już nie.

Wszystkie te rozmyślania zajęły mi zaledwie kilka sekund.

Dreszcze przenikały mnie coraz głębiej i częściej. Skuliłem się, szykując do tego, żeby skoczyć ku wampirzycy i wyrwać jej stworzenie z objęć jednym kłapnięciem wilczych zębisk.

Rosalie znowu zagruchała i odstawiwszy metalową niby-butelkę, przytuliła sobie zawiniątko do policzka.

Świetnie. Nowa pozycja ułatwiała mi atak. Pochylając się do przodu, poczułem, że gorączka zaczyna mnie zmieniać, a chęć zbliżenia się do szkarady gwałtownie narasta. Stawała się silniejsza niż więź trzymająca mnie przy Belli – tak obezwładniająca, że przypominała rozkaz Alfy. Zdawało się, że mnie zmiażdży, jeśli jej się nie poddam.

Tyle że tym razem chciałem jej się poddać.

Ponad ramieniem Rosalie ukazała się twarzyczka małego mordercy. Wzrok miał o wiele bardziej przytomny niż zwykle u noworodka.

Spojrzał na mnie oczami koloru mlecznej czekolady – w takim samym odcieniu brązu, co zgasłe oczy Belli.

Zamarłem. Dygotanie ustało jak ręką odjął. Zalała mnie fala ciepła, gorętsza niż wcześniej, ale teraz było to ciepło innego rodzaju. Nie paliło mnie żądzą mordu.

Zsyłało olśnienie.

Kiedy zapatrzyłem się w porcelanową buźkę maleństwa, które w połowie było wampirem, a w połowie człowiekiem, wszystko, co miało dla mnie dotąd jakiekolwiek znaczenie, uleciało ze mnie – niczym pęk balonów uwolnionych serią cięć. Wszystkie więzi łączące mnie z moim dawnym życiem, wszystko to, co sprawiało, że byłem, kim byłem – miłość, jaką darzyłem martwą dziewczynę na piętrze, jaką darzyłem swojego ojca, jaką darzyłem swoich braci, lojalność wobec nowej sfory, nienawiść do wrogów, mój dom, moje imię, moje ja – w okamgnieniu odłączyło się ode mnie – ciach, ciach, ciach – i znikło w przestworzach.

Nie dryfowałem jednak. W miejscu trzymała mnie nowa więź – o stokroć silniejsza niż tamte razem wzięte.

Jedna więź, ale jakby ich milion. I nie sznurków od balonów, ale stalowych kabli. Milion stalowych kabli łączących mnie z jedną rzeczą – z centrum wszechświata.

Rozumiałem to już – rozumiałem, gdzie ono leży. Nigdy wcześniej nie dostrzegałem tej symetrii w budowie kosmosu, ale nagle uznałem ją za oczywistość.

To nie ziemska grawitacja sprawiała teraz, że stałem tam, gdzie stałem.

Tylko nowo narodzona dziewczynka w ramionach blond wampirzycy.

Renesmee.

Na piętrze rozległ się nowy dźwięk. Jedyny dźwięk zdolny przebić się do mnie w tej wyjątkowej chwili.

Dziki, miarowy rytm, gorączkowe łomotanie...

Przeobrażające się serce.

KSIĘGA TRZECIA

***

BELLA

Miłość jest luksusem, na który możesz sobie pozwolić dopiero wtedy, kiedy twoi wrogowie zostaną wyeliminowani.

Do tego czasu wszyscy, których kochasz, to zakładnicy, wysysający z ciebie odwagę i nie pozwalający ci podejmować rozsądnych decyzji.

Orson Scott Card *Empire*

Prolog

To już nie był tylko sen.

Rząd czarnych postaci przedzierał się do nas poprzez lodowatą mgłę, którą wzbijały w powietrze ich kroki.

Wszyscy zginiemy, pomyślałam spanikowana. Swojego największego skarbu byłam gotowa bronić do końca, ale samo myślenie o nim mnie rozpraszało, a na to nie mogłam sobie pozwolić.

Zbliżali się niczym duchy. Czarne peleryny wznosiły się odrobinę z każdym ich ruchem. Dłonie mieli koloru kości, z drapieżnie zaciśniętymi palcami. Rozproszyli się, żeby okrążyć nas ze wszystkich stron. Było ich więcej niż nas. Nie mieliśmy szans.

A potem jak gdyby błysnął flesz i nagle poczułam się zupełnie inaczej, chociaż z pozoru nic się nie zmieniło – Volturi nadal parli w naszym kierunku gotowi do starcia. Ale teraz byłam już inną osobą i jako taka ich postrzegałam. Teraz pragnęłam, żeby nas zaatakowali. Nie mogłam się już doczekać. Kiedy przyczaiłam się z uśmiechem na twarzy, panika ustąpiła żądzy mordu, a zza moich obnażonych zębów dobył się groźny charkot.

19 Ogień

Ból mnie oszałamiał.

Tak, właśnie tak. Czułam się oszołomiona. Nie byłam w stanie zrozumieć, co się dzieje, nie zdołałam tego ogarnąć.

Moje ciało usiłowało odrzucać ból i raz po raz zapadałam się na nowo w ciemność, wycinającą z agonii całe sekundy, a może nawet minuty, przez co jeszcze trudniej było mi uczepić się rzeczywistości.

Próbowałam oddzielić od siebie te dwa stany.

Ułuda była czarna i aż tak bardzo mnie tam nie bolało.

Jawa była czerwona i kiedy w niej przebywałam, miałam wrażenie, jakby dopiero co przejechał mnie autobus, a teraz leżałam w kąpieli ze żrącego kwasu, przepiłowywana na pół, tratowana przez byki i bita przez mistrza bokserskiego jednocześnie.

Na jawie moje ciało zdawało się wić i podrygiwać, chociaż byłam pewna, że ból jest zbyt silny, żebym mogła się ruszać.

Wiedziałam, że istnieje coś o stokroć ważniejszego od wszystkich tych tortur, ale nie potrafiłam sobie przypomnieć, co to takiego.

Jawa tak szybko mnie dogoniła.

Jeszcze niedawno wszystko wyglądało dokładnie tak, jak powinno wyglądać. Otaczali mnie ludzie, których kochałam. Uśmiechaliśmy się do siebie. To, że osiągnę jednak wszystko, o co walczyłam, było niby tak bardzo nieprawdopodobne, ale też wydawało się coraz bardziej możliwe.

A potem jedna błaha rzecz wywołała lawinę.

Zobaczyłam, że mój kubek się przechyla i na białe obicie kanapy cieknie krew, więc pochyliłam się odruchowo, żeby temu zaradzić. Oczywiście wyprzedzili mnie pozostali, o tyle ode mnie szybsi, ale i tak nie przestałam sięgać, nie przestałam się rozciągać...

Coś w moim wnętrzu szarpnęło się w przeciwnym kierunku. Zaczęło się drzeć. Przerwało się.

Ból nie do opisania.

Pochłonęła mnie ciemność, by zaraz potem wypluć na nowo ze swych głębin w fali agonii. Nie mogłam oddychać. Już raz wcześniej się topiłam, ale teraz było inaczej – żar palił w gardle.

A we mnie wciąż coś trzaskało, rozrywało się, pękało...

Znowu nicość.

A kiedy powrócił ból, usłyszałam wzburzony głos:

– Musiało się odkleić łożysko!

Przeszyło mnie coś ostrzejszego od noży – mimo tortur zrozumiałam sens tych słów. Odklejone łożysko. Wiedziałam, co to oznacza. Że dziecko było nadal w moim brzuchu – i że umierało.

– Wyciągnijcie go stamtąd! – wrzasnęłam na Edwarda. Dlaczego tego jeszcze nie zrobił? – SZYBKO! On się DUSI!

– Morfina...

Chciał czekać, zaaplikować mi wpierw coś przeciwbólowego, kiedy nasze dziecko umierało?!

– NIE! – wycharczałam. – TERAZ!

Zakrztusiłam się i nie zdołałam powiedzieć nic więcej. W tym samym momencie czarne plamki pokryły biel świateł nade mną, a w skórę na brzuchu wbiło się boleśnie coś zimnego. Coś było nie tak – machinalnie spróbowałam zasłonić to miejsce rękami, żeby ochronić jakoś moje maleństwo, mojego Edwarda Jacoba, ale zabrakło mi sił. Byłam taka słaba... Pozbawione dopływu tlenu płuca zapłonęły.

Ból znowu zaczął się oddalać, chociaż za wszelką cenę chciałam teraz pozostać przytomna. Moje dziecko, moje maleństwo, umierało...

Jak dużo czasu minęło? Sekundy czy minuty? Ból zniknął. Czułam się odrętwiała. Czyli właściwie nic nie czułam. Nic też nie widziałam, ale nie straciłam słuchu. A przez moje płuca znowu przepływało powietrze – jego pęcherzyki przesuwały się wzdłuż ścian gardła, to w górę, to w dół.

– Zostajesz ze mną! Słyszysz? Nigdzie się nie wynosisz! Zostajesz tutaj, Bella! Dasz radę! Twoje serce musi bić!

Jacob? A więc Jacob tu jeszcze był i nadal usiłował mnie uratować?

Jasne, miałam ochotę mu odpowiedzieć. Jasne, że dam radę i że moje serce nie przestanie bić. Czy nie przyrzekłam tego im obu?

Spróbowałam poczuć moje serce, zlokalizować je, ale gubiłam się we własnym ciele. Nie czułam tego, co powinnam, i nic nie wydawało mi się na swoim miejscu. Zamrugawszy, odnalazłam wzrok. Zobaczyłam światło. Nie tego szukałam, ale zawsze było to lepsze niż nic.

Kiedy z wysiłkiem wyostrzałam to, co widziały moje oczy, dobiegł mnie szept Edwarda:

— Renesmee.

Renesmee?

Nie nadludzko piękny, blady syn, którego sobie wyobrażałam? Ta nowina mnie zszokowała.

Ale szybko mi przeszło i zalała mnie fala ciepła.

Renesmee...

Siłą woli zmusiłam swoje wargi do ruchu, a pęcherzyki powietrza ułożyły się w szept na moim języku. Zmartwiałe dłonie poddały się moim rozkazom i uniosły.

— Pozwól mi... Daj mi ją, proszę.

Światło zatańczyło, odbijając się od kryształowych rąk Edwarda. W iskierkach kryła się nuta czerwieni, bo miał zakrwawioną skórę. Szkarłatne było też to coś, co mi podawał – coś niewielkiego, próbującego mu się wyrwać, ociekającego krwią.

Przytknął do mnie rozgrzane niemowlę na tyle mocno, że wrażenie było takie, jakbym trzymała je w ramionach. Skóra maleństwa była wilgotna i gorąca – równie gorąca, co u Jacoba.

Kontury nabrały nareszcie ostrości i nagle zobaczyłam wszystko wyraźnie.

Idealnie okrągłą główkę pokrywała gruba warstwa zlepionych krwią loków. Renesmee nie płakała ani nie krzyczała. Oddychała szybko, jakby była zasapana. Oczy miała otwarte, a minkę taką zaskoczoną, że prawie mnie to rozbawiło. Najbardziej zadziwiły mnie jej tęczówki o barwie mlecznej czekolady – kolor ten był znajomy, ale i tak mnie zachwycił. Skórę miała za to w odcieniu kości słoniowej – wszędzie z wyjątkiem policzków, na których kwitły rumieńce.

Piękno twarzy mojej córeczki po prostu mnie poraziło. Trudno było uwierzyć, że coś takiego jest możliwe – była niezaprzeczalnie piękniejsza od swojego ojca.

– Renesmee – wyszeptałam. – Jaka śliczna...

Uśmiechnęła się znienacka – szeroko i w pełni świadomie. Różowe jak muszelki usteczka rozchyliły się, ukazując kompletny zestaw śnieżnobiałych ząbków.

Wykręciła się, wtulając buźkę w moją pierś. Jej jedwabista skóra była miła w dotyku, ale nie tak miękka jak moja.

Znowu mnie zabolało, ale tylko raz. Coś zadało mi krótkie, pojedyncze cięcie. Jęknęłam.

I wtedy Renesmee zniknęła. Mojego aniołka nigdzie nie było. Ani go nie widziałam, ani nie czułam już na sobie jego ciężaru.

Chciałam zaprotestować: „Nie! Nie zabierajcie mi jej!". Ale przegrałam ze słabością. Na chwilę moje ręce zmieniły się w gumowe węże, a potem i one znikły tak jak moje maleństwo. Też już ich nie czułam. Nie czułam już całej siebie.

Czerń nabiegła mi do oczu, gęściejsza niż przedtem. Jakby ktoś zawiązał mi je paskiem grubego materiału. Zakrywając nie tylko je, ale i moje „ja". Przygniatając je jakimś olbrzymim ciężarem. Próbowałam się spod niego wydostać, ale bardzo mnie to wyczerpywało. Wiedziałam, że o wiele łatwiej będzie mu się po prostu poddać. Pozwolić, by ciemność zepchnęła mnie daleko, daleko w dół – tam, gdzie nie było bólu ani zmęczenia, ani zmartwień, ani strachu.

Gdyby chodziło tylko o mnie, nie byłabym w stanie walczyć zbyt długo. Byłam tylko człowiekiem i brakowało mi sił. Zbyt długo starałam się dorównać otaczającym mnie herosom. Jacob miał rację.

Ale tu nie chodziło tylko o mnie.

Gdybym poszła na łatwiznę, gdybym pozwoliła czarnej nicości mnie wymazać, zrobiłabym krzywdę tym, których kochałam.

Po pierwsze, Edwardowi.

Edwardowi, którego życie splotło się z moim w nierozerwalną całość. Nie przeżyłabym, gdyby miało go zabraknąć, a i on nie mógłby dalej żyć, gdybym ja odeszła. Świat bez niego nie miałby najmniejszego sensu. Edward po prostu musiał istnieć.

A po drugie, Jacobowi.

Jacobowi, który co rusz się ze mną żegnał, ale jeśli tylko go potrzebowałam, zawsze do mnie wracał. Jacobowi, którego raniłam tyle razy, że aż było mi wstyd. Czy miałam go zranić raz jeszcze, w najgorszy możliwy sposób? Został przy mnie, pomimo tylu trudności. A teraz nie prosił o nic więcej prócz tego, bym ja została z nim.

Jednak tam, gdzie przebywałam, było tak ciemno, że nie widziałam twarzy żadnego z nich. Nic nie wydawało się prawdziwe. Jeszcze trudniej było się przez to nie poddać.

Napierałam na mrok, ale tylko odruchowo, a nie z rozmysłem. Nie starałam się go unieść. Po prostu mu się opierałam. Nie pozwalając przy tym na to, aby mnie zmiażdżył. Nie byłam Atlasem, a czerń zdawała się ważyć tyle, co kula ziemska. Nie zdołałam jej udźwignąć. Nie dopuszczałam tylko, żeby starła mnie w proch.

Tak właśnie wyglądało chyba całe moje życie. Nigdy nie miałam dość sił na to, żeby zająć się rozwiązywaniem swoich problemów. Nie mogłam nawet zaatakować moich wrogów, a co dopiero z nimi zwyciężyć. Nie miałam szans przed nimi uciec czy uniknąć bólu. Zawsze byłam tylko słabym człowiekiem i jedyną rzeczą, jaką naprawdę umiałam, było przeczekiwanie. Podczas gdy inni wybawiali mnie z opresji, zaciskałam zęby i jakoś tam wytrzymywałam do końca. Wciąż żyłam.

Do tej pory zawsze to wystarczało. I dzisiaj też miało wystarczyć. Musiałam się zawziąć i czekać na ratunek.

Wiedziałam, że Edward zrobi wszystko, co w jego mocy, żeby mi pomóc. Że się nie podda. Więc i ja nie mogłam się poddać. Uparcie odpychałam od siebie czerń nieistnienia.

Ale determinacja powoli mi się kończyła. Z sekundy na sekundę ciemność obniżała się o kolejne milimetry, aż wreszcie uświadomiłam sobie, że trzeba mi nowego źródła energii.

Nie potrafiłam przywołać twarzy Edwarda. Ani twarzy Jacoba, ani Alice, ani Rosalie, ani Charliego, ani Renée, ani Carlisle'a, ani Esme... Zupełnie niczyjej. Przeraziło mnie to. Może było już za późno?

Poczułam, że się ześlizguję – nie mając czego się chwycić.

Nie! Musiałam wyjść z tego żywa. Zależał ode mnie los Edwarda. I Jacob na mnie liczył. I Charlie, i Alice, i Rosalie. Carlisle, Renée, Esme...

Renesmee.

Nadal niczego nie widziałam, ale nagle coś poczułam. Podobnie jak osobom po amputacjach, wydało mi się, że wciąż mam obie ręce. A w nich coś wilgotnego, coś twardego i bardzo, ale to bardzo ciepłego.

Moje maleństwo. Moje nowo narodzone dziecko.

Coś mi się jednak udało. Coś sama osiągnęłam. Na przekór losowi, okazałam się dość silna – wytrwałam do momentu, w którym Renesmee była już na tyle duża, by móc żyć poza mną. Donosiłam ciążę.

Wspomnienie gorącego ciałka w moich objęciach było takie żywe! Przycisnęłam je mocniej do siebie. Znajdowało się dokładnie tam, gdzie powinno być moje serce. Wiedziałam już, że czepiając się kurczowo myśli o mojej córeczce, dam radę walczyć z ciemnością tak długo, jak trzeba.

Uczucie gorąca na moim sercu stawało się coraz bardziej prawdziwe. A im bardziej było prawdziwe, tym bardziej rosła temperatura. Nie mogłam uwierzyć, że tylko to sobie wyobrażam.

Coraz cieplej... Za ciepło... Stanowczo za ciepło.

Zaczynało już parzyć. Zaczynało już boleć. Jak gdybym złapała ze złej strony elektryczną lokówkę. Chciałam wypuścić owo piekące coś, ale przecież tak naprawdę niczego nie trzymałam. Moje ręce nie leżały złożone na mostku, tylko martwe i bezużyteczne wzdłuż boków. Ta gorączka szalała we mnie i nie umiałam się jej pozbyć.

Temperatura wzrastała, wzrastała bezustannie, aż w końcu przekroczyła moje najśmielsze oczekiwania.

We wnętrzu tego pożaru usłyszałam nagle rytm pulsu i uświadomiłam sobie, że odnalazłam swoje serce – akurat w takiej chwili, że zaraz gorzko tego pożałowałam. Dlaczego, och, dlaczego nie pozwoliłam pochłonąć się czerni?! Teraz marzyłam tylko o tym, by móc wyrwać sobie serce z piersi. Rozszarpałabym sama siebie gołymi rękami, byle tylko skończyć tę torturę. Ale nie czułam swoich rąk i nie mogłam ruszyć choćby małym palcem.

Kiedy James nastąpił na moją nogę i pogruchotał mi kości, to było nic. Łoże z puchu po długiej wędrówce. Zgodziłabym się doświadczać czegoś podobnego sto razy z rzędu. Sto złamań. Ach, przyjęłabym je z wdzięcznością.

Kiedy moja córeczka kopnięciami łamała mi żebra albo torowała sobie drogę na zewnątrz, to było nic. Skok w chłodny basen w upalny dzień. Zgodziłabym się doświadczać czegoś podobnego tysiąc razy z rzędu. Przyjęłabym to z wdzięcznością.

Pożar we mnie wzmógł się. Chciało mi się krzyczeć. Błagać kogoś głośno o to, żeby mnie dobił. Byle nie przeżyć kolejnej sekundy tej męki. Nie byłam jednak w stanie poruszyć ustami. Nadal przygniatał mnie niewidzialny ciężar.

Zaraz, jaki ciężar? To nie mrok spychał mnie w dół. Uzmysłowiłam sobie, że to moje własne ciało było takie ciężkie. Płomienie rozprzestrzeniały się poza klatkę piersiową, roznosząc niewyobrażalny ból po barkach i brzuchu. Parzyły gardło. Lizały twarz.

Czemu nie mogłam się ruszać? Czemu nie mogłam krzyczeć? Nic o tym nie wspominano w opowieściach.

Umysł miałam nieznośnie trzeźwy – ból jeszcze to potęgował – więc rozwikłałam zagadkę, gdy tylko nasunęły mi się te pytania.

Odpowiedzią była morfina.

Miałam wrażenie, że od dnia, w którym dyskutowałam o tym z Edwardem i Carlisle'em, umarłam już milion razy. Obaj mieli nadzieję, że w cierpieniach ulży mi odpowiednia ilość środków przeciwbólowych. Carlisle wypróbowywał już tę metodę na Emmecie, ale jad rozprzestrzenił się po ciele szybciej od leku, zasklepiając po drodze naczynia krwionośne, tak że ten nie miał się już jak przemieścić.

Niczego po sobie nie pokazałam. Kiwałam z powagą głową, dziękując Bogu, że Edward nie potrafi czytać w moich myślach.

Zaaplikowano mi już kiedyś morfinę zaraz po jadzie, znałam więc prawdę. A prawda była taka, że substancja ta wywoływała jedynie odrętwienie, które nijak się miało do pożaru wznecanego przez jad. Nie miałam jednak najmniejszego zamiaru o tym napomykać. Edward zyskałby tylko kolejny argument na to, by nie przeprowadzać całej operacji.

Wiedziałam o odrętwieniu, ale nie domyśliłam się, że przy dużych dawkach morfina podziała na mnie właśnie tak – że mnie przygniecie i zaknebluje. Że będę musiała płonąć sparaliżowana.

Znałam historię Cullenów. Wiedziałam, że Carlisle nie krzyczał podczas swojej przemiany, żeby go nie namierzono. Wiedziałam też, że według Rosalie krzyk na nic się zresztą nie zdawał. I liczyłam nieśmiało, że uda mi się zachować tak jak doktor. Posłuchać Rosalie i nie wydać z siebie żadnego dźwięku. Skąd te ambicje? Stąd, że zdawałam sobie sprawę, iż każdy mój okrzyk będzie torturą dla Edwarda.

Teraz to, że moje życzenie zostało spełnione, wydawało mi się makabrycznym żartem.

Skoro nie mogłam krzyczeć, skoro nie mogłam się ruszać, jak miałam dać im znać, że mają mnie zabić?

Niczego tak nie pragnęłam jak śmierci. Żałowałam, że w ogóle się urodziłam. W porównaniu z tym bólem całe moje życie było nic nie warte. Oddałabym wszystkie wspomnienia za oszczędzenie mi kolejnej sekundy męki.

Pozwólcie mi umrzeć! Błagam! Pozwólcie mi umrzeć!

W nieokreślonej przestrzeni mojego świata nie było niczego więcej. Tylko cierpienie i moje bezgłośne krzyki, którymi domagałam się, by mnie dobito. Niczego więcej, nawet czasu. Więc nie miało to początku ani końca. Jeden nieskończenie długi moment wypełniony bólem.

Jedyną zmianą, jaka nastąpiła – nieprawdopodobną zmianą – było to, że niespodziewanie ból stał się dwukrotnie silniejszy. Dolna połowa mojego ciała, której nie czułam jeszcze przed morfiną, nagle także zapłonęła od wampirzego jadu. Zaczęło działać na nowo jakieś zerwane wcześniej połączenie – to parzące języki ognia je naprawiły.

A pożar szalał dalej.

Może po kilku sekundach, a może po kilku dniach, tygodniach czy nawet latach, odzyskałam w końcu poczucie czasu.

Trzy rzeczy wydarzyły się jednocześnie, a raczej jedna wynikła z drugiej, tak że nie sposób było ocenić, która była pierwsza. Poczułam, że mija czas, że morfina mnie już nie przygniata i że wracają mi siły.

Powoli odzyskiwałam władzę nad swoim ciałem i to owymi poszczególnymi etapami jej odzyskiwania odliczałam czas. Wiedziałam już, że byłabym w stanie podkurczyć palce u stóp i zacisnąć dłonie w pięści. Wiedziałam o tym, ale żadnej z tych umiejętności nie wypróbowałam.

Chociaż ból nie zelżał ani odrobinę – wręcz przeciwnie, zaczęłam rozwijać w sobie nową zdolność jego doświadczania, nową, zwiększoną wrażliwość, dzięki której dawało się docenić każdy przenikający moje żyły płomień z osobna – odkryłam, że potrafię oderwać się od niego myślami.

Przypomniało mi się, dlaczego nie powinnam krzyczeć. Przypomniał mi się powód, dla którego zgodziłam się poddać tym torturom. Przypomniało mi się, że – chociaż brzmiało to wysoce nieprawdopodobnie – istniało coś, dla czego warto było się im poddać.

W odpowiednim momencie, bo kiedy ulotnił się miażdżący mnie ciężar, potrzebowałam motywacji do tego, aby wytrwać. Dla postronnego obserwatora nie zaszła we mnie żadna zmiana. Ale tak naprawdę, wyzwolona z więzów odrętwienia, musiałam teraz walczyć o to, żeby nie wyć ani nie wić się w agonii. Żeby nie cierpiał nikt inny oprócz mnie. Wcześniej, sparaliżowana, nie miałam jak uciec przed ogniem – teraz stosu, na którym płonęłam, kurczowo się czepiałam.

Miałam akurat tyle siły, żeby zdołać leżeć nieruchomo, podczas gdy jad palił mnie żywcem.

Stopniowo coraz lepiej słyszałam i wkrótce mogłam już odmierzać czas, odliczając gwałtowne, rytmiczne uderzenia własnego serca. Mogłam też odliczać swoje płytkie oddechy zasysane przez zaciśnięte zęby. Albo cichsze, miarowe oddechy kogoś znajdującego się blisko mnie.

Te ostatnie dochodziły mnie najrzadziej, więc to na nich się skupiłam. Im większe porcje czasu odliczałam, tym szybciej mi mijał. Oddechy te, bardziej miarowe niż tykanie zegara, wyznaczały ścieżkę, którą mogłam przedrzeć się przez kolejne płonące sekundy.

Wciąż robiłam się coraz silniejsza, a mój umysł działał coraz sprawniej. Kiedy w moim otoczeniu pojawiły się nowe odgłosy, mogłam je wychwycić i zanalizować.

Usłyszałam czyjeś miękkie kroki, a potem szelest powietrza poruszonego przez otwierające się drzwi. Kroki zbliżyły się i poczułam nacisk po wewnętrznej stronie swojego nadgarstka. Nie chłód palców, tylko sam nacisk. Pożar w moim wnętrzu nie dopuszczał do mnie nawet wspomnienia chłodu.

– Wciąż bez zmian?

– Niestety.

Moją rozognioną skórę musnął czyjś oddech.

— Po zapachu morfiny ani śladu.

— Wiem.

— Bello? Słyszysz mnie?

Nie miałam wątpliwości. Gdybym tylko rozluźniła szczęki, gdybym tylko otworzyła oczy, gdybym tylko podniosła mały palec — zaczęłabym krzyczeć, szarpać się, wyć i dygotać. Nie mogłam sobie pozwolić nawet na najdrobniejszy gest, bo natychmiast straciłabym nad sobą kontrolę.

— Bello? Bello, najdroższa? Możesz otworzyć oczy? Możesz spróbować ścisnąć moją rękę?

Nacisk na dłoni. Na ten głos trudniej było mi nie zareagować, ale byłam twarda. Wiedziałam, że ból, jaki teraz czuł Edward, był niczym w porównaniu z tym, co mógłby czuć. Teraz tylko obawiał się tego, że cierpię.

— Może... Och, Carlisle, może się spóźniłem?

Pod koniec tego zdania niemalże załkał.

Zawahałam się na chwilę.

— Spokojnie, Edwardzie. Wsłuchaj się w jej serce. Nawet u Emmetta nie biło z taką siłą. Nigdy nie słyszałem czegoś tak witalnego. Zobaczysz, Bella będzie okazem zdrowia.

Tak, miałam rację, nie dając po sobie niczego poznać. Byłam przekonana, że Carlisle go pocieszy. Edward nie musiał cierpieć wraz ze mną.

— A co z jej... co z jej kręgosłupem? — wykrztusił.

— Jej obrażenia nie były wcale poważniejsze niż u Esme. I tak jak u Esme, jad wszystko naprawi.

— Ale czemu leży tak nieruchomo? Musiałem gdzieś popełnić błąd!

— A może właśnie aż tak dobrze ci poszło? Synu, zrobiłeś wszystko, co ja sam bym zrobił, jeśli nie więcej. Nie jestem pewien, czy nie zabrakłoby mi wytrwałości, czy w pewnym momencie nie straciłbym wiary w to, że da się ją uratować. Przestań się obwiniać. Bella przeżyje.

– Musi cierpieć niewyobrażalne męczarnie – wyszeptał Edward ponuro.

– Nie wiadomo. Dostała tyle morfiny... Nie wiemy, jaki to przyniosło efekt.

Nacisk na zgięciu łokcia. Kolejny szept:

– Bello, kocham cię. Bello, wybacz mi.

Tak bardzo chciałam odpowiedzieć, ale jeszcze bardziej pragnęłam nie pogarszać jego stanu. Nie teraz, kiedy miałam jeszcze dość sił, żeby kryć się ze swoim bólem.

Przez całą tę rozmowę ogień we mnie bynajmniej nie osłabł. Ale w mojej głowie pojawiło się tyle wolnej przestrzeni! Przestrzeni, w której mogłam rozważać ich słowa. Przestrzeni na wspominanie tego, co się wydarzyło. Przestrzeni na zastanawianie się nad przyszłością. A jeszcze tyle jej zostało na cierpienie!

I na zamartwianie się.

Gdzie było moje dziecko? Dlaczego nie było jej przy mnie? Dlaczego ani razu o niej nie wspomnieli?

– Nie, zostaję tutaj – powiedział cicho Edward, odpowiadając zapewne na pytanie, które Carlisle zadał mu w myślach. – Jakoś z tym sobie poradzą.

– Ciekawa sytuacja – stwierdził doktor. – A już mi się wydawało, że nie ma na tym świecie rzeczy, której bym nie widział.

– Później się tym zajmę. Razem się tym zajmiemy.

Coś nacisnęło delikatnie wnętrze mojej płonącej dłoni.

– Wszystko będzie dobrze – zapewnił go Carlisle. – Jest tam nas pięcioro. Na pewno nie dopuścimy do rozlewu krwi.

Edward westchnął.

– Nawet nie wiem, po czyjej stanąć stronie. Najchętniej wychłostałbym ich oboje. No nic, będzie na to czas później.

– Ciekaw jestem, jak Bella na to zareaguje – po której stronie ona stanie.

Edward zaśmiał się z wysiłkiem.

– Jestem przekonany, że mnie zaskoczy. Zawsze zaskakuje.

Słychać było, jak Carlisle odchodzi, i poczułam się sfrustrowana, że podsunięto mi pewne informacje, ale bez żadnego wyjaśnienia. Czy rozmawiali tak tajemniczo tylko po to, żeby mnie rozdrażnić?

Powróciłam do odmierzania czasu, odliczając oddechy Edwarda.

Dziesięć tysięcy dziewięćset czterdzieści trzy oddechy później do sali operacyjnej zakradł się ktoś nowy. Stąpał jeszcze lżej niż Carlisle i jakoś tak... energiczniej.

Dziwne, że potrafiłam wyłapywać takie drobne różnice pomiędzy krokami wampirów. Jeszcze dzień wcześniej w ogóle ich nie słyszałam.

– Ile jeszcze? – spytał Edward.

– Już niedługo – odparła Alice. – Widzisz, jaka wyraźna robi się w moich wizjach? Jest coraz lepiej.

Mimo to westchnęła.

– Ciągle nie możesz się z tym pogodzić?

– Dzięki, że poruszasz ten temat – zadrwiła. – Też byłoby ci ciężko, gdybyś zorientował się, jak bardzo ogranicza cię to, kim jesteś. Najlepiej widzę wampiry, bo sama jestem jednym z nich. I ludzi widzę nie najgorzej, bo kiedyś byłam człowiekiem. Ale moje wizje nie uwzględniają mutantów-mieszańców, bo nigdy z czymś takim się nie zetknęłam.

– Skup się.

– Nie ma po co. Bella to teraz dla mnie małe piwo.

Zamilkli na dłużej.

Kiedy Edward znowu się odezwał, miał już zupełnie inny ton głosu – o wiele pogodniejszy.

– Rzeczywiście, wyjdzie z tego – wykrztusił oszołomiony.

– Jasne, że tak.

– Dwa dni temu nie byłaś taka pewna siebie.

– Dwa dni temu widziałam same zakłócenia. Ale teraz, kiedy znikły, to już bułka z masłem.

– Spróbujesz ustalić, kiedy to się dokładnie skończy? Dla mnie?

Chwila ciszy.

– Dziękuję.

Poweselał.

Jak długo jeszcze? Do licha, nie mogli powiedzieć tego na głos? Czy prosiłam o zbyt wiele? Ile jeszcze sekund miałam cierpieć katusze? Dziesięć tysięcy? Dwadzieścia? Osiemdziesiąt sześć tysięcy czterysta, czyli jeszcze jeden dzień? Jeszcze dłużej?

– Będzie porażająca.

Edward warknął cicho.

– Zawsze taka była.

Alice prychnęła.

– Wiesz, o co mi chodzi. Tylko spójrz na nią.

Nie odpowiedział, ale słowa przyjaciółki rozbudziły w moim sercu nadzieję, że może jednak nie przypominałam brykietu z węgla drzewnego, chociaż tak właśnie się czułam. Wydawało mi się, że musiał ze mnie zostać jedynie stos zwęglonych kości. Każda komórka mojego ciała już dawno obróciła się w popiół.

Usłyszałam, jak Alice wymyka się z pokoju. Usłyszałam, jak ocierają się o siebie warstwy poruszonego przez nią materiału. Słyszałam też ciche buczenie lamp pod sufitem i delikatne podmuchy wiatru muskające zewnętrzną ścianę domu. Słyszałam po prostu wszystko.

Na dole ktoś oglądał w telewizji mecz baseballu. Marinersi Seattle wygrywali.

– Teraz moja kolej! – zaprotestowała przeciwko czemuś Rosalie.

Odpowiedziało jej warknięcie.

– Hola, hola! – włączył się Emmett.

Ktoś syknął.

Nadstawiłam uszu, ale nikt się już nie odezwał, a baseballem nie interesowałam się aż tak bardzo, żeby zapomnieć o swojej męce. Zabrałam się ponownie za odliczanie oddechów.

Dwadzieścia jeden tysięcy dziewięćset siedemnaście i pół sekundy później ból zaczął się zmieniać.

Dobra wiadomość była taka, że odpływał powoli z palców u rąk i nóg. Powoli, ale przynajmniej było to coś nowego. To musiało być to. W końcu miał mnie opuścić.

I zła wiadomość: ogień w moim gardle też się przeobraził. Teraz nie tylko niemiłosiernie palił, ale sprawiał, że chciało mi się pić. I to jak okropnie! Język przykleił mi się do podniebienia. Umierałam z bólu i pragnienia.

I kolejna zła wiadomość: temperatura w moim sercu wzrosła. Jakim cudem?

Moje serce, choć pracowało już nienaturalnie wydajnie, jeszcze przyspieszyło – ogień wymusił na nim nowy, dzikszy rytm.

– Carlisle! – zawołał Edward.

Nawet nie podniósł głosu, wiedziałam jednak, że jeśli tylko doktor był w domu lub w jego pobliżu, musiał go usłyszeć.

Ogień wycofał się z moich dłoni, zabierając z sobą ból i pozostawiając je rozkosznie chłodnymi. Ale jego nadmiar przelał się do serca. Zapłonęło niczym słońce. I biło coraz szybciej.

Do sali operacyjnej wszedł Carlisle, a zaraz za nim Alice. Rozróżniałam ich teraz tak doskonale, że potrafiłam nawet określić, że doktor idzie po prawej i wyprzedza córkę o dobre trzydzieści centymetrów.

– Słuchajcie – nakazał im Edward.

Nic w pokoju nie było w stanie zagłuszyć mojego serca, wybijającego szaleńczy rytm ognia.

– Ach – ucieszył się Carlisle. – Już prawie koniec.

Poczułam niewysłowioną ulgę, ale przyćmił ją ból – straszliwy ból targający moje serce.

Moje ręce były jednak już od niego wolne aż po nadgarstki, a stopy aż po kostki. Pożar zupełnie tam wygasł.

– Już niedługo – zgodziła się Alice. – Pójdę przyprowadzić resztę. Z wyjątkiem Rosalie, prawda?

– Tak. Ktoś musi pilnować małej przed Bellą.

Co takiego? Nie! Chciałam zobaczyć ją jak najszybciej. Pilnować jej przede mną? Za kogo oni mnie mieli?

Tak się zirytowałam, że odrobinę przestałam nad sobą panować. Drgnęły mi palce. Przyglądająca mi się trójka wampirów równocześnie wstrzymała oddechy.

Moje nieposłuszne palce ścisnęła czyjaś dłoń.

– Bella? Bello, kochanie?

Czy potrafiłam otworzyć usta, żeby mu odpowiedzieć, a nie krzyknąć z bólu? Zastanowiłam się nad tym, ale ogień zapłonął w mojej klatce piersiowej z jeszcze większą siłą, odpływając jednocześnie z moich łydek i przedramion. Nie, lepiej było nie ryzykować.

– Idę po resztę – oświadczyła Alice podenerwowanym tonem.

Aż świsnęło, kiedy wybiegała na korytarz.

A potem – och!

Moje serce postanowiło dać już z siebie wszystko. Hałasując niczym wirniki startującego helikoptera, jego uderzenia zlały się niemal w jeden donośny dźwięk. Zdawać by się mogło, że niestrudzony mięsień lada chwila zmiele mi żebra. Ogień w jego wnętrzu wysysał z moich członków resztki płomieni, żywiąc się nimi, tak że palił mnie mocniej niż kiedykolwiek. Ból był tak potworny, że w każdej sekundzie mógł wziąć nade mną górę i rozluźnić uścisk, którym czepiałam się stosu. Wygięłam się w łuk, jakby pożar uniósł moje serce w powietrze.

Osunęłam się z powrotem na stół. Żadnej innej części mojego ciała nie pozwoliłam przy tym na podobną niesubordynację.

Wrzała we mnie walka – moje rozpędzone serce ścigało się z atakującym je ogniem. Oboje przegrywali. Ogień był skazany na niepowodzenie, bo skończyło mu się już paliwo. A moje serce galopowało na ostatnich nogach.

Siła pożaru sięgnęła zenitu. Wszystkie parzące płomienie, które do tej pory rozlewały się po całym moim ciele, koncentrowały się na jedynym ludzkim organie, jaki mi pozostał. Odpowiedzią na ten finalny atak było pojedyncze przytłumione uderzenie. Moje serce jeszcze dwukrotnie się zacięło, a potem stuknęło cicho jeden jedyny raz.

Zapadła głucha cisza. Nikt nie oddychał. Nawet ja.

Przez moment docierało do mnie tylko to, że nic mnie już nie boli.

A potem otworzyłam oczy i spojrzałam w zachwycie przed siebie.

20 *Nowa*

Wszystko było takie wyraźne.

Wszystko miało takie ostre kontury.

Silne szpitalne lampy nie straciły nic ze swojej mocy, a mimo to widziałam jak na dłoni jarzące się pręciki ich żarówek. W samej bieli jaskrawego światła dopatrzyłam się wszystkich kolorów tęczy, a na obrzeżach nawet widma ósmego koloru, na który nie miałam nazwy.

Poza łuną, w ciemnych deskach drewnianego sufitu, rozróżniałam wszystkie słoje i prążkowania. Poniżej w powietrzu unosiły się drobiny kurzu – każda, niczym księżyc, o jasnej i ciemnej stronie. Niezliczone miniaturowe planety wirowały wokół siebie w niebieskim tańcu.

Kurz był tak piękny, że zszokowana wciągnęłam głośno powietrze przez usta. Ze świstem przemknęło przez moje gardło, a drobinki w pobliżu moich ust przyspieszyły. Poczułam się dziwnie – coś było nie tak. Zastanowiwszy się nad tym, uświadomiłam sobie, że wdech nie przyniósł mi ulgi. Nie potrzebowałam już tlenu. Świeży jego napływ był teraz moim płucom zupełnie obojętny.

Nie musiałam już oddychać, ale sprawiało mi to przyjemność. Mogłam tak posmakować wszystkiego, co znajdowało się w pokoju. Posmakować tych przeuroczych drobinek kurzu. Wykwintnego bukietu jedwabiu. Mieszanki powietrza zastałego i chłodniejszego wpadającego przez otwarte drzwi. Wspomnienia czegoś ciepłego i kuszącego, co powinno być wilgotne, ale nie było... Ten ostatni zapach zapiekł mnie sucho w gardle odległym echem pożaru wywołanego przez jad, chociaż tłumił go ostry odór chloru i amoniaku. Przede wszystkim jednak, mogłam rozkoszować się fantastyczną wonią, przywodzącą na myśl miód i nagrzane słońcem kwiaty bzu, która była najsilniejszą w pomieszczeniu, a zarazem biła od czegoś najbliższego mnie.

Obserwujące mnie wampiry też zaczęły oddychać, a ich oddechy mieszały się z ową najcudowniejszą z woni, wydobywając z niej nowe pokłady piękna. Cóż się w niej jeszcze kryło prócz miodu, słońca i bzu? Cynamon, hiacynt, gruszka, woda morska, piekący się chleb, sosna, wanilia, wyprawiona skóra, jabłko, mech, lawenda, czekolada... Tyle porównań, ale żadne do końca nie trafione. W każdym razie coś kojarzącego się jak najlepiej.

Dźwięk telewizora w salonie uchichł i ktoś na parterze – czyżby Rosalie? – siedząc, przeniósł ciężar ciała z jednego uda na drugie.

Nagle zabrzmiał jakiś stłumiony łomot. Męski głos pokrzykiwał coś gniewnie do rytmu. Ktoś tu gustował w rapie? Zdziwiłam się na moment, ale zaraz potem hałas się oddalił, jak gdyby dom Cullenów minął samochód ze spuszczonymi szybami.

Aż drgnęłam, kiedy uzmysłowiłam sobie, że jak najbardziej mógł być to samochód, tyle że kilka kilometrów stąd. Czyżbym słyszała, co działo się na szosie?

Nie zdawałam sobie sprawy, że ktoś trzyma mnie za rękę, dopóki lekko jej nie ścisnął. Zamarłam zaskoczona, tak jak robiłam to wcześniej, żeby nie zdradzić, jak cierpię. Nie tego się spodziewałam. Skóra towarzyszącej mi osoby, owszem, była idealnie gładka, ale miała niewłaściwą temperaturę. Nie była wcale zimna.

Sparaliżowało mnie tylko na chwilę, po czym moje ciało zareagowało gwałtownie na nieznany dotyk, a sposób, w jaki zareagowało, wywołał u mnie jeszcze głębszy szok.

Powietrze wydostało się zza moich zaciśniętych zębów z złowrogim sykiem godnym roju pszczół. Nim dźwięk ten zamilkł, moje mięśnie spięły się, abym jak najszybciej mogła uciec przed nieznanym. Zerwałam się ze stołu tak raptownie, że wszystko powinno zawirować mi przed oczami – ale nic takiego się nie stało. Chociaż w jedną szesnastą sekundy znalazłam się pod przeciwległą ścianą, po drodze zarejestrowałam każdą drobinę kurzu i każdy słój w deskach boazerii, na których spoczął mój wzrok.

Dopiero przyczaiwszy się w obronnej pozie kilka metrów dalej, zrozumiałam, co zbiło mnie z pantałyku, i że przesadziłam.

Och. No jasne. Przecież Edward nie był już dla mnie chłodny w dotyku. Oboje byliśmy teraz tak samo lodowaci.

Nie zmieniłam pozycji jeszcze przez jedną ósmą sekundy, żeby mieć czas rozejrzeć się po pokoju.

Edward pochylał się nad stołem operacyjnym, który posłużył mi za stos, wyciągając ku mnie rękę z zaniepokojoną miną.

Jego twarz była dla mnie najważniejsza, ale kątem oka, tak na wszelki wypadek, chłonęłam jak najwięcej szczegółów. Postępowałam tak, kierowana jakimś nowym dla siebie instynktem, który nakazywał wypatrywać potencjalnego źródła zagrożenia.

Moja wampirza rodzina czekała w gotowości wzdłuż ściany przy drzwiach, z Emmettem i Jasperem na samym przodzie. Jak gdyby to im, a nie mnie, coś groziło. Węszyłam zapamiętale, starając się wychwycić cokolwiek podejrzanego, jednak niczego takiego się nie doszukałam. Moje gardło znowu połechtała słaba woń czegoś smakowitego – stłumiona przez intensywny zapach chemikaliów – przypominając mi o niedawnych torturach.

Alice wyglądała Jasperowi zza łokcia, uśmiechając się szeroko. Ostre szpitalne światło odbiło się od jej białych zębów, tworząc kolejną ośmiokolorową tęczę.

Jej uśmiech mnie uspokoił, więc opanowana poskładałam szybko do końca wszystkie kawałki łamigłówki. Jasper i Emmett stali z samego przodu, żeby chronić pozostałych, tak jak się tego domyślałam, ale dopiero teraz skojarzyłam, że to przede mną chcieli ich chronić.

Wszystko to odnotowałam ot tak, na marginesie. W przeważającej części moje zmysły i umysł skupiły się na twarzy Edwarda.

Do tej pory jeszcze nigdy tak naprawdę jej nie widziałam.

Ileż to razy już mu się przyglądałam, zachwycając się jego urodą? Ileż to godzin – a gdyby je podliczyć, ileż dni, ileż tygodni – spędziłam, marząc na jawie o tym, którego miałam za ideał? Sądziłam, że znam jego twarz lepiej niż swoją własną. Sądziłam, że ze wszystkich rzeczy na świecie, tylko tego jednego w stu procentach mogę być pewna – nieskazitelności jego boskiej twarzy.

Okazało się, że równie dobrze mogłam być ślepa.

Oto po raz pierwszy spojrzałam na Edwarda oczami, którym obca była słabość ludzkiego wzroku. Jęknęłam z wrażenia. Z wysiłkiem dobierałam w myślach słowa, którymi mogłabym go opisać, ale te, które przychodziły mi do głowy, nie były odpowiednie. Potrzebowałam jakiegoś ulepszonego języka.

Jako że ukryty we mnie drapieżnik upewnił się już, że nic mu nie grozi, wyprostowałam się odruchowo. Od momentu, w którym zerwałam się ze stołu, minęła prawie pełna sekunda.

Moją uwagę przykuło na chwilę przedziwne zachowanie mojego ciała. Stanęłam wyprostowana, gdy tylko pomyślałam, że nie ma już potrzeby kucać. A właściwie nie stanęłam, tylko od razu stałam, jak gdybym w ogóle się nie poruszyła, a moja poprzednia pozycja była tylko złudzeniem. Pomiędzy sformułowaniem rozkazu a jego wykonaniem nie było żadnej zauważalnej przerwy.

Znieruchomiawszy, na powrót przyjrzałam się twarzy Edwarda.

Nadal wyciągając ku mnie rękę, obszedł powoli stół operacyjny. Każdy krok zabierał mu niemal pół sekundy, ale tak płynnie przechodził w kolejny, że skojarzyło mi się to z wodą w górskiej rzece prześlizgującą się po gładkich kamieniach.

Obserwowałam jego pełne gracji ruchy, chłonąc ten widok swoimi nowymi oczami.

– Bello? – zapytał cicho.

Starał się być opanowany, ale po tonie jego głosu poznałam, że się martwi.

Nie byłam w stanie odpowiedzieć mu tak szybko, jak bym chciała, odurzona aksamitnym tembrem jego barytonu. Był jak symfonia, symfonia na jeden instrument, instrument doskonalszy od każdego stworzonego przez człowieka...

– Bello? Skarbie? Wiem, że czujesz się zagubiona, ale uwierz mi, wszystko jest z tobą w najlepszym porządku.

Wszystko? Zanurkowałam w głębiny swojej jaźni, sięgając pamięcią do swojej ostatniej godziny w ludzkiej postaci. Wspomnienia już wyblakły, jak gdyby pokrył je gruby, ciemny welon. Stało się tak dlatego, że chcąc nie chcąc, porównywałam je do tego, co docierało do mnie teraz, a ludzkimi zmysłami tak niewiele odbierałam. Wszystko w moich wizjach było takie niewyraźne!

Czy mówiąc, że wszystko jest w porządku, Edward miał też na myśli Renesmee? Dokąd ją zabrali? Czy była z Rosalie? Usiłowałam przypomnieć sobie jej twarzyczkę – wiedziałam, że jest śliczna – ale obrazy, które przywołało jej imię, tylko zirytowały mnie swoją marną jakością. Rysy córeczki ginęły w mroku...

A co z Jacobem? Jak się czuł? Czy mój najlepszy przyjaciel, który tyle przeze mnie wycierpiał, teraz mnie nienawidził? Czy wrócił do sfory Sama? Czy Seth i Leah też już wrócili do domu?

Czy Cullenowie byli bezpieczni, czy przez moją przemianę wybuchła wojna pomiędzy wampirami a wilkołakami? Czy zapewnienia Edwarda były szczere, czy też przywdział kolejną maskę, żeby mnie uspokoić?

A Charlie? Co miałam mu teraz powiedzieć? Na pewno dzwonił, kiedy płonęłam. Jak mu wytłumaczono moją nieobecność? Jaką wersję wydarzeń mu zaserwowano?

Kiedy namyślałam się, które z tych pytań zadać jako pierwsze, Edward zbliżył się do mnie ostrożnie i pogłaskał po policzku opuszkami palców. Były gładkie jak satyna, miękkie jak puch, a temperaturą pasowały teraz idealnie do ciepłoty mojego ciała.

Jego dotyk wydawał się wnikać pod powierzchnię mojej skóry, wnikać w kości mojej twarzy. Przeszył mnie prąd. Przyjemny dreszcz ześlizgnął mi się wzdłuż kręgosłupa i rozszedł delikatnym mrowieniem po żołądku.

Chwileczkę, pomyślałam, czując, jak budzi się we mnie rozkoszne ciepło. Czy nie uprzedzano mnie, że na długi czas będę musiała zapomnieć o podobnych doznaniach? Czy nie uznałam, że to wysoka cena, ale jestem gotowa ją zapłacić?

Byłam nowo narodzonym wampirem. Paląca suchość w gardle stanowiła najlepszy tego dowód. I wiedziałam, co taki stan za sobą pociąga. Ludzkie emocje i tęsknoty miały do mnie w końcu wrócić w jakiejś formie, ale pogodziłam się z tym, że potrwa to kilka lat. Z początku miałam nie myśleć o niczym innym, prócz tego, jakby się tu nasycić. Taka była umowa. Na takie warunki przystałam.

Ale kiedy Edward przytulił mi dłoń do twarzy, swoją stalową dłoń obitą satyną skóry, w moich wyschniętych żyłach wystrzeliło pożądanie, ogarniając mnie od stóp do głów.

Mój ukochany uniósł brew, czekając, aż się odezwę.

Przytuliłam go do siebie.

Tak jak poprzednim razem, nawet nie zauważyłam, kiedy się poruszyłam. Stałam wyprostowana i zesztywniała jak posąg, a już ułamek sekundy później trzymałam Edwarda w ramionach.

Był ciepły – a przynajmniej taki mi się wydał. Jego słodki, kuszący zapach rozpoznałabym wszędzie, chociaż do tej pory, z pomocą marnego ludzkiego węchu, rejestrowałam jedynie jego znacznie uboższą wersję.

Przycisnęłam Edwardowi policzek do umięśnionej piersi.

Nagle drgnął i przeniósłszy ciężar ciała na drugą nogę, wyplątał się delikatnie, acz stanowczo z moich objęć. Zdezorientowana, podniosłam głowę. Przestraszyłam się, że już mnie nie chce.

– Auć. Ehm, Bello... Uważaj, to boli.

Gdy tylko dotarło do mnie, o co mu chodzi, jak najprędzej się od niego oderwałam i schowałam obie ręce za placami.

Byłam za silna!

– Oj – bąknęłam.

Posłał mi tak czarujący uśmiech, że gdyby moje serce jeszcze biło, na pewno by się zatrzymało.

– Nie wpadaj w panikę, kochanie – powiedział, przesuwając mi palcem po wargach, rozchylonych ze strachu. – Po prostu tymczasowo jesteś ode mnie silniejsza.

Zmarszczyłam czoło. Oczywiście wiedziałam, że tak będzie, ale była to najbardziej surrealistyczna rzecz ze wszystkich surrealistycznych rzeczy, które przydarzyły mi się w ciągu ostatnich kilku sekund.

Byłam silniejsza od Edwarda! Aż wyrwało mu się „auć"!

Znowu pogłaskał mnie po policzku i zapomniałam o swoich strapieniach, bo moje znieruchomiałe ciało przebiegła kolejna fala pożądania.

Odczuwałam wszystko o wiele silniej, niż byłam do tego przyzwyczajona, nic więc dziwnego, że pomimo dodatkowej przestrzeni w mojej głowie, z trudem podążałam za jakąś konkretną myślą. Każde nowe doznanie wytrącało mnie z równowagi.

Przypomniało mi się, jak Edward powiedział kiedyś – jego głos w moich wspomnieniach był niczym cień kryształowo czystych, melodyjnych dźwięków, które usłyszałam przed chwilą – że jego pobratymcy, nasi pobratymcy, łatwo się rozpraszali. Rozumiałam teraz dlaczego.

Spróbowałam się skupić. Miałam mu przecież coś do powiedzenia. Tę najważniejszą rzecz.

Bardzo ostrożnie, tak ostrożnie, że tym razem mój ruch można było zobaczyć, wyjęłam zza pleców prawą rękę i uniosłam ją, żeby dotknąć jego policzka. Nie pozwoliłam, by zdekoncentrował mnie perłowy odcień mojej dłoni, jedwabista gładkość jego skóry czy mrowienie w opuszkach.

Spojrzałam mu prosto w oczy i po raz pierwszy po przemianie usłyszałam własny głos.

– Kocham cię – wyszeptałam, ale zabrzmiało to tak, jakbym to wyśpiewała. Mój głos rozdzwonił się niczym pęk złotych dzwonków.

Edward odpowiedział mi uśmiechem, który poraził mnie, o wiele większą siłą niż kiedykolwiek, kiedy byłam jeszcze człowiekiem. Dopiero teraz widziałam ten uśmiech tak naprawdę.

– Tak jak ja kocham ciebie.

Ujął moją twarz w dłonie i pochylił się ku mnie – na tyle powoli, bym przypomniała sobie, że muszę zachować ostrożność.

Pocałował mnie – wpierw ledwie musnął moje wargi, ale niespodziewanie wpił się w nie z nieznaną mi gwałtownością. Najchętniej zatraciłabym się w powodzi bodźców, ale chociaż niezwykle trudno było mi w niej zebrać myśli, starałam się za wszelką cenę nie zapomnieć, że niechcący mogę zrobić mu krzywdę.

Było tak, jakby nigdy przedtem mnie nie całował – jak gdyby był to nasz pierwszy pocałunek. Musiałam zresztą przyznać, że nigdy jeszcze nie całował mnie w taki sposób.

O mało co nie wzbudziło to we mnie poczucia winy. Jak nic musiałam znowu łamać warunki umowy. Przecież to niemożliwe, żebym miała prawo czegoś takiego doświadczać.

Chociaż nie potrzebowałam tlenu, zaczęłam oddychać coraz szybciej – tak szybko, jak wtedy, gdy płonęłam. Teraz szalał we mnie pożar innego rodzaju.

Ktoś odchrząknął znacząco. Ktoś mówiący basem, więc zaraz poznałam, że to Emmett. Był zarazem poirytowany i rozbawiony.

Przypomniało mi to o tym, że nie jesteśmy sami. Uzmysłowiłam sobie, że tulę się do swojego ukochanego w sposób, którego przy ludziach byłoby grzeczniej się wystrzegać.

Zawstydzona, odsunęłam się od niego o pół kroku jednym niewidocznym ruchem. Zachichotał i zaraz zrobił krok do przodu. Obejmował mnie w talii, a twarz mu promieniała – jakby pod jego diamentową skórą płonął biały płomień.

Mimowolnie wzięłam głęboki wdech, żeby dojść do siebie.

Jakże bardzo różniło się to całowanie od tego, które znałam! Porównując swoje ludzkie stępione wrażenia do tego czystego, intensywnego uczucia, przyjrzałam się badawczo minie Edwarda. Wyglądał na... zadowolonego z siebie.

— Ukrywałeś się przede mną! — oskarżyłam go swoim śpiewnym głosem, ściągając odrobinę brwi.

Zaśmiał się, szczęśliwy, że jest już po wszystkim — po strachu, po bólu, po niepewności, po oczekiwaniu. Wszystko to było już za nami.

— Nie zapominaj, że do tej pory było to konieczne — oznajmił. — Ale teraz to ty będziesz musiała uważać, żeby nie uszkodzić mnie.

Znowu parsknął śmiechem.

Zamyśliłam się nad jego słowami. Cała scena była przekomiczna, więc w końcu wszyscy zaczęli się śmiać wraz z Edwardem.

Carlisle wyminął Emmetta i podszedł do mnie pospiesznie. Prawie nie uważał na siebie, ale ostrożniejszy Jasper ruszył zaraz za nim. Twarzy doktora też jeszcze nigdy tak właściwie nie widziałam. Miałam ochotę zamrugać — jak gdybym patrzyła prosto w słońce.

— Jak się czujesz, Bello? — zapytał.

Zastanawiałam się nad odpowiedzią przez sześćdziesiątą czwartą część sekundy.

— Jestem skołowana. Tyle tego... — urwałam, zasłuchana w dźwięk własnego głosu.

— Tak, pewnie trudno to sobie wszystko poukładać.

Przytaknęłam mu energicznie.

— Ale czuję się sobą. No, tak mniej więcej. Nie spodziewałam się tego.

Edward ścisnął mnie mocniej w pasie.

— Mówiłem ci, że tak będzie.

— W pełni się kontrolujesz — nie mógł nadziwić się Carlisle. — Tego to nawet ja się nie spodziewałem, nawet wziąwszy pod uwagę, ile miałaś czasu, żeby się do tego psychicznie przygotować.

Pomyślałam o tym, jak błyskawicznie zmienia mi się nastrój i jak nie potrafię się na niczym skupić.

– Nie jestem tego taka pewna – szepnęłam.

Carlisle pokiwał z powagą głową, a potem w jego złotych oczach pojawił się błysk zainteresowania.

– Wydaje mi się, że tym razem trafiliśmy z tą morfiną, czy się mylę? Powiedz mi, co pamiętasz ze swojej przemiany?

Zawahałam się. Prawie całą swoją uwagę koncentrowałam właśnie na tym, jak oddech Edwarda, owiewając mój policzek, przyprawia mnie o cudowne dreszczyki.

– Na samym początku wszystko było takie... takie zamglone. Pamiętam, że mała nie mogła oddychać...

Nagle się wystraszyłam i zerknęłam na Edwarda pytająco.

– Renesmee jest zdrowa jak rydz – zapewnił mnie z tajemniczą miną. Widać było, że jest dumny z córki, ale kryło się w tym coś więcej. Jej imię wymówił niemalże ze czcią, jak człowiek wierzący wspominający świętego czy Boga. – Pamiętasz, co działo się później?

Zawsze był ze mnie kiepski kłamca, więc dałam z siebie wszystko, żeby niczym się nie zdradzić.

– Nie za bardzo... Wcześniej było tak ciemno. A potem... otworzyłam oczy i nagle widziałam tyle szczegółów!

– Niesamowite – szepnął Carlisle, podekscytowany.

Zrobiło mi się głupio. Czekałam, aż się zaczerwienię i wszystko się wyda. Ale potem uświadomiłam sobie, że już nigdy nie dostanę rumieńców. Co za ulga! Może to miało ochronić Edwarda przed poznaniem prawdy.

Musiałam jednak jakoś wyprowadzić z błędu Carlisle'a. Kiedyś tam. Jeśli kiedykolwiek miał stworzyć kolejnego wampira. Było to jednak bardzo mało prawdopodobne i fakt ten nieco poprawił mi humor. Nie lubiłam kłamać, ale jeszcze bardziej nie lubiłam wszystkiego później odkręcać.

– Proszę, zastanów się. Opowiedz mi wszystko, co pamiętasz – naciskał doktor, nie mogąc się doczekać moich rewelacji.

Nie udało mi się powstrzymać i moją twarz wykrzywił grymas. Wolałam nie brnąć głębiej w kłamstwa, bo byłam pewna, że w końcu powinie mi się noga. Nie chciałam zresztą nawet myśleć o tym, jak płonęłam. W odróżnieniu od wcześniejszych ludzkich przeżyć, tę część swojej drogi przez mękę pamiętałam aż za dobrze.

– Och – zreflektował się Carlisle. – Wybacz mi, Bello. Porozmawiamy o tym kiedy indziej. Musisz przecież umierać z pragnienia.

Zanim o nim nie wspomniał, tak właściwie zupełnie mi ono nie dokuczało. Miałam teraz w głowie tyle miejsca! Kontrolowaniem pragnienia zajmowała się jakaś osobna część mózgu. Odbierałam to jako coś całkowicie naturalnego. Mój stary mózg zajmował się na podobnych zasadach oddychaniem i mruganiem.

Uwaga Carlisle'a sprawiła jednak, że kwestia ta wysunęła się na pierwszy plan. Nagle nie byłam w stanie myśleć o niczym innym prócz tego, jak sucho miałam w gardle, a im więcej o tym myślałam, tym bardziej mnie piekło. Dłoń powędrowała mi odruchowo do szyi, jakbym mogła zdusić nią z zewnątrz płomienie.

Moja skóra okazała się bardzo dziwna w dotyku. Była tak gładka, że aż miękka, choć, rzecz jasna, twardością dorównywała skałom.

Edward wziął mnie za drugą rękę i pociągnął mnie za nią delikatnie.

– Chodź, zapolujemy – zaproponował wesoło.

Otworzyłam szeroko oczy. Ból wywołany pragnieniem zelżał, ustępując miejsca zaskoczeniu.

Zapolować? Ja? Z Edwardem? Ale... jak?

Nie wiedziałam, co robić.

Zauważywszy moje zdezorientowanie, uśmiechnął się zachęcająco.

– To proste, kochanie. Instynktowne. Pokażę ci. O nic się nie martw.

Ani drgnęłam, więc uśmiechnął się zawadiacko i uniósł brwi.

– Zawsze mi się wydawało, że marzysz o tym, żeby towarzyszyć mi na polowaniu.

Jego słowa przywołały niewyraźne wspomnienia naszych rozmów na ten temat. Zaśmiałam się melodyjnie. Część mojego umysłu zasłuchała się w zachwycie, a inna w ciągu sekundy skatalogowała na nowo wszystkie wydarzenia z pierwszych dni mojej znajomości z Edwardem, tak żebym już nigdy ich nie zapomniała. Tamte dni wyznaczały poniekąd prawdziwy początek mojego życia. Nie spodziewałam się, że tak nieprzyjemnie będzie mi sięgać do nich pamięcią. Wrażenie było przy tym takie, jakbym starała się wypatrzyć coś w mętnej wodzie. Nauczona doświadczeniem Rosalie, wiedziałam jednak, że obrazy te nie wyblakną z czasem, jeśli tylko będę wracać do nich dostatecznie często. Nie chciałam zapomnieć o ani jednej minucie spędzonej z ukochanym, nawet teraz, gdy przed nami rozciągała się wieczność. Przyrzekłam sobie upewnić się w najbliższej przyszłości, że wszystkie moje ludzkie wspomnienia na dobre zakorzeniły się w moim niezawodnym wampirzym umyśle.

– To jak, gotowa? – spytał Edward. Sięgnął po moją dłoń, którą nadal trzymałam przy gardle, i musnął mnie gładkimi palcami po szyi. – Nie chcę, żebyś się męczyła dłużej niż to konieczne – dodał, mrucząc.

Jako człowiek nigdy bym tego mruczenia nie usłyszała.

– Nic mi nie jest – powiedziałam z przyzwyczajenia. – Zaczekaj. Najpierw co innego.

Tyle tego było. Nie zadałam mu jeszcze żadnego z dręczących mnie pytań. Miałam na głowie ważniejsze rzeczy niż ból gardła.

– Co takiego? – odezwał się Carlisle.

– Chcę ją zobaczyć. Chcę zobaczyć Renesmee.

Dziwnie było mi wymienić jej imię. A „moja córka" – nawet w myślach trudno było mi ją tak określić. Ciąża wydawała się czymś niezmiernie abstrakcyjnym. Próbując sobie przypomnieć, jak czułam się trzy dni wcześniej, machinalnie wyswobodziłam dłonie z uścisku Edwarda i przyłożyłam je sobie do brzucha.

Był płaski. Pusty. I ukryty pod warstwą jedwabiu. W przypływie paniki, zacisnęłam palce na materiale, a jakaś pomniejsza cząstka mojej świadomości odnotowała, że Alice mnie ubrała.

Wiedziałam, że nic we mnie nie ma, i jak przez mgłę pamiętałam krwawą scenę porodu, ale mimo tych dowodów, niełatwo było mi uwierzyć, że moje dziecko istnieje. Kiedy jeszcze nosiłam je w sobie, kochałam je nad życie, ale teraz, gdy go przy mnie nie było, jawiło mi się jako coś, co tylko mi się przywidziało. To musiał być sen – powoli zapominany sen, który w połowie był koszmarem.

Walcząc ze swoim skołowaniem, zauważyłam, że Edward i Carlisle spojrzeli po sobie.

– Co jest? – zaniepokoiłam się.

– Bello – zaczął ostrożnie Edward – to chyba nie najlepszy pomysł. Skarbie, ona jest w połowie człowiekiem. Ma bijące serce, w jej żyłach płynie krew. Dopóki nie zyskamy stuprocentowej pewności, że nad sobą panujesz... Nie chcesz jej przecież narazić na niebezpieczeństwo, prawda?

Zmarszczyłam czoło. Jasne, że tego nie chciałam.

Czy panowałam nad sobą? Hm. Na pewno czułam się zdezorientowana. I zdekoncentrowana. Ale czy niebezpieczna? Czy stanowiłam zagrożenie dla własnej córki?

Nie byłam pewna, czy mogę udzielić na to pytanie przeczącej odpowiedzi. A więc musiałam uzbroić się w cierpliwość. Cóż, było to wyzwanie. Bo dopóki jej nie widziałam, nie była dla mnie kimś prawdziwym. Tylko majakiem... ulotnym snem o małej nieznajomej...

– Gdzie ona jest?

Nadstawiłam uszu, żeby usłyszeć bijące piętro niżej serduszko. Usłyszałam też, jak w jego pobliżu oddycha więcej niż jedna osoba – cichutko, jak gdyby opiekunowie Renesmee też nasłuchiwali. Wyłapałam coś jeszcze, ale nie potrafiłam określić, co – coś pomiędzy łopotaniem z pogłosem a głuchym dudnieniem.

Najważniejsze było jednak to, że dźwięk bicia serca mojego dziecka odebrałam jako tak apetycznie wilgotny, że do ust napłynęła mi ślina.

A to oznaczało, że przed złożeniem wizyty małej nieznajomej, musiałam niestety nauczyć się polować.

– Czy jest z nią Rosalie?

– Tak – odparł cierpko Edward.

Widać było, że z jakichś powodów nie jest tym do końca zachwycony. A sądziłam już, że się z Rose pogodzili! Czyżby znowu stali po przeciwnych stronach barykady? Zanim zdążyłam o to zapytać, oderwał mi dłoń od brzucha i znowu pociągnął mnie za rękę.

– Czekaj – zaprotestowałam, usiłując się skupić. – A co z Jacobem? Co z Charliem? Opowiedzcie mi, co przegapiłam. Jak długo się... jak długo byłam... nieprzytomna?

To, że zawahałam się pod koniec, najwyraźniej nie wzbudziło niczyich podejrzeń. Edward i Carlisle za to po raz kolejny spojrzeli po sobie.

– Stało się coś złego? – wyszeptałam.

– Nic złego się nie stało – powiedział doktor, nie wiedzieć czemu podkreślając słowo „złego". – Tak właściwie, to mało co się zmieniło. Byłaś wyłączona z życia tylko przez nieco ponad dwa dni. W porównaniu z innymi przypadkami, bardzo szybko ci to poszło. Edward znakomicie wywiązał się ze swojego zadania. Wpadł na świetny pomysł, żeby wstrzyknąć ci jad prosto w serce. – Przerwał na moment, żeby z dumą w oczach uśmiechnąć się do syna, po czym niespodziewanie westchnął. – Jacob nadal tu jest, a Charlie nadal wierzy, że jesteś chora. Myśli, że jesteś teraz na badaniach w Centrum Kontroli Chorób w Atlancie. Daliśmy mu zły numer telefonu i bardzo się frustruje. Rozmawiał z Esme.

– Muszę do niego zadzwonić... – mruknęłam do siebie, ale dźwięk mojego głosu uzmysłowił mi, że mam problem. Charlie nie miał szans go rozpoznać. Usłyszawszy go w słuchawce, wcale by się nie uspokoił. Ale potem dotarła do mnie druga informacja, którą podał mi Carlisle, i porzuciłam smutne rozmyślania. – Jak to... Jacob jeszcze tu jest?

Znowu wymienili między sobą zakłopotane spojrzenia.

– Bello – powiedział szybko Edward – mamy jeszcze dużo do omówienia, ale w pierwszej kolejności powinniśmy zadbać o ciebie. Musisz skręcać się z bólu...

Kiedy o tym wspomniał, przypomniało mi się, że pali mnie w gardle, i przełknęłam ślinę.

– Ale Jacob...

– Skarbie, będziemy mieć całą wieczność na wyjaśnienia.

Miał rację. Nic nie stało na przeszkodzie, żeby odłożyć to na później. Zwłaszcza, że gdyby nie rozpraszało mnie pragnienie, łatwiej by mi się ich słuchało.

– Rzeczywiście – przyznałam.

– Hej, czekajcie! – zaświergotała Alice spod drzwi.

Wybiegła na środek pokoju. Tak jak przy Edwardzie i Carlisle'u, kiedy przyjrzałam jej się wampirzymi oczami, zaniemówiłam. Była tak śliczna!

– Obiecałaś, że będę mogła przy tobie być przy tym pierwszym razie – ciągnęła – a co, jeśli w lesie miniecie po drodze jakieś jeziorko albo kawałek blachy?

– Alice... – zaoponował Edward.

– To zajmie tylko sekundkę!

Nie czekając na przyzwolenie, wypadła jak strzała z pokoju.

Edward westchnął.

– Co ona bredzi o jakichś blachach?

Zanim ktokolwiek mu odpowiedział, Alice zdążyła już wrócić, dźwigając olbrzymie lustro w złoconej ramie z pokoju Rosalie, niemal dwa razy od siebie wyższe i kilka razy szersze.

Jasper, odkąd przesunął się w ślad za Carlisle'em, ani razu się nie poruszył i ani razu nie zabrał głosu, przez co nie zawracałam sobie nim głowy. Przemieścił się dopiero teraz, żeby zająć pozycję koło Alice. Nie spuszczał ze mnie wzroku – bo też i ja stanowiłam tu jedyne zagrożenie.

Wiedziałam, że bezustannie śledzi moje nastroje, musiał więc zarejestrować, że zobaczywszy go w pełnej krasie po raz pierwszy, przeżyłam szok. Dla niedoskonałego ludzkiego oka blizny, jakie mu pozostały po latach dowodzenia oddziałami nowo narodzonych w czasie wojen na południu kontynentu, były w większości niewidoczne. Widywałam je tylko wtedy, gdy padało na nie jaskrawsze światło, bo ich nieco wypukłe krawędzie odcinały się wówczas wyraźniej od jego bladej skóry.

Teraz, widząc o wiele lepiej niż człowiek, odkryłam, że składa się głównie z blizn. Od jego okaleczonej szyi i żuchwy nie można było oderwać wzroku – a chociaż był wampirem, trudno było uwierzyć, że przeżył tyle ataków na swoje gardło.

Kierowana instynktem, spięłam mięśnie, żeby móc się bronić. Każdy wampir by tak zareagował na widok brata Edwarda. Jego blizny zastępowały podświetlony billboard z napisem „Uwaga! Niebezpieczeństwo!". Ile wampirów próbowało go zabić? Setki? Tysiące? Tyle samo, co zginęło, próbując to zrobić.

Jasper zarówno widział, jak i wyczuwał, jak go oceniam, i w odpowiedzi uśmiechnął się krzywo.

– Edward nieźle mnie ochrzanił za to, że nie dopilnowałam, żebyś zobaczyła swoje odbicie przed ślubem – odezwała się Alice, odrywając moją uwagę od swojego przerażającego ukochanego. – Nie dam mu powodu do tego, żeby znowu mi dogryzał.

– Dogryzał? – powtórzył ze sceptycyzmem, unosząc brew.

– No, może przesadziłam* – mruknęła i nie chcąc wdawać się z nim w dyskusję, odwróciła zwierciadło Rose w moją stronę.

– A może raczej chcesz dostarczyć sobie rozrywki? – zasugerował.

Mrugnęła do niego.

Ich przekomarzania ledwie do mnie docierały. Osoba, którą zobaczyłam w lustrze, była o stokroć ciekawsza od jakichkolwiek słownych potyczek.

---

* Gra słów: w oryginale użyto czasownika *chew out*, oznaczającego zarówno „ochrzaniać", jak i „dokładnie przeżuwać" – przyp. tłum.

Patrzenie na nią sprawiało mi przede wszystkim ogromną przyjemność. Nieznajoma wampirzyca była niezaprzeczalnie niezwykle urodziwa, tak samo nieziemsko piękna, jak Esme czy Alice. Jej twarz bez jednej skazy, bladą jak księżyc, okalała burza gęstych, lśniących, ciemnych włosów. Stała z gracją baletnicy. Ręce i nogi miała silne i gładkie, a jej skóra iskrzyła się delikatnie, połyskując niczym powierzchnia perły.

Ale potem się przestraszyłam.

Czy to miałam być ja? Nie potrafiłam w jej idealnych rysach doszukać się niczego znajomego.

I te oczy! Niby wiedziałam, czego się spodziewać, ale i tak przeszły mnie ciarki.

Przez cały ten czas, kiedy jej się przyglądałam, była całkowicie opanowana – jak posąg bogini, a nie ktoś, w kim wzbiera panika.

Nagle jej usta się poruszyły.

– Te oczy... – wyszeptałam, niegotowa jeszcze powiedzieć „moje oczy". – Jak długo to potrwa?

– Tylko kilka miesięcy – pocieszył mnie Edward. – Zwierzęca krew zmienia ich barwę szybciej niż ludzka. Najpierw zrobią się bursztynowe, a później złote.

Miałam paradować z takimi potwornymi tęczówkami przez kilka miesięcy?!

– Miesięcy?

Ze stresu głos podskoczył mi o oktawę. W lustrze, perfekcyjnie wymodelowane łuki brwiowe wampirzycy uniosły się w niedowierzaniu ponad płonącymi szkarłatem oczami – czerwieńszymi niż jakiekolwiek inne, jakie w życiu widziałam.

Jasper, zaalarmowany moim stanem, przesunął się o krok do przodu. Znał młode wampiry aż za dobrze. Czy takie rozemocjonowanie poprzedzało u nowo narodzonych atak agresji?

Nikt nie odpowiedział mi na pytanie. Spojrzałam na Edwarda i Alice. Oboje na moment odpłynęli, starając się zapobiec nieszczęściu. Jedno skupiało się zapewne na myślach Jaspera, żeby zrozumieć jego reakcję – drugie na najbliższej przyszłości, żeby przewidzieć moją.

Wzięłam kolejny niepotrzebny głęboki wdech.

– Wszystko ze mną w porządku – zapewniłam ich. Zerknęłam na nieznajomą w lustrze. – Po prostu... trochę za dużo naraz się na mnie zwaliło.

Jasper zmarszczył czoło, co uwypukliło znajdujące się na nim blizny.

– Nie wiem – stwierdził Edward.

Kobieta w lustrze skrzywiła się.

– Co za pytanie przegapiłam?

Uśmiechnął się szeroko.

– Jasper zastanawia się, jak ty to robisz.

– Co takiego?

– Jak udaje ci się tak świetnie kontrolować swoje emocje – wyjaśnił partner Alice. – Nigdy jeszcze nie widziałem, żeby nowo narodzony potrafił zatrzymać się w połowie drogi. Zdenerwowałaś się, ale kiedy zauważyłaś, że zaczęliśmy mieć się przed tobą na baczności, pohamowałaś się i uspokoiłaś. Byłem gotowy ci pomóc, ale wcale mnie nie potrzebowałaś.

– Czy to źle?

Zamarłam w oczekiwaniu na wyrok.

– Nie – oświadczył, ale nie wydał mi się o tym przekonany.

Edward pogłaskał mnie po ramieniu, jakby chciał mnie zachęcić do tego, żebym się rozluźniła.

– Robi to na nas wrażenie, ale nie wiemy, co o tym myśleć. Nie mamy pojęcia, jak długo się to u ciebie utrzyma.

Zamyśliłam się nad jego słowami. Czyli w każdej chwili mogłam się na kogoś rzucić? Zamienić w żądną krwi bestię?

Nie czułam w sobie nic, co by to zapowiadało. Ale może takie zmiany następowały zawsze znienacka.

– Powiedz nam lepiej, jak się sobie podobasz – zabrała głos Alice, wskazując niecierpliwie na moje odbicie.

– Czy ja wiem... – bąknęłam, nie chcąc się przyznać, jak bardzo mnie ten widok przerażał.

Znowu spróbowałam doszukać się w tej obcej kobiecie o oczach monstrum czegoś ze starej siebie. Hm... Było coś takiego w kształcie ust... Ignorując jej porażającą urodę, można było dojść do wniosku, że jej górna warga mimo wszystko nie pasuje do dolnej – że jest w stosunku do niej nieproporcjonalnie pełna. Gdy znalazłam tę znajomą niedoskonałość, odrobinę poprawił mi się humor. Może reszta mnie też gdzieś tam się kryła.

W ramach eksperymentu uniosłam prawą rękę, żeby dotknąć palcami skroni. Piękność w lustrze powtórzyła ten gest, obserwując mnie uważnie szkarłatnymi oczami.

Edward westchnął.

Spojrzałam na niego pytająco.

– Rozczarowany?

– Tak – przyznał ze śmiechem.

Szok zerwał mi z twarzy maskę opanowania. Poczułam się głęboko zraniona.

Alice warknęła. Spodziewając się, że skoczę na Edwarda, Jasper znowu pochylił się do przodu i przyczaił.

Ale Edward zignorował ich i widząc, że na nowo znieruchomiałam, przytulił mnie mocno do siebie, całując w policzek.

– Miałem nadzieję, że kiedy twój umysł stanie się bardziej podobny do mojego, będę w stanie usłyszeć twoje myśli. Ale nic z tego. Znowu muszę się frustrować, próbując odgadnąć, co też się tam w środku dzieje.

Od razu poczułam się lepiej – raz, że wciąż mu się podobam, dwa, że moje myśli nadal pozostają moją własnością.

– No, cóż – powiedziałam nonszalanckim tonem – mój mózg chyba już nigdy nie będzie działał prawidłowo. Ale teraz przynajmniej jestem ładna.

Coraz łatwiej przychodziło mi zachowywać się w pełni naturalnie – dowcipkować, nie rozpraszać się bez przerwy. Być sobą.

– Bello – zamruczał mi Edward do ucha – nawet wcześniej nigdy nie byłaś ot tak po prostu ładna.

Ale potem odsunął się znienacka ode mnie.

– Dobrze, już dobrze – odpowiedział komuś z westchnieniem.

– O co chodzi? – spytałam.

– Jasper się stresuje, że za długo zwlekamy. Chodźmy już na to polowanie, żeby mógł się wreszcie rozluźnić.

Zerknęłam na zmartwioną twarz mojego szwagra i pokiwałam głową. Skoro rzeczywiście lada moment miałam wpaść w amok, byłoby lepiej, żeby nastąpiło to w głębi lasu. Wolałam być otoczona wtedy drzewami niż swoimi najbliższymi.

– Okej, zapolujmy – zgodziłam się, chociaż z nerwów żołądek podchodził mi do gardła.

Wyswobodziwszy się z objęć Edwarda, wzięłam go za rękę, po czym odwróciłam się plecami do pięknej nieznajomej w lustrze.

21 Pierwsze polowanie

– Przez okno? – powtórzyłam, spoglądając w dół z wysokości pierwszego piętra.

Nigdy nie cierpiałam na lęk wysokości, ale widziałam teraz wszystko tak dokładnie, że perspektywa opuszczenia domu właśnie tą drogą nie za bardzo mi się uśmiechała. Krawędzie odłamków skał wystające z trawy wydały się ostrzejsze niż kiedykolwiek.

Edward uśmiechnął się.

– Tak będzie najwygodniej. Jeśli masz stracha, mogę wziąć cię na barana.

– Mamy przed sobą całą wieczność, a ty się przejmujesz, że stracimy trochę czasu, schodząc po schodach?

Spoważniał.

– W salonie są Jacob i Renesmee.

– Och.

Jasne. Teraz to ja byłam potworem. Musiałam trzymać się z daleka od zapachów, które mogłyby obudzić we mnie bestię. A zwłaszcza od ludzi, których kochałam. Nawet tych, których tak na dobrą sprawę jeszcze nie zdążyłam poznać.

– To Renesmee może przebywać z Jacobem w jednym pokoju?

– Uświadomiłam sobie z opóźnieniem, że to bicie jego serca było tym dziwnym dudnieniem, które wcześniej wychwyciłam. Znowu wytężyłam słuch, ale usłyszałam tylko jeden miarowy puls. – Przecież za nią nie przepada.

Edward zacisnął usta w tajemniczym grymasie.

– Zaufaj mi, jest przy nim całkowicie bezpieczna. Wiem dokładnie, o czym Jacob myśli.

– No, tak – mruknęłam.

Ponownie zerknęłam w dół.

– Gramy na zwłokę? – zadrwił, chcąc mnie zmobilizować.

– Odrobinkę. Nie wiem, jak się do tego zabrać.

Było mi głupio, bo wszyscy się na mnie gapili. Na razie nie padły żadne złośliwe komentarze, ale Emmett już raz zachichotał. Gdybym popełniła jakiś błąd, pewnie zacząłby się tarzać ze śmiechu po podłodze. A potem zapoczątkowałby serię dowcipów o najbardziej fajtłapowatej wampirzycy na świecie...

I jeszcze ten strój! Bo kiedy leżałam półprzytomna, Alice ubrała mnie w sukienkę. I to jaką sukienkę! Obcisłą, z lśniącego bladobłękitnego jedwabiu, która nie pasowała ani do skoków przez okno, ani do krwawych polowań. Sama zdecydowałabym się na coś zupełnie innego. Co Alice sobie wyobrażała, wybierając dla mnie taką odstrzeloną kreację? Czyżby planowano na później cocktail party?

– Patrz – nakazał Edward, dając susa na wysoki parapet.

Jak gdyby od niechcenia, zrobił krok do przodu – i spadł.

Przyglądałam mu się pilnie, odnotowując sobie kąt, pod jakim zgiął kolana, żeby zamortyzować uderzenie. Wylądował bardzo cicho – można było pomyśleć, że ktoś zamknął ostrożnie drzwi albo odłożył książkę na stół.

Nie wyglądało to na coś trudnego.

Zacisnąwszy w skupieniu zęby, poszłam w jego ślady. Starając się zachowywać równie swobodnie, wyszłam w pustkę.

Ha! Ziemia wydawała się przybliżać w tak powolnym tempie, że bez żadnego wysiłku ustawiłam stopy w taki sposób – zaraz, a to co? Szpilki? Ach, ta Alice! Chyba oszalała! – ustawiłam moje idiotyczne pantofelki w taki sposób, że gdy wylądowałam, odczułam to tak, jak gdybym po prostu zrobiła kolejny krok na płaskiej powierzchni. Siłę uderzenia przyjęłam na przód stóp, nie chcąc złamać obcasików.

Udało się! Uff. Nawet hałasu nie narobiłam. Posłałam Edwardowi triumfalny uśmiech.

– Łatwizna – skwitowałam.

Też się uśmiechnął.

– Bello?

– Tak?

– Muszę przyznać, że zrobiłaś to z dużą gracją. Nawet jak na wampira.

Zamyśliłam się nad tym przez chwilę, a potem uśmiechnęłam się jeszcze szerzej. Gdyby tylko tak sobie mówił, Emmett parsknąłby śmiechem, skoro jednak wszyscy na piętrze siedzieli cicho, musiała być to prawda. Po raz pierwszy w moim życiu, opisując mnie, ktoś użył słowa „gracja". No, może już nie „w moim życiu", ale liczyło się to dla mnie tak samo.

– Dziękuję – szepnęłam.

Czym prędzej ściągnęłam srebrne satynowe szpilki, po czym wrzuciłam je do domu przez otwarte okno. Może użyłam przy tym nieco za dużo siły, ale usłyszałam, że ktoś je złapał, zanim zniszczyły boazerię.

Alice była niepocieszona.

– Szkoda, że poprawił jej się tylko zmysł równowagi, a nie gust – skomentowała.

Edward wziął mnie za rękę – wciąż nie mogłam się nadziwić, że jego skóra może być taka gładka i ciepła – i puściliśmy się biegiem przez trawnik w kierunku rzeki. Nie miałam żadnych kłopotów z dotrzymaniem mu kroku.

Moje ciało potrafiło teraz tak wiele!

– Przepłyniemy ją? – spytałam, kiedy przystanęliśmy nad wodą.

– Żebyś zniszczyła sobie taką piękną sukienkę? O, nie. Skaczemy.

Przyjrzałam się rzece z powątpiewaniem. Miała w tym miejscu jakieś pięćdziesiąt metrów szerokości.

– Ty pierwszy – powiedziałam.

Dotknąwszy przelotnie mojego policzka, odsunął się o dwa metry od krawędzi, dał potężnego susa i odbił się pewnie od płaskiego, stabilnie osadzonego kamienia. Błyskawicznie przeleciał zgrabnym łukiem ponad wodą, a tuż przed tym, jak zniknął w porastających przeciwległy brzeg zaroślach, zdążył jeszcze zrobić w powietrzu fikołka.

– Popisujesz się – mruknęłam.

Nie widziałam go, ale usłyszałam, jak się zaśmiał.

Tak na wszelki wypadek, postanowiłam wziąć rozbieg dwukrotnie dłuższy od niego. Ustawiwszy się w odpowiednim miejscu, wzięłam głęboki wdech.

Znowu się stresowałam. Jednak już nie tym, że się przewrócę albo pokiereszuję. Teraz, dla odmiany, martwiłam się raczej, że niepotrzebnie złamię kilka drzew.

Trochę to trwało, ale w końcu ją poczułam – kryjącą się w moich kończynach ogromną, niepojętą siłę. Nagle zyskałam pewność, że gdybym tylko zapragnęła wykopać pod rzeką tunel – czy to przegryzając się przez skały, czy to miażdżąc je własnymi dłońmi – nie zabrałoby mi to aż tak wiele czasu. Wszystko wokół – i drzewa, i krzewy, i kamienie – nawet mury białego domu – zaczęłam postrzegać jako bardzo kruche.

Z nadzieją, że Esme nie jest szczególnie przywiązana do żadnego z przybrzeżnych drzew, dałam pierwszego susa. Ale zaraz się zatrzymałam, bo w opinającym się na mnie jedwabiu pojawiło się kilkunastocentymetrowe rozdarcie. Przeklęta Alice!

Cóż, zawsze wydawała się traktować ubrania tak, jakby były do jednorazowego użytku, nie powinna więc się burzyć, że ich nie szanuję. Pochyliłam się, żeby schwycić rąbek sukienki z prawej strony, tam, gdzie szew nie był uszkodzony, i jak najostrożniej, żeby nie przesadzić, rozprułam go aż po górną część uda. Następnie powtórzyłam całą operację z lewej, powiększając o spory kawałek nowo powstałe rozdarcie.

Tak, teraz było o wiele lepiej.

Z wnętrza domu dobiegły mnie przytłumione śmiechy. Usłyszałam też, jak ktoś, a raczej „ktosia", zgrzyta głośno zębami. Na piętrze śmiali się Cullenowie, ale ten, kogo rozbawiłam na parterze, nie posiadał dźwięcznego wampirzego głosu, tylko charakterystyczną basową chrypę, którą od razu rozpoznałam.

Czyli Jacob też mi się przyglądał? Nie potrafiłam sobie wyobrazić, ani o czym mógł w tej chwili myśleć, ani co tu jeszcze porabiał. Spodziewałam się, że spotkamy się ponownie dopiero za ładnych kilka lat, dopiero wtedy, kiedy w pełni kontrolowałabym swoje odruchy i kiedy rany, jakie zadałam jego sercu, wreszcie by się zabliźniły. I to pod warunkiem, że w ogóle byłby skłonny mi wybaczyć.

Pomna swoich wahań nastroju, nie odwróciłam się, żeby na niego spojrzeć. Lepiej było mi unikać gwałtownych emocji. Nie zapominałam też o tym, czego obawiał się Jasper. W pierwszej kolejności musiałam zaspokoić swoje pragnienie.

Spróbowałam opróżnić umysł z wszelkich zbędnych myśli, by móc się należycie skoncentrować. To twoje ciało, pomyślałam. Daj się ponieść instynktowi.

— Bello, wszystko w porządku? – zawołał Edward z lasu, cofając się do rzeki. – Może wolałabyś zobaczyć powtórkę?

Po pierwsze, rzecz jasna, wszystko doskonale pamiętałam, a po drugie, nie chciałam dostarczyć Emmettowi kolejnego powodu do wyśmiewania się z mojej edukacji, wzięłam więc głęboki wdech i ruszyłam.

Nieograniczana już przez ciasną spódnicę, jednym susem znalazłam się przy brzegu. Zajęło mi to zaledwie osiemdziesiątą czwartą część sekundy, ale i tak moje oczy zdążyły zarejestrować, gdzie znajdował się ów płaski, stabilny kamień, którego użył Edward. W tym samym czasie mój mózg wyliczył, jak odbić się od niego prawą stopą, aby moje ciało wystrzeliło w powietrze. Zwracałam więcej uwagi na swój cel niż na prawidłową siłę odbicia i pomyliłam się co do jej niezbędnej ilości, ale na szczęście zawyżyłam ją zamiast zaniżyć, dzięki czemu uniknęłam niechcianej kąpieli. Tak, zawyżyłam ją – bo ten pięćdziesięciometrowy dystans tak właściwie to był dla mnie pikuś...

Lot był niesamowitym, podniecającym przeżyciem, od którego, przynajmniej w przenośni, zakręciło mi się w głowie, ale do długich nie należał. Sekunda i już byłam po drugiej stronie.

Sądziłam, że problemem będzie dla mnie to, jak gęsto rosły tam drzewa, ale kiedy opadałam ku ich koronom, okazały się zaskakująco pomocne. Wystarczyło sięgnąć do najdogodniej położonej gałęzi i złapać ją pewnie jedną ręką – zawisłam na niej przez chwilę, po czym puściłam ją bez lęku i wylądowałam na palcach na szerokim konarze świerku, gdzie od ziemi dzieliło mnie nadal dobre pięć metrów.

Po prostu rewelacja!

Przez własny śmiech usłyszałam pędzącego ku mnie Edwarda – znajdowałam się w głębi lasu, bo mój skok był dwukrotnie dłuższy niż jego. Kiedy stanął pod moim drzewem, oczy miał szeroko otwarte ze zdumienia. Zeskoczyłam zgrabnie z gałęzi, lądując bezszelestnie u jego boku.

– I co, dobrze się spisałam? – spytałam zdyszana i podekscytowana.

– Znakomicie – odpowiedział, ale swobodny ton jego głosu nijak nie pasował do zszokowanej miny.

– Czy możemy to powtórzyć?

– Skup się, Bello. Przyszliśmy tutaj, żeby zapolować.

– No tak – zreflektowałam się. – Polować, jasne.

– Trzymaj się mnie – nakazał mi. Nagle złośliwie się uśmiechnął. – Jeśli potrafisz – dodał i już go nie było.

Był szybszy ode mnie. Nie mogłam pojąć, jak można poruszać nogami z tak oszałamiającą prędkością. W tej sztuce nie miałam najmniejszych szans mu dorównać. Jako nowo narodzony wampir miałam jednak więcej niż on siły, dzięki czemu każdy mój krok równał się długością trzem jego. I tak, bynajmniej nie trzymając się w tyle, lecz najzwyczajniej w świecie biegnąc z nim ramię w ramię, gnałam przed siebie poprzez zieloność leśnej gęstwiny. Sprawiło mi to tyle radości, że nie mogąc się opanować, cicho się zaśmiałam – śmiech nie spowolnił moich ruchów ani nie utrudnił koncentracji.

Zrozumiałam wreszcie, dlaczego Edward nigdy w biegu nie wpadał na drzewa – wcześniej wiele razy nie mogłam się temu nadziwić. Było to ciekawe uczucie, ta równowaga pomiędzy szybkością a spostrzegawczością. Pokonywałam kolejne kilometry w tak krótkim czasie, że wszystko wokół mnie powinno się zlewać w ściany szmaragdowego korytarza, a mimo to rozróżniałam pojedyncze żyłki każdego, najmniejszego nawet listka na najbardziej niepozornym z mijanych krzaków.

Wiatr wywołany pędem rozwiewał mi włosy i furkotał podartą sukienką. Jakże dziwne było to, że w zetknięciu z moją skórą wydawał się ciepły! Tak samo, jak to, że ściółka leśna pod moimi bosymi stopami była równie rozkosznie miękka co najszlachetniejszy aksamit, a gdybym zamknęła oczy, mogłam pomyśleć, że muskają mnie zwiewne pióra, a nie chłoszczą gałęzie.

Nigdy nie przypuszczałam, że las to miejsce do takiego stopnia tętniące życiem. Najróżniejsze stworzonka, których istnienia nawet nie podejrzewałam, kręciły się w liściach. Wszystkie zamierały na nasz widok, a ich serduszka zaczynały walić jak oszalałe. Zwierzęta najwyraźniej reagowały na nasz zapach o wiele rozsądniej niż ludzie. Mnie na przykład, kiedy byłam człowiekiem, wampirza woń przyciągała, a nie odstraszała.

Czekałam, aż się zasapię, ale oddychałam miarowo bez żadnego wysiłku. Czekałam, aż zabolą mnie mięśnie, ale złapawszy rytm, odnalazłam w sobie jeszcze większe pokłady siły. Moje sprężyste kroki się wydłużyły i wkrótce to Edward miał trudności z tym, żeby mnie dogonić. Kiedy zobaczyłam, że zostaje w tyle, znowu radośnie się zaśmiałam. Moje bose stopy tak rzadko dotykały teraz ziemi, że czułam się raczej, jakbym leciała, a nie biegła.

– Bello! – zawołał za mną rozleniwionym głosem. Bynajmniej nie był na mnie zły. Nie słyszałam niczego więcej – musiał się zatrzymać.

Przez chwilę rozważałam bunt.

Ale zawróciłam z westchnieniem i skacząc lekko niczym wesołe dziecko, przebyłam po swoich śladach dzielące nas sto metrów.

Spojrzałam na Edwarda wyczekująco. Uśmiechał się łobuzersko. Był taki piękny, że najchętniej nie przestawałabym na niego patrzeć.

– Chcesz zostać w kraju? – zapytał rozbawiony. – Czy planowałaś na to popołudnie mały wypad do Kanady?

– Możemy zostać, gdzie jesteśmy – zgodziłam się, bardziej niż na tym, co mówił, skupiając się na sposobie, w jaki poruszały się wtedy jego wargi. Trudno było się nie rozpraszać, kiedy moje nowe silne oczy wyłapywały bezustannie tyle fascynujących detali. – Na co zapolujemy?

– Na łosie. Doszedłem do wniosku, że na pierwszy raz powinienem wybrać dla ciebie coś łatwego...

Urwał, bo na dźwięk tego ostatniego słowa ściągnęłam gniewnie brwi. Nie zamierzałam się jednak kłócić – zbytnio byłam spragniona. Gdy tylko pomyślałam o palącej suchości w ustach, straciłam zdolność do koncentrowania się na czymkolwiek innym. Bez wątpienia piekło mnie coraz bardziej. Moje gardło było jak Dolina Śmierci o czwartej po południu w czerwcowy dzień.

– Gdzie? – spytałam, niecierpliwie przeczesując wzrokiem okoliczne zarośla. Teraz, kiedy przypomniałam sobie o pragnieniu, myśli o nim zaczęły zakradać się do najdalszych zakamarków mojej głowy, zakłócając swoją obecnością co przyjemniejsze wspomnienia: biegu przez las, całowania się z moim ukochanym, jego rozkosznych warg, palącej suchości w moim gardle... Nie, nie potrafiłam przed nią uciec.

– Nie ruszaj się przez moment – nakazał Edward, kładąc mi dłonie na ramionach.

Pod wpływem jego dotyku chęć zaspokojenia mojego pragnienia zeszła od razu na drugi plan.

– A teraz zamknij oczy – dodał.

Kiedy wykonałam jego polecenie, przeniósł dłonie na moją twarz i pogłaskał mnie po policzkach. Poczułam, że przyspiesza mi oddech, i przez ułamek sekundy, znowu się zapomniawszy, spodziewałam się, że zaraz się zarumienię.

– Skup się – poinstruował mnie. – Powiedz, co słyszysz?

Mogłabym odpowiedzieć mu, że wszystko: jego cudowny głos, jego oddech, jego ocierające się o siebie wargi, ptaki czyszczące sobie piórka wysoko w koronach drzew, szamoczące się w nich serduszka, szemrające liście, tupot setek mrówek idących gęsiego w górę pnia najbliższego klonu... Wiedziałam jednak, że Edwardowi chodzi o coś innego, zaczęłam więc nasłuchiwać uważniej, starając się wyłapać jakieś inne dźwięki, dochodzące z oddali i wybijające się ponad wszechobecne szmery leśnego życia.

Nieopodal znajdowała się niewielka polana – co poznawałam po tym, że wiatr zachowywał się nieco inaczej, mając do czynienia z nieosłoniętą połacią trawy – polanę tę przecinał zaś wartki potok o kamiennym dnie. Właśnie tam, wśród szumu wody, rozlegały się raz po raz mlaśnięcia jęzorów za tło mające energiczne łomotanie mocnych serc, pompujących litry gęstej krwi...

Wrażenie było takie, jakby coś zassało ściany mojego gardła z taką siłą, że się z sobą zlepiły.

– Nad potokiem, na północny wschód stąd? – spytałam, nie otwierając oczu.

– Właśnie tam – potwierdził z zadowoleniem. – A teraz... Poczekaj tylko, aż znowu powieje wiatr... Co rejestruje twój węch?

Głównie jego samego – ową dziwną mieszankę kojarzącą mi się z nagrzanymi słońcem kwiatami bzu. Ale również kryjącą się pod korą iglaków żywicę, orzeźwiające, wielopiętrowe wonie mchu i ściółki, czy wręcz orzechowy zapach kulących się w korzeniach drzew drobnych gryzoni...

Tak jak przy nasłuchiwaniu, na tym, co znajdowało się dalej, skoncentrowałam się dopiero w drugiej kolejności. Cóż tam było jeszcze? No tak, woń czystej, górskiej wody – zważywszy na moje pragnienie, zaskakująco mi obojętna. A ten zapach obok? Musiał należeć do tamtych ciepłokrwistych, chłepczących stworzeń. Był wyrazisty, jakby korzenny, intensywniejszy niż pozostałe. A mimo to równie nieciekawy, co źródlana woda. Zmarszczyłam nos.

Edward zachichotał.

– Wiem. Musi minąć trochę czasu, zanim się człowiek przyzwyczai.

– Trzy sztuki? – strzeliłam.

– Pięć. Za nimi, głębiej w las, są jeszcze dwie.

– I co teraz?

– A na co masz ochotę?

Sądząc po tonie jego głosu, musiał się uśmiechać.

Zastanowiłam się nad tym, nie przestając ani węszyć, ani nasłuchiwać. Mój umysł zalała kolejna fala nieugaszonego pragnienia i nagle zwierzęcy odór znad strumienia wydał mi się całkiem znośny. Przynajmniej coś ciepłego miało wreszcie zwilżyć moje wyschnięte na popiół gardło. Otworzyłam szybko oczy.

– Nie myśl o tym – podpowiedział Edward, odrywając dłonie od mojej twarzy i robiąc krok do tyłu. – Najlepiej po prostu poddać się instynktowi.

Pozwoliłam, żeby prowadził mnie znaleziony trop. Ledwo świadoma tego, że się poruszam, zeszłam w dół zbocza i zakradłam się na skraj wąskiej łąki przeciętej przez potok. W odgradzających mnie od trawy paprociach zawahałam się na moment, a przy okazji, jak rasowy drapieżnik, odruchowo przykucnęłam. Nad wodą stał wielki samiec o szeroko rozłożonym porożu. Za nim, w cieniu drzew, dostrzegłam nakrapiane słonecznymi plamami sylwetki pozostałej czwórki zmierzającej spokojnie na wschód.

Skupiłam się na zapachu samca, a dokładniej, na najgorętszym punkcie jego włochatej szyi, gdzie ciepło pulsowało najmocniej. Między nami było tylko trzydzieści metrów – jak dla mnie, dwa, trzy skoki. Napięłam mięśnie, gotując się do pierwszego z nich.

Ale wtedy zmienił się kierunek wiatru. Powiało silniej, z południa. Nie myśląc o tym, co robię, poderwałam się znienacka i nie dbając o to, że przepłaszam stadko łosi, wypadłam na polanę, a potem skręciłam w prawo i puściłam się biegiem przed siebie. Woń, którą przyniósł z sobą wiatr, była tak kusząca, że praktycznie mnie ubezwłasnowolniła. Nie miałam żadnego wyboru. Już siebie nie kontrolowałam.

Nowy zapach wszystko zdominował. Przede mną był tylko jeden cel – odnaleźć jego źródło. Mknęłam jak strzała przez las, wabiona obietnicą zaspokojenia palącego mnie pragnienia. Z minuty na minutę rosło ono w przerażającym tempie, mącąc mi w głowie, zagłuszając inne myśli i powoli przypominając siłę pożaru wywołanego w moich żyłach przez wampirzy jad.

Tylko jedna rzecz miała teraz szansę przebić się do mojej świadomości. Instynkt potężniejszy i pierwotniejszy niż potrzeba ugaszenia ognia w moim gardle. Instynkt mówiący mi, że moim obowiązkiem jest bronić się przed niebezpieczeństwem.

Włączył się mój instynkt samozachowawczy.

Nagle zdałam sobie sprawę z tego, że ktoś mnie śledzi. Oszałamiający zapach ciągnął mnie ku sobie, ale górę nad nim wziął impuls nakazujący mi się odwrócić i bronić posiłku przed konkurencją. Pierś ścisnął mi zbierający się w niej dźwięk. Moje wargi rozchyliły się same z siebie, odsłaniając ostrzegawczo zęby. Moje nogi zwolniły. Konieczność bronienia się przed atakiem z tyłu walczyła we mnie z chęcią ulżenia sobie w cierpieniu.

A potem usłyszałam, że mój prześladowca przyspieszył, i potrzeba dbania o swoje bezpieczeństwo wygrała. Gdy obracałam się na pięcie, nabierający rozpędu odgłos wlał się, bulgocząc, w moje gardło, by wreszcie wydostać się gwałtowną erupcją na zewnątrz.

Dziki charkot, który wydobył się z moich własnych ust, do tego stopnia zbił mnie z tropu, że stanęłam jak wryta. Wytrącona z równowagi, w okamgnieniu otrzeźwiałam, a choć pragnienie nadal mnie paliło, mgła zapamiętania opadła.

Wiatr znowu się zmienił, dmuchając mi w twarz zapachem nadciągającego deszczu i wilgotnej ziemi, co jeszcze bardziej ułatwiło uwolnienie się z ognistych kajdan tamtej wcześniejszej woni – woni tak apetycznej, że mogła należeć tylko do człowieka.

Edward przystanął z wahaniem kilka metrów ode mnie, wyciągając ku mnie ręce, jak gdyby chciał mnie uściskać – albo obezwładnić. Przyglądał mi się uważnie. Cały czas miał się na baczności. Zastygłam struchlała.

Uzmysłowiłam sobie, że mało brakowało, a bym go zaatakowała – jakby nie było, kucałam jak drapieżnik, gotowa do skoku. Wyprostowałam się czym prędzej i wstrzymałam oddech, obawiając się siły zapachu napływającego z południa.

Zauważywszy, że jestem już na powrót sobą, Edward opuścił ręce i podszedł bliżej.

– Muszę się stąd wynosić – wycedziłam przez zaciśnięte zęby, zużywając na te kilka słów resztkę pozostałego w moich płucach powietrza.

Był zszokowany.

– Pójdziesz dobrowolnie?

Miałam już na końcu języka pytanie, dlaczego niby miało być to dla mnie takie trudne, ale liczyła się każda sekunda. Wiedziałam, że jasność umysłu zachowam jedynie tak długo, jak długo uda mi się odganiać od siebie myśli o...

Znowu popędziłam przed siebie, tyle że tym razem prosto na północ. Koncentrowałam się wyłącznie na nieprzyjemnym uczuciu biorącym się stąd, że nie oddychając, pozbawiałam się jednego ze zmysłów, i bardzo mi tych dodatkowych bodźców brakowało. Była to jedyna reakcja mojego nowego ciała na brak tlenu. Zamierzałam biec tak długo, aż zapach, który zostawiałam za sobą, rozmyłby się w powietrzu i ani by mnie już nie drażnił, ani nie dawał się zlokalizować – nawet gdybym zmieniła zdanie.

Teraz też miałam świadomość, że ktoś mnie goni, ale byłam już zupełnie opanowana i nie odbierałam tego jako zagrożenia. Instynkt podszeptywał wprawdzie, żebym wzięła wdech i upewniła się, czy to Edward, ale uparcie dusiłam w sobie podobne cia̧goty. Wkrótce nie było mi to już zresztą potrzebne, bo chociaż mknęłam przez las szybciej niż kiedykolwiek, przemierzając najprostszą ze ścieżek, jaką można było wytyczyć pomiędzy drzewami, mój ukochany zrównał się ze mną po niespełna minucie.

Olśniło mnie. Zatrzymałam się raptownie, jak gdyby stopy wrosły mi w ziemię. Nadal nie oddychałam – tak na wszelki wypadek, bo byłam pewna, że w tej odległości nic mi już nie grozi.

Edward przemknął obok, zaskoczony moim zachowaniem, ale zaraz zawrócił i sekundę później stał już naprzeciwko mnie. Położył dłonie na moich ramionach i zajrzał mi głęboko w oczy. Jego mina świadczyła, że nie wyszedł jeszcze z szoku.

– Jak to zrobiłaś? – spytał z niedowierzaniem.

– Pozwoliłeś mi się wcześniej wyprzedzić, prawda? – palnęłam, ignorując jego pytanie.

A sądziłam, że tak dobrze sobie radzę!

Otworzywszy usta, poczułam na nowo zapachy, ale po tym, który tak mnie zniewolił i tak rozpalił we mnie pragnienie, nie było już wśród nich na szczęście ani śladu. Ostrożnie wzięłam pierwszy, nieśmiały wdech.

Edward wzruszył ramionami, ale nie dał za wygraną.

– Bello, powiedz, jak to zrobiłaś? – powtórzył.

– Jak uciekłam? Normalnie, wstrzymałam oddech.

– Ale jak udało ci się przerwać polowanie?

– Kiedy zaszedłeś mnie od tyłu… Kurczę, tak strasznie mi głupio. Przepraszam.

– I jeszcze mnie teraz przepraszasz? Za co? To ja jestem ci winien przeprosiny. Postąpiłem potwornie nieodpowiedzialnie. Założyłem, że na nikogo się nie natkniemy tak daleko od szlaków, a przecież powinienem był to najpierw sprawdzić. Taki głupi błąd! Nie masz mnie za co przepraszać.

– Ależ warknęłam na ciebie!

Nadal byłam przerażona tym, że dopuściłam się takiego bluźnierstwa.

– Och, to nic takiego. W sytuacji, która zaszła, było to zupełnie zrozumiałe. Ale nie mogę pojąć, jak udało ci się stamtąd uciec.

– A co miałam zrobić? – Jego stosunek do całego tego zajścia nie był dla mnie jasny. Czego tak właściwie się po mnie spodziewał? – Przecież to mógł być ktoś, kogo znam!

Zbił mnie z tropu, bo mój oburzony okrzyk wywołał u niego dziki atak wesołości. Śmiech Edwarda rozszedł się echem wśród drzew.

– CZEGO SIĘ ZE MNIE ŚMIEJESZ?! – wrzasnęłam.

Przestał od razu i znowu zaczął mieć mnie na oku.

Weź się w garść, rozkazałam sobie. Musiałam nauczyć się trzymać nerwy na wodzy. Zupełnie jak gdybym była młodym wilkołakiem, a nie młodym wampirem.

– Nie śmieję się z ciebie, Bello. Śmieję się, bo jestem w szoku. A jestem w szoku, bo nie wierzę własnym oczom.

– Co jest takie dziwne?

– Nie powinnaś być w stanie zrobić żadnej z tych rzeczy. Nie powinnaś być taka… taka rozsądna. Nie powinnaś stać tutaj ze mną i o tym wszystkim spokojnie rozmawiać. A przede wszystkim, i to o wiele, o wiele ważniejsze niż to, co już wymieniłem, nie powinnaś być w stanie przerwać w połowie polowania, kiedy w powietrzu unosił się zapach ludzkiej krwi. Nawet dojrzałe wampiry mają z tym trudności – jesteśmy zawsze bardzo ostrożni, żeby nie wystawić się na pokuszenie. Bello, zachowujesz się tak, jakbyś była wampirem od dobrych kilku dziesięcioleci, a nie od kilku godzin.

– Och.

Przecież, w odróżnieniu od innych nowo narodzonych, już przed przemianą wiedziałam, czego się spodziewać. Wiedziałam, że będzie ciężko. To właśnie dlatego tak bardzo uważałam, żeby mnie nie poniosło.

Znowu ujął moją twarz w dłonie, a w jego oczach zobaczyłam zachwyt.

– Wiele bym dał, żeby choć teraz móc zajrzeć do twojego umysłu.

Tyle silnych emocji. Tyle silnych potrzeb.

Na pragnienie i tego typu sprawy byłam przygotowana, ale nie na to. Byłam przekonana, że kiedy Edward mnie dotknie, już nigdy nie będę się czuła tak, jak przed przemianą.

Cóż, i poniekąd nie czułam się tak, jak przed przemianą.

Bo moje odczucia stały się o wiele silniejsze.

Wyciągnęłam rękę, by przejechać mu opuszkami palców po policzku. Zatrzymałam się na dłużej na jego wargach.

– Sądziłam, że nie będę czuć się w ten sposób przez bardzo długi czas? – Moja niepewność zrobiła z tego stwierdzenia pytanie. – Ale ciągle cię pragnę.

Zamrugał zaskoczony.

– Jak możesz się w ogóle na tyle skoncentrować, żeby myśleć o czymś takim? Czy nie jesteś niewyobrażalnie spragniona?

Oczywiście, że byłam – zwłaszcza teraz, kiedy mi o tym przypomniał.

Przełknęłam ślinę, a potem westchnęłam i zamknęłam oczy, tak jak robiłam to wcześniej, żeby było mi łatwiej się skupić. Pozwoliłam moim zmysłom ogarnąć to, co się działo wokoło, tym razem jednak nieco spięta, bo wciąż się bałam, że kuszący zapach zakazanego owocu znowu się pojawi.

Edward opuścił ręce i zrezygnował z oddychania, a ja odpłynęłam zasłuchana w coraz to dalsze odgłosy dochodzące z tętniącego życiem zielonego labiryntu. Odsiewając dźwięki i zapachy, starałam się namierzyć coś, co by mnie nie odrzucało, a co mogłoby przynieść ukojenie.

Coś spełniającego te kryteria, choć już nie łoś, zostawiło za sobą na wschodzie ledwo wyczuwalny trop...

Nie odrywając od niego swoich wrażliwszych zmysłów, otworzyłam oczy i bez słowa pobiegłam w tamtym kierunku. Niemalże natychmiast natrafiłam na wznoszący się stromo ku górze stok, zaczęłam więc przemieszczać się na ugiętych kolanach, w pozie przyczajonego drapieżnika, rękami niemalże szurając po ziemi. Gdy zbyt trudno było mi się wspinać, skakałam z drzewa na drzewo. To, że Edward za mną podążał, bardziej wyczuwałam, niż słyszałam. Poruszał się bezszelestnie, pozwalając mi się prowadzić.

Im wyżej się znajdowaliśmy, tym mniej było roślinności, nasilała się za to aromatyczna woń żywic i owego zwierzęcia, na które miałam apetyt – ostrzejsza niż łosia i bardziej apetyczna. Kilka sekund później moich uszu doszedł cichy odgłos stąpania. Stworzenie, które doganiałam, nigdy by się nie zniżyło do łamania gałązek z nieprzystojnym trzaskiem, tak jak czyniły to swoimi racicami łosie. Bestia unikała schodzenia na ziemię, więc i ja przeniosłam się na konary, instynktownie zajmując strategiczną pozycję wyżej niż ona, w połowie wysokości dorodnego srebrnego świerka.

Miękkie uderzenia łap skradającego się wielkiego ssaka słyszałam teraz pod sobą, a jego zapach był już bardzo blisko. Rozejrzałam się za ruchem pasującym do owego dźwięku i w dole na lewo od siebie dostrzegłam złotobrązową plamę sunącą wzdłuż szerokiej gałęzi mojego drzewa. Był to olbrzymi kot, lekko licząc cztery razy cięższy ode mnie. W skupieniu przyglądał się czemuś poniżej, a więc sam też polował – w zaroślach pod świerkiem wychwyciłam mało interesującą woń czegoś znacznie mniejszego. Koniuszek ogona pumy drgał nerwowo. Lada moment miała zaatakować.

Odbiwszy się lekko, przeleciałam kilka metrów i znalazłam się na tym samym konarze co kot. Zaalarmowane wibrowaniem drzewa zwierzę obróciło się w moją stronę, rycząc przeraźliwie, żeby mnie nastraszyć. Z ślepiami błyszczącymi furią zamierzyło się potężną łapą.

Jego masa i wściekłość nie zrobiły na mnie żadnego wrażenia. Na wpół oszalała z pragnienia rzuciłam się na drapieżnika i jednym celnym pchnięciem strąciłam go wraz z sobą na ziemię.

Walka nie trwała długo.

Jego pazury mogłyby być równie dobrze głaszczącymi mnie palcami, biorąc pod uwagę, jak moja skóra odbierała ich wysiłki. Jego kły nie były w stanie nawet jej zadrasnąć, choć próbowały i na moim barku, i na szyi. Jego ciężar w ogóle nie dawał się we znaki. Stawiał opór, ale w porównaniu z siłą moich mięśni jego starania wydały się wręcz żałosne.

Moje zęby bez kłopotu odszukały ciepłe podgardle, a szczęki zacisnęły się dokładnie w tym punkcie, w którym temperatura tętna była najwyższa.

Było to równie proste jak wgryzanie się w kostkę masła. Stalowe brzytwy w moich ustach przecięły futro, tłuszcz i ścięgna, jak gdyby tak naprawdę nic a nic tam nie było.

Smak krwi mnie nie zachwycił, była jednak gorąca i mokra, i gdy łykałam ją łapczywie, przynosiła ulgę spierzchniętemu gardłu. Puma szarpała się pode mną coraz mniej energicznie, zakrztusiła się, charknęła i jej ryki ucichły. Ciepło krwi rozeszło się po całym moim ciele, od opuszków palców u rąk, aż po czubki palców u stóp.

Posiłek dobiegł końca, nim zdążyłam się nasycić. Wyssawszy z kota wszystko do ostatniej kropli, znowu poczułam palące pragnienie. Odsunęłam od siebie puste truchło ze wstrętem. Jak po takiej uczcie mogło mi się nadal chcieć pić?

Zerwałam się na równe nogi. Dopiero kiedy wstałam, zorientowałam się, że wyglądam jak półtora nieszczęścia. Wytarłszy sobie twarz wierzchnią stroną przedramienia, zabrałam się za doprowadzanie do porządku sukienki. Pazury bestii nie miały szans naruszyć mojej skóry, ale w zetknięciu z cienkim jedwabiem spełniły swoją rolę doskonale.

– Hm... – odezwał się Edward.

Podniosłam wzrok. Opierał się niedbale o pień pobliskiego drzewa, obserwując w zamyśleniu moje poczynania.

– Cóż – powiedziałam – pewnie mogłam bardziej się postarać.

Byłam utytłana ziemią, włosy wisiały mi w strąkach, a ze smęt-
nych resztek sukienki skapywała krew. Edward nigdy nie wracał
z polowania w takim stanie.

– Świetnie sobie poradziłaś – zapewnił mnie. – Tylko... było
mi o wiele trudniej się temu przyglądać, niż by wypadało.

Uniosłam brwi, zdezorientowana.

– To wbrew mojej naturze – pospieszył z wyjaśnieniem – nie
interweniować, kiedy tarzasz się po ziemi z pumą. Przez cały ten
czas umierałem ze strachu.

– Ojej. Zupełnie niepotrzebnie.

– Wiem. To tylko nie dawały mi o sobie zapomnieć stare przyzwyczajenia. Podoba mi się za to, jak ulepszyłaś swoją kreację.

Gdybym tylko mogła, oblałabym się rumieńcem. Zmieniłam
temat.

– Dlaczego dalej chce mi się pić?

– Bo jesteś młodym wampirem.

Westchnęłam.

– W pobliżu nie ma już żadnej pumy, prawda?

– Ale jeleniowatych mamy pod dostatkiem.

Skrzywiłam się.

– Nie pachną tak fajnie, jak ten kot.

– To dlatego, że są roślinożerne – wytłumaczył. – Mięsożercy
bardziej przypominają zapachem ludzi.

– O nie, nie za bardzo – stwierdziłam, starając się nie sięgać
pamięcią wstecz.

– Możemy tam wrócić – oznajmił z powagą, ale w oczach miał
zawadiackie ogniki. – Ktokolwiek by to był, jeśli to tylko mężczyźni, pewnie nawet nie mieliby nic przeciwko śmierci, gdyby się dowiedzieli, że mają zginąć z twoich rąk. – Znowu powiódł spojrzeniem po mojej podartej sukience. – Tak właściwie, to pomyśleliby,
że już nie żyją, gdyby tylko cię zobaczyli. Że już nie żyją i poszli
do nieba.

Prychnęłam, wywracając oczami.

– Chodźmy już lepiej rozejrzeć się za jakimiś cuchnącymi jeleniami.

W drodze powrotnej natrafiliśmy na dużą grupę mulaków. Tym razem, ponieważ wiedziałam już mniej więcej, co robić, Edward pozwolił sobie zapolować razem ze mną. Brudząc się niemal tak samo, jak przy pierwszej ofierze, zabiłam dużego samca. Zanim z nim skończyłam, mój kompan zdążył opróżnić z krwi dwie sztuki, ani nie targając sobie przy tym włosów, ani nie plamiąc białej koszuli. Goniliśmy rozproszone, przerażone stado jeszcze przez jakiś czas, ale zamiast znowu się pożywić, skupiłam się na obserwowaniu Edwarda w akcji, żeby odkryć sekret jego zadziwiającej schludności.

Tyle razy żałowałam, że nie mógł brać mnie ze sobą na łowy, ale w skrytości ducha trochę się też z tego cieszyłam. Wiedziałam, że byłoby to przerażające przeżycie. Że po czymś takim nie mogłabym spać po nocach. I że pewnie w efekcie zaczęłabym nareszcie postrzegać mojego ukochanego jako prawdziwego wampira.

Oczywiście teraz, kiedy sama byłam jednym z nich, patrzyłam na to wszystko z zupełnie innej perspektywy. Ale podejrzewałam, że nawet moje ludzkie oczy dostrzegłyby, ile w tym wszystkim kryje się piękna.

Obserwowanie polującego Edwarda było doświadczeniem zaskakująco zmysłowym. Płynnością swoich zwinnych ruchów przypominał atakującego węża. Jego pewnym, mocnym rękom nie sposób było się wymknąć, a kiedy pełne wargi rozchylały się, odsłaniając połyskujące zęby, oczarowywały swoim perfekcyjnym krojem. Był po prostu wspaniały. Oto mój mąż, pomyślałam. Wezbrały we mnie nagle duma i pożądanie. Nic nie mogło nas już rozdzielić. Dysponowałam taką siłą, że nikt nie mógł zmusić mnie do opuszczenia jego boku.

Był także bardzo szybki. Odwróciwszy się przodem do mnie, przyjrzał się z zaciekawieniem mojej zadowolonej minie.

– Pragnienie zaspokojone? – spytał.

Wzruszyłam ramionami.

– Przez ciebie nie mogłam się skoncentrować. Jesteś w tym o wiele lepszy ode mnie.

– Stulecia praktyki – skwitował z uśmiechem. Jego oczy nabrały niepokojąco uroczego koloru złotego miodu.

– Tylko jedno – sprostowałam.

Zaśmiał się.

– Wystarczy ci już na dzisiaj? Czy może nie masz jeszcze dosyć?

– Myślę, że wystarczy.

Czułam się taka pełna! Chyba coś nawet we mnie chlupotało. Nie byłam pewna, ile jeszcze płynu pomieściłoby moje ciało. Tymczasem ogień w gardle wciąż się tlił. Cóż, uprzedzano mnie, że pragnienie to stały element wampirzej egzystencji.

Było warto je znosić, by móc wieść takie życie.

Miałam poczucie, że w pełni siebie kontroluję. Być może były to tylko pozory, ale świadomość, że nikogo dziś nie zabiłam, dawała dużo satysfakcji. Skoro potrafiłam oprzeć się ludziom, których zupełnie nie znałam, może nie stanowiłam też żadnego zagrożenia dla wilkołaka i niemowlęcia, których kochałam?

– Chcę zobaczyć Renesmee – oświadczyłam.

Teraz, gdy moje pragnienie było już ujarzmione (chociaż nadal dalekie od zaspokojenia), wcześniejsze troski powróciły. Chciałam porównać obcą mi dziewczynkę, która była moją córką, z tajemniczym kimś, kogo jeszcze trzy dni temu wielbiłam ponad życie. To, że maleństwo nie przebywało już w moim brzuchu, było takie dziwne. Wydawało mi się wręcz, że jest to coś złego. Na moment poczułam się pusta i zrobiło mi się nieswojo.

Edward wyciągnął ku mnie rękę. Chwyciłam ją – była cieplejsza niż wcześniej. Miał też delikatnie zaróżowione policzki, a cienie pod dolnymi powiekami zniknęły bez śladu. Nie mogłam się opanować i pogłaskałam go po twarzy. A potem drugi raz. I trzeci.

Wkrótce zapomniałam, że czekam, aż ustosunkuje się do mojej prośby, i utonęłam w jego złotych oczach.

Było to niemal tak samo trudne, jak zawrócenie po tym, jak wyczułam zapach ludzkiej krwi, ale jakoś nie zapomniałam, że powinnam uważać, i kiedy stanęłam na palcach, żeby objąć Edwarda, zrobiłam to najdelikatniej, jak umiałam.

Nie musiał jednak mieć się na baczności. Splótłszy ręce za plecami na wysokości mojej talii, przytulił mnie mocno do siebie i zaczął namiętnie całować. Kiedyś jego wargi zdawały się być z marmuru, a moje, wtulając się w ich twardość, zmieniały znacznie kształt – teraz jego usta w dotyku były miękkie, a moje nie musiały się im poddawać.

Tak jak za pierwszym razem, zaraz po tym, jak się ocknęłam, odniosłam wrażenie, że skóra Edwarda, jego wargi, jego dłonie wnikają w głąb mnie aż po same kości. Że dotykają samej mojej duszy. Nigdy nie podejrzewałam, że to możliwe, bym mogła kochać go jeszcze bardziej.

Mój stary umysł nie byłby zdolny poradzić sobie z taką ilością miłości. Moje stare serce nie byłoby dość silne, by ją udźwignąć.

Może to właśnie tę część mnie miała uwydatnić moja przemiana. Tak jak współczucie w przypadku Carlisle'a czy oddanie w przypadku Esme. Pewnie nigdy nie miałam rozwinąć w sobie tak wyjątkowych, fascynujących talentów, jak Edward, Alice czy Jasper. Pewnie miałam po prostu kochać Edwarda bardziej, niż ktokolwiek w historii kochał drugą osobę.

Mogłam z tym żyć.

Niektóre elementy pamiętałam – wplatanie palców w jego włosy, przesuwanie dłonią po jego gładkim torsie – inne były dla mnie całkowicie nowe. Sam Edward był jak ktoś inny. Tamten, którego znałam, nie całował mnie z taką pasją, z takim zapamiętaniem. Spróbowałam mu dorównać i zanim się obejrzałam, leżeliśmy już na ziemi.

Zaśmiał się pode mną.

– Przepraszam – powiedziałam. – To nienaumyślnie. Nic ci nie jest?

Pogłaskał mnie po twarzy.

– Jeśli o mnie chodzi, możesz tak częściej. – Nagle zmarszczył czoło. – A co z Renesmee?

Musiałam odpowiedzieć sobie na pytanie, czego w tej chwili pragnęłam najbardziej. Twardy orzech miałam do zgryzienia. Marzyłam o tylu rzeczach na raz!

Wiedziałam, że Edward nie miałby nic przeciwko, gdybyśmy przedłużyli naszą wyprawę, i trudno było mi myśleć o czymkolwiek innym prócz tego, jak cudownie jest czuć jego skórę na mojej nagiej skórze (z sukienki naprawdę niewiele pozostało), ale moje wspomnienia Renesmee, zarówno sprzed porodu, jak i po nim, stawały się coraz bardziej nierealne, coraz bardziej przypominały sny. Wszystkie pochodziły z okresu, kiedy byłam jeszcze człowiekiem, i jak wszystko, co zarejestrowała moja ludzka pamięć, były bardzo niedoskonałe. Nic, czego nie dotknęłam nowymi rękami, czego nie zobaczyłam nowymi oczami, nie wydawało mi się prawdziwe.

Więź łącząca mnie z małą nieznajomą słabła z minuty na minutę.

– Wracajmy – zadecydowałam ze smutkiem i zerwałam się z ziemi, pociągając Edwarda za sobą.

22 *Obietnica*

Kiedy przypomniałam sobie o Renesmee, zaraz zajęła centralne miejsce w moim nowym umyśle – dziwnym, przestronnym, ale i łatwo się rozpraszającym. Nurtowało mnie tyle pytań!

– Opowiedz mi o niej – poprosiłam.

Edward wziął mnie za rękę. To, że biegliśmy tuż obok siebie, bynajmniej nie przeszkadzało rozwijać nam zawrotnej prędkości.

– Nie ma takiej drugiej na świecie – powiedział, a w jego głosie znowu dał się słyszeć podziw graniczący z wręcz nabożną czcią.

Ukłuła mnie zazdrość. Znał ją, a ja nie. To nie było fair.

– Ile jest w niej z ciebie? A ile ze mnie? To znaczy, ze starej mnie.

– Chyba wyszło tak pół na pół.

– Jest ciepła i płynie w niej krew – zaczęłam wyliczać.

– Tak. Bije jej serce, tyle że trochę szybciej niż u zwykłych ludzi. Ma też odrobinę wyższą temperaturę, niż przewiduje norma. I sypia.

– Naprawdę?

– I to całkiem ładnie jak na noworodka. Jesteśmy jedynymi rodzicami na świecie, którzy nie potrzebują snu, a nasze dziecko już potrafi przesypiać całą noc! – zażartował.

Spodobało mi się, że powiedział „nasze dziecko". Te dwa słowa sprawiły, że Renesmee stała się odrobinę mniej nierzeczywista.

– Oczy ma dokładnie takiego samego koloru jak ty – więc mimo wszystko nie przepadły. – Uśmiechnął się do mnie. – Są takie piękne…

– A co ma w sobie z wampira?

– Jej skóra wydaje się równie niezniszczalna, jak nasza. Nie żeby ktoś miał ochotę sprawdzić to doświadczalnie.

Zamrugałam gwałtownie, nieco zszokowana.

– Nikomu by to nawet do głowy nie przyszło – zapewnił mnie raz jeszcze. – Jej dieta… cóż, preferuje krew. Carlisle próbuje ją w kółko przekonać do mleka modyfikowanego, ale mała wyraźnie za nim nie przepada. Nie mogę powiedzieć, żebym miał to jej za złe – nawet jak na ludzkie jedzenie, pachnie to nie za ładnie.

Rozdziawiłam usta.

– Próbuje ją przekonać? – powtórzyłam.

Zabrzmiało to tak, jakby Carlisle toczył z nią długie dysputy.

– Jak na swój wiek już jest zaskakująco pojętna, a do tego rozwija się w oszałamiającym tempie. Nie potrafi jeszcze mówić –

podkreślam tu to „jeszcze" – ale porozumiewa się z nami bez większych problemów.

– Dwudniowe dziecko? Nie potrafi mówić? Jeszcze?

Zwolnił trochę, żeby łatwiej było mi to wszystko ogarnąć.

– Co masz na myśli, mówiąc, że porozumiewa się z wami bez większych problemów? – spytałam.

– Sądzę, że najprościej będzie, jeśli sama ci to zademonstruje. Nie za bardzo wiem, jak to opisać.

Zastanowiłam się nad tym. Wiedziałam, że istnieje wiele rzeczy, które muszę najpierw zobaczyć na własne oczy, żeby w nie do końca uwierzyć. Nie miałam pewności, ile dalszych rewelacji jestem gotowa usłyszeć, postanowiłam więc skierować rozmowę na inne tory.

– Dlaczego Jacob jeszcze tu się kręci? Jak on to w ogóle wytrzymuje? W imię czego? – Zadrżał mi głos. – Z jakiego powodu miałby jeszcze dłużej się męczyć?

– Jacob wcale się nie męczy – zaprotestował Edward zagadkowym tonem. – Chociaż chyba miałbym ochotę to zmienić – dodał przez zaciśnięte zęby.

– Edwardzie! – syknęłam. Zatrzymałam się raptownie i szarpnięciem ręki zmusiłam go do tego samego (chcąc nie chcąc, bardzo zadowolona z siebie, że to potrafię). – Jak możesz tak mówić?! Jacob poświęcił wszystko, co miał, żeby nas ochronić! Tyle z mojej winy wycierpiał...

Skrzywiłam się, bo wróciły zamglone wspomnienia mojego wstydu i wyrzutów sumienia. Nie pojmowałam teraz, dlaczego tak bardzo potrzebowałam jego ciągłej obecności. Poczucie pustki i beznadziei, które ogarniało mnie, gdy nie było go przy mnie, ulotniło się podczas przemiany. Zapewne była to po prostu kolejna ludzka słabość.

– Kiedy zobaczysz, jak to wygląda – mruknął Edward – zrozumiesz, czemu mam takie ciągoty. Obiecałem mu, że to on będzie mógł ci to wszystko wytłumaczyć, ale wątpię, żeby twoja reakcja różniła się znacznie od mojej. Choć oczywiście często się mylę, gdy w grę wchodzą twoje myśli, prawda?

Zerknął na mnie znacząco, zacisnąwszy usta.

– Co za „wszystko" Jacob ma mi wytłumaczyć?

Edward pokręcił głową.

– Dałem mu słowo. Chociaż nie wiem, czy właściwie jestem mu jeszcze coś winny...

Zazgrzytał zębami.

– Nic nie rozumiem – poskarżyłam się, rozżalona i sfrustrowana.

Pogłaskał mnie po policzku, a kiedy mimowolnie się rozchmurzyłam, bo podniecenie wzięło we mnie górę nad irytacją, uśmiechnął się do mnie czule.

– Wiem, że to dla ciebie trudniejsze, niż okazujesz. Pamiętam.

– Nie lubię czuć się zagubiona.

– Wiem. Więc wracajmy jak najszybciej do domu, żebyś sama mogła wszystko ocenić.

Wspomniawszy o powrocie do domu, powiódł wzrokiem po resztkach mojego stroju i w zmyśleniu ściągnął brwi.

– Hm...

W pół sekundy podjął decyzję. Zdjąwszy z siebie koszulę, podał mi ją jak płaszcz, żebym mogła się ubrać.

– Aż tak źle? – spytałam.

Tylko się uśmiechnął.

Wsunęłam ręce w rękawy, po czym zapięłam koszulę, zasłaniając białą tkaniną zniszczoną górę sukienki. Musiałam, rzecz jasna, jednocześnie stoczyć ze sobą walkę, by nagi tors Edwarda nie skupił na sobie całej mojej uwagi.

– Pościgajmy się – zaproponowałam. – Tylko nie dawaj mi forów!

Puścił moją rękę.

– Jak sobie życzysz.

Odnalezienie drogi powrotnej do mojego nowego domu było równie proste, co trafienie do mojego starego z najbliższego skrzyżowania. Pozostawiliśmy za sobą dwa tak wyraźne tropy, że nawet biegnąc ile sił w nogach, nie miałam szans ich przegapić.

Edward nie wyprzedził mnie aż do samej rzeki. Pomna, że skaczę dalej od niego, odbiłam się jeszcze w głębi lasu, licząc na to, że ten mały fortel przyniesie mi zwycięstwo.

– Ha! – wykrzyknęłam, gdy moje stopy pierwsze dotknęły trawy.

Nadstawiłam uszu, żeby wyłapać, kiedy Edward wyląduje, ale zamiast tego usłyszałam coś, czego się nie spodziewałam. Coś, co, jak dla mnie, robiło duży hałas i znajdowało się stanowczo zbyt blisko mnie.

Łomot czyjegoś serca.

W tej samej sekundzie dołączył do mnie Edward i mocno chwycił mnie od tyłu za ramiona.

– Nie oddychaj – rozkazał mi, zdenerwowany.

Przerwałam wdech w połowie, starając się nie wpaść w panikę. Poruszałam teraz jedynie oczami, które instynktownie próbowały namierzyć źródło dźwięku.

W miejscu, w którym z trawnikiem Cullenów stykał się las, stał Jacob. Miał zaciśnięte zęby, a ręce trzymał splecione na piersi. Pozostałe dwa wilki były niewidoczne, usłyszałam jednak, jak przebierając nerwowo łapami, miażdżą w zaroślach paprocie, i jak biją w nich dwa kolejne serca, jeszcze większe niż serce ich przywódcy.

– Jacob, nie szarżuj – powiedział Edward z troską. W warknięciu jednego ze schowanych w lesie wilków też dało się jej doszukać. – To chyba nie jest najlepsza metoda…

– A jaka jest niby lepsza? – przerwał mu Jacob. – Dopuścić ją od razu do małej? Bezpieczniej będzie najpierw przeprowadzić eksperyment z moim udziałem. Na mnie przynajmniej wszystko szybko się goi.

A więc to był test? Sprawdzian, czy uda mi się powstrzymać przed zabiciem Jacoba, zanim będę mogła spróbować nie zabić Renesmee? Zrobiło mi się niedobrze, ale w bardzo dziwny sposób – to nie w żołądku zebrało mi się na wymioty, tylko w głowie. Czy to Edward wpadł na ten pomysł?

Zerknęłam na niego. Zamyślił się na moment, a potem niepokój malujący się na jego twarzy ustąpił jakiemuś innemu uczuciu. Wzruszył ramionami, a kiedy się odezwał, w jego głosie pobrzmiewała nuta wrogości.

– Jak by nie było, to twój kark.

Jeden z wilków znowu warknął, ale tym razem z wściekłością. Nie miałam wątpliwości, że była to Leah.

Co się stało Edwardowi? Po tym wszystkim, co razem przeszliśmy, powinien chyba umieć czuć choć trochę sympatii wobec mojego najlepszego przyjaciela. Sądziłam – być może naiwnie – że nawet się do pewnego stopnia z sobą zaprzyjaźnili. Cóż, musiałam źle zinterpretować pewne fakty.

Ale co ten Jacob wyprawiał? Dlaczego narażał życie, żeby zyskać pewność, że nic nie grozi Renesmee?

To nie miało dla mnie sensu. I nie miałoby go, nawet gdyby nasza przyjaźń przetrwała przemianę...

Nasze spojrzenia się spotkały i pomyślałam sobie, że może jednak ją przetrwała. Nadal wyglądał jak mój najlepszy przyjaciel. Tyle że to nie on był tą osobą z naszej dwójki, która przeszła całkowitą metamorfozę. Ciekawa byłam, jak się jego zdaniem prezentuję.

A potem na jego twarzy pojawił się tak dobrze znany mi uśmiech – uśmiech należący do mojej bratniej duszy – i wiedziałam już, że między nami nic się nie zmieniło. Poczułam się tak jak dawniej, kiedy przesiadywaliśmy w jego prowizorycznym garażu – po prostu dwoje kumpli zabijających czas. Kiedyś wszystko było takie proste i normalne. Znowu zwróciło moją uwagę to, że owa dziwnie silna potrzeba, by mnie nie opuszczał, znikła bez śladu wraz z moim ludzkim ciałem. Był teraz dla mnie tylko przyjacielem i nikim więcej – tak jak być powinno.

Nadal jednak nie pojmowałam, co nim kieruje. Czy naprawdę był aż tak szlachetny, że był gotowy ryzykować życie, byle tylko nie pozwolić, bym w ułamku sekundy dopuściła się czynu, którego żałowałabym w mękach przez resztę wieczności? Samo to, że tolerował moją nową postać, zakrawało na cud, a jeszcze miał się poświęcić, żeby mnie chronić? Był jednym z najwspanialszych ludzi, jakich znałam, ale takiego daru nie mogłabym przyjąć od nikogo.

Uśmiechnął się jeszcze szerzej i ledwie zauważalnie wzdrygnął.

– Kurczę, Bells, mogliby cię w cyrku pokazywać.

Odpowiedziałam mu uśmiechem. Zawsze się przekomarzaliśmy. Takie zachowanie przynajmniej rozumiałam.

– Tylko bez obelg, kundlu – upomniał go Edward.

Wiatr zawiał akurat z przeciwnej strony, więc żeby móc wziąć udział w rozmowie, szybko napełniłam płuca bezpiecznym powietrzem.

– Nie, on ma rację. To te oczy, prawda? Aż ciarki przechodzą.

– Można dostać zawału na ich widok. Ale poza tym, nie jest tak źle. Myślałem, że będzie gorzej.

– Dzięki za superkomplement.

Wywrócił oczami.

– Dobrze wiesz, o co mi chodzi. Ciągle wyglądasz jak ty – no, tak mniej więcej. Właściwie to nie tyle wygląd, co takie poczucie, że to ty. Nie sądziłem, że będzie tak, jakbyś cały czas tu była.

Znowu się uśmiechnął, nie okazując przy tym ani odrobiny zgorzknienia czy rozżalenia. Zachichotał i dodał:

– Tak czy siak, pewnie już niedługo się do tych oczu przyzwyczaję i tyle.

– Przyzwyczaisz się? – powtórzyłam zdezorientowana.

Bardzo się ucieszyłam, że nadal jesteśmy przyjaciółmi, ale nie oczekiwałam, że będziemy spędzać z sobą jakoś bardzo dużo czasu.

Jacob przestał się uśmiechać i zrobił bardzo dziwną minę. Przywodziła mi na myśl tylko jedno. Czyżby miał coś na sumieniu?

Spojrzał na Edwarda.

– Dzięki – powiedział. – Obietnica obietnicą, ale mogłeś mimo wszystko się wygadać. Przecież zwykle spełniasz wszystkie jej prośby bez szemrania.

– Może mam po prostu nadzieję – zasugerował Edward – że tak ją rozeźlisz tym wyznaniem, że urwie ci głowę.

Jacob prychnął.

– Macie teraz przede mną sekrety? – spytałam z niedowierzaniem. – Powiecie mi w końcu, co jest grane, czy nie?

– Później ci to wytłumaczę – oświadczył Jacob, wyraźnie zakłopotany – jak gdyby wiedział, że kłamie, a tak naprawdę niczego takiego nie planował. Zmienił temat. – Najpierw zajmijmy się tym tu – wskazał na siebie. Spoglądając na mnie wyzywająco, ruszył powoli w moim kierunku.

Z zarośli za jego plecami dobiegło błagalne skomlenie, po czym wynurzyła się z nich szara sylwetka Lei. Seth, wyższy od niej w kłębie i łatwy do rozpoznania po piaskowej sierści, wysunął się z lasu tuż za nią.

– Wyluzujcie – nakazał im Jacob. – Trzymajcie się od tego z daleka.

Na szczęście go nie posłuchali i nadal sunęli za nim krok w krok, tylko nieco zwolnili.

Wiatr ucichł. Zapachu mojego przyjaciela nie miało co ode mnie odgonić.

Był już tak blisko, że czułam w powietrzu ciepło bijące od jego ciała. Zapiekło mnie w gardle.

– No, Bells, do dzieła. Pokaż nam się od najgorszej strony.

Leah syknęła.

Nie chciałam mu nic pokazywać. Może i zgłosił się na ochotnika, ale uważałam, że to nie w porządku tak go wykorzystywać. Tylko czy miałam jakieś inne wyjście? Rozumował bardzo logicznie. Jak jeszcze mogłam się upewnić, czy nie byłam czasem dla Renesmee zagrożeniem?

– No, szybciej, zanim się zestarzeję – zażartował. – Okej, wiem, że nic z tego, ale łapiesz aluzję. Śmiało, obwąchaj mnie sobie.

– Tylko mnie przytrzymaj – poprosiłam Edwarda, wtulając się plecami w jego pierś.

Zacisnął mi palce na ramionach z jeszcze większą siłą.

Napięłam mięśnie z nadzieją, że zdołam powstrzymać odruchy swojego ciała. Przyrzekłam sobie spisać się co najmniej tak dobrze, jak na polowaniu – w najgorszym razie miałam przestać oddychać i wziąć nogi za pas. Przygotowana na każdą okoliczność, niepewnie wzięłam pierwszy, jak najpłytszy wdech.

Zabolało odrobinę, ale moje gardło i tak już było podrażnione. Zapach krwi Jacoba kojarzył mi się zresztą z człowiekiem w równie nikłym stopniu, co wcześniej zapach krwi pumy. Za dużo miał w sobie ze zwierzęcia i z miejsca mnie to odrzucało. Chociaż głośne, mokre odgłosy wydawane przez jego serce odbierałam jako kuszące, towarzysząca im woń sprawiła, że z obrzydzenia zmarszczyłam nos. Paradoksalnie, dzięki temu, że czułam jego zapach, potrafiłam kontrolować swoją reakcję na szum i temperaturę pulsującej w nim krwi.

Wzięłam kolejny wdech i się rozluźniłam.

– Uch. Nareszcie rozumiem, o co zawsze było tyle hałasu. Jacob, ty najnormalniej w świecie cuchniesz!

Edward wybuchnął śmiechem i przeniósł mi ręce z ramion na talię. Setha też rozbawił mój komentarz, ale u niego śmiech był serią krótkich szczeków. Moich uszu doszedł także tubalny śmiech Emmetta, tylko trochę stłumiony przez szklaną ścianę domu, i nagle zdałam sobie sprawę, że naszej konfrontacji przygląda się znacznie więcej osób, niż mi się wydawało.

Ośmielony Seth przesunął się nieco bliżej – Leah za to cofnęła się o kilka kroków.

– I kto to mówi – stwierdził Jacob, teatralnym gestem zatykając sobie nos.

Nie skrzywił się, kiedy Edward mnie przytulił. Nie dał po sobie niczego poznać nawet wtedy, kiedy mój ukochany przestał się wreszcie śmiać i szepnął mi czule do ucha, że mnie kocha. Jak gdyby nigdy nic, dalej szczerzył zęby w uśmiechu. Jego zachowanie dodało mi otuchy. Może w końcu spięcia między nami miały się skończyć? Może jakimś cudem wróciliśmy do punktu wyjścia?

Może jako wampirzyca na tyle go odrzucałam, że się odkochał i mogliśmy znowu być tylko przyjaciółmi? Może właśnie tego nam było trzeba?

– To co, zdałam egzamin, tak? – upewniłam się. – Wtajemniczycie mnie teraz w ten swój wielki sekret?

Jacob się spłoszył.

– To nic pilnego, naprawdę...

Emmett znowu parsknął śmiechem – chyba nie mógł się już doczekać.

Przycisnęłabym Jacoba, gdyby nie to, że wsłuchawszy się w rżenie Emmetta, wyłapałam przy okazji kilka innych dźwięków. Siedem oddychających osób. Jedną parę płuc pracujących znacznie szybciej niż pozostałe. I tylko jedno serce, szamoczące się cicho niczym serduszko ptaka.

Zupełnie mnie to zdekoncentrowało. Okazało się, że od mojego dziecka dzieliło mnie tylko kilka metrów i cienka tafla szkła. Nie byłam w stanie jej dojrzeć, bo w specjalnych szybach wszystko odbijało się jak w jednym wielkim lustrze.

Zobaczyłam za to samą siebie. Wyglądałam bardzo dziwnie. W porównaniu z stojącym nieopodal Jacobem byłam taka blada i nieruchoma... Nawet jeśli porównać mnie z Edwardem, rzucało się w oczy, że coś jest ze mną nie tak – lata praktyki nauczyły go świetnie udawać człowieka.

– Renesmee – wyszeptałam.

Zestresowana, przypominałam posąg. Moja córeczka ani trochę nie pachniała jak zwierzę. Czy lada moment miałam zapragnąć zrobić jej krzywdę?

– Wejdźmy do środka – zaproponował Edward. – Jestem pewien, że sobie poradzisz.

– Pomożesz mi, jakby co? – spytałam bardzo cicho.

– Oczywiście, że ci pomogę.

– A Emmett i Jasper? Też będą mnie pilnować?

– Nic się nie martw, Bello, o wszystko zadbamy. Żadne z nas nie chce narazić Renesmee na niebezpieczeństwo. Podejrzewam, że się jeszcze zdziwisz, kiedy się przekonasz, jak szybko owinęła nas sobie wszystkich wokół palca. Cokolwiek się wydarzy, włos jej z głowy nie spadnie.

Tak bardzo pragnęłam ją wreszcie poznać, tak bardzo pragnęłam wreszcie zrozumieć, czemu Edward wyraża się o niej z tak nabożnym zachwytem, że przezwyciężyłam strach i zrobiłam krok do przodu.

Ale zaraz drogę zastąpił mi zmartwiony Jacob.

– Jesteś pewien? – zwrócił się do Edwarda niemal błagalnym tonem. Nigdy jeszcze nie słyszałam, żeby zwracał się do niego w ten sposób. – Nie za bardzo mi się to podoba. Może powinniśmy jeszcze zaczekać...

– Przeprowadziłeś już swój eksperyment.

Więc to był pomysł Jacoba, a nie Edwarda?

– Ale... – zaczął Jacob.

– Starczy tych testów – uciął Edward, tracąc cierpliwość. – Bella chce zobaczyć naszą córkę i ma do tego prawo. Przepuść ją.

Jacob posłał mi dziwnie zlęknione spojrzenie, a potem odwrócił się na pięcie i puścił biegiem ku domowi.

Edward warknął za nim.

Nie zdołałam dopatrzyć się żadnego sensu w ich tajemniczym konflikcie, ani nawet nie potrafiłam się na nim skupić. Nie mogłam myśleć o niczym z wyjątkiem mojego dziecka. Przed oczami stał mi rozmazany obraz jego twarzyczki i siłowałam się z własną pamięcią, starając się dołożyć do niego jak najwięcej szczegółów.

Edward zrobił się z powrotem grzeczny.

– Gotowa? – spytał zachęcająco.

Pokiwałam nerwowo głową.

Wziął mnie za rękę i poprowadził do środka.

Czekali na mnie jedno przy drugim. Wszyscy uśmiechali się przyjaźnie, ale przecież nie tyle mnie witali, co odgradzali od małej. Rosalie stała dobrych kilka metrów za nimi, w pobliżu drzwi frontowych – sama, dopóki nie dołączył do niej Jacob. Zatrzymał się tuż przed nią, bliżej, niż bym się tego po nim spodziewała, ale też po minach i pozach tej dwójki było widać jak na dłoni, że nadal nie darzą się przyjaźnią.

Zza pleców Jacoba wychyliła się istotka trzymana przez Rosalie na rękach. Natychmiast przestało dla mnie istnieć wszystko poza tym maleństwem, o niczym innym już nie myślałam. Od chwili, w której otworzyłam oczy, nikt jeszcze do tego stopnia mną nie zawładnął.

– Byłam nieprzytomna tylko przez dwa dni? – jęknęłam zszokowana.

Nieznajoma dziewczynka musiała mieć co najmniej kilka tygodni, jeśli nie miesięcy. Była chyba dwukrotnie większa niż noworodek z moich zamglonych wspomnień. Wykręcając się ku mnie, z łatwością utrzymywała tułów w pionie, a lśniące kasztanowe włoski spływały jej w lokach aż za ramiona. Oczka koloru mlecznej czekolady patrzyły na mnie z zaintrygowaniem, w którym bynajmniej nie było nic dziecięcego – było to świadome, inteligentne spojrzenie dorosłej osoby. Wskazawszy na mnie jedną rączką, dotknęła nią szyi Rosalie.

Gdyby nie to, że oszałamiała swoją urodą i doskonałością, nie uwierzyłabym, że to to samo dziecko. Moje dziecko.

Rysy twarzy odziedziczyła po Edwardzie, ale policzki i barwę oczu po mnie. Nawet Charlie się załapał, przekazując jej w genach swoje loki, chociaż ich odcień był taki sam, jak włosów Edwarda. Musiała być nasza. Było to może nieprawdopodobne, ale prawdziwe.

Myślałam, że kiedy zobaczę moją córkę, przestanie być dla mnie postacią ze snów. Tymczasem to, że istniała, stało się dla mnie czymś jeszcze bardziej nierealnym.

Rosalie poklepała ją po rączce.

– Tak, to ona – potwierdziła.

Renesmee nie przestawała się we mnie wpatrywać. A potem – tak samo, jak zaledwie kilka sekund po swoich potwornych narodzinach – uśmiechnęła się do mnie. Perełki ząbków zalśniły w jej ustach śnieżną bielą.

Czując, że dostaję zawrotów głowy, przesunęłam się z wahaniem krok do przodu.

Reakcja zebranych była natychmiastowa.

Emmett i Jasper błyskawicznie znaleźli się tuż przede mną, gotowi mnie złapać. Edward chwycił mnie od tyłu za ramiona. Nawet Carlisle i Esme zajęli pozycje po bokach swoich młodszych synów, podczas gdy Rosalie cofnęła się na próg, przyciskając Renesmee do siebie. Jacob również się przemieścił, tak aby nadal bronić mi do nich dwóch dostępu.

Jedynie Alice zachowała spokój.

– Och, nie przesadzajcie – żachnęła się. – Nie widzicie, że Bella świetnie sobie radzi? Wcale nie ma złych zamiarów. Sami też na jej miejscu chcielibyście móc lepiej przyjrzeć się małej.

Miała rację – w pełni nad sobą panowałam. Szykowałam się na spotkanie z zapachem zniewalającym równie niesamowicie jak woń tamtych przypadkowych turystów w lesie, ale na szczęście czekała mnie miła niespodzianka. Nie musiałam z sobą walczyć. Zapach Renesmee stanowił idealnie zrównoważoną mieszankę aromatów najwspanialszych perfum i najsmakowitszych potraw. Było w nim dostatecznie dużo z wampirzej słodyczy, aby jego ludzki komponent nie wysuwał się na pierwszy plan.

Moi bliscy nie mieli powodu do obaw. Byłam tego pewna.

– Jest dobrze – powiedziałam, poklepując dłoń Edwarda, którą trzymał mi na ramieniu. Mimo wszystko zawahałam się jednak i dodałam: – Ale bądź w pogotowiu. Tak na wszelki wypadek.

Jasper przyglądał mi się, mrużąc oczy, maksymalnie skoncentrowany. Wiedziałam, że właśnie ocenia mój stan emocjonalny, postarałam się więc o to, żeby w moim wnętrzu zapanował idealny spokój. Kiedy Edward wyczytał z jego myśli, w jakim jestem nastroju, zaraz mnie puścił, ale on sam, chociaż czerpał informacje bezpośrednio ze źródła, nie dawał przekonać się tak łatwo.

Usłyszawszy mój głos, Renesmee zaczęła wyrywać się Rosalie i wyciągać ku mnie porcelanowe rączki. Jej słodką buźkę wykrzywiał grymas zniecierpliwienia.

– Jazz, Em, przepuśćcie nas. Bella się kontroluje.

– Ale, Edward – zaprotestował Jasper – istnieje ryzyko...

– Minimalne. Słuchaj, Jasper, na polowaniu Bella złapała trop jakichś turystów, którzy znaleźli się w złym miejscu o złym czasie...

Zszokowany Carlisle aż zachłysnął się powietrzem. Esme wyraźnie zmarkotniała i spojrzała na mnie współczująco. Jasper otworzył szeroko oczy, po czym skinął nieznacznie głową, jak gdyby słowa Edwarda potwierdziły jakieś jego przypuszczenia. Jacob prawie że splunął z obrzydzenia. Emmett wzruszył tylko ramionami. Rosalie wydawała się jeszcze mniej poruszona niż on, niemal całą swoją uwagę skupiając na pacyfikowaniu dziecka.

I tym razem pozory nie wyprowadziły Alice w pole. Sądząc po tym, z jakim wyrazem twarzy lustrowała moją pożyczoną koszulę, najbardziej w tej chwili interesowało ją to, co u licha się stało z wybraną przez nią kreacją.

– Edwardzie! – oburzył się doktor. – Jak mogłeś postąpić tak nieodpowiedzialnie!

– Wiem, Carlisle, wiem. Zachowałem się jak skończony idiota. Powinienem był poświęcić najpierw trochę czasu na to, żeby upewnić się, że w okolicy nikogo nie ma, zanim puściłem Bellę wolno.

– Edward... – szepnęłam, skrępowana tym, w jaki sposób wszyscy się na mnie gapili. Jakby starali się przekonać, czy moje czerwone tęczówki nie zrobiły się jaskrawsze.

– Carlisle ma prawo suszyć mi głowę – zwrócił się do mnie z zawstydzonym uśmiechem. – Popełniłem poważny błąd. A to, że jesteś silniejsza niż ktokolwiek, kogo znam, tego nie zmienia.

Alice wywróciła oczami.

– Ale się ciebie żarty trzymają! – zadrwiła.

– Nie żartuję. Usiłuję tylko wytłumaczyć Jasperowi, dlaczego wiem, że Bella nie stanowi dla małej zagrożenia. To nie moja wina, że wszyscy wyciągnęli pochopne wnioski.

– Czekaj – zdziwił się Jasper – to Bella nie zapolowała na tych ludzi?

– Z początku miała taki zamiar – odpowiedział mu Edward, najwyraźniej świetnie się bawiąc. Zazgrzytałam zębami. – Kiedy złapała trop, pognała do nich, aż się kurzyło.

– I co się później stało? – spytał Carlisle z rosnącym podekscytowaniem.

Oczy mu nagle rozbłysły, a na jego twarzy zaczął formować się uśmiech. Przypomniała mi się scena z sali operacyjnej, kiedy próbował wyciągnąć ode mnie, jak się czułam podczas przemiany. Uwielbiał poszerzać swoją wiedzę o wampirach.

Edward nachylił się ku niemu, ucieszony, że nareszcie będzie mógł się mną pochwalić.

– Nie dość, że w tym całym ferworze dotarło do niej, że ją gonię, to jeszcze instynkt podpowiedział jej, że w takim razie musi przerwać polowanie i bronić się przed napastnikiem. Ale to jeszcze nie wszystko. Tak ją to rozproszyło, że najpierw uświadomiła sobie, że to ja i dała sobie spokój z tym bronieniem się, a potem – i to jest najlepsze – zorientowała się, na kogo poluje, więc... wstrzymała oddech i stamtąd uciekła!

– A niech mnie – mruknął Emmett. – Naprawdę?

– On to źle opowiada – wtrąciłam, jeszcze bardziej zawstydzona niż wcześniej. – Nic nie wspomniał o tym, że na niego warknęłam.

– A dołożyłaś mu przy okazji z kilka razy? – ożywił się Emmett.

– Skąd! Jasne, że nie.

– Nie, naprawdę? Nie rzuciłaś się na niego?

– Emmett! Jak możesz!

– Ech! – jęknął. – Jaka szkoda. Jesteś chyba jedyną osobą na świecie, która mogłaby spuścić mu manto – tylko ty jesteś w stanie go zaskoczyć, bo nie może ci czytać w myślach – no i jeszcze miałaś taką doskonałą wymówkę! Co ja bym dał, żeby zobaczyć, jak by sobie drań poradził, nie mając nad kimś przewagi! – westchnął.

Zmroziłam go wzrokiem.

– Nigdy nie zaatakowałabym Edwarda.

Kątem oka zauważyłam, że Jasper marszczy czoło, i zerknęłam na niego. Wyglądał na coraz bardziej wstrząśniętego.

Edward zaczepnie uderzył go lekko pięścią w ramię.

– Rozumiesz teraz, o co mi chodzi?

– To nieprawdopodobne – szepnął Jasper.

– Mogła cię zaatakować, jest wampirem dopiero od kilku godzin! – wypomniała Esme Edwardowi, przykładając sobie dłoń do serca. – Och, nie powinniśmy byli puszczać was samych.

Jako że Edward doszedł do puenty, nie zwracałam już za bardzo uwagi na resztę towarzystwa. Ponownie zapatrzyłam się na trzymaną przez Rosalie cudną dziewczynkę, a ona nadal wpatrywała się we mnie. Wyciągała ku mnie tłuste łapki, jak gdyby świetnie wiedziała, kim jestem. Machinalnie powtórzyłam jej gest, wychylając się zza Jaspera, żeby lepiej ją widzieć.

– Edwardzie, mogę? – odezwałam się. – Proszę...

Jasper stał nieruchomo z zaciśniętymi zębami.

– Jazz, zaufaj mi – powiedziała cicho Alice. – Z czymś takim jeszcze nigdy nie miałeś do czynienia.

Ich oczy spotkały się na moment i Jasper skinął głową. Zszedł mi z drogi, ale położył mi rękę na ramieniu i zaczął się wraz ze mną przesuwać ku Renesmee.

Przed każdym kolejnym krokiem wczuwałam się najpierw w swój nastrój, sprawdzałam, czy czasem nie pali mnie bardziej w gardle, i analizowałam, gdzie kto się znajduje, żeby upewnić się, że nawet mimo mojej wyjątkowej siły, obecni w salonie będą w stanie mnie powstrzymać. Był to bardzo powolny proces.

Dziecko w ramionach Rosalie, które z coraz bardziej rozdrażnioną miną cały ten czas próbowało uparcie wyswobodzić się z jej objęć, znienacka głośno i przeciągle załkało. Wszyscy osłupieli, jak gdyby – tak jak ja – jeszcze nigdy nie słyszeli jej głosu.

W pokoju zakotłowało się, bo każdy jak najszybciej chciał znaleźć się przy małej. Zostałam sama, z nogami wrośniętymi w podłogę.

Dźwięk płaczu Renesmee przeszył mnie niczym ostrze i sparaliżował. Oczy dziwnie mnie zapiekły, jak gdyby miały napłynąć do nich łzy.

Pocieszali ją, gruchali do niej, głaskali jej małe ciałko... Każdy mógł ją dotknąć – tylko ja nie.

– Co się dzieje? Coś ją boli? Wszystko w porządku?

Wyjaśnień najgłośniej domagał się Jacob – to jego zatroskany głos przebił się ponad wszystkie inne. Przeżyłam szok, kiedy zobaczyłam, że prosi gestem o podanie mu Renesmee, a kiedy Rosalie bez protestów mu ją przekazała, omal nie umarłam ze strachu.

– Nic jej nie jest – pocieszyła go Rosalie.

Rosalie pocieszająca Jacoba?

Uspokoiło mnie nieco to, że Renesmee nie stawiła oporu. Wtuliła swojemu nowemu opiekunowi piąstkę w policzek, ale zaraz potem wykręciła się i znowu zaczęła się ku mnie wyrywać.

– Widzisz? – powiedziała Jacobowi Rosalie. – Po prostu domaga się Belli.

– Mnie? – wyszeptałam.

Oczy Renesmee – moje oczy – wpatrywały się we mnie niecierpliwie.

Edward podbiegł, położył mi dłonie na ramionach i delikatnie pchnął mnie do przodu.

– Czeka na ciebie już prawie trzy dni – przypomniał mi.

Dzieliło nas teraz od niej mniej niż dwa metry. Miałam wrażenie, że bucha od niej żar – falami, jak gdyby miała drgawki, które rytmicznie poruszały powietrze.

A może to raczej Jacob tak dygotał. Przybliżywszy się, dostrzegłam, że trzęsą mu się ręce. Ale chociaż bez wątpienia był w tym momencie zdenerwowany, po wyrazie jego twarzy można było poznać, że przez te dwa dni odzyskał wreszcie spokój ducha.

– Jake, nic jej nie zrobię – przyrzekłam mu.

Widząc swoją córkę na rękach u trzęsącego się wilkołaka, czułam ogarniającą mnie panikę, ale dzielnie ją tłumiłam, byle tylko w żaden sposób nie stracić nad sobą kontroli.

Jacob ściągnął brwi, jak gdyby na myśl o Renesmee w moich ramionach i jego ogarniała panika.

Dziewczynka zakwiliła i wyprężyła znowu ciałko, raz po raz próbując mnie z desperacją dosięgnąć.

Nagle coś we mnie zaskoczyło. Fakt, że jeszcze bardziej nie mogła się doczekać tego spotkania niż ja, dźwięk jej głosiku, znajoma barwa jej oczek, kiedy biła powietrze bezradnymi piąstkami – wszystko to splotło się w jedną, zwartą całość. Jak mogłam sądzić, że jej nie znam? Jak mogłam myśleć, że nie jest prawdziwa? Bez najmniejszego wahania zrobiłam krok do przodu i najnaturalniejszym ruchem na świecie, jak gdyby nie było w tym nic nadzwyczajnego, podsunęłam dłonie dokładnie tam, gdzie powinny się znaleźć, by sprawnie ją podnieść, po czym delikatnie przyciągnęłam ją do siebie.

Jacob wyciągnął przed siebie długie ramiona, tak że mogłam ją do siebie przytulić, ale jej nie puścił. Kiedy nasze ręce się zetknęły, wzdrygnął się nieco. Jego śniada skóra, którą zawsze uważałam za niezwykle acz przyjemnie ciepłą, teraz parzyła jak ogień. Skóra mojego dziecka miała niemal taką samą temperaturę – różnica wynosiła jeden czy dwa stopnie.

Jeśli chodzi o Renesmee, to albo była zbyt przejęta, żeby dostrzec, jaka jestem lodowata, albo niańczona przez Rosalie zdążyła już przywyknąć do tej wampirzej cechy. Spojrzała na mnie i znowu się uśmiechnęła, ukazując kwadratowe ząbki, a w jej policzkach pojawiły się dwa urocze dołeczki.

A potem, z pełną premedytacją, dotknęła mojej twarzy.

Wyprzedzając moją reakcję, Edward i Jasper wzmocnili swój uścisk, ale ledwie to do mnie dotarło. Zdębiała i przerażona, oddychałam spazmatycznie, bo w moim umyśle pojawiła się znienacka bardzo realistyczna i niepokojąca wizja. Pomyślałabym być może, że to jakieś wyjątkowo żywe wspomnienie – mogłam mu się przyglądać w głowie, nie tracąc z oczu tego, co się działo wokół mnie – gdyby nie to, że niczego podobnego sobie nie przypominałam. Zerknęłam poprzez nie na Renesmee, która spoglądała na mnie wyczekująco, usiłując rozpaczliwie pojąć, czego właśnie doświadczam, i jednocześnie jakoś wziąć się w garść.

Nie dość, że wizja była zupełnie mi nieznana i szokująca, to jeszcze coś z nią było nie tak – owszem, rozpoznawałam swoją twarz, swoją starą twarz, ale pamięć podpowiadała mi, że nie zgadza się w niej wiele drobnych szczegółów. Uzmysłowiłam sobie jednak szybko, że patrzyłam na siebie tak, jak postrzegali mnie inni – widziałam siebie prawdziwą, a nie swoje lustrzane odbicie.

W owej wizji byłam wychudzona i umęczona, czoło lśniło mi od potu, a buzię miałam umazaną krwią, ale mimo tego uśmiechałam się błogo, a moje brązowe oczy, choć potwornie podkrążone, wpatrywały się w „obiektyw kamery" z uwielbieniem. Obraz powiększył się, jak gdyby niewidzialny operator zrobił zbliżenie, ale zaraz potem raptownie się oddalił.

Renesmee odjęła rączkę od mojego policzka. Uśmiechnęła się jeszcze szerzej i jej dołeczki się pogłębiły.

W salonie panowała idealna cisza, przerywana jedynie uderzeniami dwóch serc. Prócz Jacoba i małej nikt też nie oddychał. Cisza przeciągała się – jak gdyby wszyscy czekali, aż pierwsza zabiorę głos.

– Co... co to było? – udało mi się wykrztusić.

– Co zobaczyłaś? – spytała mnie zaciekawiona Rosalie, wychylając się zza Jacoba, który bardzo mi w tej chwili zawadzał, no i w ogóle wyglądał jak z zupełnie innej bajki. – Co ci pokazała?

– To ona mi to pokazała?!

– Mówiłem ci, że trudno to opisać – szepnął mi Edward do ucha. – Ale najważniejsze, że to działa i Renesmee może się z nami porozumiewać.

– Co zobaczyłaś? – powtórzył za Rosalie Jacob.

Zamrugałam kilkakrotnie, oszołomiona.

– Hm. Siebie samą. Tak mi się przynajmniej wydaje. Ale byłam w strasznym stanie.

– Widziała cię tylko ten jeden jedyny raz – wyjaśnił mi Edward ochrypłym z emocji głosem, krzywiąc się z bólu. Uświadomiłam sobie, że musiał przeżyć przed sekundą to samo, co ja, bo przecież to, co Renesmee mi pokazała, wyłapał z jej myśli. – Chciała dać ci znać, że wie, kim jesteś. Tak po swojemu się z tobą przywitała.

– Ale jak ona to robi?

Oczy wychodziły mi z orbit ze zdziwienia, ale mojej córki ani to nie zmartwiło, ani nie przestraszyło. Wciąż się uśmiechała i raz po raz pociągała mnie za włosy.

Edward wzruszył ramionami.

– A jak ja czytam innym w myślach? – spytał retorycznie. – A jak Alice widzi przyszłość? Ma taki dar i tyle.

– To intrygujące – dodał Carlisle. – Poniekąd to twoja umiejętność, Edwardzie, ale odwrócona o sto osiemdziesiąt stopni.

– Rzeczywiście – przyznał Edward. – Ciekawe…

Wiedziałam, że obaj zaczęli snuć teorie na ten temat, ale nic mnie to nie obchodziło. Patrzyłam na najpiękniejszą buziuchnę pod słońcem. Jaka gorąca była ta kruszyna! Przypomniał mi się ten moment, kiedy czerń niemalże nade mną zwyciężyła – kiedy nie miałam się już czego uczepić, żeby nie dać się jej pochłonąć, bo nic nie było dostatecznie silne, by móc wyrwać mnie spod przygniatającej ciemności. Ów moment, kiedy pomyślałam o Renesmee i znalazłam coś, czego już nigdy nie miałam wypuścić z rąk.

– Ja też cię pamiętam – powiedziałam do niej cicho.

Kolejny jakże naturalny gest: pochyliłam się i przycisnęłam wargi do jej czółka. Pachniała cudownie. Zapach jej skóry drażnił gardło, ale łatwo mi było go ignorować, nic nie mąciło więc mojej radości. Renesmee była prawdziwa. Znałam ją. Była tym samym maleństwem, o które od początku walczyłam – tym samym, które kochało mnie już wtedy, kiedy rosło w moim brzuchu. Połówką Edwarda, tak samo jak on idealną. I połówką starej mnie, co – o dziwo – okazało się jej dodatkową zaletą, a nie wadą.

Miałam rację. Warto było dla niej przejść drogę przez mękę.

– Spokojnie – mruknęła do kogoś Alice, pewnie do Jaspera. Moi bliscy napierali na mnie ze wszystkich stron, gdyż w większości jeszcze mi nie ufali.

– Czy nie starczy już tych eksperymentów jak na jeden dzień? – odezwał się Jacob. Był tak zestresowany, że mówił cieniej niż zwykle. – Nie powiem, Bella świetnie sobie radzi, ale czy nie byłoby lepiej nie przeciągać struny?

Posłałam mu spojrzenie pełne irytacji. Zaalarmowany Jasper zmienił nieco pozycję. Staliśmy tak ściśnięci, że byle drgnienie można było odebrać jako pełnowymiarowy ruch.

– Co cię ugryzło? – spytałam Jacoba rozdrażniona.

Spróbowałam delikatnie odebrać mu Renesmee, ale jedyny tego efekt był taki, że przysunął się do mnie bliżej – gdybym była wyższa, zetknęlibyśmy się nosami. Dzieliło nas teraz tylko ciałko trzymanego przez nas oboje dziecka.

Edward syknął.

– Ja wszystko rozumiem, Jacob, ale to nie znaczy, że nie posunę się do wyrzucenia ciebie z domu. Bella doskonale sobie radzi. Pozwól jej się nacieszyć naszą córką.

– I nie zapominaj, psie, że jakby co, to z chęcią mu pomogę – włączyła się Rosalie. – Jestem ci winna niezłego kopa w brzuch.

Cóż, stosunki między tym dwojgiem pozostały bez zmian. No, chyba że się jeszcze pogorszyły.

Wpatrywałam się ze złością w Jacoba, który też był zagniewany, ale przede wszystkim bardzo zatroskany. Nie odrywał od Renesmee wzroku. Tak się cisnęliśmy, że musiało go dotykać z sześć wampirów, ale najwyraźniej wcale mu to nie przeszkadzało.

Czy naprawdę tak się poświęcał tylko dlatego, że chciał mnie chronić przede mną samą? Co takiego wydarzyło się podczas mojej przemiany – przemiany w coś, czego nienawidził – że istotka, którą wcześniej miał za mordercze monstrum, stała się z dnia na dzień jego oczkiem w głowie?

Zastanawiałam się nad tym, obserwując, jak wpatruje się w moją córkę, i nagle zdałam sobie sprawę, w jaki sposób on na nią patrzy. Jak ktoś, kto poza nią nie widzi świata...

– Nie! – jęknęłam.

Jasper szczęknął zębami, a ramiona Edwarda owinęły się wkoło mnie z siłą węży boa. W tej samej sekundzie Jacob wyrwał mi małą. Nie przeciwstawiłam się mu, bo czułam, że lada chwila eksploduję – że wreszcie stanie się to, na co wszyscy czekali.

– Rose – wycedziłam, starannie wymawiając każde słowo – weź ją od niego.

Oboje z Jacobem wykonali mój rozkaz bez szemrania i zaraz się ode mnie odsunęli.

– Edwardzie, nie chcę zrobić ci krzywdy, więc puść mnie, proszę.

Zawahał się.

– Zasłoń sobą Renesmee – podpowiedziałam mu.

Nie posłuchał mnie od razu, ale w końcu przystał na moją propozycję.

Skulona jak drapieżnik, zrobiłam powoli dwa kroki w stronę Jacoba.

– Zgadłam, prawda?

Cofnął się z rękami podniesionymi do góry, starając się przemówić mi do rozumu.

– Dobrze wiesz, że nad tym się nie panuje.

– Ty zapchlony kundlu! Jak mogłeś! Moje dziecko!

Cały ten czas przesuwałam się ku niemu, był więc zmuszony wyjść tyłem przez frontowe drzwi i nie patrząc pod nogi, pospiesznie pokonać stopnie werandy.

– Nie chciałem! To nie było specjalnie!

– Jeden jedyny raz miałam ją na rękach, a tobie już się wydaje, że możesz ją sobie zaklepać, podpierając się jakimiś bzdurnymi wilczymi czarami-marami? Renesmee jest moja!

– Możemy się podzielić – zasugerował błagalnym tonem, przemierzając tyłem trawnik.

– Ha, ha, wygrałem – usłyszałam za sobą Emmetta.

Maleńka część mojej świadomości zainteresowała się, kto też założył się z nim, że postąpię inaczej, ale nie miałam zamiaru się nad tym głowić. Za bardzo byłam rozwścieczona.

– Jak śmiałeś wpoić sobie moją córkę?! Zupełnie ci odbiło?!

– Nie miałem nad tym kontroli! – upierał się, zbliżając się do linii lasu.

Nie był już sam. Z zarośli ponownie wyłoniły się dwa wielkie wilki i zajęły pozycje po jego bokach. Leah warknęła na mnie. Odpowiedziałam jej przerażającym charkotem, który nieco mnie samą zaskoczył, ale nie na tyle, żebym się zatrzymała.

– Bella, wysłuchaj mnie! Zrozum! – Jacob żebrał u mnie o współczucie. – Leah, zmiataj stąd! – rzucił w jej kierunku.

Nie tylko się nie poruszyła, ale jeszcze odsłoniła kły.

– A czemu niby miałabym cię wysłuchać? – zasyczałam. Furia przejmowała nade mną władzę i przesłaniała wszystko inne.

– Bo to właśnie ty mi o tym powiedziałaś. Kojarzysz? Powiedziałaś, że istnieje między nami szczególna więź. Że kiedy przy tobie jestem, wszystko jest na swoim miejscu. Że zawsze byłem i będę członkiem twojej rodziny. No i masz, czego chciałaś.

Mój wzrok miotał pioruny. Pamiętałam, jak przez mgłę, że rzeczywiście coś takiego mówiłam, ale mój nowy superszybki mózg wyprzedzał jego tok myślenia o dwie długości.

– Myślisz, że będziesz mógł zostać moim zięciem?! – wydarłam się piskliwie. Mój głos przeskoczył dwie oktawy, ale mimo to nie przestał być melodyjny.

Emmett parsknął śmiechem.

– Edwardzie, powstrzymaj ją – poprosiła Esme. – Będzie się zadręczać, jeśli coś mu zrobi.

Ale nie usłyszałam, żeby ktokolwiek za mną ruszył.

W tym samym momencie Jacob odpowiadał obruszony na moje pytanie:

– No co ty! Jak możesz tak w ogóle to odbierać? Na miłość boską, przecież to jeszcze dziecko!

– No właśnie!

– Wiesz, że nie myślę o niej w ten sposób! Sądzisz, że gdyby tak było, Edward trzymałby mnie jeszcze przy życiu? Chcę tylko, żeby była bezpieczna i szczęśliwa. Czy to takie złe? Czy to aż tak bardzo się różni od tego, czego ty dla niej chcesz?

Zabrakło mi słów, więc po prostu na niego warknęłam.

– Jest niesamowita, prawda? – dobiegł mnie komentarz Edwarda.

– Ani razu się na niego nie zamierzyła – przytaknął mu ogłupiały Carlisle.

– Niech ci będzie, tym razem ty wygrałeś – przyznał z niechęcią Emmett.

– Trzymaj się od niej z daleka! – nakazałam Jacobowi.

– Nie potrafię!

– To się naucz. I zacznij naukę już teraz!

– Tak się nie da. Nie pamiętasz, jak bardzo mnie potrzebowałaś jeszcze trzy dni temu? Jak trudno ci się było ze mną rozstać? Przeszło ci to, prawda?

Niepewna, do czego zmierzał, posłałam mu kolejne mrożące spojrzenie.

– To była ona – powiedział. – Od samego początku. Musieliśmy być razem, już wtedy.

Przypomniało mi się, jak to było, a potem zrozumiałam, co miał na myśli, i jakaś cząstka mnie nawet poczuła ulgę, że moje szaleństwo doczekało się wyjaśnienia. Ale owo poczucie ulgi sprawiło tylko, nie wiedzieć czemu, że rozgniewałam się na niego jeszcze bardziej. Czy spodziewał się, że to mi wystarczy? Że jedno małe usprawiedliwienie sprawi, że przejdę nad tym do porządku dziennego?

– Zabieraj się stąd, póki jeszcze masz szansę mi uciec – postraszyłam go.

– Bella, przestań – upierał się przy swoim. – Nessie też mnie lubi.

Zamarłam i wstrzymałam oddech. Za moimi plecami zapadła idealna cisza, bo widząc moją reakcję, moi najbliżsi też znieruchomieli.

– Jak... jak ją nazwałeś?!

Jacob zrobił niepewną minę, cofając się przy tym o kolejne pół metra.

– No wiesz – wymamrotał – to imię, które dla niej wymyśliłaś, jest trochę przyciężkie...

– Moja córka skojarzyła ci się z potworem z Loch Ness?! – wrzasnęłam.

A potem rzuciłam mu się do gardła.

23 *Wspomnienia*

– Seth, strasznie mi głupio. Powinienem był trzymać się bliżej niej.

Przepraszał go tak i przepraszał, chociaż moim zdaniem nie było to ani fair, ani stosowne. Jakby nie było, to nie Edward stracił nad sobą całkowicie panowanie. To nie Edward usiłował urwać Jacobowi głowę – Jacobowi, który nawet nie starał się przeobrazić w wilka, żeby się obronić! To nie Edward złamał niechcący Sethowi bark i obojczyk, kiedy ten zasłonił Jacoba własnym ciałem. To nie Edward o mało co nie zabił swojego najlepszego przyjaciela.

Nie żeby ów najlepszy przyjaciel nie miał tego i owego za uszami, ale rzecz jasna żadne z jego przewinień nie zasługiwało na karę śmierci.

Czy to nie ja powinnam przepraszać wszystkich dookoła? Podjęłam jeszcze jedną próbę.

– Seth, nie...

– Bella, nie przejmuj się tym tyle – przerwał mi. – Naprawdę, nic takiego się nie stało.

A Edward oznajmił jednocześnie:

– Bello, skarbie, nikt nie ma ci tego za złe. I tak bardzo dobrze sobie radzisz.

Od incydentu pod lasem nie dali mi jeszcze dojść do słowa.

Mój nastrój pogarszało dodatkowo to, że Edward miał wyraźne trudności z maskowaniem powracającego mu bez przerwy na twarz uśmiechu. Było oczywiste, że Jacob nie zasłużył sobie na ten atak, ale mój ukochany wydawał się czerpać z tego przykrego zajścia chorą satysfakcję. Może po prostu żałował, że nie jest nowo narodzonym wampirem, przez co nie ma żadnego pretekstu do rozładowania na Jacobie swojej irytacji?

Wytężałam siły, żeby wyrzucić resztki gniewu ze swojego ciała, ale nie przychodziło mi to łatwo, bo po pierwsze, gdy tu siedzieliśmy, to Jacob sprawował opiekę nad Renesmee, a po drugie, przebywał z nią na dworze, żeby chronić ją przede mną. On był dobrym wujkiem, a ja oszalałym krwiopijcą.

Carlisle zamocował kolejny kawałek usztywnienia na barku Setha i chłopak skrzywił się z bólu.

– Przepraszam, przepraszam! – wymamrotałam pod nosem, wiedząc, że nigdy nie uda mi się przy nich wyartykułować nic więcej.

– Bella, luzik – powiedziała moja niedoszła ofiara, poklepując mnie po kolanie zdrową ręką. Edward, żeby mnie pocieszyć, pogłaskał mnie z kolei po ramieniu.

Sethowi nie przeszkadzało nawet to, że podczas gdy doktor go opatrywał, siedziałam obok niego na kanapie.

– Za pół godzinki będę zdrów jak ryba – ciągnął, nie przestając mnie poklepywać, chociaż kolano miałam zimne jak lód i twarde jak kamień. – Miałaś prawo się zdenerwować, kiedy usłyszałaś o Jake'u i Ness... – Nie dokończył, za to szybko zmienił temat. – To znaczy, nawet go nie ugryzłaś ani nic. To by dopiero było.

Schowałam twarz w dłoniach. Drżałam na samą myśl o tym – na samą myśl o tym, że byłam tego tak bliska. Tak mało brakowało. A dopiero teraz mi powiedziano, że wilkołaki nie reagowały na wampirzy jad tak samo jak ludzie. Dla nich była to trucizna.

– Jestem okropna...

– Skądże znowu. Powinienem był... – zaczął od nowa Edward.

– Daj spokój – westchnęłam. Nie chciałam, żeby i tym razem brał winę na siebie, tak jak to miał w zwyczaju.

Na moment zapadła krępująca cisza.

– Dobrze, że Ness... Renesmee nie ma w ślinie żadnego trującego jadu, skoro w kółko Jake'a podgryza – zauważył Seth.

Opuściłam ręce.

– Podgryza go?

– Non stop. Jeśli tylko on albo Rose dostatecznie szybko nie podsuwają jej czegoś do jedzenia, a raczej do picia. Rose uważa, że to strasznie zabawne.

Wpatrywałam się w niego zszokowana. Musiałam przyznać, że ta wiadomość w szczególny sposób odrobinkę mnie ucieszyła, ale miałam z tego powodu wyrzuty sumienia.

Oczywiście wiedziałam już, że moja córka nie ma w ślinie jadu – byłam pierwszą osobą, którą ukąsiła. Nie mogłam jednak powiedzieć tego na głos, bo udawałam przecież, że z porodu i swojej przemiany nic nie pamiętam.

– No cóż, Seth – odezwał się Carlisle, prostując się i odsuwając od kanapy. – Myślę, że na razie to wszystko, co mogę dla ciebie zrobić. Postaraj się teraz nie ruszać przez, hm, pewnie kilka godzin. Ach! – zaśmiał się – Żeby leczenie ludzi przynosiło równie szybko takie wspaniałe rezultaty! – Na chwilę położył rękę na głowie swojego pacjenta. – Żadnego wiercenia się! – rozkazał mu na odchodnym, po czym udał się do swojego gabinetu. Słysząc, jak zamykają się za nim drzwi, zastanowiłam się, czy usunęli już z pokoju wszelkie ślady mojej tam bytności.

– Chyba da się tak wysiedzieć – stwierdził Seth, a potem ziewnął potężnie. Ostrożnie, upewniając się, że nie zmienia pozycji swojego barku, osunął się na oparcie i zamknął oczy. Zaledwie kilka sekund później rozdziawił usta rozluźniony snem.

Przez dobrą minutę przyglądałam się ze zmarszczonym czołem jego spokojnej twarzy. Podobnie jak Jacob, posiadał umiejętność natychmiastowego zapadania w sen na życzenie. Wiedząc, że w najbliższym czasie nie będę mieć okazji znowu go przeprosić, podniosłam się z kanapy. Nawet przy tym nie drgnęła. Wszystko, co dotyczyło sfery fizycznej, było teraz dla mnie takie proste, ale reszta...

Edward podszedł za mną do ściany szkła i wziął mnie za rękę. Leah przechadzała się nerwowo wzdłuż brzegu rzeki, zatrzymując się raz po raz, żeby zerknąć w kierunku domu. Nietrudno było ocenić, kiedy wypatrywała swojego brata, a kiedy mnie. W tym pierwszym wypadku wyglądała na zaniepokojoną, w tym drugim – jak gdyby ostrzyła sobie zęby.

Z schodków werandy przed frontowymi drzwiami dochodziły mnie głosy Jacoba i Rosalie, sprzeczających się cicho o to, czyja to kolej nakarmić Renesmee. Byli nastawieni do siebie równie wrogo jak przed kilkoma dniami. Jedyną rzeczą, co do której się zgadzali, było to, że małą należy trzymać jak najdalej ode mnie, dopóki w stu procentach nie odzyskam równowagi po swoim wybryku. Edward próbował ich nieco wcześniej przekonać, że nie jest to konieczne, ale ja nie miałam zamiaru się z nimi kłócić. Też wolałam nie ryzykować. Martwiłam się tylko, że kiedy sama zyskam pewność, że już wszystko ze mną w porządku, tych dwoje niekoniecznie zyska ją wraz ze mną.

Seth oddychał powoli, Leah posapywała rozdrażniona, a tamtych dwoje szeptało na schodkach, ale poza tym nie docierały do mnie żadne inne odgłosy. Emmett, Alice i Esme wybrali się na polowanie, a Jasper, chociaż został, żeby mnie pilnować, i stał teraz na posterunku za filarem schodów, starał się nie narzucać mi swojej obecności.

Postanowiłam wykorzystać tę chwilę spokoju na przemyślenie tego, co opowiedzieli mi Edward i Seth, podczas gdy Carlisle nastawiał temu drugiemu złamany bark. Płonąc na sali operacyjnej, sporo przegapiłam i dopiero teraz miałam okazję nadrobić braki.

Najważniejsza wiadomość była taka, że konflikt ze sforą Sama należał już do przeszłości – to dlatego trójka Cullenów mogła wybrać się do lasu, nie stosując żadnych środków ostrożności. Pakt wiązał obie strony z tą samą siłą co dawniej. A właściwie to nawet z większą.

Z większą, ponieważ najświętsze z praw watahy głosiło, iż żadnemu jej członkowi nie wolno zabić osoby, którą wpoił sobie jego brat. Taki czyn ściągnąłby na wszystkie wilki nieopisane cierpienia. Bez względu na to, czy w grę wchodziłoby morderstwo, czy też fatalna pomyłka, poszkodowany nie byłby w stanie winowajcy przebaczyć i stoczyłby z nim pojedynek na śmierć i życie. Inna opcja nie wchodziła w rachubę. Jak wyjaśnił mi Seth, w historii plemienia doszło raz do takiej tragedii, a dziewczyna zginęła właśnie przez przypadek.

Tak więc, dzięki uczuciu, jakim obdarzył ją Jacob, Renesmee była teraz nietykalna. Starałam się koncentrować na uldze, jaką przyniosła mi ta informacja, zamiast na swoim rozgoryczeniu, ale miałam z tym trudności. W moim umyśle było dość miejsca, bym doświadczała obu tych emocji jednakowo intensywnie.

Sam nie mógł też oskarżać Cullenów o to, że zmienili mnie w wampira, bo zezwolił na to Jacob, wypowiadając się jako jedyny prawdziwy Alfa i sukcesor Ephraima. W kółko uświadamiałam sobie na nowo, ile zawdzięczam swojemu przyjacielowi. Było to nie do zniesienia, bo miałam ochotę wyłącznie się na niego wściekać.

Żeby czasami znowu nie wybuchnąć, celowo skierowałam swoje myśli gdzie indziej i zajęłam się kolejnym intrygującym fenomenem: Jacob i Sam odkryli, że chociaż nadal istniały dwie sfory, jako ich przywódcy mogli się z sobą porozumiewać w swojej zwierzęcej postaci. Różniło się to znacznie od więzi łączącej ich wcześniej – nie potrafili czytać sobie we wszystkich myślach, tak jak przed rozłamem. Seth twierdził, że przypominało to bardziej zwyczajną rozmowę. Sam mógł słyszeć tylko te myśli Jacoba, które ten był mu skłonny udostępnić i *vice versa*. Ustalili również, że mogą tak przekazywać sobie informacje na większą odległość, co, skoro się pogodzili, z pewnością miało okazać się przydatne.

Nie zorientowali się, że to możliwe, dopóki Jacob – naturalnie wbrew błaganiom Setha i Lei – nie wybrał się sam do La Push, żeby wytłumaczyć Samowi, co się wydarzyło i kim jest dla niego Renesmee. Odkąd zobaczył ją wkrótce po jej narodzinach, spuścił ją z oczu wyłącznie ten jeden jedyny raz.

Zrozumiawszy, że sytuacja zmieniła się diametralnie, Sam wrócił z Jacobem, żeby złożyć wizytę Carlisle'owi. Musiał spotkać się z nim jako człowiek, bo Edward, nie chcąc opuszczać mojego boku, odmówił wystąpienia w roli tłumacza. Tym sposobem pakt został zawarty na nowo. Nie było tylko wiadomo, czy wampiry i wilkołaki mają jeszcze kiedykolwiek nawiązać między sobą prawdziwie przyjacielskie stosunki.

Jedno duże zmartwienie z głowy.

Ale miałam jeszcze inne. Nie wiązało się ono wprawdzie z żadnym fizycznym zagrożeniem, tak jak w wypadku stada rozsierdzonych basiorów, jednak uważałam tę sprawę za pilniejszą.

Chodziło o Charliego.

Rano rozmawiał z Esme, ale i tak nie powstrzymało go to przed tym, by zadzwonić jeszcze dwukrotnie i to całkiem niedawno – dokładnie w tym samym momencie, w którym Carlisle opatrywał Setha. Nie ustaliwszy jeszcze ze mną oficjalnej wersji wydarzeń, doktor i Edward tych telefonów po prostu nie odebrali.

Co powinnam mu powiedzieć? Czy Cullenowie mieli rację, sugerując mi, że najlepiej byłoby dla niego, gdybym umarła? Czy zdołałabym leżeć spokojnie w trumnie, słysząc, jak płaczą nade mną moi zrozpaczeni rodzice?

Wydawało mi się, że postępując tak, zrobiłabym im świństwo. Ale, z drugiej strony, gdybym zdradziła im swoją tajemnicę, ściągnęłabym na nich gniew Volturich, a tego, rzecz jasna, za wszelką cenę chciałam uniknąć.

Miałam własny pomysł na to, jak to załatwić. Chciałam zaczekać, aż będę gotowa, i pokazać się Charliemu, żeby sam mógł wyciągnąć wnioski. Formalnie rzecz biorąc, prawo wampirów nie zostałoby naruszone. Czy nie byłoby lepiej dla Charliego, gdyby wiedział, że żyję – w pewnym sensie – i że jestem szczęśliwa? Nawet jeśli okazałoby się, że jestem czymś dziwnym, czymś innym, czymś, co najprawdopodobniej miało go przerazić?

Zwłaszcza moje oczy były nadal zbyt straszne. Ile jeszcze dokładnie musiało minąć czasu, żeby moje tęczówki przybrały odpowiedni kolor, a moje zachowanie przestało zaskakiwać mnie samą?

– Co się stało, Bello? – spytał cicho Jasper, zauważywszy moje rosnące podenerwowanie. – Nikt się na ciebie nie gniewa. – Przerwało mu basowe warknięcie dochodzące znad rzeki, ale zignorował je. – Nikt nie jest nawet zaskoczony, naprawdę. Chociaż nie, w pewnym sensie jesteśmy zaskoczeni. Nikt się nie spodziewał, że uda ci się tak szybko z tego otrząsnąć. Świetnie sobie radzisz. Lepiej, niż oczekiwaliśmy.

Im dłużej mówił, tym w salonie robiło się spokojniej. Seth zaczął pochrapywać. Niewątpliwie się rozluźniłam, nie zapomniałam jednak o tym, co mnie gryzło.

– Myślałam właśnie o Charliem – wyznałam.

Kłótnia na schodkach dobiegła końca.

– Ach, tak – mruknął Jasper.

– Nie da się inaczej, prawda? Musimy wyjechać? Przynajmniej na jakiś czas. Udawać, że jesteśmy w Atlancie, czy coś w tym stylu.

Czułam na sobie spojrzenie Edwarda, ale patrzyłam dalej na Jaspera. To on odpowiedział z powagą na moje pytanie.

– Tak. Tylko tak możemy chronić twojego ojca.

Zamilkłam na chwilę.

– Tak bardzo będzie mi go brakowało. Wszystkich stąd będzie mi brakowało.

Na przykład Jacoba, pomyślałam mimowolnie. Choć moja tęsknota za nim znikła i została wytłumaczona – zresztą ku mojej wielkiej uldze – pozostawał wciąż moim przyjacielem. Kimś, kto naprawdę dobrze mnie znał i kto mnie akceptował. Nawet jako potwora.

Przypomniało mi się, o czym wspomniał, wysuwając kolejne argumenty, zanim go zaatakowałam: „Powiedziałaś, że istnieje między nami szczególna więź. Że kiedy przy tobie jestem, wszystko jest na swoim miejscu. Że zawsze byłem i będę członkiem twojej rodziny. No i masz, czego chciałaś".

Nie, nie tego chciałam. To nie tak miało być. Sięgnęłam pamięcią głębiej, do ulotnych, zamglonych wspomnień z czasów, kiedy byłam człowiekiem, a dokładniej do okresu, który pamiętałam najsłabiej – do miesięcy bez Edwarda – miesięcy tak mrocznych, że usiłowałam ukryć je w najdalszych zakamarkach swojej świadomości. Nie potrafiłam przypomnieć sobie, jakich słów wtedy użyłam – pamiętałam tylko, jak żałowałam, że Jacob nie jest moim bratem, bo nasza miłość byłaby wówczas prosta i nie sprawiałaby nam bólu. Czyli owszem, marzyłam o tym, abyśmy byli rodziną. Ale nie brałam pod uwagę jeszcze jednej możliwości – że w grę może wchodzić jakaś moja córka.

Przypomniałam też sobie, jak nieco później, przy okazji jednego z wielu naszych pożegnań, zastanawiałam się, z kim Jacob się kiedyś zwiąże – kto odbuduje jego życie po tym, co mu zrobiłam. Powiedziałam wtedy coś w rodzaju, że żadna dziewczyna nie będzie dla niego dość dobra.

Prychnęłam i Edward pytająco uniósł brew. Nic mu nie wyjaśniłam, potrząsnęłam tylko głową.

Byłam świadoma, że tęsknota za moim przyjacielem to nie wszystko. Nasz wyjazd miał spowodować dodatkowe komplikacje. Czy Sam, Jared albo Quil musieli kiedykolwiek wytrzymać choć jeden dzień z dala od obiektów swoich fiksacji – Emily, Kim i Claire? Czy byliby w stanie tyle przetrwać? Co by się stało, gdyby Jacob nie miał kontaktu z Renesmee? Czy bardzo by cierpiał?

Tliło się we mnie jeszcze na tyle dużo rozdrażnienia, że nawet mnie to ucieszyło – nie wizja cierpiącego Jacoba, tylko perspektywa odseparowania go od małej. Jak miałam zaakceptować fakt, że moja córka należała do niego, skoro ledwie zdawała się należeć do mnie?

Moje myśli przerwał jakiś ruch na werandzie. Usłyszałam, jak tamtych dwoje wstaje, a zaraz potem pojawili się na progu. W tym samym momencie doskoczył do mnie Jasper, a po schodach zszedł Carlisle, niosący całe mnóstwo różnych zaskakujących przedmiotów, w tym centymetr krawiecki i wagę. Czyżby otrzymali jakiś sygnał, którego nie zauważyłam? Nawet Leah usiadła na zewnątrz i spoglądała przez okno z takim wyrazem pyska, jakby oczekiwała na coś dobrze jej znanego i jednocześnie zupełnie nieinteresującego.

– Musi być szósta – odezwał się Edward.

– I co z tego? – spytałam, obserwując uważnie Rosalie, Jacoba i Renesmee. Nadal stali w drzwiach: Rose, która trzymała małą na rękach, miała się na baczności, Jacob wyglądał na zmartwionego, a moja królewna na zniecierpliwioną.

– Czas zmierzyć Ness… to znaczy Renesmee – wytłumaczył mi Carlisle.

– Och. Rozumiem. Robicie to codziennie?

– Cztery razy dziennie – poprawił mnie doktor machinalnie, bardziej niż na mnie skupiony na trójce przy drzwiach. Wskazał im ręką, że mają podejść do kanapy. Nie byłam pewna, ale chyba zobaczyłam, jak moja córeczka wzdycha.

– Aż cztery razy? Ale po co?

– Ona nadal bardzo szybko rośnie – szepnął Edward, nie ukrywając zaniepokojenia. Ścisnął moją dłoń, a drugą ręką objął mnie w talii, jak gdyby musiał się o mnie oprzeć, żeby się nie przewrócić.

Nie byłam w stanie oderwać od małej oczu, żeby sprawdzić, jaką mój ukochany ma minę.

Wyglądała kwitnąco, jak okaz zdrowia. Jej skóra przypominała kolorem podświetlony alabaster, a policzki miały odcień płatków róży. Tak promienne piękno nie mogło paść ofiarą choroby. Nic nie zagrażało jej życiu bardziej niż własna matka. A może jednak?

Różnica pomiędzy dzieckiem, które urodziłam, a tym, które zobaczyłam przed godziną, była oczywista. Różnica pomiędzy Renesmee przed godziną a Renesmee teraz była subtelniejsza. Ludzkie oczy nigdy by jej nie dostrzegły, ale moje tak.

Jej ciałko wydłużyło się nieznacznie i było odrobinę szczuplejsze. Twarzyczka nie była już okrągła, ale raczej owalna. Jej loczki dotykały ramion odrobinę niżej. Akurat wtedy, kiedy Carlisle zabrał się do mierzenia taśmą jej wzrostu, przeciągnęła się pomocnie w ramionach Rosalie. Sprawdził też obwód jej główki, ale nie zapisał wyników – jak wszystkie wampiry, miał doskonałą pamięć.

Zauważyłam, że Jacob przyciska do piersi ręce z siłą podobną do tej, z jaką obejmował mnie Edward. Ściągnął swoje krzaczaste brwi tak, że połączyły się ponad jego głęboko osadzonymi oczami.

Renesmee rozwinęła się z pojedynczej komórki w spore niemowlę w ciągu kilku tygodni. Zaledwie kilka dni po swoich narodzinach wyglądała tak, jakby lada chwila miała nauczyć się chodzić. Jeśli takie tempo wzrostu miało się utrzymać...

Byłam wampirzycą. Mój umysł nie miał już najmniejszych trudności z rachunkami.

– Co zrobimy? – wyszeptałam przestraszona.

Edward przycisnął mnie do siebie jeszcze mocniej. Doskonale wiedział, o co mi chodzi.

– Nie wiem.

– Już zwalnia – mruknął Jacob przez zaciśnięte zęby.

– Jacob, musimy kontynuować pomiary jeszcze przez kilka dni, żeby zyskać pewność. Nie mogę nic obiecać.

– Wczoraj urosła o pięć centymetrów. Dziś wyszło mniej.

– Mniej o siedemdziesiąt dziewięć tysięcznych centymetra, jeśli się nie pomyliłem przy pomiarze – odparł cicho Carlisle.

– Lepiej byłoby, żebyś się nie mylił – stwierdził Jacob niemalże groźnym tonem.

Rosalie zesztywniała.

– Robię wszystko, co w mojej mocy – zapewnił go doktor.

Jacob westchnął.

– No tak, chyba niczego więcej nie mogę wymagać.

Znów poczułam irytację, jak gdyby Jacob mówił to, co sama chciałam powiedzieć – ale wszystko przekręcał.

Renesmee również wydawała się poirytowana. Zmrużyła gniewnie oczy, a potem władczo wyciągnęła rękę ku Rosalie, która pochyliła się, by dziewczynka mogła dotknąć jej twarzy. Po chwili ciszy Rose westchnęła.

– Czego chce? – zażądał odpowiedzi Jacob. Znowu mnie wyprzedził – wyjął mi to pytanie z ust.

– Jak to czego? Chce do Belli – odparła Rosalie. Jej słowa
sprawiły, że po moim sercu rozlało się ciepło. Spojrzała na mnie.

– Jak się czujesz?

– Martwię się – przyznałam.

Edward ścisnął mnie znacząco.

– Wszyscy się martwimy. Nie o to mi chodzi.

– Kontroluję się – dodałam.

Pragnienie zeszło na dalszy plan. Poza tym cudowny zapach
Renesmee wcale nie kojarzył mi się z czymś do jedzenia.

Jacob przygryzł dolną wargę, ale nie poruszył się, kiedy Rosalie dała mi dziecko. Jasper i Edward pochylili się ku niemu, ale pozwolili mi je wziąć. Widać było, że i Rose jest spięta. Zaciekawiło
mnie, dlaczego Jasper nie robił nic, żeby pomóc pozostałym. Może do tego stopnia się na mnie koncentrował, że nie docierały do
niego emocje innych?

Renesmee i ja wyciągnęłyśmy ku sobie ręce. Jej buźkę rozświetlił promienny uśmiech. Jej ciałko idealnie wpasowywało się w moje objęcia, jakby moje ramiona zostały stworzone właśnie dla niej.
Od razu przyłożyła mi swoją gorącą dłoń do policzka.

Teoretycznie byłam na to przygotowana, a jednak kiedy jej
wspomnienie stanęło mi przed oczami wyraźne jak wizja, zaskoczona, głośno zaczerpnęłam powietrza. Obraz oszałamiał jaskra-
wością barw, a jednocześnie był zupełnie przeźroczysty.

Pokazała mi, jak atakuję Jacoba na trawniku przed domem,
a potem jak Seth daje susa pomiędzy nas. Szczegółowo zapamię-
tała wszystko, co widziała i słyszała. Nie wyglądałam w jej remini-
scencjach jak ja, ale jak jakiś zwinny drapieżnik dopadający swojej
ofiary z prędkością wypuszczonej z łuku strzały. To nie mogłam
być ja. Doszedłszy do takiego wniosku, poczułam się odrobinkę
mniej winna, przyglądając się bezbronnemu Jacobowi, który stał
tylko z wyciągniętymi ku mnie rękami i nawet się nie trząsł, żeby
zmienić się w wilka.

Edward oglądał myśli naszej małej wraz ze mną. Zaśmiał się cicho, ale zaraz potem skrzywiliśmy się oboje, słysząc trzask łamiących się kości Setha.

Renesmee obdarzyła mnie kolejnym wspaniałym uśmiechem. Przez resztę wizji nie odrywała wzroku od Jacoba. Kiedy tak na niego patrzyła, wyłapałam w jej wspomnieniach nową nutę – była wobec niego nastawiona nie tyle opiekuńczo, co zaborczo. Odniosłam wrażenie, że się ucieszyła, widząc, że Seth obronił go przed moim atakiem. Nie chciała, by coś mu się stało. Jacob był jej.

– O, nie! – jęknęłam. – Jeszcze tego brakuje!

– To dlatego, że on smakuje lepiej niż my – zapewnił mnie Edward głosem zniekształconym przez swoje własne rozdrażnienie.

– Mówiłem ci, że ona też mnie lubi – zawołał Jacob z drugiego końca pokoju, nie spuszczając oczu ze swojej pupilki. Niby żartował, ale nie był do końca zrelaksowany – nadal marszczył brwi.

Renesmee niecierpliwie poklepała mnie po policzku, domagając się uwagi. W moim umyśle pojawiły się nowe wizje.

Rosalie rozczesująca szczotką jej gęste loki. Przyjemne uczucie.

Carlisle mierzący ją taśmą. Wiedziała, że musi się wyprostować i znieruchomieć, ale co z nią robi, to już jej nie interesowało.

– Wygląda na to, że pokaże ci wszystko, czego nie widziałaś – szepnął mi Edward do ucha.

Kiedy obdarzyła mnie kolejną scenką, zmarszczyłam nos. Zapach wydobywający się z dziwnego metalowego kubka (musiał być z czegoś na tyle twardego, żeby nie można go było łatwo przegryźć) zapiekł w moim gardle żywym ogniem. Auć!

Nie wiedzieć kiedy, ktoś zabrał mi Renesmee, a ktoś inny wykręcił mi ręce do tyłu. Tą drugą osobą był Jasper. Nie próbowałam się z nim szarpać, tylko zerknęłam na spanikowanego Edwarda.

– Co ja takiego zrobiłam?

Spojrzał na stojącego za mną Jaspera, a potem znowu na mnie.

– Ale przecież mała myślała o tym, jak chciało jej się pić... – mruknął zaskoczony Edward, drapiąc się po głowie. – Przecież przypominała sobie smak ludzkiej krwi...

Jasper wzmocnił swój uścisk. Mimochodem zauważyłam, że nawet mi to nie przeszkadza, nie mówiąc już o tym, żeby sprawiało mi ból, jak każdemu zwykłemu śmiertelnikowi. Mnie jedynie to irytowało. Gdybym chciała, z łatwością mogłabym się mu wyrwać, ale nie stawiałam najmniejszego oporu.

– Zgadza się – powiedziałam. – No i co z tego? Co takiego zrobiłam? – powtórzyłam.

Edward jeszcze przez chwilę ściągał brwi, a potem jego twarz rozjaśniła się. Zaśmiał się krótko.

– Nic, zupełnie nic. To ja się zapędziłem. Jazz, puść ją.

Jasper posłusznie się ode mnie odsunął. Gdy tylko to zrobił, sięgnęłam ku Renesmee, a Edward podał mi ją bez wahania.

– Nic nie rozumiem – odezwał się Jasper. – To nie do zniesienia.

To powiedziawszy, wyszedł szybko przez tylne drzwi. Zaskoczona, odprowadzałam go wzrokiem. Leah przesunęła się, żeby nie musiał przechodzić koło niej. Dotarłszy w kilkanaście sekund do brzegu rzeki, przesadził ją jednym zgrabnym susem.

Renesmee dotknęła mojej szyi i niczym gola na meczu ponownie pokazała mi scenę jego wyjścia. Wyczułam w jej myślach nieme pytanie, ale nie znałam na nie odpowiedzi – mnie samej też się ono nasunęło.

Otrząsnęłam się już z szoku po odkryciu jej niezwykłej umiejętności. Teraz wydawało mi się to bardzo naturalne – taka po prostu była. Właściwie można się było czegoś takiego spodziewać. Być może, jako że sama stałam się częścią świata rodem z legend, już nigdy nie miałam oceniać czegoś ze sceptycyzmem.

Ale co się działo z Jasperem?

– Wróci – powiedział Edward. Nie byłam pewna, czy zwraca się do mnie, czy do małej. – Musi pobyć trochę sam, żeby dopasować swoje poglądy do tych wszystkich rewelacji.

W kącikach jego ust czaił się łobuzerski uśmiech.

Kolejne ludzkie wspomnienie – Edward tłumaczący mi, że Jasper ma dość bycia „czarną owcą rodziny" i pewnie poczułby się dużo lepiej, gdybym „miała problemy z dostosowaniem się" do ich „stylu życia". Słowa te padły w czasie naszej rozmowy o tym, ilu ludzi zabiję podczas mojego pierwszego roku jako nowo narodzony wampir.

– Jest na mnie zły? – spytałam cicho.

Edward otworzył szeroko oczy.

– Nie, skąd. A czemu niby miałby być?

– W takim razie, co go gryzie?

– To do siebie ma pretensje, nie do ciebie, Bello. Dręczy go myśl, że... że może jednak świadomość kształtuje byt. Rozumiesz – że jest coś takiego, jak samospełniające się przepowiednie.

– Jak to? – wtrącił się Carlisle.

– Jasper łamie sobie teraz głowę nad tym, czy agresja nowo narodzonych jest naprawdę czymś wrodzonym, czymś nie do uniknięcia, czy też, jeśli przeprowadzić by przemianę w odpowiedni sposób i na odpowiednio przygotowanej jednostce, każdy zachowywałby się równie poprawnie, jak Bella. Zaczął się zastanawiać, czy sam ma z sobą takie a nie inne problemy tylko dlatego, iż wierzył dotąd, że nie ma innej drogi. Może gdyby wyżej postawił sobie poprzeczkę, udałoby mu się ją przeskoczyć. Twoje opanowanie, Bello, podważa wiele tez, które uważał dotąd za prawdziwe.

– Niesprawiedliwie się osądza – stwierdził Carlisle. – Każdy jest inny. Przed każdym stoją inne wyzwania. Może zachowanie Belli odbiega od normy po prostu dlatego, że jest wyjątkowa. Może tak właśnie objawia się jej szczególny dar.

Zaniemówiłam. Wyczuwszy moje zaskoczenie, Renesmee dotknęła mnie. Pokazując mi raz jeszcze ostatnią sekundę, dała mi do zrozumienia, że nie wie, czym się tak przejęłam.

– To interesująca teoria – przyznał Edward – i całkiem wiarygodna.

Przez ułamek sekundy byłam rozczarowana. Co takiego? Żadnych magicznych wizji? Żadnych przydatnych w walce umiejętności budzących respekt czy grozę – ciskania oczami błyskawic czy czegoś w tym rodzaju? Nic praktycznego. Nic, czym można by było chociaż poszpanować?

Ale im dłużej myślałam o tym, że moim darem ma być jedynie samokontrola, tym więcej doszukiwałam się w tym zalet.

Po pierwsze, przynajmniej miałam jakiś talent. Mało brakowało, a musiałabym obejść się smakiem.

O wiele ważniejsze było jednak to, że jeśli Edward się nie mylił, miało mi być mimo wszystko darowane doświadczenie, którego najbardziej się obawiałam.

Co, jeśli wcale nie musiałam pójść w ślady innych nowo narodzonych wampirów i zamienić się w żądną krwi maszynę do zabijania? Co, jeśli wcale nie musieli mnie ukrywać przez rok na jakimś pustkowiu, żebym „dojrzała"? Co, jeśli, tak jak Carlisle, nie zabiłabym ani jednej niewinnej osoby? Co, jeśli pominęłabym okres przejściowy i od razu dostosowała się do zasad obowiązujących w domu Cullenów? Co, jeśli od razu mogłam stać się dobrym wampirem?

Mogłabym zobaczyć się z Charliem.

Westchnęłam, bo zaraz zeszłam z powrotem na ziemię. Nie, nie mogłam zobaczyć się z nim tak szybko. Te oczy, ten głos, to ulepszone ciało... Co miałabym mu powiedzieć? Od czego w ogóle miałabym zacząć? W głębi ducha cieszyłam się, że dysponuję jakimiś wymówkami, dzięki którym mogę odłożyć pewne rzeczy na później. Z jednej strony marzyłam o tym, żeby znaleźć jakoś dla niego miejsce w swoim nowym życiu, ale z drugiej na samą myśl o naszym pierwszym spotkaniu przechodziły mnie ciarki. Wyobraziłam sobie, jak na widok mojej nowej twarzy i mieniącej się skóry oczy wychodzą mu z orbit. Jak bardzo byłby przerażony! Jakież to mroczne wyjaśnienia przyszłyby mu do głowy!

O nie, tak mnie to przeraziło, że wolałam już odczekać ten rok, aż moje oczy przybiorą jakiś normalniejszy kolor. A można by pomyśleć, że bycie niezniszczalnym idzie w parze z byciem nieustraszonym...

– Czy kiedykolwiek miałeś do czynienia z samokontrolą jako darem? – spytał Edward Carlisle'a. – Naprawdę uważasz, że to tego typu umiejętność, a nie efekt starannych przygotowań i odpowiedniego nastawienia?

Doktor wzruszył ramionami.

– Przypomina to nieco to, co od zawsze potrafi robić Siobhan*, chociaż ona sama nie nazywa tego darem.

– Siobhan? Ta twoja znajoma z rodziny irlandzkich wampirów? – upewniła się Rosalie. – Nie zdawałam sobie sprawy, że posiada jakieś szczególne predyspozycje. Myślałam, że spośród nich tylko Maggie jest utalentowana.

– Bo i sama Siobhan jest tego zdania. Ale jest w niej coś takiego, że kiedy coś sobie postanowi, osiąga to prawie że… samą siłą woli. Tłumaczy, że to tylko zasługa dobrej organizacji czasu, ale od lat podejrzewam, że kryje się za tym coś więcej. Weźmy na przykład to, co się stało, kiedy podjęła decyzję o przyjęciu Maggie do ich grupy. Z początku Liam miał nowo przybyłą za konkurencję, ale Siobhan zależało na tym, żebym się dogadali, i jakoś dopięła swego.

Kontynuując tę dyskusję, Edward, Carlisle i Rosalie zajęli miejsca w fotelach. Jacob wyglądał na znudzonego, ale instynkt opiekuńczy nakazał mu usiąść koło Setha. Sądząc po tym, jak często nieprzytomnie mrugał, lada chwilę miał odpłynąć w niebyt.

Przysłuchiwałam się toczonej rozmowie, ale moja uwaga była podzielona – Renesmee nadal opowiadała mi o swoim dniu. Trzymałam ją na rękach przy oknie. Patrzyłyśmy sobie prosto w oczy, a ja, kierowana odruchem, delikatnie ją kołysałam.

Dopiero teraz zorientowałam że pozostali wcale nie musieli siedzieć. Długie stanie zupełnie mi nie doskwierało. Równie dobrze mogłabym leżeć wyciągnięta wygodnie na łóżku. Wiedziałam, że mogłabym tak stać bez ruchu choćby i tydzień, a siódmego dnia byłabym tak samo wypoczęta jak na samym początku.

---

* Siobhan – czyt. „sziwon" z akcentem na drugą sylabę – przyp. tłum.

Domyśliłam się, że moi bliscy siadają z przyzwyczajenia. Za bardzo rzucaliby się w oczy, gdyby wystawali gdzieś całymi godzinami, ani razu nie zmieniając pozycji. Nawet tutaj, u siebie w domu, Carlisle zakładał nogę na nogę, a Rosalie od czasu do czasu przeczesywała sobie palcami włosy. Dzięki tym drobnym gestom mniej przypominali posągi, a bardziej zwykłych ludzi. Odnotowałam w pamięci, że muszę przeanalizować ich zachowanie i zacząć brać z nich przykład.

Na próbę przeniosłam ciężar ciała z jednej stopy na drugą. Czułam się idiotycznie, robiąc takie rzeczy bez potrzeby.

Może tak bardzo zaangażowali się w tę rozmowę, żebym mogła spędzić trochę czasu sam na sam ze swoim dzieckiem?

Też mi „sam na sam". Ale przynajmniej mała była bezpieczna.

Renesmee opowiadała mi swój dzień w najdrobniejszych szczegółach. Śledząc historyjkę za historyjką, odniosłam wrażenie, iż pragnie, bym ją poznała, tak samo mocno, jak pragnęłam tego ja. Smuciło ją, że tyle przegapiłam – na przykład to, jak przyczaiła się z Jacobem pod drzewem i razem obserwowali skaczące w trawie wróbelki, a te podchodziły do nich coraz bliżej (musiał być to Jacob, bo Rosalie ptaki się bały). Albo jak bardzo nie smakowało jej jakieś białe lepkie obrzydlistwo, które Carlisle podał jej w kubeczku – mleko modyfikowane. Pachniało jak kwaśna ziemia. Albo jak Edward zaśpiewał jej słodką piosenkę, co tak jej się spodobało, że puściła mi ten fragment dwukrotnie. Niespodzianką było dla mnie to, że w tym wspomnieniu zobaczyłam siebie – leżałam zupełnie nieruchomo na stole operacyjnym w gabinecie Carlisle'a i chociaż byłam już wampirzycą, wyglądałam wciąż na umęczoną i wymizerowaną. Wzdrygnęłam się, przypominając sobie ten czas z własnej perspektywy. Ten potworny ogień...

Minęła godzina. Seth i Jacob pochrapywali chórem na kanapie, a pozostali nadal zawzięcie dyskutowali, kiedy nagle wizje Renesmee zaczęły dziwnie się rozjeżdżać. Kontury podsyłanych przez nią obrazów rozmazywały się coraz bardziej, a poszczególne hi-

storyjki urywały się przed czasem. Spanikowana, miałam już zaalarmować Edwarda (czy aby z małą wszystko było w porządku?)
kiedy powieki jej zadrgały, a potem opadły. Miały barwę bladych
płatków lawendy, jak białe obłoczki tuż przed zachodem słońca.
Maleńka ziewnęła rozkosznie, układając swoje pełne usteczka
w kształtne kółeczko, i już ani razu nie otworzyła oczu.

Zasypiając, oderwała paluszki od mojej skóry. Ciekawa, co
z tego wyniknie, uważając, żeby jej nie zbudzić, ujęłam jej rączkę
i przytknęłam ją sobie z powrotem do szyi. Z początku nic się nie
działo, ale po kilku minutach z jej myśli wyleciała ku mnie chma-
ra wielobarwnych motylków.

Przyglądałam się jej snom jak zaczarowana. Nie miały żadnej
fabuły – składały się na nie tylko kolory, kształty i twarze. Zauważyłam wśród nich z satysfakcją swoją własną – a raczej oba swoje
oblicza, bo i to ludzkie, zmaltretowane, i to nieśmiertelne, poraża-
jące urodą. Pojawiałam się nawet częściej niż Edward i Rosalie –
konkurować ze mną mógł tylko Jacob. Nie chciałam irytować się
z tego powodu.

Dotarło do mnie, dlaczego Edward nie nudził się, przesiadując
noc w noc przy moim łóżku, tylko po to, żeby słuchać, co mówię
przez sen. Sny Renesmee mogłabym podziwiać całą wieczność.

Z zamyślenia wyrwał mnie zmieniony ton głosu mojego ukochanego.

– Nareszcie – powiedział i odwrócił się, żeby wyjrzeć przez
okno.

Zapadł już purpurowy zmrok, ale widziałam równie wyraźnie,
jak przedtem. Nic nie kryło się w ciemnościach, zmieniły się tylko kolory.

Leah, nadal zagniewana, podniosła się i zaszyła w zaroślach.
W tym samym momencie, po drugiej stronie rzeki wyłoniła się
z lasu Alice. Zanim wyrzuciła swoje ciało w powietrze, rozbujała
się na gałęzi niczym cyrkowy akrobata, dotykając raz po raz zaciśniętych na konarze palców dłoni palcami stóp. Esme przeskoczy-
ła rzekę w bardziej konwencjonalny sposób, za to Emmett poko-

nał ją po prostu w bród, tak energicznie rozchlapując przy tym wodę, że część kropli osiadła na dzielących go od nas szybach. Ku mojemu zdziwieniu, ich trójce towarzyszył Jasper. Pokonał rzekę śmiało, ale jakby nie pokazując, na co go stać.

Szeroki uśmiech widniejący na twarzy Alice z czymś mi się mgliście kojarzył. Uśmiechali się zresztą już wszyscy: Esme rozczulona, Emmett podekscytowany, Carlisle uradowany, Rosalie odrobinę naburmuszona, a Edward trochę niepewny.

Alice wbiegła do salonu jako pierwsza, wyciągając ku mnie rękę. Bijące od niej zniecierpliwienie było tak silne, że prawie tworzyło wokół niej widzialną aurę. Trzymała całkiem zwyczajny mosiężny kluczyk, do którego przywiązano przesadnie dużą kokardę z różowej satyny.

Kiedy mi go podała, machinalnie przycisnęłam do siebie Renesmee prawą ręką, tak żeby lewą mieć wolną i móc ją nadstawić. Alice upuściła kluczyk na moje rozczapierzone palce.

– Wszystkiego najlepszego z okazji urodzin! – pisnęła głośno.

Wzniosłam oczy ku niebu.

– Pierwsze urodziny ma się dopiero w rok po swoich narodzinach – pouczyłam ją – a nie w dniu przemiany.

Spojrzała na mnie z wyższością starszej siostry.

– Bello, to nie dlatego, że są twoje pierwsze wampirze urodziny. Dziś trzynasty września! Kończysz dziewiętnaście lat!

24 Niespodzianka

– O, nie! Nie ma mowy! – pokręciłam energicznie głową, zauważając przy okazji, że mój siedemnastoletni mąż też szczerzy do mnie zęby. – Nie, to się już nie liczy. Przestałam się starzeć trzy dni temu. Już zawsze będę mieć osiemnaście lat.

– A gadaj sobie, co chcesz – machnęła ręką. – Obchodzimy te urodziny tak czy siak, więc lepiej się z tym pogódź.

Westchnęłam. Rzadko kiedy wykłócanie się z Alice miało jakiś sens.

Myślałabym, że to niemożliwe, ale kiedy zobaczyła, że nie protestuję, jej uśmiech zrobił się jeszcze szerszy.

– Gotowa na otwieranie prezentu? – zaświergotała.

– Prezentów – poprawił ją Edward, wyciągając z kieszeni drugi kluczyk – srebrny i dłuższy od poprzedniego, z bardziej wyważoną, niebieską kokardą.

Powstrzymałam się z wysiłkiem od ponownego wywrócenia oczami. Dobrze wiedziałam, do czego jest to kluczyk – do mojego „poślubnego" samochodu. Zastanowiłam się, czy powinnam czuć się podekscytowana. Cóż, najwyraźniej przemiana w wampira nie wywoływała automatycznie zainteresowania sportowymi autami.

– Mój pierwszy – zastrzegła Alice, a zaraz potem pokazała Edwardowi język, bo przewidziała jego odpowiedź.

– Do mojego jest bliżej.

– Ale tylko popatrz, co ona ma na sobie – niemalże jęknęła. – Cały dzień aż mnie skręca, kiedy na nią patrzę. Trzeba temu jak najszybciej zaradzić.

Ściągnęłam brwi, próbując wpaść na to, co mosiężny kluczyk mógł mieć wspólnego z zaopatrzeniem mnie w nowe ubrania. Czyżby Alice napełniła nimi jakiś wielki stary kufer?

– Wiem, co zrobimy. Zagramy o kolejność – zaproponowała. – Papier, nożyczki, kamień.

Jasper zachichotał, a Edward westchnął.

– Dlaczego po prostu nie powiesz nam, kto by wygrał? – spytał oschle.

Sprawił jej tym ogromną przyjemność.

– Kto by wygrał? Ja! – Zatarła ręce. – Doskonale.

– To chyba nawet lepiej, że z moim poczekamy do jutra – Edward uśmiechnął się, wskazując brodą na Jacoba i Setha, którzy mieli się już chyba nie obudzić aż do rana. Ciekawa byłam, ile godzin znowu nie spali. – Myślę, że będzie fajniej, jeśli przy odsłonięciu mojego prezentu będzie Jacob. Przynajmniej ktoś okaże dostatecznie dużo entuzjazmu.

Też się uśmiechnęłam. Tak dobrze mnie znał.

– To do dzieła – zakomenderowała Alice. – Bello, daj Ness... Renesmee Rosalie.

– Gdzie zwykle sypia?

Wzruszyła ramionami.

– Na rękach u Rosalie. Albo Jacoba. Albo Esme. Tak to, widzisz, wygląda. Non stop ktoś ją nosi. Będzie najbardziej rozpieszczonym półwampirzątkiem na świecie.

Edward parsknął śmiechem, a Rosalie fachowym ruchem przejęła ode mnie małą.

– Będzie też najmniej rozpieszczonym półwampirzątkiem na świecie – zauważyła, uśmiechając się do mnie szeroko. – To właśnie jest piękne w byciu jedyną w swoim rodzaju.

Dopiero ten uśmiech utwierdził mnie w przekonaniu, że więź, która się między nami tak niespodziewanie wytworzyła, nadal istnieje. Bardzo mnie to ucieszyło, bo nie byłam wcale taka pewna, czy sytuacja się nie zmieni po tym, jak życie Renesmee nie będzie już zależało od mojego. Może jednak ja i Rose dostatecznie długo walczyłyśmy po tej samej stronie barykady, by już na zawsze pozostać przyjaciółkami. Nareszcie dokonałam tego samego wyboru, którego i ona dokonałaby na moim miejscu, i dzięki temu przezwyciężyła chyba rozżalenie, jakie wzbudziły w niej inne moje decyzje.

Wcisnąwszy mi do ręki swój przyozdobiony kokardą kluczyk, Alice wzięła mnie pod łokieć i poprowadziła ku tylnym drzwiom.

– Chodźmy już, chodźmy – zachęciła mnie śpiewnie.

– To coś jest na dworze? – zdziwiłam się.

– Tak jakby – mruknęła, popychając mnie do przodu.

– Mam nadzieję, że ci się spodoba – zawołała za nami Rosalie. – Jest od nas wszystkich, a zwłaszcza od Esme.

– To nie idziecie z nami?

Rozejrzałam się po pokoju. Do wyjścia nie szykował się nikt oprócz nas dwóch i Edwarda.

– Chcemy, żebyś miała szansę nacieszyć się nim najpierw w samotności – powiedziała Rosalie. – Ale jeśli będziesz chciała, opowiesz nam później, jak było.

Emmett zaśmiał się głośno i coś w jego śmiechu spowodowało, że poczułam się tak, jak gdybym miała się zaraz zarumienić – nie wiedziałam tylko, co.

Uświadomiłam sobie, że wcale się aż tak bardzo nie zmieniłam. Nadal szczerze nienawidziłam niespodzianek i nie przepadałam za prezentami. Miło było odkryć, że tak wiele moich starych cech przeszło ze mną do tego nowego, obcego ciała.

Nie oczekiwałam, że będę sobą. Uśmiechnęłam się szeroko.

Wyszedłszy za Alice w purpurową noc, nadal się uśmiechałam.

– Bardzo ładnie – skomentowała moja przewodniczka z zadowoleniem. – Taką właśnie masz mieć minę, myśląc o prezencie ode mnie.

Puściła moją rękę, po czym wzięła krótki rozbieg i dała susa na przeciwległy brzeg rzeki.

– Teraz ty! – zawołała.

Edward skoczył równocześnie ze mną. Skok sprawił mi tyle samo frajdy co po południu, a może nawet większą, bo noc nadała wszystkiemu wokół nowe, głębsze barwy.

Alice puściła się biegiem w głąb lasu, kierując się na północ. Ruszyliśmy za nią. Wolałam podążać za cichymi odgłosami jej kroków i świeżą ścieżką wytyczoną przez jej zapach, niż wypatrywać jej w ciemnościach, wśród gęstej roślinności.

Nie wiedzieć czemu, po jakimś czasie nagle zawróciła, by cofnąć się do miejsca, w którym przystanęłam.

– Tylko mnie nie atakuj! – ostrzegła i… skoczyła mi na plecy.

– Co ty wyprawiasz? – spytałam ją zaskoczona, krzywiąc się, bo zakryła mi dłońmi oczy. Miałam ochotę ją z siebie zrzucić, ale się powstrzymałam.

– Upewniam się, że nie będziesz podglądać – oznajmiła.

– Sam mogłem o to zadbać, bez tego cyrku z braniem cię na barana – stwierdził Edward.

– Mógłbyś pozwolić jej oszukiwać. Weź ją za rękę i zaprowadź, wiesz gdzie.

– Alice... – zaczęłam.

– Nie kłopocz się, Bello – przerwała mi. – I tak zrobimy to po mojemu.

Poczułam, że Edward wplata palce w moje.

– Jeszcze tylko kilka minut. Potem znajdzie sobie następne ofiary.

Pociągnął mnie za sobą. Bez trudu dotrzymywałam mu tempa. Nie bałam się, że uderzę niechcący w drzewo – wiedziałam, że to ono byłoby w tym zderzeniu poszkodowane.

– Mógłbyś być nieco bardziej wdzięczny, wiesz – skarciła go Alice. – To poniekąd prezent dla was obojga.

– Prawda. Więc jeszcze raz bardzo ci dziękuję.

– Niech ci będzie. Okej. – Jej głos zrobił się znienacka wyższy z podekscytowania. – Zatrzymajcie się. Obróć ją troszeczkę bardziej w prawo. O tak. Świetnie. Gotowa?

– Gotowa.

W powietrzu unosiły się liczne nowe zapachy, co rozbudziło moją ciekawość. Skąd, u licha, takie wonie wzięły się w środku lasu? Wiciokrzew. Dym. Róże. Trociny? I jeszcze coś metalicznego. I wilgotna, żyzna ziemia, wykopana spod ściółki i pozostawiona na wierzchu. Pochyliłam się w stronę niewidocznej zagadki.

Alice zeskoczyła mi z pleców, odsłaniając mi oczy. Spojrzałam w fioletowy mrok. Przed nami, na niewielkiej polanie, stał kamienny domek, lawendowoszary w słabym świetle gwiazd.

Budyneczek tak idealnie wpasowywał się w otoczenie, jak gdyby był częścią przyrody i wyrósł ze skały. Ściany miał gęsto porośnięte wiciokrzewem, sięgającym aż po grube drewniane gonty. Pod ciemnymi, głęboko osadzonymi oknami, w ogródeczku wielkości chustki do nosa, kwitły późne róże. Do drewnianych drzwi wejściowych, wykończonych staroświecko łukiem, wiodła wąska ścieżka wykładana płaskimi kamieniami, które w ciemnościach wydawały się koloru ametystów.

Zszokowana, ścisnęłam mocniej trzymany przez siebie klucz.

– I jak, co o nim myślisz? – spytała Alice łagodnym tonem dobrej wróżki, poddając się baśniowej konwencji.

Nie byłam w stanie wykrztusić z siebie ani słowa.

– Esme pomyślała sobie, że pewnie ucieszylibyśmy się, mogąc mieszkać tylko we troje – wyjaśnił Edward – ale nie chciała też, żeby dzieliła nas od nich jakaś wielka odległość. Poza tym, każda wymówka jest dla niej dobra, żeby móc odrestaurować kolejny budynek. Ten domek stał w ruinie przez co najmniej sto lat.

Gapiłam się na swój prezent z ustami rozdziawionymi jak ryba.

– Nie podoba ci się? – Alice zrzedła mina. – Pamiętaj, że jeśli tylko chcesz, możemy go kompletnie przerobić. Emmett na przykład aż się rwał, żeby powiększyć go o kilkaset metrów, nadbudować piętro, wstawić kolumny przy ganku, a na rogu walnąć wieżę, ale Esme sądziła, że najbardziej przypadnie ci do gustu, jeśli będzie właśnie taki, jak był. – W zdenerwowaniu mówiła coraz szybciej. – Jeśli się pomyliła, to nic się nie stało, możemy zabrać się znowu do pracy. Zabierze to najwyżej...

– Cii!

Na nic więcej nie było mnie stać.

Ucichła posłusznie. Musiało minąć kilka sekund, żebym doszła do siebie.

– Dajecie mi na urodziny dom? – wyszeptałam.

– To prezent dla nas obojga – poprawił mnie Edward – a zresztą to nie prawdziwy dom, tylko taka... chatka. W domu to można wyprostować nogi.

– Żadnych dobudówek! – zaprotestowałam.

Alice była w siódmym niebie.

– Podoba ci się!

Pokręciłam przecząco głową.

– Zakochałaś się w nim?

Przytaknęłam.

– Już się nie mogę doczekać, aż powiem o tym Esme!

– Dlaczego nie przyszła z nami?

Alice wykrzywiła swoją uśmiechniętą twarz, jak gdyby na moje pytanie nie było tak łatwo jej odpowiedzieć.

– Och, sama rozumiesz... Wszyscy dobrze pamiętają, jak to z tobą jest, kiedy dostajesz jakiś prezent. Nie chcieli wywierać na ciebie zbyt dużej presji. Gdybyś miała tu większą publiczność, poczułabyś się pewnie zobowiązana udawać, że dom ci się podoba.

– Ależ on mi się podoba. Jak mógłby mi się nie spodobać?

– Przekażę im to. – Poklepała mnie po ramieniu. – A tak przy okazji, masz tam w pełni wyposażoną garderobę. Korzystaj z niej rozważnie. I... Nie, to chyba wszystko.

– Nie wejdziesz z nami do środka?

Odsunęła się od nas kilka kroków.

– Edward wie, gdzie co jest. Wpadnę... kiedy indziej. Zadzwoń do mnie, jeśli będziesz miała trudności ze skomponowaniem stroju. – Spojrzała na mnie z powątpiewaniem, a potem znowu się uśmiechnęła. – Lecę. Jazz zamierza wybrać się na polowanie. No, to na razie!

Pomknęła w las z gracją baletnicy.

– Dziwne, że nas nie odprowadzili – odezwałam się, kiedy ucichły jej kroki. – Naprawdę jestem aż taka drażliwa na tym punkcie? Nie musieli zostawać w domu. Teraz mam wyrzuty sumienia. Nawet jej nie podziękowałam tak, jak należy. Powinniśmy wrócić, powiedzieć Esme...

– Bello, nie bądź niemądra. Nikt nie ma cię za przewrażliwioną.

– To dlaczego...

– To, że możemy pobyć trochę sami, to ich kolejny prezent. Alice starała się być subtelna.

– Ach tak.

Tych kilka słów wystarczyło, żeby kamienny domek przestał dla mnie istnieć. Mogliśmy być w dowolnym miejscu na ziemi. Nie widziałam ani drzew, ani głazów, ani gwiazd. Był tylko Edward.

– Chodź, pokażę ci, jak go przerobili w środku – powiedział, pociągając mnie za rękę.

Czy docierało do niego, że moim ciałem wstrząsały delikatne dreszcze, jak gdyby w żyłach nadal krążyła mi doprawiona adrenaliną krew?

Po raz kolejny poczułam się odrobinę zdezorientowana, bo czekałam na reakcje, do jakich mój organizm nie był już zdolny. Serce powinno mi dudnić niczym koła jadącego prosto na nas parowozu. Ogłuszać. Moje policzki powinny płonąć szkarłatem.

Przede wszystkim jednak, powinnam być wyczerpana. Miałam za sobą najdłuższy dzień swojego życia.

Zaśmiałam się – cichutko i krótko, nadal w szoku – bo uzmysłowiłam sobie, że ten dzień już nigdy nie miał się skończyć.

– Powiesz mi, co to za dowcip tak cię rozbawił?

– Nie jest jakiś szczególnie dobry – stwierdziłam, idąc za nim wąską dróżką. – Tak sobie tylko pomyślałam… Dzisiejszy dzień to dla mnie pierwszy i ostatni dzień wieczności. Jakoś trudno mi to sobie poukładać w głowie. Nawet mimo tego, że mam w niej teraz tyle miejsca! – Znowu się zaśmiałam.

Zawtórował mi wesoło. Położył dłoń na gałce w drzwiach, czekając, aż je uroczyście otworzę. Wsadziłam klucz w zamek i przekręciłam go ostrożnie.

– Zachowujesz się tak naturalnie, Bello. Bez przerwy zapominam, jakie to musi wszystko być dla ciebie dziwne. Jaka szkoda, że nie mogę tego usłyszeć!

Tak szybko przykucnął, żeby wziąć mnie na ręce, że nie zorientowałam się, co zamierza – a zważywszy na moje ulepszone zmysły, to naprawdę było coś.

– Hej!

– Przenoszenie przez próg wchodzi w zakres obowiązków młodego małżonka – przypomniał mi. – Powiesz mi, o czym myślisz? Zżera mnie ciekawość.

Pchnął drzwi – ledwie słyszalnie zaskrzypiały – i znaleźliśmy się oboje w kamiennym saloniku.

– O wszystkim – powiedziałam. – No wiesz, o wszystkim naraz. O miłych rzeczach i o nowych rzeczach, i o rzeczach, którymi się zadręczam. O tym, że w kółko nadużywam w myślach superlatyw. A teraz jeszcze myślę o tym, że Esme jest artystką. Tak tu ślicznie!

Pokój wyglądał jak przeniesiony żywcem z ilustracji w książce dla dzieci. Podłoga była szaloną mozaiką gładkich, płaskich kamieni. Mozaika ta pojawiała się też gdzieniegdzie na ścianach, które w innych miejscach przesłaniała boazeria. Pod niskim sufitem biegły odsłonięte belki, o które ktoś tak wysoki jak Jacob z pewnością uderzyłby głową. W pękatym kominku przechodzącym płynnie w komin dogasał powoli ogień. Napalono w nim drewnem wyrzuconym przez morze – drobne płomienie mieniły się od soli odcieniami zieleni i błękitu.

Pomieszczenie umeblowano eklektycznie, ale ze smakiem, tak że wszystko tworzyło harmonijną całość, jakby poszczególne meble, mimo różnic w stylistyce, były kawałkami jednej ogromnej trójwymiarowej układanki. Jedno z krzeseł, na przykład, wyglądało całkiem średniowiecznie, niska otomana przy kominku była prawie że współczesna, a wypełniona książkami biblioteczka w tyle pod oknem kojarzyła mi się z filmami dziejącymi się we Włoszech. Rozpoznałam kilka ozdabiających wnętrze obrazów, bo wcześniej wisiały u Cullenów – przenieśli tu te z ich kolekcji, którymi zawsze najbardziej się zachwycałam. Chociaż bez wątpienia były bezcennymi oryginałami, pasowały tu jak ulał, tak samo jak wszystkie inne elementy wyposażenia.

W tym miejscu każdy uwierzyłby w czary i nikt nie zdziwiłby się, gdyby do środka weszła Królewna Śnieżka z jabłkiem w dłoni albo gdyby jednorożec w ogródku obgryzał pączki róż.

Edward upierał się zawsze, że jest postacią z horrorów, ale ja wiedziałam oczywiście, że to bzdura. To tutaj przynależał. Do mojego domku z bajki.

A teraz i ja byłam w tej bajce razem z nim.

Miałam już wykorzystać niecnie fakt, że nie postawił mnie jeszcze na ziemi, a jego odbierająca mi rozum twarz znajdowała się zaledwie kilka centymetrów od mojej, kiedy oznajmił:

– Mamy szczęście, że Esme dobudowała jednak jeden pokój. Nikt z nas nie brał pod uwagę, że na świecie pojawi się Ness... Renesmee.

Zmarszczyłam czoło, wyrwana nieprzyjemnie z rozmarzenia.

– Ty też? – jęknęłam. – Tylko nie to!

– Wybacz, skarbie. To nienaumyślnie. Non stop przysłuchuję się myślom pozostałych, więc nic dziwnego, że to podłapałem.

Westchnęłam. Moje dziecko potworem z odmętów? Być może już nic nie dało się na to poradzić, ale bynajmniej nie zamierzałam kapitulować.

– Pewnie umierasz z ciekawości, jak też prezentuje się twoja garderoba, nieprawdaż? – zażartował. – A przynajmniej tak powiem Alice, żeby poprawić jej humor.

– Mam się bać?

– Wyrywać mi się i błagać o litość.

Skręcił w wykończony łukami korytarzyk – przez te łuki wyglądało to tak, jakbyśmy mieli swój własny zameczek.

– Tam będzie pokój Renesmee – powiedział, wskazując brodą puste pomieszczenie o podłodze z jasnego drewna. – Nie mieli za bardzo czasu, by go wykończyć, bo musieli zamknąć się w domu i chronić przed rozwścieczonymi wilkołakami.

Zaśmiałam się cicho, zadziwiona, jak błyskawicznie doszło do zażegnania tego konfliktu. Jeszcze tydzień temu żyliśmy w jakimś koszmarze.

Tylko czemu ten przeklęty Jacob musiał go zakończyć właśnie w taki a nie inny sposób!

– A to nasz pokój. Esme próbowała urządzić go tak, żeby jego wnętrze przypominało nam jej wyspę. Domyślała się, że są to miłe wspomnienia.

Łóżko było wielkie i białe, otoczone niczym obłokami woalką zwiewnej moskitiery. Jasne drewno na podłodze było takie samo jak w pokoju Renesmee i uświadomiłam sobie teraz, że ma dokładnie taki odcień, jak piasek na jakiejś niebiańskiej, egzotycznej plaży. Ściany pomalowano na jaskrawy błękit – kolor nieba w wyjątkowo słoneczny dzień – a przeciwległa ściana składała się głównie z szerokich szklanych drzwi wychodzących na niewidoczny sprzed domu ogródeczek: okrągłe oczko wodne wśród pnących róż, gładkie jak lustro i okolone lśniącymi kamieniami – maleńki kawałek oceanu tylko dla nas.

– Och!

To wszystko, co byłam w stanie powiedzieć.

– Wiem – szepnął.

Staliśmy przez chwilę, sięgając pamięcią do tamtych dni. Chociaż moje własne wspomnienia były ludzkie i niewyraźne, całkowicie przejęły kontrolę nad moim umysłem.

Edward uśmiechnął się szeroko, a potem roześmiał się.

– Twoja garderoba jest za tamtymi podwójnymi drzwiami. Muszę cię ostrzec, że jest większa od tego pokoju.

Nawet nie zerknęłam w jej kierunku. W moim świecie znowu nie istniało nic prócz Edwarda – jego ciasno obejmujących mnie ramion, jego słodkiego oddechu, jego warg ledwie kilka centymetrów od moich własnych. Może i byłam nowo narodzonym wampirem, ale z pewnością nic by mnie teraz nie rozproszyło.

– Powiemy Alice, że pobiegłam prosto do jej ubrań – zamruczałam mu do ucha, wplatając palce we włosy. – Powiemy jej, że przez długie godziny nic tylko się przebierałam. Ale to będzie jedno wielkie kłamstwo.

Mój nastrój udzielił mu się od razu – a może zresztą już w takim nastroju był, tylko trzymał swoje uczucia na wodzy, żeby jak przystało na dżentelmena, pozwolić mi się nacieszyć prezentem urodzinowym. W nagłym porywie namiętności przyciągnął moją twarz do swojej, a z jego ust dobył się cichy jęk. Na ten dźwięk przeszywające mnie prądy rozpętały w moim wnętrzu prawdziwą burzę. Straciłam nad sobą panowanie. Liczyło się tylko to, by jak najszybciej znaleźć się jak najbliżej Edwarda.

Moich uszu doszedł odgłos rozdzieranych naszymi rękami warstw tkanin i pomyślałam, że dobrze, że chociaż moje ubranie jest już podarte. Na ratowanie tego, co miał na sobie Edward, było już za późno. Ignorowanie pięknego, białego łóżka wydało mi się wręcz zuchwalstwem, ale byliśmy siebie zbyt spragnieni, by tracić czas na przebycie ostatnich dwóch metrów.

Nasz drugi miesiąc miodowy nie przypominał pierwszego.

Czas spędzony na wyspie uważałam za najlepszy okres w swoim ludzkim życiu – za ukoronowanie swojego ludzkiego życia. Tak się wtedy paliłam do pozostania człowiekiem! Tylko po to, by pobyć śmiertelną przy Edwardzie choć odrobinę dłużej, bo od strony fizycznej po mojej przemianie nasz związek już nigdy nie miał być taki sam.

Po dniu takim jak dzisiejszy wiedziałam już, na czym miała polegać ta różnica. Powinnam się była domyślić, że będzie nam ze sobą jeszcze lepiej.

Dopiero teraz potrafiłam należycie docenić, z kim połączył mnie los. Moimi bystrymi oczami widziałam nareszcie każdy szczegół jego zapierającej dech w piersiach twarzy i perfekcyjnej muskulatury. Na języku czułam jego czysty, wyrazisty zapach, a pod opuszkami palców niewiarygodną jedwabistość jego marmurowej skóry.

Moja własna skóra była taka wrażliwa w zetknięciu z jego dłońmi...

Był jak ktoś zupełnie inny. Gdy nasze spragnione ciała splątywały się w jedno na piaskowej podłodze, odkrywałam go na nowo. Edwarda, który nie uważał. Edwarda, którego nic już nie ograniczało. Edwarda, który niczego nie musiał się już bać. Mogliśmy brać w tym teraz udział razem – oboje jako aktywni uczestnicy. Nareszcie sobie równi.

Tak jak wcześniej już nasze pocałunki, tak teraz nasze pieszczoty stały się o wiele odważniejsze. Edward dotychczas tyle w sobie tłumił! Kiedyś było to konieczne, ale nie mogłam uwierzyć, jak wiele traciłam!

Starałam się nie zapominać, że jestem od niego silniejsza, ale trudno mi się było na czymkolwiek skupić, bo docierające do mnie zewsząd niezwykle intensywne bodźce odciągały moją uwagę ku milionom różnych miejsc w moim ciele na sekundę. Jeśli sprawiałam mu ból, to się nie skarżył.

Bardzo, ale to bardzo niewielka część mojego umysłu zaczęła szukać rozwikłania pewnej związanej z zaistniałą sytuacją zagadki. Ani ja, ani Edward, nigdy nie mieliśmy się zmęczyć. Nie musieliśmy ani zaczerpywać tchu, ani odpoczywać, ani jeść, ani nawet korzystać z ubikacji – obce nam były jakiekolwiek przyziemne ludzkie potrzeby. Mój ukochany posiadał najpiękniejsze, najbardziej idealne ciało pod słońcem, w pobliżu nie było nikogo, kto mógłby nam przeszkodzić, i nic nie wskazywało na to, żebym w którymś momencie miała stwierdzić, że jak na jeden dzień to mi już wystarczy. Zawsze miałam chcieć czegoś jeszcze. A ten dzień nigdy nie miał dobiec końca. Zsumowując to wszystko, jakim cudem mieliśmy kiedykolwiek przestać?

To, że nie potrafiłam odpowiedzieć sobie na to pytanie, ani trochę mnie jednak nie martwiło.

Właściwie to nawet zauważyłam, kiedy zaczęło świtać. Miniaturowy ocean za szybą zmienił barwę z czarnej na szarą, a gdzieś tuż obok nas rozśpiewał się jakiś ptaszek – może miał gniazdko w jednej z pnących róż.

– Brakuje ci tego? – spytałam Edwarda, kiedy piosenka ucichła.

W ciągu minionych kilku godzin przemawialiśmy do siebie nie raz, ale nie w taki sposób, który można by było nazwać rozmową.

– Czego ma mi niby brakować? – zamruczał.

– Wszystkich moich dawnych cech: tego, że byłam ciepła, tego, że byłam miękka, że kusząco pachniałam... Ja niczego na tej przemianie nie straciłam i tak się zastanawiałam, czy czasem trochę ci nie smutno, że z tyloma rzeczami musiałeś się pożegnać.

Zaśmiał się cicho.

– Trudno byłoby znaleźć kogoś mniej smutnego niż ja. Zaryzykowałbym stwierdzenie, że to nawet niemożliwe. Niewielu ludzi dostaje jednego dnia wszystko to, o czym marzyli, a dodatkowo jeszcze te rzeczy, na które sami nie wpadli.

– Próbujesz się wywinąć od odpowiedzi?

Przytulił mi dłoń do policzka.

– Ależ ty jesteś ciepła.

Poniekąd mówił prawdę. W moim odczuciu jego dłoń też była teraz ciepła – przyjemnie ciepła, zwyczajnie ciepła, a nie parząca jak skóra Jacoba.

Bardzo powoli przesunął palce wzdłuż mojej twarzy, śledząc krzywiznę mojej żuchwy aż po szyję, a potem przedłużając tę linię aż po moją talię. Na chwilę przymknęłam oczy.

– Jesteś miękka.

Nie mogłam się z nim nie zgodzić, bo opuszki jego własnych palców w zetknięciu z moją skórą zdawały się być z satyny.

– A co do twojego zapachu, cóż, nie mogę powiedzieć, żeby mi go brakowało. Pamiętasz zapach tamtych turystów na polowaniu?

– Bardzo nad tym pracuję, żeby go zapomnieć.

– Wyobraź sobie, że całujesz kogoś, kto tak pachnie.

Ścianki mojego gardła zaczęły lizać znienacka języki ognia.

– Och.

– Sama rozumiesz. Więc moja odpowiedź brzmi: nie. Niczego mi nie brakuje. Jestem taki szczęśliwy! Nikt na świecie nie ma tyle, co ja teraz.

Chciałam go już poinformować, że istnieje jedna taka osoba, ale nagle moje usta miały co innego do roboty.

Kiedy wschodzące słońce zmieniło kolor oczka wodnego za szybą na perłowy, przyszło mi do głowy kolejne pytanie do Edwarda.

– Jak długo to trwa? No bo widzisz, Carlisle i Esme, Em i Rose, Alice i Jasper – jakoś nie zauważyłam, żeby spędzali całe dnie zamknięci w swoich pokojach. Pokazują się ludziom regularnie, zawsze są kompletnie ubrani... Czy to... czy ten apetyt kiedykolwiek przechodzi?

Przycisnęłam się do niego mocniej – jeśli w ogóle było to możliwe – żeby zademonstrować mu, o jaki apetyt mi chodzi.

– Trudno powiedzieć. Każdy jest inny, a ty, jak na razie, jesteś najbardziej inna ze wszystkich. Przeciętny młody wampir jest przez dłuższy czas zbytnio zajęty zaspokajaniem dręczącego go pragnienia, żeby zauważać jakieś inne swoje potrzeby. Jednak najwyraźniej to ciebie nie dotyczy. Ale nawet u typowego nowo narodzonego po pierwszym roku dochodzą do głosu inne potrzeby. A ani pragnienie, ani pożądanie nigdy tak do końca nie dają się zaspokoić. To po prostu kwestia nauczenia się, jak wyważać proporcje. Nauczenia się wyznaczania priorytetów i kontrolowania swoich odruchów.

– I jak długo to trwa?

Uśmiechnął się, marszcząc nieco nos.

– Najgorsi byli Rosalie i Emmett. Wolałem trzymać się od nich z daleka przez całe dziesięć lat. Nawet Carlisle'owi i Esme działali na nerwy i to do tego stopnia, że w końcu zmusili młodą parę do przeprowadzki. Esme też zbudowała im dom, ale o wiele bardziej okazały niż ten – cóż, wie, co podoba się Rosalie, i wie, co podoba się tobie.

– Czyli, mówisz, dziesięć lat, tak? – Byłam przekonana, że Rosalie i Emmett to było nic w porównaniu z nami, ale gdybym rzuciła liczbę większą niż dziesięć, mogłabym wyjść na zarozumiałą. – A potem jest się z powrotem normalnym? Tak jak oni teraz?

Edward znowu się uśmiechnął.

– Hm, nie jestem pewien, co rozumiesz pod pojęciem „normalni". Widziałaś, że moja rodzina wiedzie, przynajmniej z pozoru, przykładne ludzkie życie, ale przecież każdą noc smacznie przesypiałaś. – Mrugnął do mnie znacząco. – Kiedy się nie sypia, ma się nagle olbrzymie ilości wolnego czasu, który trzeba jakoś tam spożytkować. Więc czemu nie na swoje... zainteresowania. To dzięki tym długim nocnym godzinom stałem się najlepszym muzykiem w rodzinie, przeczytałem – jako drugi po Carlisle'u – najwięcej książek, studiowałem najwięcej nauk, poznałem najwięcej języków obcych... Emmett pewnie próbowałby ci wmówić, że tak dobrze się na wszystkim znam, bo potrafię czytać innym w myślach, ale prawda jest taka, że kiedy oni mieli co robić, mnie się strasznie nudziło.

Oboje wybuchnęliśmy śmiechem, a to, w jaki sposób nasze ciała zaczęły się przy tym o siebie ocierać, skutecznie zakończyło naszą rozmowę.

25 Przysługa

Minęło trochę czasu, zanim Edward przypomniał mi o moich priorytetach.

Wystarczyło mu do tego tylko jedno słowo:

– Renesmee...

Westchnęłam. Już wkrótce mogła się obudzić. Musiała już dochodzić siódma. Czy domagała się mojej obecności? Nagle zamarłam sparaliżowana strachem. Czy bardzo się zmieniła od wczoraj?

Edward wyczuł moją reakcję i domyślił się jej źródła.

– Nic się nie martw, skarbie. Ubierz się tylko i ani się obejrzysz, będziemy już w domu.

Zerwawszy się na równe nogi, spojrzałam z powrotem na niego – jego diamentowe ciało połyskiwało delikatnie w rozproszonym świetle – potem na zachód, gdzie czekała na mnie Renesmee, potem znowu na niego, znowu na zachód, i tak jeszcze kilka razy w ciągu sekundy. Wyglądało to pewnie przekomicznie, jakbym była postacią z kreskówki. Edward uśmiechnął się, ale się nie zaśmiał: miał wyjątkowo silną wolę.

– Spokojnie, kochanie. To tylko kwestia zachowania w życiu równowagi. Jesteś w tym taka dobra. Już niedługo wszystko sobie poukładasz.

– I będziemy mieć dla siebie całą następną noc, prawda?

Uśmiechnął się szerzej.

– Myślisz, że poprosiłbym cię przed chwilą, żebyś się ubrała, gdybym nie miał przed sobą tej perspektywy?

Mnie także musiała ona wystarczyć, by przetrwać dzień. Musiała mi wystarczyć, bo tylko radząc sobie z poskramianiem swojego pożądania, mogłam być dobrą... hm. Trudno mi było użyć tego słowa. Chociaż Renesmee była dla mnie już jak najbardziej prawdziwa i rzecz jasna niezwykle ważna, nadal nie docierało do mnie, że jestem matką. Podejrzewałam jednak, że każda inna kobieta czułaby się na moim miejscu tak samo bez dziewięciu miesięcy ciąży na przywyknięcie do tej myśli. I z dzieckiem, które zmieniało się z godziny na godzinę.

Kiedy przypomniałam sobie o tempie, w jakim rosła moja córka, znowu się zestresowałam. Pchnąwszy podwójne rzeźbione drzwi do garderoby, nawet nie przystanęłam na progu, żeby wydać z siebie okrzyk przerażenia na widok tego, co zgotowała dla mnie Alice, tylko wleciałam do środka jak burza z zamiarem włożenia na siebie pierwszych rzeczy, jakie wpadłyby mi w ręce.

Powinnam przewidzieć, że nie będzie to łatwe.

– Które są moje? – syknęłam.

Tak jak ostrzegł mnie Edward, pokój, w którym się znalazłam, był większy od naszej sypialni. Prawdopodobnie był też większy od całej reszty domu, ale żeby zyskać co do tego pewność, musiałabym go najpierw zmierzyć krokami. Wyobraziłam sobie Alice usiłującą przekonać Esme, żeby zignorowała klasyczne proporcje budyneczku i pozwoliła na to monstrum. Ciekawa byłam, jak też udało jej się postawić na swoim.

Wnętrze garderoby przypominało nieco laboratorium. Ubrania zapakowane były w pokrowce z białego plastiku wiszące w schludnych rzędach. W bardzo wielu rzędach.

Edward dotknął metalowej rury ciągnącej się przez pół ściany na lewo od drzwi.

– O ile mi wiadomo, wszystko prócz tego wieszaka tutaj jest twoje.

– Wszystko?

Wzruszył ramionami.

– Alice – powiedzieliśmy jednocześnie, ale z inną intonacją: on jak wyjaśnienie, ja jak obelgę.

– Świetnie – mruknęłam.

Pociągnęłam za zamek błyskawiczny najbliższego pokrowca i zaraz warknęłam, bo moim oczom ukazała się długa do ziemi jedwabna suknia – w dodatku jasnoróżowa.

Znalezienie czegoś normalnego mogło mi zająć cały dzień!

– Pomogę ci – zaoferował się Edward.

W skupieniu kilkakrotnie pociągnął nosem, a wychwyciwszy jakąś woń, przeszedł na drugi koniec pokoju, gdzie w ścianę była wbudowana komoda. Znowu poniuchał, po czym otworzył jedną z szuflad i z triumfalnym uśmiechem wyciągnął z niej parę starannie postarzonych niebieskich dżinsów.

Podbiegłam do niego.

– Jak to zrobiłeś?

– Każda tkanina ma charakterystyczny dla siebie zapach, dżins też. To co teraz? Rozciągliwa bawełna?

Prowadzony przez swój nos odnalazł na jednym z wieszaków białą, sportową w kroju bluzkę z długimi rękawami i rzucił ją w moją stronę.

– Dzięki – ucieszyłam się.

Powąchałam trzymane przez siebie ubrania, żeby zapamiętać ich zapachy na potrzeby kolejnych poszukiwań. Rozpoznawałam już jedwab i satynę – tych planowałam unikać.

Namierzenie czegoś dla siebie zabrało mojemu ukochanemu tylko kilka sekund. Gdybym nie widziała go nigdy nago, byłabym gotowa przysiąc, że nie ma nic piękniejszego niż Edward w spodniach koloru khaki i beżowym swetrze. Ubrawszy się, wziął mnie za rękę. Przemknęliśmy przez ukryty przed światem ogródek, przesadziliśmy zgrabnym susem kamienny mur i popędziliśmy przez las. Uwolniłam swoją dłoń, żebyśmy w drodze powrotnej mogli się pościgać. Tym razem to on wygrał.

Renesmee już nie spała. Siedziała na podłodze i pilnowana przez pochylonych nad nią Rosalie i Emmetta bawiła się stosikiem powyginanych srebrnych sztućców. W prawej rączce miała akurat odkształconą łyżkę. Gdy tylko zobaczyła mnie przez szybę, cisnęła nią o podłogę (od siły tego uderzenia w drewnie pojawiła się rysa) i wskazała na mnie władczo. Jej widownia zareagowała głośnym śmiechem: Alice, Jasper, Esme i Carlisle siedzieli obok na kanapie i z uwagą obserwowali dziewczynkę, jak jakiś niezwykle zajmujący film.

Od momentu, w którym zaczęli się śmiać, minęło może pół sekundy, a ja już stałam pośrodku salonu z małą na rękach. Uśmiechnęłyśmy się do siebie promiennie.

Zmieniła się, ale niewiele. Była znowu odrobinę dłuższa, a proporcje jej ciałka stały się nieco bardziej dziecięce niż niemowlęce. Urosły jej o pół centymetra włoski i jej kasztanowe loczki podrygiwały sprężyście z każdym ruchem. Biegnąc do niej, pozwoliłam ponieść się wyobraźni i spodziewałam się, że będzie dużo gorzej. Dzięki moim przesadzonym lękom, powitałam te drobne zmiany niemalże z ulgą. Nawet bez najnowszych pomiarów Carlisle'a, wiedziałam, że Renesmee rośnie już wolniej niż wczoraj.

Poklepała mnie po policzku. Skrzywiłam się. Znowu była głodna.

– Dawno się obudziła? – spytałam domowników, dostrzegając kątem oka, że Edward znika w kuchni. Byłam pewna, że poszedł przygotować jej śniadanie, bo wyczytał z jej myśli to samo, co dopiero mi pokazała. Zastanowiłam się, czy zorientowałby się, jakie mała ma zdolności, gdyby nie znał jej nikt oprócz niego. Najprawdopodobniej nie odróżniałby przekazywanych mu przez nią wizji od tego, co sam potrafi przechwycić z jej umysłu.

– Dopiero kilka minut temu – powiedziała Rosalie. – Już się zbieraliśmy, żeby po ciebie dzwonić. Pytała o ciebie – a raczej zażądała twojej obecności. Esme poświęciła swój drugi najlepszy zestaw sztućców, żeby mieć czym zabawić małego potwora. – Uśmiechnęła się przy tym do Renesmee z takim roztkliwieniem i oddaniem, że nie sposób było odebrać tę informację jako skargę. – Trzeba było czymś ją zająć, bo nie chcieliśmy... no... nie chcieliśmy wam przeszkadzać.

Przygryzła wargę i spojrzała gdzieś w bok, starając się nie parsknąć śmiechem. Poczułam za to, że za moimi plecami śmieje się bezgłośnie Emmett – dom wibrował od tego aż po fundamenty.

Uniosłam z godnością brodę.

– Urządzimy ci pokój tak szybko, jak to tylko będzie możliwe – obiecałam Renesmee. – Spodoba ci się w naszym kamiennym domku. Wygląda jak z bajki. – Przeniosłam wzrok na Esme. – Nie wiem, jak ci dziękować. Jest po prostu idealny.

Zanim zdążyła mi odpowiedzieć, Emmett znowu się zaśmiał – i tym razem już nie bezgłośnie.

– To on jeszcze stoi? – udało mu się wykrztusić w przerwie pomiędzy atakami wesołości. – Sądziłem, że we dwójkę zrównacie go z ziemią. Czym się zajmowaliście ubiegłej nocy? Dyskutowaliście o długu publicznym?

Zazgrzytałam zębami. Żeby się opanować, musiałam przypomnieć sobie, do czego doprowadził mój niekontrolowany wybuch gniewu poprzedniego dnia. Chociaż z drugiej strony, Emmett nie był tak kruchy jak Seth...

Na myśl o nim przyszło mi do głowy pewne pytanie.

– A gdzie się podziewają wilki?

Wyjrzałam przez okno, ale już wcześniej nie zauważyłam nad rzeką Lei.

– Jacob wyszedł z samego rana – odezwała się Rosalie. Na jej czole pojawiła się maleńka zmarszczka. – A Seth razem z nim.

– Co go tak zdenerwowało? – zaciekawił się Edward, wracając do salonu z kubkiem naszej córki w dłoni. Najwyraźniej we wspomnieniach Rosalie kryło się coś, czego nie byłam w stanie się dopatrzyć w jej minie.

Wstrzymawszy oddech, oddałam jej Renesmee. Może i świetnie sobie radziłam, ale nie miałam najmniejszych wątpliwości, że nie na tyle dobrze, żeby być w stanie małą nakarmić. Jeszcze nie teraz.

– Nie wiem i nic mnie to nie obchodzi – burknęła, ale zaraz dodała: – Przyglądał się Nessie, jak śpi, z gębą rozdziawioną jak kretyn, którym zresztą jest, a potem ni stąd, ni zowąd poderwał się, chociaż nic szczególnego się nie wydarzyło, i już go nie było. I dzięki Bogu, że sobie polazł. Im więcej tu spędza czasu, tym mniejsze są szanse na to, że kiedykolwiek pozbędziemy się tego smrodu.

– Rose – skarciła ją delikatnie Esme.

Rosalie odgarnęła sobie włosy za ramiona.

– Mniejsza o to. I tak na dniach się stąd wyprowadzamy.

– Będę się upierał przy tym, żebyśmy pojechali do New Hampshire jak najszybciej i wszystko przyszykowali – powiedział Emmett. Domyśliłam się, że kontynuują przerwaną naszym przybyciem rozmowę. – Bella jest już zapisana do Dartmouth i wszystko wskazuje na to, że niedługo będzie mogła chodzić na zajęcia. – Posłał mi złośliwy uśmieszek. – Pewnie będziesz najlepsza na roku, nie mając nocami nic lepszego do roboty niż nauka.

Rosalie zachichotała.

Weź się w garść, weź się w garść, powtarzałam w myślach. Byłam z siebie dumna, że nie daję mu się sprowokować.

Więc zaskoczyło mnie to, że pozwolił sobie na to Edward.

Warknął znienacka – był to krótki, złowrogi dźwięk – i jego rysy wykrzywił grymas gniewu, jakby niebo jego twarzy przesłoniły burzowe chmury.

Nim ktokolwiek z nas się poruszył, Alice zeskoczyła z kanapy z głośnym jękiem.

– Co on najlepszego wyprawia?! Przeklęty kundel! Tyle miałam na dzisiaj planów, a teraz nic nie widzę! O nie! – Zerknęła na mnie z rozpaczą. – Spójrz tylko na siebie! Przecież trzeba ci pokazać, jak używać twojej garderoby!

Przez chwilę byłam szczerze wdzięczna Jacobowi, bez względu na to, co knuł.

Ale potem Edward zacisnął dłonie w pięści i wycedził:

– Rozmawiał z Charliem. I teraz sądzi, że Charlie tu za nim jedzie. Zaraz tu będzie.

Alice użyła na głos pewnego słowa, które zabrzmiało bardzo dziwnie wypowiedziane jej świergotliwym głosikiem, po czym obróciła się na pięcie i wybiegła na dwór z taką prędkością, że zmieniła się przy tym w rozmazaną plamę.

– Powiedział o wszystkim Charliemu? – przeraziłam się. – Ale... Czy on nic nie rozumie? Jak mógł? Nie! Tylko nie to!

Charlie nie mógł dowiedzieć się, czym się stałam! Nie mógł dowiedzieć się o istnieniu wampirów! Trafiłby z tego powodu na czarną listę, z której nawet Cullenowie nie mogli go wykreślić.

– Jacob już tu jest – powiedział Edward z obrzydzeniem.

Na wschodzie musiało zacząć padać, bo mój przyjaciel stanął na progu, otrząsając się niczym zmoknięty pies. Kropelki wody, które odrywały się od jego włosów, lądowały na wykładzinie i kanapie, zostawiając liczne ślady w postaci okrągłych szarych plamek. Jacob szczerzył zęby w szerokim uśmiechu, a oczy błyszczały mu z podekscytowania. To, że miał zniszczyć mojemu ojcu życie, sprawiało mu najwidoczniej olbrzymią przyjemność.

– Cześć wszystkim – przywitał nas wesoło.

Zapadła grobowa cisza.

Tuż za nim wślizgnęli się do środka Leah i Seth. Byli wprawdzie w swoich ludzkich postaciach, ale trzęsły im się już ręce, bo zdążyła im się udzielić panująca w pokoju nerwowa atmosfera.

– Rose – odezwałam się, wyciągając przed siebie ręce.

Bez słowa podała mi Renesmee. Przycisnęłam ją mocno do swojego nieruchomego serca jako amulet przeciwko podejmowaniu pochopnych decyzji. Zamierzałam trzymać ją w ramionach aż zyskam pewność, że moja decyzja o zabiciu Jacoba jest rezultatem chłodnej analizy, a nie jedynie morderczym odruchem nowo narodzonej wampirzycy.

Renesmee była bardzo spokojna. Przyglądała się i przysłuchiwała wszystkiemu uważnie. Ile rozumiała z tego, co się działo?

– Jedzie tu Charlie – poinformował mnie Jacob swobodnym tonem. – Pewnie już o tym wiesz. I co wykombinowaliście? Alice szuka dla ciebie okularów przeciwsłonecznych?

– Raczej zadaj sobie pytanie, co sam wykombinowałeś! – warknęłam. – Coś ty najlepszego zrobił?!

Przestał się uśmiechać, ale nadal był zbyt podniecony swoim wyczynem, żeby poważnie odpowiedzieć.

– Blondie i Emmett obudzili mnie dziś rano jakąś gadką o tym, że macie się przenieść na drugi koniec Stanów. Jakbym miał wam na to pozwolić, to z Charliem mielibyście największy kłopot, prawda? A tak macie jeden problem z głowy.

– Czy ty w ogóle wiesz, co narobiłeś?! Jakie niebezpieczeństwo na niego ściągnąłeś?!

Prychnął tylko.

– Nie grozi mu żadne niebezpieczeństwo. No, chyba że z twojej strony. Ale ty jesteś przecież wybrykiem natury i masz nad sobą jakąś tam superkontrolę, prawda? Chociaż, jeśli o mnie chodzi, czytanie w myślach byłoby fajniejsze. To by dopiero była jazda!

Edward błyskawicznie znalazł się tuż przed nim i zmierzył go groźnie wzrokiem. Chociaż Jacob był od niego o pół głowy wyższy, cofnął się odruchowo.

– To tylko teoria, kundlu! Uważasz, że powinniśmy przetestować ją właśnie na Charliem? Czy zastanowiłeś się nad tym, jak bardzo Bella będzie fizycznie cierpieć, jeśli jakimś cudem się na niego nie rzuci? Albo jakie będzie przechodzić katusze, jeśli nie uda się jej jednak oprzeć zapachowi jego krwi? Widzę, że jej los już zupełnie cię nie obchodzi!

Tym ostatnim słowem wręcz na niego splunął.

Podenerwowana Renesmee przycisnęła mi paluszki do policzka i puściła mi tę scenę raz jeszcze, zabarwioną dodatkowo własnym zaniepokojeniem.

Przemowa Edwarda podziałała na Jacoba jak zimny prysznic. Dopiero teraz zaczęło do niego docierać, dlaczego jesteśmy na niego źli.

– Bellę będzie coś bolało? – Ściągnął brwi.

– Jak gdyby wepchnąć jej do gardła rozżarzony do białości żelazny pręt!

Wzdrygnęłam się na wspomnienie zapachu czystej ludzkiej krwi.

– Nie wiedziałem – wyszeptał Jacob.

– To może trzeba było najpierw spytać – syknął Edward.

– Wtedy byś mnie zatrzymał.

– Bo ktoś powinien ciebie zatrzymać!

– Tu nie chodzi o mnie – przerwałam im. Stałam nieruchomo, czepiając się kurczowo Renesmee i resztek swojego opanowania. – Jacob, tu przede wszystkim chodzi o Charliego. Jak mogłeś narazić go na takie ryzyko? Zdajesz sobie sprawę, że teraz albo będzie musiał umrzeć, albo też zmienić się w wampira?

Głos zatrząsł mi się od łez, których nie byłam już w stanie ronić.

O ile Jacob przejął się oskarżeniami Edwarda, o tyle moje spłynęły po nim jak woda po gęsi.

– Spokojnie, Bella. Nie powiedziałem mu nic, czego sama nie planowałaś mu powiedzieć.

– Ale on tu teraz jedzie!

– No tak, na tym opiera się cały pomysł. Twój pomysł. Przecież sama mówiłaś, że ma cię zobaczyć i wysunąć błędne wnioski. Nic się nie bój, specjalnie go przygotowałem. Podsunąłem mu niezłą zmyłę.

Miałam mu już zamachać przed nosem pięścią, ale się powstrzymałam i cofnęłam rękę.

– Może trochę jaśniej, Jacob. Kończy mi się cierpliwość.

– Nie powiedziałem mu nic o tobie, nic a nic. To o sobie mu opowiedziałem. A tak dokładniej, to nic nawet nie mówiłem, tylko pokazałem co i jak, i tyle.

– Zmienił się przy Charliem w wilka – wyjaśnił mi Edward.

– Co takiego?! – wykrztusiłam.

– To dzielny facet. Tak samo dzielny jak ty. Ani nie zemdlał, ani nie zwymiotował, ani nic. Muszę przyznać, że byłem pod wrażeniem. Chociaż powinnaś zobaczyć jego minę, kiedy zacząłem się rozbierać – zaśmiał się. – Bezcenne doświadczenie.

– Ty idioto! Mógł dostać przez ciebie zawału!

– Nic mu się nie stało. To twardziel. Gdybyś tylko wyluzowała, zobaczyłabyś, że wyświadczyłem ci przysługę.

– Daję ci trzydzieści sekund – wycedziłam. – Masz trzydzieści sekund na powiedzenie, co tam masz mi do powiedzenia, zanim oddam Renesmee Rosalie i oderwę ci ten durny łeb. Tym razem Seth ci nie wystarczy za ochroniarza.

– Jezu, Bella. Kiedyś nie puszczałaś takich tekstów. To jakaś wampirza cecha?

– Dwadzieścia sześć sekund.

Wywrócił oczami i rozsiadł się wygodnie na najbliższym fotelu. Jego kompani ustawili się nieco z tyłu po obu jego bokach – obojgu było daleko do zrelaksowanej pozy ich przywódcy. Leah nie spuszczała mnie z oczu i odsłaniała nieco zęby.

– To było tak: wpadłem dziś rano do Charliego i poprosiłem go, żeby się ze mną przeszedł. Zaskoczyłem go tą propozycją, ale kiedy dodałem, że chodzi o ciebie i że wróciłaś do Forks, poszedł ze mną do lasu. Wyjaśniłem mu, że nie jesteś już chora, ale że sprawy trochę się pokomplikowały, chociaż właściwie nie jest tak najgorzej. Chciał już do ciebie jechać, ale powiedziałem, że muszę mu coś najpierw pokazać. I wtedy zmieniłem się w wilka.

Wzruszył ramionami.

Moje szczęki parły na siebie z taką siłą, jakby ściskało je imadło.

– Masz nie opuszczać w swoim opisie ani jednego słowa, ty potworze.

– To ty dałaś mi tylko trzydzieści sekund. Okej, okej. – Wyraz mojej twarzy musiał go przekonać, że lepiej się ze mną nie przekomarzać. – Co tam się działo po kolei... Zmieniłem się z powrotem w człowieka, a potem, kiedy twój ojciec zaczął na nowo oddychać, powiedziałem mu coś w stylu: „Charlie, żyjesz w zupełnie innym świecie, niż ci się to zawsze wydawało. Dobra wiadomość jest taka, że to niczego nie zmienia – poza tym, że teraz jesteś już w to wtajemniczony. Twój dzień powszedni będzie wyglądał tak samo jak do tej pory. Jeśli tylko chcesz, możesz po prostu zacząć udawać przed samym sobą, że nic takiego się nie wydarzyło". Potrzebował może z minuty, żeby poukładać to sobie w głowie, a potem chciał wiedzieć, co tak naprawdę się z tobą dzieje i co to była za historia z tą rzadką egzotyczną chorobą. Powiedziałem mu, że rzeczywiście, byłaś chora, ale już jest z tobą wszystko w porządku – tyle że, żeby wyzdrowieć, musiałaś przejść pewną metamorfozę. Chciał wiedzieć, co rozumiem pod pojęciem „metamorfozy". Wytłumaczyłem, że bardziej przypominasz teraz Esme niż Renée.

Edward syknął – ja tylko przyglądałam się Jacobowi z szeroko otwartymi ze strachu oczami. Sprawy przybierały niebezpieczny obrót.

– Po kilku kolejnych minutach spytał mnie, tak bardzo cicho, czy też potrafisz teraz zmieniać się w jakieś zwierzę. Odpowiedziałem: „Chciałoby się" – zaśmiał się.

Rosalie żachnęła się zdegustowana.

– Chciałem opowiedzieć mu coś więcej o wilkołakach, ale nie zdążyłem nawet wymówić do końca tego słowa – przerwał mi i stwierdził, że wolałby „nie znać szczegółów". Potem spytał, czy wiedziałaś, w co się pakujesz, kiedy wychodziłaś za mąż za Edwarda, a ja powiedziałem: „Jasne. Bella wie o wszystkim od samego początku, odkąd przeprowadziła się do Forks". Nie za bardzo był tym zachwycony. Pozwoliłem mu gderać, aż w końcu wszystko z siebie wyrzucił. Jak już się uspokoił, chciał tylko dwóch rzeczy. Oświadczył, że chce cię jak najszybciej odwiedzić, to powiedziałem, że lepiej będzie, jeśli was uprzedzę.

Wzięłam głęboki wdech.

– A ta druga rzecz, której chciał? Co to było?

Jacob uśmiechnął się.

– To ci się spodoba. Zastrzegł sobie, że nie chce wiedzieć o tym wszystkim więcej, niż to absolutnie konieczne. Macie mu jak najmniej wyjaśniać, co właściwie jest grane. Tak więc, jeśli czegoś nie musi wiedzieć, to zachowajcie to dla siebie.

Po raz pierwszy, odkąd przekroczył próg salonu, poczułam ulgę.

– No, z tym to już jakoś sobie poradzimy – mruknęłam.

– A tak poza tym, to chce udawać, że wszystko jest po staremu – dodał Jacob z zadowoleniem. Musiał wyczuć, że jednak powoli przekonywałam się do jego fortelu i że powoli budziła się we mnie wdzięczność.

– Jak wytłumaczyłeś mu pojawienie się Renesmee?

Musiałam się wysilić, żeby nie zmienić tonu głosu na mniej surowy. Owszem, zaczynałam doceniać jego starania, ale było to z mojej strony mimowolne i przedwczesne. Chociaż dzięki interwencji Jacoba Charlie przyjął wieści o mojej przemianie lepiej, niż się tego spodziewałam w najśmielszych marzeniach, moja konfrontacja z nim nadal mogła skończyć się tragicznie.

– A, tak. O tym też pomyślałem. Powiedziałem mu, że tobie i Edwardowi dostała się w spadku pewna mała dama. – Zerknął na Edwarda. – Że to przygarnięta przez ciebie sierota – jak Dick Grayson*. – Prychnął rozbawiony. – Chyba nie zaczniesz mi teraz wypominać, że mu nakłamałem, co? Tak właśnie trzeba, prawda? – Edward nie odpowiedział mu w żaden sposób, więc ciągnął swoją opowieść dalej. – Charlie był już wtedy w takim stanie, że nic nie mogło go zdziwić, ale upewnił się, czy to wygląda tak, że ją adoptujecie. „Będą ją wychowywać jak rodzoną córkę? Czyli poniekąd zostałem dziadkiem?" – tak dokładnie mnie spytał. No to powiedziałem mu, że tak. Pogratulowałem mu i takie tam. Nawet się trochę uśmiechnął.

Znowu zapiekły mnie kąciki oczu, ale tym razem ani z bólu, ani od paniki. Charlie uśmiechnął się na myśl, że został dziadkiem? Charlie miał zobaczyć Renesmee?

---

* Dick Grayson – postać z komiksów znana także jako Robin, adoptowany syn Batmana – przyp. tłum.

– Ale ona tak szybko się zmienia... – szepnęłam.

– Wyjaśniłem mu, że jest jeszcze bardziej wyjątkowa niż my wszyscy razem wzięci – przyznał Jacob rozczulony. Wstawszy z fotela, ruszył w moim kierunku, a kiedy Seth i Leah poderwali się, żeby pójść za nim, nakazał im gestem zostać na swoich miejscach. Renesmee wyciągnęła ku niemu rączki, ale przytuliłam ją tylko mocniej do siebie. – Powiedziałem mu: „Zaufaj mi, nie chcesz wiedzieć nic więcej. Ale jeśli uda ci się zignorować wszystko to, co cię zaszokuje albo zaniepokoi, obiecuję, że nie pożałujesz. To najwspanialsza osoba na całym świecie". A potem powiedziałem mu jeszcze, że jeśli będzie tolerował to, co niezrozumiałe, to zostaniecie tu na dłużej i będzie mógł małą lepiej poznać. Ale jeśli okaże się, że to go przerasta, to wyjedziecie. Stwierdził, że dopóki nie będziecie wmuszać w niego zbyt wielu informacji, dopóty jakoś da sobie radę.

Zamilkł i z półuśmiechem na twarzy czekał na moją reakcję.

– Tylko nie myśl, że ci podziękuję – oświadczyłam. – Nadal uważam, że naraziłeś Charliego na ogromne ryzyko.

– Przepraszam, że będzie cię boleć. Naprawdę, nie wiedziałem, że tak to jest. Bella, może między nami nie ma już tego, co było, ale zawsze będziesz moim najlepszym przyjacielem i zawsze będę cię kochał. I to kochał cię wreszcie tak, jak należy. Nareszcie będę wobec ciebie w porządku. Bo teraz oboje mamy przy sobie inne osoby, bez których nie umielibyśmy żyć. – Obdarzył mnie tak dobrze mi znanym serdecznym uśmiechem. – To co, jesteśmy wciąż przyjaciółmi?

Opierałam się temu z całych sił, ale nie potrafiłam nie odpowiedzieć mu tym samym. Uśmiechnęłam się blado.

Podał mi rękę na zgodę.

Wzięłam kolejny głęboki wdech, po czym ułożyłam Renesmee nieco inaczej w swoich objęciach, by móc chwycić jego dłoń. Kiedy dotknęłam go chłodnymi palcami, nawet się nie wzdrygnął.

– Wezmę pod uwagę możliwość wybaczenia ci, ale tylko pod warunkiem, że nie zabiję dziś Charliego.

– Nie zabijesz go, zobaczysz. Będziesz miała u mnie gigantyczny dług wdzięczności.

Wywróciłam oczami.

Wyciągnął ku mnie drugą rękę, tym razem prosząco.

– Mogę?

– Jacob, nie wiem, czy zdajesz sobie sprawę, ale trzymam ją tylko po to, żeby nie mieć czym cię rozszarpać. Może później?

Westchnął, ale nie wykłócał się ze mną. Rozsądne posunięcie.

W tym samym momencie przez drzwi od strony rzeki wbiegła Alice z masą pakunków i miną nie wróżącą nic dobrego.

– Ty, ty i ty – warknęła na trzy wilkołaki. – Jeśli już musicie tu siedzieć, przenieście się do kąta i zostańcie tam przez jakiś czas. Muszę coś widzieć! Bello, lepiej oddaj mu małą. Tak czy siak, musisz mieć wolne ręce.

Jacob uśmiechnął się triumfalnie.

Dopiero teraz dotarło do mnie w pełni, czego miałam się podjąć, i strach związał moje jelita w ciasny supeł. Zamierzałam eksperymentować na swojej nędznej samokontroli, używając w roli świnki morskiej własnego ciepłokrwistego ojca! W moich uszach rozbrzmiały wcześniejsze słowa Edwarda: „Czy zastanowiłeś się nad tym, jak bardzo Bella będzie fizycznie cierpieć, jeśli jakimś cudem się na niego nie rzuci? Albo jakie będzie przechodzić katusze, jeśli nie uda się jej jednak oprzeć zapachowi jego krwi?".

Tych katuszy nie byłam sobie w stanie wyobrazić. Spanikowana, oddychałam coraz bardziej spazmatycznie.

– Zabierz ją – wyszeptałam, podając swoją córkę Jacobowi.

Przejęty, zmarszczył czoło. Dał znak dwojgu swoim kompanom i w trójkę przeszli na drugi koniec pokoju. Razem z Sethem rozsiadł się zaraz wygodnie na podłodze, ale Leah pokręciła na to głową i zacisnęła usta.

– Czy mogę nie być przy tym obecna? – spytała jękliwie.

Wyglądała na spiętą. Miała na sobie ten sam brudny podkoszulek i bawełniane szorty, w których pojawiła się w domu Cullenów tuż przed narodzinami Renesmee, żeby na mnie nakrzyczeć.

Obcięte na rekruta włosy odrastały jej w nieregularnych kępkach. Ciągle trzęsły jej się ręce.

– Jasne – powiedział Jake.

– Trzymaj się z daleka od drogi, żebyś nie wpadła czasem na Charliego – dodała Alice.

Leah nawet na nią nie zerknęła – wymknęła się tylnymi drzwiami i zaszyła w zaroślach, żeby na osobności zmienić się w wilczycę.

Edward znalazł się znowu przy mnie i pogłaskał mnie po policzku.

– Będzie dobrze. Wierzę w ciebie. A jakby co, to ci pomogę. Wszyscy ci pomożemy.

Spojrzałam na niego oczami pełnymi niewypowiedzianego lęku. Czy był dość silny, żeby mnie powstrzymać, gdybym wpadła w amok?

– Pomyśl, Bello, gdybym nie był przekonany, że świetnie dasz sobie radę, właśnie byśmy się stąd wynosili. Ale wiem, że nie ma takiej potrzeby. I że będziesz dużo szczęśliwsza, mogąc dzielić z Charliem swoje nowe życie.

Usiłowałam spokojniej oddychać.

Alice pokazała mi coś leżącego na jej dłoni. Było to białe pudełeczko.

– Uprzedzam, że nie za przyjemnie się je nosi – wprawdzie nic nie boli, ale patrzy się przez nie jak przez mgłę, a to mocno irytujące. No i kolor i tak nie będzie taki sam, ale zawsze lepsze to niż jaskrawoczerwone tęczówki, prawda?

Rzuciła mi swój nabytek. Obróciłam pudełeczko w palcach.

– Kiedy je...

– Jeszcze zanim wyjechaliście w podróż poślubną – weszła mi w słowo. – Starałam się być przygotowana na wszystko.

Zajrzałam do środka. Nigdy przedtem nie nosiłam kontaktów, ale chyba nie była to jakaś wielka sztuka. Wyjęłam delikatnie jedno z brązowych szkiełek i obróciwszy je wklęsłą stroną do siebie, umieściłam na oku.

Mrugnęłam i źrenicę przesłoniła mi cienka błonka. Oczywiście była przeźroczysta, ale patrząc przez nią, widziałam też z bardzo bliska jej powierzchnię. Chcąc nie chcąc, skupiałam co chwila swój wampirzy wzrok na mikroskopijnych rysach i nierównościach jej faktury.

– Rozumiem, co masz na myśli – mruknęłam do Alice, zakładając drugą soczewkę. Tym razem spróbowałam nie zamrugać, ale nie było to łatwe, bo moje oko odruchowo chciało pozbyć się ciała obcego. – I jak wyglądam?

Edward uśmiechnął się.

– Fantastycznie. Jakżeby inaczej?

– Tak, tak, Bella zawsze wygląda fantastycznie – przerwała mu niecierpliwie Alice. – Są lepsze niż czerwone, ale to największy komplement, jakim można je obdarzyć. Mają teraz kolor błota. Tamten stary czekoladowy brąz był o wiele ładniejszy. Aha, pamiętaj, że takie kontakty nie są wieczne – jad w twoich oczach w kilka godzin je rozpuści. Więc jeśli Charlie zostanie tu na dłużej, będziesz musiała go przeprosić i zawczasu wymknąć się je wymienić. Co nawet nie jest takim złym pomysłem, bo ludzie muszą przecież od czasu do czasu korzystać z toalety. Esme, daj jej kilka rad, jak zachowywać się bardziej jak człowiek, dobrze? A ja tymczasem pójdę zaopatrzyć łazienkę w zapas soczewek.

– Ile mamy jeszcze czasu?

– Jakieś pięć minut. Będzie musiało jej wystarczyć absolutne minimum.

Esme podeszła do mnie i wzięła mnie za rękę.

– Dwie podstawowe zasady to nie siedzieć zbyt nieruchomo i nie ruszać się za szybko.

– Usiądź, gdy tylko i on usiądzie – wtrącił Emmett. – Ludzie nie lubią stać.

– Pamiętaj, żeby co jakieś trzydzieści sekund przesuwać wzrok – zabrał głos Jasper. – Ludzie raczej nie wpatrują się dłużej w jeden punkt.

– Zmieniaj co pięć minut pozycję ciała – odezwała się Rosalie.

– Najpierw siedź przez pięć minut z założonymi nogami, a potem następne pięć krzyżuj je tylko w łydkach.

Każdą z tych sugestii przyjmowałam jak najbardziej na serio. Nie było nic śmiesznego w tym, że musiałam dbać o takie drobiazgi. Zdążyłam zresztą zauważyć już poprzedniego dnia, jak moi bliscy stosowali część z tych sztuczek. Pomyślałam, że będę po prostu naśladować ich zachowanie.

– I mrugaj co najmniej trzy razy na minutę – poszerzył listę Emmett. Nagle ściągnął brwi, popędził do stolika, na którym leżał pilot, i nastawiwszy telewizor na kanał z meczem futbolu amerykańskiego, skinął głową, usatysfakcjonowany.

– Ruszaj też rękami – kontynuował Jasper. – Odgarniaj sobie włosy albo udawaj, że coś cię swędzi.

– Przecież poprosiłam o to Esme – zwróciła im uwagę Alice, wchodząc do salonu. – Dbajcie o Bellę. Nie za dużo tego naraz?

– Nie, chyba wszystko zapamiętałam – odparłam. – Siadać, rozglądać się, wiercić i mrugać.

– Zgadza się – potwierdziła Esme, kładąc mi rękę na ramieniu.

Jasper zmarszczył czoło.

– Oczywiście będziesz jak najczęściej wstrzymywać oddech, ale musisz mimo wszystko ruszać trochę klatką piersiową, żeby wyglądało na to, że jednak oddychasz.

Zrobiłam małą próbę. Nie miał zastrzeżeń.

Edward przytulił mnie od drugiej strony.

– Wierzę w ciebie – powtórzył, mrucząc mi do ucha. – Wszystko będzie dobrze.

– Dwie minuty – oznajmiła Alice. – Tak sobie myślę, że powinnaś przywitać go, siedząc już na kanapie. W końcu byłaś ciężko chora. W ten sposób nie będzie musiał z samego początku widzieć, jak się przemieszczasz.

Podciągnęła mnie do sofy. Starałam się ruszać powoli, żeby sprawiać wrażenie nieco bardziej niezdarnej, ale Alice wzniosła tylko oczy ku niebu. Najwyraźniej nie wychodziło mi to za dobrze.

– Jacob – powiedziałam – potrzebna mi Renesmee.

Nastroszył się i ani drgnął.

Alice pokręciła głową.

– Bello, wiesz, że to zakłóci moje wizje.

– Ale ja naprawdę jej potrzebuję. Pomaga mi się uspokoić.

W moim głosie dało się słyszeć narastającą we mnie panikę.

– No dobrze – jęknęła Alice. – Trzymaj ją mocno, żeby nie wierzgała, to postaram się jakoś ją obchodzić, kiedy będę na ciebie patrzeć.

Westchnęła ciężko, jak gdyby musiała robić nadgodziny w dzień teoretycznie wolny od pracy. Jacob też westchnął, ale przyniósł mi małą, a potem uciekł pospiesznie do swojego kąta przed srogim spojrzeniem mojej przyszywanej siostry.

Edward zajął miejsce koło mnie i objął mnie ramieniem, po czym pochylił się odrobinę do przodu, żeby zakomunikować z powagą naszej córce, co ją czeka.

– Renesmee, zaraz pojawi się tu pewien bardzo szczególny pan, który jedzie tu specjalnie po to, żeby spotkać się z tobą i twoją mamą.

Mówił do niej takim tonem, jakby był przekonany, że rozumie każde jego słowo. Czy naprawdę była taka mądra? Cóż, z pewnością patrzyła na niego w skupieniu i nie odwracała wzroku.

– Ale ten pan nie jest taki jak my, ani nawet taki jak Jacob. Musimy obchodzić się z nim bardzo ostrożnie. Nie powinnaś na przykład pokazywać mu różnych rzeczy, tak jak pokazujesz je nam.

Dotknęła jego twarzy.

– Właśnie – powiedział. – Pamiętaj, nie rób tego. I uważaj, bo będzie bardzo smakowicie pachniał, ale nie będziesz mogła go gryźć, zrozumiano? Skóra tego pana nie goi się tak szybko jak Jacoba.

– Czy ona wie, co do niej mówisz? – szepnęłam.

– Oczywiście, że wie. Będziesz uważać, prawda, Renesmee? Pomożesz nam?

Dziewczynka ponownie dotknęła jego policzka.

– Nie, Jacoba wolno ci gryźć. Nie mam nic przeciwko.

Jacob się zaśmiał.

– Może lepiej byłoby, gdybyś wyszedł – zasugerował mu Edward chłodno.

Nie przebaczył mu, bo wiedział, że cokolwiek się wydarzy, i tak będę cierpieć podczas zbliżającego się spotkania. Różniliśmy się pod tym względem, bo jeśli tylko palenie w gardle miało być najgorszą rzeczą, jakiej miałam doświadczyć tego dnia, byłam gotowa znosić je cierpliwie.

– Przyrzekłem Charliemu, że tu będę – zaprotestował Jacob. – Przyda mu się moralne wsparcie.

– Moralne wsparcie? – powtórzył Edward drwiąco. – Z jego punktu widzenia jesteś najbardziej odrażającym potworem z nas wszystkich.

Usłyszałam, jak opony samochodu Charliego zjeżdżają z asfaltu szosy na wilgotną ziemię leśnej drogi, i oddech znowu mi przyspieszył. Moje serce powinno walić jak młotem. Bardzo dziwnie się czułam z tym, że moje ciało nie reaguje, tak jak należy.

Żeby się uspokoić, skoncentrowałam się na miarowym rytmie serduszka Renesmee. Szybko przyniosło to widoczne efekty.

– Brawo, Bello – szepnął z aprobatą Jasper.

Edward przytulił mnie mocniej do siebie.

– Jesteś pewien, że dobrze robimy? – spytałam go.

– W stu procentach. Uwierz w swoje możliwości.

Uśmiechnął się i pocałował mnie.

Nie był to bynajmniej symboliczny, zdawkowy całus, jakiego się spodziewałam, i zaskoczona, pozwoliłam znowu, by wzięły nade mną górę moje dzikie wampirze odruchy. Wargi Edwarda działały na mnie niczym dawka jakiejś uzależniającej substancji chemicznej wstrzyknięta mi prosto w układ nerwowy. Natychmiast zapragnęłam następnej. Musiałam skupiać się z całych sił, żeby nie zapomnieć, że na rękach mam niemowlę.

Jasper wyczuł, że gwałtownie zmienił mi się nastrój.

– Ehm, Edward, mógłbyś być tak miły i nie rozpraszać jej akurat w tym momencie? Musi się kontrolować.

Edward odsunął się od mnie.

– Oj – powiedział.

Zaśmiałam się. To był mój tekst – od samego początku, od naszego pierwszego pocałunku.

– Później – obiecałam mu. Już nie mogłam się doczekać.

– Skup się, Bello – przypomniał mi Jasper.

– Wiem, wiem. Już.

Odepchnęłam od siebie roznamiętnione myśli. Charlie. Przyjeżdżał Charlie. To o Charliem powinnam była myśleć. O tym, żeby nie zrobić mu krzywdy. Z Edwardem mieliśmy mieć dla siebie całą noc…

– Bello.

– Przepraszam, Jasper. Już nie będę.

Emmett zachichotał.

Samochód ojca był coraz bliżej. Wszyscy na powrót spoważnieli. Założyłam nogę na nogę i zaczęłam ćwiczyć mruganie.

Auto zatrzymało się przed domem i przez kilka sekund stało nieruchomo z włączonym silnikiem. Ciekawa byłam, czy Charlie denerwował się tak samo jak ja. Warkot ucichł, trzasnęły zamykane drzwiczki. Trzy kroki po trawie. Osiem głuchych uderzeń podeszew ciężkich butów o drewniane schodki. Cztery kroki po deskach werandy. A potem cisza i dwa głębokie wdechy.

Puk, puk, puk.

Zaczerpnęłam powietrza z świadomością, że być może robię to po raz ostatni. Renesmee przycisnęła się do mnie, chowając swoją buźkę w moich włosach.

Carlisle poszedł otworzyć drzwi. Po drodze zmienił wyraz twarzy z zatroskanego na serdeczny, bardziej pasujący do gościnnego gospodarza, a zrobił to z taką łatwością, jak gdyby przełączał kanał w telewizorze.

– Witaj, Charlie – powiedział, wyglądając na odpowiednio zawstydzonego. Mieliśmy być przecież w Atlancie w Centrum Kontroli Chorób. Charlie wiedział, że go okłamano.

– Witaj, Carlisle – mruknął oschle. – Gdzie Bella?

– Tutaj jestem, tato.

A niech to! Zapomniałam, że miałam teraz zupełnie inny głos, a w dodatku zużyłam część swojego zapasu powietrza. Szybko go uzupełniłam, dziękując losowi, że zapach mojego ojca nie zdążył się jeszcze rozejść po pokoju.

Zagubiona mina Charliego potwierdziła, że zupełnie mojego głosu nie rozpoznaje. Spojrzał na mnie i otworzył szeroko oczy.

Odczytywałam po kolei emocje, które pojawiały się na jego twarzy.

Szok. Niedowierzanie. Ból. Strata. Przerażenie. Gniew. Podejrzliwość. Jeszcze więcej bólu.

Przygryzłam wargę. Było nawet zabawnie czuć na niej nacisk moich nowych zębów, bo mimo że skórę miałam jak z granitu, a nie po ludzku miękką, w zetknięciu z nią okazywały się ostre niczym żyletki.

– To ty, Bella? – wyszeptał.

– Tak, to ja. – Skrzywiłam się na dźwięk swojego melodyjnego sopranu. – Cześć, tato.

Żeby się uspokoić, wziął kolejny głęboki wdech.

– Cześć, Charlie – przywitał go ze swojego kąta Jacob. – Jak leci?

Charlie zerknął tylko na niego i wzdrygnąwszy się na wspomnienie ich rozmowy, znowu wbił we mnie wzrok.

Powoli przeszedł przez salon, aż w końcu dzieliło nas od siebie może z półtora metra. Posłał Edwardowi oskarżycielskie spojrzenie, ale w centrum jego uwagi nadal znajdowałam się ja. Z każdym skurczem jego serca uderzała mnie fala bijącego od niego ciepła.

– Bella? – powtórzył.

Odezwałam się nieco ciszej, żeby mój głos nie brzmiał tak dźwięcznie.

– Tak, to naprawdę ja.

Zacisnął zęby.

– Przepraszam, tato.

– Jak się czujesz?

– Świetnie. Jestem zdrowa jak koń.

To by było na tyle, jeśli chodziło o mój zapas tlenu.

– Jake wyjaśnił mi, że to było… konieczne. Że byłaś umierająca.

Po tonie jego głosu można było poznać, że ma to wszystko za jedną wielką bujdę.

Spięłam mięśnie, szykując się na najgorsze, i skupiona na ciepłym ciężarze Renesmee, wzięłam głęboki wdech.

Zapach Charliego wbił się w moje gardło pięścią z płomieni. Ale przenikający mnie ból był niczym w porównaniu z gorącym ukłuciem niewysłowionego pragnienia. Charlie pachniał apetyczniej niż cokolwiek, co mogłam sobie wyobrazić. O wiele bardziej kusząco niż nieznani mi turyści, na których trop natknęłam się na polowaniu. Był tak blisko mnie, nasycając suche powietrze swoją wilgocią i ciepłem, od których do ust napływała mi ślina…

Ale nie byłam teraz na polowaniu. A on był moim ojcem.

Edward ścisnął moje ramię, żeby okazać mi współczucie, a Jacob spojrzał na mnie przepraszająco z drugiego końca pokoju.

Spróbowałam wziąć się w garść i zignorować ból i pragnienie. Charlie czekał, aż mu odpowiem.

– Tak było. Jacob powiedział prawdę.

– Chociaż on jeden – żachnął się Charlie.

Miałam nadzieję, że potrafi dostrzec w mojej twarzy coś więcej niż tylko zmiany, jakie w niej zaszły, i że odczyta z niej, ile było we mnie skruchy.

Za zasłoną moich włosów Renesmee pociągnęła noskiem, bo i do niej dotarła już woń naszego gościa. Wzmocniłam swój uścisk.

Charlie zauważył, że zerkam zaniepokojona w dół, i powiódł wzrokiem za moim spojrzeniem.

– Och – wymknęło mu się. Nie wyglądał już na zagniewanego, tylko na zaskoczonego. – To ona, ta sierota, co to Jacob mówił, że zamierzacie ją adoptować.

— To moja bratanica — skłamał bez zająknienia Edward.

Musiał dojść do wniosku, że podobieństwo pomiędzy nim a Renesmee jednak zbytnio rzuca się w oczy. Lepiej było już na samym początku przyznać, że są z sobą spokrewnieni.

— Myślałem, że nie masz żadnych krewnych — powiedział Charlie, przybierając na nowo oskarżycielski ton głosu.

— Miałem starszego brata. Po tym, jak straciliśmy rodziców, adoptowano go, tak jak mnie. Nigdy później już go nie widziałem, ale kiedy zginął niedawno razem z żoną w wypadku samochodowym, odszukano mnie sądownie, bo małą nie miał się kto zająć. Bratowa też nie miała bliższej rodziny.

Był w tym taki dobry. Mówił bardzo naturalnie, ani nie przesadnie pewnie, ani też nie plącząc się w zeznaniach. Musiałam to potrenować.

Renesmee wyjrzała spod moich włosów, znowu pociągając noskiem. Zerknęła na Charliego nieśmiało i zaraz schowała się z powrotem.

— Jest... Nie powiem, jest śliczna.

— Niewątpliwie — zgodził się Edward.

— Ale takie dziecko to duża odpowiedzialność. Wy dwoje dopiero co wkroczyliście w dorosłe życie.

— A mieliśmy jakiś wybór? — Edward musnął policzek naszej córeczki. Nie uszło mojej uwadze, że przejechał jej delikatnie palcami po usteczkach — tak dla przypomnienia. — Miałbyś serce ją odesłać?

— Hm... Cóż... — Charlie pokręcił w zamyśleniu głową. — Jake wspominał, że wołacie na nią Nessie?

— Wcale nie — burknęłam zbyt ostro. — Ma na imię Renesmee.

Podniósł wzrok, żeby mi się przyjrzeć.

— A ty, jak się z tym czujesz? Może to Carlisle z Esme mogliby...

— Nie ma mowy — przerwałam mu. — Jest moja. Chcę się nią opiekować.

Ściągnął brwi.

— Chcesz, żebym tak młodo został dziadkiem?

Edward uśmiechnął się.

– Carlisle też nim jest.

Ojciec popatrzył z niedowierzaniem na mojego teścia, który nadal stał przy drzwiach – doktor przypominał przystojniejszego młodszego brata Zeusa.

Charlie prychnął, a później parsknął śmiechem.

– No tak, to chyba rzeczywiście powinno poprawić mi humor. – Jego oczy same powędrowały ku Renesmee. – Nie ma co, z tej małej wyrośnie prawdziwa piękność.

Prąd powietrza porwał z sobą jego ciepły oddech i poniósł go prosto na nas.

Renesmee wygięła się w stronę kuszącego zapachu, strząsając z siebie moje włosy i po raz pierwszy ukazując się Charliemu w całej swojej krasie. Spomiędzy jego warg wydobył się cichy jęk.

Wiedziałam, na co tak zareagował. Zobaczył wreszcie jej brązowe oczy i zdał sobie sprawę, że są dokładnie takie same jak moje stare. Dokładnie takie same, jak jego własne.

Zaczął oddychać zbyt szybko i zbyt głęboko. Wargi mu drżały, ale i tak domyśliłam się, co do siebie po cichu mówił: odliczał wstecz, starając się wpasować dziewięć miesięcy w jeden. Starając się złożyć wszystko w logiczną całość, nie będąc jednak w stanie znaleźć w tej całości miejsca dla namacalnego dowodu, który miał przed sobą.

Jacob podniósł się i podszedł do nas, żeby poklepać go po plecach. Pochylił się, żeby szepnąć mu coś do ucha. Ojciec nie orientował się, że wszyscy i tak to słyszą.

– Wszystko jest w porządku, zaufaj mi. Nie musisz nic więcej wiedzieć.

Charlie przełknął ślinę i skinął głową, ale potem w oczach zapłonął mu gniew. Zrobił krok w stronę Edwarda, zaciskając dłonie w pięści.

– Nie chcę nic wiedzieć, ale mam dość kłamstw!

– Przykro mi, Charlie – powiedział Edward spokojnie – ale o wiele ważniejsze jest to, żebyś znał oficjalną wersję, niż prawdę. Jeśli masz z nami odtąd konspirować, musisz pamiętać, że to wersja oficjalna najbardziej się liczy. Służy temu, żeby chronić Bellę i Renesmee, a także wszystkich nas. Czy przez wzgląd na nie dwie nie mógłbyś tych kłamstw tolerować?

Pokój pełen był kamiennych posągów. Skrzyżowałam nogi w łydkach.

Charlie mruknął coś pod nosem i spojrzał na mnie gniewnie.

– Mogłaś mnie jakoś ostrzec, córeczko.

– Tylko czy cokolwiek by ci to ułatwiło?

Zmarszczył czoło, po czym ukląkł przede mną na podłodze. Widziałam, jak w tętnicy na jego szyi pulsuje krew. Odbierałam wysyłane przez nią ciepłe wibracje.

Renesmee także je odbierała. Z uśmiechem wyciągnęła ku niemu różową piąstkę. Przytrzymałam ją, nie pozwalając jej się do niego zbliżyć. Dotknęła mnie drugą rączką, żeby pokazać mi w swoich myślach twarz Charliego, swoje zaciekawienie nim i odczuwane przez siebie pragnienie. Krył się w tej krótkiej wizji jakiś subtelny podtekst, który pozwolił mi uwierzyć, że jednak zrozumiała Edwarda – łaknęła krwi, ale wiedziała, że musi się powstrzymać.

– Boże – wyrwało mu się. Wpatrywał się osłupiały w perełki jej ząbków. – Ile mała ma miesięcy?

– Ehm...

– Trzy – wyręczył mnie Edward, a potem dodał powoli: – To znaczy, jest mniej więcej wielkości trzymiesięcznego niemowlęcia, ale pod wieloma innymi względami jest dużo bardziej rozwinięta.

Renesmee jak najbardziej świadomie do niego pomachała.

Charlie gwałtownie zamrugał.

Jacob dał mu sójkę w bok.

– Mówiłem ci, że jest wyjątkowa.

Ojciec wzdrygnął się, pełen obrzydzenia po tym, jak Jake go dotknął.

– Bez przesady – jęknął Jacob. – Jestem tą samą osobą, co wcześniej. Nie możesz po prostu udawać, że tamto w lesie nigdy się nie wydarzyło?

Charliemu na wspomnienie tego niedawnego incydentu pobielały wargi, ale skinął głową.

– Jaka jest właściwie twoja rola w tym wszystkim? – spytał. – Ile wie Billy? Dlaczego tu jesteś?

Jacob wpatrywał się rozpromieniony w twarzyczkę Renesmee.

– Hm, mógłbym ci opowiedzieć wszystko ze szczegółami – Billy jest w to jak najbardziej wtajemniczony – ale musiałbym wtedy bardzo często wspominać o wilko...

– Uch! – zaprotestował Charlie, zakrywając sobie uszy. – Mniejsza o to. To mi wystarczy.

Jacob uśmiechnął się szeroko.

– Spokojnie, Charlie. Wszystko się ułoży. Staraj się tylko nie wierzyć w nic, co widzisz.

Ojciec wymamrotał coś niezrozumiałego.

– Dawajcie, chłopaki! – krzyknął znienacka Emmett swoim głębokim basem. – Gators górą!

Jacob i Charlie aż podskoczyli. Reszta z nas zamarła.

Otrząsnąwszy się z szoku, ojciec spojrzał Emmettowi przez ramię.

– Floryda prowadzi?

– Właśnie zaliczyli pierwsze przyłożenie – potwierdził Emmett. Posłał mi kpiarskie spojrzenie, stroszcząc brwi niczym czarny charakter z wodewilu. – Najwyższy czas, żeby i u nas ktoś coś wreszcie zaliczył.

Mało brakowało, a bym na niego warknęła. Przy Charliem? To był cios poniżej pasa.

Ale Charlie był w takim stanie, że nie docierały do niego żadne aluzje. Znowu zaczerpnął powietrza, zasysając je z taką energią, jakby chciał, żeby trafiło mu do palców u stóp. Jak ja mu zazdrościłam! Wyprostowawszy się, obszedł Jacoba i usiadł w wolnym fotelu.

– Cóż – westchnął – zobaczmy, czy utrzymają prowadzenie.

26 Błyszczę

– Nie jestem pewien, ile z tego powinniśmy zdradzić Renée – przyznał Charlie, przystając na progu.

Przeciągnął się. Zaburczało mu w brzuchu.

– Wiem, o co ci chodzi – przytaknęłam mu. – Nie chcę, żeby wpadła w histerię. Lepiej ją przed tym chronić. To nie są sprawy dla lękliwych.

Kąciki jego ust uniosły się odrobinę, a wargi się wykrzywiły. Spojrzał na mnie smutno.

– Gdybym tylko wiedział jak, ciebie też próbowałbym wcześniej chronić. Chociaż tak właściwie to ty nigdy do lękliwych nie należałaś, prawda?

Odpowiedziałam mu uśmiechem, wciągając przez zaciśnięte zęby ogrzane jego oddechem powietrze.

Poklepał się w zamyśleniu po brzuchu.

– Coś tam razem wykombinujemy. Będzie jeszcze czas to przedyskutować, co nie?

– Będzie, będzie – zapewniłam go.

Z jednej strony mieliśmy za sobą długi dzień, ale z drugiej był on taki krótki! Charlie się zasiedział i groziło mu, że spóźni się na kolację, przygotowaną dla niego i Billy'ego przez Sue Clearwater. Po rewelacjach Jacoba mógł się pewnie czuć przy nich wyjątkowo skrępowany, ale przynajmniej miał tam dostać coś porządnego do jedzenia. Cieszyłam się, że ktoś dba o to, by nie umarł z głodu z powodu absolutnego braku talentu kulinarnego.

Przez cały dzień napięcie dawało nam się we znaki, wydłużając kolejne minuty w nieskończoność. Charlie ani na moment się nie rozluźnił. Ale też wcale nie było mu spieszno wyjść. Obejrzał w całości dwa mecze (dzięki Bogu do tego stopnia pogrążony w rozmyślaniach, że pozostawał zupełnie obojętny na żarty Emmetta, które z komentarza na komentarz stawały się coraz bardziej odważne i coraz mniej dotyczyły futbolu) i rozmowę komentatorów po meczach, i jeszcze wiadomości i nie ruszył się z kanapy, dopóki Seth nie przypomniał mu, która to już godzina.

– Chyba nie zamierzasz wystawić mamy i Billy'ego do wiatru, co, Charlie? Jak wyjedziesz, nic się nie stanie. Bella i Nessie jutro też tu będą, a jeść coś trzeba, co nie?

Po Charliem widać było wyraźnie, że ani trochę nie wierzy w zapewnienia Setha, ale pozwolił mu się poprowadzić na zewnątrz. Przystając na progu, nadal był pełny nieufności.

Przestało padać, a chmury powoli się przerzedzały. Być może, tuż przed zapadnięciem zmierzchu, miało jeszcze na chwilę pokazać się słońce.

– Jake mówił mi, że planowaliście wyjechać bez pożegnania...

– Jeśli tylko dałoby się to jakoś inaczej załatwić, nie dopuściłabym do tego. No i, jak widać, nadal tu jesteśmy.

– Powiedział mi, że moglibyście zostać na dłużej, ale tylko jeśli udowodniłbym, że jestem prawdziwym twardzielem i że potrafię trzymać buzię na kłódkę.

– Zgadza się... ale nie mogę ci obiecać, że nigdy się stąd nie wyniesiemy, tato. To dość skomplikowane...

– Nie mów mi nic, czego nie muszę wiedzieć.

– Jasne.

– A jeśli się wyprowadzicie, będziecie wpadać od czasu do czasu z wizytą?

– Masz moje słowo, tato. Teraz, kiedy już coś tam wiesz, sądzę, że da się to załatwić. Będę się z tobą kontaktować tak często, jak tylko będziesz chciał.

Na moment przygryzł dolną wargę, a potem pochylił się ku mnie powoli, ostrożnie wyciągając ramiona. Przemieściłam drzemiącą Renesmee tak, by móc ją trzymać jedynie lewą ręką, zacisnęłam zęby i wstrzymawszy oddech, objęłam go wolnym ramieniem w pasie, przytulając do siebie. Był taki ciepły, taki kusząco miękki...

– Jak najczęściej, córeczko – wyszeptał. – Pamiętaj, jak najczęściej.

– Kocham cię, tato.

Zadrżał i odsunął się. Cofnęłam rękę.

– Też cię kocham, maleńka. Może i dużo się zmieniło, ale to na pewno nie. – Dotknął jednym palcem zaróżowionego policzka Renesmee. – Jest do ciebie bardzo podobna.

Postarałam się zachować niewzruszony wyraz twarzy, chociaż nijak się to miało do mojego nastroju.

– Chyba bardziej do Edwarda – stwierdziłam, po czym dodałam z wahaniem: – Ma twoje kręcone włosy.

Charlie znieruchomiał, ale zaraz się żachnął.

– Ha. Nie da się ukryć. No, no. Dziadek. – Pokręcił z niedowierzaniem głową. – Czy będę mógł ją kiedyś potrzymać?

Zamrugałam gwałtownie, zaskoczona, ale zaraz się opanowałam. Zastanowiwszy się nad tym przez pół sekundy i oceniwszy stan Renesmee – wyglądała na pogrążoną w głębokim śnie – doszłam do wniosku, że skoro mam dzisiaj taki fart, to równie dobrze mogę znowu zaryzykować.

– Proszę – powiedziałam, podając mu ją.

Odruchowo zrobił z rąk niezdarną kołyskę, w której mu ją ułożyłam. Jego skóra nie była tak gorąca jak małej, ale pulsujące pod jej cienką warstwą ciepło połaskotało mnie w gardle. W miejscu, w którym go musnęłam, dostał gęsiej skórki. Nie miałam pewności, czy to dlatego, że byłam taka zimna, czy też z przyczyn czysto emocjonalnych.

– Hm – chrząknął, przejąwszy małą. – Sporo waży.

Ściągnęłam brwi. Mnie wydawała się lekka niczym piórko. Może nie byłam już w stanie szacować obiektywnie takich rzeczy.

– Nie ma w tym nic złego – pocieszył mnie, widząc moją minę. – Musi być twarda, skoro ma dorastać w takich dziwnych warunkach – mruknął do siebie. Przenosząc ciężar ciała z nogi na nogę, delikatnie nią zakołysał. – To najśliczniejsze dziecko, z jakim kiedykolwiek miałem do czynienia, z tobą włącznie. Przykro mi, ale to prawda.

– Nie obrażę się. Wiem, że tak jest.

– Śliczne maleństwo – powtórzył, ale tym razem raczej do Renesmee i dużo bardziej rozczulonym tonem.

Widziałam to w jego twarzy – mogłam obserwować, jak jego uczucie do niej rośnie. W zetknięciu z magią jej uroku był równie bezbronny, jak wszyscy inni. Dwie sekundy u niego na rękach wystarczyły jej, żeby go sobie podporządkować.

– Mogę wpaść znowu jutro?

– Jasne, tato. Oczywiście. Będziemy czekać.

– Ani się ważcie stąd ruszać – pogroził mi, ale w jego oczach nie było ani zdenerwowania, ani gniewu, bo nie oderwał ich jeszcze od Renesmee. – Do zobaczenia, Nessie.

– No nie! Ty też?!

– Co jest?

– Ma na imię Renesmee. Tak jak Renée i Esme, tylko pisane razem. Żadnych wariacji. – Usiłowałam się uspokoić, ale nie było to takie łatwe, bo nie mogłam głębiej odetchnąć. – Chcesz wiedzieć, jak ma na drugie?

– Jasne.

– Carlie. Przez „c". To od połączenia Carlisle'a z Charliem.

Charlie uśmiechnął się tak promiennie, że w kącikach jego oczu pojawiły się drobne zmarszczki, zupełnie wytrącając mnie z równowagi.

– Dzięki, Bells.

– To ja ci dziękuję, tato. Tyle się zmieniło w tak błyskawicznym tempie. Aż ciągle kręci mi się od tego w głowie. Gdyby cię teraz przy mnie nie było, nie wiem, jak bym utrzymała kontakt z… z rzeczywistością.

O mało nie palnęłam „ze swoją przeszłością", ale chyba byłoby to dla niego za dużo.

Zaburczało mu w brzuchu.

– Jedź już na tę kolację, tato. Przyrzekam, będziemy czekać.

Pamiętałam, jak sama czułam się nieswojo, stawiając pierwsze kroki w tym świecie rodem z baśni i legend – miałam wrażenie, że wszystko zniknie, gdy tylko zza widnokręgu wynurzy się wschodzące słońce.

Charlie pokiwał głową i niechętnie zwrócił mi Renesmee. Spojrzał ponad moim ramieniem w głąb domu. Kiedy rozglądał się po jasnym wnętrzu, w jego oczach na chwilę pojawiło się przerażenie. Wszyscy byli nadal w salonie, z wyjątkiem Jacoba, który, sądząc po odgłosach dochodzących z kuchni, wyjadał właśnie zawartość lodówki. Alice siedziała na najniższym stopniu prowadzących na górę schodów. Jasper półleżał przy niej z głową na jej kolanach. Carlisle pochylał się nad jakimś opasłym tomem. Esme nuciła, szkicując coś w swoim bloku, a Rosalie i Emmett skończyli właśnie budować pod schodami fundamenty gigantycznej konstrukcji, którą planowali wznieść z kart. Edward w którymś momencie zasiadł za fortepianem i teraz przygrywał sobie na nim cicho. Żaden z Cullenów nie zachowywał się tak, jakby dzień powoli dobiegał końca i wypadałoby przygotować kolację albo ruszyć się z miejsc i w jakiś sposób przyszykować się do zbliżającego się wieczoru. W panującej w pokoju atmosferze zaszła ledwie namacalna zmiana. Cullenowie nie przywiązywali już aż tak wielkiej wagi co zwykle do należytego udawania ludzi i chociaż różnica była w gruncie rzeczy nieznaczna, Charlie ją wychwycił.

Wzdrygnął się, potrząsnął głową i westchnął.

– Do zobaczenia jutro. – Zmarszczył czoło. – Wiesz, to nie jest tak, że teraz wyglądasz jakoś dziwnie... Bardzo jesteś... ładna. Tylko muszę się do tego przyzwyczaić.

– Dzięki za komplement, tato.

Odszedł w zamyśleniu do auta. Przyglądałam się, jak odjeżdża. Dopiero usłyszawszy, jak opony jego samochodu zjeżdżają z drogi gruntowej na asfalt, uzmysłowiłam sobie, że mi się udało. Udało mi się spędzić z ojcem cały dzień i nie zrobić mu krzywdy. I nikt mi w tym nie pomógł! Rzeczywiście musiałam być jakoś wybitnie w tym kierunku uzdolniona.

Wydawało się to zbyt cudowne, by było prawdziwe. Czy naprawdę mogłam mieć nową rodzinę i zachować przy tym kilku członków tej starej? A myślałam, że to poprzedni dzień był dla mnie spełnieniem marzeń.

– Wow – szepnęłam.

Zamrugałam i po trzecim komplecie szkieł kontaktowych nie zostało śladu.

Fortepian ucichł. Nie zdążyłam się nawet za siebie obejrzeć, a Edward już obejmował mnie od tyłu w talii, podbródek opierając mi o ramię.

– Wyjęłaś mi to z ust.

– Udało się! A jednak!

– Świetnie się spisałaś. Byłaś niesamowita. Tyle się martwiliśmy, jak to będzie z tobą po przemianie, a ty po prostu przeskoczyłaś ten etap!

Zaśmiał się wesoło.

– Ja tam się zastanawiam, czy ona w ogóle jest wampirem, a co dopiero nowo narodzoną – odezwał się Emmett spod schodów. – Jest za łagodna.

Przypomniały mi się te wszystkie niewybredne aluzje, na które pozwolił sobie przy Charliem. Miał szczęście, że ciągle trzymałam na rękach małą. Nie byłam jednak w stanie pohamować się do końca i warknęłam na niego cicho.

– Ojoj! – zawołał. – Już się boję!

Syknęłam i Renesmee poruszyła się w moich ramionach. Zamrugała kilkakrotnie, a potem rozejrzała się rozespana, pociągnęła raz czy dwa noskiem i dotknęła mojej twarzy.

– Charlie jutro wróci – obiecałam jej.

– Doskonale – powiedział Emmett. Tym razem Rosalie zaśmiała się razem z nim.

– Dziwię ci się, Emmett – stwierdził Edward, wyciągając ku mnie ręce, żeby zabrać małą. Mrugnął, kiedy się zawahałam, więc podałam mu ją, choć czułam się odrobinę zdezorientowana.

– A to dlaczego? – zainteresował się Emmett.

– To trochę nierozsądne, nie uważasz, drażnić najsilniejszego wampira w domu?

– Najsilniejszego? – prychnął Emmett. – Dobry dowcip.

– Bello – zwrócił się do mnie Edward – pamiętasz może, jak przed kilkoma miesiącami poprosiłem cię o wyświadczenie mi pewnej przysługi, gdy tylko staniesz się nieśmiertelna?

Coś mi tam świtało. Przejrzałam pospiesznie swoje zamglone ludzkie wspomnienia i po krótkiej chwili przypomniałam sobie tę konkretną rozmowę.

– Ach – wyrwało mi się. – No tak.

Alice wybuchnęła melodyjnym, perlistym śmiechem. Jacob wyjrzał zza framugi kuchennych drzwi z ustami pełnymi jedzenia.

– Co? – ryknął Emmett.

– Naprawdę? – spytałam Edwarda.

– Zaufaj mi.

Wzięłam głęboki wdech.

– Emmett, co powiesz na mały zakład?

Zerwał się na równe nogi.

– Super. Wal.

Przygryzłam wargę. Był taki ogromny.

– Chyba że się boisz... – zasugerował.

Ściągnęłam łopatki.

– Ty. I ja. Siłujemy się na ręce. Teraz. Zaraz. Na stole w jadalni.

Wyszczerzył zęby w uśmiechu.

– Ehm, Bello – wtrąciła się Alice. – Esme jest chyba bardzo przywiązana do tego stołu. To antyk.

Esme nie odezwała się, ale z ruchów jej warg wyczytałam, że mówi Alice „dzięki".

– Nie ma sprawy – powiedział Emmett. – Bella, zapraszam cię na dwór.

Poprowadził mnie w stronę garażu. Słyszałam za sobą kroki pozostałych. W pobliżu rzeki z bezładnej zbieraniny skał wystawał spory granitowy głaz i to on najwyraźniej był celem mojego szwagra. Mimo zaokrąglonych brzegów i nieregularnego kształtu, posiadał dość płaskiej powierzchni, by móc spełnić swoją rolę.

Emmett oparł się o niego łokciem i zachęcił mnie gestem do podejścia bliżej. Kiedy przyglądałam się, jak napina imponujący biceps, znowu ogarnęły mnie wątpliwości, ale nie dałam tego po sobie poznać. Czyż Edward nie przyrzekł mi, że przez pewien czas będę silniejsza od wszystkich dookoła? Czyż nie wydawał się o tym święcie przekonany? Poza tym, jakby nie było, czułam się silna. Tylko czy aż tak? Zastanowiłam się nad tym, mierząc wzrokiem mięśnie przeciwnika. Cóż, byłam wampirem dopiero od niespełna dwóch dni, a to przecież coś za sobą pociągało. Chyba że i pod tym względem stanowiłam wyjątek. Może nie stałam się tak silna, jak przystało na nowo narodzoną. Może to dlatego tak łatwo przychodziło mi się kontrolować.

Zajmując miejsce naprzeciwko, postarałam się zachować niewzruszony wyraz twarzy.

– Okej, Emmett. Zawrzyjmy umowę. Jeśli z tobą wygram, będziesz miał zakaz wspominania o moim życiu seksualnym, jasne? Żadnych komentarzy, żadnych aluzji, zupełnie nic. Nawet sam na sam z Rose.

Zmrużył filuternie oczy.

– Umowa stoi. Ale jeśli ja wygram, będę jeszcze bardziej nieznośny niż teraz.

Usłyszał, że z oburzenia zaparło mi dech, i uśmiechnął się złośliwie. Sądząc po jego minie, wcale nie żartował.

– Tak łatwo cię załatwić, siostrzyczko? – zadrwił. – Niby powinnaś być dzika, ale jakoś wcale tego po tobie nie widać. Założę się, że w tym waszym gniazdku nie zarysowaliście jeszcze nawet podłogi. – Zaśmiał się głośno. – Edward ci mówił, ile z Rose rozwaliliśmy domów?

Zgrzytając zębami, schwyciłam jego wielką dłoń.

– Raz, dwa...

– Trzy – dokończył i naparł na moją rękę.

Nic się nie wydarzyło.

Och, to znaczy, czułam oczywiście, że wywiera nacisk na moją dłoń. Mój nowy umysł świetnie sobie radził z wszelkimi wyliczeniami, wiedziałam więc, że gdyby nie napotkał żadnego oporu, bez najmniejszego trudu zrobiłby dziurę w kamieniu. Nacisk zwiększył się i zaczęłam się zastanawiać, z jaką prędkością musiałaby zjeżdżać ze stromego wzniesienia betoniarka, żeby przy zderzeniu oddać tyle samo siły. Sześćdziesiąt kilometrów na godzinę? Siedemdziesiąt? Osiemdziesiąt? Pewnie więcej.

Nie wystarczało to jednak, żeby mnie pokonać. Moja ręka ani drgnęła, a ja nawet nie musiałam się specjalnie starać, nie mówiąc o tym, żeby mnie coś bolało. Ba, stawianie Emmettowi oporu sprawiało mi dziwną przyjemność. Odkąd obudziłam się jako nieśmiertelna, tak bardzo uważałam na to, żeby niczego nie zniszczyć i nikogo nie zranić, że odczuwałam ulgę, używając wreszcie mięśni. Mogłam nareszcie pozwolić drzemiącej w nich mocy swobodnie przepływać, zamiast męczyć się, by utrzymać ją w ryzach.

Emmett odchrząknął. Na jego czole pojawiły się poziome zmarszczki. Zesztywniał cały, zamieniając się w jedną wielką dźwignię, której jedynym zadaniem było usunąć przeszkodę w postaci mojej znieruchomiałej ręki. Pozwoliłam, by się pocił – w przenośni – podczas gdy sama napawałam się tym, co się działo w moim ramieniu.

Było to wspaniałe doznanie, ale po kilku sekundach zrobiło się nudne. Napięłam mięsień i Emmett stracił półtora centymetra.

Zaśmiałam się. Emmett warknął ochryple przez zaciśnięte zęby.

– Cicho tam – upomniałam go. – Jeszcze nie skończyłam.

A potem wbiłam jego pięść w głaz.

Od ściany lasu odbił się echem ogłuszający huk. Blok pod nami zadygotał i jego fragment, mniej więcej jedna ósma, odłamawszy się wzdłuż niewidzialnej rysy, runął na ziemię – a dokładniej wprost na stopę Emmetta. Przesłoniłam usta dłonią. Zza pleców doszły mnie stłumione śmiechy Jacoba i Edwarda.

Emmett kopnął granitową bryłę z taką siłą, że kamień przeleciał ponad rzeką i przeciąwszy na pół młody klon, uderzył o dół pnia potężnej jodły, która zachwiała się, po czym zwaliła się na sąsiednie drzewo.

– Jutro rewanż – zapowiedział.

– Tak szybko to mi to nie przejdzie – uprzedziłam go. – Może lepiej zaczekać tak z miesiąc, co ty na to?

– Jutro – powtórzył rozzłoszczony.

– Dobrze, już dobrze. Skoro się upierasz.

Na odchodnym walnął jeszcze pięścią w resztkę głazu, aż posypał się z niej grad odłamków, a w powietrze wzbił się pył. Świetnie to wyglądało. Zachowywał się jak dziecko.

Zafascynowana niepodważalnym dowodem na to, że jestem silniejsza od najsilniejszego znanego mi wampira, położyłam dłoń na kamiennym bloku i powoli wywarłam na niego nacisk. Moje rozczapierzone palce zanurzyły się w skale, nie tyle grzebiąc w niej, co miażdżąc ją pod sobą – konsystencją przypominała twardy ser. Pod koniec tej operacji zostałam z garścią żwiru.

– Ale numer – mruknęłam.

Coraz szerzej się uśmiechając, zrobiłam znienacka zgrabny piruet i niczym karateka uderzyłam kamień kantem dłoni. Głaz stęknął, jęknął i obsypując mnie granitowym pudrem, rozłamał się z łoskotem na dwie części.

Zaczęłam niekontrolowanie chichotać.

Nie przejmowałam się zbytnio śmiechami zebranych na trawniku, tylko rozbijałam blok na coraz to mniejsze fragmenty. Okładając głaz pięściami i kopiąc w zapamiętaniu, zbyt dobrze się po prostu bawiłam. Przerwałam dopiero kiedy zaśmiał się ktoś nowy – cienko, ale rozkosznie, jak mały dzwoneczek.

Odwróciłam się przodem do swojej widowni.

– Naprawdę się zaśmiała, czy tylko mi się przesłyszało?

Wszyscy wpatrywali się w Renesmee z takim samym osłupieniem, jakie musiało malować się na mojej twarzy.

– Naprawdę – potwierdził Edward.

– A kto się nie śmiał – mruknął Jacob, wywracając oczami.

– Nie wmawiaj mi, że jak po swojej własnej przemianie po raz pierwszy poszedłeś do lasu, to trochę sobie nie poszalałeś – zaszydził Edward, ale po przyjacielsku, bez wrogości.

– Ja to co innego – powiedział Jacob, uderzając go na niby w ramię. Zaskoczył mnie tym spoufalaniem się. – Bella jest już poważną, dorosłą osobą. Stateczną żoną i matką. Takie wybryki to już chyba nie dla niej.

Renesmee skrzywiła się i dotknęła policzka Edwarda.

– Czego się domaga?

– Mniej stateczności – zaśmiał się Edward. – Przyglądanie się tobie sprawiło jej niemal tyle samo frajdy co mnie.

Podbiegłam bliżej.

– Aż taka jestem zabawna? – spytałam małą, sięgając po nią w tym samym momencie, w którym ona wyciągnęła się ku mnie. Zabrawszy ją Edwardowi, pokazałam jej mały skalny odłamek, który trzymałam w drugiej ręce. – Chcesz spróbować?

Uśmiechnęła się słodko i wzięła go obiema rączkami. Ścisnęła. Pomiędzy jej brewkami pojawiło się maleńkie pionowe wgłębienie.

Coś chrupnęło, a z jej piąstek posypało się troszkę pyłu. Zmarszczywszy czółko, oddała mi grudkę.

– Pozwól, że ja spróbuję – zaproponowałam.

Zdusiłam kamyk dwoma palcami, aż został z niego tylko piasek. Zaczęła mi bić brawo i znowu się roześmiała. Był to tak uroczy dźwięk, że wszyscy do niej dołączyliśmy.

Nagle zza chmur wyłoniło się zachodzące słońce, wystrzeliwując ku naszej dziesiątce setki złotoczerwonych promieni, i moją uwagę pochłonęło natychmiast to, jak pięknie w tym świetle prezentowała się moja skóra. Poczułam się oszołomiona.

Renesmee pogłaskała gładkie fasetki niezliczonych brylantów, a potem przytknęła rączkę do mojego przedramienia. Jej własna skóra mieniła się tylko odrobinę, subtelnie i tajemniczo. Nic nie wskazywało na to, żeby moja córka musiała kiedyś w pogodny dzień chować się przed ludźmi. Dotknęła mojej twarzy, myśląc o tym, jak się różnimy, rozżalona, że i ona się tak cudnie nie iskrzy.

– I tak jesteś tu najpiękniejsza – zapewniłam ją.

– No, nie wiem, czy się z tym zgodzę – powiedział Edward. Odwróciłam się, żeby mu odpowiedzieć, ale na widok jego twarzy w promieniach słońca zaniemówiłam.

Jacob przesłonił sobie oczy dłonią, udając, że łuna go razi.

– Bella to się teraz tylko do cyrku nadaje – skomentował.

– Jest wspaniała – przytaknął Edward, jak gdyby tekst o cyrku pomyślany był jako komplement. Mój mąż był zarazem i zachwycający, i zachwycony.

To, że coś przychodziło mi absolutnie bez trudu, to była dla mnie prawdziwa nowość. Dziwnie się z tym czułam – w czym nie było nic zaskakującego, bo właściwie to wszystko po przemianie odbierałam jako dziwne. Jako człowiek, nigdy nie byłam w niczym najlepsza. Radziłam sobie nieźle z Renée, ale pewnie sporo ludzi lepiej sprawdziłoby się w roli jej poskramiacza – taki Phil też z nią wytrzymywał. Dobrze się uczyłam, ale nigdy na tyle dobrze, by móc nazywać się prymuską. Nie byłam uzdolniona ani muzycznie, ani plastycznie, ani w jakimkolwiek innym kierunku, za czytanie książek medali nie dawali, a o moich dokonaniach sportowych lepiej nawet nie wspominać. I tak, po osiemnastu latach niewyróżniania się niczym szczególnym, zdążyłam się przyzwyczaić do bycia przeciętną. Dopiero teraz zdałam sobie sprawę, że dawno temu pogodziłam się z tym, że niczym już nie zabłysnę. Starałam się po prostu jak najlepiej wykorzystać to, co było mi dane, zawsze nieco odstając od swojego otoczenia.

Teraz wszystko się zmieniło. Byłam niesamowita – i to nie tylko ja tak uważałam. Jakbym urodziła się właśnie po to, żeby zostać wampirem. Na tę myśl zachciało mi się śmiać – ale chętnie zaśpiewałabym też z radości. Odnalazłam swoje miejsce w świecie. Miejsce, do którego pasowałam. Miejsce, w którym nareszcie mogłam błyszczeć.

27 *Plany wyjazdowe*

Odkąd przeobraziłam się w wampira, traktowałam mitologię o wiele poważniej niż dotychczas.

Spoglądając wstecz na pierwsze trzy miesiące swojej nieśmiertelności, wyobrażałam sobie często, jak mogłaby wyglądać nić mojego życia we wrzecionie Mojr*. (Kto wie, może i one naprawdę istniały?). Byłam pewna, że musiała zmienić barwę. Zaczynała się najprawdopodobniej jako beżowa, bo był to kolor kojarzący się z układnością i uległością, kolor, który dobrze nadawał się na tło. Później jednak – a przynajmniej tak się czułam – musiała przejść w jaskrawą czerwień albo może w połyskujące złoto.

Dookoła mnie powstawał cudny arras wyszywany nićmi moich bliskich w pięknych, intensywnych, dopełniających się kolorach.

Byłam zaskoczona, że dla niektórych z tych nici znalazło się miejsce w mojej tkaninie. Nie przypuszczałam, na przykład, że trafią do niej głębokie zielenie i brązy reprezentujące wilkołaki z La Push. Liczyłam co najwyżej na Jacoba i Setha, ale kiedy do sfory tego pierwszego dołączyli moi starzy kumple Quil i Embry, i ich losy wplątały się w osnowę gobelinu. Nawet z Samem i Emily pozostawaliśmy w dobrych stosunkach. Napięcie pomiędzy naszymi rodzinami osłabło, a to głównie za zasługą Renesmee. Tak łatwo było ją pokochać.

Także Sue i Leah Clearwater należały teraz do grona naszych znajomych – dwie kolejne osoby, których się w nim nie spodziewałam.

Najwyraźniej Sue postanowiła robić wszystko, co w jej mocy, aby pomóc mojemu ojcu zaaklimatyzować się w nowych realiach. Chociaż przebywając u Cullenów, nigdy nie była w stanie naprawdę się rozluźnić, tak jak to potrafił jej własny syn czy jego koledzy, przyjeżdżała do nas z Charliem niemal dzień w dzień. Nie odzywała się za często, tylko krążyła wokół niego opiekuńczo. To na nią zerkał, kiedy Renesmee robiła po raz pierwszy coś, czego powinna była się na-

---

* Mojry (Parki) – w mitologii greckiej trzy boginie przeznaczenia – przyp. tłum.

uczyć dopiero za kilka miesięcy albo lat – a zdarzało się to często. Sue spoglądała wtedy znacząco na Setha, jak gdyby chciała odpowiedzieć Charliemu: „Wierz mi, wiem coś o tym".

Lei towarzystwo wampirów nie odpowiadało jeszcze bardziej niż Sue, była też jedynym członkiem naszej powiększonej niedawno rodziny, który odnosił się do owego powiększenia z nieskrywaną wrogością. Jedyną rzeczą, która ją przy nas trzymała, była rosnąca zażyłość pomiędzy nią a Jacobem. Nie chciałam wpychać nosa w nie swoje sprawy, ale intrygowała mnie ta gwałtowna zmiana w ich relacjach, więc raz o nią nieśmiało Jacoba spytałam. Wzruszył ramionami i odparł, że to przez nowy układ w sforze. Leah była teraz jego zastępcą – jego „betą", jak to dawno temu określiłam.

– Pomyślałem, że dopóki będę zajmował się tym „alfowaniem" na serio, lepiej będzie zadbać o formalności – wyjaśnił.

Przez nowe obowiązki Leah czuła potrzebę częstszego kontaktowania się ze swoim dowódcą, a skoro przebywał on głównie w towarzystwie Renesmee…

Leah męczyła się, musząc się z nami zadawać, ale pod tym względem stanowiła wyjątek. Szczęście było głównym komponentem mojego nowego życia – dominującym wzorem na moim gobelinie. Nawet z mrocznym Jasperem żyłam teraz w dobrej komitywie, co wcześniej wydawało mi się niewyobrażalne.

Cóż, z początku bardzo mnie irytował.

– Mam tego dość! – pożaliłam się Edwardowi pewnego wieczoru, odłożywszy Renesmee do jej łóżeczka z kutego żelaza. – Skoro nie zabiłam jeszcze ani Charliego, ani Sue, to można mnie już chyba uznać za nieszkodliwą. Czy ten Jasper musi mnie naprawdę na każdym kroku tak pilnować?

– Bello, nikt już nie wątpi w to, że w pełni się kontrolujesz. Znasz Jaspera – nie potrafi się oprzeć pozytywnym emocjom. Jesteś bezustannie taka radosna, skarbie, on się nad tym nie zastanawia i po prostu jest coraz bliżej ciebie.

A potem przytulił mnie mocno, bo nic go tak nie cieszyło, jak obserwowanie mnie w euforii.

Tak, przez większość czasu po prostu szalałam ze szczęścia. Dni nie były dość długie, bym mogła nacieszyć się córką, a noce z Edwardem liczyły sobie zbyt mało godzin, bym zdołała zaspokoić pożądanie.

Każdy medal ma jednak dwie strony. Wyobrażałam sobie, że gdyby przyjrzeć się tkaninie naszej codzienności od spodu, dałoby się zauważyć wplecione pomiędzy kolorowe nici ponure szarości zwątpienia i lęku.

Renesmee wypowiedziała pierwsze słowo, kiedy miała równo tydzień. Brzmiało ono „mamo", więc powinnam być wniebowzięta, ale tak bardzo wystraszyłam się tym kolejnym jej niezwykłym osiągnięciem, że ledwie zdołałam wykrzywić twarz w sztucznym uśmiechu. Nie pomogło mi bynajmniej to, że na tym pierwszym słowie nie poprzestała, tylko rozpoczęła nim swoje pierwsze zdanie. „Mamo, gdzie jest dziadek?" – spytała, dźwięcznie i wyraźnie, zabierając głos jedynie dlatego, że znajdowałam się w drugim końcu pokoju. Wcześniej spytała już o to samo Rosalie, używając swojej normalnej (albo, z innego punktu widzenia, wyjątkowo nienormalnej) metody komunikacji. Rosalie nie umiała odpowiedzieć, więc Renesmee zwróciła się do mnie.

Kiedy niespełna trzy tygodnie później ujawniła, że potrafi chodzić, wyglądało to podobnie. Najpierw przez dłuższą chwilę nie spuszczała wzroku z Alice, przyglądając się z uwagą, jak jej ciocia komponuje bukiety w rozsianych po całym salonie wazonach, tańcząc w tę i z powrotem z naręczami kwiatów, po czym podniosła się z podłogi i, ani trochę się nie kolebiąc, przeszła pewnie spory kawałek z nie mniejszą od Alice gracją.

Jacob zaczął bić jej brawo, bo najwidoczniej takiej reakcji oczekiwała. Przywiązanie do niej tłumiło w nim jego własne odruchy – robił zawsze to, czego się po nim spodziewała. Sekundę później jednak nasze oczy się spotkały i zobaczyłam, że jest tak samo przerażony, jak ja. Zmusiłam swoje dłonie do klaskania, starając się ukryć przed małą panikę. Edward także włączył się do aplauzu, ale nie musiałam czytać mu w myślach, żeby wiedzieć, że też się martwił.

Po tym incydencie razem z Carlisle'em jeszcze pilniej zbierali materiały o dzieciach wampirów i ludzi, usiłując znaleźć jakiekolwiek informacje na temat tego, co miała przynieść przyszłość. Niestety, poszukiwania dawały bardzo mizerne rezultaty, a nic z tego, co znaleźli, nie mogło być uznane za wiarygodne.

Za sprawą Alice i Rosalie, pierwszym punktem w porządku dnia Renesmee była zazwyczaj mała rewia mody. Nigdy nie ubierano jej w tę samą rzecz dwa razy – z jednej strony dlatego, że wyrastała z ubrań w błyskawicznym tempie, z drugiej, bo moje przyjaciółki starały się stworzyć pamiątkowy album z jej zdjęciami, który wydawał się obejmować kilka lat, a nie tygodni. Codziennie robiły małej setki zdjęć, dokumentujących każdą fazę jej przyspieszonego rozwoju.

W wieku trzech miesięcy moja córka wyglądała na wyrośniętego rocznika albo drobną dwulatkę, ale typem sylwetki nie przypominała tak do końca małego dziecka – była zbyt smukła i poruszała się zgrabniej niż przeciętny brzdąc, a jej ciałko miało bardziej wyważone proporcje niż niejednego dorosłego. Brązowe loki sięgały jej do pasa – nie miałabym serca ich podciąć, nawet gdyby Alice wyraziła na to zgodę. Mówiła, nie popełniając przy tym żadnych błędów w wymowie czy gramatyce, ale rzadko zawracała sobie głowę czymś tak banalnym, jak wydobywanie z siebie dźwięków, wolała bowiem „po prostu" pokazywać innym, czego w danym momencie chciała. Nie tylko sprawnie chodziła, ale także biegała i tańczyła. Mało tego – potrafiła czytać!

Pewnego wieczoru zasiadłam, by poczytać jej do snu poezje Tennysona, ponieważ rytm i płynność jego wierszy wpływały na nią uspokajająco. (Byłam zmuszona bez przerwy szukać dla niej nowych lektur – w odróżnieniu od większości malców, nie lubiła, kiedy jej historyjki na dobranoc się powtarzały, a do książeczek z obrazkami nie miała cierpliwości). Po kilku minutach wyciągnęła rączkę, żeby dotknąć mojego policzka, i przed oczami stanęła mi wizja nas dwóch, z tym że to ona dzierżyła dumnie tomik. Podałam go jej z uśmiechem.

– „Ponad doliną – pełny księżyc" – przeczytała bez wahania – „Rozproszone strumienie wiotkie snuły się przez skalne ściany z wolna jak dym, co spada, wiatrem w dół strącany"*.

Odebrałam jej książkę zesztywniałymi rękami robota.

– Jak zamierzasz zasnąć, sama sobie czytając? – spytałam słabym głosem, który tylko jakimś cudem mi nie zadrżał.

Według wyliczeń Carlisle'a rosła coraz wolniej – teraz tylko jej umysł pędził szaleńczo do przodu. Jednak nawet gdyby tendencja spadkowa się utrzymała, Renesmee miała zakończyć okres pokwitania w ciągu góra czterech lat.

Tylko cztery lata dzieliły ją od dorosłości. A za piętnaście miała być już staruszką.

Piętnaście lat życia.

Ale była przecież taka zdrowa. Taka żywa i pogodna. Jej rzucający się w oczy dobry nastrój pozwalał mi cieszyć się tym, co miałam, i odkładać ponure rozmyślania na później.

Carlisle i Edward, szepcząc, dyskutowali o przyszłości małej, analizując różne opcje pod każdym możliwym kątem. Próbowałam nie słuchać. Nigdy nie prowadzili tych dysput w obecności Jacoba, ponieważ jedyna sprawdzona metoda na zahamowanie procesu starzenia, delikatnie mówiąc, nie wzbudziłaby u niego entuzjazmu. U mnie też go nie wzbudzała. Wszystko we mnie krzyczało, że jest zbyt ryzykowna. Jacob i Renesmee na tyle sposobów wydawali się do siebie podobni, w ciałach ich obojga kryły się po dwie istoty różnych ras, a wilkołaki chyba nie bezpodstawnie przekazywały sobie z pokolenia na pokolenie, że dawka wampirzego jadu jest dla nich wyrokiem śmierci, a nie receptą na nieśmiertelność...

Po pewnym czasie wykorzystaliśmy wszystkie możliwości zbierania interesujących nas materiałów na odległość, zaczęliśmy więc planować wyprawy do miejsc, z których podania pochodzi-

---

* Fragment *Lotofagów* Alfreda Tennysona (1809–1892) w przekładzie Zygmunta Kubiaka – przyp. tłum.

ły. W pierwszej kolejności zamierzaliśmy wrócić do Brazylii i zacząć śledztwo od Indian Ticuna. To właśnie kobieta z tego plemienia wyjawiła nam jako pierwsza, że wśród ludzi krążyły legendy o mieszańcach takich jak Renesmee. Jeśli podobne dzieci naprawdę przyszły kiedyś na świat, może w jakichś przekazach zachowała się informacja o tym, ile przeżyły lat...

Jedyną kwestią, jaka pozostała, było to, kiedy dokładnie tam pojechać.

Wyruszylibyśmy od razu, gdyby nie ja. Po pierwsze, choć to akurat była błahostka, ze względu na Charliego chciałam zostać w pobliżu Forks aż do Nowego Roku. Przede wszystkim jednak wiedziałam, że czas mnie goni i muszę wpierw wybrać się w zupełnie inną podróż – i to na domiar złego w pojedynkę.

Odkąd zostałam wampirem, pokłóciliśmy się z Edwardem tylko jeden jedyny raz i to nie tyle o to, że mam jechać, co o to, że mam jechać sama. Edward niczego nie wskórał. Fakty mówiły same za siebie, a żaden plan prócz mojego nie był ani trochę rozsądny. Musiałam złożyć wizytę Volturim i nie mogłam zabrać nikogo ze sobą.

Nawet uwolniona od dawnych koszmarów, uwolniona od jakichkolwiek snów, nie byłam w stanie zapomnieć o mieszkańcach Volterry. A i oni nie pozwalali zapomnieć o sobie.

Zanim otrzymaliśmy prezent od Ara, nie miałam zielonego pojęcia, że Alice powiadomiła przywódców Volturich o naszym ślubie. Byliśmy daleko na wyspie Esme, kiedy nawiedzili ją w wizji żołnierze w ciemnych pelerynach – w tym Jane i Alec, złowrogie bliźnięta obdarzone mrożącymi krew w żyłach talentami. To Kajusz planował wyekspediować do nas spory oddział, by sprawdzić, czy nadal, wbrew ich edyktowi, jestem człowiekiem. (Ponieważ poznałam tajemnice wampirów, musiałam albo zostać zmieniona w jednego z nich, albo uciszona... raz na zawsze). Kolejna wizja podpowiedziała Alice, że jeśli wyśle zawiadomienie, Volturi zrozumieją aluzję i kontrola się opóźni. Ale prędzej czy później mieli ją przeprowadzić – co do tego nie było żadnych wątpliwości.

Sam prezent ślubny nie wyglądał na żadne ostrzeżenie. Był ekstrawagancki, owszem, niemal przerażająco ekstrawagancki, ale to wszystko. Ostrzeżenie kryło się za to w ostatniej linijce liścika z gratulacjami napisanego własnoręcznie przez Ara czarnym atramentem na sztywnym kwadracie kredowobiałego papieru:

Nie mogę się już doczekać,
kiedy spotkam się z nową panią Cullen osobiście.

Podarunek umieszczono w bardzo starej, bogato zdobionej, drewnianej szkatułce wykładanej złotem i macicą perłową, wysadzanej kamieniami szlachetnymi we wszystkich kolorach tęczy. Alice powiedziała, że sama kasetka to bezcenny skarb i że przyćmiłaby niemal każde dzieło sztuki jubilerskiej prócz tego, które zawierała.

— Zawsze się zastanawiałem, gdzie podziały się angielskie klejnoty koronne po tym, jak król Jan bez Ziemi oddał je w zastaw w trzynastym wieku — stwierdził Carlisle. — Chyba nie powinno mnie dziwić, że część z nich dostała się w ręce Volturich.

Naszyjnik był prosty — gruby sznur łańcucha spleciony ze złota, niemalże pokryty łuskami, przywodził na myśl gładkiego węża gotowego zwinąć się ciasno wkoło szyi swojej właścicielki. U dołu kolii zwisał pojedynczy klejnot: biały brylant wielkości piłeczki golfowej.

Przypomnienie zawarte w liście Ara zainteresowało mnie dużo bardziej niż jego prezent. Volturi musieli zyskać pewność, że jestem już nieśmiertelna, że Cullenowie nie wyłamali się i posłuchali ich rozkazu, i powinni przekonać się o tym jak najszybciej. Nie mogliśmy dopuścić, by zjawili się w okolicy. Istniał tylko jeden sposób na to, byśmy mogli dalej mieszkać w Forks w spokoju.

— Nie puszczę cię tam samej — oświadczył Edward, zaciskając dłonie w pięści, kiedy poinformowałam go o swoich planach.

– Nie zrobią mi krzywdy – pocieszyłam go, próbując mówić takim tonem, jakbym sama w to wierzyła. – Nie mają się do czego przyczepić. Jestem wampirem? Jestem. Więc sprawa zamknięta.

– Nie puszczę cię. Nie ma mowy.

– Edwardzie, to jedyny sposób na to, żeby ją przed nimi ochronić.

Wytrąciłam mu tym z ręki wszelkie argumenty. Rozumowałam w nieubłaganie logiczny sposób.

Moje spotkanie z Arem trwało krótko, ale zdążyłam zauważyć, że należał do kategorii rasowych kolekcjonerów – a za swoje najcenniejsze nabytki miał żyjące osoby. Uroda, wyjątkowość i umiejętności jego podwładnych sprawiały mu o wiele większą przyjemność niż jakiekolwiek cacka zamknięte w jego skarbcu. Na nasze nieszczęście pożądał już talentów Alice i Edwarda – i nie zamierzałam dawać mu żadnych powodów do tego, by zazdrościł Carlisle'owi kogoś jeszcze. Renesmee była śliczna, uzdolniona i wyjątkowa, jedyna w swoim rodzaju. Nie mogliśmy dopuścić do tego, by Aro dowiedział się o jej istnieniu – nawet do tego, by zobaczył ją w czyichś myślach.

A tylko do mojego umysłu nie miał wstępu.

Jakże mogłam go odwiedzić inaczej niż sama?

Alice, zapytana o zdanie, nie widziała żadnych przeciwwskazań, martwiła ją jednak kiepska jakość jej wizji. Powiedziała, że czasami bywały podobnie niewyraźne, kiedy na bieg wydarzeń mogły mieć wpływ decyzje jakichś osób z zewnątrz, które nie zostały jeszcze podjęte. Usłyszawszy o tym, Edward, który już wcześniej wahał się, czy moja samodzielna wyprawa to dobry pomysł, stał się jej zaprzysięgłym przeciwnikiem. Oświadczył, że będzie mi towarzyszył aż do mojej przesiadki w Londynie, ale ja z kolei nie chciałam zostawiać Renesmee bez obojga rodziców. Koniec końców, uzgodniliśmy, że zastąpi go Carlisle. Denerwowaliśmy się nieco mniej, wiedząc, że od kogoś bliskiego będzie dzielić mnie tylko kilka godzin lotu.

Alice wytrwale sięgała wzrokiem w przyszłość, ale zdarzenia, które w niej wynajdowała, ani trochę nie wiązały się z tym, czego szukała: na giełdzie miał się objawić nowy trend, za sześć tygodni groziła nam śnieżyca, Irina zastanawiała się, czy nam wybaczyć i się z nami spotkać, Renée niecierpliwiła się i chciała do mnie zadzwonić... (Codziennie ćwiczyłam się w naśladowaniu swojego dawnego głosu i z dnia na dzień coraz lepiej mi to wychodziło – w wersji wydarzeń serwowanej Renée byłam nadal chora, ale powoli już zdrowiałam).

Kupiliśmy bilety do Włoch dzień po tym, jak Renesmee skończyła trzy miesiące. Miała to być bardzo krótka wycieczka, więc nie uprzedzałam Charliego. Jacob wiedział, co jest grane, i trzymał stronę Edwarda. Dzisiaj nie kłóciliśmy się jednak o Włochy, tylko o Brazylię. Koniecznie chciał polecieć tam z nami.

Byliśmy właśnie na polowaniu – ja, Jacob i Renesmee. Mała nie przepadała za zwierzęcą posoką i tylko dlatego pozwoliłam Jacobowi do nas dołączyć. Zamienił wypad w konkurs pomiędzy nimi dwojgiem, co zachęciło ją do picia nielubianej krwi bardziej niż cokolwiek innego.

Renesmee dobrze wiedziała, co jest dobre, a co złe, gdy w grę wchodziło polowanie na ludzi – uważała po prostu, że idealnym rozwiązaniem jest korzystanie z krwi ze stacji krwiodawstwa. Zwykłe jedzenie syciło ją, jej organizm nie miał problemów z trawieniem, ale wszystko bez wyjątku przeżuwała z taką samą cierpiętniczą miną, jaką ja miałam w dzieciństwie zarezerwowaną dla kalafiora i fasoli. Krew zwierząt była przynajmniej lepsza niż ludzkie potrawy. Mała lubiła rywalizację i kiedy pojawiła się możliwość pokonania w czymś Jacoba, polowanie zaczęło ją ekscytować.

Prowadząc nas, wbiegła tanecznym krokiem na podłużną polanę w kształcie strzały, starając się wyłowić jakiś zapach, który przypadłby jej do gustu.

– Jacob – spróbowałam przemówić mu do rozumu – masz tutaj pewne zobowiązania: Setha, Leę...

– Nie jestem niańką swojej watahy – prychnął. – I tak mają swoje obowiązki w La Push.

– Czy nie tak jak ty? Czyżbyś już oficjalnie chciał rzucić szkołę? Jeśli masz zamiar nadążać za Renesmee, powinieneś o wiele bardziej przykładać się do nauki.

– To tylko tymczasowe. Wrócę do szkoły, jak tylko... jak tylko wszystko zwolni tempo.

Jakoś zabrakło mi kontrargumentów i oboje odruchowo zerknęliśmy na małą. Wpatrywała się w kołujące nad jej główką płatki śniegu, ulatniające się, zanim miały szansę przylgnąć do pożółkłych źdźbeł trawy. Marszczona sukieneczka Renesmee koloru kości słoniowej była o jeden odcień ciemniejsza od śniegu, a jej kasztanowe loki lśniły, chociaż słońce kryło się za grubą warstwą chmur.

Kiedy tak się jej przyglądaliśmy, przykucnęła błyskawicznie, po czym wystrzeliła na pięć metrów w powietrze. Jej rączki zacisnęły się wkoło jednego z płatków i opadła lekko z powrotem na ziemię.

Odwróciwszy się do nas z olśniewającym uśmiechem – był tak niesamowicie piękny, że nie sposób było się do niego przyzwyczaić – rozchyliła dłonie, żeby pokazać nam swój mały skarb przed jego stopnieniem. Była to idealnie uformowana ośmioramienna lodowa gwiazdka.

– Bardzo ładna – stwierdził Jacob z uznaniem – ale coś mi się wydaje, Nessie, że próbujesz się wymigać.

Podbiegła do niego w podskokach – wyciągnął ku niej ramiona dokładnie w tym momencie, w którym dała w nie susa. Mieli ten manewr opracowany do perfekcji, bo robiła tak zawsze, kiedy miała mu coś do powiedzenia. Nadal wolała się głośno nie odzywać.

Dotknęła jego twarzy, słodko marszcząc czółko. Przez chwilę w trójkę wsłuchiwaliśmy się w odgłosy wydawane przez stadko łosi przemieszczające się gdzieś głębiej w lesie.

– Nie chce ci się pić? Jasne, już ci wierzę – odparł Jacob nieco sarkastycznie, ale przede wszystkim z dużą pobłażliwością. – Boisz się, że znowu złapię większego, i tyle!

Wyślizgnęła się z jego objęć, lądując obiema stópkami na trawie, i wywróciła oczami – była taka podobna do Edwarda, kiedy to robiła! A potem dała nurka pomiędzy drzewa.

Pochyliłam się, jakbym miała za nią ruszyć.

– Moja kolej – rzucił mi Jacob, ściągając z siebie w biegu podkoszulek. Miał już pierwsze dreszcze. – Jeśli będziesz oszukiwać, to się nie liczy! – zawołał za Renesmee.

Kręcąc głową, uśmiechnęłam się do wirujących liści, które za sobą zostawili. Jacob czasem bardziej niż moja córeczka przypominał zachowaniem dziecko.

Przystanęłam, żeby dać moim myśliwym kilka minut przewagi. Namierzenie ich po śladach nie miało mi sprawić najmniejszych trudności, a Renesmee byłaby przeszczęśliwa, gdyby mogła zaskoczyć mnie wielkością zdobyczy. Znowu się uśmiechnęłam.

Na łące zrobiło się bardzo pusto i cicho. Śnieg nade mną rzedniał, niemalże zupełnie już zniknął – zgodnie z przepowiednią Alice nie powinien utrzymywać się jeszcze przez wiele tygodni.

Zazwyczaj na polowania wybierałam się z Edwardem, ale dziś planował z Carlisle'em naszą podróż do Rio – zmawiali się za plecami Jake'a… Ściągnęłam brwi. Postanowiłam, że po powrocie się za nim wstawię. Powinien z nami jechać. Los Renesmee był dla niego tak samo ważny, jak dla każdego z nas – stawką było tu i jego życie, podobnie jak moje.

Myślami wybiegałam w nieodległą przyszłość, ale moje oczy skupiały się na tym, co działo się wokoło – machinalnie przeczesywałam wzrokiem zbocze góry, sprawdzając, czy nie grozi nam żadne niebezpieczeństwo i czy nie zbliża się czasem jakieś zwierzę, którym mogłabym się pożywić. Postępowałam tak w pełni instynktownie – płonące we mnie pragnienie było moją drugą naturą.

A może jednak istniał inny powód, dla którego tak bacznie się rozglądałam? Coś, co moje wyczulone wampirze zmysły wychwyciły na kilka sekund wcześniej, nim uczyniła to świadomość.

Kiedy moje spojrzenie przemykało po stromiźnie odległej grani odcinającej się niebieskawą szarością od zielono-czarnej mozaiki lasu, znienacka mignęło mi tam coś srebrnego czy złotego, coś, co nie miało prawa się w tamtym miejscu znajdować.

Skupiłam wzrok na tajemniczym odblasku. Był tak daleko ode mnie i przesłaniało go tyle welonów mgły, że nawet orzeł by go tam nie dostrzegł. Ale ja widziałam.

A ona widziała mnie.

To, że była wampirem, nie ulegało żadnej wątpliwości. Faktura jej białej jak marmur skóry swoją gładkością przewyższała ludzką milion razy, a twarz nieznajomej, mimo zachmurzenia, delikatnie się iskrzyła. Gdyby nie zdradzała jej cera, wystarczyłoby przyjrzeć się jej pozie. Tylko wampiry i posągi potrafiły stać w zupełnym bezruchu.

Jej włosy były tak jasne, że niemalże srebrne. Właśnie ich barwa przykuła moją uwagę. Proste jak drut, zaczesane z przedziałkiem, sięgały wampirzycy do podbródka.

Nie znałam jej. Byłam w stu procentach przekonana, że nigdy wcześniej jej nie widziałam, nawet jako człowiek. Jej twarz nie była żadną z tych, które przechowywałam w swoich mglistych wspomnieniach. Ale rozpoznałam ją od razu po ciemnozłotych tęczówkach.

Irina zdecydowała się nas jednak odwiedzić.

Patrząc jej przez chwilę prosto w oczy, zastanawiałam się, czy i mnie równie szybko rozpozna. Podnosiłam już rękę, żeby pomachać jej na powitanie, ale wygięła odrobinę usta, przybierając wrogi wyraz twarzy.

W lesie niewidoczna dla mnie Renesmee wydała z siebie triumfalny okrzyk, a Jacob zawtórował jej, wyjąc radośnie. Kiedy kilka sekund później niesione echem dźwięki dotarły do Iriny, zobaczyłam, że obraca raptownie głowę, podążając spojrzeniem za ich źródłem. Patrzyła nieco w lewo. Wiedziałam, co tam widzi: ogromnego rdzawobrązowego wilka, być może tego samego, który zabił jej Laurenta. Jak długo nas obserwowała? Byłam pewna, że dość długo, by być świadkiem tego, jak bardzo ja i on jesteśmy z sobą zżyci.

Ból wykrzywił jej twarz.

Kierowana odruchem, rozłożyłam ręce w przepraszającym geście. Irina zerknęła z powrotem na mnie, odsłaniając zęby, a potem rozchyliła je i warknęła. Była tak daleko, że ledwie było to słychać. Nim doszły do mnie echa, odwróciła się na pięcie i znikła pośród drzew.

– Cholera! – jęknęłam.

Rzuciłam się biegiem w stronę Renesmee i Jacoba, żeby jak najprędzej upewnić się, że nic im nie grozi. Nie wiedziałam, w jakim dokładnie kierunku udała się Irina, ani też jak bardzo była wzburzona. Mściwość to popularna cecha wśród wampirów i niełatwo da się nad nią zapanować.

Rozpędziwszy się, na ile tylko było mnie stać, w dwie sekundy później byłam już przy swoich bliskich.

– Mój jest większy – usłyszałam obstawającą przy swoim Renesmee, kiedy wystrzeliłam z gęstych ciernistych zarośli na polankę, gdzie stali.

Na widok mojej miny Jacob przykucnął, gotując się do skoku, i obnażył kły. Pysk miał umazany krwią ofiary. Zaczął łypać groźnie na prawo i lewo i usłyszałam, jak w jego gardle narasta charkot.

Renesmee okazała się równie przytomna jak on. Porzucając leżącego u swoich stóp rogacza, dała susa w moje nadstawione ramiona i zaintrygowana przyłożyła mi rączkę do policzka.

– To tylko moje przewrażliwienie – uspokoiłam ich. – Myślę, że wszystko jest w porządku. Czekajcie.

Wyjęłam telefon komórkowy i przyciśnięciem jednego klawisza wybrałam potrzebny numer. Edward odebrał po pierwszym sygnale. Jacob i Renesmee przysłuchiwali się z uwagą, jak opowiadam mu, co się nam przydarzyło.

– Edward? Chodź tu szybko i weź z sobą Carlisle'a. – Terkotałam w takim tempie, że nie miałam pewności, czy Jake za nim nadąża. – Widziałam Irinę, a ona widziała mnie, ale potem zobaczyła Jacoba, wściekła się i wydaje mi się, że uciekła, a przynajmniej do nas nie podeszła, to znaczy jeszcze nie, ale wyglądała na porządnie zdenerwowaną, więc może się tu pojawi, a jeśli nie, to musicie z Carlisle'em dogonić ją i z nią porozmawiać. Tak strasznie mi głupio!

Jacob warknął.

– Będę tam za pół minuty – zapewnił mnie Edward i moje uszy zarejestrowały od razu szum wiatru wywołanego przez jego pęd.

Wróciliśmy na podłużną łąkę, gdzie czekaliśmy w milczeniu, nasłuchując, czy zbliża się wampir, którego kroków byśmy nie rozpoznawali.

Wyłapaliśmy coś wreszcie, ale były to odgłosy dobrze nam znane. Ani się obejrzeliśmy, Edward był już u mojego boku, a kilka sekund później dołączył do nas Carlisle. Na tym się jednak nie skończyło, bo doszedł mnie też tętent ciężkich łap. Cóż, nie powinnam czuć się zaskoczona. Nieważne, jak niewielkie było prawdopodobieństwo, że Renesmee coś groziło – Jacob i tak musiał wezwać posiłki.

– Stała na tamtej grani – poinformowałam nowo przybyłych, wskazując wzniesienie palcem. Jeśli Irina uciekła, musiała już być daleko. Czy mogłaby się zatrzymać, aby wysłuchać Carlisle'a? Jej zachowanie wskazywało raczej na to, że nie. – Może powinniście zadzwonić po Emmetta i Jaspera i wyruszyć za nią w czwórkę? Wyglądała... na naprawdę rozgniewaną. Warknęła na mnie.

– Co takiego? – oburzył się Edward.

Carlisle położył mu dłoń na ramieniu.

– Jest w żałobie. Sam za nią pójdę.

– Idę z tobą – zaprotestował Edward.

Zmierzyli się nawzajem wzrokiem. Carlisle oceniał chyba, czy lepiej będzie nie drażnić Iriny poirytowaniem Edwarda, czy wykorzystać w misji fakt, że Edward potrafi czytać w myślach. W końcu przeważyło to drugie. Skinął głową i pomknęli razem przez las, szukać tropu bez pomocy moich szwagrów.

Jacob fuknął niecierpliwie i szturchnął mnie nosem w plecy. Wolał pewnie, by tak na wszelki wypadek mała była już w domu. Podzielałam jego zdanie, więc czym prędzej ruszyliśmy w drogę. Seth i Leah osłaniali tyły.

Renesmee nie narzekała. Skoro polowanie przerwano, musiała zostać nakarmiona krwią od ludzkiego dawcy. Rączkę trzymała mi nadal na policzku i po jej myślach było widać, że jest zadowolona z życia.

28 Przyszłość

Carlisle i Edward nie zdołali dogonić Iriny. Pozostawiony przez nią trop urywał się nad zatoką. Przepłynęli na drugą stronę, żeby zobaczyć, czy uciekinierka nie przeprawiła się w linii prostej, ale chociaż sprawdzili na wschodnim brzegu wielokilometrowe odcinki w obu kierunkach, nie natknęli się na żadne jej ślady.

To wszystko była moja wina. Tak jak przewidziała Alice, Irina zjawiła się, żeby pogodzić się z Cullenami, ale moja zażyłość z Jacobem wyprowadziła ją z równowagi. Żałowałam, że nie dostrzegłam jej wcześniej, zanim jeszcze Jacob przeobraził się w wilka. Plułam sobie w brodę, że musieliśmy wybrać się na polowanie akurat w to miejsce.

Nie mieliśmy tego jak odkręcić. Carlisle zadzwonił do Tanyi, ale nie widziano tam Iriny od czasu, jak pozostali Denalczycy wybrali się na nasze wesele. Tanya i Kate były zrozpaczone, że Irina niemalże nas odwiedziła, a mimo to nie wróciła do domu – rozłąka z siostrą, choćby tylko tymczasowa, była dla nich najwyraźniej ciężkim przeżyciem. Zastanawiałam się, czy nie kojarzy im się z tym, jak przed wiekami straciły matkę.

Alice zdołała wychwycić kilka obrazów dotyczących najbliższej przyszłości Iriny, ale nie dowiedzieliśmy się z nich nic konkretnego. Jedno było w miarę pewne – nie zamierzała póki co wrócić na Alaskę. Poza tym, wizje z nią związane były wyjątkowo mgliste. Alice potrafiła ustalić jedynie tyle, że Irina jest bardzo przygnębiona. Ze znękanym wyrazem twarzy przemierzała jakieś pokryte śniegiem pustkowia, może na północ od nas, a może na wschód. Od czasu swojej wizyty nie podjęła żadnej decyzji prócz tej, by przeżywać żałobę w samotności.

Mijały dni i chociaż, rzecz jasna, o niczym nie zapomniałam, problem z Iriną zszedł w moim umyśle na dalszy plan. Miałam na głowie pilniejsze sprawy. Do wyjazdu do Włoch pozostało zaledwie kilka dni, a zaraz po moim powrocie zamierzaliśmy lecieć do Brazylii.

Każdy etap tej drugiej podróży omówiliśmy ze sto razy. Mieliśmy zacząć od Indian Ticuna, tropiąc ich legendy na tyle skutecznie, na ile było to na miejscu możliwe. Odkąd zgodziliśmy się, że będzie nam towarzyszył Jacob, odgrywał on w naszych planach ważną rolę, było bowiem prawie pewne, że każdy, kto wierzył w wampiry, miał je w nas rozpoznać i unikać kontaktu. Jeśli Ticuna okazaliby się ślepą uliczką, ten sam region kraju zamieszkiwało wiele innych plemion o zbliżonych wierzeniach, którym także warto byłoby się bliżej przyjrzeć. Ponadto Carlisle miał już kiedyś styczność z wampirami z Amazonii i gdyby udało nam się je odnaleźć, zyskalibyśmy dodatkowe źródło informacji – a jeśli nie, to chociaż zdobylibyśmy jakieś wskazówki co do tego, gdzie takich informacji szukać. Najdogodniej dla nas byłoby oczywiście, gdyby to znajomi doktora okazali się odpowiedzialni za krążące wśród Indian podania o wampirzych hybrydach, ściślej mówiąc były to jednak wampirzyce, więc raczej nie mogły mieć z płodzeniem dzieci nic wspólnego.

Nie powiedziałam jeszcze Charliemu o tej dłuższej wyprawie i zadręczałam się bezustannie, jak mu to przekazać. Jak miałam go powiadomić, by jak najmniej go przy tym zranić?

Tego wieczoru też o tym rozmyślałam. Przyglądałam się przy tym Renesmee, która oddychając spokojnie, pogrążona w głębokim śnie, leżała zwinięta w kłębek na kanapie z lokami rozrzuconymi wkoło głowy. Zazwyczaj zabieraliśmy ją ze sobą i układaliśmy na noc w łóżeczku, ale dziś zasiedzieliśmy się w salonie, bo Edward znów zawzięcie dyskutował z Carlisle'em na temat naszego wyjazdu.

Prawie wszyscy coś planowali. Esme i Rosalie namawiały się, co spakować. Jacob odwiedził Sama, żeby przygotować obie sfory na swoją nieobecność. Emmett i Jasper rozprawiali z kolei podekscytowani o tym, na co mogliby w Brazylii zapolować – może na jaguara, a może na panterę? Egzotyczna fauna Amazonii pozwalała nam na odejście od naszej stałej diety. Emmett zwierzył się, że marzy o pomocowaniu się z anakondą.

Alice obchodziła pokój, niepotrzebnie odkurzając idealnie już czyste powierzchnie i prostując perfekcyjnie zawieszone przez Esme świąteczne girlandy. Jak na siebie, poruszała się wyjątkowo powoli. Kiedy na nią zerknęłam, poprawiała właśnie wazony na konsoli. Po jej zmieniającej się minie – to skupionej, to znowu nieobecnej – domyśliłam się, że bada przyszłość. Założyłam, że stara się obejść białe plamy, jakie ze względu na Jacoba i Renesmee pojawiały się w jej wizjach o Ameryce Południowej, ale z błędu wyprowadził mnie Jasper.

– Daj spokój, Alice. Jej żałoba to nie nasz problem – zawołał, a atmosfera w salonie zrobiła się nienaturalnie spokojna.

Alice musiała znowu się martwić, co dzieje się z Iriną.

Pokazała Jasperowi język, a potem podniosła kryształowy wazon wypełniony białymi i czerwonymi różami i obróciła się, by zanieść go do kuchni. Jeden z kwiatów ledwo zauważalnie przywiądł, ale moja przyjaciółka, denerwując się brakiem nowych wizji, żeby zapomnieć o swojej frustracji, stawała się prawdziwą perfekcjonistką.

Przeniósłszy wzrok z powrotem na Renesmee, przegapiłam moment, w którym naczynie wyślizgnęło się Alice z rąk. Zaalarmowana szumem powietrza przecinanego przez spadający kryształ, zdążyłam jednak zobaczyć, jak wazon uderza o marmurową podłogę przy wejściu do kuchni i rozbija się na tysiące diamentowych kawałeczków.

Kiedy skrzące odłamki odbiły się od ziemi z niemelodyjnym brzękiem i wystrzeliły we wszystkich możliwych kierunkach, jak jeden mąż spojrzeliśmy na plecy Alice i zamarliśmy zszokowani.

Pierwszą myślą, która mi się nasunęła, całkowicie nielogiczną, było to, że Alice robi nam jakiś głupi dowcip. Nie mieściło mi się w głowie, że mogła upuścić wazon przez przypadek. Miała przecież tyle czasu, żeby go złapać! Gdybym nie była święcie przekonana, że to zrobi, sama zdążyłabym do niej podbiec, by ją w tym wyręczyć. Zresztą, jakim cudem w ogóle wyślizgnął jej się z rąk? Z jej pewnych, zwinnych palców...

Nigdy jeszcze nie widziałam, żeby wampir upuścił coś przez przypadek. Nigdy.

Mrugnęłam i Alice stała już do nas przodem. Obróciła się tak szybko, że nie było tego widać.

Jej oczy były gdzieś w połowie drogi pomiędzy majakiem a rzeczywistością. Otwierała je coraz szerzej, aż wreszcie niemal wypełniły jej wąską twarzyczkę. Tyle kryło się w nich strachu, bólu i rozpaczy, że zajrzawszy w nie, poczułam się jak ktoś, kto ocknął się w trumnie.

Usłyszałam, jak Edward głośno zaczerpnął powietrza – prawie że się przy tym zakrztusił.

– Co jest? – warknął Jasper. Doskoczył do Alice z prędkością światła, miażdżąc pod stopami resztki wazonu, złapał ją za ramiona i potrząsnął gwałtownie. Wydawało mi się, że jej drobne kości zagrzechotały. – Alice, co się stało?

W zasięgu mojego wzroku znalazł się Emmett. Rozgorączkowany, z obnażonymi zębami, wyglądał przez okno, wypatrując napastników.

Carlisle, Esme i Rosalie nie odezwali się ani słowem. Podobnie jak ja, nadal stali sparaliżowani.

Jasper znowu potrząsnął Alice.

– Co u licha jest grane?

– Jadą po nas – wyszeptali Alice i Edward jednocześnie. – Wszyscy.

W pokoju zapadła głucha cisza.

Choć raz jeden coś dotarło do mnie szybciej niż do innych – ponieważ te cztery słowa spowodowały, że w moim umyśle także pojawiła się pewna wizja. Było to tylko dalekie wspomnienie snu

– blade, niewyraźne, niemal przeźroczyste, jakbym przypatrywała się mu przez grubą gazę... Przed oczami stanął mi szereg zbliżających się ku mnie czarnych postaci, duch na wpół zapomnianego ludzkiego koszmaru. Spowijająca zakapturzone sylwetki mgła nie pozwalała mi zobaczyć, jak połyskują rubinowe tęczówki przybyszy ani jak błyszczą ich ostre, mokre zęby, ale pamiętałam te detale aż za dobrze.

Jeszcze lepiej zapamiętałam to, co w owym potwornym śnie czułam – tamtą przemożną potrzebę, by chronić to, co było dla mnie najcenniejsze – to, co było za mną...

Zapragnęłam porwać Renesmee na ręce i ukryć ją sobie pod skórą, ukryć ją w swoich włosach, sprawić, by stała się niewidzialna. Ale nie zdołałam nawet na nią spojrzeć. Miałam wrażenie, że przypominam już nie kamień, tylko lód. Po raz pierwszy, odkąd zostałam wampirem, zrobiło mi się zimno.

Ledwie zwróciłam uwagę na to, że Alice i Edward potwierdzają moje przypuszczenia. Nie było mi to potrzebne. Ja już wszystko wiedziałam.

– Volturi – jęknęła.

– Wszyscy – wyszeptał.

– Ale dlaczego? – spytała samą siebie. – Skąd ten pomysł?

– Kiedy? – spytał.

– I dlaczego? – dodała Esme.

– Kiedy? – powtórzył Jasper głosem przywodzącym na myśl rozszczepiający się lód.

Alice nie zamknęła powiek, ale jej oczy jakby przesłoniła błona – przez chwilę były zupełnie nieprzytomne, tylko jej usta wykrzywiał wciąż grymas przerażenia.

– Wkrótce – odpowiedziała równocześnie z Edwardem. – Wszędzie będzie dużo śniegu, i w lesie, i w miasteczku – uzupełniła samodzielnie. – Przybędą tu za niecały miesiąc.

– Ale co nimi kieruje? – spytał tym razem Carlisle.

– Muszą mieć jakiś powód – zaczęła spekulować Esme. – Może, żeby sprawdzić...

– Tu nie chodzi o Bellę – przerwała jej Alice. – Przyjadą wszyscy: Aro, Kajusz, Marek, każdy z członków ich straży przybocznej. Nawet ich żony.

– Ależ żony nigdy nie opuściły wieży! – zaprotestował Jasper. – Nigdy! Nawet podczas rebelii na południu! Nawet, gdy władzę próbowali im odebrać Rumuni! Nawet gdy polowali na nieśmiertelne dzieci! Nigdy!

– Ale teraz tak – stwierdził Edward cicho.

– Ale dlaczego? – powtórzył Carlisle. – Nie zrobiliśmy nic złego! A gdybyśmy nawet coś przewinili, co by to mogło być, żebyśmy aż tak im się narazili?

– Tylu nas już jest... – Edward wzruszył ramionami. – Pewnie chcą się upewnić, czy czasem...

Nie dokończył.

– Ale to nie daje nam odpowiedzi na kluczowe pytanie! Dlaczego?

Wydawało mi się, że mogłabym udzielić Carlisle'owi odpowiedzi, ale jednocześnie nie byłam tego wcale taka pewna. Powodem wizyty Volturich była Renesmee, bez dwóch zdań. Nie wiedzieć czemu, od samego początku przeczuwałam, że się po nią stawią. Moja podświadomość ostrzegała mnie przed tym, jeszcze zanim uświadomiłam sobie, że jestem w ciąży. Poniekąd wcale mnie ta wiadomość nie dziwiła. Jak gdybym od zawsze wiedziała, że Volturi przybędą odebrać mi moje szczęście.

Ale nadal nie była to odpowiedź kompletna.

– Sprawdź to, Alice – poprosił ją Jasper. – Zobacz, co ich sprowokowało.

Zgarbiła się i pokręciła przecząco głową.

– Ta wizja przyszła znikąd, Jazz. Nie przyglądałam się poczynaniom Volturich. Nawet naszej przyszłości nie badałam. Rozglądałam się za jakimiś wieściami o Irinie. Nie było jej tam, gdzie się tego spodziewałam...

Nagle odleciała – jej oczy znowu zrobiły się nieprzytomne i wpatrzyły się w nicość.

Po dłuższej chwili szyja jej drgnęła, a czoło zmarszczyło się. Usłyszałam, jak Edward wstrzymuje oddech.

– Postanowiła, że do nich pojedzie – powiedziała Alice. – Irina postanowiła, że pojedzie do Volturich. A potem to oni z kolei podejmą decyzję, żeby przyjechać tutaj. Ale wygląda to tak, jakby już od dawna na nią czekali. Jakby swoją decyzję podjęli już dawno temu, tylko czekali na Irinę...

W milczeniu rozważaliśmy jej słowa. Co takiego mogła im powiedzieć Denalka, co spowodowało z ich strony tak gwałtowną reakcję?

– Czy możemy ją powstrzymać? – spytał Jasper.

– To niemożliwe. Jest już prawie na miejscu.

– Co ona wyprawia? – odezwał się Carlisle, ale przestałam śledzić toczącą się dyskusję. Cała moja uwaga skupiała się na pewnym obrazie, który powoli nabierał w mojej głowie konkretnych kształtów.

Wyobraziłam sobie Irinę przyczajoną na grani, obserwującą to, co działo się w dole. Co zobaczyła? Wampirzycę i wilkołaka, którzy odnosili się do siebie, jak przystało na najlepszych przyjaciół?

Cóż, tak to sobie właśnie wtedy wyjaśniłam i doskonale tłumaczyło to jej zachowanie. Ale dla Iriny ważniejsze było coś innego.

Zobaczyła też dziecko. Nieludzko piękne dziecko popisujące się na śniegu swoimi umiejętnościami, których, gdyby było człowiekiem, przecież by nie posiadało...

Irina... jedna z trzech osieroconych sióstr. Carlisle mówił mi, że kiedy ich matka straciła życie z rąk Volturich za złamanie wampirzego prawa, Tanya i jej siostry zaczęły przestrzegać go z obsesyjną sumiennością.

Zaledwie pół minuty wcześniej Jasper wspomniał przepis tego prawa, o który w tym wszystkim tak naprawdę chodziło: „Nawet gdy polowali na nieśmiertelne dzieci"... Nieśmiertelne dzieci – tabu, temat zakazany.

Nieszczęsna Irina! Doświadczywszy w przeszłości tego, czego doświadczyła, do jakich innych wniosków mogła dojść? Była za daleko, by usłyszeć bijące w Renesmee serduszko, za daleko, by poczuć bijące od jej ciałka ciepło. Zarumienione policzki mojej córeczki mogła uznać za sprytny kamuflaż.

W dodatku, jakby nie było, brataliśmy się z wilkołakami. Z punktu widzenia Denalki samo to było odrażające, czemu więc nie moglibyśmy posunąć się jeszcze dalej...

Przemierzając śnieżne pustkowia z twarzą wykrzywioną cierpieniem, nie myślała wcale o Laurencie. Dręczyło ją co innego: to, że kierowana poczuciem obowiązku, miała nas wydać na pewną śmierć.

Przyjaźń o wielowiekowej historii najwyraźniej przegrała z jej sumieniem.

Reakcja Volturich na takie przypadki była zaś tak oczywista, że właściwie podjęli już decyzję.

Odwróciwszy się, pochyliłam się nad swoim śpiącym maleństwem, zakrywając je swoimi włosami i chowając twarz w jego lokach.

– Skupcie się na tym, co Irina zobaczyła tamtego popołudnia – powiedziałam cicho, wchodząc w słowo Emmettowi. – Jak sądzicie, co ktoś, kto stracił matkę przez nieśmiertelne dziecko, mógł sobie pomyśleć na widok Renesmee?

Wszyscy zamilkli. Dopiero teraz zrozumieli to, do czego sama przed chwilą doszłam.

– Nieśmiertelne dziecko – wyszeptał Carlisle.

Edward ukląkł przy mnie i przytulił nas obie do siebie.

– Tyle że Irina się myli – ciągnęłam. – Renesmee nie jest taka jak tamte dzieci. One się nie zmieniały, a mała rośnie jak na drożdżach. Nad nimi nie dawało się zapanować, a mała nigdy jeszcze nie zrobiła krzywdy ani Charliemu, ani Sue, ani nawet nie pokazała im nic, co mogłoby ich przestraszyć. Potrafi się kontrolować. Już jest bystrzejsza od większości dorosłych. Nic na nią nie mają...

Gadałam jak nakręcona, czekając, aż moi bliscy zdadzą sobie sprawę z tego, że mam rację, czekając, aż któreś z nich wreszcie odetchnie z ulgą i napięcie opadnie, ale w pokoju robiło się coraz chłodniej. W końcu nie pozostało mi nic innego, jak zamilknąć.

Przez długi czas nikt nie zabrał głosu.

– Za taką zbrodnię nie karzą w procesie, skarbie – szepnął do mnie Edward. – Aro zobaczył już dowody w myślach Iriny. Przybędą tu, żeby wykonać wyrok, a nie żeby nad nim obradować.

– Ale przecież jesteśmy niewinni – powiedziałam z naciskiem.

– Nie dadzą nam dość czasu, byśmy mogli ich o tym przekonać.

Mówił cicho i łagodnie, głos miał jak aksamit... a jednak nie udawało mu się maskować rozpaczy. Jego głos był jak wcześniej oczy Alice – należał do kogoś, kto wiedział, że umrze straszną śmiercią.

– Co możemy zrobić? – spytałam.

Renesmee była taka śliczna, taka ciepła w dotyku, tak słodko spała. Tyle się zamartwiałam, że za szybko rośnie, że pozostało jej zaledwie nieco więcej niż dziesięć lat życia... Co za ironia!

Niecały miesiąc – oto, co szykował dla niej los.

Czy to była właśnie ta górna granica? Doznałam w życiu o wiele więcej szczęścia niż większość ludzi. Czyżby obowiązywało w naturze jakieś prawo głoszące, że szczęście i nieszczęście należy rozdzielać po równo? Czy swoją bezbrzeżną radością zaburzyłam tę równowagę? Czy mogłam liczyć na więcej niż cztery miesiące?

To Emmett odpowiedział na moje pytanie.

– Możemy walczyć – oświadczył ze spokojem.

– Ale nie wygramy – warknął Jasper.

Zobaczyłam oczami wyobraźni, jak zasłania Alice własnym ciałem i jaki ma przy tym wyraz twarzy...

– Cóż, uciec też nie możemy. Nie, dopóki korzystają z usług Demetriego. – Emmett skrzywił się i wiedziałam, że to nie tropiciel Volturich napawa go takim obrzydzeniem, tylko myśl o tym, że miałby przed kimś uciekać. – Nie rozumiem, dlaczego nie moglibyśmy wygrać. Mamy do wyboru kilka opcji. Nie musimy walczyć sami.

Podniosłam szybko głowę.

– Nie ma mowy, Emmett! Nie naślę Quileutów na Volturich!

– Bella, wyluzuj. – Miał taką minę, jak wtedy, kiedy zastanawiał się, czy nie zmierzyć się z anakondą. Nawet w obliczu śmierci potrafił czerpać przyjemność ze stojącego przed nim wyzwania.

– Nie miałem na myśli sfory. Ale bądźmy realistami – czy uważacie, że Jacob albo Sam zignorowaliby taką inwazję? Nawet jeśli nie chodziłoby o Nessie? Nie wspominając już o tym, że dzięki Irinie Aro i tak już wie o naszym przymierzu. Ale nie, myślałem o innych naszych znajomych.

Carlisle był tego samego zdania co ja.

– Nie będę skazywał swoich przyjaciół na śmierć.

– Hej, może pozwól im podjąć tę decyzję – powiedział Emmett pojednawczym tonem. – Nie upieram się, że będą musieli z nami walczyć. – Widać było, że plan dopiero krystalizuje mu się w głowie. – Mogą po prostu czekać z nami na przybycie Volturich, tak żeby na ich widok tamci się zawahali. Bella ma rację. Trzeba ich zmusić do tego, żeby nas wysłuchali. Chociaż z drugiej strony, jeśliby nam uwierzyli, ominęłaby nas fajna bitwa…

Pod koniec swojej krótkiej przemowy prawie że się uśmiechał. Byłam zaskoczona, że nikt go jeszcze nie uderzył. Ja miałam na to wielką ochotę.

– Dobrze mówisz – poparła go Esme. – To ma sens. Ta chwila zwątpienia z ich strony – dokładnie tego nam trzeba. Spróbujemy przemówić im do rozumu.

– Będziemy musieli ściągnąć tu wielu świadków – stwierdziła Rosalie bez entuzjazmu.

Esme przytaknęła jej ożywiona, jak gdyby nie wychwyciła w jej głosie nuty sarkazmu.

– O tyle to możemy naszych przyjaciół poprosić. Mieliby po prostu dać świadectwo.

– Zrobilibyśmy dla nich to samo – stwierdził Emmett.

– Musimy tylko bardzo uważać na to, w jaki sposób im to przekażemy – mruknęła Alice. Zerknąwszy na nią, zobaczyłam, że znowu jest przerażona. – Musimy starannie zaplanować te pierwsze spotkania.

– Spotkania? – powtórzył Jasper.

Alice i Edward spojrzeli na Renesmee. A potem oczy Alice zrobiły się szkliste.

– Rodzina Tanyi – zaczęła wyliczać. – I Siobhan. I Amuna. I część nomadów – na pewno Garrett i Mary, może Alistair.

– A co z Peterem i Charlotte? – spytał Jasper niemalże ze strachem w głosie, jak gdyby miał nadzieję, że odpowiedź będzie brzmieć „nie" i jego stary druh nie trafi na rzeź.

– Być może.

– A wampirzyce z Amazonii? – przypomniał Carlisle. – Kachiri, Zafrina i Senna?

Z początku Alice wydawała się zbyt głęboko pogrążona w swoich wizjach, by mu odpowiedzieć, ale w końcu wzdrygnęła się i zamrugała. Na ułamek sekundy spojrzała doktorowi prosto w oczy, po czym spuściła wzrok.

– Nic nie widzę.

– Co to miało być? – szepnął Edward niecierpliwie. – Ten fragment z dżunglą. Będziemy ich szukać?

– Nic nie widzę – powtórzyła Alice, nie patrząc w jego kierunku. Edward przez moment wyglądał na zdezorientowanego. – Będziemy musieli się rozdzielić i pospieszyć – trzeba to załatwić, zanim śnieg zacznie osiadać na ziemi. Musimy dotrzeć do kogo tylko się da i ściągnąć ich tutaj, żeby zobaczyli dowody. – Znowu odpłynęła. – Spytajcie Eleazara. Za tym kryje się coś więcej niż tylko obowiązek zlikwidowania nieśmiertelnego dziecka.

W salonie zapadła złowieszcza cisza. Czekaliśmy, aż Alice wyjdzie z transu. Nareszcie drgnęła i chociaż wróciła już do rzeczywistości, jej źrenice pozostały dziwnie zamglone.

– Tyle tego – westchnęła. – Mamy mało czasu.

– Alice? – odezwał się Edward. – Wszystko działo się tak szybko. Nic z tego nie zrozumiałem. Co to za...

– Nic nie widzę! – wydarła się na niego. – Jacob zaraz tu będzie!

Rosalie przesunęła się w stronę wejścia na werandę.

– Ja się tym…

– Nie – przerwała jej Alice. – Niech wejdzie. – Ze słowa na słowo jej głos stawał się coraz bardziej piskliwy. Złapała Jaspera za rękę i zaczęła ciągnąć go ku tylnym drzwiom. – Z daleka od Nessie też lepiej będzie mi się widziało. Muszę sobie stąd pójść. Muszę się porządnie skoncentrować. Muszę sprawdzić każdy najdrobniejszy szczegół. Muszę już iść. Chodź, Jasper, nie mamy czasu do stracenia!

Usłyszeliśmy kroki Jacoba na schodkach werandy. Alice przyspieszyła, porywając Jaspera ze sobą. Wybiegł za nią posłusznie w srebrną noc, choć minę miał równie zagubioną jak Edward.

– Ruszcie się! – krzyknęła na odchodnym. – Musimy ich wszystkich namierzyć!

– Kogo namierzyć? – zdziwił się Jacob, zamykając za sobą drzwi. – Co ją tak nosi?

Nikt mu nie odpowiedział – wszyscy tylko wpatrywali się tępo w przestrzeń.

Jacob wytrząsnął sobie wodę z mokrych włosów, po czym, nie odrywając wzroku od Renesmee, włożył na siebie podkoszulek.

– Cześć, Bells! Myślałem, że o tej porze będziecie już u siebie.

Spojrzał na mnie wreszcie, zamrugał, a potem zamilkł. Przyglądałam się, jak stopniowo dociera do niego to, jaka w pokoju panuje atmosfera. Kiedy zauważył plamę na podłodze, rozsypane róże i pozostałości kryształowego wazonu, otworzył szeroko oczy i zatrzęsły mu się ręce.

– Co jest? – spytał głucho. – Co się stało?

Nie wiedziałam, od czego zacząć. Nikt inny też na to nie wpadł.

By pokonać dzielącą nas odległość, wystarczyły mu trzy kroki. Uklęknął przy nas i poczułam bijące od niego ciepło. Mięśniami jego ramion wstrząsały rytmiczne dreszcze.

– Nic jej nie jest? – spytał zaniepokojony, sięgając do czółka Renesmee. Sprawdziwszy, czy nie ma temperatury, przekrzywiając głowę, wsłuchał się w jej serduszko. – Tylko, błagam, Bella, mów prawdę!

– Wszystko z nią w porządku – wykrztusiłam łamiącym się głosem.

– Więc o co chodzi?

– O nas wszystkich, Jacob – wyszeptałam załamana. – To koniec. Zostaliśmy wszyscy skazani na śmierć.

29 Dezercja

Przesiedzieliśmy tak całą noc, jak rzeźby mające przedstawiać rozpacz i strach, a Alice nie wróciła.

Byliśmy na skraju wytrzymałości nerwowej, tak odrętwiali z szoku, że żadne z nas nie było w stanie się poruszyć. Mało brakowało, a Carlisle nie zdołałby wykrzesać z siebie dość energii, by opowiedzieć o wszystkim Jacobowi. Wysłuchanie tej historii raz jeszcze tylko pogorszyło sprawę – nawet Emmett spochmurniał i przygasł.

Dopiero kiedy wzeszło słońce i wiadomo było, że Renesmee lada moment się obudzi, zastanowiłam się, czemu Alice tak długo nie wraca. Miałam nadzieję, że dowiem się czegoś więcej, zanim przyjdzie mi zaspokoić ciekawość mojej córeczki – że będę już coś wiedzieć – cokolwiek, czego mogłabym się uczepić, by zmusić się do uśmiechu i nie przestraszyć małej tym, co miałam jej do przekazania.

Czułam, że moja twarz na stałe stężała w maskę, którą miałam na sobie całą noc. Nie byłam pewna, czy jeszcze kiedykolwiek uda mi się uśmiechnąć.

Jacob chrapał w kącie, rzucając się niespokojnie przez sen. Spał w postaci wilka, bo przed zaśnięciem zdążył powiedzieć Samowi, co się dzieje. Watahy szykowały się już na wizytę Volturich, choć moim zdaniem, czego by nie zrobili, i tak mieli zginąć razem z nami.

Przez ścianę szkła wpadły do pokoju pierwsze promienie słońca, zmieniając skórę Edwarda w roziskrzony marmur. Od wyjścia Alice nie spuszczałam z oczu mojego ukochanego. Wpatrując się w siebie, wpatrywaliśmy się zarazem w tę osobę, której straty drugie z nas by nie przeżyło. Kiedy promienie dotarły i do mnie, w jego przygasłych z bólu oczach zobaczyłam swoje własne odbicie.

Wpierw poruszyły się o milimetr jego brwi, a potem wargi.

– Alice – wyszeptał.

Dźwięk jego głosu skojarzył mi się z trzaskiem topniejącej kry. W każdym z nas coś drgnęło, coś odtajało.

– Długo jej nie ma – zauważyła Rosalie zaskoczonym tonem.

– Gdzie też ona może być? – spytał retorycznie Emmett.

Esme położyła sobie dłoń na ramieniu.

– Może lepiej im nie przeszkadzać...

– Nigdy jeszcze nie zniknęła ot tak – powiedział Edward. Nowe zmartwienie sprawiło, że maska, którą przywdział w nocy, pękła. Jego rysy na nowo ożyły, w oczach pojawiła się panika. – Carlisle, a może oni już ją dopadli? Jak sądzisz, czy miałaby dość czasu, żeby sprawdzić, czy kogoś na nią nie nasłali?

Przypomniała mi się galaretowato-mleczna twarz Ara – wampira, który zajrzał w najdalsze zakamarki umysłu Alice, który wiedział dokładnie, jakie miała zdolności...

Emmett zaklął tak głośno, że Jacob, warcząc, zerwał się na cztery łapy. Zawtórowała mu sfora zgromadzona przed domem. Wszyscy nagle zaczęli poruszać się tak szybko, jakby się paliło.

– Zostań z Renesmee! – rozkazałam Jacobowi, rzucając się ku drzwiom.

Byłam nadal silniejsza od moich najbliższych i wykorzystałam swoją przewagę nad nimi do tego, by przepchać się na sam przód. Kilkoma susami wyprzedziłam Esme, ułamek sekundy później Rosalie. Gnałam na oślep przez leśną gęstwinę, dopóki nie zrównałam się z Edwardem i Carlisle'em.

– Czy byliby w stanie ją zaskoczyć? – spytał doktor.

Wsłuchując się w jego głos, można było pomyśleć, że stał nieruchomo, tymczasem pędził przecież z zawrotną prędkością.

– Nie wiem, jak mogłoby się to odbyć – przyznał Edward – ale Aro zna ją lepiej niż ktokolwiek inny. Lepiej niż ja.

– Czy to pułapka? – krzyknął z tyłu Emmett.

– Być może – powiedział Edward. – Ale nie ma tu żadnych tropów poza tymi należącymi do Alice i Jaspera. Dokąd oni pobiegli?

Ślady poprowadziły nas po szerokim łuku: z początku kierowały się na wschód, by po drugiej stronie rzeki skręcić na północ, a potem, po kilku kilometrach, na zachód. Przeprawiliśmy się ponownie przez rzekę, przeskakując ją w szóstkę w kilkusekundowych odstępach. Na czele, maksymalnie skoncentrowany, biegł Edward.

– Też wychwyciłeś ten zapach? – krzyknęła do niego wkrótce po tym Esme z samego brzegu lewego skrzydła. Wskazała na południowy wschód.

– Nie schodźcie z głównego szlaku – jesteśmy już prawie na terytorium Quileutów – zarządził Edward. – Trzymajcie się blisko siebie. Zobaczmy, czy skręcili na północ czy na południe.

Nie znałam przebiegu granicy tak dobrze jak pozostali, ale w wiejącym od wschodu wietrze wyczuwałam słabą woń wilkołaka. Edward i Carlisle z przyzwyczajenia odrobinę zwolnili. Rozglądali się energicznie, spodziewając się, że lada moment trop zmieni kierunek.

Nagle wilczy zapach przybrał na sile, a Edward drgnął, spojrzał przed siebie i raptownie zahamował. Nie wiedzieliśmy, co jest grane, ale też stanęliśmy.

– Sam? – spytał Edward bezbarwnym głosem. – O co chodzi?

Przywódca sfory z La Push wyłonił się zza drzew kilkaset metrów dalej. Szedł do nas szybkim krokiem w ludzkiej postaci, z dwoma wielkimi basiorami, Paulem i Jaredem, po bokach. Dojście do nas zabrało mu trochę czasu i jego ludzkie tempo mnie zniecierpliwiło. Nie chciałam tracić czasu na rozmyślania – chciałam być w ruchu, chciałam działać. Chciałam trzymać już Alice w ramionach i być w stu procentach przekonana, że nic jej nie grozi.

Gdy Edward wczytał się w myśli Sama, na moich oczach jego twarz zrobiła się biała jak kreda. Sam zignorował go i zatrzymał się przed Carlisle'em. To jemu miał do przekazania wiadomość.

– Wkrótce po północy Alice i Jasper dotarli w to miejsce i poprosili o pozwolenie na przekroczenie naszych ziem, by móc dostać się do oceanu. Na plaży od razu dali nurka do wody i już nie wrócili. W drodze na wybrzeże Alice powiedziała mi, że pod żadnych pozorem nie powinienem zawiadamiać o tym spotkaniu Jacoba, dopóki nie skontaktuję się z tobą i nie przekażę ci tego liściku. Obiecałem jej, że będę tu czekał, bo na pewno zjawisz się, by jej szukać. Mówiła, że to niezmiernie ważne. Sprawiała wrażenie, jakby zależało od tego życie nas wszystkich.

Z ponurą miną podał doktorowi złożony arkusik papieru pokryty drobnym czarnym drukiem. Była to kartka wydarta z niewielkiej książki. Gdy Carlisle ją rozwinął, okazało się, że to strona z informacjami na temat praw autorskich pochodząca z taniego wydania *Kupca weneckiego*. Z mojego wydania. Nawet jeszcze mną pachniała. Przywiozłam od Charliego do kamiennego domku trochę swoich rzeczy, w tym kilka kompletów normalnych ubrań, wszystkie listy od mamy i swoje ulubione książki. Sfatygowana kolekcja Szekspirów w miękkich oprawach jeszcze poprzedniego dnia rano stała spokojnie na półce biblioteczki w moim nowym saloniku...

– Alice postanowiła nas opuścić – wyszeptał Carlisle.

– Co takiego?! – wykrzyknęła Rosalie.

Doktor obrócił list, tak abyśmy wszyscy mogli zaznajomić się z jego treścią.

Nie szukajcie nas. Nie ma czasu do stracenia. Pamiętajcie: Tanya, Siobhan, Amun, Alistair i tylu nomadów, ilu tylko się da. My

bierzemy na siebie Petera i Charlotte. Jest nam okropnie przykro,
że musieliśmy odejść w ten sposób, bez pożegnania i jakichkolwiek
wyjaśnień. Niestety, nie mogliśmy postąpić inaczej. Kochamy Was.

Znowu zamarliśmy. Zapadła cisza, przerywana jedynie sapa-
niem wilków i biciem ich serc. Ich myśli także musiały być głośne,
bo to Edward pierwszy się poruszył, by odpowiedzieć na pytanie,
które wyłapał w umyśle Sama.

– Tak, ryzyko jest aż tak duże.

– Na tyle duże, żeby porzucać własną rodzinę? – oburzył się
przywódca watahy.

Postawa Alice bardzo go zbulwersowała. Było oczywiste, że nie
czytał jej liścika przed oddaniem go Carlisle'owi, a sądząc po wyrazie jego twarzy, żałował teraz, że jej posłuchał.

Edward zesztywniał. Sam myślał pewnie, że się rozgniewał albo naburmuszył, ale ja wiedziałam, co przeżywa mój ukochany.
Edward cierpiał.

– Nie wiemy, co takiego zobaczyła – stwierdził. – Alice nie jest
ani tchórzliwa, ani bezduszna. Musiała mieć swoje powody.

– Żaden z nas nigdy by... – zaczął Sam, ale Edward zaraz mu
przerwał:

– Jesteśmy z sobą związani inaczej niż wy w sforze. Każde
z nas nadal posiada wolną wolę.

Indianin uniósł brodę, a jego czarne oczy stały się nagle dziwnie matowe.

– Powinniście wziąć sobie to ostrzeżenie do serca – ciągnął
Edward. – To nie jest coś, w co radziłbym się wam angażować.
Możecie nadal zmienić wizję, której doświadczyła Alice.

Sam uśmiechnął się cierpko.

– My nie uciekamy.

Stojący za nim Paul prychnął.

– Nie skazuj przez dumę swoich bliskich na rzeź – powiedział
cicho Carlisle.

Przywódca wilków posłał mu przyjazne spojrzenie.

– Tak, jak to nam wytknął Edward, nie jesteśmy do końca wolni. Renesmee jest częścią naszej rodziny w takim samym stopniu jak waszej. Jacob nie może jej opuścić, a my nie możemy opuścić jego.

Zerknął na liścik Alice i zacisnął usta.

– Nie znasz jej – burknął Edward.

– A ty ją znasz? – spytał go obcesowo Sam.

Carlisle położył Edwardowi dłoń na ramieniu.

– Mamy dużo spraw do załatwienia, synu. Niezależnie od tego, jaką decyzję podjęła Alice, bylibyśmy głupcami, gdybyśmy nie postąpili zgodnie z jej zaleceniami. Wracajmy do domu i zabierzmy się do pracy.

Edward skinął głową. Twarz miał nadal zesztywniałą z bólu. Zza naszych pleców dochodziło ciche szlochanie Esme. Nie umiała ronić łez, ale jakoś musiała sobie ulżyć.

Mnie nie było stać nawet na to – otępiała, mogłam tylko patrzeć przed siebie. Nic jeszcze nie czułam. Wszystko wydawało mi się nierzeczywiste, jak gdybym po raz pierwszy od miesięcy zapadła w sen. Jak gdyby dręczył mnie jakiś koszmar.

– Dziękuję ci, Sam – powiedział Carlisle.

– Przepraszam. Wybacz. Nie powinniśmy byli jej przepuścić.

– Nie wyrzucaj sobie tego. Alice ma prawo robić, co jej się żywnie podoba. Ja też bym jej nie zatrzymywał.

Zawsze miałam Cullenów za zamkniętą całość, za coś niepodzielnego. Teraz przypomniało mi się, że nie zawsze tak było. Carlisle stworzył Edwarda, Esme, Rosalie i Emmetta, a Edward z kolei stworzył mnie. Łączyły nas więzy krwi – i wampirzego jadu – ale tylko naszą szóstkę. Nigdy jednak nie myślałam o tym podziale. Nie zastanawiałam się nad tym, że dla części swoich dzieci Carlisle był poniekąd ojcem, a Alice i Jaspera jedynie adoptował. Zresztą, tak po prawdzie, to Alice adoptowała jego. Zjawiła się znikąd, przyprowadzając z sobą Jaspera, i znalazła dla siebie miejsce w już istniejącej rodzinie. Oboje z Jasperem wiedzieli, jak to jest żyć osobno. Czyżby postanowiła na nowo wieść takie życie, zobaczywszy, jaki los czekałby ją u Cullenów?

Czy oznaczało to, że nie mieliśmy najmniejszych szans? Że nie było dla nas nadziei? Że nie istniało nic, co mogłoby przekonać Alice do pozostania po naszej stronie?

Rześkie poranne powietrze wydało mi się nagle gęstsze, a światło słoneczne przytłumione, jakby moja rozpacz miała na nie jakiś wpływ.

– Ja tam nie poddam się bez walki – mruknął Emmett pod nosem. – Alice zostawiła nam instrukcje. Weźmy się do roboty.

Pozostali mu przytaknęli i uświadomiłam sobie, że mimo wszystko ufają jej radom i spróbują wcielić jej plan w życie. Nikt z nas bynajmniej nie zamierzał się załamać ani czekać z założonymi rękami na śmierć.

Tak, chcieliśmy walczyć do końca. Co innego nam pozostało? I najwyraźniej musieliśmy zaangażować w to innych, ponieważ tak nakazała nam Alice jeszcze przed swoim odejściem. Jak moglibyśmy nie posłuchać jej ostatniego ostrzeżenia? Wilkołaki też chciały do nas dołączyć – dla Renesmee.

Mieliśmy walczyć więc i my, i oni, choć w trakcie wszyscy mieliśmy zginąć.

Nie odnajdywałam w sobie tej samej determinacji, co reszta. Alice dobrze wiedziała, jakie mamy szanse na wygraną. Z jej wizji wynikało, że jakieś tam istniały, i przekazała nam, jak najlepiej je wykorzystać, ale były tak marne, że sama wolała się ewakuować. Mówiło to samo za siebie.

Odwróciwszy się tyłem do Sama, by ruszyć za Carlisle'em do domu, szczerze mówiąc, już czułam się jak ktoś pokonany.

Nie biegliśmy w panice, tylko pozwoliliśmy prowadzić się naszym zmysłom. Kiedy zbliżaliśmy się do rzeki, Esme się ożywiła.

– To tu zaczyna się ta odnoga, o której wam mówiłam. Ślady są zupełnie świeże.

Zdążyłam już zapomnieć, że wcześniej wołała do Edwarda coś o nowym tropie. Nie zwrócił wtedy na niego uwagi, bo pędziliśmy przecież ratować Alice...

– Sama Alice, bez Jaspera – skwitował Edward bez większego zainteresowania. – Pewnie zawędrowała tutaj w ciągu dnia.

Esme skrzywiła się, ale nie zaprotestowała.

Odbiłam lekko na prawo, zostając nieco w tyle. Edward mógł mieć rację, ale z drugiej strony... Po co Alice napisała liścik na kartce wyrwanej z książki, i to książki znajdującej się w innym domu?

– Bello?

Edward zauważył, że się zawahałam. Nadal był przybity i jego głos nie zdradzał żadnych emocji.

– Chcę sprawdzić ten trop – oznajmiłam, węsząc zapamiętale. Byłam jedynie początkującym tropicielem, ale zapach Alice unoszący się wzdłuż bocznej ścieżki nie wydawał się niczym różnić od tego ze szlaku, którym uciekła z Jasperem.

– Pewnie prowadzi z powrotem do domu.

– W takim razie tam się właśnie spotkamy.

Sądziłam z początku, że pozwoli mi pójść samej, ale kiedy oddaliłam się kawałek, jego puste przedtem oczy rozbłysły.

– Poczekaj! – zawołał za mną. – Carlisle, zobaczymy się w domu.

Doktor nie widział żadnych przeciwwskazań. Zaczekałam, aż wszyscy zniknęli nam z oczu, po czym spojrzałam pytająco na Edwarda.

– Nie potrafiłbym się teraz z tobą rozstać – wyjaśnił. – Wzdragam się na samą myśl o tym.

Nie musiał dodawać nic więcej. Kiedy się nad tym zastanowiłam, dotarło do mnie, że rozstawszy się z nim, nawet na bardzo krótko, cierpiałabym tak samo jak on.

Tak mało czasu nam pozostało.

Ujął moją wyciągniętą dłoń.

– Pospieszmy się – powiedział. – Mała zaraz się zbudzi.

Skinęłam głową.

Wciąż trzymając się za ręce, rzuciliśmy się biegiem przez las.

Było pewnie głupotą z mojej strony marnować czas z dala od Renesmee tylko po to, żeby zaspokoić ciekawość, ale sprawa liściku nie dawała mi spokoju. Jeśli Alice nie miała przy sobie żadnej czystej kartki, mogła wyryć swoją wiadomość na jakimś głazie albo na pniu drzewa. Ba! Mogła niezauważona wkraść się do dowolnego domu przy szosie i zabrać z niego choćby i kostkę samoprzylepnych kolorowych karteczek. Dlaczego posłużyła się właśnie moją książką? I skąd ją w ogóle wytrzasnęła?

Zgodnie z moimi przypuszczeniami, trop wiódł do naszego kamiennego domku – okrężną drogą, tak aby trzymać się jak najdalej zarówno od domu Cullenów, jak i od terytorium wilków. Kiedy Edward zdał sobie z tego sprawę, zdezorientowany, ściągnął brwi.

Spróbował jakoś to sobie poukładać.

– Poprosiła Jaspera, żeby na nią zaczekał, i przyszła tu sama?

Byliśmy już prawie na miejscu. Poczułam się nieswojo. Cieszyłam się, że Edward był przy mnie i trzymał mnie za rękę, ale odnosiłam wrażenie, że powinnam była jednak przyjść tu sama. W całej tej historii było coś bardzo podejrzanego – jakby za czynami Alice coś się kryło, tylko nie miałam pojęcia co. Jedno było pewne – *Kupiec* należał do mnie, więc i do mnie należało rozwiązanie tej zagadki. Gdyby Alice chciała przekazać coś w sekrecie Edwardowi, czy nie wydarłaby kartki z jednej z jego książek?

– Pozwól, że sama tam wejdę – oświadczyłam na ganku, wyswobadzając swoją dłoń spomiędzy jego palców.

– Bello…

– Proszę. Daj mi trzydzieści sekund.

Nie czekając na jego zgodę, wpadłam do środka i zatrzasnęłam za sobą drzwi. Moim celem była biblioteczka. Zapach Alice był bardzo świeży – nie mógł mieć więcej niż jeden dzień. W kominku płonął ogień, którego nie rozpalił ani Edward, ani ja. Wyjęłam z półki *Kupca weneckiego* i czym prędzej otworzyłam go na stronie tytułowej.

Koło poszarpanej krawędzi pozostawionej przez wyrwaną stronicę, pod słowami „William Szekspir" Alice napisała:

Spal to.

Poniżej widniało nazwisko i adres kogoś zamieszkałego w Seattle.

Kiedy Edward wszedł do środka – raczej po trzynastu sekundach niż po trzydziestu – przyglądałam się, jak sztuka Szekspira płonie w kominku.

– I co znalazłaś?

– Była tutaj. Żeby napisać liścik, wyrwała kartkę z mojej książki.

– Dlaczego?

– Nie wiem.

– A dlaczego ją teraz palisz?

– Bo... bo...

Zmarszczyłam czoło, pozwalając, by na mojej twarzy pokazał się cały ból i frustracja, które zjadały mnie od środka. Nie wiedziałam, co Alice usiłuje mi przekazać – rozumiałam jedynie, że dołożyła wszelkich starań, by nie trafiło to do nikogo oprócz mnie. Jedynej osoby, w której myślach Edward nie potrafił czytać. Chciała coś przed nim zataić i najprawdopodobniej miała po temu słuszne powody.

– Bo pomyślałam, że tak wypada – wybąkałam.

– Co też ona planuje...

Zapatrzyłam się w płomienie. Byłam jedyną osobą na świecie, która mogła okłamać Edwarda. Czy tego właśnie Alice ode mnie wymagała? Czy takie było jej ostatnie życzenie?

– Kiedy leciałyśmy do Włoch, żeby cię uratować – szepnęłam (nie było to kłamstwo, ale niewątpliwie starałam się odwrócić jego uwagę) – okłamała Jaspera, żeby nie poleciał za nami. Wiedziała, że jeśli Jasper spotka się z Volturimi, to zginie. Byle tylko nie narazić go na niebezpieczeństwo, ryzykowała życie. I moje życie także. I twoje.

Edward nie odpowiedział.

– Alice ma swoje priorytety – dodałam.

Poczułam bolesne ukłucie w swoim zastygłym sercu, bo uzmysłowiłam sobie, że moje wyjaśnienie wcale nie wydawało się kłamstwem.

– Nie wierzę – powiedział Edward, ale takim tonem, jak gdyby nie zaprzeczał moim słowom, tylko starał się przekonać samego siebie. – Może tu znowu chodzi tylko o Jaspera. Zobaczyła w wizji, że wszyscy wyszlibyśmy z tego cało, tylko Jasper nie. Może...

– Mogłaby nam wtedy o tym powiedzieć. Mogłaby odesłać go samego.

– I dobrowolnie by ją opuścił? Może znowu go okłamała.

– Kto wie – udałam, że się zgadzam. – Wracajmy już do domu. Mamy mało czasu.

Wziął mnie za rękę i pomknęliśmy przed siebie.

Wiadomość od przyjaciółki nie rozbudziła we mnie nadziei. Gdyby można było jakoś uniknąć zbliżającej się rzezi, Alice by została. Nie widziałam innej możliwości. A więc coś innego mi zostawiła. Nie drogę ucieczki. Ale czego innego jej zdaniem bym chciała? Może coś ocalić? Czy istniało coś, co mogłam jeszcze uratować?

Carlisle i pozostali nie próżnowali podczas naszej nieobecności. Rozdzieliliśmy się może na pięć minut, ale zdążyli się w tym czasie spakować. W rogu salonu siedział Jacob z Renesmee na kolanach. Oboje z szeroko otwartymi oczami obserwowali krzątające się wampiry.

Rosalie miała na sobie już nie jedwabną sukienkę, ale solidnie prezentujące się dżinsy, buty do biegania i zapinaną na guziki koszulę z grubego materiału, jedną z tych, w jakie turyści w górach ubierają się często na dłuższe wycieczki. Esme była ubrana w podobny sposób. Na stoliku przy kanapie stał globus, a moi bliscy skończyli już rozdzielać zadania i czekali tylko na nas.

W pokoju panował o wiele lepszy nastrój niż poprzednio – to, że można było się czymś zająć, poprawiło wszystkim humor. Pokładali teraz nadzieje w planie Alice.

Zerknęłam na globus, ciekawa, jaki miał być pierwszy przystanek na naszej trasie.

– Mamy zostać? – zdziwił się Edward, patrząc na Carlisle'a. Nie wyglądał na zadowolonego.

– Alice powiedziała, że będziemy musieli pokazać naszym gościom Renesmee. Kazala nam przy tym szczególnie uważać – wyjaśnił doktor. – Edwardzie, ty z nas najlepiej sobie z tym poradzisz. Będziemy przysyłać tu każdego, kogo odnajdziemy.

Edward skinął głową, ale nadal był markotny.

– Tyle miejsc trzeba sprawdzić...

– Dlatego się rozdzielamy – odezwał się Emmett. – Ja i Rose, na przykład, zajmiemy się nomadami.

– Obiecuję ci, że i tak będziesz miał pełne ręce roboty – oznajmił Carlisle. – Tanya będzie tu z całą rodziną jutro rano, a nie wytłumaczyliśmy im, po co ich ściągamy. Po pierwsze, musisz tak ich poprowadzić, żeby nie zareagowali podobnie jak Irina. Po drugie, musisz się dowiedzieć, co miała na myśli Alice, każąc nam zwrócić się do Eleazara. Odpowiednia reakcja to jedno, ale czy zgodzą się jeszcze tu zostać i wystąpić przed Volturimi w charakterze świadków? Do tego też trzeba ich będzie przekonać. A jak pojawią się nowi goście, wszystko zacznie się od początku. Oczywiście jeśli uda nam się w ogóle kogoś namówić, żeby tu się zjawił. – Westchnął ciężko. – Masz przed sobą najtrudniejszą misję z nas wszystkich. Wrócimy, by ci w niej pomóc, gdy tylko będzie to możliwe.

Na sekundę położył Edwardowi rękę na ramieniu, a potem pocałował mnie w czoło. Esme uścisnęła nas oboje, a Emmett szturchnął każde z nas po przyjacielsku w ramię. Rosalie obdarowała nas wymuszonym uśmiechem, posłała Renesmee całusa i zmroziła Jacoba wzrokiem.

– Powodzenia – powiedział Edward.

– Tobie też go życzę – stwierdził doktor. – Każdemu z nas przyda się teraz dużo szczęścia.

Patrzyłam za nimi, jak odchodzą, żałując, że nie podzielam ich entuzjazmu, i marząc o tym, by choć na kilka sekund móc zasiąść w samotności przed komputerem. Musiałam sprawdzić, kim jest tajemniczy J.Jenks i dlaczego Alice przeprowadziła tak skomplikowaną intrygę, by jego nazwisko trafiło wyłącznie do mnie.

Renesmee obróciła się w ramionach Jacoba, żeby dotknąć jego policzka.

– Nie wiem, czy ktoś ze znajomych Carlisle'a tu jednak przyjedzie – odpowiedział jej. – Mam nadzieję. Na razie wygląda na to, że tamtych jest trochę więcej od nas.

Więc już wiedziała. Rozumiała aż za dobrze, co się dzieje. Że też te przeklęte wilkołaki z wpojeniem musiały zawsze spełniać wszystkie zachcianki obiektów swoich uczuć! Czy nie ważniejsze było to, by ją chronić, niż by jej nadskakiwać?

Przyjrzałam się uważnie jej twarzyczce. Nie wydawała się przestraszona, tylko zaniepokojona i bardzo poważna. Znowu pokazywała coś Jacobowi.

– Nie, nie możemy im w niczym pomóc. Musimy zostać tutaj. Goście przyjadą tu oglądać ciebie, a nie krajobrazy.

Ściągnęła brewki.

– Nie, nie, nigdzie się stąd nie ruszę – odparł, ale zaraz dotarło do niego, że może czegoś nie wie i szczerze przerażony, przeniósł wzrok na Edwarda. – Prawda?

Edward zawahał się.

– No, wyrzuć to z siebie – zachęcił go Jacob spiętym głosem. Tak jak i my był na skraju wytrzymałości nerwowej.

– Wampiry, które przybędą tu, żeby nam pomóc, nie są takie jak my – wyznał Edward. – Oprócz nas tylko rodzina Tanyi odnosi się z szacunkiem do ludzkiego życia, ale nawet oni nie przepadają za wilkołakami. Sądzę, że byłoby bezpieczniej...

– Potrafię o siebie zadbać – przerwał mu Jacob.

– ...bezpieczniej dla Renesmee – dokończył Edward – gdyby ci, którzy mają uwierzyć w jej historię, nie musieli dodatkowo godzić się z faktem, że są w nią wplątane wilkołaki.

– Ładnych macie znajomych. Zwróciliby się przeciwko wam tylko dlatego, że zadajecie się nie z tymi, co trzeba?

– Myślę, że w normalnych okolicznościach okazaliby więcej tolerancji. Musisz zrozumieć, że zaakceptowanie Nessie nie będzie dla żadnego z nich łatwe. Po co mielibyśmy im to jeszcze bardziej utrudniać?

Carlisle opowiedział Jacobowi o zasadach obowiązujących w świecie wampirów poprzedniego wieczoru.

– Te nieśmiertelne dzieci były naprawdę aż takie złe?

– Nawet sobie nie wyobrażasz, jakie blizny pozostawił po sobie tamten okres w naszej zbiorowej psychice.

– Edward...

Nadal czułam się dziwnie, słysząc jak Jacob wymawia jego imię bez niechęci.

– Wiem, Jake. Wiem, jak ciężko jest się rozstawać z małą. Rozegramy to intuicyjnie – zobaczymy, jak na nią zareagują. Tak czy siak, nie mogą jej zobaczyć ot tak, na wejściu. Przez najbliższych kilka tygodni będzie musiała przebywać stale w kamiennym domku i czekać tam, aż nadejdzie właściwy moment, by ją zaprezentować. Więc tak długo, jak będziesz trzymał się z dala od tego domu tutaj...

– To da się załatwić. Czyli jutro rano będziemy już mieli towarzystwo?

– Tak. To nasi najbliżsi przyjaciele. W tym szczególnym przypadku będzie chyba lepiej, jeśli od razu zagramy w otwarte karty. Możesz tu jeszcze zostać. Tanya wie o tobie. Poznała nawet Setha.

– Racja.

– Powinieneś uprzedzić Sama. Wkrótce po lesie będzie się kręcić wielu obcych.

– Słuszna uwaga. Chociaż po zeszłej nocy mam ochotę za karę nie mówić mu wszystkiego.

– Zwykle słuchanie Alice wychodzi wszystkim na dobre.

Jacob zazgrzytał zębami. Widać było, że na temat zniknięcia Alice i Jaspera ma taką samą opinię, jak Sam.

Kiedy rozmawiali, podeszłam do okien od strony rzeki, starając się wyglądać na zamyśloną i podenerwowaną. Nie było to trudne. Oparłam czoło o szybę w miejscu, w którym szklana ściana skręcała w stronę jadalni, tuż koło jednego ze stolików komputerowych. Wpatrując się w las, przesunęłam palcami po klawiaturze w taki sposób, jak gdybym robiła to w roztargnieniu. Czy wampiry robiły w ogóle cokolwiek w roztargnieniu? Nikt w pokoju nie zwracał chyba na mnie uwagi, ale nie obróciłam się, żeby zyskać pewność. Rozbłysnął monitor. Ponownie, niby to przypadkiem, musnęłam klawiaturę, a potem z rozmysłem postukałam paznokciami w blat biurka, by wrażenie było takie, że robię to wszystko z nerwów. Kolejne muśnięcie klawiszy...

Kątem oka zbadałam, co wyświetliło się na ekranie.

Nie było żadnego J.Jenksa, ale wyskoczył niejaki Jason Jenks. Prawnik. Potarłam opuszkami klawiaturę, próbując nie zgubić rytmu, jak gdybym głaskała odruchowo siedzącego tam kota, choć właściwie zapomniałam już o jego istnieniu. Jason Jenks miał własną wymyślną stronę internetową, ale podany na niej adres jego kancelarii nie zgadzał się z tym, który zostawiła mi Alice – jego biuro, owszem, mieściło się w Seattle, ale sądząc po kodzie, w innej dzielnicy. Odnotowałam w pamięci numer telefonu i znowu dotknęłam klawiszy. Tym razem wpisałam znany mi adres, ale ten w Internecie zupełnie nie występował. Może był w nim jakiś błąd? Mogłam dla pewności zlokalizować go na mapie, ale doszłam do wniosku, że kusiłabym już los. Jeszcze jedno muśnięcie, żeby usunąć historię...

Wyglądając dalej przez okno, zdążyłam jeszcze dotknąć kilka razy blatu stolika, kiedy usłyszałam za sobą znajome kroczki. Z nadzieją, że minę mam taką samą, jak wcześniej, odwróciłam się do córeczki.

Renesmee wyciągnęła rączki. Otworzyłam ramiona i już po chwili była w moich objęciach. Pachniało od niej mocno wilkołakiem. Przycisnęłam jej główkę do swojej szyi.

Nie wiedziałam, jak to zniosę. Owszem, bałam się o swoje własne życie, o Edwarda, o resztę swojej rodziny, ale było to niczym w porównaniu z skręcającym jelita lękiem, jaki ogarniał mnie na myśl o tym, co groziło mojej małej. Musiał istnieć jakiś sposób na to, by ją uratować, nawet jeśli cała nasza reszta miałaby zginąć.

Nagle uzmysłowiłam sobie, że niczego więcej nie pragnę. Mogłam się pogodzić ze wszystkim, tylko nie z tym, że jej życie miało skończyć się tak szybko.

To właśnie ona była tym czymś, co po prostu musiałam ocalić.

Czyżby Alice się tego domyśliła?

Renesmee położyła mi piąstkę na policzku.

Pokazała mi cały szereg twarzy: swoją własną, Edwarda, Jacoba, Rosalie, Esme, Carlisle'a, Alice, Jaspera... Przesuwały się coraz to szybciej. Seth i Leah. Charlie, Sue i Billy. Powtarzała to bez końca. Martwiła się, jak my wszyscy. Ale na szczęście tylko się martwiła. Najwyraźniej Jake jednak zataił przed nią najgorsze. To, że nie było dla nas nadziei. Że za miesiąc mieliśmy już nie żyć.

W pewnym momencie zatrzymała się na dłużej na Alice. Czuła się zagubiona. Gdzie jest Alice, zdawała się pytać.

– Nie wiem – szepnęłam. – Ale Alice to Alice. Wie, co robi.

A w każdym razie wie, co zrobić, żeby jej było dobrze.

Nienawidziłam się za to, że myślę o niej w ten sposób, ale jak inaczej mogłam tłumaczyć jej postępowanie?

Mała westchnęła i jej tęsknota nasiliła się.

– Mnie też jej brakuje.

Poczułam, że zmienia mi się wyraz twarzy, że moje ciało stara się dopasować go do mojego smutku. Oczy miałam jakieś dziwne – nieprzyjemnie suche. Mrugały, próbując się tej suchości pozbyć. Przygryzłam wargę. Kiedy wzięłam kolejny wdech, powietrze zgubiło w gardle drogę, jak gdybym się nim krztusiła.

Renesmee odsunęła się ode mnie, by mieć na mnie lepszy widok, i w jej myślach zobaczyłam swoje odbicie. Wyglądałam tak, jak Esme tego ranka.

A więc to tak się po wampirzemu płakało.

Moja córeczka patrzyła na mnie jeszcze przez chwilę, a potem jej oczka zaślniły wilgocią. Pogłaskała mnie po policzku, nic mi nie pokazując – po prostu chciała mnie pocieszyć.

Nigdy się nie spodziewałam, że kiedyś zamienimy się rolami, tak jak to zawsze robiłyśmy z Renée. Nie potrafiłam sobie zresztą za dobrze wyobrazić naszej przyszłości.

W kąciku oczka Renesmee pojawiła się łezka. Starłam ją całusem. Dotknąwszy tamtego miejsca, przyjrzała się w zadziwieniu swojemu mokremu paluszkowi.

– Nie płacz – powiedziałam jej. – Wszystko będzie dobrze. Włos ci z głowy nie spadnie. Już ja się o to postaram.

Może nie byłam w stanie zrobić nic więcej, ale Renesmee musiałam ocalić. Nie miałam już żadnych wątpliwości, że właśnie o to zadbała Alice. Domyśliła się. Zostawiła jej jakąś drogę ucieczki.

30 *Pod urokiem*

Do głowy cisnęły mi się dziesiątki pytań.

Jak wykraść dla siebie dość czasu, by odnaleźć J.Jenksa, i dlaczego Alice chciała, żebym poznała tego człowieka?

Jeśli intryga Alice nie miała jednak nic wspólnego z Renesmee, co mogłam zrobić, by uratować swoją córkę?

Jak mieliśmy z Edwardem wyjaśnić nazajutrz rodzinie Tanyi, co się dzieje? Co, jeśli mieli potraktować nas tak jak Irinę? Co, jeśliby nas zaatakowali?

Nie umiałam walczyć. Jak miałam się tego nauczyć w ciągu miesiąca? Czy były w ogóle jakieś szanse na to, żebym po tak krótkim kursie stanowiła dla Volturich zagrożenie? A może miałam okazać się kompletnie bezużyteczna? Mieli mnie zabić już w pierwszej minucie? Ot, kolejny nowo narodzony wampir, których tak dużo ginęło w pierwszych miesiącach ich nowego życia?

Tylu rzeczy chciałam się dowiedzieć, ale nie miałam okazji zadać nikomu swoich pytań.

Pragnąc dla dobra Renesmee zachować pozory normalności, uparłam się, byśmy wzięli ją na noc do kamiennego domku. Odprowadził nas tam Jacob. Czuł się teraz pewniej pod postacią wilka, bo łatwiej było mu radzić sobie ze stresem, kiedy w każdej chwili był gotowy do walki. Zazdrościłam mu tej gotowości. Odstawiwszy nas na miejsce, zaczął patrolować okolicę.

Gdy mała usnęła, odłożyłam ją do łóżeczka, a potem poszłam do salonu z zamiarem zadania Edwardowi pytań – przynajmniej tych, które mogłam mu zadać. Jednym z moich największych strapień było przecież to, jak cokolwiek przed nim zataić. Niby miałam nad nim tę przewagę, że nie potrafił czytać mi w myślach, ale i tak wydawało mi się to niemożliwe.

Zastałam go stojącego tyłem do mnie ze wzrokiem wbitym w ogień.

– Edwardzie, muszę...

Nie było mi dane dokończyć tego zdania. Mój ukochany znalazł się przy mnie tak szybko, jakby to, że stał przy kominku, było jedynie złudzeniem. Zdążyłam tylko zauważyć jego zawziętą minę. Później jego wargi spięły się z moimi, a umięśnione ramiona zacisnęły się wkoło mnie z siłą stalowych dźwigarów.

Przez resztę nocy miałam na głowie inne rzeczy niż rozmyślanie o swoich problemach. Nie zabrało mi wiele czasu zrozumienie tego, co kierowało Edwardem, a jeszcze mniej potrzebowałam, by poczuć się dokładnie tak samo.

Zakładałam wcześniej, że będą musiały minąć lata, zanim zdołam zapanować nieco nad swoim pożądaniem. I że potem przez stulecia będę mogła czerpać z niego przyjemność. Więc skoro pozostał mi i Edwardowi zaledwie miesiąc razem... Cóż, w takich okolicznościach nie mogłam się powstrzymać przed byciem egoistką. Jak miałabym z tego, co było między nami, dobrowolnie zrezygnować? O nie, chciałam mu w nadchodzących dniach okazywać jak najwięcej miłości.

Ciężko mi było oderwać się od niego nawet wtedy, kiedy wzeszło już słońce, ale mieliśmy przed sobą ważne zadanie do wykonania – zadanie, które być może było trudniejsze od wszystkich misji naszych bliskich razem wziętych. Gdy tylko przypomniałam sobie, co nas czeka, zmieniłam się w kłębek nerwów – miałam wrażenie, że coś je rozciąga, przez co stają się coraz cieńsze.

– Żebym tylko wiedział, jak wydobyć od Eleazara potrzebne nam informacje, zanim powiemy mu o Nessie – westchnął Edward, gdy ubieraliśmy się pospiesznie w naszej przestronnej garderobie, która boleśnie przypominała mi o Alice. – Tak na wszelki wypadek.

– Nie zrozumiałby wtedy twojego pytania, więc i nie mógłby ci na nie odpowiedzieć – stwierdziłam. – Jak sądzisz, pozwolą nam w ogóle cokolwiek wyjaśnić?

– Nie wiem.

Wzięłam śpiącą jeszcze Renesmee i zanurzyłam nos w jej lokach. Z tak bliskiej odległości jej słodki zapach tłumił wszystkie inne.

Wiedziałam, że nie mogę sobie dziś pozwolić na zmarnowanie choćby sekundy. Musiałam wyjaśnić dręczące mnie kwestie, a nie byłam pewna, ile czasu uda mi się spędzić z Edwardem sam na sam. Miałam nadzieję, że jeśli konfrontacja z Denalczykami przebiegnie po naszej myśli, będziemy mieć na dłuższy czas zapewnione towarzystwo.

Otworzył drzwi i przytrzymał je dla mnie.

– Edwardzie, nauczysz mnie walczyć? – spytałam, denerwując się, jak zareaguje.

Postąpił tak, jak się tego spodziewałam. Najpierw zamarł, a potem omiótł mnie paraliżującym siłą spojrzeniem, jak gdyby widział mnie po raz pierwszy lub po raz ostatni w życiu. Jego oczy zatrzymały się na dłużej na naszej córeczce.

– Obawiam się, że żadne z nas nie będzie miało w starciu z nimi najmniejszych szans.

– Chcesz, żebym była zupełnie bezbronna? – spytałam, opanowując drżenie w swoim głosie.

Przełknął ślinę. Tak mocno zacisnął palce na drzwiach, że za-drżały, a ich zawiasy zaskrzypiały w proteście.

Skinął głową.

– Skoro tak to odbierasz... Myślę, że musimy jak najszybciej zabrać się do pracy.

Ruszyliśmy w stronę białego domu, ale powoli. Nie spieszyło nam się.

Zastanowiłam się, co mogłabym zrobić na polu bitwy, by mimo wszystko spróbować zwiększyć prawdopodobieństwo naszej wy-granej. Poniekąd byłam na swój sposób wyjątkowa – jeśli posiada-nie nieprzepuszczalnej czaszki można uznać za coś wyjątkowego. Czy mogłam tę swoją cechę jakoś wykorzystać?

– Co najbardziej, twoim zdaniem, przyczynia się do tego, że mają nad nami aż tak dużą przewagę? A może znasz jakieś ich słabe strony?

Edward nie musiał się upewniać, czy chodzi mi o Volturich.

– W ofensywie ich najważniejszymi graczami są Alec i Jane – odparł beznamiętnym głosem, jak gdybyśmy rozmawiali nie o swoich śmiertelnych wrogach, tylko o drużynie baseballowej. – Ci od obrony nie mają zwykle wiele do roboty.

– Jane, bo potrafi torturować na odległość – a przynajmniej torturować umysły. Ale co potrafi Alec? Czy nie mówiłeś mi kie-dyś, że jest jeszcze groźniejszy niż Jane?

– To prawda. Można by powiedzieć, że jest antidotum na Jane. Ona sprawia, że czuje się niewyobrażalny ból, a Alec, wręcz prze-ciwnie, że nic się nie czuje. Nic a nic. Czasami, gdy Volturi są w dobrym humorze, nakazują mu znieczulić swoją ofiarę przed egzekucją. Jeśli się poddała albo jakoś im się przypodobała.

– Znieczulić? A dlaczego to ma być gorsze od tego, co robi Jane?

– Bo kiedy cię znieczula, wyłącza wszystkie twoje zmysły, nie tylko dotyk. Nie czujesz bólu, ale też nic nie widzisz, nic nie sły-szysz, nie rozpoznajesz zapachów. Nagle jesteś zupełnie sam w nieprzeniknionych ciemnościach. Tylko ty i twoje myśli. Nawet nie wiesz, że już płoniesz.

Wzdrygnęłam się. Czy skoro Volturi wydali na mnie wyrok, nie mogłam już liczyć na nic więcej prócz tego, że kiedy przyjdzie po mnie śmierć, nie będę zdawać sobie z tego sprawy?

– Ale umiejętności Aleca na tym się nie kończą – ciągnął Edward tym samym wypranym z emocji tonem. – Gdyby tak było, byłby jedynie równie niebezpieczny, jak Jane. Oboje mogą uczynić cię bezwolnym. Istnieje jednak między nimi pewna istotna różnica, ta sama, co pomiędzy Arem a mną. Aro potrafi czytać w myślach tylko jednej osobie naraz. Jane potrafi torturować tylko tego, na kogo patrzy. Ja słyszę wszystkich dookoła jednocześnie.

Zmroziło mnie, kiedy zrozumiałam, do czego zmierzał.

– Alec mógłby unieszkodliwić za jednym zamachem nas wszystkich? – wyszeptałam.

– Tak. Jeśli wykorzysta przeciwko nam swoje zdolności, będziemy stali ślepi i głusi, czekając na swoją kolej. A może po prostu nas spalą, nie rozrywając nas wcześniej pojedynczo na strzępy? Oczywiście moglibyśmy spróbować stawić im opór, tak czy siak, ale prędzej zrobilibyśmy krzywdę sobie nawzajem niż komukolwiek z nich.

Przez kilka sekund szliśmy w milczeniu.

Przyszedł mi do głowy pewien pomysł – nie za wiele sobie po nim obiecywałam, ale zawsze był lepszy niż nic.

– Jak myślisz, czy Alec jest sprawnym żołnierzem? To znaczy, pomijając ten jego potworny dar. Gdyby został zaatakowany, ale nie mógł go użyć. Ciekawa jestem, czy kiedykolwiek znalazł się w takiej sytuacji...

Edward zerknął na mnie zaintrygowany.

– Do czego zmierzasz?

Patrzyłam prosto przed siebie.

– Hm... Pewnie jestem na niego odporna, prawda? Skoro to, co robi, jest takie podobne do tego, co robisz ty i Jane, i Aro. Może... jeśli nigdy nie musiał się przed nikim bronić... gdybym nauczyła się kilku sztuczek...

– Jest z Volturimi od wieków – wszedł mi w słowo Edward, wpadając znienacka w panikę. Podejrzewałam, że przed oczami ma tę samą wizję co ja: całą swoją rodzinę skołowaną i bezbronną – z jednym wyjątkiem. Tylko ja miałam pozostać dość przytomna, by móc walczyć. – Tak, bez wątpienia jesteś odporna na jego moc, ale Bello, nie zmienia to faktu, że nadal jesteś nowo narodzonym wampirem. Nie uda mi się zmienić cię w kilka tygodni w maszynę do zabijania. A Alec z pewnością coś tam umie.

– Może tak, a może nie. Nie chcę, żeby moja wyjątkowość poszła na marne. Może wystarczy, że choć na moment odciągnę od was jego uwagę? Może zyskacie wtedy dość czasu, żeby móc się nim zająć?

– Błagam, Bello – wycedził przez zaciśnięte zęby. – Zostawmy już ten temat.

– To całkiem sensowne.

– Postaram się przekazać ci tyle wiedzy, ile to tylko będzie możliwe, ale proszę, nie każ mi zastanawiać się nad tym, czy nie posłużyć się tobą jako czymś w rodzaju żywej tarczy.

Był taki poruszony, że ledwo dokończył to zdanie. Skinęłam głową.

W takim razie miałam zachować swoje plany dla siebie. Najpierw Alec, a potem, jeśli jakimś cudem miałam go pokonać, Jane. Skoro to właśnie na nich dwojgu opierała się przewaga Volturich... Może wtedy mielibyśmy jakieś szanse. Dałam się porwać marzeniom. Co, jeśli miało mi się udać dostatecznie ich rozproszyć albo nawet zlikwidować? Tak szczerze, nie wierzyłam, by któreś z nich kiedykolwiek uczyło się walczyć. Bo i w jakim celu? Mała Jane była zbyt zarozumiała, by zniżyć się do czegoś takiego.

Ile byśmy zyskali, gdybym zdołała ich zabić!

– Muszę się wszystkiego nauczyć. Wszystkiego, co tylko uda ci się przekazać mi w ten miesiąc.

Udał, że mnie nie usłyszał.

To kto mógłby być następny? Czemu nie, mogłam już sobie wszystko zaplanować. Gdybym jednak wyszła cało z pojedynku z Alekiem, z gotowym planem w głowie nie straciłabym kilku cennych sekund na wybieranie nowej ofiary. Spróbowałam się zastanowić, w jakich jeszcze innych sytuacjach mogłabym wykorzystać swoją grubą czaszkę jako sekretną broń. Cóż, nie w starciu z takimi osiłkami jak Feliks – jego i jemu podobnych musiałam zostawić Emmettowi. A pozostali? Nie za bardzo wiedziałam, jakie mają zdolności. Oczywiście, oprócz Demetriego. A gdyby tak to jego zaatakować?

Niczym się przed Edwardem nie zdradzając, przeanalizowałam i tę opcję. Demetri... Bez dwóch zdań był dobrym wojownikiem – inaczej nie przeżyłby tak długo. Wysyłano go przecież na wszystkie najniebezpieczniejsze misje. Nie mogły się obyć bez tropiciela. A tropicielem był jedynym w swoim rodzaju, z pewnością najlepszym na świecie. Co do tego nie miałam najmniejszych wątpliwości, bo gdyby tak nie było, wymieniono by go na kogoś innego. Aro dobierał sobie współpracowników wyjątkowo starannie.

Gdybyśmy zabili Demetriego, moglibyśmy Volturim uciec. A przynajmniej ci z nas, którzy ocaleliby z rzezi. Moja mała córeczka, taka ciepła w moich ramionach... Ktoś mógłby uciec razem z nią. Jacob albo Rosalie, zależnie od tego, które by się uratowało.

Gdybyśmy zabili Demetriego, Alice i Jasperowi nic by już nie groziło. Czy właśnie to było celem Alice? By nasz ród nie wygasł? By przetrwało choć dwóch członków naszej rodziny?

Czy mogłam mieć jej za złe to, że tak to sobie obmyśliła? Jeśli tak to sobie obmyśliła...

– Demetri... – zaczęłam.

– Demetri jest mój – uciął Edward.

Spojrzałam na niego i zobaczyłam, że w jego oczach płonie gniew.

– Dlaczego? – wyszeptałam.

Nie odpowiedział mi od razu. Kiedy wreszcie się odezwał, byliśmy już przy rzece.

– Chcę to zrobić dla Alice. Tylko tak mogę jej teraz podziękować za te ostatnie pięćdziesiąt lat.

A więc rozumował tak jak ja.

Moich uszu doszedł odgłos wydawany przez ciężkie łapy Jacoba w zetknięciu z zamarzniętą ziemią. Kilka sekund później truchtał już przy moim boku, nie odrywając swoich ciemnych ślepi od Renesmee.

Skinęłam mu głową na powitanie, po czym powróciłam do swoich pytań. Pozostało nam tak niewiele czasu.

– Edwardzie, jak sądzisz, dlaczego Alice kazała nam w sprawie Volturich poradzić się Eleazara? Był może niedawno we Włoszech czy coś w tym rodzaju? Co takiego może wiedzieć, czego sami nie wiemy?

– Eleazar jest prawdziwym ekspertem od Volturich. Wypadło mi z głowy, że ci o tym nie wspominaliśmy. Był kiedyś jednym z nich.

Syknęłam odruchowo. Jacob cicho warknął.

– Co takiego?!

Usiłowałam wyobrazić sobie pięknego, ciemnowłosego mężczyznę, którego poznałam na naszym weselu, ubranego w powłóczystą, ciemnoszarą pelerynę.

Edward rozluźnił się nieco – na jego twarzy zamajaczył uśmiech.

– Eleazar jest bardzo wrażliwą osobą. Nie był do końca szczęśliwy w Volterze, ale szanował nasze prawa i rozumiał, że ktoś musi stać na ich straży. Uważał, że pracując wśród Volturich, robi coś dla dobra ogółu. Nie żałuje czasu, jaki z nimi spędził. Wszystko się jednak zmieniło, kiedy na jego drodze stanęła Carmen. Dopiero przy niej poczuł się spełniony. Wyznają podobne wartości, oboje mają w sobie bardzo dużo współczucia wobec wampirów. – Znowu się uśmiechnął. – Kiedy spotkali Tanyę i jej siostry, uznali, że odnaleźli swoje miejsce. Styl życia naszych przyjaciółek z Alaski idealnie im odpowiada. Podejrzewam, że prędzej czy później sami też doszliby do tego, jak przetrwać bez potrzeby zaspokajania swojego pragnienia ludzką krwią.

Jak dla mnie, te dwie wizje absolutnie się z sobą kłóciły. Nie potrafiłam ich z sobą pogodzić. Żołnierz Volturich pełen współczucia?

Edward zerknął na Jacoba i odpowiedział na wyłapane z jego myśli pytanie.

– Nie, nigdy nie był jednym z ich wojowników w pełnym znaczeniu tego słowa. Trafił do ich grona ze względu na swój dar.

Następne nieme pytanie mojego przyjaciela nasunęłoby się każdemu.

– Eleazar wyczuwa instynktownie, jakie dary posiadają inni – jakie niezwykłe dodatkowe umiejętności mają napotykane przez niego wampiry. Mógł informować Ara o tym, do czego kto jest zdolny – wystarczyło, że zbliżył się do tego kogoś na odpowiednią odległość. Było to bardzo przydatne przy planowaniu strategii bitwy. Mógł ostrzec Volturich, który z przeciwników jest w stanie stawić im opór. Nie wygrać z nimi, tylko właśnie stawić im opór, bo rzadko się zdarza, by ktokolwiek potrafił choćby na moment utrudnić żołnierzowi Volturich wykonanie jego zadania. Częściej więc jego ostrzeżenia były raczej wskazówkami dla Ara, który miał wówczas szansę podjąć decyzję o darowaniu komuś życia i zaproponowaniu danej osobie dołączenia do swojej świty. Dar Eleazara sprawdza się także do pewnego stopnia przy śmiertelnikach, ale praca z nimi wymaga od naszego znajomego ogromnego skupienia, ponieważ utajony jeszcze talent wykryć jest dużo trudniej. Aro testował przy pomocy Eleazara ludzi pragnących wstąpić w szeregi Volturich, żeby sprawdzić, jak duży mają potencjał. Bardzo żałował, że traci tak cennego podwładnego.

– I pozwolili mu odejść? – spytałam. – Tak po prostu?

Edward wykrzywił nieco usta, przez co jego uśmiech stał się drapieżniejszy.

– Wiem, że masz Volturich za bandę zwyrodnialców, ale pamiętaj, że jesteś w swoim myśleniu odosobniona. Instytucja straży to fundament naszej cywilizacji, zawdzięczamy jej pokój. Bycie jej członkiem to dla wampira zaszczyt, a każdy z żołnierzy zgłosił się do służby dobrowolnie. Są dumni z tego, co robią, i nikt ich do niczego nie zmusza.

Nastroszyłam brwi i wbiłam wzrok w ziemię.

– Bello, oskarżenia pod ich adresem wysuwają wyłącznie kryminaliści.

– My nie jesteśmy kryminalistami.

Jacob przytaknął mi z głośnym sapnięciem.

– Ale Volturi tego nie wiedzą.

– Naprawdę wierzysz w to, że uda nam się ich zatrzymać i zmusić do tego, by nas wysłuchali?

Edward zawahał się na ułamek sekundy, a potem wzruszył ramionami.

– Jeśli namówimy dostatecznie wielu naszych znajomych, żeby się za nami wstawili.

Jeśli.

Poczułam nagle ze zdwojoną siłą, jak ważną misję mieliśmy do wypełnienia tego dnia. Oboje z Edwardem równocześnie ruszyliśmy pędem w stronę domu. Jacob szybko nas dogonił.

– Tanya powinna być tu już lada chwila – zauważył Edward. – Musimy się przygotować.

Tylko w jaki sposób mieliśmy się przygotować? Rozplanowaliśmy wszystko, ale zaraz porzuciliśmy te plany i zaczęliśmy od początku. Jeden raz, drugi, trzeci. Dyskusje nad każdym szczegółem nie miały końca. Czy mieliśmy im pokazać Renesmee od razu, czy też gdzieś ją schować? Czy Jacob miał zostać w środku, czy kręcić się po dworze? Poprosił swoją sforę, żeby się nie oddalała, ale i nie rzucała w oczy. Czy sam powinien postąpić tak samo?

W końcu moja córeczka, ja i Jacob (z powrotem w swojej ludzkiej postaci) zasiedliśmy za wielkim lśniącym stołem w jadalni, która znajdowała się w pobliżu frontowych drzwi, ale za rogiem, więc nie była od progu widoczna. Jacob pozwolił mi trzymać Renesmee, bo chciał móc w razie potrzeby szybko zmienić się w wilka.

Chociaż cieszyłam się, że mogę tulić małą do siebie, czułam się przez to bezużyteczna. Nie pozwalało mi to zapomnieć, że jako nowo narodzony wampir i tak nie przydam się do niczego w walce, więc nie muszę mieć nawet wolnych rąk.

Sięgnęłam pamięcią wstecz do dnia naszego ślubu, próbując przypomnieć sobie, jakie wrażenie zrobili na mnie Denalczycy. W moich niewyraźnych ludzkich wspomnieniach ich twarze kryły się w cieniu. Pamiętałam tylko, że wszyscy byli piękni, Tanya i Kate miały jasne włosy, a Eleazar i Carmen ciemne. Ale czy w ich oczach doszukałam się choć odrobiny serdeczności?

Edward oparł się niezauważalnym ruchem o szybę wielkiego okna w salonie. Spoglądał w kierunku drzwi, ale nie wyglądało na to, żeby je widział.

Nasłuchiwaliśmy, jak pobliską szosą przemykają samochody. Żaden z nich nie zwalniał.

Renesmee wtuliła główkę w moją szyję, a rączkę przyłożyła mi do policzka, ale w mojej głowie nic się nie pojawiło. Nie było takich obrazów, którymi potrafiłaby wyrazić to, co teraz czuła.

– Co jeśli mnie nie polubią? – szepnęła.

Spojrzeliśmy na nią wszyscy.

– Oczywiście, że cię po... – zaczął Jacob, ale wzrokiem nakazałam mu zamilknąć. Nie chciałam jej oszukiwać, przyrzekając coś, co nie było wcale takie pewne.

– Nie wiadomo, jak to będzie, kochanie – powiedziałam jej szczerze. – Nigdy jeszcze nie spotkali kogoś takiego jak ty. Cały problem w tym, żeby zrozumieli, kim jesteś i cię zaakceptowali.

Westchnąwszy ciężko, wyświetliła mi wszystkie znane sobie osoby po kolei: wampiry, ludzi, wilkołaki... Sama nie pasowała do żadnej z tych kategorii.

– Tak, jesteś wyjątkowa. Ale nie ma w tym nic złego.

Pokręciła przecząco główką. Była innego zdania.

– To moja wina – oświadczyła smutno, myśląc o naszych stroskanych twarzach.

– Wcale nie! – zaprotestowaliśmy w trójkę, ale nie dane nam było wyjaśnić jej dlaczego, bo naszych uszu doszedł dźwięk, na który wszyscy czekaliśmy: jedno z aut jadących szosą zmniejszyło prędkość, a jego opony zjechały z asfaltu na piasek.

Edward rzucił się do drzwi, by być gotowym je otworzyć. Renesmee schowała się w moich włosach. Jacob i ja popatrzyliśmy na siebie ponad stołem. W jego brązowych oczach malowała się desperacja.

Samochód jechał przez las bardzo szybko, szybciej niż Charlie czy Sue. Po chwili pojawił się na polanie i zaparkował przed werandą. Usłyszeliśmy, jak otwierają się i zatrzaskują dwie pary drzwiczek. Wchodząc po stopniach, żaden z gości się nie odezwał. Edward otworzył przed nimi drzwi, zanim zdążyli zapukać.

– Edward! – wykrzyknęła radośnie któraś z kobiet.

– Witaj, Tanyo. Kate, Eleazarze, Carmen. Miło was widzieć.

Wymienili uprzejmości.

– Carlisle oznajmił nam, że musi z nami jak najprędzej porozmawiać – powiedziała Tanya. Rozpoznawałam już jej głos.

Stali wciąż na progu. Nie widziałam ich, mogłam więc sobie tylko wyobrazić, że Edward z rozmysłem nie pozwala im jeszcze wejść.

– O co chodzi? – ciągnęła Tanya. – Czyżbyście mieli jakieś kłopoty z wilkołakami?

Jacob wzniósł oczy ku niebu.

– Nie – odparł Edward. – Nasze stosunki z wilkołakami są lepsze niż kiedykolwiek.

Jedna z wampirzyc zachichotała.

– Nie zaprosisz nas do środka? – zdziwiła się Tanya i nie czekając na jego odpowiedź, dodała: – Gdzie jest Carlisle?

– Musiał pilnie wyjechać.

Na moment zapadła cisza.

– Edwardzie, co się dzieje?

– Proszę was, uzbrójcie się w cierpliwość i nie wysuwajcie pochopnych wniosków. Mam wam do wytłumaczenia coś niezwykle trudnego, a żeby mnie zrozumieć, musicie pozbyć się najpierw wszelkich uprzedzeń. Czy możecie to dla mnie zrobić?

– Czy Carlisle dobrze się czuje? – spytał zaniepokojony męski głos. Eleazar.

– Obawiam się, że żadne z nas nie czuje się teraz dobrze – stwierdził Edward, a potem coś poklepał, pewnie ramię Eleazara. – Ale fizycznie Carlisle'owi nic nie dolega.

– Ale fizycznie nie? – Tanyę rozdrażniły te zagadki. – To co masz na myśli?

– Mam na myśli to, że całej mojej rodzinie grozi śmiertelne niebezpieczeństwo. Ale zanim wyjaśnię wam, na czym ono polega, chciałbym uzyskać od was pewną obietnicę. Zanim w jakikolwiek sposób zareagujecie na to, co mam wam do powiedzenia, błagam, wysłuchajcie mnie do końca.

Tym razem zamilkli na dłużej niż wcześniej. Atmosfera robiła się napięta. Ja i Jacob nadal wpatrywaliśmy się w siebie w skupieniu i zauważyłam, że pobladły mu wargi.

– Zgoda – odezwała się wreszcie Tanya. – Dajemy słowo, że zanim was osądzimy, wysłuchamy cię do końca.

– Dziękuję ci – powiedział Edward nie kryjąc emocji. – Gdybyśmy mieli wybór, nigdy byśmy czegoś takiego od was nie wymagali.

Odsunął się na bok. Czwórka przybyszów weszła do salonu.

Ktoś pociągnął nosem.

– Wiedziałam, że nie obejdzie się bez wilkołaków – mruknęła Tanya.

– Tak, ale znowu są naszymi sojusznikami.

To „znowu" przypomniało Tanyi, co miała na sumieniu, i skutecznie ją uciszyło.

– Gdzie twoja Bella? – zabrała głos inna wampirzyca. – Jak się miewa?

– Miewa się dobrze. Dziękuję za pamięć. Wkrótce do nas dołączy. Zobaczycie, że w roli nieśmiertelnej odnalazła się wyjątkowo szybko.

– Edwardzie, powiedz nam coś więcej o tym zagrożeniu – poprosiła cicho Tanya. – Przekonasz się, że też staniemy po waszej stronie, tam, gdzie nasze miejsce.

Edward wziął głęboki wdech.

– Chciałbym, abyście najpierw zdali się na własne zmysły. Proszę, nadstawcie uszu. Co słyszycie? Tam, w pokoju obok?

Zrobiło się cicho, a potem ktoś się poruszył.

– Na razie tylko słuchajcie – upomniał ich Edward.

– Sądzę, że jest tam wilkołak – stwierdziła Tanya. – Słyszę bicie jego serca.

– Ktoś jeszcze? – drążył Edward.

Zamyślili się.

– Co tam tak kołacze? – spytała Kate lub Carmen. – Czy to... czy to jakiś ptak?

– Nie, ale odnotujcie sobie w pamięci to, co słyszycie. A teraz zapachy. Co jeszcze czujecie oprócz wilkołaka?

– Macie tam człowieka? – wyszeptał zszokowany Eleazar.

– Nie, to nie człowiek. – Tanya zmarszczyła czoło. – To nie człowiek, ale... hm... pachnie bardzo podobnie. Co to takiego, Edwardzie? Wydaje mi się, że nigdy jeszcze nie miałam do czynienia z takim zapachem.

– Tak, potwierdzam, że z pewnością nie miałaś po temu okazji. Proszę, błagam, zapamiętajcie, że to dla was coś zupełnie nowego. Bądźcie gotowi odrzucić wszelkie skojarzenia, jakie wam się odruchowo nasuną.

– Przyrzekliśmy cię wysłuchać.

– Cóż, w takim razie to już chyba wszystko. Bello, przynieś tu, proszę, Renesmee!

Moje kończyny wydały mi się dziwnie odrętwiałe, ale wiedziałam, że to tylko umysł płata mi figle. Przełamawszy opór, podniosłam się powoli z krzesła i zmuszając się do tego, by nie szurać nogami, pokonałam te kilka metrów dzielących mnie od narożnika. Za sobą czułam ciepło bijące od ciała Jacoba – mój przyjaciel towarzyszył mi jak cień.

Dopiero znalazłszy się w zasięgu wzroku naszych gości, przystanęłam sparaliżowana strachem, nie mogąc nagle zrobić ani kroku dalej. Renesmee wzięła głęboki oddech i wyjrzała spod moich włosów, spinając mięśnie swoich drobnych ramionek w oczekiwaniu na gwałtowną reakcję przybyłych.

Sądziłam, że przygotowałam się na wszystko: na krzyki, na oskarżenia, na twarze zamarłe w bezruchu wywołanym przez silny stres.

Tanya odskoczyła do tyłu, potrząsając jasnymi lokami, jak wędrowiec w głuszy na widok trującego węża. Kate w okamgnieniu dopadła frontowych drzwi i zaparła się plecami o ścianę, a spomiędzy jej zaciśniętych zębów wydobył się głośny syk. Eleazar zasłonił sobą Carmen, przykucając w pozie drapieżnika.

– Bez przesady – mruknął Jacob pod nosem.

Edward objął mnie ramieniem.

– Obiecaliście mnie wysłuchać – przypomniał im.

– Wszystko ma swoje granice! – zawołała Tanya. – Jak mogłeś, Edwardzie? Nie znasz naszych praw?

– Wynośmy się stąd – popędziła pozostałych Kate, sięgając do klamki.

– Edward... – Eleazarowi zabrakło słów.

– Zaczekajcie! – nakazał im Edward bardziej stanowczym tonem. – Przypomnijcie sobie, co słyszeliście, przypomnijcie sobie, jaki zapach czuliście. Renesmee nie jest tym, czym się wam wydaje.

– Od tej zasady nie ma żadnych wyjątków – wycedziła Tanya.

– Tanyo! – zdenerwował się Edward. – Przecież słyszysz bicie jej serca. Zatrzymaj się i zastanów, co to oznacza.

– Bicie serca? – powtórzyła Carmen, wyglądając zza ramienia Eleazara. Widać było, że zaczyna mieć wątpliwości.

Edward spojrzał jej prosto w oczy.

– To nie jest dziecko-wampir. Mała jest w połowie człowiekiem.

Denalczycy wpatrywali się w niego, jakby przemawiał do nich w nieznanym języku.

– Wysłuchajcie mnie – Edward na powrót przybrał błagalny ton głosu. Jego aksamitnemu barytonowi trudno było się oprzeć. – Renesmee jest jedyna w swoim rodzaju. Jestem jej ojcem. Nie stworzycielem – jej biologicznym ojcem.

Tanya kręciła przecząco głową, ledwie zauważalnie, ale jednak. Pewnie nie zdawała sobie z tego sprawy.

– Edwardzie, chyba się nie spodziewasz, że... – zaczął Eleazar.

– To znajdź inne wytłumaczenie, które pasowałoby do wszystkich faktów – przerwał mu Edward. – Czujesz przecież w powietrzu ciepło bijące od jej ciała. W jej żyłach płynie gorąca krew. Czujesz przecież jej zapach.

– Jak to możliwe? – wyszeptała Kate.

– Bella jest jej biologiczną matką – oznajmił Edward. – Zaszła ze mną w ciążę i urodziła Renesmee, kiedy była jeszcze człowiekiem. Niemalże ją to zabiło. Musiałem walczyć z czasem, żeby zdążyć wstrzyknąć jej do serca odpowiednią dawkę jadu.

– Słyszę o czymś takim po raz pierwszy w życiu – wyznał Eleazar.

Nie rozluźnił się jeszcze, a jego oczy ziały chłodem.

– Wampiry nie mają raczej w zwyczaju obcować cieleśnie z ludźmi – podkreślił Edward. W jego głosie pobrzmiewała teraz nuta sarkazmu. – A jeszcze rzadziej zdarza się, by ludzie wychodzili z tego żywi. Chyba się ze mną co do tego zgodzicie?

Kate i Tanya spojrzały na niego wilkiem.

– Nie bądź taki uparty, Eleazarze. Na pewno widzisz, że jesteśmy do siebie podobni.

To Carmen pierwszą to zaintrygowało. Obeszła Eleazara, ignorując to, że ten próbuje delikatnie ją powstrzymać, i zbliżywszy się ostrożnie, stanęła dokładnie naprzeciwko mnie. Pochyliła się nieco, po czym przyjrzała uważnie małej.

– Oczy masz chyba po mamie – zwróciła się do niej – ale twarz po tacie, prawda?

A potem, jakby nie mogła się powstrzymać, uśmiechnęła się do niej szeroko.

Renesmee odpowiedziała jej najpiękniejszym ze swoich uśmiechów. Nie odrywając wzroku od Carmen, dotknęła mojej twarzy. Wyobrażała sobie, że pokazuje coś po swojemu wampirzycy, ale nie miała pewności, czy może tak postąpić.

– Czy miałabyś coś przeciwko, gdyby Renesmee sama ci o sobie opowiedziała? – spytałam Carmen. Nadal byłam zbyt zestresowana, żeby mówić inaczej niż szeptem. – Ma talent do szybkiego wyjaśniania skomplikowanych spraw.

Wampirzyca ciągle się uśmiechała.

– Umiesz mówić, maleńka?

– Umiem – potwierdziła swoim świergotliwym sopranem.

Na dźwięk jej głosiku wszyscy goście z wyjątkiem Carmen się wzdrygnęli.

– Umiem mówić, ale mogę ci pokazać więcej, niż mogę powiedzieć.

I bez wahania przyłożyła jej swoją tłustą piąstkę do policzka.

Carmen zesztywniała na moment, jakby poraził ją prąd. Eleazar w ułamek sekundy znalazł się tuż za nią i położył jej ręce na ramionach, jakby chciał ją odepchnąć na bok.

– Czekaj – poprosiła go, nie spuszczając oczu z małej. Nawet już nie mrugała.

Pokaz Renesmee straszliwie mi się dłużył. Zazdrościłam przyglądającemu się Carmen Edwardowi, że słyszał, co kto myśli. Za moimi plecami Jacob przestępował nerwowo z nogi na nogę. Wiedziałam, że marzy o tym samym co ja.

– Co takiego Nessie jej pokazuje? – burknął.

– Wszystko – szepnął Edward.

Minęła kolejna minuta. Wreszcie Renesmee cofnęła rączkę i uśmiechnęła się triumfalnie do oszołomionej Carmen.

– Mój Boże, ona naprawdę jest twoją córką – wykrztusiła wampirzyca, zerkając na Edwarda. – Taki niesamowity dar! Od razu widać, że mała musi mieć równie uzdolnionego ojca.

– Czy wierzysz w to, co ci pokazała? – spytał przejęty Edward.

– Bez zastrzeżeń.

– Carmen! – oburzył się Eleazar.

Ujęła jego dłonie i ścisnęła je czule.

– Może brzmi to wysoce nieprawdopodobnie, ale Edward nie kłamie. Jeśli chcesz się o tym przekonać, niech dziewczynka sama ci wszystko pokaże.

Carmen pchnęła Eleazara łokciem w moją stronę.

– Pokaż mu, *mi querida** – poprosiła Renesmee.

Mała, wyraźnie uradowana tym, że Carmen ją zaakceptowała, uśmiechnęła się jeszcze szerzej i musnęła paluszkiem czoło Eleazara.

– *Ay caray!*** – wyrwało mu się. Natychmiast od niej odskoczył.

– Co ci zrobiła? – spytała podniesionym głosem Tanya, podchodząc nieco bliżej. Kate także zaczęła się ku nam skradać, zachowując przy tam jak największą ostrożność.

– Usiłuje ci tylko pokazać całą tę historię ze swojego punktu widzenia – powiedziała Carmen swojemu ukochanemu, próbując rozproszyć jego obawy.

Renesmee ściągnęła niecierpliwie brewki.

– Nie uciekaj, tylko obejrzyj do końca – rozkazała Eleazarowi.

Wyciągnęła rączkę, żeby opuszki jej palców dzieliło od jego twarzy tylko kilka centymetrów, ale nie przytknęła mu ich do czoła, tylko zaczekała, aż sam się na to zdecyduje.

Eleazar przyjrzał jej się podejrzliwie i zerknął pytająco na Carmen. Pokiwała z entuzjazmem głową. Denalczyk wziął głęboki wdech i pochylił się ku Renesmee.

Zadrżał, kiedy zobaczył pierwszą wizję, ale tym razem się nie odsunął. Dla lepszej koncentracji zamknął tylko oczy.

– Ach – westchnął, otwierając je kilka minut później. – Teraz wszystko rozumiem.

Renesmee uśmiechnęła się do niego. Zawahał się, ale nieśmiało odpowiedział jej tym samym.

– Eleazarze? – Tanya domagała się wyjaśnień.

---

* *mi querida* – hiszp. moje kochanie – przyp. tłum.
** *ay caray* – hiszp. przekleństwo – przyp. tłum.

– To prawda. Mała nie jest nieśmiertelnym dzieckiem, tylko w połowie człowiekiem. Chodź, to sama się przekonasz.

W milczeniu Tanya zajęła niepewnie jego miejsce, a potem ustąpiła je Kate. Obie siostry przeżyły wstrząs, kiedy przed oczami stanął im pierwszy z ciągu obrazów, ale po skończonej sesji, podobnie jak Carmen i Eleazar, nie potrzebowały już żadnych dodatkowych argumentów.

Spojrzałam kątem oka na Edwarda, nie dowierzając, że naprawdę mieliśmy to już z głowy. Wyglądał na usatysfakcjonowanego. Za zachowaniem Denalczyków nie krył się żaden podstęp.

– Dziękuję, że mnie wysłuchaliście – powiedział cicho.

– Ale co z tym śmiertelnym niebezpieczeństwem, które wam grozi? – przypomniała Tanya. – Rozumiem już, że nie jest nim ta mała, więc o co chodzi? To Volturi, prawda? Jak się dowiedzieli o jej istnieniu? Kiedy mają się tu pojawić?

Nie zaskoczyło mnie to, że tak szybko odgadła, co jest grane. Cóż innego mogło stanowić zagrożenie dla tak silnej rodziny jak nasza, jeśli nie Volturi?

– Renesmee była z Bellą w górach tamtego dnia, kiedy Bella widziała Irinę – wyjawił Edward.

Kate syknęła i zmrużyła oczy.

– To Irina na was doniosła? Na Carlisle'a? Irina?

– Nie – wyszeptała Tanya. – To jakaś pomyłka...

– Alice zobaczyła to w jednej ze swoich wizji.

Ciekawa byłam, czy dostrzegli, że Edward skrzywił się odrobinę, wymawiając jej imię.

– Jak mogła zrobić coś takiego? – wykrzyknął Eleazar w rozpaczy.

– Wyobraźcie sobie, że widzieliście Renesmee tylko z daleka. I że nie zaczekaliście na nasze wyjaśnienia.

Tanya skrzywiła się ze wstrętem.

– Mniejsza o to, co sobie pomyślała... Jesteście naszą rodziną.

– Irina dokonała wyboru. W żaden sposób nie możemy temu zaradzić. Już za późno. Alice dała nam miesiąc.

Cała czwórka się zasępiła.

– Tak długo? – zdziwił się Eleazar.

– Chcą przyjechać tu wszyscy. Zapewne wymaga to większych przygotowań.

– Cała straż? – jęknął Eleazar.

– Nie tylko straż – wycedził Edward. – Aro, Kajusz, Marek. Zabiorą ze sobą nawet żony.

Nasi goście zamarli z wrażenia.

– To niemożliwe – wyjąkał Eleazar.

– Dwa dni temu też tak uważałem – przyznał Edward.

W Eleazarze zaczął wzbierać gniew. Kiedy ponownie się odezwał, prawie że warczał:

– Ależ to nie ma najmniejszego sensu. Po co mieliby narażać siebie i żony na niebezpieczeństwo?

– Zgadza się, gdy tak na to spojrzeć, nie ma to sensu. Ale według Alice tu chodzi o coś więcej niż tylko ukaranie nas za to, czego ich zdaniem się dopuściliśmy. Alice twierdzi, że to ty masz największe szanse rozwiązać tę zagadkę.

– O coś więcej niż ukaranie was? Ale co by to miało niby być?

Eleazar zaczął przemierzać nerwowo przestrzeń pomiędzy nami a drzwiami ze wzrokiem wbitym w podłogę.

– Gdzie reszta, Edwardzie? – spytała Tanya. – Carlisle i Alice, i pozostali?

Zawahał się, ale na tak krótko, że chyba tego nie zauważyli. Nie udzielił pełnej odpowiedzi.

– Szukają przyjaciół i znajomych, którzy mogliby nam pomóc.

Tanya rozłożyła ręce.

– Edwardzie, niezależnie od tego, ilu sprzymierzeńców zgromadzicie, i tak nie wygracie. Możemy jedynie zginąć razem z wami. Na pewno jesteś tego świadomy. Oczywiście nasza czwórka zasługuje pewnie na ten los po tym, co zrobiła wam Irina, po tym, jak zawiedliśmy was w przeszłości – wtedy także z jej powodu.

Edward pokręcił przecząco głową.

– Nie prosimy was o to, żebyście z nami walczyli i z nami zginęli. Wiesz, że Carlisle nigdy by was o coś takiego nie poprosił.

– Więc jakie są wasze plany?

– Szukamy po prostu świadków. Jeśli tylko uda nam się zatrzymać Volturich, choćby na chwilę... Jeśli tylko dadzą nam dojść do głosu... – Dotknął policzka Renesmee. Złapała go za rękę i ją przytrzymała. – Trudno wątpić w naszą historię, kiedy już zobaczy się ją jak film.

Tanya pokiwała wolno głową.

– Sądzisz, że jej przeszłość będzie ich aż tak bardzo interesować?

– Tak, ponieważ pokazuje, jaka jest i jaka będzie w przyszłości. Tworzenia nieśmiertelnych dzieci zakazano tylko dlatego, że gdyby po ziemi chodziło więcej takich nieposkromionych istot, ryzykowalibyśmy, że przez ich ekscesy ludzie dowiedzą się o naszym istnieniu.

– A ja jestem grzeczna – wtrąciła Renesmee. Wsłuchałam się w jej dźwięczny głosik, zastanawiając się, jakie odczucia wywoływałby u nowych przybyszy. – Nigdy nie gryzę ani dziadka, ani Sue, ani Billy'ego. Kocham ludzi. I ludzi-wilków, takich jak mój Jacob.

Puściła Edwarda, by móc wykręcić się do tyłu i poklepać czule swojego opiekuna. Tanya i Kate spojrzały po sobie.

– Ach – westchnął Edward. – Gdyby tylko Irina złożyła nam wizytę nieco później, nasze losy mogłyby się potoczyć zupełnie inaczej. Renesmee rośnie w nienaturalnie szybkim tempie. Nim dobiegnie końca ten miesiąc, który nam pozostał, zdąży się zmienić tak, jakby minęło z pół roku.

– Cóż, to z pewnością możemy poświadczyć – stwierdziła Carmen. – Będziemy mogli przysiąc, że widzieliśmy, jak rośnie, na własne oczy. Jak Volturi mogliby zignorować takie dowody?

– Jak, w samej rzeczy – mruknął Eleazar, ale nadal chodził w tę i z powrotem i nie podniósł głowy, jakby zupełnie nie zwracał na nas uwagi.

– Tak – zgodziła się z Carmen Tanya – możemy wystąpić jako świadkowie. Tyle to możemy na pewno. I pomyślimy jeszcze, jak inaczej moglibyśmy wam pomóc.

– Tanyo – zaprotestował Edward, wyłapując z jej myśli to, czego nie wypowiedziała na głos. – Naprawdę, nie musicie z nami walczyć.

– Jeśli Volturi nie zatrzymają się, żeby wysłuchać waszych świadków, mamy po prostu odsunąć się na bok i spokojnie się wszystkiemu przyglądać? Oczywiście mogę się wypowiadać wyłącznie za siebie...

Kate prychnęła.

– Tak bardzo we mnie wątpisz, siostro?

Tanya uśmiechnęła się szeroko.

– Jakby nie było, to misja samobójcza.

Kate też się uśmiechnęła i z nonszalancją wzruszyła ramionami.

– Ja tam w to wchodzę.

– Ja też – włączyła się Carmen. – Zrobię co w mojej mocy, żeby chronić tę małą. – Najwyraźniej nie mogąc oprzeć się jej urokowi, wyciągnęła ku niej ręce. – Czy mogę cię trochę potrzymać, *bebé linda**?

Renesmee, zachwycona nową przyjaciółką, wyprężyła się w jej kierunku. Podałam ją Carmen. Przytuliła ją mocno do siebie, szepcząc do niej coś po hiszpańsku.

Tak samo było z Charliem, a wcześniej z wszystkimi Cullenami. Moja córeczka potrafiła podbić serce każdego. Co było w niej takiego, że ludzie z miejsca się w niej zakochiwali? Ba, że wystarczyło znać ją parę minut, by być gotowym oddać za nią życie!

Przez moment wydawało mi się, że może plan, który staraliśmy się zrealizować, ma szansę się powieść. Że Renesmee zjedna sobie naszych wrogów tak samo łatwo, jak zjednywała sobie naszych przyjaciół.

---

* *bebé linda* – hiszp. śliczne maleństwo – przyp. tłum.

Ale potem przypomniało mi się, że przecież opuściła nas Alice, i nadzieja zgasła we mnie tak szybko, jak się pojawiła.

31 Utalentowana

— Jaką rolę mają odegrać w tym wilkołaki? — spytała Tanya, mierząc Jacoba wzrokiem.

Odpowiedział jej, zanim zdążył to zrobić Edward.

— Jeśli Volturi nie zechcą się zatrzymać, żeby poznać prawdę o Nessie, to znaczy o Renesmee — poprawił się, uzmysłowiwszy sobie, że Tanya może nie zrozumieć tego durnego zdrobnienia — wtedy wkroczymy do akcji i sami ich zatrzymamy.

— Brzmi to imponująco, chłopcze, ale taka sztuka nie udałaby się nawet wojownikom o wiele bardziej doświadczonym w walce niż wy.

— Nie wiesz, do czego jesteśmy zdolni.

Tanya machnęła lekceważąco ręką.

— To wasze życie. Róbcie z nim, co chcecie.

Jacob zerknął na Renesmee — nadal tuliła ją do siebie Carmen, a Kate pochylała się nad nimi rozczulona — i nietrudno było się dopatrzyć w jego oczach tęsknoty.

— Nie ma co — powiedziała Tanya — ta mała jest wyjątkowa. Nie sposób jej się oprzeć.

— Bardzo utalentowana rodzina — mruknął Eleazar, nie przestając się nerwowo przechadzać. Przemieszczał się coraz szybciej, więc ledwie był przy tym widoczny. Pokonanie odcinka od Carmen do drzwi i z powrotem zabierało mu góra sekundę. — Ojciec czytający innym w myślach, matka-tarcza i jeszcze to niezwykłe dziecko, które czaruje wszystkich dookoła. Ciekaw jestem, czy jest jakieś określenie na to, co ta mała potrafi, i czy to jej szczególny dar, czy coś normalnego u wampirzych hybryd. Jeśli coś podobnego można w ogóle uważać za normalne! Pół człowiek, pół wampir! Kto by pomyślał!

Edward zdębiał. Wyciągnął rękę przed siebie i złapał Eleazara za ramię dokładnie w tym momencie, w którym ten chciał się odwrócić, by ruszyć znowu ku drzwiom

– Chwileczkę, Eleazarze. Jak właśnie nazwałeś moją żonę?

Zaintrygowany Denalczyk nareszcie przystanął.

– Tarczą. Bella jest tarczą, a przynajmniej tak mi się wydaje. Nie mam pewności, bo cały czas mnie blokuje.

Zagapiłam się na niego, ściągając brwi. Jaką znowu tarczą? Co miał na myśli, mówiąc, że go „blokuję"? W żaden sposób się przed nim nie broniłam. Po prostu stałam.

– Tarczą? – powtórzył Edward zaskoczony.

– Edwardzie, nie udawaj, że nic nie wiesz. Skoro ja nie potrafię jej przejrzeć, to ty też tego nie możesz. Nie powiesz mi chyba, że słyszysz teraz jej myśli?

– Nie – wykrztusił Edward. – Ale zawsze tak było. Nawet przed jej przemianą.

– Zawsze? – Eleazar zamrugał gwałtownie. – A to ciekawe. Musi mieć ogromny talent, skoro jej dar manifestował się do tego stopnia, jeszcze kiedy była człowiekiem. Nie jestem w stanie nijak się przez tę tarczę prześlizgnąć, by móc powiedzieć o niej coś więcej. A przecież Bella jest jeszcze nieukształtowana, ma dopiero kilka miesięcy. – Spojrzał na Edwarda niemalże z irytacją. – I w dodatku wszystko wskazuje na to, że nie ma pojęcia, co robi. Jest całkowicie tego nieświadoma. Co za ironia! Zjeździłem dla Ara cały świat w poszukiwaniu podobnych anomalii, a wam nie dość, że się taki rarytas trafia przez przypadek, to jeszcze nawet nie zdajecie sobie sprawy z tego, z czym macie do czynienia!

Pokręcił głową z niedowierzaniem.

Zmarszczyłam czoło.

– O czym wy mówicie? Jak mogę być jakąś tarczą? Co to w ogóle znaczy?

Słowo to przywodziło mi na myśl jedynie część uzbrojenia średniowiecznego rycerza. Czułam się idiotycznie.

Eleazar przyjrzał mi się badawczo, przekrzywiając głowę.

– W straży byliśmy chyba zbytnimi formalistami. Tak szczerze, nie da się obiektywnie podzielić talentów na żadne wyraźne kategorie. Każdy jest wyjątkowy. Dokładnie ten sam zestaw umiejętności nigdy nie występuje dwa razy. Ale ciebie, Bello, akurat łatwo sklasyfikować. Talenty czysto defensywne, takie, które wyłącznie chronią przed czymś swojego posiadacza, nazywa się właśnie tarczami. Czy testowałaś już swoje umiejętności na kimś prócz Edwarda? Zablokowałaś kogoś z wyjątkiem jego i mnie?

Chociaż mój nowy mózg pracował niezwykle sprawnie, potrzebowałam kilku sekund, żeby złożyć składną odpowiedź.

– To coś działa tylko w niektórych przypadkach – wyznałam. – Można powiedzieć, że... że nikt nie ma dostępu do mojego umysłu. Ale Jasper bez problemu manipuluje moim nastrojem, a Alice widzi, co czeka mnie w przyszłości.

– Tarcza czysto mentalna – mruknął do siebie Eleazar. – Ograniczona, ale bardzo szczelna.

– Nawet Arowi nie udało się wychwycić jej myśli – wyjawił mu Edward. – Chociaż kiedy się spotkali, była jeszcze człowiekiem.

Eleazar otworzył szeroko oczy ze zdumienia.

– I Jane próbowała zadać mi ból, ale nic jej z tego nie wyszło – dodałam. – Edward podejrzewa, że nawet Demetri nie potrafiłby mnie znaleźć i że jestem też odporna na Aleca. Też tak uważasz?

Denalczyk, nadal oszołomiony, skinął tylko głową.

– Bella tarczą! – Edward był tym wyraźnie zachwycony. – Nigdy na to tak nie patrzyłem. Jedyną tarczą, jaką kiedykolwiek poznałem, była Renata, ale u niej objawia się to zupełnie inaczej.

Eleazar powoli wychodził z szoku.

– Tak jak mówiłem, żaden talent nie manifestuje się w dokładnie taki sam sposób, bo i nie ma dwóch takich osób, które myślałyby dokładnie tak samo.

– Kim jest Renata? – spytałam. – Co takiego robi?

Renesmee również to zainteresowało, więc oderwała się od Carmen, by wychylić się zza Kate.

– Renata to osobisty ochroniarz Ara – wyjaśnił mi Eleazar. – Bardzo praktyczna z niej tarcza i bardzo silna.

Pamiętałam swoją audiencję u Ara jak przez mgłę. Podczas gdy rozmawialiśmy w słynnej wieży Volturich, po sali kręciło się sporo członków jego świty, w tym kilka wampirzyc, których twarzy nie byłam w stanie sobie jednak przypomnieć. Renata musiała być jedną z nich.

– Ciekawe... – zamyślił się Eleazar. – Musisz wiedzieć, Bello, że Renata, w odróżnieniu od ciebie, udaremnia wszelkie ataki nie mentalne, tylko te przeprowadzane bardziej tradycyjnie – nazwijmy je fizycznymi. Jeśli ktoś zbliża się do niej z wrogimi zamiarami – do niej albo do Ara, bo w momentach zagrożenia zawsze mu towarzyszy – nagle nie wiadomo co odwraca uwagę atakującego. Nagle zaczyna on iść w innym kierunku i zapomina, po co właściwie w tym poprzednim kierunku szedł. Trudno się domyślić, że to właśnie Renata za tym stoi. Potrafi ponadto rozciągnąć swoją tarczę na kilkanaście metrów we wszystkie strony. Może dzięki temu w razie potrzeby chronić też Marka i Kajusza, ale to Aro jest dla niej najważniejszy. Przeciwdziała więc atakom fizycznym, ale jak widać wszystko tak naprawdę rozgrywa się na poziomie mentalnym. Dlatego ciekaw jestem, która z was by wygrała, gdyby próbowała zablokować ciebie. – Pokręcił głową. – Nigdy jeszcze nie słyszałem, żeby ktoś był odporny na dar Ara czy Jane...

– Mamo, jesteś wyjątkowa – oznajmiła Renesmee, nie okazując przy tym ani odrobinę zdumienia, jak gdyby komentowała to, w jakich kolorach mam ubranie.

Czułam się zdezorientowana. Czyż nie poznałam już swojego daru? Czy nie polegał on na tym, że tak świetnie nad sobą panowałam, co pozwoliło mi uniknąć losu nowo narodzonej? Obdarzone paranormalnymi zdolnościami wampiry były zawsze uzdolnione tylko w jednej konkretnej dziedzinie, prawda?

A może Edward miał jednak rację wtedy na początku? Zanim Carlisle nie przekonał nas, że moja samokontrola nie jest czymś do końca naturalnym, Edward twierdził, że wzięła się stąd, iż wiedziałam, na co się decyduję i co się ze mną stanie. Jak powiedział, był to „efekt starannych przygotowań i odpowiedniego nastawienia".

W którą wersję miałam wierzyć? A może potrafiłam coś jeszcze? Czy istniało jakieś określenie dla takich jak ja? Osobna kategoria?

– Czy umiesz rozciągać swoją tarczę? – zainteresowała się Kate.

– Rozciągać? – powtórzyłam.

– Zwiększać jej powierzchnię – wyjaśniła. – Chronić nią kogoś koło siebie.

– Nie wiem. Nigdy tego nie próbowałam. Nie wiedziałam, że tak można.

– Och, może wcale nie masz takich zdolności – dodała pospiesznie. – Ja na przykład pracuję nad sobą od stuleci i udaje mi się jedynie utrzymywać pod napięciem swoją własną skórę.

Nie zrozumiałam, o co jej chodzi.

– Kate potrafi razić ludzi prądem – wytłumaczył mi Edward, widząc moją zagubioną minę. – Trochę tak jak Jane.

Odruchowo się od niej odsunęłam. Parsknęła śmiechem.

– Nie jestem sadystką – zapewniła mnie. – Traktuję to wyłącznie jako coś, co przydaje się w walce.

Powoli docierał do mnie sens jej słów. To, co powiedziała, zaczynało układać się w logiczną całość. Twierdziła, że mogłabym „chronić kogoś koło siebie". Jak gdybym potrafiła wsadzić kogoś do swojej dziwnie odpornej głowy!

Przypomniało mi się, jak Edward wił się na kamiennej posadzce w średniowiecznej wieży pałacu Volturich. Chociaż było to moje ludzkie wspomnienie, jako jedno z bardziej bolesnych, odstawało od innych jakością obrazu – jak gdyby wypalono mi je w tkankach mózgowych rozżarzonym żelazem.

A jeśli następnym razem byłabym w stanie zapobiec podobnemu atakowi? A jeśli byłabym w stanie ochronić Edwarda? Ochronić Renesmee? A jeśli istniało choćby minimalne prawdopodobieństwo, że mogłabym ich tą swoją tarczą przesłonić?

– Musisz mnie nauczyć, jak to się robi! Musisz mi wszystko pokazać! – wybuchnęłam, chwytając Kate za ramię.

Skrzywiła się z bólu.

– Może najpierw przestań mi miażdżyć kość promieniową, dobrze? – zaproponowała.

– Oj, przepraszam!

– Rzeczywiście, blokujesz aż miło – stwierdziła. – Nie powinnaś móc mnie ot tak chwycić. Niczego nie poczułaś?

– To naprawdę nie było konieczne – mruknął Edward po nosem. – Bella nie miała złych zamiarów.

Obie puściłyśmy jego komentarz mimo uszu.

– Nie, nic a nic – odparłam. – A co, zareagowałaś tą swoją sztuczką z prądem?

– Zgadza się – przyznała Kate. – Hm… Nigdy jeszcze nie spotkałam nikogo, na kogo by to nie działało, ani wśród wampirów, ani wśród ludzi.

– Mówiłaś, że to rozszerzyłaś? Na swoją skórę?

– Kiedyś nie umiałam wyjść poza wewnętrzną stronę dłoni. Trochę tak jak Aro.

– Albo Renesmee – zauważył Edward.

– Po latach ćwiczeń potrafię utrzymywać pod napięciem całą powierzchnię swojej skóry. To skuteczna broń. Każdy, kto próbuje mnie dotknąć, pada na ziemię, jak śmiertelnik potraktowany paralizatorem. Oszałamia go to tylko na chwilę, ale mnie osobiście to wystarcza.

Gonitwa myśli w mojej głowie sprawiała, że słuchałam Kate coraz mniej uważnie. Czyli jeśli tylko okazałabym się dość pojętną uczennicą, mogłabym chronić swoich bliskich? O niczym tak teraz nie marzyłam, jak o tym, by odkryć w sobie talent do rozciągania swojej tarczy. Skoro, z niewiadomych względów, tyle rzeczy mi się po przemianie udawało, może mogłam liczyć i na to? Trudno mi było jednak w to uwierzyć. Moje ludzkie życie nie przygotowało mnie do bycia wybitnie uzdolnioną. Wydawało mi się, że nawet już zdobyte umiejętności mogę stracić z dnia na dzień.

Jeszcze nigdy niczego tak straszliwie nie pragnęłam, jak tego, by móc ocalić tych, których kocham.

Byłam taka zajęta tymi spekulacjami, że nie zauważyłam milczącej wymiany zdań pomiędzy Eleazarem a Edwardem, dopóki ta nie przerodziła się w zwykłą rozmowę.

– I nie było, twoim zdaniem, ani jednego wyjątku od tej reguły? – spytał ni stąd ni zowąd Edward.

Podniosłam wzrok, żeby zobaczyć, do kogo kieruje to wyrwane z kontekstu pytanie, i uzmysłowiłam sobie, że wszyscy w pokoju już się obu mężczyznom przypatrują. Pochylali się ku sobie w napięciu: Edward nieufnie, Eleazar posmutniały i jakby mający wobec czegoś opory.

– Nie chcę myśleć o nich w ten sposób – wycedził Denalczyk przez zaciśnięte zęby.

Zaskoczyło mnie to, jak raptownie zmieniła się panująca w salonie atmosfera.

– Jeśli się nie mylisz… – zaczął Eleazar.

– To była twoja myśl, nie moja – przerwał mu Edward.

– Jeśli się nie mylę… Nie potrafię nawet objąć myślą, co by to za sobą pociągało. Postawiłoby to świat, który stworzyliśmy, na głowie. Odebrałoby mi to sens życia. Zmieniłoby diametralnie mój stosunek do samego siebie.

– Twoje pobudki były zawsze szlachetne.

– Czy to miałoby jakieś znaczenie? W czym ja brałem udział? Tyle istnień…

Tanya położyła mu dłoń na ramieniu. Bardzo chciała go jakoś pocieszyć.

– Mój drogi przyjacielu, powiesz nam, co przegapiliśmy? Co Edward wyłapał z twoich myśli? Powiedz nam, to zaraz zasypiemy cię kontrargumentami. Nigdy nie zrobiłeś niczego, czym mógłbyś się do tego stopnia zadręczać.

– Doprawdy? – mruknął.

A potem strzepnął jej dłoń i znowu zaczął krążyć nerwowo po pokoju, jeszcze szybciej niż wcześniej.

Tanya patrzyła na niego przez kilka sekund, po czym skupiła się na Edwardzie.

– W takim razie ty nam to wytłumacz.

Edward skinął głową. Mówiąc, nie odrywał oczu od Denalczyka.

– Eleazar stara się pojąć, dlaczego ma zjawić się tu, by nas ukarać, aż tylu Volturich. Nie tak się to zwykle odbywa. Oczywiście nie da się ukryć, że jesteśmy największą grupą dojrzałych wampirów, z jaką przyszłoby im się zmierzyć, ale różne rodziny i oddziały łączyły się już przecież ze sobą w przeszłości, żeby móc lepiej się bronić, i ich liczebność nigdy nie była dla Volturich jakimś szczególnym wyzwaniem. Owszem, łączą nas silniejsze więzy niż tamtych ich przeciwników, ale nie jest to aż tak istotne. Eleazar analizował inne przypadki, w których za to czy tamto karano wiele wampirów naraz, kiedy nagle zauważył pewien powtarzający się schemat. Pozostali członkowie straży nie mogli go dostrzec, bo Eleazar przekazywał wyniki swoich poszukiwań wyłącznie Arowi, w cztery oczy. Schemat ten powtarzał się zresztą rzadko, mniej więcej raz na sto lat.

– Co to za schemat? – spytała Carmen. Podobnie jak Edward, śledziła każdy ruch swojego ukochanego.

– Aro nieczęsto brał udział w wyprawach mających na celu czyjąś egzekucję – ciągnął Edward. – Kiedy już wyrażał na to ochotę, w grę wchodziło właśnie zniszczenie jakiejś większej grupy. Rzecz jasna, nie brał udziału w samej egzekucji, tylko się przyglądał. A potem, pod koniec rzezi, miał w zwyczaju uniewinniać jednego z skazanych, twierdząc, że z jego myśli wyczytał budzącą w nim litość skruchę. Zawsze okazywało się później, że ów wampir posiadał jakiś cenny dar. Dar, o którym Aro wiedział od Eleazara. Innymi słowy, zawsze tak się tajemniczo składało, że jeśli jakiś odkryty przez Eleazara talent zainteresował Ara, prędzej czy później rodzinę takiego osobnika oskarżano o jakiś odrażający występek. Wszystkich zabijano, jemu jednemu darowywano życie, a on, niezmiernie wdzięczny, przechodził na stronę Volturich. Żaden oferty nie odrzucił.

– Uważali pewnie, że to ogromny zaszczyt być wybranym do straży – zasugerowała Kate. – Musiało im to schlebiać.

– Ha! – żachnął się Eleazar, wciąż chodząc w tę i z powrotem. Edward odszedł od tematu, żeby wyjaśnić jego reakcję.

– Mają tam taką jedną. Na imię jej Chelsea. Potrafi wpływać na więzi uczuciowe pomiędzy ludźmi – wzmacniać je i osłabiać. Gdy Aro kogoś uniewinniał i proponował mu wstąpienie do straży, Chelsea mogła tak zmanipulować tę osobę, by poczuła nagle, że chce Arowi służyć, że chce spędzić z Volturimi resztę życia, że chce się im przypodobać...

Eleazar zatrzymał się znienacka.

– Wszyscy docenialiśmy rolę, jaką odgrywała Chelsea. Walcząc przeciwko sprzymierzonym ze sobą siłom, mogliśmy doprowadzać do tego, że sojusznicy odwracali się od siebie, przez co o wiele łatwiej było nam ich pokonać. Przybywając, by ukarać tylko kilkoro członków większej grupy, mogliśmy odseparowywać winnych od niewinnych i wymierzyć sprawiedliwość bez zbędnych aktów przemocy – winni mogli być ukarani szybko i sprawnie, a niewinnym włos nie spadał z głowy. Gdyby nie Chelsea, niewinni stanęliby w obronie oskarżonych i musielibyśmy walczyć ze wszystkimi, a tak, sprawiała, że pozostali przestawali cokolwiek czuć wobec swoich dawnych druhów i nie interweniowali. Wydawało mi się, że jest to bardzo dobrze pomyślane, że ze strony Ara to wręcz akt miłosierdzia. Nie przeczę, podejrzewałem, że Chelsea macza palce i w tym, byśmy jako straż tworzyli zgrany zespół, ale to też było dobre. Zwiększało naszą efektywność. Pomagało nam unikać wewnętrznych konfliktów.

Nareszcie zrozumiałam, dlaczego strażnicy Volturich wykonywali rozkazy swoich przywódców z tak przesadnym, jak dla mnie, zadowoleniem, jakby byli im nie tylko oddani, ale i w nich zakochani.

– Jak potężny jest jej dar? – spytała Tanya ostrym tonem, zerkając po kolei na każdego Denalczyka z osobna.

Eleazar wzruszył ramionami.

– Mogłem odejść z Carmen. – Pokręcił w zamyśleniu głową. – Ale zagrożona jest jakakolwiek inna więź niż ta, która łączy dwoje będących ze sobą w związku ludzi. A przynajmniej jakakolwiek inna więź łącząca członków zwykłej wampirzej społeczności. Podkreślam „zwykłej", bo są to więzi słabsze niż w naszej rodzinie. Wampiry niepijące ludzkiej krwi są bardziej cywilizowane niż reszta – potrafią prawdziwie kochać nie tylko swoich partnerów. Wątpię, by Chelsea była w stanie nam zagrozić swoimi umiejętnościami.

Tanya uśmiechnęła się blado, uspokojona. Eleazar powrócił do swoich rozważań.

– Widzę tylko jeden powód, dla którego Aro zdecydował się tu sam przyjechać i przywieźć z sobą aż tak liczną świtę. Jego celem nie jest ukaranie was, tylko wzbogacenie swojej kolekcji. Chce się tu stawić osobiście, żeby samodzielnie wszystkiego dopilnować, a ponieważ jesteście dużą, uzdolnioną rodziną, musi mieć pod ręką wszystkich swoich żołnierzy. Z drugiej strony, nie może zostawić Marka, Kajusza i żon samych w Volterze – byłoby to zbyt ryzykowne, ktoś mógłby to wykorzystać – więc zabiera ich z sobą. Jak inaczej mógłby zagwarantować sobie powodzenie tej misji? Musi bardzo pożądać talentów, które zamierza podczas niej zdobyć...

– Z tego, co widziałem w jego myślach zeszłej wiosny – wyszeptał Edward – wynikało, że niczego tak nie pożąda, jak daru Alice.

Rozdziawiłam usta. Przed oczami stanęły mi na nowo koszmarne wizje, które nie dawały mi niegdyś spokoju: Edward i Alice w czarnych pelerynach, z jaskrawoczerwonymi oczami, wyniośli i chłodni, mający mnie czy Carlisle'a za nic, a pomiędzy nimi trzymający ich za ręce Aro... Czy Alice widziała jakiś czas temu coś podobnego? Czy zobaczyła, jak Chelsea próbuje wyssać z niej wszystko to, co do nas czuła, a wpoić jej miłość do Ara, Kajusza i Marka?

– Czy to dlatego Alice odeszła? – spytałam.

Gdy wymawiałam jej imię, głos mi zadrżał.

Edward przyłożył mi dłoń do policzka.

– Chyba nie ma na to lepszego wytłumaczenia. Odeszła, chcąc nie dopuścić do tego, by dostał to, czego tak bardzo pragnie. Chcąc zapobiec temu, by jej moc dostała się w jego ręce.

Tanya i Kate, wyraźnie poruszone, wymieniły pomiędzy sobą szeptem kilka zdań – nie wtajemniczyliśmy ich przecież w tę sprawę.

– Ciebie Aro też chce – przypomniałam cicho Edwardowi.

Machnął ręką, ale przybrał jednocześnie dziwnie przesadnie opanowany wyraz twarzy.

– Bez porównania mniej. Nie mogę dać mu wiele więcej ponadto, co już sam posiada. I oczywiście musiałby mnie wpierw jakoś sobie podporządkować. Zna mnie i wie, jak trudne byłoby to zadanie – dodał z sarkazmem, unosząc jedną brew.

Widząc ten pokaz nonszalancji, Eleazar zmarszczył czoło.

– Zna też twoje słabe strony – zauważył z powagą, po czym spojrzał na mnie znacząco.

– To teraz nieistotne – powiedział szybko Edward. – Mamy ważniejsze rzeczy do omówienia.

Denalczyk zignorował ten unik.

– Najprawdopodobniej chce też twojej żony – ciągnął. – Musiała go bardzo zaintrygować, potrafiąc mu się oprzeć jeszcze przed swoją przeminą w wampira.

Edward czuł się nieswojo, dyskutując o tej kwestii. Ja też wolałam się w nią nie zagłębiać. Eleazar miał rację. Gdyby Aro chciał, żebym coś dla niego zrobiła – cokolwiek – wystarczyłoby, żeby postraszył mnie, że zrobi krzywdę Edwardowi, a od razu bym się podporządkowała. Z Edwardem byłoby tak samo.

Czy tak naprawdę najgorsze w tym wszystkim wcale nie było to, że mogliśmy zginąć? Czy to wcielenia w szeregi Volturich powinniśmy się bardziej bać?

Edward zmienił temat.

– Myślę, że Volturi tylko czyhali na okazję, na jakiś pretekst. Nie wiedzieli, jaką wymówką przyjdzie im się posłużyć, ale kiedy się pojawiła, wszystko już mieli zaplanowane. To dlatego Alice miała wizję o ich przybyciu, zanim jeszcze odwiedziła ich Irina. Podjęli decyzję wcześniej i tylko czekali, aż wydarzy się coś, co usprawiedliwiłoby ich działania.

– Jeśli Volturi nadużywają w ten sposób zaufania, jakim darzą ich wszyscy nasi pobratymcy... – Carmen nie dokończyła.

– Czy ma to jakieś znaczenie? – spytał Eleazar. – Kto by nam uwierzył? A nawet gdybyśmy zdołali przekonać pozostałych, że Volturi nas oszukują, co by to zmieniło? Nikt nie jest w stanie ich pokonać!

– Chociaż niektórzy z nas są dość szaleni, by się tego podjąć – wtrąciła Kate.

Edward pokręcił przecząco głową.

– Powtarzam, Kate, macie tu zostać wyłącznie w charakterze świadków. Niezależnie od tego, co jest prawdziwym celem Ara, nie sądzę, by dla jego osiągnięcia był gotowy niszczyć reputację Volturich. Jeśli tylko udowodnimy, że jesteśmy niewinni, nie będzie miał innego wyboru, jak zostawić nas w spokoju.

– No tak – mruknęła Tanya.

Nikogo raczej nie przekonał. Przez kilka dłużących się minut nikt z nas nie zabrał głosu.

Nagle usłyszałam, że w leśną drogę prowadzącą do domu Cullenów skręca kolejny samochód.

– A niech to. To Charlie. Może nasi goście mogliby zaczekać na górze, aż...

– Nie – przerwał mi Edward.

Oczy miał nieprzytomne – musiał wczytywać się właśnie w czyjeś myśli.

– To nie twój ojciec. – Przeniósł wzrok z drzwi na mnie. – Alice przysłała Petera i Charlotte. Czas na kolejne podejście.

32 Towarzystwo

Nawet wziąwszy pod uwagę spore rozmiary domu Cullenów, nigdy bym nie przypuszczała, że może się w nim zmieścić w miarę wygodnie aż tylu gości. Udawało się to tylko dlatego, że żaden z przybyłych nie sypiał. Mieliśmy za to problem z posiłkami. Na szczęście, do postawionych im warunków wszyscy dostosowali się bez szemrania – Forks wraz z La Push omijali szerokim łukiem, szukając ofiar jedynie poza granicami stanu. Aby łatwiej było im pokonywać duże odległości, Edward, jak na dobrego gospodarza przystało, bez mrugnięcia okiem pożyczał chętnym auta z garażu.

Goście może poszli na kompromis, ale mimo to czułam się z tym fatalnie. Mogłam się tylko pocieszać, że każde z nich gdzieś tam przecież i tak by polowało.

Jacob był w jeszcze gorszej sytuacji niż ja. Wilkołaki istniały po to, by chronić ludzi przed atakami wampirów, a nie tolerować masowe mordy niemalże na swoim terytorium. Wiedząc jednak, że okoliczności są wyjątkowe, a Renesmee grozi śmiertelne niebezpieczeństwo, nie odzywał się ani słowem i wpatrywał się gniewnie w podłogę zamiast w naszych potencjalnych świadków.

Byłam zdumiona, z jaką łatwością przychodzi przybyszom akceptowanie obecności mojego przyjaciela. Edward przepowiadał kłopoty, ale jak się okazało, martwił się na zapas. Traktowali Jacoba, jakby był niewidzialny – ani jak partnera do rozmowy, ani jak coś do jedzenia. Przypominało mi to sposób, w jaki ludzie niechętni zwierzętom domowym odnosili się nieraz do pupili swoich przyjaciół.

Leah, Seth, Quil i Embry zostali odesłani do sfory Sama i Jacob z wielką chęcią by do nich dołączył, gdyby nie to, że nie mógł znieść rozstania z Renesmee, a mała była z kolei bardzo zajęta fascynowaniem swoją osobą tych wszystkich dziwnych typów należących do grona przyjaciół Carlisle'a.

Odegraliśmy scenę przekonywania innych do Renesmee jeszcze pół tuzina razy. Wpierw przed Peterem i Charlotte, których

Alice i Jasper przysłali do nas bez słowa wyjaśnienia – jak większość ludzi znających Alice, darzyli ją takim zaufaniem, że posłuchali jej, chociaż nie wiedzieli, o co chodzi. Alice nie zdradziła im żadnych informacji na temat tego, dokąd się z Jasperem wybierali, nie obiecała im też, że się jeszcze kiedyś zobaczą.

Zarówno Peter, jak i Charlotte, nigdy nie mieli do czynienia z nieśmiertelnym dzieckiem, więc chociaż znali wampirze prawo, ich negatywna reakcja nie była tak silna jak Denalczyków. Kierowani ciekawością, pozwolili Renesmee „pokazać", kim naprawdę jest, i nie trzeba było im nic więcej. Zgodzili się wystąpić w charakterze świadków i byli teraz równie oddani naszej sprawie jak rodzina Tanyi.

Carlisle przysłał przyjaciół z Irlandii i Egiptu.

Irlandczycy przyjechali pierwsi, a przeciągnięcie ich na naszą stronę okazało się zaskakująco proste. Ich przywódczynią była Siobhan – charyzmatyczna kobieta o pięknym korpulentnym ciele, od którego apetycznych krągłości, falujących przy każdym jej ruchu, nie można było oderwać oczu – ale to nie ona zadecydowała, czy zostają czy nie. Wraz ze swoim partnerem Liamem, potężnym mężczyzną o kwadratowej szczęce, była od dawna przyzwyczajona do słuchania we wszystkim najmłodszego członka swojej rodziny, rudzielca o sprężystych lokach o imieniu Maggie. Mała Maggie nie imponowała wzrostem ani wagą, ale posiadała szczególny dar – potrafiła rozpoznać, czy ktoś ją okłamuje. Siobhan i Liam darzyli ją bezgranicznym zaufaniem. Kiedy oznajmiła, że Edward mówi prawdę, zaakceptowali naszą wersję wydarzeń, zanim jeszcze dotknęli mojej córeczki.

Z Egipcjanami wyglądało to zupełnie inaczej. Nawet po tym, jak wyjaśnienia Renesmee przekonały dwoje młodszych członków klanu, Benjamina i Tię, ich lider, Amun, nadal odmawiał jej dotknięcia i oświadczył, że wszyscy wracają do domu. Benjamin – nienaturalnie pogodny wampir o wyglądzie nastolatka, bardzo pewny siebie i beztroski zarazem – namówił Amuna do pozostania, ale tylko pod wyrażoną subtelnymi aluzjami groźbą, że w innym wypadku wybiorą z Tią wolność. Amun został, jednak uparcie odmawiał dotknięcia Renesmee i nie pozwolił na to także swojej partnerce Kebi. Chociaż cała czwórka była do siebie tak bardzo podobna, że mogliby uchodzić za prawdziwą rodzinę – wszyscy mieli kruczoczarne włosy i blade twarze o oliwkowym odcieniu – wydawali się do siebie dziwnie nie pasować. Amun, najstarszy z Egipcjan, stał na ich czele i wydawał rozkazy. Kebi chodziła za nim krok w krok i nigdy nie słyszałam, żeby wypowiedziała choć jedno słowo. Tia również była cichą kobietą, ale kiedy już od czasu do czasu zabierała głos, zawsze czyniła to z powagą, wykazując się jednocześnie olbrzymią wnikliwością. Mimo pozycji Amuna i mądrości Tii, odnosiło się jednak wrażenie, że to Benjamin dyktuje tam warunki. Pozostali krążyli wokół niego niczym wierne satelity, jak gdyby ich zachowanie zależało od siły jego magnetyzmu. Zauważywszy, że Eleazar przygląda mu się szeroko otwartymi oczami, założyłam, że talent chłopaka polega właśnie na tym, że potrafi rzucać na innych urok.

– To nie tak – Edward wyprowadził mnie z błędu, kiedy tej nocy zostaliśmy sami. – Jest utalentowany, owszem, ale w inny sposób. I to nie on chce, żeby tamci wkoło niego skakali, tylko sami to robią, bo jego dar jest tak niezwykły, iż Amun umiera ze strachu na myśl, że mógłby go stracić. Do tego stopnia, że podobnie jak my planowaliśmy nie dopuścić do tego, by Volturi dowiedzieli się o Renesmee – tu westchnął – Amun stara się umiejętności Benjamina utrzymać w tajemnicy przed Arem. Sam Benjamina stworzył, wiedząc, że będzie wyjątkowy.

– To co takiego potrafi Benjamin?

– Coś, czego Eleazar jeszcze nigdy u nikogo nie wiedział. Coś, o czym jeszcze nigdy nie słyszałem. Coś, przed czym nie ochroniłaby cię nawet twoja tarcza. – Obdarzył mnie tak dobrze mi znanym łobuzerskim uśmiechem. – Benjamin potrafi wywierać wpływ na cztery żywioły: na wiatr, na wodę, na ogień i na ziemię. To nie są żadne sztuczki. Nie sprawia, że masz jakieś omamy, tylko naprawdę te żywioły kontroluje. Na razie jest na etapie eksperymentów, ale Amun próbuje tak nim pokierować, żeby stał się niezwyciężonym wojownikiem, taką jego tajną bronią. Jednak sama widziałaś, jaki Benjamin jest niezależny. Nie da się wykorzystać.

– Lubisz go – wywnioskowałam z tonu jego głosu.

– Nie ma problemów z odróżnianiem dobra od zła. I podoba mi się jego nastawienie do życia.

Amun był jednak do życia zupełnie inaczej nastawiony i razem z Kebi starał się ograniczać kontakty z nami do minimum, chociaż z kolei Benjamin i Tia byli na dobrej drodze, by stać się dobrymi przyjaciółmi zarówno Denalczyków, jak i gości z Irlandii. Mieliśmy nadzieję, że Carlisle, kiedy w końcu się pojawi, obłaskawi mrocznego Egipcjanina.

Emmett i Rose odesłali do nas wampiry żyjące w pojedynkę – wszystkich znanych doktorowi nomadów, jakich udało im się odnaleźć.

Pierwszy przybył Garrett – wysoki, szczupły mężczyzna o wesołych rubinowych oczach i długich jasnych włosach, które związywał sobie z tyłu głowy kawałkiem rzemyka. Wystarczyło na niego spojrzeć, by domyślić się, że kochał przygody. Podejrzewałam, że przyjąłby naszą propozycję bez względu na to, co byśmy mu zaproponowali, tylko po to, aby się sprawdzić. Szybko dogadał się z Tanyą i Kate, zadając im niezliczone pytania na temat ich niecodziennej diety, więc ciekawa byłam, czy kolejnym wyzwaniem, z którym zapragnąłby się zmierzyć, nie miał być właśnie nasz „wegetarianizm".

Następni goście, Mary i Randall, byli już z sobą zaprzyjaźnieni, ale podróżowali osobno. I oni, wysłuchawszy historii Renesmee, zgodzili się być naszymi świadkami. Tak jak Denalczycy, rozważali też, jak postąpią, jeśli Volturi nie pozwolą sobie nic wyjaśnić. Cała trójka nomadów nie wykluczała, że stanie w naszej obronie.

Oczywiście im więcej obcych kręciło się po domu, tym bardziej zrzędliwy robił się Jacob. Gdy tylko mógł, trzymał się od nich na dystans, a kiedy czasem brakowało mu cierpliwości, skarżył się

Renesmee, że jeśli ktokolwiek spodziewa się po nim, że spamięta imiona tych wszystkich pijawek, to będzie musiał wpierw sporządzić dla niego ich listę.

Carlisle i Esme wrócili po tygodniu od dnia swojego wyjazdu, a Emmett i Rosalie zaledwie kilka dni później. Wszyscy poczuliśmy się znacznie lepiej, mając ich z powrotem w domu. Doktor przywiózł z sobą jeszcze jednego swojego przyjaciela, chociaż określenie „przyjaciel" było tu może trochę na wyrost. Alistair, ciemnowłosy, melancholijny wampir rodem z Anglii, teoretycznie zaliczał Carlisle'a do grona swoich najbliższych znajomych, ale był takim mizantropem, że mógł zdzierżyć co najwyżej jedną jego wizytę na stulecie. Zdecydowanie wolał wędrować po świecie samotnie. Żeby go do nas ściągnąć, Carlisle musiał przypomnieć wszystkie przysługi, jakie wyświadczył mu na przestrzeni lat. Brytyjczyk unikał towarzystwa jak diabeł święconej wody i było jasne, że nikt spośród zebranych za nim nie przepada.

Jeśli chodzi o historię pochodzenia Renesmee, Alistair uwierzył Carlisle'owi na słowo, nie zgadzając się, podobnie jak Amun, by sama cokolwiek mu pokazała. Edward zdradził Carlisle'owi, Esme i mnie, że Anglik boi się przebywać w naszym domu, ale jeszcze bardziej boi się, że nie dowie się, co tak naprawdę tu zajdzie. Odnosił się z głęboką nieufnością do wszelkich przedstawicieli władzy, a więc i do Volturich. Jeśli ich intencje były naprawdę takie, jak się tego obawialiśmy, potwierdziłoby to jego największe lęki.

– Rzecz jasna, wiedzą już, że tu jestem – słyszeliśmy, jak mamrotał do siebie na strychu, gdzie najczęściej się zaszywał. – Nie ma teraz najmniejszych szans na to, żeby zataić to przed Arem. Będę się musiał ukrywać przed nim całe wieki, oto jak to się skończy. Na ich liście znajdą się wszyscy, z którymi Carlisle rozmawiał w ciągu ostatnich dziesięciu lat. Nie mogę uwierzyć, że dałem się w to wciągnąć. Co za uroczy sposób na okazywanie sympatii swoim przyjaciołom.

Jeśli miał rację, co do tego, że miał być zmuszony uciekać przed Volturimi, to – jako tropiciel – mógł przynajmniej mieć większą nadzieję niż reszta nas, że taka sztuka mu się uda. Precyzą i efektywnością ustępował znacznie swojemu odpowiednikowi u Volturich (czuł tylko, że coś go ledwie namacalnie ciągnie ku owemu czemuś, czego akurat szukał), przyciąganie to wystarczyłoby mu jednak, by w razie czego wiedział, dokąd się udać – w przeciwnym kierunku do tego, z którego nadciągał z kompanami Demetri.

A potem do naszych drzwi zapukała dla odmiany para nieoczekiwanych gości – nieoczekiwanych, bo ani Carlisle, ani Rosalie nie zdołali skontaktować się z Amazonkami.

– Carlisle! – powitała serdecznie doktora wyższa z egzotycznie prezentujących się kobiet.

Obie wyglądały tak, jakby je rozciągnięto – miały długie ręce i długie nogi, długie palce i długie czarne warkocze, długie nosy i podłużne twarze. Ubrane były w stroje uszyte wyłącznie ze skór dzikich zwierząt: skórzane kamizelki i skórzane obcisłe spodnie wiązane wzdłuż boków przeplatanymi niczym sznurowadła cienkimi rzemieniami. Nie tylko ekscentryczne stroje sprawiały, że wydawały się dzikie – wszystko w nich się na to składało, począwszy od ich niespokojnych, szkarłatnych oczu, a skończywszy na ich nagłych, zwinnych ruchach. Nigdy nie spotkałam mniej cywilizowanych wampirów.

Najbardziej interesujące w ich pojawieniu było to, że przysłała je Alice. „Interesujące" to mało powiedziane! W jakim celu Alice pojechała do Ameryki Południowej? Czyżby tylko dlatego, że przewidziała, iż nikomu innemu nie uda się namierzyć Amazonek?

– Zafrina i Senna! – ucieszył się Carlisle. – A gdzie Kachiri? Zawsze widywałem was w komplecie.

– Alice powiedziała, że musimy się rozdzielić – wyjaśniła Zafrina niskim, ochrypłym głosem, który idealnie pasował do jej dzikiego wyglądu. – Nieswojo nam przebywać z dala od siebie, ale zapewniła nas, że my dwie jesteśmy wam potrzebne tutaj, a z kolei Kachiri jest jej straszliwie potrzebna do załatwienia czegoś w jakimś innym miejscu. To wszystko, co nam wyjawiła, oprócz tego, że bardzo jej się spieszy...

Jej ostatnie zdanie przeszło dość niespodziewanie w pytanie, a ja – zmieniona w kłębek nerwów, jak zawsze, gdy przychodziło mi to zrobić, niezależnie od tego, ile podejść miałam już za sobą – podeszłam bliżej z Renesmee, by Amazonki ją poznały.

Pomimo swojej powierzchowności wysłuchały naszej historii nadzwyczaj spokojnie, po czym bez protestów pozwoliły zilustrować ją wspomnieniami małej. Moja córka podbiła ich serca z taką samą łatwością jak w przypadku pozostałych wampirów, ale i tak, kiedy przebywały w jej pobliżu, nie potrafiłam się do końca rozluźnić – za bardzo kojarzyły mi się z drapieżnikami. Senna zawsze trzymała się blisko Zafriny i nigdy nic nie mówiła, ale podobieństwo pomiędzy nimi dwiema a Amunem i Kebi było tylko pozorne. Kebi wydawała się podporządkowana Amunowi – Amazonki były raczej jak dwie połówki jednego organizmu i traf chciał, że to akurat w połówce Zafriny mieściło się to, co potrzebne do wydawania z siebie głosu.

Wieści o Alice do pewnego stopnia były dla mnie źródłem pociechy. Wszystko wskazywało na to, że starała się nie tylko uniknąć losu, jaki przewidział dla niej Aro, ale i osiągnąć jakiś tylko sobie znany cel.

Pojawienie się Amazonek bardzo podekscytowało Edwarda, ponieważ Zafrina była ogromnie utalentowana. Jej umiejętności mogły zostać wykorzystane jako bardzo niebezpieczna broń. Edward nie poprosił oczywiście Zafriny o to, by walczyła z nami przeciwko Volturim, ale jeśli nie mieliby zatrzymać się na moment, by wysłuchać naszych świadków, być może zatrzymałaby ich nagła zmiana scenerii.

– To bardzo potężna iluzja – wytłumaczył mi po tym, jak wyszło na jaw, że jestem odporna na kolejny niezwykły dar. Wampirzycę ten fakt zadziwił – jeszcze nigdy się z czymś takim nie spotkała – krążyła więc wokół nas zaintrygowana, przysłuchując się, jak mój ukochany opisuje mi, czego nie mogę doświadczyć.

– Zafrina – ciągnął – potrafi tak wpłynąć na twój mózg, że przed oczami staje ci to, co tylko jej się zamarzy – tylko to i nic innego.

Nagle zaczął wpatrywać się dziwnie w przestrzeń.

– Teraz, na przykład, mam wrażenie, że znajduję się sam jeden w środku tropikalnego lasu deszczowego. Wszystko dookoła widzę z takimi szczegółami, że pewnie nawet uwierzyłbym, że to prawda, gdyby nie to, że nadal wyczuwam cię w swoich objęciach.

Usta Zafriny wykrzywiły się w nieświadomie okrutnym uśmiechu. Chwilę później Edward jakby się ocknął i też szeroko się uśmiechnął.

– Rewelacja – skomentował.

Renesmee była zafascynowana. Nie okazując wcale strachu, wyciągnęła ku Amazonce rączki.

– Ja też mogę?

– A co byś chciała zobaczyć? – spytała ją Zafrina.

– To samo, co pokazałaś tatusiowi.

Wampirzyca skinęła głową. Obserwowałam zaniepokojona, jak Renesmee sięga wzrokiem do innej rzeczywistości. Sekundę później jej brązowe oczka na powrót zrobiły się przytomne, a jej słodką twarzyczkę rozświetlił promienny uśmiech.

– Jeszcze! – zakomenderowała.

Od tego momentu trudno było ją oderwać od naszego nowego gościa i „ślicznych obrazków". Martwiło mnie to, ponieważ czułam, że Zafrina jest w stanie stwarzać także iluzje, które „śliczne" wcale nie były. Na szczęście, do wszystkiego, czym była zabawiana moja córeczka, miałam dostęp poprzez jej myśli, mogłam więc sama oceniać, czy w wizjach Amazonki nie pojawiały się jakieś niestosowne treści. Jej majaki były tak bardzo realistyczne, że niczym się od innych wspomnień Renesmee nie różniły.

Chociaż nie rwałam się do przekazywania innym opieki nad małą, musiałam przyznać, że Zafrina zjawiła się w samą porę. Jeśli chciałam się uczyć walczyć, musiałam mieć wolne ręce. Materiału do opanowania miałam sporo – i teorii, i praktyki, a czasu było coraz mniej.

Mojej pierwszej lekcji nie można było uznać za udaną.

Edward powalił mnie na ziemię w jakieś dwie sekundy. Ale zamiast pozwolić mi się wyrwać – co z pewnością by mi się udało – zerwał się na równe nogi i dał susa w bok. Domyśliłam się od razu, że coś jest nie tak: stał nieruchomo jak posąg, wpatrując się w ścianę lasu po przeciwległej stronie łąki, którą wybraliśmy do ćwiczeń.

– Przepraszam, Bello – powiedział.

– Nic mi nie jest. Chodź, spróbujmy jeszcze raz.

– Nie mogę.

– Jak to nie możesz? Dopiero co zaczęliśmy.

Nie odpowiedział.

– Słuchaj, wiem, że nie jestem w tym dobra, ale jeśli mi nie pomożesz, to już na pewno nie zrobię żadnych postępów.

Nie odezwał się. Skoczyłam na niego, pozorując atak, ale nie kiwnął nawet palcem i oboje przewróciliśmy się na ziemię. Leżał pode mną zupełnie nieruchomo. Przycisnęłam wargi do jego szyi.

– Wygrałam! – obwieściłam.

Zmrużył oczy, ale nic nie powiedział.

– Edwardzie? O co ci chodzi? Czemu nie chcesz mnie uczyć?

Minęła pełna minuta, zanim coś z niego wydusiłam.

– Po prostu... nie mogę tego znieść. Emmett czy Rosalie wiedzą tyle samo, co ja. Tanya i Eleazar pewnie jeszcze więcej. Poproś o lekcje kogoś innego.

– Ale to nie fair! Jesteś w tym dobry. Pomogłeś wcześniej Jasperowi – walczyłeś z nim i z wszystkimi innymi też. Dlaczego nie ze mną? Co zrobiłam nie tak?

Westchnął smutno. Oczy miał ciemne, ledwie kilka iskierek złota przebijało się przez czerń.

– Kiedy tak patrzę na ciebie w ten sposób, jakbyś była moim celem, kiedy analizuję pod różnym kątem, jak by cię tu zabić... – Zadrżał. – To po prostu dla mnie zbyt prawdziwe. Nie mamy aż tyle czasu, żeby to, kto cię uczy, zrobiło jakąś różnicę. Każdy może przekazać ci podstawy.

Spojrzałam na niego spode łba, wydymając usta. Dotknął mojej dolnej wargi i uśmiechnął się.

– Poza tym, wcale ci to niepotrzebne. Volturi na pewno się zatrzymają. Przemówimy im do rozumu.

– A co jeśli nie?! Muszę nauczyć się walczyć.

– To znajdź sobie innego trenera.

Nie była to nasza ostatnia rozmowa na ten temat, ale nie udało mi się go namówić, żeby zmienił zdanie.

Moim nauczycielem ochoczo został Emmett, ale chyba głównie po to, żeby zemścić się na mnie za wszystkie przegrane siłowania się na ręce. Gdyby na moim ciele tworzyły się jeszcze siniaki, byłabym fioletowa od góry do dołu. Z pomocą przyszli mi też Rose, Tanya i Eleazar, wykazując się dla odmiany cierpliwością i bardzo mnie wspierając. Ich lekcje przypominały te prowadzone w czerwcu przez Jaspera, chociaż moje wspomnienia z tamtego okresu były mało wyraźne. Niektórzy z gości uznali moją edukację za niezłą rozrywkę, a kilkoro zaoferowało nawet swoje usługi. Kilka razy pojedynkował się ze mną nomada Garrett – okazał się zaskakująco dobrym nauczycielem. Był taki serdeczny i ugodowy, że nie mogłam się nadziwić, czemu nigdy nie dołączył do żadnej większej grupy. Raz walczyłam nawet z Zafriną, podczas gdy Renesmee przyglądała nam się z objęć Jacoba. Jej wskazówki były bardzo cenne, ale już nigdy nie powtórzyłyśmy tej sesji – mimo że bardzo Amazonkę lubiłam i wiedziałam, że nie zrobi mi krzywdy, w głębi ducha po prostu panicznie się jej bałam.

Nauczyłam się od moich instruktorów wielu rzeczy, ale nadal miałam poczucie, że wiem denerwująco mało. Nie miałam pojęcia, ile sekund byłabym w stanie wytrzymać w starciu z Alekiem czy Jane. Mogłam się tylko modlić, że dostatecznie długo, by coś to nam dało.

Kiedy nie opiekowałam się Renesmee ani nie uczyłam się walczyć, siedziałam z Kate na trawniku za domem, starając się wypchnąć swoją wewnętrzną tarczę poza mój mózg, by móc w przyszłości chronić pod nią znajdujące się koło mnie osoby. Do tego Edward akurat mnie zachęcał i wiedziałam dlaczego. Miał nadzieję, że taka metoda niesienia innym pomocy mnie usatysfakcjonuje i jeśli dojdzie do bitwy, nie wezmę w niej udziału.

Wszystko pięknie, ale męczyłam się okropnie. Przede wszystkim nie bardzo wiedziałam od czego zacząć, brakowało mi jakiegokolwiek punktu podparcia. Nie miałam nic prócz przemożnego pragnienia, by się na coś przydać – by móc rozszerzyć swoją tarczę na Edwarda, Renesmee i jak najwięcej członków swojej rodziny. Byłam uparta. Próbowałam całymi godzinami wyrzucić z siebie to nienamacalne coś, ale udawało mi się to jedynie sporadycznie, a efekty nie były imponujące. Czułam się tak, jakbym usiłowała rozciągnąć niewidzialną gumkę – gumkę, która w dowolnej chwili mogła zmienić się z czegoś konkretnego w obłok dymu.

Tylko Edward był chętny do występu w roli naszego królika doświadczalnego – pozwalał, by Kate raz za razem raziła go prądem, podczas gdy ja niezdarnie gmerałam w zakamarkach swojej głowy. Pracowaliśmy bez końca, więc z wysiłku powinnam pokrywać się potem, ale oczywiście mojemu idealnemu ciału obce były takie słabości. Męczył się tylko mój umysł.

Nie mogłam patrzeć, jak Edward cierpi. Dawałam z siebie wszystko, ale i tak krzywił się tylko i wzdrygał w moich ramionach, chociaż Kate zarzekała się, że to najniższe napięcie, na jakie ją stać. Od czasu do czasu obejmowałam swoją tarczą nas dwoje, ale zaraz potem traciłam tę zdolność.

Nienawidziłam tych treningów. Gdyby tylko Kate zastąpiła Zafrina! Edward oglądałby wtedy po prostu podsyłane przez Amazonkę wizje, czekając, aż jedną z nich zdołam zablokować. Ale Kate upierała się, że nie dość by mnie to motywowało – przez dostateczną motywację rozumiejąc rzecz jasna zwijającego się z bólu Edwarda. Zaczynałam wątpić w to, co mi powiedziała, kiedy dowiedziałam się o jej talencie – że mam się jej nie obawiać, bo nie jest sadystką. Na moje oko, nasze sesje w trójkę sprawiały jej przyjemność.

– Hej – zawołał Edward wesoło, nie dając po sobie poznać, że odczuwa jakikolwiek dyskomfort. Był gotowy na wszystko, byle tylko odciągnąć mnie od nauki walki wręcz. – Ledwie mnie coś ukłuło. Dobra robota, Bello.

Wzięłam głęboki wdech, analizując, co mogło przyczynić się do tego drobnego sukcesu. Po raz kolejny rozciągnęłam w myślach niewidzialną gumkę, przykładając się do tego, by nawet z dala ode mnie nie traciła na gęstości.

– Jeszcze raz, Kate – mruknęłam przez zaciśnięte zęby.

Przycisnęła dłoń do ramienia mojego ukochanego.

Odetchnął z ulgą.

– Tym razem nic.

Uniosła brew.

– A dałam wyższe napięcie.

– Super – sapnęłam.

– Przyszykuj się – ostrzegła mnie, ponownie sięgając do ramienia Edwarda.

Tym razem przeszedł go dreszcz, a z jego ust wydobył się cichy syk.

– Przepraszam! Przepraszam! Przepraszam! – wyjęczałam, przygryzając wargę. Dlaczego ciągle popełniałam błędy?

– Możesz być z siebie dumna – powiedział Edward, przyciągając mnie mocniej do siebie. – Pracujesz nad tym przecież dopiero od kilku dni, a już zdarza ci się rozciągać tarczę. Kate, powiedz Belli, że świetnie sobie radzi.

Wykrzywiła usta.

– Czy ja wiem... Nie da się zaprzeczyć, że ma niezwykłe zdolności, ale dopiero zaczynamy je odkrywać. Mogłaby wycisnąć z siebie dużo więcej, jestem tego pewna. Po prostu nie jest dość zdeterminowana.

Popatrzyłam na nią zdumiona, mimowolnie odsłaniając zęby. Jak mogła wygadywać takie rzeczy? Co mogło być dla mnie lepszą motywacją od Edwarda traktowanego na moich oczach prądem?

Moich uszu doszły cicho wypowiadane komentarze, które wymieniały pomiędzy sobą obserwujące nas osoby. Na początku treningu byli to tylko Eleazar, Carmen i Tanya, ale potem przystanął przy nas i Garrett, później Benjamin i Tia, jeszcze później Siobhan i Maggie, a teraz nawet Alistair zerkał na nas w dół przez okno na drugim piętrze. Widzowie zgadzali się z Edwardem – uważali, że dobrze mi idzie.

– Kate… – odezwał się Edward ostrzegawczym tonem, kiedy do głowy przyszedł jej jakiś nowy pomysł, ale zdążyła już zerwać się z miejsca i pomknąć wzdłuż zakola rzeki do idących powoli w stronę domu Amazonek, Renesmee i Jacoba. Moja córeczka trzymała Zafrinę za rękę, żeby mogły wymieniać się swoimi obrazkami, a Jacob szedł kilka metrów za nimi, nie spuszczając ich z oczu.

– Nessie – zagruchała Kate (wszyscy goście szybko podchwycili to irytujące zdrobnienie) – nie chciałabyś czasem pomóc swojej mamie?

– Tylko nie to! – prawie że warknęłam.

Edward spróbował mną delikatnie kołysać, żeby mnie uspokoić. Wyrwałam się z jego uścisku w tym samym momencie, w którym mała przebiegła przez trawnik i dopadła moich kolan. Denalka, Zafrina i Senna podążały tuż za nią.

– Zapomnij o tym, Kate – syknęłam.

Renesmee wyciągnęła ku mnie rączki. Odruchowo otworzyłam ręce. Wtuliła się we mnie, wpasowując swoją główkę w zagłębienie pod moim ramieniem.

– Ale mamo, ja chcę pomóc – oznajmiła. Przyłożyła mi paluszki do szyi, by wzmocnić swoją deklarację wizją nas dwóch razem tworzących jedną drużynę.

– Nie – powiedziałam stanowczo, robiąc szybko kilka kroków do tyłu, bo zobaczyłam, że Kate przysuwa się do nas, sięgając ku nam ręką.

– Trzymaj się od nas z daleka! – rzuciłam w jej kierunku.

– Nie.

Uśmiechając się niczym drapieżnik, który zapędził swoją ofiarę w kozi róg, zaczęła powoli się ku nam skradać.

Wycofując się w takim samym tempie, w jakim wampirzyca się do nas zbliżała, przeniosłam sobie Renesmee na plecy, których uczepiła się jak małpka. Miałam teraz wolne obie ręce i jeśli Kate chciała, by jej dłonie pozostały doczepione do nadgarstków, powinna wziąć nogi za pas.

Najwyraźniej nie docierało do niej, w jakim jestem stanie. W końcu nigdy nie doświadczyła na własnej skórze, co czuje matka wobec swojego dziecka. Musiała nie zdawać sobie sprawy, że nie tyle posuwała się za daleko, ile już dawno przekroczyła granicę. Byłam tak wściekła, że wszystko wokół wydało mi się jakby czerwonawe, a na języku poczułam smak kojarzący mi się z zapachem rozgrzanego żelaza. Siła, którą zazwyczaj trzymałam w ryzach, rozlała się po moich mięśniach, i wiedziałam, że jeśli tylko Denalka by mnie do tego zmusiła, mogłabym zmienić ją w kupkę twardych jak diament odłamków.

Moja furia sprawiła, że każdą cząstkę swojego jestestwa zaczęłam odbierać wyraźniej niż kiedykolwiek. Nawet elastyczność mojej tarczy stała się dla mnie czymś namacalnym. Uświadomiłam sobie, że to coś o wiele większego niż gumka – że to cienka warstwa jakiejś nieokreślonej materii pokrywająca mnie od stóp do głów. Im większy wzbierał we mnie gniew, tym lepiej orientowałam się w jej właściwościach, a więc, innym słowy, tym lepszą miałam nad nią kontrolę. Na wypadek, gdyby Kate miała mnie przechytrzyć, nadęłam tarczę tak, by całkowicie przesłoniła Renesmee.

Wampirzyca zrobiła z wyrachowaniem jeszcze jeden krok do przodu i z mojego gardła dobył się groźny charkot.

– Kate! Ostrożnie! – zawołał Edward.

Zrobiła kolejny krok, a potem popełniła błąd widoczny nawet dla kogoś tak niedoświadczonego jak ja – chociaż dzieliła nas odległość, którą mogłam pokonać jednym susem, odwróciła się, skupiając się na moment, zamiast na mnie, na Edwardzie.

Z Renesmee bezpieczną na moich plecach przykucnęłam, gotowa do skoku.

– Czy wychwytujesz jakiekolwiek myśli Nessie? – spytała Kate Edwarda rozluźnionym głosem.

W okamgnieniu znalazł się między nami, zagradzając mi drogę.

– Ani jednej – odpowiedział – a teraz, proszę, daj Belli odetchnąć. Nie powinnaś prowokować jej w ten sposób. Wiem, że wydaje się opanowana jak na swój wiek, ale pamiętaj, że ma tylko kilka miesięcy.

– Edwardzie, nie mamy czasu obchodzić się z nią jak z jajkiem. Musimy ją przycisnąć. Zostało nam ledwie parę tygodni, a Bella ma w sobie potencjał, żeby...

– Powiedziałem, daj jej teraz odetchnąć.

Zrobiła urażoną minę, ale potraktowała jego ostrzeżenie bardziej serio niż moje.

Renesmee przyłożyła mi dłoń do szyi. Pokazała mi atak Kate, myśląc o tym, że nie mogło stać się jej nic złego i że tatuś był przecież we wszystko wtajemniczony...

Nie wyciszyłam się od tego. Nadal postrzegałam wszystko jako czerwonawe. Lepiej już jednak nad sobą panowałam i zrozumiałam, że Denalka ma rację. Wzburzenie mi pomagało. W tym stanie nauka przychodziła o wiele łatwiej.

Jednak nie oznaczało to, że pochwalałam takie metody.

– Kate – warknęłam rozkazująco.

Położyłam rękę na karku Edwarda. Nadal odbierałam swoją tarczę jako coś w rodzaju elastycznego pancerza wokół Renesmee i mnie. Rozciągnęłam go jeszcze bardziej, tak by objął również Edwarda. Na powierzchni otaczającej nas błony nie było ani jednej rysy. Nic nie wskazywało na to, by miał się rozedrzeć. Oddychałam ciężko z wysiłku i kiedy się odezwałam, zabrzmiało to raczej jak czyjeś ostatnie słowa niż jak gniewny okrzyk:

– Jeszcze raz – rozkazałam Kate. – Samego Edwarda!

Wywróciła oczami, ale kiedy podeszła do nas, posłusznie dotknęła tylko jego.

– Nic – oświadczył. Po jego głosie można było poznać, że się uśmiecha.

– A teraz? – spytała Kate.

– Nadal nic.

– A teraz? – wykrztusiła, marszcząc czoło.

– Nic a nic.

Odsunęła się od nas, dysząc.

– Widzicie to? – spytała Zafrina niskim, głębokim głosem, przyglądając nam się z uwagą. Mówiła po angielsku z silnym akcentem, przeciągając samogłoski w najmniej spodziewanym momencie.

– Nie widzę niczego, czego widzieć nie powinienem – zakomunikował Edward.

– A ty, Renesmee?

Mała posłała jej szeroki uśmiech i pokręciła przecząco główką.

Niemal całkowicie już ochłonęłam, siłowanie się z moją tarczą kosztowało mnie więc coraz więcej energii. Zaciskając zęby i posapując, naparłam na niewidzialną błonę. Im dłużej utrzymywałam ją rozciągniętą, tym wydawała się cięższa. Stawiała mi opór, chcąc wrócić na swoje dawne miejsce.

– Tylko nie wpadajcie w panikę – ostrzegła Zafrina naszą widownię. – Chcę tylko sprawdzić granice jej możliwości.

Wszyscy zebrani, zszokowani, głośno zaczerpnęli powietrza – Eleazar, Carmen, Tanya, Garrett, Benjamin, Tia, Siobhan, Maggie – wszyscy prócz Senny, której repertuar przyjaciółki był najwidoczniej dobrze znany. Oczy pozostałych zrobiły się puste, a na ich twarzach malował się niepokój.

– Kto odzyska wzrok, ręka do góry – poinstruowała ich Amazonka. – Do dzieła, Bello. Zobacz, ilu zdołasz osłonić.

Wypchnęłam powietrze z płuc z głośnym sapnięciem. Poza Renesmee i Edwardem najbliżej mnie znajdowała się Kate, ale i tak były to jakieś trzy metry. Spiąwszy mięśnie szczęki, pchnęłam z całych sił, starając się odsunąć upartą, opierającą mi się powłokę jak najdalej od siebie. Centymetr po centymetrze przybliżałam ją do celu, walcząc z nią nie tylko o każdy kolejny odcinek, ale i o ten, który dopiero co zdobyłam. Pracując nad sobą, koncentrowałam się na grymasie wampirzycy, a kiedy Denalka zamrugała, a jej oczy na powrót stały się skupione, stęknęłam cicho, czując ogromną ulgę. Kate podniosła rękę do góry.

– Fascynujące! – mruknął Edward pod nosem. – To jak lustro weneckie. Potrafię czytać im wszystkim w myślach, ale nie mogą mnie tu dosięgnąć. Słyszę Renesmee, chociaż nie słyszałem jej, kiedy byłem jeszcze na zewnątrz. Założę się, że Kate mogłaby mnie teraz porazić prądem, skoro też jest tu z nami pod parasolem. Ale ciebie nadal nie słyszę... Hm... Ciekawe, jak to działa. Ciekawe, czy gdyby...

Mamrotał coś dalej do siebie, ale nie byłam w stanie się temu przysłuchiwać. Zgrzytając zębami, próbowałam zmusić błonę do objęcia Garretta, który stał nieopodal Kate. Po chwili i on dał znać, że znowu widzi.

– Bardzo dobrze – pochwaliła mnie Zafrina. – A teraz...

Ale odezwała się przedwcześnie. Jęknęłam nagle, bo moja tarcza odskoczyła niczym gumka, którą za mocno rozciągnięto, wracając gwałtownie do swojego pierwotnego kształtu. Renesmee dopiero teraz doświadczyła ciemności, którą zesłała na wszystkich Zafrina, i zadrżała ze strachu na moich plecach. Umordowana, raz jeszcze naparłam na ochronną powłokę, aby znalazło się pod nią miejsce dla małej.

– Mogę trochę odsapnąć? – wydyszałam.

Odkąd przemieniłam się w wampira, jeszcze ani razu się nie zdarzyło, żebym potrzebowała chwili odpoczynku. Czułam się wytrącona z równowagi przez to, że byłam jednocześnie tak silna i tak wyczerpana.

– Proszę bardzo – powiedziała Zafrina.

Widać było, że wyzwoliła widzów spod swojego czaru, bo się rozluźnili, a potem zaczęli się powoli rozchodzić, wymieniając przy tym uwagi. Kilka minut ślepoty bardzo ich poruszyło – jako nieśmiertelni nie byli przyzwyczajeni do bezradności.

– Kate! – krzyknął Garrett.

Był jedynym wampirem pozbawionym daru, który przychodził na moje treningi. Zastanawiałam się, co tak do nich przyciąga tego łowcę przygód.

– Nie radzę – ostrzegł go Edward.

Nie wystarczyło. Z zamyśloną miną, dogonił tę, którą wołał.

– Słyszałem, że potrafisz położyć każdego na łopatki.

– Zgadza się – potwierdziła Kate. Uśmiechając się przebiegle, pokazała mu swoją dłoń, przebierając szybko palcami. – A co, jesteś ciekaw, jak to jest?

Wzruszył ramionami.

– Nigdy czegoś takiego jeszcze nie widziałem. Trudno uwierzyć, że nie ma w tym ani odrobiny przesady...

– Kto wie – stwierdziła, znienacka poważniejąc. – Może działam tak tylko na wampiry bardzo młode albo bardzo słabe. Nie jestem pewna. Ty wyglądasz na silnego. Może mógłbyś jednak ustać na dwóch nogach.

Wyciągnęła ku niemu rękę, wewnętrzną stroną dłoni do góry, zachęcając, by sam się przekonał. Drgnęła jej warga. Mogłam się założyć, że za jej powagą krył się zwykły fortel.

Garrett powitał wyzwanie szerokim uśmiechem. Śmiało dotknął dłoni Kate palcem wskazującym.

Nie musiał długo czekać. Zaraz ugięły się pod nim kolana i zachłysnąwszy się głośno powietrzem, przewrócił się do tyłu, uderzając głową o wystający z ziemi granitowy blok. Skała chyba się rozłamała, bo coś nieprzyjemnie chrupnęło. Strasznie było się przyglądać, jak jeden z nieśmiertelnych jest unieszkodliwiany w taki sposób. Jawiło mi się to jako coś wbrew prawom naszego świata. Wszystko we mnie protestowało.

– Uprzedzałem – mruknął Edward.

Powieki Garretta drżały przez kilka sekund. W końcu otworzył szeroko oczy. Zerknął na uśmiechającą się złośliwie Kate i niespodziewanie się rozpromienił.

– Wow – powiedział.

– Podobało ci się? – spytała ze sceptycyzmem.

– Nie jestem szalony – zaśmiał się, kręcąc przecząco głową. Podniósł się powoli na klęczki. – Ale trzeba przyznać, że robi wrażenie.

– Tak mi mówiono.

Edward zwrócił oczy ku niebu.

W tym samym momencie przed domem zapanowało jakieś poruszenie. Przez szmer zaskoczonych głosów przebił się baryton Carlisle'a:

– Czy to Alice was przysłała? – spytał kogoś niepewnie, nieco zdenerwowany.

Kolejni niezapowiedziani goście?

Edward popędził ku domowi i większość zebranych poszła za jego przykładem. Nadal miałam Renesmee na plecach, więc trzymałam się z tyłu pochodu. Chciałam dać doktorowi trochę czasu – pozwolić mu, żeby najpierw należycie przybyszów przygotował na to, z czym mieli się niedługo zetknąć.

Okrążając ostrożnie dom, żeby wejść do środka kuchennymi drzwiami, wzięłam małą na ręce i nadstawiłam uszu.

– Nikt nas nie przysłał – odpowiedział nieznajomy Carlisle'owi głębokim szepczącym głosem. Skojarzył mi się on natychmiast z sędziwymi głosami Ara i Kajusza, i zamarłam tuż za progiem kuchni.

Wiedziałam, że salon był zatłoczony – prawie wszyscy zeszli się, by zobaczyć nowych gości – ale nie dochodziły z niego prawie żadne odgłosy. Płytkie oddechy, nic więcej.

Carlisle miał się bardzo na baczności, kiedy znowu się odezwał:

– W takim razie, co was tutaj sprowadza?

– Wieści szybko się roznoszą – odparł inny głos, tak samo cichy, jak pierwszy. – Dotarły do nas pogłoski, że Volturi zmawiają się przeciwko wam. I że nie zamierzacie zmierzyć się z nimi samotnie. Jak widać, były to pogłoski prawdziwe. To niezwykłe zgromadzić tyle wampirów w jednym miejscu.

– Nie zamierzamy rzucać Volturim rękawicy – oświadczył Carlisle, wyraźnie spięty. – Zaszło pewne nieporozumienie, to wszystko. Owszem, to bardzo poważne nieporozumienie, ale mamy nadzieję, że zdołamy sprawę wyjaśnić. Ci, których tu zastaliście, to nasi świadkowie. Musimy tylko doprowadzić do tego, by Volturi nas wysłuchali. Nie zrobiliśmy...

– Nie dbamy o to, czy rzeczywiście dopuściliście się tego, o co was oskarżają – przerwał mu pierwszy z przybyszów. – Nie interesuje nas, czy złamaliście prawo, czy nie.

– Niezależnie od tego, jak odrażająca miałaby być to zbrodnia – włączył się drugi.

– Tysiąc pięćset lat czekaliśmy na to, by ktoś wreszcie sprzeciwił się tym włoskim szumowinom – oznajmił pierwszy. – Jeśli istnieje choćby nikłe prawdopodobieństwo, że stracą władzę, chcemy być tego świadkami.

– Być może nawet pomożemy wam ich pokonać – dodał drugi. – Jeśli tylko uznamy, że macie szansę odnieść sukces.

Mówiąc, tak doskonale się uzupełniali i tak podobne mieli do siebie głosy, że mniej wrażliwy słuchacz mógłby wziąć ich za jedną osobę.

– Bello? – zwrócił się do mnie Edward surowym tonem. – Przynieś, proszę, Renesmee. Może powinniśmy sprawdzić, czy warto wierzyć w zapewnienia naszych rumuńskich gości.

Pomogła mi świadomość, że w obronie mojej córki stanęłaby zapewne połowa znajdujących się w pokoju wampirów, gdyby Rumuni zareagowali na nią agresywnie. Nie podobał mi się dźwięk ich głosu ani kryjąca się w ich słowach groźba. Wszedłszy do salonu, zauważyłam, że nie tylko ja ich tak odbieram. Większość znieruchomiałych wampirów spoglądała na nich wrogo, a kilkoro – Carmen, Tanya, Zafrina i Senna – na mój widok przesunęło się dyskretnie w moją stronę, aby ustawić się w nieco bardziej obronnych pozach pomiędzy Renesmee a przybyszami.

Obaj stojący przy drzwiach Rumuni byli niscy i drobni. Jeden miał włosy ciemne, a popielaty blond włosów drugiego był tak jasny, że wydawały się jasnoszare. Ich skóra wyglądała na tak samo cienką i suchą, jak skóra Volturich, chociaż pomyślałam sobie, że u tych dwóch aż tak bardzo nie rzuca się to w oczy. Nie miałam pewności, bo jakkolwiek by było, kiedy widziałam Volturich, dysponowałam znacznie gorszymi zmysłami człowieka. Nie mogłam dokonać miarodajnego porównania. Oczy obcych wampirów, wąskie i bystre, miały odcień ciemnego burgunda i nie przesłaniała ich mgła. Ubrani byli w proste czarne stroje, które można by uznać za współczesne, choć przynajmniej inspirowane modą sprzed wieków.

Dostrzegłszy mnie, ten z ciemnymi włosami szeroko się uśmiechnął.

– No, no, Carlisle'u. Niegrzeczny z ciebie chłopiec, nie ma co.

– Ta mała nie jest tym, za co ją masz, Stefanie.

– Niech ci będzie – stwierdził blondyn. – Jak już mówiliśmy, nam tam jest wszystko jedno.

– W takim razie, Vladimirze, zapraszamy, abyście zgodnie ze swoją wolą pozostali z nami jako obserwatorzy. Chciałbym jednak podkreślić, że tak jak już mówiłem, nie mamy w planach zaatakowania Volturich.

– Będziemy trzymać za was kciuki – zaczął Stefan.

– I liczyć na to, że nam się poszczęści – dokończył Vladimir.

Udało nam się zyskać siedemnastu świadków – Irlandczyków: Siobhan, Liama i Maggie; Egipcjan: Amuna, Kebi, Benjamina i Tię; Amazonki: Zafrinę i Sennę; Rumunów: Vladimira i Stefana; oraz nomadów: Charlotte, Petera, Garretta, Alistaira, Mary i Randalla. Do tego dochodziło jedenastu członków naszej rodziny – jedenastu, jako że Tanya, Kate, Eleazar i Carmen uparli się, by zaliczyć ich właśnie do niej.

Pomijając Volterrę, dom Cullenów stanowił najprawdopodobniej największe skupisko przyjaźnie nastawionych do siebie nieśmiertelnych w wampirzej historii.

W naszych sercach zaczęła powoli kiełkować nadzieja. Nawet ja się przed tym nie uchowałam. Moja córeczka przekonała do siebie tyle osób w tak krótkim czasie! Teraz Volturi musieli tylko zechcieć na moment się zatrzymać...

Ostatni dwaj przedstawiciele wyciętego w pień klanu rumuńskich wampirów – skupieni jedynie na tym, by wreszcie się zemścić na tych, którzy piętnaście stuleci wcześniej doprowadzili do upadku ich imperium – przyjęli informację o pochodzeniu Renesmee ze stoickim spokojem. Nie zgodzili się jej dotknąć, ale też nie traktowali jej ani z wrogością, ani ze wstrętem, z kolei nasz pakt z wilkołakami wręcz podejrzanie ich uradował. Przyglądali się, jak trenuję rozciąganie swojej tarczy z Kate i Zafriną, przyglądali się, jak Edward odpowiada na niewypowiedziane na głos pytania, przyglądali się, jak Benjamin samą siłą swojego umysłu sprawia, że zaczyna wiać wiatr albo że wody rzeki strzelają pod niebo niczym gejzer, i widać było po tym, jak błyszczały im oczy, że rodzi się w nich przekonanie, iż znienawidzeni przez nich Volturi mają nareszcie trafić na godnych siebie przeciwników.

Nie marzyliśmy o tym samym, ale wszyscy mieliśmy odwagę marzyć.

33 Fałszerstwo

– Charlie, wiem, że minął już ponad tydzień, odkąd widziałeś Renesmee, ale nadal mamy tych gości, o których ani nie chcesz, ani nie możesz nic wiedzieć, więc odwiedzenie nas nie wchodzi w rachubę. Ale co powiesz na to, żeby wpaść z nią do ciebie?

Ojciec ucichł na tak długo, że zaczęłam się zastanawiać, czy czasem nie wychwycił, że jedynie udaję zrelaksowaną.

Ale potem odburknął:

– Ech. No tak. Tylko to, co muszę wiedzieć.

I zdałam sobie sprawę, że odpowiedział z opóźnieniem wyłącznie dlatego, że nadal trudno mu było pogodzić się z tą całą nadnaturalną otoczką.

– Okej, skarbie. A dacie radę zjawić się tu gdzieś tak o pierwszej? Sue ma mi przywieźć obiad. Jest tak samo przerażona moim gotowaniem, jak ty na samym początku, kiedy się do mnie przeprowadziłaś – zaśmiał się, po czym westchnął, przypomniawszy sobie stare, dobre czasy.

– Tak, o pierwszej idealnie mi pasuje. Im szybciej, tym lepiej. I tak już za długo to odkładałam.

– Przyprowadzicie z sobą Jake'a?

Charlie nie miał, rzecz jasna, pojęcia, co to takiego wpojenie, ale trudno było nie zauważyć, jak bardzo Jacob jest oddany małej.

– Może. Jeszcze nie wiem.

Na pewno nie miał dobrowolnie zrezygnować z popołudnia z Renesmee, w dodatku bez wampirów.

– To może powinienem zaprosić też Billy'ego? Tyle że... Hm... Może innym razem.

Myślami byłam gdzie indziej, więc nie słuchałam go zbyt uważnie – dość, żeby wychwycić w jego głosie jakąś dziwną niechęć, kiedy mówił o Billym, ale nie dość, żeby martwić się, o co mu chodziło. Charlie i Billy byli dorośli. Jeśli mieli z czymś problem, sami mogli sobie z nim poradzić. Ja miałam teraz na głowie ważniejsze sprawy.

– Do zobaczenia – pożegnałam się i rozłączyłam.

Za propozycją, którą mu złożyłam, kryło się coś więcej niż tylko chęć chronienia go przed dwudziestoma siedmioma wampirami o różnym temperamencie – z których każdy niby przyrzekł, że nie zabije nikogo w promieniu czterystu pięćdziesięciu kilometrów, ale kto ich tam wiedział... Oczywiście żaden człowiek nie powinien mieć z naszymi gośćmi do czynienia, ale moja wizyta u ojca była przede wszystkim wymówką – fortelem, którym mogłam mydlić oczy Edwardowi. Zabierałam Renesmee do Charliego, żeby nie przyjechał do nas – Edward nie mógł się tu do niczego przyczepić. Miałam więc dobry pretekst, żeby opuścić dom, ale nie był to wcale jedyny powód, dla którego dom opuszczałam.

– Dlaczego nie możemy pojechać twoim ferrari? – naburmuszył się Jacob, kiedy spotkaliśmy się w garażu. Siedziałam już z Renesmee w volvo Edwarda.

Jakiś czas wcześniej mój ukochany pokazał mi wreszcie mój „samochód poślubny" i tak jak to podejrzewał, jego prezent nie wzbudził we mnie należytego entuzjazmu. Jasne, był piękny, opływowy i szybki, ale ja tak bardzo lubiłam teraz biegać...

– Za bardzo byśmy się wyróżniali – wyjaśniłam – a z kolei gdybyśmy poszli pieszo, wystraszylibyśmy Charliego.

Jacob ponarzekał jeszcze trochę, ale zajął miejsce koło mnie. Renesmee przeniosła się z moich kolan na jego.

– Jak się czujesz? – spytałam, wyjeżdżając z garażu.

– A jak myślisz? – prychnął zgorzkniały. – Mam tych wszystkich cuchnących pijaw powyżej uszu. – Zobaczywszy moją minę, odpowiedział mi, zanim zdążyłam mu cokolwiek wypomnieć. – Wiem, wiem: to ci dobrzy, są tutaj, żeby nam pomóc, to dzięki nim wszyscy ocalejemy, i tak dalej, i tak dalej. Mów sobie, co chcesz, ale przy Panu Drakuli Numer Jeden i Drakuli Numer Dwa to chyba każdego przechodzą ciarki.

Nie mogłam się nie uśmiechnąć. Do moich ulubieńców ci dwaj goście też nie należeli.

– Tu się akurat z tobą zgodzę.

Renesmee pokręciła główką, ale nic nie powiedziała – w odróżnieniu od całej reszty, uważała Rumunów za fascynujących. Ponieważ nie chcieli jej dotykać, raz nawet zadała sobie trud, by się do nich odezwać, interesowało ją bowiem, dlaczego mają taką niezwykłą skórę. Przestraszyłam się, że może ich obrazi tym pytaniem, ale też trochę ucieszyłam się, że na nie wpadła, bo sama też byłam tego ciekawa. Jej dociekliwość na szczęście ich nie uraziła – może tylko odrobinę posmutnieli.

– Przez bardzo długi czas siedzieliśmy zupełnie nieruchomo – wyznał Vladimir. Przysłuchujący mu się Stefan od czasu do czasu kiwał głową, ale tym razem nie kończył za swojego kompana zdań, jak to miał w zwyczaju. – Widzisz, dziecko, kontemplowaliśmy własną boskość. Mieliśmy ogromną władzę, a najlepszym tego dowodem było to, że wszyscy sami do nas ciągnęli: i dyplomaci, i inni ludzie, którzy chcieli uzyskać od nas jakieś korzyści, i ci, którymi mogliśmy się pożywić. Siedzieliśmy tak na naszych tronach i mieliśmy się za bogów. Przez długi czas nie zauważyliśmy, że się zmieniamy – że niemalże przeobraziliśmy się w kamienne posągi. Przypuszczam, że Volturi wyświadczyli nam przysługę, kiedy spalili nasze zamki. Przynajmniej Stefan i ja wyrwaliśmy się z tego letargu. Teraz oczy Volturich pokryte są obrzydliwą przykurzoną błoną, ale nasze nadal są bystre. Sądzę, że będziemy mieli dzięki temu nad nimi przewagę, kiedy przyjdzie nam je im wyłupiać.

Po tym incydencie starałam się trzymać małą z daleka od nich.

– Jak długo będziemy mogli siedzieć u Charliego? – przerwał moje rozmyślania Jacob. Wyraźnie się rozluźnił, kiedy zostawiliśmy dom i jego nowych mieszkańców za sobą, z czego wynikało, że mnie samej tak do końca za wampira nie ma. Odebrałam to jako wielki komplement. Dla niego byłam nadal po prostu Bellą.

– Tak się składa, że całkiem długo.

Coś w tonie mojego głosu zwróciło jego uwagę.

– Czy tylko odwiedzamy twojego tatę, czy robimy przy okazji coś jeszcze?

– Wiesz, Jake, muszę przyznać, że kiedy Edward jest w pobliżu, jesteś naprawdę dobry w kontrolowaniu swoich myśli.

Jedna z jego gęstych, czarnych brwi powędrowała do góry.

– Tak?

Skinęłam tylko głową i przeniosłam wzrok na Renesmee. Wyglądała przez okno, więc trudno mi było ocenić, jak bardzo jest zainteresowana tym, o czym rozmawiamy. Uznałam, że lepiej przy niej nie ryzykować.

Jacob spodziewał się, że coś jeszcze dodam, a niczego się nie doczekawszy, wypchnął dolną wargę przed górną, zastanawiając się nad tym, co powiedziałam.

Resztę drogi przesiedzieliśmy w milczeniu. Mrużyłam oczy, próbując coś wypatrzyć przez irytujące kontakty i strugi lodowatego deszczu – cały czas nie było dostatecznie zimno na śnieg. Moje tęczówki miały już nieco mniej przerażający kolor niż po przemianie – jaskrawy szkarłat ustąpił matowej ciemnej pomarańczy.

Wkrótce miały stać się dostatecznie bursztynowe, bym mogła porzucić soczewki. Miałam nadzieję, że Charliego ta zmiana zbytnio nie zestresuje.

Kiedy zajechaliśmy na miejsce, Jacob nadal analizował naszą krótką wymianę zdań, ale podbiegając w ludzkim tempie do ganku, żeby nie zmoknąć, nie zamieniliśmy ze sobą ani słowa. Ojciec musiał nas wypatrywać – otworzył drzwi, zanim do nich zapukałam.

– Kogo my tu mamy? Kurczę, wydaje mi się, że lata jej nie widziałem! Tylko spójrz na siebie, Nessie! No, chodź do dziadka! Przysiągłbym, że urosłaś z piętnaście centymetrów! Ale chyba schudłaś, co, Ness? – Posłał mi spojrzenie pełne wyrzutu. – Nie karmią cię tam czy co?

– To dlatego, że tak wystrzeliła – usprawiedliwiłam się. – Cześć, Sue! – zawołałam mu przez ramię. Z kuchni pachniało już kurczakiem, pomidorami, czosnkiem i serem – dla pozostałych musiała być to pewnie bardzo miła woń. Czułam też w powietrzu sosnowe igły i kurz.

W policzkach Renesmee ukazały się urocze dołeczki. Przy Charliem nigdy się nie odzywała.

– Wchodźcie, dzieci. Nie stójcie tak na zimnie. A gdzie mój zięć?

– Podejmuje znajomych – odparł Jacob, a potem prychnął. – Wierz mi, Charlie, masz wielkie szczęście, że nie jesteś w nic wtajemniczany. Nic więcej nie powiem.

Ojciec skrzywił się, a ja dałam Jake'owi sójkę w bok.

– Auć – syknął cicho, starając się ukryć to przed Charliem.

Hm. A sądziłam, że robię to delikatnie.

– Muszę lecieć – oznajmiłam. – Mam kilka rzeczy do załatwienia.

Jacob zerknął na mnie, ale nijak tego nie skomentował.

– Co, Bells – zadrwił Charlie – nie kupiłaś jeszcze wszystkich prezentów? Pamiętaj, że do Gwiazdki zostało jeszcze tylko parę dni.

– Tak, mam w tym roku mały poślizg – wybąkałam. Nawet jako wampir nie umiałam kłamać.

To stąd ten kurz. Ojciec musiał wyjąć z pudeł ozdoby bożonarodzeniowe.

– Nic się nie martw, Nessie – szepnął małej do ucha. – Jeśli mama da plamę, jestem zabezpieczony.

Wywróciłam oczami, ale prawda była taka, że sprawa świąt zupełnie wyleciała mi z głowy.

– Obiad gotowy! – zawołała Sue z kuchni. – No, chodźcie jeść!

– Do zobaczenia, tato – powiedziałam.

Wymieniliśmy z Jacobem krótkie spojrzenia. Nawet gdyby zawiodła go samokontrola i przypomniałby sobie tę scenę przy Edwardzie, przynajmniej nie mógłby się niczym z nim podzielić. Nie miał pojęcia, co kombinuję.

Cóż, pomyślałam wsiadając do samochodu. Ja też nie miałam.

Szosa była ciemna i śliska, ale zupełnie się już tym nie przejmowałam. Miałam teraz taki refleks, że prowadząc auto, nie musiałam wcale koncentrować się na drodze. Jedynym problemem było niezwracanie na siebie uwagi nadmierną prędkością, kiedy miałam jakieś towarzystwo. Chciałam mieć już dzisiejszą misję za sobą, rozwiązać wreszcie zagadkę pozostawioną przez Alice, żeby móc z powrotem zabrać się do tego, co było mi najbardziej potrzebne – do nauki. Nauki tego, jak niektórych chronić, a innych zabijać.

Z rozciąganiem tarczy radziłam sobie coraz lepiej. Odkąd dowiedziałam się, co prowokuje u mnie najsilniejszą reakcję, zawsze z łatwością znajdowałam sobie jakiś powód do gniewu, więc Kate nie odczuwała już potrzeby, by mnie dodatkowo motywować, i pracowałam głównie z Zafriną. Amazonka była zadowolona z moich wyników – chociaż bardzo mnie to wyczerpywało, potrafiłam wytworzyć wokół siebie osłonę o średnicy trzech metrów i utrzymać ją przez ponad minutę. Tego ranka sprawdzałyśmy coś zupełnie nowego – czy zdołałabym odseparować tarczę od swojego umysłu. Nie rozumiałam, jaki miałabym pożytek z takiej umiejętności, ale Zafrina była zdania, że ćwiczenie jej mnie wzmocni, podobnie jak ćwiczenie mięśni brzucha i pleców, zamiast jedynie ramion. Z czasem, gdy wszystkie mięśnie są silniejsze, udaje się podnieść większy ciężar.

Nie byłam w tym za dobra. Tylko raz mignęła mi przed oczami rzeka w sercu dżungli, którą Zafrina usiłowała mi pokazać.

Istniały też inne sposoby na przygotowanie się do tego, co się zbliżało, a ponieważ zostały nam jeszcze tylko dwa tygodnie, martwiłam się coraz bardziej, że być może zaniedbuję metodę najważniejszą ze wszystkich. Dzisiaj zamierzałam wreszcie zaradzić temu przeoczeniu.

Wyuczyłam się na pamięć wszystkich odpowiednich map, nie miałam więc żadnych kłopotów z dotarciem pod adres pozostawiony mi przez Alice, a niewystępujący w Internecie – ten należący do niejakiego J.Jenksa. Moim następnym krokiem miało być namierzenie Jasona Jenksa pod adresem, którego Alice mi nie podała, a który z kolei znalazłam przy pomocy wyszukiwarki.

Nazwanie tej części Seattle niezbyt atrakcyjną byłoby niedomówieniem. Najbardziej normalny z samochodów Cullenów wydawał się tu zjawiskiem rodem z innej planety. Nawet moja stara furgonetka prezentowałaby się tu całkiem przyzwoicie. Gdybym była jeszcze człowiekiem, zablokowałabym wszystkie drzwiczki i docisnęła pedał gazu, ale teraz nie miałam się czego bać, rozglądałam się więc tylko zafascynowana. Próbowałam sobie wyobrazić, co w takim miejscu mogłaby porabiać Alice, i wyobraźnia mnie zawodziła.

Po obu stronach ulicy stał rząd wąskich dwupiętrowych szeregówek pochylających się nieco ku chodnikowi, jakby przygniatał je do ziemi biczujący je deszcz. Domy w większości podzielono dawno temu na osobne mieszkania. Ciężko było określić, jaki pierwotnie miała kolor łuszcząca się farba na ich fasadach – teraz królowały tu różne odcienie szarości. W kilku budynkach na parterze mieściły się jakieś przybytki: brudny bar o oknach pomalowanych na czarno, sklep ezoteryczny z pulsującymi na drzwiach neonami w kształcie dłoni i kart do tarota, studio tatuażu i żłobek z rozbitą szybą sklejoną srebrną taśmą izolacyjną. W żadnym z okien nie świeciły się lampy, chociaż było dostatecznie pochmurno, by ludzie w środku potrzebowali dodatkowego światła. Z oddali dochodziły stłumione głosy – ktoś miał chyba włączony telewizor.

W zasięgu wzroku znajdowało się tylko kilka osób: dwoje kulących się w deszczu przechodniów – każdy szedł w inną stronę i jakiś facet siedzący na zadaszonym ganku kancelarii prawniczej o zabitych deskami oknach, specjalizującej się w obsłudze biedaków. Mężczyzna z ganku czytał mokrą gazetę i pogwizdywał, a wesołe dźwięki, które z siebie wydobywał, pasowały do otaczającej go scenerii jak kwiatek do kożucha.

Tak mnie rozproszyło to jego beztroskie pogwizdywanie, że dopiero z opóźnieniem zorientowałam się, że opuszczony budynek kancelarii to właśnie miejsce, którego szukam. Na odrapanych murach nie było wprawdzie żadnej pomocnej tabliczki, ale studio tatuażu tuż obok miało numer o dwa niższy.

Podjechałam do krawężnika, ale przez chwilę nie wyłączałam jeszcze silnika. Jakoś tam na pewno musiałam dostać się do środka tej rudery, ale trzeba było zastanowić się, jak to zrobić, nie wzbudzając podejrzeń faceta z gazetą. Może powinnam była zaparkować przecznicę dalej i zakraść się od tyłu? Ale tam mogło kręcić się jeszcze więcej ludzi. A gdyby tak dojść tu po dachach? Czy było dostatecznie ciemno, by nikt mnie nie zauważył?

– Ej, proszę pani! – zawołał do mnie nieznajomy z ganku.

Udając, że nie słyszę go za dobrze przez szybę, otworzyłam okno od strony pasażera. Mężczyzna odłożył gazetę na bok, ukazując mi się po raz pierwszy w całej okazałości. Zdziwiłam się, bo poza swoim długim, brudnym płaszczem i burzą skołtunionych czarnych włosów prezentował się zaskakująco elegancko. Nie wiał wiatr, więc nie czułam zapachów tkanin, ale jego połyskująca ciemnoczerwona koszula wyglądała na jedwabną. Śniadą skórę miał czystą i gładką, a zęby białe i proste. Czyżby tylko przebrał się za włóczęgę?

– Nie radziłbym zostawiać tutaj takiego wozu – powiedział. – Może go pani tu nie zastać po powrocie.

– Dzięki za ostrzeżenie.

Zgasiłam silnik i wysiadłam z auta. Może bardziej niż włamywać się do kancelarii opłacało mi się pociągnąć pogwizdującego dżentelmena za język.

Otworzyłam swój wielki, szary parasol – tak naprawdę nie dbałam o to, czy wilgoć zniszczy moją kaszmirową sukienkę, ale musiałam zachowywać się jak zwykła kobieta.

Mężczyzna zmrużył oczy, żeby przez strugi deszczu dojrzeć moją twarz. Zaraz potem szeroko je otworzył i przełknął głośno ślinę. Podchodząc bliżej, usłyszałam, że serce bije mu coraz szybciej.

– Szukam kogoś – zaczęłam.

– A ja niewątpliwie jestem kimś – odparł z uśmiechem. – Co mogę dla ciebie zrobić, ślicznotko?

– Czy nazywa się pan Jenks?

– Och. – Spoważniał momentalnie. Wstał, po czym omiótł mnie badawczym spojrzeniem. – A w jakiej sprawie szuka pani Dżeja?

– Nie pański interes. – Zresztą, nie miałam przecież pojęcia. – Czy pan to Jenks?

– Nie.

Staliśmy przez dłuższy czas w milczeniu, podczas gdy jego bystre oczy przesuwały się to w górę, to w dół mojej obcisłej jasnoszarej sukienki. W końcu podniósł głowę i nasze spojrzenia się spotkały.

– Nie przypomina pani tych, których zazwyczaj obsługuję.

– Chyba nie jestem taką zwyczajną klientką – przyznałam – co nie zmienia faktu, że muszę widzieć się z Jenksem jak najszybciej.

– Nie jestem pewien, jak panią potraktować – przyznał.

– Może powie mi pan na początek, jak ma pan na imię?

Uśmiechnął się szeroko.

– Max.

– Miło cię poznać, Max. To teraz może mi powiedz, jak traktujesz zwyczajnych klientów Dżeja, co?

Zmarszczył czoło.

– Cóż, klienci Dżeja, których widuje się w tych stronach, nie wyglądają tak jak ty. Tacy jak ty nawet tu nie zaglądają, tylko walą prosto do jego drugiego biura, takiego w wieżowcu, ze skórzanymi kanapami.

Podałam mu drugi adres, którym dysponowałam.

– Tak, to tam – potwierdził. Znowu zrobił się podejrzliwy. – Jak to się stało, że trafiłaś tutaj a nie tam?

– To pod tym adresem polecono mi go szukać. Powiedziała mi to bardzo zaufana osoba.

– Jesteś pewna? To nie jest miejsce dla grzecznych dziewczynek.

Zacisnęłam usta. Nigdy nie byłam dobra w blefowaniu, ale nie miałam wyboru.

– Może wcale nie jestem grzeczną dziewczynką.

Max wyraźnie był w kropce.

– Słuchaj, ślicznotko…

– Mam na imię Bella.

– Okej, niech będzie Bella. Widzisz, Bella, nie chcę stracić tej roboty. Nie muszę właściwie robić nic poza tym, że tu przesiaduję, a Dżej dobrze mi płaci. Wierz mi, chciałbym ci pomóc, ale… Oczywiście mówię ci to tylko nieoficjalnie, jasne? Czy jak to tam określić. W każdym razie, niech to zostanie między nami, okej? Problem polega na tym, że jeśli dopuszczę do niego kogoś, przez kogo mógłby mieć jakieś kłopoty, będę miał przechlapane. Wyleje mnie. Rozumiesz mój dylemat?

Zamyśliłam się, przygryzając nerwowo dolną wargę.

– Nigdy nie przyszedł tu nikt, kto by przypominał mnie z wyglądu? No, nie tak do końca – moja siostra jest o wiele ode mnie niższa i ma krótkie, czarne, sterczące włosy.

– Dżej zna twoją siostrę?

– Tak myślę.

Max podrapał się po głowie. Uśmiechnęłam się do niego i z wrażenia przez moment nierówno oddychał.

– Mam pomysł – oznajmił. – Zadzwonię do Dżeja i opiszę mu ciebie przez telefon. Niech sam podejmie decyzję.

Ile wiedział J. Jenks? Czy mój opis miał mu się z czymkolwiek skojarzyć? Oto było pytanie.

– Nazywam się Cullen – wyjawiłam Maksowi, modląc się, żeby ta szczerość nie wpakowała mnie w jakieś tarapaty. Byłam coraz bardziej zła na Alice. Czy naprawdę musiałam działać po omacku? Wystarczyłaby jedna mała dodatkowa wskazówka...

– Cullen, mam.

Z łatwością podejrzałam, które klawisze przyciskał. Cóż, gdyby to nie wypaliło, mogłam później sama skontaktować się z jego tajemniczym pracodawcą.

– Cześć, Dżej. Tu Max. Wiem, że miałem korzystać z tego numeru tylko w sytuacjach awaryjnych...

– Czy to sytuacja awaryjna? – spytał rzeczowym tonem męski głos. Dla śmiertelnika byłby niesłyszalny.

– No, niezupełnie. Jest tu ze mną dziewczyna, która chciałby się z tobą zobaczyć...

– I tylko dlatego mnie niepokoisz? Dlaczego nie zastosowałeś zwykłej procedury?

– Nie zastosowałem normalnej procedury, bo to nie taka zwykła dziewczyna.

– To glina?

– Nie, skąd.

– Tego nigdy nie możesz być pewny. A może to ktoś od Kubareva?

– Nie, nie. Hej, daj mi to wyjaśnić, dobra? Mówi, że znasz jej siostrę.

– Szczerze w to wątpię. A jak wygląda?

– Hm... – Max zmierzył mnie wzrokiem z miną znawcy. – Jakby się urwała prosto z wybiegu. – Mrugnął do mnie porozumiewawczo. – Ciało supermodelki, blada jak ściana, ciemnobrązowe włosy prawie do pasa i przydałoby jej się przespać kilka godzin. Brzmi znajomo?

– Niestety nie – odpowiedział oschle Jenks. – Martwisz mnie, Max. Przez swoją słabość do pięknych kobiet pozwalasz sobie...

– Przyznaję – przerwał mu – takie zawsze mają u mnie przody, ale co w tym złego? Już się rozłączam i po krzyku. Przepraszam za zawracanie głowy.

– Nazwisko – podpowiedziałam mu szeptem.

– A tak. Czekaj, Dżej, może to coś ci powie. Ta dziewczyna nazywa się Bella Cullen.

Po drugiej stronie słuchawki zapadła głucha cisza, a potem Jenks zaczął nagle wydzierać się jak opętany, używając słów, jakie rzadko można usłyszeć poza parkingami dla tirów. Max przeszedł całkowitą metamorfozę – pobladły mu wargi, a po jego kpiarskiej postawie nie zostało ani śladu.

– Bo nie spytałeś! – wrzasnął, spanikowany.

Jenks zamilkł. Pewnie próbował się uspokoić.

– Piękna i blada? – upewnił się, na nowo opanowany.

– Już ci mówiłem, że tak.

Piękna i blada? Co ten człowiek wiedział o wampirach? Czy sam był jednym z nas? Nie byłam przygotowana na tego typu konfrontację. Zazgrzytałam zębami. W co najlepszego wpakowała mnie ta Alice?

Max przeczekał cierpliwie kolejny wybuch agresji szefa, ale wyłapawszy spośród steku obelg pewne instrukcje, zerknął na mnie, niemalże przerażony.

– Przecież klientów z śródmieścia przyjmujesz zawsze tylko w czwartki... Okej, okej. Jasne, już się robi.

Zamknął telefon.

– Chce się ze mną spotkać? – spytałam z nadzieją.

Max spojrzał na mnie z wyrzutem.

– Trzeba mi było powiedzieć, że jesteś klientem priorytetowym.

– Nie wiedziałam, że nim jestem.

– Myślałem, że może jesteś gliną – przyznał. – To znaczy, nie wyglądasz jak glina. Ale też nie zachowujesz się normalnie.

Wzruszyłam ramionami.

– Kartel narkotykowy? – strzelił.

– Kto, ja?

– No tak. Albo twój chłopak czy coś.

– Nie, przykro mi, nie trafiłeś. Jestem z zupełnie innej bajki. Mój mąż też. My to bardziej z tych, co *just say no**.

Max zmełł w ustach przekleństwo.

– Mężatka? Ech, coś nie mam szczęścia.

Uśmiechnęłam się.

– Mafia? – zgadywał dalej.

– Nie.

– Przemyt diamentów?

– Błagam, Max! Czy to właśnie z takimi ludźmi stykasz się zwykle w pracy? Może powinieneś się jednak rozejrzeć za jakąś inną posadą.

Musiałam przyznać, że rozmowa z nim sprawiała mi nawet pewną przyjemność. Poza Charliem i Sue nie miałam styczności z żadnymi śmiertelnikami. Zabawnie było przyglądać się, jak biedak stara się gdzieś mnie przypasować. Cieszyło mnie też to, że nie miałam najmniejszej ochoty go zabić.

– Musisz być zamieszana w jakąś większą aferę – dedukował. – W jakąś naprawdę cuchnącą sprawę.

– I tu się mylisz.

– Tak? Wszyscy tak mówią. Ale kto inny potrzebuje lewych papierów? Albo raczej, kto inny ma tyle forsy, żeby go było na nie stać po cenach Dżeja. To zresztą nie mój interes – dodał. – Mężatka! – mruknął pod nosem.

---

* *just say no* – ang. „po prostu powiedz nie" – hasło niezwykle popularnej w USA kampanii z lat 80. przeciwko braniu narkotyków, które weszło do języka potocznego – przyp. tłum.

Podał mi trzeci z kolei adres Jenksa i wyjaśnił pokrótce, jak dojechać. Kiedy odjeżdżałam, odprowadził mnie wzrokiem, a na jego twarzy malowały się podejrzliwość i żal.

Po spotkaniu z Maksem byłam gotowa niemal na wszystko – nawet na zamaskowaną, ultranowoczesną kwaterę godną przeciwnika Jamesa Bonda. Na miejscu pomyślałam, że albo jako test dostałam zły adres, albo kwatera Jenksa mieści się pod ziemią, gdzieś pod tą zwyczajną handlową ulicą tulącą się do zbocza zalesionego wzgórza w spokojnej willowej dzielnicy.

Zaparkowałam i wysiadłszy z wozu, zerknęłam ku górze. Gustowny szyld głosił, iż w budynku poniżej mieści się kancelaria prawnicza Jasona Scotta.

Biuro urządzone było na beżowo z jasnozielonymi akcentami – neutralnie, schludnie i bez żadnych szaleństw, poza wbudowanym w ścianę akwarium. Nie wychwyciłam w powietrzu woni wampira, co pozwoliło mi się rozluźnić – czekało mnie jedynie spotkanie z nieznanym mi człowiekiem.

Za biurkiem siedziała ładniutka jasnowłosa recepcjonistka.

– Dzień dobry – przywitała mnie. – Czym mogę pani służyć?

– Chciałabym się zobaczyć z panem Scottem.

– Czy była pani umówiona?

– Niezupełnie.

W kącikach ust kobiety zamajaczył złośliwy uśmieszek.

– W takim razie będzie musiała pani trochę poczekać. Proszę sobie usiąść, a ja...

– April! – zagrzmiał znienacka przez intercom jej szef. – Lada chwila ma się tu zjawić niejaka pani Cullen.

Triumfalnie wskazałam na siebie.

– Niezwłocznie ją do mnie przyślij, zrozumiano? Wszystko inne może poczekać.

W jego głosie słychać było coś więcej niż tylko zniecierpliwienie. Żerały go nerwy.

– Pani Cullen już tu jest – poinformowała go April, gdy tylko dał jej dojść do głosu.

– Co takiego? No to przyślij ją do mnie! Na co czekasz?

– Już się robi, panie Scott!

Trzepocząc rękami, zerwała się na równe nogi, po czym poprowadziła mnie krótkim korytarzem w głąb biura, dopytując się, czy nie chcę czasem kawy albo herbaty, albo jeszcze czegoś innego.

– Proszę – powiedziała, otwierając przede mną jedne z drzwi.

Przekroczywszy próg, znalazłam się w typowym gabinecie poważnego biznesmena z olbrzymim biurkiem z ciemnego drewna oraz niską, szeroką komodą z wielkim lustrem nad blatem.

– Zamknij za sobą drzwi – poinstruował April ochrypłym tenorem.

Podczas gdy recepcjonistka wycofywała się pospiesznie, przyjrzałam się niskiemu mężczyźnie siedzącemu za biurkiem. Miał jakieś pięćdziesiąt pięć lat, spory brzuszek i postępującą łysinę. Ubrany był w błękitną koszulę w białe prążki i czerwony jedwabny krawat – na oparciu jego obrotowego fotela wisiał granatowy blezer. Prawnik drżał, jego twarz miała niezdrowy blady kolor, a czoło błyszczało mu od potu. Wyobraziłam sobie, jak pod warstwą tłuszczu otaczającą jego żołądek ukryty wrzód powoli szykuje się do perforacji.

Dżej wziął się w garść i chwiejąc się lekko, wstał, by podać mi rękę ponad blatem biurka.

– Miło mi panią poznać, pani Cullen.

Podeszłam bliżej i uścisnęłam jego dłoń. Skrzywił się, dotykając mojej lodowatej skóry, ale też nie wydawał się jej temperaturą zaskoczony.

– Witam, panie Jenks. A może raczej panie Scott?

Znowu się skrzywił.

– Co pani woli. Klient nasz pan.

– To może proszę nazywać mnie Bellą, a ja będę mówiła do pana Dżej, dobrze?

– Jak starzy znajomi – zgodził się, ocierając sobie czoło jedwabną chusteczką. Pokazał mi gestem, żebym usiadła, i sam także opadł na swój fotel. – Czy nareszcie mam przyjemność poznać uroczą małżonkę pana Jaspera?

Czyli ten człowiek znał Jaspera, a nie Alice! Nie tylko go znał, ale najwyraźniej się go bał. Zamyśliłam się nad tym na sekundę.

– Nie, niestety. Tak się składa, że jestem jego szwagierką.

Mężczyzna zacisnął usta. Chyba podobnie jak ja, zachodził w głowę, co jest grane.

– Mam nadzieję, że u pana Jaspera wszystko w porządku? – spytał ostrożnie.

– Z pewnością. Zrobił sobie właśnie przedłużone wakacje.

Moje wyjaśnienie odpowiedziało mu chyba na kilka dręczących go pytań.

– To dobrze, to dobrze. – Pokiwał głową i zetknął ze sobą opuszki palców obu dłoni. – Powinnaś była zgłosić się wprost do mojego głównego biura, Bello. Moi asystenci bez problemów by cię do mnie dopuścili. Nie było potrzeby w tym wypadku bawić się w konspirację.

Nic nie powiedziałam. Nie byłam pewna, dlaczego Alice podała mi właśnie adres w slumsie.

– No cóż, najważniejsze, że się spotkaliśmy. Co mogę dla ciebie zrobić?

– Potrzebne mi papiery – oświadczyłam, starając się mówić tonem osoby, która wie, czego chce, i jest w tego typu sprawach doskonale zorientowana.

– Oczywiście. – Moja prośba na szczęście nie zbiła Dżeja z tropu. – Akty urodzenia, akty zgonu, prawo jazdy, paszporty, legitymacje ubezpieczeniowe?...

Odetchnęłam z ulgą. Miałam u Maksa dług wdzięczności.

Ale zaraz potem uśmiech zniknął z mojej twarzy. Alice przysłała mnie tu nie bez powodu, a powodem tym, jak się domyślałam, była chęć chronienia Renesmee. Tylko tyle moja przyjaciółka mogła dla mnie zrobić przed swoim zniknięciem – spróbować zadbać o to, co uważałam za najważniejsze.

Tyle że Renesmee musiałaby skorzystać z usług fałszerza, jedynie gdyby resztę życia miała spędzić ukrywając się przed Volturimi. A ukrywać się przed nimi musiałaby tylko wtedy, gdybyśmy przegrali.

Gdyby miała się ukrywać z Edwardem lub ze mną, nie potrzebowałaby dokumentów tak od razu. Byłam przekonana, że mój ukochany albo wiedział, jak je zdobyć, albo umiał sporządzić je własnoręcznie, albo też znał sposoby na to, jak uciekać bez nich. Moglibyśmy przebiec z małą w objęciach tysiące kilometrów. Moglibyśmy przepłynąć z nią przez dowolny ocean.

Gdybyśmy tylko mogli z nią być.

I jeszcze to utrzymywanie wszystkiego w tajemnicy przed Edwardem. Bo istniało duże prawdopodobieństwo, że jeśli się o czymś dowie, to później dowie się o tym z jego myśli Aro. Gdybyśmy przegrali, przed egzekucją Edwarda Aro z pewnością wydobyłby od niego informacje, na których mu zależało.

Sprawdzały się wszystkie moje najgorsze przypuszczenia. Nie mogliśmy wygrać. Skoro miałam wyekwipować Renesmee na wypadek ucieczki, mieliśmy jedynie spore szanse na zabicie Demetriego, nim sami zginiemy.

Moje nieruchome serce zaczęło ciążyć mi niczym głaz. Cała moja nadzieja ulotniła się jak mgła w promieniach słońca. Oczy zapiekły.

Komu miałam przydzielić tak odpowiedzialne zadanie? Charliemu? Ale Charlie był tak żałośnie bezbronny. Jak zresztą miałabym przekazać mu Renesmee? Nie mogłam przecież dopuścić do tego, by czekał w pobliżu pola bitwy. Pozostawała więc tylko jedna osoba. Właściwie to od samego początku było wiadomo, na kogo padnie.

Przemyślałam to wszystko tak szybko, że z punktu widzenia Dżeja nawet się nie zawahałam.

– Dwa akty urodzenia, dwa paszporty i jedno prawo jazdy – wyrecytowałam.

Jeśli zauważył, że zrobiłam się spięta, nie dał tego po sobie poznać.

– Na nazwisko?...

– Jacob... Wolfe. I... Vanessa Wolfe.

Nessie pasowało na zdrobnienie od Vanessy, a Jacob miałby ubaw z bycia Wolfem*.

Jenks odnotował sobie moje wymagania w notesie.

– Jakieś drugie imiona?

– Dowolne, byleby się nie wyróżniały.

– Jak sobie życzysz. W jakim wieku mają być to osoby?

– Mężczyzna ma mieć dwadzieścia siedem lat, a dziewczynka pięć.

Jacob bez trudu mógłby uchodzić za kogoś przed trzydziestką – był przecież taki wielki. A przy tempie wzrostu Renesmee lepiej było zawyżać niż zaniżać. Jake mógł udawać jej ojczyma...

– Jeśli chcesz wykończone dokumenty, będę jeszcze potrzebował zdjęć tych osób – przerwał moje rozmyślania Dżej – chyba że, podobnie jak pan Jasper, wolałabyś je wykończyć sama.

To by wyjaśniało, czemu nie wiedział, jak wygląda Alice.

– Nie, nie – powiedziałam. – Chcę wykończone. Jedną chwileczkę.

Szczęśliwym trafem miałam w portfelu cały plik fotografii swoich najbliższych, w tym jedną, która idealnie się nadawała – miała niespełna miesiąc i przedstawiała Jacoba na schodkach werandy z Renesmee na rękach. Alice dała mi ją zaledwie kilka dni przed tym, jak nas opuściła...

Och.

Dotarło do mnie, że może wcale nie był to zbieg okoliczności. Alice wiedziała, że mam to konkretne zdjęcie. Może nawet, kiedy mi je wręczała, nawiedziła ją jakaś mglista wizja.

– Proszę.

Jenks spojrzał na fotografię.

– Twoja córeczka jest bardzo do ciebie podobna.

---

* Wolf – ang. wilk – przyp. tłum.

Zamarłam.

– Bardziej wdała się w swojego ojca.

– Którym nie jest jednak ten mężczyzna.

Dotknął palcem twarzy Jacoba.

Zmroziłam go spojrzeniem. Na jego czole pojawiły się nowe krople potu.

– Nie. To bardzo bliski przyjaciel rodziny.

– Proszę mi wybaczyć – wymamrotał, znowu coś notując. – Na kiedy potrzebne są ci te papiery?

– Czy dałoby się załatwić je w tydzień?

– To szybki termin. Cena będzie dwukrotnie wyższa. Ale o czym ja mówię? Zapomniałem, z kim mam do czynienia.

Najwyraźniej miał po wizytach Jaspera dobre wspomnienia.

– Proszę po prostu wymienić sumę.

Wydawał się niezbyt skory do wypowiedzenia jej na głos, chociaż byłam pewna, że wiedział już, iż cena nie gra dla nas roli. Nawet gdyby nie brać pod uwagę rozsianych po całym świecie kont bankowych należących do różnych członków rodziny, w samym domu Cullenów pochowano po kątach dość gotówki, by utrzymać jakiś kraik przez dobre dziesięć lat. U Charliego w tyle dowolnej szuflady można się było natknąć na setkę haczyków do wędkowania – u Cullenów podobną rolę spełniały banknoty. Wątpiłam, by ktokolwiek mógł się zorientować, że część z nich sobie dzisiaj przywłaszczyłam.

Dżej zapisał długą liczbę u dołu kartki. Nawet nie drgnęła mi powieka. Skinęłam głową. Miałam przy sobie znacznie więcej. Sięgnąwszy znowu do torebki, odliczyłam właściwą kwotę – nie zajęło mi to dużo czasu, bo miałam wszystko pospinane w pliki po pięć tysięcy dolarów każdy.

– Oto pieniądze.

– Och, Bello, nie musisz płacić mi całej sumy już teraz. Zwyczajowo na tym etapie biorę tylko połowę, a drugą, dla własnego bezpieczeństwa, klient wykłada dopiero przy odbiorze.

Obdarzyłam zdenerwowanego prawnika bladym uśmiechem.

– Ależ ja ci ufam, Dżej. A poza tym masz u mnie bonus – przy odbiorze dokumentów dam ci jeszcze drugie tyle.

– Zapewniam cię, że to absolutnie zbyteczne.

– Nalegam. – I tak nie mogłam ich wziąć z sobą. – Czyli widzimy się tu za tydzień o tej samej porze?

Posłał mi spojrzenie cierpiętnika.

– Jeśli mam być szczery, preferuję przeprowadzać takie transakcje w miejscach niezwiązanych z prowadzoną przeze mnie działalnością zawodową.

– Oczywiście. Przepraszam, że nie robię nic tak, jak byś się tego mógł spodziewać.

– Doświadczenie nauczyło mnie, że jeśli w grę wchodzi rodzina Cullenów, nie można niczego zakładać z góry. – Skrzywił się mimowolnie, ale zaraz się opanował. – Czy możemy się spotkać za tydzień o ósmej wieczorem w restauracji Pacifico? To nad Lake Union. Podają tam wyśmienite jedzenie.

– Świetnie – powiedziałam, chociaż zjeść z nim kolacji nie miałam najmniejszego zamiaru. Gdybym się przy nim posiliła, straciłby zresztą apetyt.

Podniosłam się z fotela i ponownie uścisnęłam mu dłoń. Nie wzdrygnął się tym razem, ale po jego zaciśniętych wargach i spiętym karku poznałam, że coś go trapi.

– Czy będziesz miał kłopot z tym, żeby zdążyć na czas? – spytałam.

– Co? – Myślami był już gdzie indziej. – Czy zdążę na czas? O tak, na pewno. O nic się nie martw. Za tydzień w Pacifico dostaniesz cały komplet.

Żałowałam, że nie ma przy mnie Edwarda i nie mogę się dowiedzieć, co też tak naprawdę niepokoi Dżeja. Westchnęłam. Utrzymywanie rzeczy w sekrecie przed moim ukochanym stanowiło trudne zadanie, ale przebywanie z dala od niego było jeszcze gorsze.

– W takim razie, do zobaczenia.

34 *Deklaracje*

Usłyszałam muzykę, jeszcze zanim wysiadłam z samochodu. Edward nie dotknął pianina od dnia, w którym opuściła nas Alice. Gdy zatrzasnęłam drzwiczki, melodia przeszła zgrabnym pasażem w moją kołysankę. Edward grał ją na moje powitanie.

Poruszając się powoli, wyciągnęłam z auta Renesmee. Po całym dniu poza domem spała jak kamień. Jacoba zostawiłyśmy u Charliego, bo powiedział, że zabierze się z Sue do La Push i odwiedzi Billy'ego. Podejrzewałam, że przed konfrontacją z Edwardem woli wypełnić swój umysł najróżniejszymi, mało ważnymi obrazami, byle tylko przesłonić nimi to, jaki miałam wyraz twarzy, kiedy wróciłam z Seattle.

Idąc w kierunku drzwi, wyczułam wręcz bijącą od wielkiego białego domu nadzieję. Kiedy wychodziłam z niego kilka godzin wcześniej, panująca tam atmosfera jeszcze mi się udzielała. Teraz odbierałam ją jako coś całkowicie mi obcego.

Kiedy usłyszałam, że Edward dla mnie gra, znowu zachciało mi się płakać, ale wiedziałam, że nie mogę pozwolić sobie na chwilę słabości. Edward nie mógł się niczego domyślić. Byłam gotowa na wiele, byle tylko nie zostawić w jego umyśle żadnych wskazówek dla Ara.

Weszłam do środka. Edward uśmiechnął się do mnie, ale nie przestał grać.

– Witaj w domu – powiedział, jak gdyby był to zupełnie zwyczajny wieczór. Jak gdyby w salonie nie znajdowało się oprócz niego dwanaście innych wampirów, a drugie tyle nie kręciło się w najbliższej okolicy. – I jak wam minął dzień z Charliem?

– Bardzo miło. Przepraszam, że tak długo nas nie było. Wyskoczyłam kupić prezent gwiazdkowy dla Renesmee. Wiem, że nie będziemy w tym roku jakoś szczególnie hucznie świętować, ale niech ma chociaż to… – Wzruszyłam ramionami.

Edward zasępił się. Przerwał grę i nie wstając z taboretu, obrócił się do mnie przodem, po czym przyciągnął mnie jedną ręką do siebie.

– No tak, święta. Nawet się nie zastanawiałem, jak to wszystko zorganizować. Ale jeśli tylko zależy ci na tym, żebyśmy obchodzili je, jak należy...

– Nie, nie – przerwałam mu. Wzdrygnęłam się w duchu na samą myśl o tym, ile musiałabym wówczas wykrzesać z siebie fałszywego entuzjazmu. Samo udawanie spokojnej już wystarczająco wiele mnie kosztowało. – Nie chciałam tylko, żeby minęły zupełnie niezauważone.

– Pokażesz mi, co jej kupiłaś?

– Skoro jesteś ciekawy. To nic dużego.

Renesmee pochrapywała słodko wtulona w moją szyję. Zazdrościłam jej. Byłoby miło móc uciec od rzeczywistości choćby na parę godzin.

Rozchyliłam ostrożnie torebkę, uważając, żeby Edward nie dostrzegł wypełniających ją nadal banknotów i wyjęłam aksamitny woreczek.

– Był na wystawie sklepu z antykami. Wpadł mi w oko, kiedy przejeżdżałam obok.

Wytrząsnęłam z sakiewki na nadstawioną dłoń Edwarda okrągły złoty medalion. Był ozdobiony dookoła misternie wyrytymi listkami winorośli. Edward zajrzał do środka. Po jednej stronie było miejsce na maleńką fotografię, po drugiej krótka inskrypcja po francusku.

– Czy wiesz, co tu jest napisane? – spytał mnie zmienionym głosem, bardziej przygaszonym niż wcześniej.

– Sprzedawca twierdził, że można by to przetłumaczyć jako „nad życie". Miał rację?

– Tak, zgadza się.

Podniósł wzrok i spojrzał na mnie badawczo swoimi topazowymi oczami. Wytrzymałam tylko ułamek sekundy, a potem niby to odciągnęło moją uwagę coś na ekranie telewizora.

– Mam nadzieję, że jej się spodoba – mruknęłam.

– Jasne, że jej się spodoba – powiedział niemalże wesoło swobodnym tonem.

Upewniło mnie to w przekonaniu, iż wiedział już, że coś przed nim ukrywam. Ale byłam też pewna, że nie wiedział nic ponadto.

– Zabierzmy ją do domu – zaproponował, wstając i obejmując mnie ramieniem.

Zawahałam się.

– Co? – spytał.

– Chciałam jeszcze trochę poćwiczyć z Emmettem...

Na swoją misję w Seattle straciłam cały dzień. Czułam, że mam do nadrobienia zaległości.

Emmett siedział z Rose na kanapie przed telewizorem – oczywiście to on trzymał pilota. Na dźwięk moich słów obrócił się ku mnie i promiennie uśmiechnął.

– Doskonale. Przydałoby się trochę przerzedzić ten las.

Edward popatrzył z niezadowoleniem wpierw na niego, a potem na mnie.

– Będziecie mieli na to mnóstwo czasu jutro.

– Nie bądź śmieszny – zaprotestowałam. – Nie ma dla nas już czegoś takiego jak „mnóstwo czasu". Liczy się każda minuta. Tyle muszę się jeszcze nauczyć, a...

– Jutro – przerwał mi ostro. A minę miał przy tym taką, że nawet Emmett nie chciał się z nim kłócić.

Zaskoczyło mnie to, jak trudno mi się dostosować na nowo do rytmu dnia, który, jakby nie było, obowiązywał dopiero od bardzo niedawna. Ale kiedy straciłam nawet tę odrobinę nadziei, która zdążyła we mnie zakiełkować, wszystko wydawało mi się niemożliwe do zrealizowania.

Próbowałam skupiać się na pozytywach. Było bardzo prawdopodobne, że moja córeczka przeżyje najbliższe wydarzenia, a i Jacob również. Gdyby udało im się zacząć gdzieś nowe życie, to poniekąd byłoby to chyba jakieś zwycięstwo, prawda? Jednak, żeby mieli najpierw szansę uciec, musielibyśmy wraz z naszymi gośćmi dać z siebie wszystko. Powodzenie strategii Alice zależało bezpośrednio od naszej postawy – nie mieliśmy innego wyboru, niż zacząć się bić z Volturimi. Cóż, samo to też już byłoby jakimś zwycięstwem. Nikt nie zagroził poważnie ich supremacji od tysięcy lat.

To nie miał być koniec świata, a jedynie koniec Cullenów. Koniec Edwarda i koniec mnie.

Odpowiadała mi taka wizja – a przynajmniej to, że mieliśmy zginąć we dwójkę. Nie chciałam po raz drugi zostać sama bez Edwarda. Jeśli miał odejść z tego świata, zamierzałam pójść natychmiast jego śladem.

Nie miało to większego sensu, ale zastanawiałam się od czasu do czasu, czy coś nas czeka tam, po drugiej stronie. Wiedziałam, że Edward nie wierzył w taką możliwość, ale Carlisle owszem. Ja nie potrafiłam sobie nic takiego wyobrazić. Ale to, że Edward mógłby tak po prostu nie istnieć, także nie mieściło mi się w głowie. Więc jeśli moglibyśmy być nadal razem – niezależnie od tego gdzie i na jakich zasadach – byłoby to moim zdaniem dostatecznie szczęśliwe zakończenie naszej historii.

Dni mijały mi niby na podobnych czynnościach, co przed wyjazdem do Seattle, ale było mi ciężej niż kiedykolwiek.

W dzień Bożego Narodzenia pojechaliśmy do Charliego – Edward, Renesmee, Jacob i ja. Zjawili się też wszyscy członkowie sfory Jacoba, a dodatkowo Sam, Emily i Sue. Ich obecność podczas uroczystości bardzo mi pomogła. Zgromadziliśmy się wkoło skromnie udekorowanej choinki – widać było jak na dłoni, w którym miejscu ojciec znudził się jej ozdabianiem i dał sobie spokój – a wielkie nagrzane ciała wilkołaków wypełniły szczelnie każdy kąt saloniku i zajęły każdy wyścielany mebel. Z moimi znajomymi z La Push było podobnie jak z Emmettem – zawsze można było liczyć na to, że będą podekscytowani zbliżającą się bitwą, niezależnie od tego, czy równała się samobójstwu, czy nie. Ich nastroje skutecznie maskowały mój własny. Edward, jak zwykle, był dużo lepszym ode mnie aktorem.

Na szyjce Renesmee wisiał medalion, który dostała ode mnie już o świcie, a w kieszeni żakieciku miała odtwarzacz MP3 od swojego taty – maleńki gadżet zdolny pomieścić w sobie pięć tysięcy plików, wypełniony zawczasu przez mojego ukochanego jego ulubionymi piosenkami. Na nadgarstku małej połyskiwała kunsztownie pleciona bransoletka – quileucka wersja pierścionka, który chłopak mógłby dać swojej dziewczynie. Edward był zły na Jacoba za ten podarek, ale ja jakoś się nim nie przejęłam.

Już niedługo, zaledwie za parę dni, miałam oddać swoją córeczkę Jacobowi pod opiekę. Jak mógł mnie irytować symbol jego oddania, skoro tak bardzo na nim polegałam?

Edward wykazał się przytomnością umysłu i zadbał również o prezent dla Charliego. Paczkę dostarczono nam poprzedniego dnia – za dodatkową opłatą przysłano nam ją w ekspresowym tempie – i ojciec spędził całe świąteczne przedpołudnie na lekturze grubego tomu instrukcji obsługi nowej wędkarskiej echosondy.

Sądząc po tym, jak wilkołakom trzęsły się uszy, przygotowane przez Sue potrawy musiały być przepyszne. Ciekawa byłam, co podglądając nas, pomyślałby jakiś postronny obserwator. Czy dostatecznie dobrze odgrywaliśmy swoje role? Czy ktoś z zewnątrz wziąłby nas za zwykłych śmiertelników świętujących w gronie przyjaciół?

Myślę, że wychodząc od Charliego, zarówno Edward, jak i Jacob, odczuwali taką samą ulgę, jak ja. Było nam nieswojo, że wkładamy tyle energii w udawanie ludzi, podczas gdy moglibyśmy się zajmować tyloma innymi pilnymi sprawami. Dlatego trudno mi się było na tych wszystkich głupstwach koncentrować. Z drugiej strony, miałam jednak świadomość, że najprawdopodobniej widzę Charliego po raz ostatni. Może i dobrze się złożyło, że byłam zbyt otępiała, by to do mnie w pełni dotarło.

Co do mamy, nie widziałam się z nią od dnia mego ślubu, ale w głębi duszy w jakiś sposób cieszyłam się, że przez minione dwa lata powoli się od siebie oddalałyśmy. Swoją kruchością i wrażliwością nie pasowała do mojego świata. Nie chciałam, by miała z nim cokolwiek wspólnego. Charlie był silniejszy.

Być może nawet dość silny, by zdołać się teraz ze mną pożegnać. Ale do tego i ja musiałabym być równie silna.

W drodze powrotnej nikt nie był w nastroju do rozmowy. Deszcz za szybami auta przypominał gęstą mgłę, balansował na granicy pomiędzy cieczą a lodem. Renesmee siedziała mi na kolanach i bawiła się medalionem – to otwierała go, to znowu zamykała. Przyglądałam się jej, myśląc o tym, co mogłabym powiedzieć Jacobowi, gdybym tylko nie musiała ukrywać swoich planów przed Edwardem.

Jeśli kiedyś będzie to dla was bezpieczne, zabierz ją do Charliego. Opowiedz mu pewnego dnia, co się dokładnie wydarzyło. Powiedz mu, jak bardzo go kochałam – tak bardzo, że nie mogłam znieść myśli o wyprowadzce z Forks, nawet kiedy moje ludzkie życie dobiegło już końca. Powiedz mu, że był najlepszym ojcem pod słońcem. Powiedz mu, żeby przekazał Renée, że ją też bardzo kochałam i że odeszłam z nadzieją, że zazna w życiu jeszcze wiele szczęścia...

Musiałam przekazać Jacobowi dokumenty, zanim będzie za późno. Zamierzałam też dołączyć karteczkę dla Charliego. I list do Renesmee. Coś, do czego mogłaby wracać, gdy już mnie przy niej nie będzie, żeby upewnić się, że ją kochałam.

Kiedy wyjechaliśmy na polanę, na której stał dom Cullenów, z zewnątrz wszystko prezentowało się tak jak zwykle, ale słychać było, że w środku panuje poruszenie. Jedne wampiry mamrotały coś po nosem, inne po prostu powarkiwały. Brzmiało to jak kłótnia. Częściej niż pozostali zabierali głos Carlisle i Amun.

Zamiast okrążyć budynek i zostawić samochód w garażu, Edward zaparkował przy schodkach werandy. Zanim wysiedliśmy z wozu, wymieniliśmy zaniepokojone spojrzenia.

W Jacobie zaszła duża zmiana: przybrał poważny wyraz twarzy i wyraźnie miał się na baczności. Domyśliłam się, że zaalarmowany, był teraz nie tyle sobą, co Alfą. Wydarzyło się coś ważnego i w interesie obu sfor leżało, by uzyskał na ten temat jak najwięcej informacji, którymi później mógłby podzielić się z Samem.

– Alistair zniknął – rzucił Edward, kiedy wbiegaliśmy po stopniach.

By zrozumieć, co jest grane, wystarczyło poniekąd rozejrzeć się po salonie. Pod ścianami stali poruszeni widzowie – wszystkie zamieszkujące teraz nasz dom wampiry, z wyjątkiem sprzeczającej się trójki i nieobecnego Alistaira. Najbliżej trzech skłóconych wampirów znajdowały się Esme, Kebi i Tia. Pośrodku pokoju zdenerwowany Amun syczał właśnie na Carlisle'a i Benjamina.

Edward zacisnął zęby. Podszedł szybko do Esme, a jako że trzymał mnie za rękę, pociągnął mnie za sobą. Przytuliłam Renesmee mocniej do piersi.

– Amunie, jeśli chcesz nas opuścić, nikt ci tego nie broni – powiedział Carlisle ze spokojem.

– Kradniesz mi połowę mojego klanu! – wrzasnął Amun, wskazując palcem na Benjamina. – Czy to właśnie dlatego mnie tu sprowadziłeś? Żeby mnie ograbić?

Doktor westchnął, a Benjamin wzniósł oczy ku niebu.

– Tak, tak – zadrwił. – Carlisle sprowokował Volturich i naraził całą swoją rodzinę tylko po to, żeby mnie tu zwabić, żebym zginął z rąk Volturich razem z nim. Bądź rozsądny, Amunie. Chcę tu zostać, żeby postąpić zgodnie ze swoim sumieniem, a nie po to, żeby dołączyć do Cullenów na stałe. Tyle ja. Tobie, rzecz jasna, nikt niczego nie narzuca, jak zresztą podkreślił już Carlisle.

– To się nie może dobrze skończyć! – jęknął Amun. – Alistair był wśród nas jedynym zdrowym na umyśle. Wszyscy powinniśmy wziąć nogi za pas.

– Uważaj, kogo nazywasz zdrowym na umyśle! – mruknęła Tia.

– Wyrżną nas co do jednego!

– Nie dojdzie do żadnego starcia – powiedział Carlisle stanowczym tonem.

– Mówić to sobie możesz!

– A jeśli już dojdzie, zawsze będziesz mógł przejść na drugą stronę, Amunie. Jestem pewien, że Volturi doceniliby twoje wsparcie.

Egipcjanin uśmiechnął się złośliwie.

– Tak, to chyba jest jakieś rozwiązanie.

– Nie będę miał ci tego za złe – ciągnął doktor bez cienia wrogości czy fałszu w głosie. – Przyjaźnimy się od bardzo długiego czasu, ale nigdy nie poprosiłbym cię, żebyś narażał dla mnie życie.

Amun nieco chyba się opanował.

– Ale nie masz nic przeciwko, żeby narażał je dla ciebie mój Benjamin.

Carlisle położył mu dłoń na ramieniu, ale ten ją strącił.

– Zostanę – oświadczył – ale być może wcale nie wyjdzie ci to na dobre. Jeśli tylko w ten sposób będę mógł się uratować, przejdę na stronę Volturich. Jesteście wszyscy głupcami, skoro wierzycie, że uda wam się ich pokonać. – Spojrzał spode łba na zebranych, po czym, zerknąwszy na mnie i Renesmee, dodał jeszcze rozdrażniony: – Poświadczę, że w trakcie mojego pobytu tutaj dziecko urosło. To akurat prawda. Każdy może przekonać się o tym na własne oczy.

– O nic więcej nie prosiliśmy.

Amun się skrzywił.

– Ale też dostaje wam się więcej, niż o to prosiliście. – Przeniósł wzrok na Benjamina. – Dałem ci życie. Teraz je zmarnujesz.

Jeszcze nigdy nie widziałam, żeby od Benjamina aż tak wiało chłodem. Jego mina zupełnie nie pasowała do jego chłopięcych rysów.

– Wielka szkoda, że tworząc mnie, nie dałeś rady podmienić mojej woli na swoją. Być może wtedy nie sprawiałbym ci zawodu.

Amun ściągnął brwi. Machnął ręką na Kebi i minąwszy nas bez słowa, oboje wyszli na zewnątrz.

– Nie planuje wyjazdu – wyjawił mi Edward ściszonym głosem – ale będzie odtąd trzymał się od nas jeszcze bardziej na dystans. Nie blefował, kiedy groził, że dołączy do Volturich.

– A dlaczego Alistair wyjechał? – szepnęłam.

– Nikt tak do końca nie wie. Nie zostawił żadnego listu. Z tego, co do siebie mamrotał, wynikało, że uważa bitwę za pewnik, i pewnie doszedł do wniosku, że już lepiej zdezerterować niż walczyć z Volturimi przeciwko nam. Wbrew temu, co mogło się wydawać, naprawdę bardzo sobie Carlisle'a ceni.

Wszyscy w pokoju słyszeli oczywiście naszą wymianę zdań. Eleazar włączył się do naszej rozmowy, jakby od samego początku toczyła się w szerszym gronie.

– Obawiam się, że wystraszyło go coś więcej niż tylko to, że nie będziemy mieli okazji przedstawić Volturim swojej wersji wydarzeń. Nie zastanawialiśmy się wcale nad tym, jak mogą zareagować już na nasze wyjaśnienia, a z tego, co podsłuchałem, Alistair martwił się przede wszystkim o to, że nie pomogłyby nam żadne dowody. Podejrzewał, że Volturi nie byliby wcale skorzy nas wysłuchać i tak czy siak znaleźliby jakąś wymówkę, żeby dopiąć swego.

Volturi łamiący własne prawa z żądzy władzy i zysku? Takie poglądy nie były wśród moich pobratymców popularne. Obecne w salonie wampiry spojrzały niepewnie po sobie. Tylko na Rumunach hipoteza Eleazara nie zrobiła żadnego wrażenia i w błądzących po ich ustach uśmiechach można było doszukać się ironii. To, że inni pragnęli mieć o ich odwiecznych wrogach jak najlepsze zdanie, wydawało się ich bawić.

Goście zbili się w kilka grupek i zaczęli z sobą dyskutować, ale to właśnie na Rumunach się skupiłam – być może dlatego, że jasnowłosy Vladimir co rusz zerkał w moim kierunku.

– Mam szczerą nadzieję, że Alistair się nie myli – mruknął do niego Stefan. – Niezależnie od wyniku tego starcia, wieść o nim na pewno się rozejdzie. Najwyższy czas, żeby świat dowiedział się, czym stali się Volturi. Jeśli wszyscy będą uparcie wierzyć w to, że stoją oni na straży porządku i tym podobne bzdury, te kanalie będą dzierżyć władzę w nieskończoność.

– Kiedy my rządziliśmy, przynajmniej nie ukrywaliśmy, na czym nam najbardziej zależy – stwierdził Vladimir.

Stefan mu przytaknął.

– Nigdy nie udawaliśmy niewiniątek i nie nazywaliśmy siebie świętymi.

– Myślę, że to dobra okazja, żeby spróbować ich zdetronizować – powiedział Vladimir. – Mamy tu duże szanse na wygraną. Nie wyobrażam sobie, żebyśmy gdzie indziej zebrali lepszą armię. A ty jak uważasz?

– Wszystko jest możliwe. Może kiedyś...

– Stefan, czekamy od piętnastu wieków! A oni przez te lata tylko umocnili swoją potęgę. – Vladimir przerwał na moment i znowu na mnie spojrzał. Nie okazał wcale zdziwienia, kiedy zobaczył, że i ja mu się przyglądam. – Jeśli Volturi tu zwyciężą, wyjdą z tego jeszcze silniejsi. Po każdej takiej misji do ich straży dołączają nowe wybitnie uzdolnione jednostki. Pomyśl, co zyskają dzięki samej tylko nowo narodzonej – wskazał mnie podbródkiem – a przecież ona dopiero odkrywa swoje talenty. Albo dzięki władcy żywiołów. – Skinął głową w stronę Benjamina, który z miejsca zesztywniał. Już niemal wszyscy w salonie przysłuchiwali się ich rozmowie. – Bo iluzjonistką i ognistym dotykiem nie byliby chyba zainteresowani. – Tym razem jego wzrok padł na Zafrinę, a potem na Kate. – Mają w końcu swoje piekielne bliźnięta.

Stefan popatrzył na Edwarda.

– Kolejna osoba czytająca w myślach też nie jest im aż tak bardzo potrzebna. Ale rozumiem, o co ci chodzi. Rzeczywiście, wiele by na tym zwycięstwie zyskali.

– Więcej, niż możemy im na to pozwolić, nieprawdaż?

Stefan westchnął.

– Przypuszczam, że tak. A to oznacza...

– ...że póki jest nadzieja, musimy stać po ich stronie.

– Jeśli tylko udałoby nam się ich jakoś osłabić albo zdemaskować...

– ...wtedy inni dokończą to, do czego się przyczyniliśmy...

– ...i wreszcie odpłacą nam za nasze krzywdy. Wreszcie się na nich zemścimy.

Na chwilę ich spojrzenia się spotkały.

– To chyba jedyne wyjście – powiedzieli jednocześnie.

– Zatem będziemy walczyć – podsumował Stefan.

Chociaż było widać, że są rozdarci, że instynkt samozachowawczy próbuje w nich wygrać z pragnieniem zemsty, uśmiechnęli się do siebie, jakby już nie mogli się doczekać.

– Będziemy walczyć – zgodził się Vladimir.

Pomyślałam, że poniekąd dobrze się stało. Podobnie jak Alistair uważałam, że bitwy nie da się uniknąć, a w takim wypadku dwa dodatkowe wampiry po naszej stronie mogły tylko pomóc. Ale i tak, usłyszawszy, jaką Rumuni podjęli decyzję, zadrżałam.

– My też będziemy walczyć – włączyła się Tia. W jej głosie było więcej powagi niż kiedykolwiek. – Jesteśmy przekonani, że Volturi nadużyją tu władzy, a żadne z nas nie ma najmniejszego zamiaru dołączyć do ich straży.

Zatrzymała oczy na Benjaminie. Chłopak uśmiechnął się i zerknął figlarnie na parę posępnych Rumunów.

– Cóż, wychodzi na to, że będę tu walczył o własną wolność. Nie wiedziałem, że jestem aż tak chodliwym towarem.

– A ja nie po raz pierwszy będę walczył po to, żeby uwolnić się spod jarzma niesprawiedliwego króla – wyznał wesoło Garrett. Podszedł do Benjamina i poklepał go po plecach. – Niech żyje wolność!

– My będziemy walczyć dla Carlisle'a – oznajmiła Tanya.

Deklaracja Rumunów zmobilizowała widać wszystkich do opowiedzenia się, po której są stronie.

– A my jeszcze nie wiemy, czy poprzestaniemy na byciu świadkami czy nie – powiedział Peter, spoglądając na niziutką Charlotte. Jej twarz wykrzywił grymas niezadowolenia. Wyglądało na to, że sama podjęła już decyzję. Ciekawa byłam jaką.

– Ja też nie – odezwał się Randall.

– Ani ja – bąknęła Mary.

– Obie sfory na pewno będą walczyć – zabrał znienacka głos Jacob. – Nie boimy się wampirów – dodał z dumą.

– Dzieci – mruknął Peter.

– Niemowlęta – poprawił go Randall.

Jacob uśmiechnął się tylko drwiąco.

– Ja też w to wchodzę – zapowiedziała Maggie, wyrwawszy się próbującej ją powstrzymać Siobhan. – Wiem, że to Carlisle ma rację w tym konflikcie. Nie mogę tego zignorować.

Siobhan załamała ręce.

– Carlisle – zaczęła, jak gdyby byli w pokoju sami, nie zważając na to, że atmosfera zrobiła się niespodziewanie bardzo oficjalna. – Nie chcę, żeby doszło do tej bitwy.

– Ja też tego nie chcę, Siobhan – zapewnił ją. – Sama wiesz, że to ostatnia rzecz, jakiej pragnę. – Uśmiechnął się blado. – Może w takim razie powinnaś się skoncentrować na tym, żeby do niej nie dopuścić.

– Wiesz, że to nic nie da – powiedziała.

Przypomniało mi się, jak rozmawiał z Rose o zdolnościach Irlandki. Wierzył, że Siobhan posiada subtelny acz niezwykle silny dar polegający na tym, że zawsze potrafi doprowadzić do końca to, co sobie zaplanowała – tyle że ona sama nie wierzyła w jego istnienie.

– Spróbować nie zaszkodzi – stwierdził.

Irlandka wywróciła oczami.

– Co, mam może sobie wizualizować, co chcę osiągnąć? – spytała z sarkazmem.

Carlisle uśmiechnął się szeroko.

– Jeśli nie masz nic przeciwko.

– W takim razie my się nie musimy deklarować, prawda? – odparowała. – Skoro nie ma takiej możliwości, żeby z naszych pertraktacji wywiązała się bitwa.

Położyła Maggie dłoń na ramieniu, przyciągając ją do siebie. Jej partner, Liam, ani nie zabrał głosu, ani w żaden inny sposób nie okazał, co myśli na ten temat.

Prawie wszyscy w pokoju wydawali się zdezorientowani tym, dlaczego Carlisle i Siobhan w tak podniosłej chwili zaczęli się nagle przekomarzać i o co im właściwie chodziło, ale dwójka wampirów niczego im nie wyjaśniła.

Jak na jeden wieczór starczyło dramatycznych przemów. Goście rozeszli się powoli – niektórzy wybrali się na polowanie, inni zaś znaleźli sobie coś do czytania w bogatej bibliotece doktora bądź zasiedli przed jednym z licznych komputerów i telewizorów.

Edward, Renesmee i ja zdecydowaliśmy się na łowy, a Jacob na nasze towarzystwo.

– Głupie pijawy – mruknął do siebie, kiedy znaleźliśmy się na dworze. – Myślą, że są kimś lepszym od nas.

Prychnął.

– Za to jacy będą zszokowani, kiedy niemowlęta ocalą ich szacowne osoby – zauważył Edward.

Jacob rozpogodził się i dał mu sójkę w bok.

– Kurczę, masz rację. Tak właśnie będzie.

Nie była to nasza ostatnia taka wyprawa – zamierzaliśmy zapolować jeszcze raz tuż przed terminem, w którym spodziewaliśmy się przybycia Volturich. Jako że miał on nadejść za kilka dni, planowaliśmy, tak na wszelki wypadek, spędzić je na wielkiej polanie służącej Cullenom do gry w baseball, na której według wizji Alice miało dojść do konfrontacji. Wiedzieliśmy tylko tyle, że goście z Włoch pojawią się wtedy, kiedy będzie na tyle zimno, by śnieg osiadał na ziemi na dłużej. Nie chcieliśmy, by Volturi znaleźli się zbyt blisko Forks, a Demetri miał ich do nas przyprowadzić, niezależnie od tego, gdzie będziemy na nich czekać. Ciekawa byłam, po kim nas namierzał. Podejrzewałam, że skoro nie mógł po mnie, to po Edwardzie.

Polując, nie zwracałam zbytniej uwagi ani na zwierzynę, ani na wirujące w powietrzu płatki śniegu, które w końcu się pojawiły, ale topniały jeszcze w locie. Myślałam o Demetrim. Czy zda sobie sprawę z tego, że nie jest w stanie mnie tropić? Jak zareaguje na to odkrycie? Jak miał zareagować na nie Aro? A może Edward się mylił? Może dar Demetriego był jednym z tych wyjątków, dla których moja tarcza nie stanowiła żadnej przeszkody? Wszystko poza moim umysłem było przecież we mnie bezbronne – niczym nieosłonięte przed manipulacjami Jaspera, Alice czy Benjamina. Może talent Demetriego opierał się na podobnych zasadach, co ich zdolności?

A potem przyszła mi do głowy tak rewolucyjna myśl, że przeżyłam szok. Łoś, z którego wyssałam dopiero połowę krwi, wypadł mi z rąk na skaliste podłoże. Płatki śniegu ulatniały się kilka centymetrów od jego buchającego gorącem ciała z niesłyszalnym dla ludzi sykiem przypominającym odgłosy wydawane przez skwierczące mięso. Wpatrywałam się tępo w swoje zakrwawione dłonie.

Edward natychmiast do mnie podbiegł, przerywając w połowie swój posiłek.

– Co się stało? – spytał cicho, rozglądając się niespokojnie dookoła za czymś, co mogło wpłynąć na moje niezwykłe zachowanie.

– Renesmee – wykrztusiłam.

– Jest za tamtymi drzewami – zapewnił mnie. – Słyszę i jej myśli, i myśli Jacoba. Wszystko jest w porządku.

– Nie o to mi chodzi – powiedziałam. – Myślałam o swojej tarczy. Uważasz, że naprawdę jest coś warta, że bardzo się nam przyda. Wiem, że inni mają nadzieję, że uda mi się osłaniać nią Zafrinę i Benjamina, choćby miało być to tylko po kilka sekund naraz. Ale co, jeśli to błędne założenie? Co, jeśli mamy ponieść klęskę właśnie dlatego, że mi ufacie?

Mało brakowało, żebym wpadła w histerię, ale kontrolowałam się na tyle, że nie podniosłam głosu. Nie chciałam przestraszyć Renesmee.

– Bello, co cię naszło? To wspaniałe, że umiesz się bronić, ale nie czyni cię to jeszcze odpowiedzialną za ratowanie kogokolwiek innego. Nie stresuj się bez potrzeby.

– Ale co, jeśli nie potrafię nikogo chronić? – wyszeptałam, oddychając spazmatycznie. – Ten mój cały dar, on jest jakiś wadliwy! Na nim nie można polegać! Nie wiadomo, jak nim sterować! Nie ma żadnej reguły! Może w końcu wcale nie zablokuję Aleka!

– Cii… – spróbował mnie uspokoić. – Nie panikuj. I nie przejmuj się Alekiem. To, co robi, wcale tak bardzo się nie różni od tego, co robią Jane czy Zafrina. To tylko iluzja. Nie może dostać się do wnętrza twojego umysłu dokładnie tak jak one.

– Ale Renesmee może! – syknęłam rozemocjonowana. – Wydawało nam się to takie naturalne. Nigdy wcześniej tego nie kwestionowałam – po prostu jej się to udawało. Ale przecież wsadza swoje myśli do mojej głowy tak samo, jak wsadza je do głów wszystkich innych. W mojej tarczy są dziury, Edwardzie!

Wwiercałam w niego wzrok, czekając, aż i do niego dotrze, jak istotne jest to odkrycie, ale nadal wyglądał na zupełnie opanowanego – zacisnął tylko usta, jak ktoś, kto namyśla się, jak coś wyrazić.

– Wpadłeś na to już dawno temu, prawda? – odgadłam. Czułam się jak idiotka. Przez kilka miesięcy nie dostrzegłam czegoś tak oczywistego.

Skinął głową. Kąciki jego warg uniosły się delikatnie w bladym uśmiechu.

– Kiedy pierwszy raz coś ci pokazała.

Westchnęłam zażenowana swoją głupotą. Dobrze, że niczego mi nie wyrzucał.

– I nie dręczy cię to? Nie postrzegasz tego jako problemu?

– Mam dwie teorie, jedną nieco bardziej prawdopodobną od drugiej.

– To pierwszą poproszę tę mniej prawdopodobną.

– Cóż, jest twoją córką. Genetycznie jest w połowie tobą. Kiedyś dokuczałem ci, że nadajesz myśli na innej częstotliwości niż reszta ludzi. Może ona nadaje na tej samej.

Nie za bardzo w to wierzyłam.

– Przecież w jej myślach potrafisz czytać. Wszyscy zresztą to potrafią. A co, jeśli to Alec nadaje na innej częstotliwości? Co, jeśli...

Przyłożył mi palec do ust.

– Już to przeanalizowałem. I dlatego właśnie sądzę, że moja druga teoria jest bardziej sensowna.

Zacisnęłam zęby, szykując się na kolejną porcję argumentów.

– Pamiętasz, co Carlisle powiedział mi zaraz po tym, jak mała pokazała ci swoje pierwsze wspomnienie?

Jasne, że pamiętałam.

– Powiedział, że to poniekąd twoja umiejętność, ale odwrócona o sto osiemdziesiąt stopni.

– Zgadza się. I dało mi to do myślenia. Może twój talent też odziedziczyła na odwrót.

Zastanowiłam się nad tym.

– Ty wszystkich blokujesz... – zaczął.

– ...a jej nikt nie potrafi zablokować? – dokończyłam z wahaniem.

– Taką mam teorię. Skoro potrafi wniknąć do twojej głowy, wątpię, żeby istniała na świecie taka tarcza, która byłaby w stanie ją zatrzymać. To powinno okazać się pomocne. Z tego, co widzieliśmy, wynikało, że jeśli już ktoś pozwala pokazać sobie jej wspomnienia, zostaje przeciągnięty na naszą stronę. A jeśli tylko Renesmee znajdzie się dostatecznie blisko Volturich, nie będą mogli się od jej wspomnień odgrodzić. Jeśli Aro zgodzi się, żeby wyjaśniła mu, kim jest...

Wyobraziłam sobie swoją córeczkę tak blisko chciwych, zamglonych oczu Ara i wzdrygnęłam się.

– Cóż – powiedział Edward, masując moje spięte ramiona. – Przynajmniej Aro w żaden sposób nie może się ustrzec przed poznaniem prawdy.

– Ale czy prawda wystarczy, by go powstrzymać? – mruknęłam.

Na to pytanie nie umiał już odpowiedzieć.

35 *Termin*

– Wybierasz się dokądś? – spytał Edward.

Ton głosu miał nonszalancki, ale w jego twarzy kryło się coś, co zdradzało, że tylko udawał zrelaksowanego. I jeszcze jakoś tak kurczowo tulił do siebie Renesmee...

– Tak – odparłam równie swobodnie. – Mam do załatwienia jeszcze kilka ostatnich spraw.

Uśmiechnął się zawadiacko, tak jak lubiłam najbardziej.

– Tylko wróć do mnie szybko.

– Zawsze chcę wrócić jak najszybciej.

Wzięłam znowu jego volvo. Czy po mojej wizycie u Charliego sprawdzał drogomierz? Ile kawałków układanki zdołał już do siebie dopasować? Z pewnością na tyle dużo, by wiedzieć, że mam przed nim jakiś sekret. Czy wydedukował powód, dla którego nie mogłam uczynić go swoim powiernikiem? Czy uzmysławiał sobie, że Aro miał duże szanse przejąć wkrótce wszystkie znane mu informacje? Sądziłam, że tak właśnie było – to tłumaczyłoby, dlaczego nie domagał się ode mnie żadnych wyjaśnień. Zakładałam, że stara się nie zawracać sobie głowy moim zachowaniem, żeby nie pozostawić w swoim umyśle żadnych wskazówek dla przeciwnika. Czy połączył moje wyjazdy z tym, jak zaraz po zniknięciu Alice zastał mnie palącą książkę w kominku? Nie wiedziałam, czy był w stanie aż tak sprawnie kojarzyć fakty.

Było to wyjątkowo ponure popołudnie – na dworze było już tak ciemno jak o zmroku. Pędziłam szosą przez mrok, przyglądając się gęstej powłoce chmur. Czy wieczorem miał padać śnieg? Czy miało spaść go na tyle dużo, by pokrył ziemię białą warstwą, dopasowując scenerię do wizji Alice? Edward szacował, że pozostały nam jeszcze dwa dni. Potem mieliśmy przenieść się na polanę, by przyciągnąć Volturich do wybranego przez nas miejsca.

Jadąc przez coraz bardziej czarny las, wspominałam swoją ostatnią wyprawę do Seattle. Wiedziałam już chyba, czym kierowała się Alice, podając mi adres punktu kontaktowego w sercu slumsów, służącego J.Jenksowi do obsługiwania tych spośród jego klientów, którzy działali poza prawem. Czy trafiwszy do jednego z jego oficjalnie istniejących biur, domyśliłabym się, o co mam go poprosić? Czy gdybym poznała go jako Jasona Jenksa lub Jasona Scotta, szanowanego prawnika, odgadłabym, że zajmuje się też wyrabianiem fałszywych dokumentów? Musiałam sobie uświadomić, że to, co mogę od niego uzyskać, jest całkowicie nielegalne. Zrozumieć to na tamtej zapuszczonej ulicy.

Kiedy kilka minut przed czasem wjechałam na parking restauracji, dookoła panowały już egipskie ciemności. Ignorując skorych do wyręczenia mnie odźwiernych czatujących na gości przy wejściu, sama zaparkowałam wóz, po czym założyłam szkła kontaktowe i weszłam do lokalu, by zaczekać na Dżeja przy stoliku. Chciałam mieć tę smutną konieczność jak najszybciej za sobą i wrócić do swoich najbliższych, ale miałam przeczucie, że Dżej obraziłby się śmiertelnie, gdybym zaproponowała mu błyskawiczną wymianę na ciemnym parkingu – może i robił lewe interesy, ale chyba dbał o to, by nie zniżyć się do pewnego poziomu.

Podałam nazwisko Jenks i główny kelner zaprowadził mnie do prywatnej jadalni, gdzie na kamiennym palenisku trzaskał już miło ogień. Żeby ukryć kolejny z ekstrawaganckich pomysłów Alice, na to, jak powinna ubierać się elegancka kobieta, miałam na sobie długi do łydki trencz w kolorze kości słoniowej. Kiedy mężczyzna pomógł mi go zdjąć i jego oczom ukazała się sukienka koktajlowa z różowo-szarej satyny, usłyszałam, że na moment zaparło mu dech w piersiach. Taka reakcja mi schlebiała. Nie byłam przyzwyczajona, by ktokolwiek oprócz Edwarda uważał mnie za zjawiskowo piękną. Pan z obsługi wycofał się niezdarnie z pokoju, jąkając coś kurtuazyjnie o mojej urodzie.

Stanęłam przy kominku, trzymając palce blisko płomieni, żeby choć odrobinę je ogrzać przed nieuniknionym ściskaniem dłoni. Dżej rzecz jasna doskonale się orientował, że z Cullenami jest coś nie tak, ale warto było chyba uczyć się dbać o takie drobiazgi.

Na ułamek sekundy zastanowiłam się nad tym, co bym poczuła, gdybym wsadziła rękę w ogień. Jak miałam się czuć płonąc...

Z odrętwienia wyrwało mnie pojawienie się Dżeja. Główny kelner i jemu pomógł zdjąć płaszcz i stało się jasne, że nie tylko ja ubrałam się na tę okazję szczególnie starannie.

– Przepraszam za spóźnienie – odezwał się prawnik, kiedy zostaliśmy sami.

– Ach, nie ma za co. Jest punkt ósma.

Podaliśmy sobie ręce na powitanie i odnotowałam, że jego palce były nadal wyraźnie cieplejsze od moich, nie widać było jednak po nim, żeby się tym przejął.

– Pozwolę sobie na śmiałość i powiem, że wygląda pani oszałamiająco.

– Dziękuję, Dżej. Proszę, mów mi po imieniu.

– Muszę wyznać, że pracuje się z tobą zupełnie inaczej niż z panem Jasperem. Atmosfera jest znacznie mniej... napięta.

Uśmiechnął się nieśmiało.

– Naprawdę? Ja przy Jasperze zawsze się rozluźniam.

Ściągnął brwi.

– Ach tak – mruknął grzecznie, chociaż nie wątpiłam, że miał za sobą diametralnie odmienne doświadczenia. Było mi z tym nieswojo. Co też takiego Jasper zrobił temu człowiekowi?

– Długo znasz Jaspera?

Skrępowałam go tym pytaniem. Westchnął.

– Pracuję z twoim szwagrem od ponad dwudziestu lat, a mój były partner podjął z nim współpracę piętnaście lat wcześniej... Ani trochę się od tego czasu nie zmienił.

Skrzywił się nieznacznie.

– Tak, on już tak ma.

Dżej pokręcił głową, jakby chciał z niej wytrząsnąć niedające mu spokoju myśli.

– Może usiądziemy?

– Tak właściwie to trochę mi się spieszy. Mam przed sobą długą jazdę do domu.

Mówiąc to, wyciągnęłam z torebki grubą białą kopertę z bonusem, który mu obiecałam, i wręczyłam ją.

– Och. – W jego głosie dało się wychwycić nutę rozczarowania. Schował kopertę do wewnętrznej kieszeni marynarki, nie sprawdziwszy, jaką zawiera kwotę. – Miałem nadzieję, że chociaż przez chwilę porozmawiamy.

– O czym? – spytałam zaciekawiona.

– Cóż, najpierw może dam ci to, co zamówiłaś. Chcę być pewny, że jesteś usatysfakcjonowana.

Odwróciwszy się do mnie tyłem, umieścił swoją aktówkę na stole. Strzeliły zatrzaski. Ze środka wyjął dużą beżową kopertę.

Chociaż nie miałam pojęcia, na co powinnam zwrócić uwagę, otworzyłam kopertę i pobieżnie przejrzałam jej zawartość. Dżej zastosował odbicie lustrzane oryginalnego obrazu i zmienił kolory, dzięki czemu nie było widać na pierwszy rzut oka, że zarówno w paszporcie Jacoba, jak i na jego prawie jazdy, znajduje się to samo zdjęcie. Obie fotografie wyglądały prawidłowo, ale mój osąd nic tu nie znaczył. Zerknęłam na zdjęcie w paszporcie Vanessy Wolfe i szybko odwróciłam wzrok, bo ścisnęło mnie w gardle.

– Dziękuję ci, Dżej – powiedziałam.

Zmarszczył odrobinę nos i wyczułam, że zawiodłam go, nie przeprowadzając żadnych poważniejszych testów.

– Zapewniam, że to miniaturowe dzieła sztuki. Każdy z tych dokumentów zaspokoiłby wymagania najbardziej skrupulatnych ekspertów.

– Ufam ci w zupełności. Nawet nie wiesz, jak bardzo doceniam to, co dla mnie zrobiłeś.

– Cała przyjemność po mojej stronie, Bello. Gdyby w przyszłości rodzina Cullenów jeszcze czegoś potrzebowała, wiesz, gdzie mnie szukać.

Z pozoru nie kryła się w tym zaproszeniu żadna aluzja, ale podejrzewałam, że przede wszystkim próbował mnie zachęcić do tego, abym to ja go odtąd odwiedzała zamiast Jaspera.

– O czym to chciałeś ze mną porozmawiać?

– A, tak. To delikatna sprawa…

Spoglądając na mnie pytająco, wskazał na palenisko. Przysiadłam na jego kamiennej budowie, a prawnik zajął miejsce koło mnie. Na czoło wystąpiły mu znowu krople potu – zaczął je ocierać wyjętą z kieszeni chustką z niebieskiego jedwabiu.

– Jesteś siostrą żony pana Jaspera? – spytał. – Czy żoną jego brata?

– Żoną brata – przyznałam, zastanawiając się, co mu da ta informacja.

– Nowo poślubioną żoną pana Edwarda? Czy dobrze zgaduję?

– Tak, to ja.

Uśmiechnął się przepraszająco.

– Widziałem te imiona już tyle razy… Proszę przyjąć spóźnione gratulacje. To wspaniale, że pan Edward po tak długim czasie wreszcie znalazł dla siebie tak uroczą partnerkę.

– Dziękuję za miłe słowa.

Zamilkł na moment, zajęty walką z potem.

– Jak można się domyślać, po tylu latach owocnej współpracy pan Jasper i cała jego rodzina zjednali sobie u mnie wiele szacunku.

Skinęłam głową, mając się coraz bardziej na baczności.

Jenks wziął głęboki wdech, ale tylko wypuścił powietrze z płuc.

– Dżej, proszę, nie krępuj się. Powiedz to, co masz mi do powiedzenia.

Wziął kolejny głęboki wdech, a potem zaczął mówić bardzo szybko i niewyraźnie, tak że jedno słowo zlewało się z następnym.

– Gdybyś mogła mi tylko przyrzec, że nie planujesz porwać tej dziewczynki jej ojcu, spałbym dzisiaj spokojniej.

– Och – wyrwało mi się. Całkowicie mnie zaskoczył. Potrzebowałam kilkunastu sekund, żeby zrozumieć, do jakiego doszedł wniosku, analizując moje zamówienie. – O nie. Tu chodzi o coś zupełnie innego. – Zmusiłam się do uśmiechu, żeby go uspokoić. – Staram się po prostu zabezpieczyć przyszłość mojej córeczki na wypadek, gdyby mnie i mojemu mężowi coś się stało.

Teraz to ja go zaskoczyłam.

– Coś wam grozi? – Ale zaraz zreflektował się i zarumienił. – Oczywiście to nie mój interes…

Obserwując, jak po jego policzkach rozlewa się plama czerwieni, nie po raz pierwszy podziękowałam losowi za to, że nie jestem przeciętną nowo narodzoną. Pomimo swoich związków ze światem przestępczym, Dżej wydawał mi się dość sympatyczną osobą i nie zasługiwał na śmierć z moich rąk.

– Nigdy nic nie wiadomo – westchnęłam.

Zmarszczył czoło.

– Pozostaje mi życzyć wam powodzenia. I proszę się na mnie nie gniewać, ale... jeśli pan Jasper kiedykolwiek się do mnie zgłosi i spyta, na jakie nazwiska były wystawione te papiery...

– Będziesz mógł mu wszystko wyjawić bez wahania. Nie mam przed Jasperem żadnych tajemnic.

Moja postawa pomogła mu się nieco rozluźnić.

– To bardzo dobrze – stwierdził. – Nie namówię cię, żebyś została na kolacji?

– Naprawdę mi przykro, Dżej, ale spieszy mi się.

– W takim razie życzę powodzenia. Oby zdrowie i szczęście wam dopisywało. Pamiętaj, Bello, jeśli czegokolwiek będziecie potrzebować, nie wahajcie się ponownie skorzystać z moich usług.

– Będę pamiętać.

Opuszczając pokój ze swoim nielegalnym zamówieniem, spojrzałam przez ramię. Jenks odprowadzał mnie wzrokiem pełnym żalu i niepokoju.

Droga powrotna zabrała mi mniej czasu niż jazda do Seattle. Noc była czarna jak smoła, więc włączyłam światła i docisnęłam pedał gazu. Kiedy wjechałam do garażu, zobaczyłam, że nie ma w nim większości samochodów, w tym mojego ferrari i porsche Alice. Tradycyjnie odżywiające się wampiry musiały pokonywać setki kilometrów, żeby zaspokoić pragnienie. Starałam się nie myśleć o ich poczynaniach tej nocy, krzywiąc się, kiedy przed oczami stawały mi twarze ich niewinnych ofiar.

W salonie zastałam jedynie Kate i Garretta, sprzeczających się żartobliwie na temat wartości odżywczej zwierzęcej krwi. Garrett wrócił najwyraźniej dopiero co ze swojego pierwszego „wegetariańskiego" polowania i przyznał, że ciężko jednak jest mu się przestawić.

Edward musiał zabrać Renesmee na noc do kamiennego domku, Jacob kręcił się pewnie po lesie gdzieś w jego pobliżu. Reszta moich bliskich też zapewne wyprawiła się na łowy – najprawdopodobniej w towarzystwie Denalczyków.

Miałam dla siebie praktycznie cały dom. Druga taka okazja mogła się nie powtórzyć.

Otworzywszy drzwi do sypialni Alice i Jaspera, poznałam węchem, że nikt nie zaglądał tam od bardzo dawna, być może nawet od dnia, w którym nas opuścili. Przeszukałam w ciszy ich ogromną szafę, aż wreszcie znalazłam taką torbę, jakiej szukałam. Musiała należeć do Alice. Był to czarny skórzany plecaczek, jeden z tych, których zazwyczaj używa się jako damskiej torebki, tak mały, że nawet Renesmee mogłaby go nosić, nie budząc niczyjego zdziwienia. Potem zrobiłam najazd na podręczny zapas gotówki Alice i Jaspera i odliczyłam sobie sumę równą dwukrotności rocznego dochodu przeciętnego amerykańskiego gospodarstwa domowego. Pokój uciekinierów źle się wszystkim kojarzył, przypuszczałam więc, że moja kradzież miała tu największe szanse pozostać niezauważona. Koperta ze sfałszowanymi dokumentami też trafiła do plecaczka, na sam wierzch. Spakowawszy się, przysiadłam na skraju materaca i spojrzałam na żałośnie niepozorny pakunek, w którym mieściło się wszystko, co mogłam dać swojej córce i najlepszemu przyjacielowi, żeby pomóc im się uratować. Oparłam się o słupek w narożniku ramy łóżka, czując się zupełnie bezradna. Ale co jeszcze mogłam zrobić?

Siedziałam tak ze spuszczoną głową kilkanaście minut, aż nagle zaczęło mi coś świtać.

Hm...

W moim założeniu, że Jacob i Renesmee uciekną, musiało się mieścić przekonanie, że Demetri nie będzie żył. Zapewniłoby to tym, którzy by przeżyli, trochę czasu na złapanie oddechu – wszystkim, którzy by przeżyli, a więc i Alice z Jasperem.

Skoro zaliczali się do tej grupy, czy nie mogliby pomóc Jacobowi i Renesmee? Gdyby do nich dołączyli, maleńka miałaby ochronę najlepszą z możliwych. Nie istniał żaden powód, dla którego nie mogłoby dojść do ich ponownego spotkania poza jednym – wizje Alice ani Jacoba, ani Renesmee nie obejmowały. Jak miałaby zacząć ich szukać?

Zamyśliłam się nad tym na moment, po czym wyszłam na korytarz i poszłam prosto do pokoju Esme i Carlisle'a.

Blat Esme jak zwykle pokryty był różnorodnymi planami i listami piętrzącymi się w schludnych stosach. Powyżej do ściany przymocowany był rząd drewnianych przegródek, a w jednej z nich znajdowało się pudełko z artykułami piśmiennymi. Zaopatrzyłam się w długopis oraz czysty arkusz kremowego papieru.

Przez pełne pięć minut wpatrywałam się w pustą stronicę, koncentrując się na mojej decyzji. Alice może nie widziała Jacoba i Renesmee, ale z pewnością umiała zobaczyć mnie. Wyobraziłam sobie, jak przed oczami staje jej ta chwila, modląc się, żeby moja przyjaciółka nie była zbyt zajęta, by tę wizję zignorować.

Powoli, w skupieniu, napisałam na kartce dużymi drukowanymi literami trzy słowa: RIO DE JANEIRO.

Rio wydawało mi się najlepszym miejscem, do jakiego można było ich wysłać. Po pierwsze, od Forks dzieliło je tysiące kilometrów. Po drugie, według ostatnich doniesień Alice i Jasper bawili właśnie w Ameryce Południowej. Po trzecie wreszcie, nic nie wskazywało na to, żeby nasze stare problemy stały się nieaktualne tylko dlatego, że pojawiły się inne, dużo poważniejsze. Przyszłość Renesmee nadal stanowiła dla nas zagadkę, a to, jak szybko mała rosła, wciąż przepełniało nas strachem. Teraz wyszukanie i zbadanie indiańskich legend miało być zadaniem Jacoba, a jeśli los miał się do nas uśmiechnąć, także i Alice.

Znienacka strasznie zachciało mi się płakać, więc znów zwiesiłam głowę i zacisnęłam zęby. Mogłam się tylko cieszyć, że Renesmee ma szansę wyjść cało z konfrontacji z Volturimi, ale już teraz tęskniłam za nią tak mocno, że trudno było mi to znieść.

Wzięłam głęboki wdech i umieściłam kartkę z nazwą miasta na dnie plecaka. Prędzej czy później Jacob miał ją tam znaleźć.

Było mało prawdopodobne, by jego prowincjonalna szkoła miała w swojej ofercie język portugalski, ale trzymałam kciuki, żeby mój przyjaciel miał za sobą choć kilka semestrów hiszpańskiego.

Pozostało nam tylko czekać.

Edward i Carlisle spędzili dwa kolejne dni na polanie, na którą według Alice mieli przybyć Volturi. Latem w tym samym miejscu zaatakowali Cullenów nowo narodzeni Victorii. Ciekawiło mnie, czy doktor odbiera to jako *déjà vu*. Dla mnie wszystko było nowe. Tym razem Edward i ja mieliśmy stanąć do walki u boku naszych najbliższych.

Zakładaliśmy, że Volturi będą starali się wytropić albo Edwarda, albo Carlisle'a. Zastanawiałam się, czy miało być dla nich niespodzianką to, że oskarżeni nie uciekli. Czy mieli dojść do wniosku, że w takim wypadku lepiej zachować ostrożność? Wątpiłam, żeby kiedykolwiek wcześniej poczuli taką potrzebę.

Chociaż byłam niewidzialna dla Demetriego – a przynajmniej na to liczyliśmy – chciałam zostać z Edwardem. Nie widziałam innej możliwości. Zostało nam tylko kilka godzin, które mogliśmy spędzić razem.

Nie mieliśmy za sobą żadnej wzruszającej sceny pożegnania ani takowej nie planowaliśmy. Gdybyśmy wymówili pewne słowa na głos, byłoby w tym coś zbyt ostatecznego. Kojarzyłoby mi się to z wystukaniem na klawiaturze słowa „koniec" na ostatniej stronie pisanej powieści. Żadne tego typu słowa zatem między nami nie padły, ale trzymaliśmy się jak najbliżej siebie, bezustannie się dotykając. Bez względu na to, jaki miał nas czekać koniec, chcieliśmy się postarać o to, by nie spotkał nas rozdzielonych.

Kilka metrów od polany, w opiekuńczej gęstwinie lasu, rozstawiliśmy namiot dla Renesmee. Teraz przeżywaliśmy *déjá vu* w trójkę, bo znowu biwakowaliśmy na zimnie z Jacobem. Niemalże nie sposób było uwierzyć, ile się od czerwca zmieniło. Siedem miesięcy wcześniej wydawało się, że już nigdy nie uporządkujemy naszych wzajemnych relacji, tak aby ani jedna osoba w naszym gronie nie cierpiała z powodu złamanego serca – tymczasem zdołaliśmy osiągnąć idealną równowagę. Co za ironia, że akurat gdy ułożyliśmy kawałki tej uczuciowej układanki w zgrabną całość, miała ona ulec bezpowrotnemu zniszczeniu.

Śnieg zaczął padać na dzień przed sylwestrem i zgodnie z przepowiednią Alice jego drobne płatki w zetknięciu z kamienistym gruntem tym razem nie topniały. Podczas gdy Renesmee i Jacob spali – nie mogłam się nadziwić, że małej nie budzi jego wyjątkowo głośne chrapanie – lekki puch przysłonił ziemię niczym cienka warstwa lukru, by później zacząć zbierać się w grubszych zaspach. Nim wzeszło słońce, sceneria z wizji Alice była gotowa. Edward i ja przyglądaliśmy się roziskrzonemu białemu polu, trzymając się za ręce, ale żadne z nas się nie odezwało.

Przez cały wczesny ranek na polanę schodzili się nasi bliscy i goście. W ich oczach krył się dowód przygotowania – u jednych tęczówki były jasnozłote, u innych intensywnie szkarłatne. Wkrótce po tym, jak stawiły się ostatnie wampiry, usłyszeliśmy wilki krążące po lesie. Jacob wynurzył się z namiotu, pozostawiając Renesmee samą, żeby do nich dołączyć.

Edward i Carlisle zabrali się do ustawiania pozostałych w luźnym szyku – Cullenowie mieli stać w środku, a świadkowie po bokach.

Obserwowałam ich z pewnej odległości, czekając przy namiocie, aż moja córeczka się obudzi. Kiedy w końcu wstała, pomogłam jej włożyć na siebie to, co wybrałam dla niej z rozwagą dwa dni wcześniej. Były to ubranka bardzo dziewczęce, z masą falbanek, ale jednocześnie porządne, uszyte z solidnych tkanin, by jak najdłużej nie wyglądały na znoszone – nawet gdyby ich właścicielka miała przejechać w nich kilka stanów na gigantycznym basiorze. Na plecy wsadziłam jej czarny skórzany plecaczek zawierający dokumenty, pieniądze, kartkę z nazwą miasta oraz cztery listy: dla niej, dla Jacoba, dla Charliego i dla Renée. Była na tyle silna, by móc z łatwością taki ciężar udźwignąć.

Kiedy zobaczyła malującą się na mojej twarzy rozpacz, jej oczka zrobiły się wielkie jak spodki, ale pojmowała z tego, co się działo, dostatecznie dużo, by nie zadawać żadnych pytań.

– Kocham cię – powiedziałam jej. – Bardziej niż cokolwiek na świecie.

– Ja też cię kocham, mamusiu – odparła. Dotknęła wiszącego na swojej szyjce medalionu, który zawierał teraz miniaturową fotografię naszej trzyosobowej rodziny. – Zawsze będziemy razem.

– Zawsze będziemy razem w naszych sercach – poprawiłam ją najcichszym z szeptów – ale jeśli okaże się to dziś konieczne, będziesz mnie musiała opuścić.

Otworzyła oczy jeszcze szerzej i dotknęła rączką mojego policzka. Jej nieme „nie" było głośniejsze, niż gdyby je wykrzyczała.

Z wysiłkiem przełknęłam ślinę – moje gardło wydało mi się dziwnie napuchłe.

– Zrobisz to dla mnie? Proszę?

Przycisnęła mi paluszki do twarzy jeszcze mocniej.

Dlaczego?

– Nie mogę ci powiedzieć. Ale przyrzekam, że już niedługo sama to zrozumiesz.

Renesmee pokazała mi Jacoba.

Skinęłam głową, ale odsunęłam jej rączkę od siebie.

– Nie myśl o tym – szepnęłam jej do ucha. – I nie mów nic Jacobowi, dopóki nie każę ci uciekać, dobrze?

Temu się nie sprzeciwiła. Skinęła główką.

Została mi do zrobienia jeszcze jedna rzecz. Sięgnęłam do kieszeni.

Kiedy pakowałam rzeczy Renesmee, nagle moją uwagę przykuła kolorowa iskierka. Zbłąkany promień słońca, który wpadł do pokoju przez świetlik, odbił się od kamieni szlachetnych zdobiących bezcenną starą szkatułkę upchniętą na najwyższej półce w najrzadziej używanym kącie garderoby. Przystanęłam na moment, a potem wzruszyłam ramionami. Dopasowawszy do siebie wskazówki Alice, nie mogłam mieć nadziei na pokojowe rozwiązanie konfliktu pomiędzy nami a Volturimi, zadałam sobie jednak pytanie, czemu nie mam spróbować choć na początku okazać im jak najwięcej dobrej woli. Czy mogłoby nam to jakoś zaszkodzić? Chyba mimo wszystko gdzieś we mnie tliła się resztka nadziei – złudnej nadziei, palcem na wodzie pisanej – bo wspięłam się po półkach i zdjęłam prezent ślubny od Ara.

Teraz, przy Renesmee, zawiesiłam sobie gruby złoty łańcuch na szyi. Kiedy olbrzymi diament wpasował się w zagłębienie między obojczykami, poczułam po raz pierwszy, jak bardzo jest ciężki.

– Śliczny – szepnęła mała, zaciskając wokół mnie ramionka z siłą imadła.

Przytuliłam ją do piersi. Trzymając córkę na rękach, wyszłam z namiotu i zaniosłam ją na polanę.

Na mój widok Edward uniósł brew, ale ani mojej biżuterii, ani plecaczka Renesmee w żaden inny sposób nie skomentował. Teraz to on z kolei przygarnął nas do siebie. Przez dłuższy czas staliśmy tak w milczeniu, a potem odsunął się od nas z głębokim westchnieniem. W jego oczach nie potrafiłam się dopatrzyć pożegnania. Być może liczył jednak na to, że coś go czeka po śmierci, bardziej, niż się do tego przyznawał.

Renesmee wspięła mi się zwinnie na plecy, żebym miała wolne ręce, i przeszłam wraz z nią na wyznaczoną mi pozycję, jakiś metr za tymi, którzy mieli pójść na pierwszy ogień: Carlisle'em, Edwardem, Emmettem, Rosalie, Tanyą, Kate i Eleazarem. Po moich bokach znajdowali się Benjamin i Zafrina – moim zadaniem było chronić ich pod tarczą tak długo, jak się dało. Ich talenty stanowiły najlepszą broń w naszym arsenale. Jeśli dla odmiany to Volturi zostaliby oślepieni, choćby tylko na parę chwil, wszystko mogło potoczyć się zupełnie inaczej.

Zesztywniała Zafrina sprawiała wrażenie jeszcze dzikszej niż zwykle, a towarzysząca jej Senna starała się jej dorównać. Benjamin siedział na śniegu z palcami wciśniętymi w ziemię i mamrotał coś pod nosem o budowie skał. Poprzedniego wieczoru w tyle polany zgromadził w wielkich stertach sporo głazów – pokryte warstwą białego puchu prezentowały się bardzo naturalnie. Takim kamiennym blokiem nie można było zrobić nieśmiertelnemu krzywdy, ale przy odrobinie szczęścia można go było zdekoncentrować.

Nasi świadkowie zebrali się w grupkach na prawo i lewo od nas – najbliżej ci, którzy zadeklarowali, że włączą się do walki. Zauważyłam, że Siobhan pociera sobie skronie i ma zamknięte oczy – czyżby przystała jednak na propozycję Carlisle'a i wyobrażała sobie, jak nie zawodzą nas dyplomatyczne metody?

Za nami, schowane między drzewami wilkołaki były już w pełnej gotowości – słyszeliśmy tylko posapywania i bicie ich serc.

Nadpłynęły chmury, rozpraszając światło, tak że równie dobrze mogło być już po południu. Rozglądając się badawczo, Edward zmarszczył czoło i domyślałam się, że to ten moment – że widzi po raz drugi to, co po raz pierwszy ujrzał w wizji Alice. Zgadzał się już każdy szczegół. Do przybycia Volturich pozostało zaledwie kilka minut czy nawet sekund.

Cała moja rodzina i wszyscy sprzymierzeńcy zamarli w oczekiwaniu.

Z zarośli wyłonił się potężny samiec Alfa o rdzawobrązowej sierści i zajął miejsce koło mnie – musiało mu być ciężko przebywać z dala od Renesmee ze świadomością, jak ogromne grozi jej niebezpieczeństwo.

Maleńka wplotła paluszki w futro na jego umięśnionym barku i jej ciałko odrobinę się rozluźniło. Była spokojniejsza, wiedząc, że Jacob jest tuż obok. Ja też poczułam się przez to nieco lepiej. Dopóki przy niej był, nic nie mogło się jej stać.

Nie odrywając wzroku od ściany lasu, żeby nadmiernie nie ryzykować, Edward sięgnął za siebie. Wyciągnęłam ramię i złapaliśmy się za ręce. Ścisnął mi porozumiewawczo palce.

Minęła kolejna minuta. Złapałam się na tym, że nasłuchuję.

Nagle Edward spiął mięśnie, a spomiędzy jego zaciśniętych zębów wydobył się cichy syk. Spojrzał na północny skraj polany.

I my tam spojrzeliśmy. W duchu odliczaliśmy ostatnie sekundy.

36 Żądza mordu

Ich nadejście przypominało pełne przepychu widowisko z udziałem jakiejś koronowanej głowy – nie dało się zaprzeczyć, że było w nim coś pięknego.

Poruszali się w ścisłej, oficjalnej formacji, ale bynajmniej nie monotonnym marszowym krokiem – spłynęli z drzew idealnie z sobą zsynchronizowani. Tak zgrabnie się przemieszczali, że ciemna falująca plama, jaką tworzyli, zdawała się unosić kilka centymetrów nad ziemią.

Obrzeże owej plamy było szare, ale jej barwa ciemniała z każdym rzędem ciał, by wreszcie w samym środku przejść w kruczą czerń. Wszyscy przybysze byli zakapturzeni, każde oblicze skrywał cień. Ich stopy muskały śnieg w tak regularnym rytmie, że brzmiało to jak muzyka – skomplikowana, niecichnąca ani na chwilę kompozycja.

Na jakiś znak, który przegapiłam – lub którego może wcale nie było, bo wystarczały tysiąclecia praktyki – oddział przybyszów przegrupował się. Ich szeregi były zbyt uporządkowane, a sam manewr zbyt sztywny, by można było przyrównać tę operację do otwarcia się kwiatowego pąka, chociaż kolory były rozmieszczone odpowiednio. Przypominało to raczej otwierający się wachlarz, bo z gracją ruchu kontrastowała kanciastość formacji. Otulone szarymi pelerynami postacie przeszły na flanki, a te ubrane na czarno wystąpiły na przód. Nic nie działo się wbrew z góry narzuconemu scenariuszowi.

Zbliżali się do nas powoli, lecz nieubłaganie. Nie spieszyli się, na nic nie uważali, niczym się nie przejmowali. Było to tempo niepokonanych.

Niemal wszystkie szczegóły zgadzały się z moim starym koszmarem. Jedynym elementem, którego brakowało, było samozadowolenie połączone z pożądliwością widoczne na twarzach moich przeciwników ze snu – tamte drapieżne triumfalne uśmiechy.

Prawdziwi Volturi jak na razie byli zbyt zdyscyplinowani, by okazywać jakiekolwiek emocje. Nie zdradzili się nawet z tym, czy zaskoczyło ich albo zmartwiło to, że czekało na nich tak wiele wampirów – zresztą, w porównaniu z nimi, wydawaliśmy się nagle niezdarni i niezorganizowani. Nie zbił ich chyba z tropu nawet fakt, że na polanie obecny był wilkołak.

Nie mogąc się powstrzymać, przeprowadziłam w myślach krótkie podsumowanie. Było ich trzydzieści dwoje. Nawet gdyby nie liczyć dwóch trzymających się w tyle wychudzonych postaci w czerni, które, o ile się nie myliłam, były znanymi mi ze słyszenia żonami – sądząc po ich zachowaniu, nie miały brać udziału w starciu – Volturi nadal mieliby nad nami przewagę. Spośród nas, chętnych do walki było zaledwie dziewiętnastu – pozostała siódemka miała się jedynie przyglądać naszej egzekucji. Dziesięć chowających się w lesie wilków tak na dobrą sprawę nie stanowiło żadnej różnicy.

– Anglicy nadchodzą, Anglicy nadchodzą – zamruczał tajemniczo Garrett*, po czym zachichotał cicho i zrobił krok w kierunku Kate.

– A jednak – szepnął Vladimir do Stefana. – Przyjechali.

– Z żonami – syknął Stefan. – Z całą strażą. Wszyscy w komplecie. Dobrze, że nie próbowaliśmy w Volterze.

A potem, jak gdyby sama liczba Volturich nie była dość porażająca, za ich przesuwającym się majestatycznie orszakiem na polanę zaczęło wychodzić jeszcze więcej wampirów.

Twarze nieśmiertelnych z napływającego niekończącą się z pozoru falą tłumu stanowiły całkowite zaprzeczenie twarzy opanowanych do granic możliwości Volturich – malowały się na nich wielorakie emocje zmieniające się jak w kalejdoskopie. Z początku, kiedy zobaczyli, że oczekuje ich niespodziewanie duże zgrupowanie, było to zdziwienie, a nawet przestrach. Ale niepokój wkrótce ustąpił – czuli się pewnie, mając nad nami tak miażdżącą

---

* Garrett walczył przeciwko koronie angielskiej w rewolucji amerykańskiej w latach 1775–1783 – przyp. tłum.

przewagę, bezpiecznie, podążając za niedającą się powstrzymać siłą, jaką byli Volturi – i przybrali z powrotem te miny, jakie mieli, zanim ich zaskoczyliśmy.

Zrozumienie ich nastawienia wobec nas nie było trudne – ich grymasy nie pozostawiały niedomówień. Oto zbliżała się do nas żądna zemsty kohorta na granicy amoku, napuszczona hasłami domagającymi się sprawiedliwości. Dopóki nie zajrzałam tym ludziom w oczy, nie zdawałam sobie w pełni sprawy, jakimi uczuciami darzył wampirzy świat niesławne nieśmiertelne dzieci.

Było jasne, że ta rozwścieczona horda – ponad czterdzieści wampirów – to poniekąd świadkowie drugiej strony. Po naszej śmierci mieli rozgłosić, że zbrodniarze ponieśli zasłużoną karę, a Volturi osądzili ich absolutnie bezstronnie. Większość tego motłochu wyglądała jednak, jakby miała nadzieję na coś więcej niż tylko miejsca na widowni – jak nic chcieli też dopomóc w rozszarpywaniu i paleniu.

Nie mieliśmy najmniejszych szans. Nawet gdybyśmy jakoś zneutralizowali niezwykłe umiejętności tych spośród strażników Volturich, którzy byli wybitnie utalentowani, nasi wrogowie mogliby nas po prostu zdusić swoją masą. Nawet gdybyśmy zabili Demetriego, Jacob nie byłby w stanie wymknąć się pozostałym.

Wyczułam, że ta potworna prawda dociera także do moich kompanów. Gęstniejąca rozpacz zmieniała powietrze w ołów, przygniatając moje barki z mocą większą niż kiedykolwiek.

Jedna z wampirzyc, które wyszły z lasu, zdawała się nie należeć do żadnej z stron konfliktu. Gdy zawahała się pomiędzy dwoma grupami, rozpoznałam w niej Irinę. Spośród innych świadków Volturich wyróżniał ją też wyraz twarzy. Przerażona wpatrywała się w stojącą w naszym pierwszym szeregu Tanyę.

Edward warknął – bardzo cicho, ale zabrzmiało to jak przekleństwo.

– Alistair miał rację – mruknął do Carlisle'a.

Doktor spojrzał na niego pytająco.

– Alistair miał rację? – powtórzyła szeptem Tanya.

– Kajusz i Aro przybyli tu, by nas zniszczyć i zarazem powiększyć swoją kolekcję – wyjaśnił Edward konspiracyjnym głosem, żeby nie usłyszała go druga strona. – Przygotowali zawczasu rozbudowaną strategię na każdą okoliczność. Jeśli oskarżenia Iriny miałyby okazać się fałszywe, zamierzali za wszelką cenę znaleźć jakiś inny pretekst do tego, by nas ukarać. Ale teraz widzą małą, więc są pełni optymizmu co do tego, jak potoczą się wypadki. Moglibyśmy nadal próbować odeprzeć inne zmyślone zarzuty, ale wpierw musieliby się zatrzymać, wysłuchać prawdy o Renesmee. – Zamilkł na moment, by po chwili dodać jeszcze ciszej: – Tyle że nie mają najmniejszego zamiaru tego zrobić.

Jacob fuknął dziwnie.

A potem, może dwie sekundy później, zupełnie niespodziewanie, posępna procesja jednak się zatrzymała! Muzyka zsynchronizowanych stąpnięć ustąpiła miejsca ciszy. Volturi zamarli jednocześnie jak jeden wielki organizm. Nikt ani jednym drgnięciem nie wyłamał się spod dyscypliny. Stanęli około stu metrów od nas.

Za sobą, po bokach, usłyszałam bicie wielkich serc. Znajdowały się teraz bliżej nas niż wcześniej. Pozwoliłam sobie zerknąć na prawo i lewo, by zobaczyć kątem oka, co też wywołało u Volturich taką reakcję.

To wilki dołączyły do nas.

Wysunęły się z lasu po obu stronach naszej dość bezładnej formacji, tworząc z swych potężnych sylwetek dwa długie skrzydła. Na przypatrzenie się im poświęciłam jedynie ułamek sekundy, zdążyłam jednak zauważyć, że wilków było więcej niż dziesięć, i odróżnić te, które znałam, od tych, które widziałam po raz pierwszy. Ustawiło się wokół nas w równych odstępach szesnaście basiorów – łącznie z Jacobem, sfory z La Push liczyły sobie już siedemnastu członków. Patrząc na wysokość w kłębie i nieproporcjonalnie duże łapy nieznanej mi siódemki, nietrudno się było domyślić, że są to wilkołaki bardzo, ale to bardzo młode. Powinnam była przewidzieć, że tak to się skończy. W najbliższej okolicy pojawiło się ostatnio tyle wampirów, że kolejne metamorfozy wśród quileuckiej młodzieży były czymś nieuniknionym.

Miało dziś zginąć z nami jeszcze więcej dzieci.

Oburzyłam się, jak Sam mógł do tego dopuścić, ale zaraz uzmysłowiłam sobie, że nie miał wyboru. Nawet gdyby jego plemię reprezentował przy nas choćby tylko jeden wilk, Volturi i tak odszukaliby później pozostałe. Sprzymierzając się z nami, w każdym wypadku wilkołaki ryzykowały życiem wszystkich przedstawicieli swojego gatunku.

A przecież mieliśmy przegrać.

Nagle wpadłam w gniew. Nie, gniew to za mało powiedziane – ogarnęła mnie żądza mordu. Dławiąca mnie rozpacz znikła bez śladu. Kontury stojących przede mną ciemnych postaci otoczyła nikła czerwonawa poświata i pragnęłam w tej chwili wyłącznie tego, by trafiła mi się wkrótce okazja zatapiać w nich zęby, wyrywać kończyny z ich tułowi i odrzucać je na gotowe do spalenia sterty. Byłam tak rozjuszona, że mogłabym zatańczyć wokół płonącego stosu, podczas gdy tamci smażyliby się żywcem, a doglądając ich dogasających popiołów, śmiałabym się na całe gardło. Odruchowo odsłoniłam zęby, a z głębi moich trzewi wydobył się cichy, dziki charkot. Dotarło do mnie, że kąciki ust unoszą mi się w uśmiechu.

Zawtórowały mi towarzyszki, Zafrina i Senna. Edward ścisnął moją dłoń, którą ciągle trzymał, żeby mnie upomnieć.

Zacienione twarze Volturich w większości nadal niczego nie wyrażały. Tylko dwie pary oczu zdradzały pewne emocje. W samym środku szeregu, stykając się rękami, Aro i Kajusz zatrzymali się, by ocenić sytuację, a cała straż przystanęła wraz z nimi, czekając, aż padnie rozkaz, by nas zgładzić. Dwójka sędziwych wampirów nie utrzymywała ze sobą kontaktu wzrokowego, było jednak oczywiste, że się ze sobą komunikują. Marek, chociaż dotykał drugiej ręki Ara, wydawał się nie brać udziału w tej rozmowie. Spojrzenia nie miał tak pustego, jak jego podwładni, ale było ono niemal równie obojętne. Tak jak poprzednim razem, kiedy go spotkałam, sprawiał wrażenie wyjątkowo znudzonego.

Sprowadzeni przez naszych przeciwników świadkowie pochylali się ku nam, świdrując wzrokiem mnie i Renesmee, ale nie oddalali się zbytnio od linii drzew, tak że pomiędzy nimi a Volturimi zostało sporo wolnej przestrzeni. Tylko Irina kręciła się bliżej żołnierzy w pelerynach, zaledwie kilka kroków od małżonek Ara i Kajusza oraz ich dwóch muskularnych ochroniarzy. Obie wampirzyce miały jasne włosy, oczy przesłonięte błoną i charakterystycznie cienką skórę.

Jednym ze strażników o ciemniejszym stroju była kobieta, stojąca tuż za Arem. Nie miałam pewności, ale wyglądało na to, że opierała dłoń o jego plecy. Czy patrzyłam właśnie na drugą tarczę, ową Renatę? Zaciekawiło mnie, tak jak wcześniej Eleazara, czy potrafiłaby mnie zablokować.

Nie, nie zamierzałam sprawdzać tego w praktyce. Próbując dostać się do Kajusza czy Ara, marnowałabym tylko czas. Istotniejsza była likwidacja innych celów.

Rozejrzałam się za nimi i namierzyłam je bez problemu – dwie drobne postacie prawie w samym sercu oddziału wroga. Alec i Jane, bez wątpienia najnikczemniejsi wzrostem członkowie straży, zajmowali uprzywilejowane pozycje u boku Marka, oddzielając go od Demetriego. Byli tak opanowani, że ich urocze buzie przypominały maski, a ich okrycia były najciemniejsze ze wszystkich, z wyjątkiem czarnych płaszczy trójki przywódców. Piekielne bliźnięta, tak nazwał ich Vladimir. Perły kolekcji Ara. To na ich talentach opierała się ofensywa Volturich.

Spięłam mięśnie, a do ust napłynął mi jad.

Aro i Kajusz powiedli spojrzeniem wzdłuż kordonu moich bliskich i z twarzy tego pierwszego wyczytałam, że jest boleśnie rozczarowany. Ze złością zacisnął usta. Jeszcze kilkakrotnie zlustrował naszą grupę, ale tej, na której mu zależało, w naszym gronie się nie doszukał.

Jakże byłam teraz wdzięczna Alice, że nas opuściła!

Im dłużej się to przeciągało, tym Edward szybciej oddychał.

– Co się dzieje? – szepnął do niego zaniepokojonym tonem Carlisle.

– Nie wiedzą jeszcze, jak postąpić. Rozpatrują różne opcje, wybierają główne cele: mnie, rzecz jasna, ciebie, Eleazara, Tanyę...

Marek bada, jak silne są poszczególne łączące nas więzi – stara się ustalić, gdzie kryją się nasze słabe punkty. Irytuje ich obecność Rumunów. Dużym zmartwieniem jest dla nich to, że są pośród nas wampiry, których nie rozpoznają – z szczególnym uwzględnieniem Zafriny i Senny – i oczywiście fakt, że zbratały się z nami wilki. Jeszcze nigdy w historii nikt nie miał nad nimi przewagi liczebnej. Właśnie to ich zatrzymało.

– Jakiej znowu przewagi liczebnej? – zdziwiła się Tanya.

– Tej całej zbieraniny pod lasem nie biorą pod uwagę. Dla strażników to zera, równie dobrze mogliby wcale nie istnieć. Aro po prostu lubi mieć publiczność.

– Czy powinienem zabrać głos? – spytał Edwarda Carlisle.

Edward zawahał się, ale skinął głową.

– To twoja jedyna szansa. Innej nie dostaniesz.

Carlisle ściągnął łopatki, po czym zrobił kilkanaście kroków do przodu. Okropnie było przyglądać się, jak tak stoi, samotny i bezbronny.

Rozłożył ramiona w powitalnym geście.

– Aro, przyjacielu! Nie widziałem cię całe wieki!

Przez dłuższy czas na ośnieżonej polanie panowała idealna cisza. Edward wsłuchiwał się w to, co o zachowaniu doktora pomyślał sobie Aro, i wyczuwałam z łatwością, jak bardzo był spięty. Z każdą sekundą nieubłaganie rosło napięcie.

A potem również Aro wystąpił na środek. Tarcza, Renata, przemieściła się wraz z nim, jak gdyby opuszki jej palców były przyszyte do jego szaty.

Wśród zgromadzonych żołnierzy przeszedł stłumiony pomruk. Po raz pierwszy od swojego przybycia Volturi się ożywili. Patrzyli na nas teraz wilkiem i jeden po drugim obnażali zęby. Kilkoro przyczaiło się, gotując się do skoku.

Aro uniósł władczo rękę.

– Spokój! – rozkazał.

Przeszedł jeszcze parę metrów, a kiedy przystanął, przechylił głowę. W jego zamglonych oczach rozbłysła ciekawość.

– Cóż, Carlisle'u – odezwał się swoim słabym, cienkim głosem. – Witasz mnie niby serdecznie, ale twoje słowa wydają się nie na miejscu. Wszakże zgromadziłeś tu prawdziwą armię, żeby zabić mnie i moich najbliższych.

Doktor pokręcił przecząco głową i wyciągnął przed siebie prawą rękę, jak gdyby nie dzieliło ich niemal sto metrów.

– Wystarczy że mnie dotkniesz, a dowiesz się, że nie takie były moje intencje.

Volturi ściągnął brwi.

– Jednak cóż znaczą twoje intencje, drogi Carlisle'u, w obliczu tego, czego się dopuściłeś.

Po jego twarzy przemknął cień smutku – nie potrafiłam ocenić, czy tylko grał, czy też nie.

– Wiedz, że nie popełniłem zbrodni, za którą chcecie mnie ukarać.

– Odsuń się więc i pozwól nam ukarać tych, którzy są jej winni. Przyznam, Carlisle'u, że nic by mnie tak nie ucieszyło, jak to, że mógłbym darować ci dziś życie.

– Nikt z nas nie złamał prawa, Aro. Pozwól, że wszystko ci wyjaśnię.

Ponownie wyciągnął ku niemu rękę.

Zanim Aro zdążył mu odpowiedzieć, dołączył do niego pospiesznie Kajusz.

– Tyle bezsensownych zasad, tyle bezsensownych praw sam dla siebie stworzyłeś, Carlisle'u – syknął. – Jak to możliwe, że bronisz łamania jedynej reguły, która ma jakiekolwiek znaczenie?

– Nikt tu nie złamał prawa. Gdybyście tylko mnie wysłuchali...

– Widzimy dziecko – przerwał mu Kajusz. – Nie traktuj nas jak głupców.

– Mała nie jest nieśmiertelna. Wcale nie jest wampirem. Mogę tego w bardzo prosty sposób dowieść...

– Skoro nie jest jednym z Zakazanych – wszedł mu w słowo starzec – czemu w takim razie zebrałeś tu bez mała batalion, by ją chronić?

– To nasi świadkowie, Kajuszu. Wy też swoich przywieźliście. – Doktor wskazał na wrzący gniewem tłum przy ścianie lasu. Niektórzy z przybyłych warknęli głośno w odpowiedzi. – Każdy z naszych gości może opowiedzieć ci historię pochodzenia tej dziewczynki. Zresztą, wystarczy, że się jej przyjrzysz. Zobacz, jak jej policzki rumieni ludzka krew.

– Tania sztuczka! – odparł Volturi. – Gdzie nasza informatorka? Niech tu do nas wyjdzie! – Spojrzał za siebie i zaczął się rozglądać, aż wreszcie dostrzegł kryjącą się za żonami Irinę. – Hej, ty! Do mnie!

Denalka popatrzyła na niego nieprzytomnie, jak ktoś, kto nie do końca wybudził się z jakiegoś odrażającego koszmaru. Zniecierpliwiony Kajusz strzelił palcami. Jeden z ochroniarzy żon zbliżył się do Iriny i pchnął ją brutalnie. Kobieta zamrugała dwukrotnie, po czym ruszyła powoli w kierunku wołającego ją starca, nadal pogrążona w głębokim szoku. Zatrzymała się kilkanaście metrów za wcześnie, nie spuszczając z oczu swoich dwóch sióstr.

Kajusz podszedł do niej szybko i uderzył ją w twarz.

Nie mogło jej to zaboleć, ale w jego postępku było coś straszliwie upokarzającego. Poczułam się tak, jakby ktoś przy mnie kopnął psa.

Tania i Kate jednocześnie syknęły.

Irina zesztywniała, a jej oczy skupiły się wreszcie na Kajuszu. Wskazał kościstym palcem na Renesmee, która nadal czepiała się kurczowo moich pleców z paluszkami wplecionymi w futro Jacoba. Byłam tak wzburzona, że od starca zdawała się oddzielać mnie tafla czerwonego szkła. Pierś Jacoba zadrżała od dobywającego się z niej charkotu.

– Czy to dziecko widziałaś? – zwrócił się Kajusz do Iriny. – Czy właśnie to dziecko, jak się zarzekałaś, jest bez dwóch zdań czymś więcej niż człowiekiem?

Denalka przeniosła na nas wzrok, by przyjrzeć się małej po raz pierwszy, odkąd zjawiła się na polanie. Przechyliła głowę. Wyglądała na zdezorientowaną.

– Czy tak? – popędził ją Kajusz.

– Nie... nie jestem pewna – wykrztusiła zagubiona.

Wampirowi drgnęła ręka, jakby miał ochotę znowu uderzyć przesłuchiwaną.

– Jak to? – spytał ostrym tonem.

– To nie takie samo dziecko, ale sądzę, że to samo. Chodzi mi o to, że zmieniło się. Jest teraz większe niż wtedy, kiedy je widziałam, ale...

Nie dokończyła, bo Kajusz z wściekłości zachłysnął się głośno powietrzem, odsłaniając równocześnie zęby. Aro podszedł do niego i by go powstrzymać, położył mu rękę na ramieniu.

– Opanuj się, bracie. Możemy wszystko spokojnie wyjaśnić. Nie ma się co spieszyć.

Kajusz obrócił się do Iriny tyłem z obrażoną miną.

– A teraz, kochanieńka – zamruczał słodko Aro – pokaż mi, co też usiłujesz nam przekazać.

Wyciągnął dłoń ku oszołomionej wampirzycy.

Ujęła ją niepewnie. Cała operacja zabrała zaledwie pięć sekund.

– Widzisz, Kajuszu? To nic trudnego zdobyć informacje, których nam trzeba.

Starzec nic nie powiedział.

Zerknąwszy kątem oka na swoją publiczność, Aro wrócił do przerwanej rozmowy z Carlisle'em.

– A zatem mamy do czynienia z nie lada zagadką. Ponoć dziewczynka urosła, a przecież we wspomnieniu Iriny była bez wątpienia nieśmiertelnym dzieckiem. Ciekawe.

– Właśnie ten paradoks usiłuję ci wytłumaczyć – oznajmił doktor. Ze zmiany, jaka zaszła w jego głosie, wywnioskowałam, że mu ulżyło. Oto pojawiła się szansa, by przedstawić Volturim naszą wersję wydarzeń – szansa, w której pokładaliśmy wszystkie swoje naiwne nadzieje.

Ja ulgi nie czułam. Niemalże odrętwiała z furii, czekałam na pokazy rozbudowanej strategii, które obiecał mi Edward.

Carlisle ponownie podał Arowi rękę.

Volturi zawahał się na moment.

– Wolałbym raczej uzyskać wyjaśnienia od kogoś odgrywającego w tej sprawie bardziej kluczową rolę, mój przyjacielu. Czy się mylę, zakładając, że nie brałeś w tym przestępstwie udziału?

– Nikt nie popełnił żadnego przestępstwa.

– Może i tak, jednakże pragnę przyjrzeć się tej sprawie z jak najszerszej perspektywy. – Tu Aro przybrał surowszy ton. – Najlepiej będzie, jeśli otrzymam dowody wprost z ręki twojego utalentowanego syna. – Wskazał głową na mojego ukochanego. – Skoro dziecko tak tuli się do jego nowo narodzonej partnerki, mniemam, iż Edward też jest w to zamieszany.

Nie było nic dziwnego w tym, że chciał to przeprowadzić właśnie w ten sposób. Zapoznawszy się z myślami Edwarda, miał zarazem poznać myśli każdego z nas. Z wyjątkiem mnie.

Edward pocałował przelotnie mnie i Renesmee w czoło, ale nie spojrzał mi w oczy. Wyszedł śmiało na zaśnieżone pole, a mijając Carlisle'a, poklepał go po ramieniu. Za moimi plecami ktoś cicho jęknął – to Esme straciła na chwilę kontrolę nad sobą.

Czerwona poświata, którą widziałam wokół żołnierzy Volturich, zapłonęła jaskrawiej niż wcześniej. Cierpiałam, musząc patrzeć, jak Edward samotnie przemierza białą pustą przestrzeń – ale też nie mogłam pozwolić na to, by Renesmee zbliżyła się choćby o krok do naszych przeciwników. Walczyły we mnie dwie przeciwstawne potrzeby. Znieruchomiałam do tego stopnia, że moje kości wydawały się pękać od samego wywieranego na nie nacisku.

Kiedy Edward pokonał połowę dzielącego go od Ara dystansu, czyli, innymi słowy, znalazł się bliżej Volturich niż nas, zobaczyłam, że Jane się uśmiecha.

I to było to.

Ten pełen zadowolenia uśmieszek podziałał na mnie jak czerwona płachta na byka. Mój gniew sięgnął zenitu, zostawiając w tyle nawet gwałtowną żądzę mordu, kipiącą we mnie od momentu, w którym do naszych skazanych na zgubę szeregów dołączyły wilki. Poczułam w ustach smak furii – wzbierała we mnie niczym potężna fala przypływu czystej mocy. Naprężyłam mięśnie i zareagowałam instynktownie. Rzuciłam swoją tarczą, korzystając z całej siły zebranej w moim umyśle. Cisnęłam nią jak oszczepem prosto przed siebie przez przepastną połać pola – dziesięć razy dalej niż wynosił mój rekord. Oddech uciekł mi przez usta z głośnym sapnięciem.

Tarcza wystrzeliła ze mnie w bańce energii, mglistym atomowym grzybie z płynnej stali. Pulsowała na całej swojej powierzchni jak żywy organizm – czułam ją, od wierzchołka jej sklepienia aż po boczne krawędzie.

Rozciągliwa materia nie stawiała mi teraz żadnego oporu. Wyzwoliwszy w sobie pokłady mocy, o które się nie podejrzewałam, zrozumiałam, że trudności, na jakie wcześniej natrafiałam, miały źródło we mnie samej – to ja czepiałam się swojej niewidzialnej broni, protestując podświadomie przeciwko utracie tej formy samoobrony. Teraz mogłam puścić ją wolno. Bez większego wysiłku, wcale się specjalnie na tym nie skupiając, wypchnęłam z siebie tarczę na dobre pięćdziesiąt metrów. Napinała się, jakby była moim kolejnym mięśniem, posłusznym mej woli. Uformowałam ją na kształt wydłużonego, spiczasto zakończonego owalu. Wszystko pod jej elastyczną żelazną powłoką stało się nagle częścią mnie – odbierałam siłę życiową wszystkiego, co zakrywała, jako rozgrzane do białości punkty, otaczające mnie jarzące się iskierki światła. Wyrzuciłam tarczę do przodu ponad bielą pola i kiedy w jej obrębie znalazło się olśniewające światło Edwarda, odetchnęłam z ulgą. Przytrzymałam ją w miejscu, spinając swój nowy mięsień, tak by ściśle Edwarda otaczał – cienkim acz niezniszczalnym pancerzem, chroniącym jego ciało przed naszymi wrogami.

Trwało to tylko sekundę. Edward nadal szedł w kierunku Ara. Sytuacja zmieniła się diametralnie, ale nikt prócz mnie tego nie zauważył. Zaskoczona, parsknęłam śmiechem i poczułam zaraz na sobie wzrok swoich towarzyszy. Jacob zerknął na mnie z taką miną, jakby miał mnie za wariatkę.

Edward zatrzymał się nieco ponad metr od Ara i uzmysłowiłam sobie z goryczą, że chociaż z pewnością mogłam do tego nie dopuścić, nie powinnam zapobiec temu, by Volturi wniknął w myśli mojego ukochanego. Taki właśnie był cel naszych wielotygodniowych zabiegów – doprowadzić do tego, by Aro wysłuchał naszych racji. Sprawiło mi to niemal fizyczny ból, ale nie mogłam postąpić inaczej – cofnęłam swoją tarczę, pozostawiając Edwarda ponownie narażonego na atak. Nie było mi już do śmiechu. Skoncentrowałam się maksymalnie, tak aby w razie czego móc błyskawicznie rozszerzyć swoją osłonę.

Edward uniósł arogancko brodę i podał Arowi rękę w taki sposób, jak gdyby dotknięcie jej miało być dla przywódcy Volturich jakimś wielkim zaszczytem. Aro sprawiał wrażenie zachwyconego taką postawą, lecz tego zachwytu nie podzielali inni. Renata przestąpiła nerwowo z nogi na nogę. Kajusz tak się krzywił, że trudno było uwierzyć, by jego półprzeźroczysta krucha skóra miała się jeszcze kiedyś wygładzić. Mała Jane obnażyła zęby, a stojący przy niej Alec zmrużył w skupieniu oczy. Domyśliłam się, że gdyby tylko zaszła taka potrzeba, podobnie jak ja, natychmiast pokazałby, co potrafi.

Aro zbliżył się do Edwarda bez wahania – bo i czego miał się bać? Zwaliste sylwetki jego siepaczy – tych, którzy mieli na sobie najjaśniejsze peleryny, w tym atletycznie zbudowanego Feliksa – rzucały na śnieg cienie zaledwie kilka metrów dalej. Jane mogła za pomocą swojego diabelskiego daru powalić Edwarda na ziemię i sprawić, by wił się u stóp Ara w agonii. Alec na rozkaz ogłuszyłby go i oślepił, zanim ten zdążyłby choćby drgnąć. Nikt nie wiedział, że byłabym w stanie im się przeciwstawić – nawet Edward nie był tego świadomy.

Aro ujął dłoń Edwarda z pogodnym uśmiechem na twarzy, przymykając przy tym powieki, po czym wyraźnie się przygarbił pod ciężarem niezliczonych tysięcy informacji.

Każda skrywana przed innymi myśl, każda strategia, każde odkrycie – wszystko, co Edward wyłapał w ciągu ostatniego miesiąca z otaczających go umysłów – należało teraz do Ara. Wcześniejsze wspomnienia również – każda wizja Alice, każdy cichy wieczór spędzany w rodzinnym gronie, każdy obrazek z główki Renesmee, każdy pocałunek, każda pieszczota, jakimi się z Edwardem obdarzyliśmy – wszystko to też było teraz w jego posiadaniu.

Syknęłam sfrustrowana i moja irytacja zmąciła powierzchnię tarczy, powodując, że ta zmieniła kształt, kurcząc się do rozmiarów obejmujących jedynie nasze szeregi.

– Weź się w garść, Bello – szepnęła do mnie przyjaźnie Zafrina. Zacisnęłam zęby.

Aro nie przestawał chłonąć myśli swojej ofiary. Edward także pochylił głowę i dostrzegłam, że napiął mięśnie karku. Zapoznając się raz jeszcze z wszystkim tym, co Volturi z niego wysysał, badał jednocześnie, jak Aro na który element reaguje.

Ta dwustronna acz nierówna wymiana ciągnęła się tak długo, że nawet strażnicy zaczęli się niepokoić. Ten i ów mruknął coś pod nosem bądź do sąsiada, aż wreszcie Kajusz warknął, że mają się uciszyć. Jane przesuwała się drobnymi kroczkami do przodu, jakby nie mogła nad sobą zapanować, a zestresowana Renata cała zesztywniała. Przyglądałam się jej przez chwilę. Słynna kobieta-tarcza, mimo swoich wybitnych umiejętności, najwidoczniej miała słabe nerwy i łatwo wpadała w panikę. Aro może i miał z niej pożytek, ale wojownik był z niej żaden. Nie okazywała morderczych zapędów. Jej zadaniem nie było zabijać, tylko chronić. Chociaż sama nie miałam w walce wprawy, wiedziałam, że gdyby przyszło nam się z sobą zmierzyć, starłabym ją na proch.

Przeniosłam wzrok z powrotem na Ara, bo wyprostował się i otworzył oczy. Kryły się w nich podziw i czujność. Nie puścił dłoni Edwarda.

Mój ukochany odrobinę się rozluźnił.

– Rozumiesz teraz? – zwrócił się ze spokojem do Volturiego swoim aksamitnym barytonem.

– A owszem, owszem – zgodził się Aro. Trudno było w to uwierzyć, ale był chyba wręcz rozbawiony. – Wątpię, żeby kiedykolwiek w dziejach świata jakichś dwóch, czy to bogów, czy śmiertelników, widziało wszystko tak wyraźnie.

Na zdyscyplinowanych twarzach członków straży malowało się to samo niedowierzanie, które czułam i ja.

– Dałeś mi wiele do myślenia, młody człowieku – kontynuował Volturi. – O wiele więcej, niż się tego spodziewałem.

Ciągle nie puszczał dłoni Edwarda. Mój ukochany stał spięty w pozie kogoś, kto słucha.

Nic nie powiedział.

– Czy mogę ją poznać? – spytał Aro niemalże błagalnym tonem. Nagle mu na tym zaczęło bardzo zależeć. – Tyle wieków przeżyłem, a nigdy nawet nie marzyłem o tym, by mogła urodzić się taka istota. Toż to nowy rozdział w historii naszej rasy!

– Co się dzieje, Aro? – wtrącił się Kajusz, zanim Edward zdążył zabrać głos. Usłyszawszy prośbę Ara, zdjęłam Renesmee z swoich pleców i przytuliłam ją do piersi, by znalazła bezpieczne schronienie w moich objęciach,

– Coś, o czym nawet ci się nie śniło, mój mocno stąpający po ziemi przyjacielu. Zachęcam cię, byś osobiście rozważył ten przypadek. Czasu mamy dużo. Przybyliśmy tu wymierzyć sprawiedliwość, ale jak się okazuje, nie było po temu powodu.

Kajusz syknął zaskoczony.

– Spokojnie, bracie – upomniał go Aro.

Powinna być to dla mnie bardzo dobra wiadomość. Na taki obrót spraw właśnie liczyliśmy. Jak by nie było, dopiero co nas ułaskawiono, chociaż nigdy tak naprawdę nie sądziliśmy, że będzie to możliwe. Aro nas wysłuchał i co więcej, przyznał, że nie złamaliśmy prawa.

Oczy miałam jednak nadal wbite w Edwarda i nie uszło mojej uwagi, że mięśnie na jego plecach znowu się napięły. Powtórzyłam sobie w myślach słowa, którymi Aro zwrócił się do Kajusza, i dotarło do mnie, że zachętę do „rozważenia tego przypadku" można było rozumieć na dwa sposoby.

– Czy przedstawisz mnie swojej córce, Edwardzie? – ponowił prośbę Aro.

Kajusz nie był jedynym, który syknął, słysząc tę rewelację.

Edward skinął niechętnie głową. Renesmee przekonała do siebie w końcu tyle innych wampirów. A Aro wydawał się zawsze przywódcą Volturich. Czy gdyby stanął po jej stronie, pozostali przybysze ośmieliliby się nas zaatakować?

Jako że Aro wciąż trzymał Edwarda za rękę, mógł odpowiedzieć mu na pytanie, którego tamten nie zadał na głos.

– Myślę, że zważywszy na okoliczności, w tym jednym punkcie możemy pójść na kompromis. Spotkamy się pośrodku.

Puścił jego dłoń, ale kiedy Edward obrócił się do nas przodem, objął go ramieniem, jak gdyby byli dobrymi znajomymi – byle tylko pozostać w kontakcie z jego umysłem.

Kiedy ruszyli w naszym kierunku, cała straż także zrobiła krok do przodu, ale Aro, nie patrząc na nich, powstrzymał ich niedbałym gestem.

– Moi drodzy, nie ma takiej potrzeby. Jeśli tylko ich nie sprowokujemy, nie będą mieli wobec nas złych zamiarów.

Żołnierze Volturich odpowiedzieli mu z większą swobodą niż wcześniej, to warcząc, to prychając gniewnie w proteście, ale jak jeden mąż posłusznie przystanęli. Najwięcej problemów miała z tym Renata, która z nerwów czaiła się tak blisko Ara, jak tylko mogła. Z jej ust wydobył się cichy jęk.

– Panie... – wyszeptała.

– Nie lękaj się, moja miła. Wszystko będzie dobrze.

– Może jednak weźmiesz z sobą kilku członków straży – zasugerował Edward. – Będą spokojniejsi.

Aro pokiwał głową, jakby było to niezwykle mądre spostrzeżenie, które sam powinien był uczynić. Pstryknął dwukrotnie palcami.

– Feliks! Demetri!

Dwa wampiry w okamgnieniu znalazły się u jego boku. Prezentowały się dokładnie tak samo jak wtedy, kiedy zetknęłam się z nimi po raz pierwszy: obaj byli wysokimi brunetami, z tym że smukły Demetri przypominał bardziej ostrze miecza, a barczysty Feliks najeżoną żelaznymi szpikulcami maczugę.

Czterech mężczyzn stanęło wraz z Renatą w połowie drogi pomiędzy nami a Volturimi.

– Bello – zawołał Edward – przyprowadź tu, proszę, Renesmee... i kilkoro przyjaciół.

Wzięłam głęboki wdech. Moje ciało stężało ze sprzeciwu. Kiedy pomyślałam, że Renesmee ma trafić w sam środek konfliktu... Ale ufałam Edwardowi. Wiedziałby, gdyby Aro coś knuł.

Aro miał teraz przy sobie trzech ochroniarzy, założyłam więc, że mogę dobrać sobie dwóch. Kto nimi będzie, postanowiłam w mgnieniu oka.

– Jacob? Emmett? – spytałam cicho.

Zdecydowałam się na szwagra, bo wiedziałam, że się do tego pali, a na Jacoba, bo nie zniósłby rozłąki z małą.

Obaj skinęli głowami. Emmett uśmiechnął się szeroko.

Wmaszerowałam na polanę, mając z każdej strony po jednym rosłym kompanie. Kiedy Volturi zobaczyli, kogo z sobą prowadzę, znowu rozszedł się wśród nich chóralny pomruk – z pewnością nie darzyli wilkołaków zaufaniem. Aro ponownie musiał ich uciszyć, podnosząc rękę.

– Oryginalnych macie znajomych – mruknął Demetri do Edwarda.

Edward nie odpowiedział, ale Jacob warknął basowo przez zaciśnięte kły.

Zatrzymaliśmy się kilka metrów od Ara. Edward wyślizgnął się spod jego ramienia i dołączywszy do nas, szybko ujął moją wolną dłoń.

Przez moment obie delegacje przyglądały się sobie w milczeniu. Feliks przywitał się ze mną na stronie:

– Miło cię znowu widzieć, Bello.

Mrugnął do mnie łobuzersko, kątem oka śledząc jednocześnie każdy ruch Jacoba.

Uśmiechnęłam się do niego krzywo.

– Cześć, Feliks.

Zachichotał.

– Ładnie wyglądasz. Nieśmiertelność ci służy.

– Dziękuję za komplement.

– Cała przyjemność po mojej stronie. Jaka szkoda...

Nie dokończył komentarza, ale nie potrzebowałam daru Edwarda, żeby odgadnąć, co chciał powiedzieć: „Jaka szkoda, że zaraz będę musiał cię zabić".

– Tak, wielka szkoda – mruknęłam.

Znowu mrugnął.

Aro puścił tę wymianę zdań mimo uszu. Zafascynowany, przechylił głowę.

– Jakże ona dziwnie pachnie – stwierdził. – I jak dziwnie bije jej serce. – Mówił wręcz z melodyjnym zaśpiewem. Przyjrzawszy się Renesmee, skupił się na mnie. – Rzeczywiście, droga Bello, z nieśmiertelnością ci do twarzy. Jak gdybyś była stworzona do bycia wampirem.

Skinęłam głową, dając mu znać, że usłyszałam jego pochlebstwo.

– Spodobał ci się mój podarek? – spytał, zerkając na wisior, który miałam szyi.

– O tak. Jest piękny. Powinnam chyba była odpisać na twój liścik, żeby podziękować ci za tak wielką szczodrość.

Zaśmiał się uradowany.

– Och, to nic takiego. Taki tam drobiazg. Pomyślałem, że będzie pasował do twojej nowej buzi, no i miałem rację.

Od strony szeregu Volturich dobiegł mnie cichy syk. Rzuciłam okiem, żeby sprawdzić, kto tym razem się obruszył.

Hm. To Jane nie była zadowolona z faktu, że Aro dał mi prezent.

Volturi chrząknął, żeby zwrócić na siebie moją uwagę.

– Czy mogę przywitać się z twoją córką, śliczna Bello? – zagruchał słodko.

Musiałam sobie przypomnieć, że właśnie o to w tym wszystkim chodziło. Żwalczając w sobie chęć wzięcia nóg za pas, zrobiłam powoli dwa kroki do przodu. Tarcza rozciągała się za mną niczym peleryna, przesłaniając pozostałych członków mojej rodziny, podczas gdy Renesmee musiała pozostać bez ochrony. Czułam się z tym okropnie.

Aro promieniał.

– Och, jest urocza – szepnął. – Taka podobna do ciebie i do Edwarda. – A potem dodał głośniej: – Witaj, Renesmee.

Spojrzała na mnie pytająco. Skinęłam głową.

– Witaj, Aro – odpowiedziała uprzejmie swoim wysokim, dźwięcznym głosikiem.

Aro zrobił skonsternowaną minę.

– Co się tam dzieje? – warknął Kajusz, rozjuszony tym, że zmuszony jest o to pytać.

– Jest w połowie nieśmiertelna, a w połowie śmiertelna – poinformował Aro brata i resztę Volturich, nie odrywając od Renesmee pełnego zachwytu wzroku. – Została poczęta przez tych dwoje i donoszona przez tę tu nowo narodzoną jeszcze przed jej przemianą.

– To niemożliwe – prychnął Kajusz.

– Sądzisz, że udało im się mnie oszukać, bracie? – Aro wyglądał na rozbawionego, ale Kajusz się wzdrygnął. – Czy bicie serca, które sam słyszysz, to też sprytna sztuczka?

Starzec spojrzał na niego spode łba, obruszony, jakby niewinne pytania Aro były brutalnymi ciosami.

– Zachowaj spokój i trzeźwość umysłu – doradził mu Aro, uśmiechając się nieprzerwanie do Renesmee. – Wiem, jak miłujesz sprawiedliwość, ale nie postąpisz sprawiedliwie, występując przeciwko temu niezwykłemu dziecku z powodu jej pochodzenia. Za to ile nowych wiadomości będzie można zdobyć! Wiem, że nie dzielisz mojej pasji do gromadzenia wiedzy, bracie, ale okaż mi, proszę, trochę tolerancji, kiedy będę dodawał nowy rozdział do naszej historii. Ten przypadek oszałamia mnie swoim nieprawdopodobieństwem. Przybyliśmy tu, by ukarać winnych i smucić się, że nasi starzy przyjaciele okazali się fałszywi, a tu, patrz, co zyskaliśmy w zamian! Co za cudowne odkrycie! Ileż to otwiera przed nami nowych możliwości!

Wyciągnął ku Renesmee dłoń w zachęcającym geście, ale maleńka miała inne plany. Oderwała ode mnie tułów, sięgając ku górze, by dotknąć opuszkami palców jego policzka.

W odróżnieniu od niemal każdego, kto po raz pierwszy miał do czynienia z darem mojej córeczki, Aro nie doznał szoku. Podobnie jak Edward, był przyzwyczajony, że przez jego umysł przewijają się cudze wspomnienia i refleksje.

Uśmiechnął się jeszcze szerzej, po czym westchnął z satysfakcją.

– Wspaniale – szepnął.

Renesmee na powrót się do mnie przytuliła. Miała bardzo poważny wyraz twarzy.

– Tak zrobisz? – spytała Aro.

Spojrzał na nią czule.

– Oczywiście. Nie mam zamiaru skrzywdzić twoich najbliższych, skarbie.

Powiedział to z takim uczuciem, że na chwilę dałam się nabrać. Ale zaraz potem usłyszałam, że Edward zgrzyta zębami, a daleko za nami syknęła oburzona kłamstwem Maggie.

– Ciekawe... – mruknął Aro w zamyśleniu, ignorując to, jaką reakcję wywołały jego słowa, za to znienacka przenosząc wzrok na Jacoba. Pozostali Volturi spoglądali na mojego przyjaciela ze wstrętem, ale w oczach Ara dopatrzyłam się jedynie niepojętej dla mnie tęsknoty.

– To nie opiera się na takich zasadach – odezwał się Edward, zaskakując mnie ostrym tonem swojego głosu.

– Tak tylko błądzę myślami – usprawiedliwił się Aro, nie przestając jednak otwarcie szacować walorów Jacoba. Następnie przyjrzał się dwóm rzędom basiorów na skrzydłach naszej formacji. Coś, co pokazała mu Renesmee, sprawiło, że nagle zainteresował się wilkami.

– One nie są naszą własnością, Aro – powiedział Edward. – Nie możemy im rozkazywać, tak jak to sobie wyobrażasz. Stawiły się tutaj z własnej nieprzymuszonej woli.

Jacob zawarczał ostrzegawczo.

– Cóż, mimo wszystko wydają się do ciebie dość przywiązane – stwierdził Volturi. – I do twojej młodej partnerki, i do twojej... rodziny. Są wobec was lojalne – wymówił ten przymiotnik z lubością.

– Są oddane sprawie chronienia ludzkiego życia. Gdybyśmy byli zwykłymi wampirami, nie moglibyśmy mieszkać w ich pobliżu. Z tobą się raczej nie dogadają. No, chyba że zmienisz dietę.

Aro zaśmiał się wesoło.

– Tak tylko błądzę myślami – powtórzył. – Dobrze wiesz, jak to jest. Żaden z nas nie potrafi w pełni kontrolować swoich podświadomych pragnień.

Edward się skrzywił.

– Zgadza się. Wiem, jak to jest. Ale znam także różnicę pomiędzy tego rodzaju myślami a myślami, za którymi kryje się jakiś plan. A tego nie zdołasz wcielić w życie.

Jacob obrócił swój wielki łeb w jego stronę i zaskamlał.

– Aro zastanawia się, jak by to było, gdyby miał do dyspozycji kilka... psów obronnych – wyjaśnił mu Edward.

Przez sekundę nic się nie działo, a potem całą wielką polanę wypełnił charkot dobywający się z kilkunastu gardeł naszych czworonożnych przyjaciół.

Ponad harmider wybił się krótki szczek – zapewne Sama, ale nie odwróciłam się, by to sprawdzić – i wilki zamilkły. Zapadła złowroga cisza.

– Przypuszczam, że to dostatecznie wyczerpująca odpowiedź na moje pytanie – powiedział Aro, znowu się śmiejąc. – Ci tu już wybrali, po której chcą być stronie.

Edward syknął i pochylił się do przodu. Złapałam go za ramię, nie mając pojęcia, co takiego mógł wyczytać z myśli Ara, co do tego stopnia wytrąciło go z równowagi. Feliks i Demetri zaraz także przyczaili się do skoku. Aro machnął na nich ręką i wszyscy troje się wyprostowali.

– Tyle mamy do omówienia – oświadczył Aro, przypominając nagle tonem głosu zagonionego biznesmena. – Tyle decyzji do podjęcia. Jeśli tylko wy i wasz włochaty obrońca mi wybaczycie, drodzy Cullenowie, muszę odbyć teraz naradę z moimi braćmi.

37 *Fortele*

Aro nie cofnął się ku szeregowi swoich zaniepokojonych żołnierzy, czekających w północnej części polany – zamiast tego nakazał im kolejnym machnięciem podejść do siebie.

Edward natychmiast ruszył w przeciwnym kierunku, pociągając za sobą mnie i Emmetta. Wycofaliśmy się pospiesznie, nie spuszczając oczu ze zbliżającego się przeciwnika. Jacob szedł najwolniej. Sierść na karku miał najeżoną, kły obnażone i wpatrywał się w Ara. Renesmee złapała go za koniuszek ogona, zmuszając żeby się nas trzymał, jakby był na smyczy. Dotarliśmy do naszych najbliższych w tym samym momencie, w którym Aro został otoczony przez ciemne peleryny.

Dzieliło nas teraz zaledwie pięćdziesiąt metrów – każde z nas mogło pokonać tę odległość jednym susem w ułamku sekundy.

Kajusz z miejsca zaczął się z Arem wykłócać:

– Jak możesz znosić tę infamię? Dlaczego stoimy tu bezczynnie w obliczu tak odrażającej zbrodni, zatuszowanej śmiechu wartą historyjką?

Ręce miał opuszczone sztywno wzdłuż boków, a palce wykrzywione w szpony. Ciekawa byłam, dlaczego po prostu nie dotknie Ara, żeby przekazać mu, co myśli na ten temat. Czyżbyśmy byli świadkami rozłamu po stronie wroga? Czy aż tak dopisywało nam szczęście?

– Ponieważ to wszystko prawda – odparł Aro ze spokojem. – Każde słowo, które tu padło. Nie widzisz, ilu tam świadków gotowych zeznać, że czują ciepło bijące od pulsującej w żyłach tego dziecka krwi? Że choć są tu od niedawna, dziecko zdążyło w tym czasie urosnąć i posiąść nowe umiejętności?

Szerokim gestem wskazał wszystkich naszych gości po kolei, od dystansującego się od nas Amuna po nieskorą do walki Siobhan.

Słowa te miały Kajusza udobruchać, ale przyjął je dziwnie – na dźwięk słowa „świadkowie" ledwie zauważalnie drgnął, a wykrzywiający jego rysy gniew zastąpiła chłodna kalkulacja. Zerknął na swoich własnych świadków z miną wyrażającą z grubsza... podenerwowanie.

Też spojrzałam na mściwy motłoch, ale zorientowałam się od razu, że takie określenie już do przybyszów nie pasuje. Emocje wśród tłumu opadły. Wszyscy szeptali po sobie zdezorientowani, usiłując ustalić, co się właściwie wydarzyło.

Kajusz zmarszczył czoło, pogrążając się w głębokich rozmyślaniach. Jego postawa spowodowała, że na nowo rozgorzał we mnie gniew, ale i zmartwiła mnie zarazem. Co jeśli straż Volturich miała znowu zareagować na jakiś niewidzialny dla mnie sygnał, tak jak wtedy, kiedy maszerowali? Zaniepokojona zbadałam stan swojej tarczy, ale wydawała się równie nieprzepuszczalna, jak wcześniej. Wygięłam ją w szeroką, nisko zwieszającą się kopułę przesłaniającą całą naszą grupę.

Znajdujących się pod nią moich bliskich i przyjaciół odbierałam jako pojedyncze słupy światła o ostrych konturach, z których każdy czymś się wyróżniał, choć dopiero w przyszłości, jak podejrzewałam, miałam spamiętać czym. Na razie rozpoznawałam tylko Edwarda – błyszczał najjaśniej ze wszystkich.

Gryzło mnie to, że pomiędzy jasnymi punktami jest jeszcze tyle wolnego miejsca. Tarcza nie stanowiła przecież żadnej fizycznej bariery i gdyby któryś z utalentowanych Volturi po prostu pod nią wszedł, nie chroniłaby nikogo oprócz mnie. W skupieniu przyciągnęłam elastyczną zbroję ostrożnie bliżej siebie. Najdalej na północ stał Carlisle – zassałam powłokę z powrotem centymetr po centymetrze, starając się tak ją uformować, by jak najszczelniej przylegała do jego ciała.

Na szczęście tarcza chciała ze mną współpracować – wtuliła się w Carlisle'a, a kiedy przesunął się, żeby być bliżej Tanyi, przemieściła się wraz z nim, czepiając się jego iskry.

Zafascynowana jej właściwościami powtórzyłam ten manewr z każdym z nas z osobna, zaciskając ją wkoło każdej z migoczących plam, którą był przyjaciel bądź sprzymierzeniec. Dziwna materia wręcz się do nich lepiła, odkształcając się płynnie, gdy ktoś się poruszył.

Zajęło mi to tylko chwilkę. Kajusz nadal deliberował.

– Wilkołaki – mruknął w końcu.

Uzmysłowiłam sobie w panice, że większość z nich pozostawiłam bez ochrony. Miałam już ku nim sięgnąć, kiedy pojęłam zdziwiona, że już teraz postrzegam ich jako iskry. Zaciekawiona zmniejszyłam na moment kopułę, tak aby odsłonić Amuna i Kebi, zajmujących pozycje na samym obrzeżu naszej grupy. Znalazłszy się poza kontrolowaną przez mnie powłoką, zgaśli – dla mojego nowego zmysłu przestali istnieć. Za to wilki nadal płonęły jasno – a dokładniej połowa z nich. Hm... Znowu wypchnęłam tarczę jak najdalej i gdy tylko objęła Sama, rozbłysły i pozostałe basiory.

Ich umysły musiały być ze sobą powiązane ściślej, niż to sobie wyobrażałam. Jeśli tylko w obrębie powłoki był Alfa, cała reszta sfory była tak samo chroniona jak on.

– Och, bracie... – Aro zrobił zbolałą minę.

– Tego przymierza też będziesz bronił? – oburzył się Kajusz. – Dzieci Księżyca są naszymi wrogami od zarania dziejów. W Europie i Azji polowaliśmy na nich z taką zaciętością, że ich rasa niemałże tam wyginęła. A mimo to Carlisle nawiązuje z tymi pasożytami przyjazne stosunki – bez wątpienia po to, by spróbować odebrać nam władzę. I lepiej chronić swój wypaczony styl życia.

Edward odchrząknął głośno i Kajusz posłał mu gniewne spojrzenie. Aro przesłonił sobie twarz szczupłą, delikatną dłonią, jak gdyby wstyd mu było za swojego druha.

– Kajuszu, jest środek dnia – podkreślił Edward. Wskazał na Jacoba. – To oczywiste, że to nie są Dzieci Księżyca. Watahy, które tu widzisz, nie są w żaden sposób spokrewnione z waszymi wrogami z drugiej półkuli.

– Zajmujecie się tu hodowlą mutantów! – odparował starzec.

Edward zacisnął zęby, ale zaraz opanował się i odpowiedział spokojnie:

– To nawet nie są wilkołaki. Jeśli mi nie wierzysz, spytaj Ara – on ci wszystko wyjaśni.

Nie wilkołaki? Ogłupiała, zerknęłam na Jacoba. Jego olbrzymie barki uniosły się nieco, po czym opadły – wzruszył ramionami. Też nie miał pojęcia, o co Edwardowi chodzi.

– Drogi Kajuszu – odezwał się Aro – gdybyś tylko podzielił się ze mną zawczasu swoimi przemyśleniami, ostrzegłbym cię przed wysuwaniem tego argumentu. Chociaż istoty te nazywają siebie wilkołakami, wcale nimi nie są. Prawidłowe określenie na nie to „zmiennokształtni". To, że przeobrażają się akurat w wilki, to czysty przypadek. Podświadomy wybór pierwszego z nich, który się przemienił, mógł równie dobrze paść na niedźwiedzia, jastrzębia albo pumę. Z Dziećmi Księżyca nie mają nic wspólnego. Ten specyficzny dar odziedziczyli po swoich przodkach. Ma podłoże genetyczne – nie przedłużają gatunku, zarażając swoją przypadłością innych, tak jak to czynią prawdziwe wilkołaki.

Kajusz patrzył na Ara z irytacją i z czymś jeszcze – być może uważał jego zachowanie za zdradę.

– Oni znają nasz sekret – oświadczył stanowczo.

Edward chciał już zabrać głos, ale uprzedził go Aro:

– Należą do tego samego świata, co my, bracie, do świata legend, a w dodatku ich los jest chyba jeszcze bardziej uzależniony od tego, czy pozostaną w cieniu, niż nasz. Nie mogą sobie pozwolić na to, by nas wydać. Ostrożnie, Kajuszu. Gołosłowne inkryminacje zaprowadzą nas donikąd.

Starzec wziął głęboki wdech i skinął głową. Wymienili przeciągłe, porozumiewawcze spojrzenia.

Wydało mi się, że rozumiem, jakie instrukcje kryły się za starannie dobranymi przez Ara słowami. Fałszywe zarzuty nie pomagały przekonać obserwujących całe to zajście świadków obu stron konfliktu – Aro zalecał bratu obrać inną z przedyskutowanych przez nich wcześniej taktyk. Zastanowiłam się, czy przyczyną sporu zaistniałego pomiędzy przywódcami Volturich – w tym powodem, dla którego starzec nie chciał się podzielić swoimi myślami – jest to, że Kajusz nie dbał o zachowanie pozorów tak bardzo jak Aro. Bardziej zależało mu na doprowadzeniu do rzezi niż na zabezpieczeniu własnej reputacji.

– Chcę porozmawiać z naszą informatorką – oznajmił niespodziewanie, po czym wbił wzrok w Irinę.

Do tej pory Denalka całkowicie ignorowała ich dysputę – wciąż zszokowana, że zastała swoje siostry wśród skazańców, wpatrywała się w nie z rozpaczą. Sądząc po wyrazie jej twarzy, wiedziała już, że oskarżenia były absolutnie bezpodstawne.

– Irino – warknął Kajusz, niezadowolony, że ktoś nie zwraca na niego uwagi.

Ocknęła się natychmiast, a kiedy uświadomiła sobie swoje położenie, wyraźnie obleciał ją strach.

Starzec pstryknął palcami.

Z wahaniem wyszła zza szeregów Volturich, by ponownie przed nim stanąć.

– A zatem byłaś w błędzie, kiedy zjawiłaś się u nas ze swoimi rewelacjami – zaczął.

Tanya i Kate, mocno zatrwożone, pochyliły się do przodu.

– Tak bardzo mi przykro – wyszeptała Irina. – Powinnam była się upewnić, co tak naprawdę widzę. Ale do głowy mi nie przyszło, że jest jakieś inne wytłumaczenie.

Wskazała na nas bezradnie.

– Drogi Kajuszu – spytał Aro – czy można było od niej wymagać, by wpadła w kilka sekund na prawidłowe rozwiązanie tej zagadki, skoro jest ono tak dziwne i nieprawdopodobne? Każdy z nas doszedłby do tego samego wniosku.

Starzec strzelił palcami, żeby go uciszyć.

– Wszyscy wiemy, że się myliłaś – powiedział szorstko. – Interesuje mnie, co tobą kierowało.

Irina zaczekała zdenerwowana, aż Kajusz doda coś jeszcze, a ponieważ zapadła cisza, powtórzyła:

– Co mną kierowało?

– Poczynając od tego, dlaczego w ogóle zakradłaś się tam ich szpiegować.

Wzdrygnęła się na dźwięk tego ostatniego słowa.

– Żywiłaś do Cullenów urazę, nieprawdaż?

– Tak – przyznała, spoglądając smutno na Carlisle'a.

– Ponieważ... – podpowiedział jej Kajusz.

– Ponieważ wilkołaki zabiły mojego przyjaciela – wyszeptała – a Cullenowie nie pozwolili mi się na nich za to zemścić.

– Zmiennokształtni – poprawił ją cicho Aro.

– A więc Cullenowie stanęli po stronie zmiennokształtnych, zamiast bronić swojego pobratymca – podsumował Kajusz. – Gorzej, zamiast bronić przyjaciela swojej przyjaciółki.

Usłyszałam, jak Edward sarka ze wstrętem pod nosem. Kajusz wypróbowywał po kolei wszystkie zarzuty ze swojej listy, szukając tego jednego, który miał trafić na podatny grunt.

Irinie zesztywniały ramiona.

– Tak to odbierałam.

Kajusz odczekał chwilę, po czym znowu podsunął jej następny krok:

– Jeśli pragnęłabyś złożyć oficjalną skargę na zmiennokształtnych – i na Cullenów, za udzielanie im wsparcia – teraz byłby na to odpowiedni moment.

Na jego ustach zagościł okrutny uśmieszek. Irina mogłaby mu dostarczyć kolejnej wymówki.

Może nie rozumiał prawdziwych rodzin – związków opartych na miłości, a nie jedynie na żądzy władzy. A może przeceniał wampirzą mściwość.

Irina wyprostowała się i zadarła brodę.

– Nie. Nie chcę złożyć skargi ani na wilki, ani na Cullenów. Przybyliście dziś tutaj zniszczyć nieśmiertelne dziecko. Okazało się, że nigdy nie istniało. To mój błąd i biorę za niego odpowiedzialność. Ale Cullenowie są niewinni i nie ma żadnego powodu, dla którego powinniście tu dłużej bawić. Przepraszam – powiedziała do nas, a potem zwróciła do świadków Volturich. – Nie popełniono żadnego przestępstwa. Nie macie po co tu dłużej siedzieć.

Gdy mówiła, Kajusz uniósł rękę. Trzymał w niej tajemniczy przedmiot z rzeźbionego, bogato zdobionego metalu.

Był to sygnał. Zareagowano na niego tak szybko, że osłupiali, mogliśmy tylko przyglądać się z niedowierzaniem temu, co się dzieje. Nim zdążyliśmy cokolwiek zrobić, było już po wszystkim.

Trzech żołnierzy rzuciło się na Irinę, zasłaniając ją swoimi pelerynami. Po polanie rozniósł się echem straszliwy odgłos rozdzieranego metalu. Kajusz wśliznął się pomiędzy katów i ze środka szarego kręgu, wśród nieustających zgrzytów, wystrzelił pod niebo oślepiający snop iskier poprzetykany językami płomieni. Żołnierze odskoczyli do tyłu i w mgnieniu oka powrócili na swoje miejsca w idealnie prostym szeregu strażników.

Nad płonącymi szczątkami Iriny pozostał osamotniony Kajusz. Z tajemniczego przyrządu, który dzierżył, wciąż na resztki ciała lał się strumień ognia.

Urządzenie wydało z siebie ciche kliknięcie i przestało miotać płomienie. Wśród tłumu świadków zgromadzonych za Volturimi przeszedł zduszony jęk.

My byliśmy zbyt wstrząśnięci, by wydobyć z siebie jakikolwiek dźwięk. Wiedzieć, że za chwilę czeka cię śmierć i nie możesz na to nic poradzić, to jedno – widzieć czyjąś śmierć na własne oczy, to coś zupełnie innego.

Kajusz uśmiechnął się lodowato.

– Dopiero teraz tak naprawdę wzięła na siebie odpowiedzialność za swoje czyny.

Zerknął na pierwszy rząd naszej formacji, na sparaliżowane Tanyę i Kate.

W tej samej sekundzie pojęłam, że zawsze był w pełni świadomy siły rodzinnych więzów. To właśnie na tej sile zasadzał się jego fortel. Nie zależało mu na skardze Iriny – chciał, by mu się sprzeciwiła. Zyskał tym samym pretekst do tego, by ją zabić i owym aktem przemocy sprowokować lawinę wydarzeń. Atmosfera była już dostatecznie napięta, gęstniała na granicy eksplozji. Egzekucją Iriny rzucił w tę mieszankę wybuchowych gazów zapaloną zapałkę.

Gdyby swoją intrygą rozpętał burzę, nie byłoby sposobu, by opanować żywioły. Walka trwałaby dopóty, dopóki po którejś ze stron nie wyrżnięto by wszystkich w pień. Dopóki nie wyrżnięto by w pień wszystkich po naszej stronie. Kajusz dobrze o tym wiedział.

Edward także.

– Powstrzymajcie je! – zawołał, dając susa, żeby złapać za ramię Tanyę, która z przeraźliwym wyciem rzuciła się na uśmiechniętego starca. Nim udało jej się wyswobodzić, Carlisle oplótł ją rękami w pasie.

– Już za późno, żeby jej pomóc – przekonywał gorączkowo szarpiącą się z nim kobietę. – Nie dawaj mu tego, czego chce!

Kate, podobnie jak Tanya, wrzeszcząc bez ładu i składu, wyrwała się do przodu, nie bacząc na to, że jej atak przyczyniłby się do śmierci nas wszystkich. Tę siostrę trudniej było ujarzmić. Stojąca najbliżej niej Rosalie spróbowała zablokować ją chwytem z zapasów i Denalka poraziła ją prądem z taką siłą, że Rose osunęła się na ziemię. Emmett capnął Kate za ramię i przewrócił brutalnie, ale zaraz zatoczył się i ugięły się pod nim kolana. Wampirzyca zerwała się na równe nogi i wyglądało na to, że nikt jej już nie zawróci.

Garrett rzucił się na nią i założył jej nelsona. Znowu runęła na śnieg... Musiała go porazić, bo zobaczyłam, jak mężczyznę przechodzi dreszcz. Łypnął białkami, ale nie rozluźnił uścisku.

– Zafrina! – zreflektował się Edward.

Oczy Kate zrobiły się nieprzytomne, a jej krzyki przeszły w jęki. Tanya przestała się szamotać.

– Oddaj mi mój wzrok! – syknęła.

Z desperacją, ale i z całą delikatnością, na jaką było mnie stać, przyciągnęłam swoją tarczę jeszcze bliżej iskier moich przyjaciół, odsłaniając ostrożnie Kate, ale starając się jednocześnie utrzymać ją wkoło Garretta, tak aby powłoka oddzielała ich ciała od ciebie.

Odzyskawszy nad sobą kontrolę, mężczyzna przycisnął Denalkę do ziemi.

– Czy jeśli pozwolę ci wstać, znowu mnie obezwładnisz? – spytał ją.

Warknęła w odpowiedzi, nadal dziko wierzgając.

– Tanyo, Kate – zwrócił się do nich szeptem Carlisle. – To, że ją pomścicie, jej już nie pomoże. Irina nie chciałaby dla was takiego końca. Pomyślcie o tym, co stanie się później. Jeśli ich zaatakujecie, zabiją nas wszystkich.

Tanya zgarbiła się z żalu i wtuliła w Carlisle'a, szukając wsparcia. Kate nareszcie znieruchomiała. Doktor i Garrett dalej je pocieszali, ale w słowach, które padały z ich ust, było zbyt dużo natarczywości, by brzmiały kojąco.

Moja uwaga skupiła się ponownie na wwiercających się w nas spojrzeniach. Nie mogliśmy zapominać, że mamy widownię. Kątem oka dostrzegłam, że Edward i wszyscy pozostali z wyjątkiem Carlisle'a i Garretta również mają się znowu na baczności.

Najważniejsza ze wszystkich była reakcja Kajusza. Wzburzony, wpatrywał się z niedowierzaniem w leżących na śniegu Kate i Garretta. Aro też przyglądał się tej parze, a główną emocją malującą się na jego twarzy było zdziwienie. Wiedział, jaką bronią dysponuje Kate. Poznał jej dar poprzez wspomnienia Edwarda.

Czy zrozumiał, co zaszło? Czy dotarło do niego, że potrafię już wyczyniać z swoją tarczą takie rzeczy, o jakich na ostatnim treningu przy Edwardzie nawet mi się nie śniło? A może sądził, że to Garrett jakoś się na Kate uodpornił?

Strażnicy Volturich nie stali już jak na apelu – przyczajeni do skoku gotowali się do odpowiedzi na nasz atak.

Za nimi czterdziestu trzech świadków obserwowało dramatyczne wydarzenia kilkunastu ostatnich sekund z zupełnie innymi minami, niż kiedy weszli na polanę. Zdezorientowanie ustąpiło miejsca podejrzliwości. Błyskawiczna egzekucja Iriny wszystkich zszokowała. Czy Denalka dopuściła się jakiejkolwiek zbrodni?

Nie doszło do bitwy, dzięki której, jak liczył Kajusz, świadkowie mieli zapomnieć o jego podstępie. Zaczęli za to powoli kwestionować motywację przywódców Volturich. Aro zerknął do tyłu, na jeden krótki moment zdradzając, jak bardzo jest strapiony. To, że lubił mieć publiczność, okazało się zgubne.

Usłyszałam, że widząc ten przebłysk zdenerwowania, Stefan i Vladimir mruknęli coś do siebie z zadowoleniem.

Aro przejmował się najwyraźniej, że nie będzie mógł dłużej, jak to określili Rumuni, „udawać niewiniątka". Ale nie wierzyłam, że Volturi zostawią nas w spokoju tylko dlatego, że chcą ocalić swoją reputację. Skończywszy z nami, mogli przecież zabić i swoich świadków. Zrobiło mi się nagle dziwnie żal tej masy nieznajomych wampirów, których z sobą przywieźli. Nawet gdyby któryś z przybyszy teraz uciekł, Demetri z łatwością by go później wytropił.

Przez wzgląd na Jacoba i Renesmee, na Alice i Jaspera, na Alistaira i na wszystkich tych, którzy zjawili się tutaj, nie wiedząc, jaką cenę przyjdzie im za to zapłacić, Demetri musiał dzisiaj zginąć.

Aro dotknął delikatnie ramienia Kajusza.

– Irina została ukarana za świadczenie nieprawdy w sprawie tego oto dziecka.

A więc taka była ich wymówka.

– Może powinniśmy powrócić do tematu, którym zajmowaliśmy się wcześniej? – zaproponował.

Kajusz wyprostował się, przybierając nieodgadniony wyraz twarzy. Patrzył prosto przed siebie niewidzącymi oczami. Przywodził mi na myśl kogoś, kto właśnie dowiedział się, że został zdegradowany.

Aro podszedł do nas nieco bliżej. Renata, Feliks i Demetri przesunęli się wraz z nim jak cienie.

– Tak dla formalności chciałbym jeszcze porozmawiać z kilkoma waszymi świadkami. Rozumiecie, procedury.

Machnął lekceważąco ręką.

Dwie rzeczy wydarzyły się jednocześnie. Kajusz spojrzał na brata i na jego ustach znowu zagościł okrutny uśmieszek. A Edward syknął, zaciskając dłonie w pięści tak mocno, że jego kłykcie zdawały się o krok od przebicia twardej jak diament skóry.

Marzyłam o tym, by móc go spytać, co jest grane, ale Aro stał tak blisko, że usłyszałby nawet najcichsze westchnienie. Carlisle rzucił okiem na Edwarda i zacisnął zęby.

Podczas gdy Kajusz plątał się w bezużytecznych oskarżeniach, podejmując kolejne nieroztropne próby doprowadzenia do rzezi, Aro musiał obmyślić bardziej skuteczną strategię.

Przemknąwszy jak duch ku prawemu krańcowi naszej formacji, przystanął jakieś dziesięć metrów od Amuna i Kebi. Warujące w pobliżu wilki najeżyły się, ale nie zmieniły pozycji.

– Ach, kogóż ja widzę! – zawołał Aro serdecznie – Amun, mój sąsiad z południa! Już tak dawno mnie nie odwiedzałeś!

Egipcjanin ani drgnął, tak bardzo był zestresowany. Towarzysząca mu Kebi przypominała rzeźbę.

– Czas jest nic niewart, nie zauważam jego upływu – oświadczył, nie poruszając przy tym wargami.

– Święte słowa – zgodził się Aro. – Lecz być może miałeś jakiś inny powód, aby mnie unikać?

Amun nie odpowiedział.

– Trenowanie nowo narodzonych to bardzo czasochłonne zajęcie – ciągnął Aro. – Coś o tym wiem. Jestem wdzięczny losowi, że inni wyręczają mnie w tym męczącym zadaniu. Cieszę się, że twoi nowi podopieczni tak dobrze się zaaklimatyzowali. Z chęcią bym ich poznał. Jestem pewien, że planowałeś wpaść do nas, by mi ich przedstawić.

– Oczywiście – mruknął Amun tak bezbarwnym tonem, że nie sposób było określić, czy mówi to z sarkazmem, czy może z przestrachem.

– A tu nagle się spotykamy. Czy to nie cudowne?

Egipcjanin skinął głową. Jego twarz pozostawała sztywną maską.

– Ale powód twojej obecności tutaj nie jest, niestety, zbyt przyjemny. Carlisle poprosił cię, żebyś świadczył w jego sprawie?

– Tak.

– I czego byłeś tu świadkiem?

– Obserwowałem tę tu dziewczynkę – stwierdził Amun, nadal nie okazując żadnych emocji – i niemal od samego początku było dla mnie jasne, że nie mam do czynienia z nieśmiertelnym dzieckiem.

– Być może, skoro, jak się zdaje, będziemy reformować naszą klasyfikację – wtrącił Aro – powinniśmy zdefiniować stosowane przez siebie terminy. Mówiąc „nieśmiertelne dziecko", masz, rzecz jasna, na myśli ludzkie dziecko, które zostało ukąszone i zmieniło się w wampira, prawda?

– Tak, właśnie to mam na myśli.

– Co jeszcze zaobserwowałeś u dziewczynki?

– To samo, co zapewne zobaczyłeś w myślach Edwarda. Że to jego rodzona córka. Że rośnie. Że uczy się nowych rzeczy.

– Tak, tak – powiedział Aro. W jego przyjaznym głosie pojawiła się na moment nuta zniecierpliwienia. – A tak dokładniej, co konkretnie widziałeś podczas swojego kilkutygodniowego pobytu tutaj?

Amun zmarszczył czoło.

– Że mała rośnie... bardzo szybko.

Aro uśmiechnął się.

– Czy uważasz, że powinno jej się pozwolić żyć?

Syknęłam mimowolnie i nie byłam w swojej reakcji odosobniona. Połowa wampirów z naszego obozu też tak zaprotestowała. Dawała o sobie znać wzbierająca w nas furia. Po drugiej stronie polany kilkoro ze świadków Volturich wydało z siebie ten sam odgłos. Edward cofnął się o krok i żeby przywołać mnie do porządku, chwycił mnie za nadgarstek.

Aro zignorował poruszenie, ale Amun rozejrzał się niespokojnie.

– Nie przybyłem tutaj, aby wydawać osądy – odparł wymijająco.

Volturi zaśmiał się beztrosko.

– Musisz mieć jakieś zdanie na ten temat.

Egipcjanin uniósł brodę.

– Nie sądzę, by stanowiła jakiekolwiek zagrożenie. Uczy się jeszcze szybciej niż rośnie.

Aro skinął głową, rozważając tę odpowiedź. Po chwili odwrócił się, żeby odejść.

– Aro? – zawołał za nim Amun.

Volturi przystanął.

– Tak, przyjacielu?

– Wykonałem swoją powinność. Nic mnie tu więcej nie trzyma. Moja partnerka i ja chcielibyśmy już odejść.

Aro uśmiechnął się ciepło.

– Oczywiście. Cieszę się, że udało nam się zamienić z sobą choć kilka zdań. Jestem zresztą pewien, że już niedługo znowu się zobaczymy.

Amun zacisnął usta. Skłonił się raz, przyjmując do wiadomości tę ledwie zakamuflowaną groźbę, po czym dotknął ramienia Kebi i razem puścili się biegiem ku południowemu krańcowi polany, by po kilku sekundach zniknąć wśród drzew. Wiedziałam, że zamierzają uciekać przez bardzo długi czas.

Nieodstępowany ani na krok przez trójkę swoich ochroniarzy, Aro przemaszerował wzdłuż naszych szeregów i zatrzymał się dopiero u ich przeciwległego końca, przed potężną Irlandką Siobhan.

– Witaj, droga Siobhan. Jak zwykle ślicznie wyglądasz.

Wampirzyca dygnęła, ale się nie odezwała.

– A ty? – spytał Volturi. – Czy masz dla mnie taką samą odpowiedź, jak Amun?

– Zgadza się – potwierdziła – ale dodam coś jeszcze. Renesmee doskonale rozumie, z czym musi się kryć. Nie tylko nie zagraża ludziom, ale i mniej się wśród nich wyróżnia niż my. Nie musimy się obawiać, że dowiedzą się z jej powodu o naszym istnieniu.

– Jesteś tego pewna?

Z głębi trzewi Edwarda dobyło się ciche warknięcie.

Zamglone szkarłatne oczy Kajusza rozbłysły.

Renata sięgnęła opiekuńczym gestem ku swojemu panu.

A Garrett uwolnił Kate, by zrobić krok do przodu. Teraz to ona spróbowała go zatrzymać, ale strzepnął jej dłoń.

– Nie do końca za tobą nadążam – przyznała Siobhan.

Aro cofnął się nieznacznie, niby od niechcenia, ale w stronę reszty swojej straży. Renata, Feliks i Demetri byli teraz tuż za nim.

– Nie złamano tu prawa – oznajmił Aro kojącym głosem, każde z nas orientowało się jednak, że na tym nie poprzestanie. Gniew piął się ku górze po ściankach mojego gardła, ale z wysiłkiem zwalczyłam w sobie chęć zademonstrowania Volturim wściekłym rykiem swojego sprzeciwu, swoją złość przelałam za to na tarczę, wzmacniając ją na całej powierzchni i upewniając się, że wszyscy są należycie chronieni.

– Nie złamano tu prawa – powtórzył Aro – jednakże czy jest to równoznaczne z tym, że nie grozi nam żadne niebezpieczeństwo? Nie. – Pokręcił przecząco głową. – To już osobna kwestia.

W odpowiedzi na jego deklarację spięliśmy się tylko jeszcze bardziej, a stojąca z samego brzegu naszego oddziału Maggie, rozjuszona, potrząsnęła głową.

Aro, niby to w zamyśleniu, zaczął przechadzać się w tę i z powrotem, stąpając przy tym tak lekko, jakby wcale nie dotykał stopami ziemi. Uzmysłowiłam sobie, że nie chodzi po linii prostej, lecz zbliża się stopniowo do pozostałych Volturich.

– Jest niesamowita, jest wyjątkowa... absolutnie wyjątkowa. Jakże wielka byłaby to strata zniszczyć coś tak uroczego. Zwłaszcza, że tak wiele moglibyśmy się nauczyć... – Westchnął, jak gdyby ciężko mu było kontynuować. – Niestety, prawda jest taka, że istnieje pewne zagrożenie, zagrożenie, którego nie możemy sobie pozwolić zignorować.

Nikt mu nie zaprzeczył. Ciągnął swój monolog w idealnej ciszy. Można było odnieść wrażenie, że mówi wyłącznie do siebie.

– Co za ironia, że im wyższy ludzie osiągają etap w rozwoju, im większą wiarę pokładają w nauce i im bardziej kontrolują nią swój świat, tym trudniej im zdemaskować naszą rasę. Jednak, chociaż dzięki ich rosnącemu niedowiarstwu rośnie w nas pewność siebie, technologie, którymi dysponują, stają się na tyle zaawansowane, że gdyby tylko mieli na to ochotę, mogliby nas zastraszyć, a nawet niektórych z nas uśmiercić. Przez tysiące lat trzymaliśmy się na uboczu bardziej dla wygody niż dla bezpieczeństwa, ale w ostatnim burzliwym stuleciu pojawiło się uzbrojenie o takiej mocy, że nawet nieśmiertelni są w jego obliczu bezbronni. Teraz to nasz mityczny status chroni nas przed owymi słabymi istotami, na które polujemy.

Wyciągnął przed siebie rękę, jakby chciał pogłaskać Renesmee po główce, chociaż dzieliło go od niej czterdzieści metrów, bo zrównał się już niemalże z szeregiem strażników.

– To niezwykłe dziecko... Gdybyśmy tylko mogli znać jej potencjał – mieć całkowitą pewność, że nigdy świadomie czy nieświadomie nie wyda naszej tajemnicy! Ale nie wiemy nic o tym, na kogo wyrośnie. – Doskonale odgrywał rozdartego pomiędzy sympatią do małej a poczuciem obowiązku. – Nawet jej rodzice zadręczają się, jaka czeka ją przyszłość. Niemożliwe jest ustalenie, czym się stanie.

Przerwawszy swój wywód, spojrzał najpierw na naszych świadków, a potem, znacząco, na własnych.

– Tylko to, co poznane, jest bezpieczne. Tylko to, co poznane, można tolerować. Tolerując nieznane... osłabia się samego siebie.

Kajusz wyszczerzył zęby w złowrogim grymasie.

– Przesadzasz, Aro – odezwał się Carlisle ponuro.

– Spokojnie, przyjacielu – zagruchał Volturi z uśmiechem. Nadal był wobec nas ujmująco grzeczny. – Nie wyciągajmy pochopnych wniosków. Przyjrzyjmy się temu zagadnieniu pod każdym kątem.

– Czy mogę przedstawić swój punkt widzenia? – zgłosił się Garrett, przesuwając się o kolejny krok wprzód.

– Proszę, nomado – Aro udzielił mu pozwolenia.

Garrett wyprostował się dumnie. Skupił wzrok na zbieraninie wampirów stojących na skraju polany i zwrócił się bezpośrednio do nich.

– Tak jak inni, przyjechałem tutaj na prośbę Carlisle'a, by złożyć przed wami zeznanie – zaczął. – W sprawie dziecka nie jest to już jednak konieczne. Wszyscy widzimy, czym jest. Ale zostałem. Zostałem, by przyjrzeć się z bliska czemuś innemu. Wy, tam! – Wskazał palcem na świadków Volturich. – Dwoje z was znam, Makennę i Charlesa, i widzę, że wielu pozostałych też jest wędrowcami, obieżyświatami, tak jak ja. Osobami, które nie są nikomu podporządkowane. Wysłuchajcie uważnie tego, co mam wam do powiedzenia. Te dwa sędziwe wampiry nie zjawiły się tutaj z zamiarem wymierzenia sprawiedliwości, tak jak wam to przedstawiły. Spodziewaliśmy się tego i nasze podejrzenia okazały się słuszne. Zjawiły się tutaj z pozoru wprowadzone w błąd, ale przede wszystkim z usprawiedliwieniem tego, czego naprawdę chciały się tu dopuścić. Zważcie, jak rozpaczliwie czepiają się kolejnych nędznych wymówek, byle tylko móc jednak dopiąć swego. Zważcie, jak się męczą, byle tylko uzasadnić jakoś swoje zapędy. A jaki jest ich ukryty cel? Zniszczyć tę oto rodzinę.

Wskazał na Carlisle'a i Tanyę.

– Volturi przybyli tutaj, by zlikwidować tych, których postrzegają jako swoich konkurentów. Być może, tak jak ja, spoglądacie na ich złote oczy i ogarnia was zdumienie. To prawda, trudno ich zrozumieć. Ale włoska trójca przyjrzała się im i zobaczyła coś jeszcze prócz dziwnego stylu życia. Zobaczyła kryjącą się w tych ludziach moc.

Przyglądałem się relacjom panującym w tej rodzinie – podkreślam, w rodzinie, a nie w grupie czy oddziale. Nasi złotoocy pobratymcy odrzucają przyrodzone nam zwyczaje. Ale czy w zamian zyskują coś wartego nawet, być może, więcej niż zwykłe zaspokajanie pragnienia? Mieszkając z nimi pod jednym dachem, poczyniłem pewne obserwacje i wydaje mi się, że kluczowy dla powstania tak silnych więzów – a właściwie niezbędny do ich powstania – jest właśnie pokojowy charakter owego pełnego wyrzeczeń życia. Nie ma w nim miejsca na wybuchy agresji, tak powszechne wśród wielkich południowych klanów, które znikały z powierzchni ziemi równie szybko, jak się pojawiały, wybijane w wyniku niekończących się waśni. Nikomu tu też do głowy nie przyjdzie, żeby zawalczyć o władzę. A Aro wie o tym jeszcze lepiej ode mnie.

Podczas gdy Garrett wygłaszał swoją oskarżycielską mowę, nie spuszczałam oczu z Ara, wyglądając w napięciu jakiejś gwałtownej reakcji z jego strony, ale Volturi był jedynie odrobinę rozbawiony, jak pobłażliwy dorosły czekający, aż małe dziecko wijące się w złości na podłodze uświadomi sobie wreszcie, że nikt nie zwraca na nie uwagi.

– Carlisle zapewnił nas wszystkich, kiedy tłumaczył nam, do czego nas potrzebuje, że nie wezwał nas do siebie po to, abyśmy stoczyli tu bitwę. Ci świadkowie – Garrett wskazał na Siobhan i Liama – zgodzili się dostarczyć dowodów w sprawie, a swoją obecnością zmusić Volturich do zatrzymania się, by Carlisle zyskał szansę na przedstawienie swojej wersji wydarzeń. Niektórzy z nas zastanawiali się jednak – tu spojrzał na Eleazara – czy fakt, że Carlisle mówi prawdę, wystarczy, by zatrzymać karzącą rękę, tak zwanej, sprawiedliwości. Czy Volturi wymierzają ją, by bronić bezpieczeństwa naszej rasy poprzez utrzymywanie naszego istnienia w tajemnicy, czy też wyłącznie po to, by utrzymać się przy władzy? Czy przybyli tutaj, by zniszczyć nielegalnie stworzonego potworka czy też obcą sobie ideologię? Czy ma usatysfakcjonować ich to, że oskarżenia informatorki okazały się bezpodstawne, czy też wcielają w życie swój diabelski plan nawet bez zasłony dymnej w postaci jakiegoś pretekstu?

Znamy teraz odpowiedzi na wszystkie te pytania. Słyszeliśmy kłamstwa, które padły z ust Ara – jest wśród nas utalentowana wampirzyca, która wie, czy ktoś przy niej łże czy nie – i widzimy triumfalny uśmiech na twarzy Kajusza. Ich straż to tylko bezmyślne narzędzie w ich rękach, broń, którą zapewniają sobie dominację.

Nadszedł zatem czas na inne pytania, pytania, na które to wy musicie odpowiedzieć. Kto wami rządzi, nomadowie? Czy słuchacie się kogoś jeszcze oprócz siebie samych? Czy chcecie podążać swoją własną ścieżką, czy to Volturi mają decydować o tym, jak żyjecie?

Przyjechałem tu, żeby zostać świadkiem. Zostaję, żeby walczyć. Volturim nie zależy na śmierci tego dziecka. Zależy im na tym, by uśmiercić naszą wolną wolę.

Garrett spojrzał na Ara i Kajusza.

– Dosyć tego, mówię. Dosyć kłamliwych usprawiedliwień. Bądźcie szczerzy w swoich zamiarach, a my będziemy szczerzy w swoich. Będziemy bronić swojej niezależności. Możecie nas zaatakować albo i nie – wybór należy do was. Niech wasi świadkowie zobaczą wreszcie, jak omawiamy naprawdę interesujące was kwestie.

Raz jeszcze obrócił się ku tłumowi nieznajomych, patrząc w oczy każdemu z nich po kolei. Widać było jak na dłoni, że jego przemówienie poruszyło ich do głębi.

– Możecie rozważyć dołączenie do nas. Jeśli myślicie, że Volturi pozwolą, abyście wyszli z tego żywi i zaczęli rozgłaszać na prawo i lewo, co tu się wydarzyło, grubo się mylicie. Być może wszyscy zginiemy – wzruszył ramionami – a może nie. Być może jesteśmy godniejszym ich przeciwnikiem, niż się to im wydaje. Być może Volturi trafili wreszcie na równych sobie. Obiecuję wam jednak – jeśli nas wybiją, to i was także.

Zakończywszy swoje szokujące wystąpienie, wycofał się, by zająć miejsce koło Kate, i przykucnął gotowy się bronić.

Aro uśmiechnął się.

– Piękna przemowa, mój drogi rewolucjonisto.

Garrett ani trochę się nie rozluźnił.

– Rewolucjonisto? – warknął. – A przeciwko komu ta rewolta, jeśli można spytać? Czy jesteś moim królem? Czy wolałbyś, żebym tytułował cię „panem", tak jak twoi służalczy żołnierze?

– Spokojnie – powiedział Aro, nie obruszywszy się. – To tylko aluzja do epoki historycznej, w której przyszedłeś na świat. Jak widzę, nadal jesteś patriotą.

Garrett posłał mu pełne gniewu spojrzenie.

– Przepytajmy naszych świadków – zaproponował Volturi. – Wysłuchajmy najpierw ich przemyśleń, zanim podejmiemy decyzję. Powiedzcie nam, przyjaciele... – Odwrócił się do nas tyłem z taką swobodą, jakbyśmy nie byli jego wrogami, po czym przeszedł kilka metrów w kierunku roztrzęsionych obserwatorów, którzy kłębili się teraz jeszcze bliżej ściany lasu niż wcześniej. – Co o tym wszystkim sądzicie? Mogę was zapewnić, że dziecko nie jest tym, czego się obawialiśmy. Czy podejmiemy ryzyko i pozwolimy mu żyć? Czy zagrozimy całej naszej rasie, byle tylko ocalić tę jedną rodzinę? A może rację ma nasz prostolinijny Garrett? Czy staniecie po ich stronie w walce przeciwko naszej niespodziewanej próbie przejęcia władzy nad waszym życiem?

Świadkowie przyglądali mu się, mając się na baczności. Niska czarnowłosa kobieta popatrzyła na stojącego koło niej blondyna.

– Czy tylko taką mamy alternatywę? – spytała znienacka, przenosząc wzrok z powrotem na Ara. – Zgodzić się z wami albo z wami walczyć?

– Oczywiście że nie, urocza Makenno – odpowiedział Volturi takim tonem, jakby był przerażony, że ktoś mógł tak sobie pomyśleć. – Nawet jeśli nie zgodzisz się z naszą decyzją, możesz odejść w pokoju, tak jak Amun.

Makenna znowu zerknęła na swojego kompana, a on ledwie dostrzegalnie skinął głową.

– Nie przybyliśmy tutaj, żeby walczyć. – Zawahała się, wypuściła powietrze z płuc, a potem dodała: – Przybyliśmy tutaj wystąpić w charakterze świadków. I możemy poświadczyć, że skazana rodzina jest niewinna. Wszystko, co powiedział Garrett, to prawda.

– Ach – zasmucił się Aro. – Przykro mi, że postrzegacie nas w taki sposób. Ale taką już mamy pracę.

– Tu nie chodzi, o to, jak was postrzegam, tylko o to, co czuję – odezwał się zdenerwowany jasnowłosy towarzysz Makenny. Jego oczy powędrowały ku Garrettowi. – Garrett powiedział, że jest wśród nich wampirzyca, która rozpoznaje, czy ktoś przy niej kłamie. Tak się składa, że ja też mam taki dar.

Przestraszony, przysunął się bliżej do swojej partnerki, czekając na reakcję Ara.

– Nie lękaj się nas, drogi Charlesie – zaśmiał się Volturi. – Bez wątpienia nasz patriota naprawdę wierzy w to, co mówi.

Charles zmarszczył nos.

– Oto nasze świadectwo – oznajmiła Makenna – a teraz czas już na nas.

Wycofali się powoli, nie odwracając się tyłem do straży, dopóki nie skryły ich drzewa. Jeden z nieznajomych opuścił polanę w podobny sposób, a trójka po prostu wystrzeliła w las.

Przyjrzałam się badawczo pozostałym trzydziestu siedmiu wampirom. Kilkoro z nich wyglądało po prostu na zbyt zagubionych, by móc się na coś zdecydować. Ale większość wydawała się aż za bardzo świadoma tego, jaki kierunek przybrała debata. Przypuszczałam, że woleli zrezygnować z przewagi na starcie, żeby dowiedzieć się, kto dokładnie miał ich ścigać.

Byłam pewna, że Aro widzi to samo, co ja. Podszedłszy miarowym krokiem do swoich żołnierzy, zwrócił się do nich:

– Moi drodzy, tamci mają nad nami przewagę liczebną. Nie możemy liczyć, że ktokolwiek z zewnątrz udzieli nam pomocy. Czy powinniśmy pozostawić tę tu kwestię otwartą, aby się ratować?

– Nie, panie – wyszeptali chórem.

– Czy ochrona naszego świata jest warta tego, byśmy być może przerzedzili nasze szeregi?

– Tak – oświadczyli. – Nie boimy się.

Aro uśmiechnął się i popatrzył na swoich dwóch druhów.

– Bracia – zakomunikował im z powagą – mamy do podjęcia niezwykle trudną decyzję.

– Naradźmy się – powiedział rozentuzjazmowany Kajusz.

– Naradźmy się – powtórzył bez większego zainteresowania Marek.

Schwycili się za ręce, tworząc ze swoich peleryn czarny trójkąt.

Gdy tylko Aro skoncentrował się na cichej wymianie myśli z swoimi braćmi, w lesie zniknęło dwóch kolejnych świadków Volturich. Miałam nadzieję, że potrafią szybko biegać.

A więc nadeszła godzina zero. Ostrożnie oderwałam sobie rączki Renesmee od szyi.

– Pamiętasz, co ci mówiłam?

W oczkach stanęły jej łzy, ale skinęła główką.

– Kocham cię – pisnęła.

Obserwowali nas Edward i Jacob – ten drugi tylko kątem oka.

– Ja też cię kocham. – Dotknęłam jej medalionu. – Nad życie.

Pocałowałam ją w czoło.

Jacob zaskamlał niespokojnie.

Wspięłam się na palce i szepnęłam mu do ucha:

– Zaczekaj, aż będą zajęci walką, a potem rzuć się z nią do ucieczki. Zabierz ją jak najdalej stąd. Kiedy skończy się ląd, znajdziesz w jej plecaczku wszystko, czego wam trzeba, żeby wzbić się w powietrze.

Zdruzgotani, Edward i Jacob zrobili niemal identyczne miny, chociaż jeden z nich był przecież wciąż zwierzęciem.

Renesmee wyprężyła się ku Edwardowi, więc wziął ją na ręce. Przytulili się mocno.

– Czy właśnie to przede mną ukrywałaś? – spytał mnie cicho.

– Przed Arem – sprostowałam.

– Alice?

Skinęłam głową.

Wykrzywił się z rozpaczy, ale rozumiał, że nie miałam innego wyboru. Czy miałam ten sam wyraz twarzy, kiedy dopasowałam wreszcie do siebie wszystkie wskazówki Alice?

Jacob warczał cicho, jednostajnie i ani na moment nie przerywając, jak mruczący lew. Sierść na karku miał zjeżoną, a kły odsłonięte.

Edward pocałował Renesmee w czoło i oba policzki, po czym posadził ją na barku mojego przyjaciela. Wdrapała się mu zwinnie na plecy, czepiając się paluszkami jego sierści i umościła się w zagłębieniu pomiędzy jego potężnymi łopatkami.

Jacob spojrzał na mnie ślepiami pełnymi bólu. Jego pierś wibrowała wciąż miarowym charkotem.

– Nie moglibyśmy jej powierzyć nikomu innemu prócz ciebie – powiedziałam mu. – Nie zniosłabym tego rozstania, gdybym nie wiedziała, że będzie z kimś, kto tak bardzo ją kocha. Wiem, że będziesz w stanie ją chronić.

Zaskamlał znowu i pochylił łeb, żeby trącić mnie nosem.

– Wiem – wykrztusiłam. – Ja też cię kocham, Jake. Jesteś najlepszy.

Łza wielkości baseballowej piłki wypłynęła mu z oka i zniknęła w rdzawym futrze.

Edward oparł się czołem o ten sam jego bark, na którym wcześniej posadził Renesmee.

– Żegnaj, Jacobie. Mój bracie... mój synu.

Nasi bliscy nie pozostawali obojętni na nasze pożegnanie. Wprawdzie nie odrywali wzroku od czarnego trójkąta, ale wyczuwałam, że nas słuchają.

– Czy nie ma dla nas żadnej nadziei? – szepnął Carlisle. W jego głosie nie było strachu, tylko determinacja i akceptacja.

– Zawsze jest nadzieja – mruknęłam. To może być prawda, powiedziałam sobie. – Znam tylko swój własny los.

Edward wziął mnie za rękę. Wiedział, że i jego to dotyczy. Mówiąc „swój własny los", nie mogłam nie mieć na myśli i jego. Byliśmy jak dwie połówki jednego jabłka.

Oddech stojącej za mną Esme zrobił się chrapliwy. Minęła nas, muskając nasze twarze, i zatrzymawszy się przy Carlisle'u, też ujęła jego dłoń.

Nagle otaczający nas nasi przyjaciele i bliscy zaczęli się po cichu żegnać i wyznawać sobie miłość.

Garrett pochylił się ku Kate.

– Jeśli wyjdziemy z tego żywi, kobieto, pójdę za tobą choćby na koniec świata.

– Teraz mi to mówi! – żachnęła się.

Rosalie i Emmett pocałowali się szybko, ale namiętnie.

Tia pogłaskała Benjamina po policzku. Uśmiechnął się wesoło i przytrzymał jej dłoń, żeby nie oderwała jej od jego skóry.

Nie zdążyłam przyjrzeć się wszystkim, bo moją uwagę odwróciła jakaś niewidzialna siła wywierająca nacisk na moją tarczę. Nie potrafiłam oszacować, z jakiego źródła pochodzi, ale kierowała się najwyraźniej ku krańcom naszej formacji, zwłaszcza ku Siobhan i Liamowi. Nie zdoławszy przebić się przez powłokę, po krótkiej chwili zniknęła.

Naradzająca się trójca nie poruszyła się ani o milimetr, ale być może coś przegapiłam i dali już swoim sługom sygnał.

– Bądźcie gotowi – szepnęłam do pozostałych. – Zaczyna się.

38 Moc

– Chelsea próbuje zerwać łączące nas więzi – szepnął Edward – ale nie może ich znaleźć. Nie potrafi nas tu wyczuć... – Zerknął na mnie. – Czy to twoja robota?

Uśmiechnęłam się do niego groźnie.

– Zakryłam was wszystkich.

Odchylił się ode mnie nagle, wyciągając rękę ku Carlisle'owi. W tym samym momencie w miejscu, w którym rozciągana przeze mnie błona owijała się wokół światła Carlisle'a, poczułam na niej ukłucie znacznie ostrzejsze od poprzedniego. Nie sprawiło mi bólu, ale też nie było przyjemne.

– Carlisle, nic ci nie jest? – jęknął Edward przerażony.

– Nie, a co?

– Jane nas atakuje.

Gdy tylko wymówił jej imię, w moją tarczę uderzył tuzin ostrzy, z których każde celowało w innego członka naszej grupy. Napięłam powłokę, upewniając się, że w żadnym miejscu nie jest uszkodzona. Jane chyba nie była w stanie jej przebić. Rozejrzałam się pospiesznie – nikomu nic się nie stało.

– Niesamowite – stwierdził Edward.

– Dlaczego nie czekają na decyzję? – syknęła Tanya.

– To u nich normalna procedura – odparł Edward szorstko. Mają w zwyczaju unieruchamiać tych, przeciwko którym toczy się proces, żeby im się nie wymknęli.

Po drugiej stronie polany wściekła Jane wpatrywała się w nas z niedowierzaniem. Byłam przekonana, że poza mną nigdy nie zetknęła się z kimś, kogo jej moc nie powaliłaby na ziemię.

Aro miał domyślić się lada chwila – jeśli już tego nie odgadł – że moja tarcza jest o wiele potężniejsza, niż sądził Edward. Zresztą od dawna miał mnie na celowniku, nie było więc sensu ukrywać, co potrafię. Może nie było to zachowanie godne dojrzałej osoby, ale posłałam Jane wyzywający uśmiech.

Zmarszczyła nos i poczułam kolejne ukłucie, tym razem skierowane prosto we mnie.

Uśmiechnęłam się jeszcze szerzej, odsłaniając zęby.

Warknęła cienko. Wszyscy drgnęli, nawet zdyscyplinowani strażnicy. Wszyscy z wyjątkiem trzech sędziwych wampirów, które nawet nie podniosły wzroku. Jane przyczaiła się do skoku i jej bliźniak złapał ją za ramię.

Rumunów bardzo to rozbawiło.

– Mówiłem ci, że to nasz czas – powiedział Vladimir do Stefana.

– Tylko popatrz na jej minę – zachichotał Stefan.

Alec poklepał siostrę po ramieniu, a potem objął ją i obrócił się do nas przodem. Jego twarzy nie szpecił żaden grymas. Wyglądał jak aniołek.

Czekałam na jakiś nacisk, jakiś objaw tego, że nas atakuje, ale niczego takiego nie czułam. Chłopiec patrzył tylko na nas, idealnie opanowany. Czy już coś zrobił? Czy omijał już moją tarczę? Czy tylko ja go jeszcze widziałam? Ścisnęłam dłoń Edwarda.

– Wszystko w porządku? – wykrztusiłam.

– Tak – odszepnął.

– Czy Alec próbuje już nas unieruchomić?

Edward skinął głową.

– Jego dar działa wolniej niż dar Jane. Tak podpełza. Dotknie nas za kilka sekund.

Wiedząc, czego wyglądać, od razu to coś zobaczyłam.

Po śniegu rozlewała się dziwna przeźroczysta mgła, niemalże niewidzialna na białym tle. Przypominała mi miraż – połyskiwała odrobinę, nieco rozmazywała kontury. Odciągnęłam tarczę od Carlisle'a i pozostałych z pierwszego rzędu, tak żeby uderzywszy o nią, złowrogi opar nie znalazł się zaraz przy nich. Co jeśli miał ją bez żadnego wysiłku przeniknąć? Czy powinniśmy rzucić się wtedy do ucieczki?

Znikąd zerwał się wiatr i przemykając pomiędzy naszymi nogami, zaczął spychać zalegający na polu śnieg w stronę szeregów Volturich – Benjamin także zdawał sobie sprawę z nadciągającego

niebezpieczeństwa i starał się rozpędzić mgłę silnymi podmucha-
mi. Łatwo było je śledzić dzięki wirującym płatkom, ale opar okazał się całkowicie na nie odporny. Równie dobrze można było walczyć tą metodą z cieniem.

Egipcjanin nie dał za wygraną. Ziemia pod naszymi stopami
zatrzęsła się i z przeraźliwym jękiem pękła wąskim zygzakiem
przez sam środek pola. Płaty śniegu osunęły się do szczeliny, ale
mgła prześlizgnęła się ponad nią, obojętna na prawo grawitacji
podobnie jak na wiatr.

Sztuczka Benjamina sprawiła, że naradzający się przywódcy
wreszcie się rozstąpili. Aro i Kajusz patrzyli na rozwierającą się
ziemię szeroko otwartymi oczami. Marek popatrzył w tym samym
kierunku, ale nie okazał przy tym żadnych emocji.

Nie zabrali głosu – też czekali, aż dotrze do nas mgła. Wicher
przybrał na sile, świszcząc zajadle, ale nie zdołał zmienić jej kursu.
To Jane się teraz uśmiechała.

A potem opar natrafił na przeszkodę.

Poczułam go, gdy tylko liznął powierzchnię tarczy – miał słodki smak, tak intensywny, że aż mdły. Wróciło niewyraźne wspomnienie drętwiejącego od nowokainy języka.

Mgła popełzła ku górze, szukając jakiejś szpary, jakiegoś sła-
bego punktu. Na żaden nie natrafiła. Jej długie mleczne palce ma-
cały uparcie powłokę, starając dostać się jakoś do środka, ale
ujawniły jedynie imponujące rozmiary otaczającego nas ochronne-
go ekranu.

Po obu stronach wąwozu wampirom zaparło dech w piersiach.

– Dobra robota, Bello! – Egipcjanin pogratulował mi cicho.

Na mojej twarzy znowu pojawił się uśmiech.

Alec zmrużył oczy. Po raz pierwszy wydawał się w siebie wątpić. Mgła kłębiła się ponad moją tarczą, nie czyniąc jej żadnej
szkody.

Nagle uzmysłowiłam sobie, że dam radę. Oczywiście miałam
się przez to stać celem numer jeden, zginąć jako pierwsza, ale
tak długo, jak potrafiłabym wytrzymać, bylibyśmy dla Volturich

nie tyle godnym, co wręcz groźnym przeciwnikiem. W naszym gronie znajdowali się przecież Benjamin i Zafrina. Ale nie mogli zostać przez nikogo unieruchomieni, bo ja potrafiłam temu zaradzić.

Tak długo, jak miałam wytrzymać.

– Będę musiała się skoncentrować – szepnęłam do Edwarda. – Kiedy dojdzie do walki wręcz, będzie mi dużo ciężej chronić właściwych ludzi.

– Będę cię osłaniał.

– Nie, nie. Ty musisz dorwać Demetriego. Zdam się na Zafrinę.

Amazonka przyłożyła sobie dłoń do serca.

– Nikt jej nie tknie – przyrzekła Edwardowi.

– Ech, z chęcią zajęłabym się Jane i Alekiem – przyznałam – ale wiem, że więcej dobrego zdziałam tutaj.

– Jane jest moja – syknęła Kate. – Niech zobaczy wreszcie, jak to jest, kiedy ktoś razi cię prądem.

– A Aleca biorę na siebie – warknął Vladimir z drugiej strony. – Jest mi winien wiele żywotów, ale zadowolę się w zamian tylko jego własnym.

– Ja chcę Kajusza – powiedziała spokojnie Tanya.

Pozostali też zabrali się do rozdzielania pomiędzy siebie poszczególnych strażników, ale szybko im przerwano.

To Aro postanowił wreszcie przemówić.

– Zanim zagłosujemy… – zaczął. Przypatrywał się nadal niedającej żadnych efektów mgle Aleca.

Potrząsnęłam gniewnie głową. Miałam dosyć tej farsy. Odezwała się znowu we mnie żądza mordu. Poczułam się rozgoryczona, że cała moja rola w bitwie miała sprowadzać się do stania nieruchomo na uboczu. Tak bardzo chciałam walczyć!

– …pozwolę sobie przypomnieć – ciągnął – że niezależnie od tego, co postanowimy, nie musi tu dojść do żadnych aktów przemocy.

Edward zaśmiał się ponuro.

Aro posłał mu smutne spojrzenie.

– Będzie to dla naszej rasy ogromna strata, jeśli utracimy które-
reś z was. A zwłaszcza ciebie, Edwardzie, i twoją nowo narodzoną
partnerkę. Dla wielu z was znalazłoby się miejsce w szeregach naszej straży. Bello, Benjaminie, Zafrino, Kate – serdecznie zapraszamy. Przed wami wiele opcji do wyboru. Weźcie je pod uwagę.

Chelsea ponowiła próbę wpłynięcia na nasze decyzje, ale wysyłane przez nią ładunki zabębniły tylko o tarczę niczym grad. Aro
powiódł wzrokiem po naszych stężałych twarzach, szukając
w nich jakichkolwiek oznak wahania. Sądząc po jego minie, musiał obejść się smakiem.

Wiedziałam, że rozpaczliwie pragnie ocalić Edwarda i mnie, by
zniewolić nas, tak samo jak miał nadzieję zniewolić Alice. Ale nie
miał na to szans. Jeśli chciał wygrać, musiał mnie zabić. Świadomość, że jestem zbyt ważnym graczem, by mógł mi darować życie, sprawiała mi głęboką satysfakcję.

– W takim razie, zagłosujmy – oświadczył z nieskrywaną niechęcią.

Kajusz miał w sobie więcej entuzjazmu.

– Nie ma żadnego powodu, dla którego mielibyśmy godzić się
na takie ryzyko. To dziecko to jedna wielka niewiadoma. Musi zostać uśmiercone wraz ze wszystkimi, którzy je chronią.

Było widać, że nie może się już tego doczekać. Zdusiłam w sobie krzyk sprzeciwu, jaki sprowokował we mnie jego złośliwy
uśmieszek.

Marek pozostał niewzruszony. Głosując, wydawał się patrzyć
poprzez nas.

– Nie sądzę, by w najbliższym czasie cokolwiek nam groziło. –
Mówił jeszcze ciszej niż jego dwaj bracia. – Dziecko nie jest na
razie niebezpieczne. Zawsze możemy wrócić do sprawy. Moim
zdaniem należy zostawić ich w spokoju.

Żaden ze strażników nie odebrał jednak jego słów jako komen-
dy „spocznij", a Kajusz bynajmniej nie spochmurniał. Zachowy-
wali się tak, jakby go nie usłyszeli.

– Czyli to mój głos ma być decydujący? – spytał retorycznie Aro.

Edward zesztywniał znienacka u mojego boku.

– Jest! – syknął.

Zaryzykowałam i zerknęłam na niego. Oczy mu lśniły, a na jego twarzy pojawił się wyraz triumfu. Nic z tego nie rozumiałam. Taką minę mógłby mieć anioł zniszczenia podczas pożaru świata. Był piękny i przerażający zarazem.

Strażnicy wymienili pomiędzy sobą nerwowo jakieś ciche komentarze.

– Aro!

Edward prawie że krzyknął. Był pewny siebie jak zwycięzca.

Volturi nie odpowiedział mu od razu. Pewnie zastanawiał się, skąd ta zmiana.

– Tak, Edwardzie? Masz coś do dodania?

– Być może – powiedział grzecznie, opanowując swój niewyjaśniony wybuch radości. – Ale czy mógłbym najpierw ustalić pewną kwestię?

– Oczywiście – odparł Aro z uprzejmym zainteresowaniem w głosie, unosząc brwi.

Zazgrzytałam zębami. Im bardziej był szarmancki, tym bardziej trzeba było na niego uważać.

– To, że obawiacie się mojej córki, bierze się wyłącznie stąd, że nie da się dowiedzieć, jak będzie przebiegał jej rozwój, czyż nie tak? W tym właśnie cały problem?

– Tak, mój przyjacielu – potwierdził Aro. – Gdybyśmy tylko mogli mieć stuprocentową pewność, że gdy dorośnie, będzie w stanie ukrywać swoją inność przed ludźmi, że nas nie zdemaskuje...

Rozłożył ręce, wzruszając ramionami.

– A zatem, gdybyśmy tylko wiedzieli, czym dokładnie stanie się w przyszłości – zasugerował Edward – wtedy cała ta narada nie byłaby potrzebna?

– Gdyby istniał jakiś sposób zdobycia takiej wiedzy... – zgodził się Aro. Jego przytłumiony głos stał się nieco bardziej piskliwy. Volturi nie miał pojęcia, do czego Edward zmierza. Ja też się nad tym głowiłam. – Gdyby tak było, owszem, moglibyśmy zakończyć naszą debatę.

– I rozstać się w pokoju? Znowu zapanowałyby pomiędzy nami przyjacielskie stosunki?

W tym drugim pytaniu pobrzmiewała ironia.

– Oczywiście, Edwardzie – odpowiedział Aro jeszcze bardziej piskliwie. – Nic by mnie bardziej nie uradowało.

Edward parsknął śmiechem.

– W takim razie mam coś do dodania.

Aro zmarszczył czoło.

– Dziewczynka jest ewenementem na skalę światową. O jej przyszłości można tylko spekulować.

– Jest kimś wyjątkowym, zgadza się, ale nie aż tak bardzo. Nie jest jedyna w swoim rodzaju.

Byłam w szoku. Ożywiła mnie nadzieja, ale musiałam zwalczać w sobie te uczucia, bo zbytnio mnie rozpraszały. Tuż za powłoką mojej tarczy nadal czaiła się złowroga mgła, a kiedy spróbowałam się skupić, poczułam znowu na błonie nacisk niewidzialnego ostrza.

– Aro, czy mógłbyś poprosić Jane, żeby przestała atakować moją żonę? – zareagował po dżentelmeńsku Edward. – Nadal omawiamy dowody.

Volturi uniósł rękę.

– Uspokójcie się, moi mili. Wysłuchajmy go.

Ostrze się cofnęło. Jane odsłoniła zęby. Nie mogłam sobie odmówić tej przyjemności i uśmiechnęłam się do niej szeroko.

– Możesz już do nas dołączyć, Alice! – zawołał Edward.

– Alice? – wykrztusiła Esme.

Alice!

Alice, Alice, Alice!

Zapanowało poruszenie.

– Alice!

– Alice!

– Alice – szepnął Aro.

Poczułam ogromną ulgę i równie wielką radość. Musiałam dać z siebie wszystko, żeby moja tarcza się nie skurczyła. Mgła Aleca nadal badała jej wytrzymałość, a Jane tylko czekała na okazję.

A potem usłyszałam, jak pędzą przez las od południowego zachodu – jak mkną tak szybko, jak tylko się da, nie dbając o to, ile robią przy tym hałasu.

Obie strony zamarły w oczekiwaniu. Świadkowie Volturich wyglądali na jeszcze bardziej zagubionych niż przedtem.

Kiedy Alice wbiegła tanecznym krokiem na polanę i zobaczyłam znowu jej twarz, miałam wrażenie, że ze szczęścia zaraz zemdleję. Jasper wypadł spomiędzy drzew tuż za nią, zacięty i skupiony. Towarzyszyła im trójka nieznajomych, w tym wysoka, muskularna kobieta o długich, ciemnych, zmierzwionych włosach, którą, jak się domyślałam, była Kachiri. Miała takie same nienaturalnie wydłużone kończyny i rysy, jak pozostałe Amazonki, w jej przypadku nawet jeszcze bardziej wydatne.

Druga wampirzyca też była śniada, ale znacznie drobniejsza, o burgundowych tęczówkach. O plecy obijał jej się długi, czarny warkocz. Rozejrzała się strachliwie dookoła.

Ostatni wyłonił się z lasu piękny, młody mężczyzna – nie potrafił biec ani tak prędko, ani tak zwinnie jak reszta. Skórę miał barwy niesamowicie nasyconego, ciemnego brązu, a rozbiegane oczy bursztynowe jak tekowe drewno. Czarne włosy nosił splecione w warkocz, ale nie tak długi jak u wampirzycy. Widząc przed sobą tylu obcych, miał się na baczności.

Kiedy się do nas zbliżył, uszu zebranych doszedł nowy dźwięk i przez tłum przeszedł kolejny szmer zdziwienia – dźwiękiem tym było bicie serca młodzieńca, przyspieszone z wysiłku.

Alice dała susa ponad rzednącą wzdłuż mojej tarczy mgłą i zatrzymała się z gracją baletnicy u boku Edwarda. Jasper i nieznajomi zmieścili się pod kopułą wraz z nią. Wyciągnęłam ku niej rękę, żeby jej dotknąć – Edward, Carlisle i Esme postąpili tak samo. Nie było czasu na inne powitanie.

Członkowie straży Volturich przyglądali się badawczo, jak spóźnialscy bez trudu przekraczają niewidzialną barierę, i ci spośród nich, którzy byli specjalistami od walki wręcz, w tym osiłek Feliks, spojrzeli nagle na mnie z nadzieją. Do tej pory nie byli pewni, jakie dokładnie właściwości posiada moja tarcza – teraz stało się jasne, że nie chroni przed zwykłym atakiem. Gdy tylko Aro dałby sygnał, mieli rzucić się na mnie wszyscy naraz. Ciekawa byłam, ilu z nich będzie w stanie oślepić Zafrina i na ile ich to spowolni. Czy na dość długo, by Kate i Vladimir zdążyli unieszkodliwić Jane i Aleca? O więcej nie śmiałam prosić.

Edward był pochłonięty doprowadzaniem do końca swojej intrygi, ale wyłapawszy myśli strażników, na moment zesztywniał z gniewu. Odzyskawszy nad sobą kontrolę, zwrócił się ponownie do Ara:

– Alice spędziła ostatnie tygodnie, szukając swoich własnych świadków i jak widać, nie wraca z pustymi rękami. Alice, czy mogłabyś nam ich przedstawić?

– Czas na przesłuchania świadków już minął! – warknął Kajusz. – Aro, czekamy na twój głos!

Nie odrywając wzroku od twarzy Alice, Aro uciszył brata gestem dłoni.

Moja przyjaciółka wystąpiła przed nasz szereg i wskazała na przybyszy.

– To Huilen, a to jej siostrzeniec Nahuel.

Ten głos! Wydało mi się, że nigdy nie wyjeżdżała.

Usłyszawszy, jaki jest stopień pokrewieństwa pomiędzy wampirzycą a młodzieńcem, Kajusz skrzywił się ze złości, a świadkowie Volturich chóralnie zasyczeli. Wampirzy świat się zmieniał i wszyscy to czuli.

– Prosimy, Huilen – zakomenderował Aro. – Wytłumacz nam, po co cię tu sprowadzono.

Drobna kobietka spojrzała zlękniona na Alice. Kachiri, żeby ją wesprzeć, objęła ją ramieniem, a moja przyjaciółka pokiwała zachęcająco głową.

– Mam na imię Huilen – oznajmiła. Mówiła wyraźnie, ale z silnym akcentem. Po kilku zdaniach stało się jasne, że starannie się zawczasu przygotowała i miała wszystko przećwiczone: słowa wypływały z jej ust nieprzerwanym strumieniem, jak gdyby deklamowała dobrze sobie znany wierszyk dla dzieci. – Sto pięćdziesiąt lat temu mieszkałam z moimi pobratymcami, ludźmi z plemienia Mapuche. Miałam siostrę, na którą wołali Pire. Nasi rodzice nazwali ją tak na część śniegu zalegającego w górach, bo miała bardzo jasną cerę. Była bardzo piękna – zbyt piękna. Pewnego dnia wyznała mi w sekrecie, że spotkała w lesie anioła i ów anioł odwiedza ją teraz w nocy. Ostrzegałam ją. – Huilen pokręciła smutno głową. – Jak gdyby to, jak bardzo ją siniaczył, nie było dostatecznym ostrzeżeniem... Domyśliłam się, że to libishomen z naszych legend, ale nie chciała mnie słuchać. Była jak opętana.

Po jakimś czasie wyznała mi, że jest pewna, iż rośnie w niej dziecko jej czarnego anioła. Planowała uciec z wioski i nie odwiodłam jej od tej decyzji – wiedziałam, że nawet nasz ojciec i matka zgodzą się, że trzeba zabić i czarci pomiot, i Pire. Uciekłam z nią w głąb puszczy. Szukała swojego kochanka, ale na próżno. Troszczyłam się o nią, polowałam dla niej, kiedy już brakowało jej sił. Żywiła się surowymi zwierzętami, wypijając z nich krew. Nie potrzeba mi było nic więcej, by upewnić się, co nosiła w swym łonie. Miałam nadzieję, że zanim zabiję tego potwora, zdążę jej jeszcze uratować życie.

Ale Pire kochała swoje dziecko. Nazwała je Nahuel, co w naszym języku oznacza drapieżnego kota. Rosnąc, stawał się coraz silniejszy i łamał jej kości – ale jej miłość do niego nie słabła.

Nie udało mi się jej ocalić. Dziecko wygryzło sobie drogę na zewnątrz i Pire szybko zmarła, błagając, bym się nim zaopiekowała. Takie było jej ostatnie życzenie. Nie mogłam go nie spełnić.

Kiedy spróbowałam wziąć Nauhela na ręce, ukąsił mnie. Odczołgałam się w dżunglę, by umrzeć. Nie zaszłam daleko – nie pozwolił mi na to ból – ale i tak było to niesamowite, że noworodek mnie odnalazł. Dopełzł do mnie po poszyciu i zaczekał u mego boku, aż się ocknę. Kiedy doszłam do siebie, spał obok zwinięty w kłębek.

Opiekowałam się nim tak długo, aż nauczył się sam polować. Polowaliśmy na ludzi z leśnych wiosek, utrzymując nasze istnienie w tajemnicy. Nigdy jeszcze nie oddaliliśmy się tak bardzo od naszego domu, ale Nahuel pragnął zobaczyć to dziecko, które tu macie.

Huilen skinęła głową na znak, że skończyła, i cofnęła się za Kachiri.

Aro gapił się na ciemnoskórego młodzieńca z zaciśniętymi ustami.

– Nahuelu – spytał – czy naprawdę masz sto pięćdziesiąt lat?

– Plus minus dziesięć – uściślił przybysz ciepłym barytonem. Jego obcy akcent ledwie było słychać. – Nie korzystamy z kalendarzy.

– A w jakim wieku przestałeś rosnąć?

– Mniej więcej w siedem lat po swoich narodzinach.

– I od tamtego czasu się nie zestarzałeś?

Nahuel wzruszył ramionami.

– Nic takiego nie zauważyłem.

Poczułam, że przez ciało Jacoba przechodzi dreszcz, ale sama nie chciałam wyciągać żadnych wniosków. Musiałam zaczekać z dekoncentrującymi rozmyślaniami, aż minie niebezpieczeństwo.

– A czym się żywisz? – drążył Aro, wydając się zaintrygowanym wbrew swojej woli.

– Głównie krwią, ale czasem jadam też coś jak ludzie. Mogę stosować wyłącznie ludzką dietę i nic mi nie jest.

– Potrafisz stworzyć nieśmiertelną istotę? – Aro wskazał na Huilen zmienionym głosem.

Skupiłam się na swojej tarczy – być może szukał nowej wymówki.

– Ja tak, ale reszta już nie.

Wszystkie trzy obecne na polanie grupy znowu przeżyły szok.

Aro uniósł brwi.

– Co za reszta?

– Moje siostry. – Nahuel ponownie wzruszył ramionami.

Przez moment Aro wpatrywał się w niego dziko, ale wziął się w garść.

– Może bądź tak łaskaw i opowiedz nam ciąg dalszy swojej historii, skoro takowy najwyraźniej istnieje.

Młodzieniec zmarszczył czoło.

– Kilka lat po śmierci mojej matki mój ojciec wrócił w nasze strony, żeby mnie odszukać. – Skrzywił się odrobinę. – Był bardzo zadowolony, kiedy mnie odnalazł. – Ton jego głosu sugerował, że jego własna reakcja była wręcz przeciwna. – Miał już dwie córki, ale ani jednego syna. Spodziewał się, że się do niego przyłączę, podobnie jak moje siostry. Był zdziwiony, że mam towarzyszkę. Moje siostry nie są jadowite, ale czy to kwestia płci czy czysty przypadek... kto to wie? Uważałem, że moje miejsce jest przy Huilen, i nie wyraziłem zainteresowania jego propozycją. Widuję go od czasu do czasu. Mam teraz już trzy siostry – najmłodsza przestała rosnąć jakieś dziesięć lat temu.

– Imię ojca? – spytał Kajusz przez zaciśnięte zęby.

– Joham. Ma siebie za naukowca. Sądzi, że tworzy rasę nadludzi.

W żaden sposób nie próbował maskować swojego obrzydzenia.

Kajusz przeniósł wzrok na mnie.

– A twoja córka, czy jest jadowita?

– Nie – odpowiedziałam.

Nahuel skierował na mnie swoje żółtobrązowe oczy.

Kajusz zerknął na Ara, chcąc, by ten potwierdził tę informację, ale drugi Volturi pogrążony był w rozmyślaniach. Nadal zaciskając usta, spojrzał na Carlisle'a, potem na Edwarda, a wreszcie na mnie.

Starzec warknął.

– Załatwmy wreszcie tę sprawę i ruszajmy na południe zająć się tą drugą – popędził brata.

Aro przez długą, pełną napięcia chwilę patrzył prosto na mnie. Nie wiedziałam, czego wyglądał ani czego się doszukał, ale coś w tym czasie się w nim zmieniło, coś w wyrazie jego twarzy – w oczach, w układzie ust. Byłam pewna, że podjął wreszcie decyzję.

– Bracie – przemówił łagodnie do Kajusza – wszystko wskazuje na to, że nie grozi nam jednak żadne niebezpieczeństwo. To niespodziewany obrót rzeczy, ale fakty mówią same za siebie. Te półwampiry są do nas bardzo podobne. Nie ma potrzeby ich niszczyć.

– Czy tak właśnie brzmi twoja decyzja? – upewnił się Kajusz.

– Tak. Zagłosowałem.

Starzec nastroszył się.

– A ten cały Joham? Nieśmiertelny lubujący się w eksperymentach?

– Cóż, być może rzeczywiście powinniśmy się z nim rozmówić – przyznał Aro.

– Powstrzymajcie go, jeśli chcecie – wtrącił się Nahuel bezbarwnym głosem – ale pozwólcie moim siostrom odejść w pokoju. Nie zrobiły nic złego.

Aro skinął z powagą głową, po czym obrócił się do swoich żołnierzy i uśmiechnął się ciepło.

– Moi drodzy! – zawołał. – Dziś nie walczymy!

– Tak jest – odpowiedzieli mu chórem, prostując się.

Mgła Aleca niemal natychmiast się rozrzedziła, ale nie zmniejszyłam tarczy. Nie wykluczałam podstępu.

Kiedy przywódca Volturich stanął znowu przodem do nas, przyjrzałam się uważnie ich twarzom. Aro, jak zwykle, z pozoru wydawał się przyjaźnie do nas nastawiony, ale wyczuwałam za tą fasadą dziwną pustkę – jak gdyby wreszcie przestał coś w skrytości ducha knuć. Jeśli chodziło o Kajusza, był on, rzecz jasna, rozwścieczony, ale pełen rezygnacji, skierował teraz swój gniew do wewnątrz. Marek wyglądał na... znudzonego – naprawdę, nie dawało się tego lepiej określić. Strażnicy stali się na powrót jednym organizmem, obojętnym i zdyscyplinowanym. Ich zwarta grupa była już gotowa do opuszczenia polany. Świadkowie Volturich mieli się wciąż na baczności i jeden po drugim znikali wśród drzew. Im mniej ich było, tym szybciej podejmowali decyzję o odejściu. W końcu nie został ani jeden.

Aro rozłożył ręce w niemalże przepraszającym geście. Za jego plecami wycofywała się już w zgrabniej formacji większa część straży wraz z Kajuszem, Markiem i tajemniczymi, milczącymi żonami. Przy przywódcy Volturich pozostała jedynie trójka jego osobistych ochroniarzy.

– Tak się cieszę, że udało nam się rozwiązać ten spór bez uciekania się do przemocy – zaćwierkał słodko. – Carlisle'u, mój przyjacielu, jak dobrze móc cię znowu nazywać przyjacielem! Mam nadzieję, że nie żywisz do mnie urazy. Wiem, że rozumiesz, jaką rolę mamy do spełnienia. Czy tego chcemy, czy nie, obowiązują nas pewne procedury.

– Odejdź w pokoju, Aro – oświadczył doktor sztywno. – Pamiętaj, że mieszkamy tu na stałe i nie możemy zwracać na siebie uwagi, więc proszę, w drodze powrotnej nie polujcie w tym regionie.

– Oczywiście, Carlisle'u. Przykro mi, że się do mnie uprzedziłeś. Może kiedyś mi wybaczysz.

– Być może, kiedyś, jeśli udowodnisz, że jesteś naszym przyjacielem.

Aro skłonił głowę niby to pełen skruchy i w tej pozycji zrobił kilka kroków do tyłu. Dopiero wtedy obrócił się, by ruszyć na północ. Przyglądaliśmy się w ciszy, jak ostatni czterej Volturi znikają w lesie.

Nikt się nie odzywał. Nie zrezygnowałam z podtrzymywania tarczy.

– Czy już naprawdę po wszystkim? – szepnęłam do Edwarda.

Uśmiechnął się od ucha do ucha.

– Tak. Poddali się. Tak jak wszyscy tyrani, robią dużo szumu, ale w gruncie rzeczy są tchórzami.

Zaśmiał się. Zawtórowała mu Alice.

– No co jest? Rozluźnijcie się. Oni już nie wrócą.

Ale nadal to do nas nie docierało.

– A niech to szlag – mruknął Stefan.

I wtedy się zaczęło.

Zaczęliśmy wiwatować, a polanę wypełniło ogłuszające wycie wilków. Maggie poklepała Siobhan po plecach. Rosalie i Emmett znowu się pocałowali, ale tym razem dłużej i bardziej namiętnie. Benjamin i Tia spletli się w czułym uścisku, podobnie jak Carmen i Eleazar. Esme objęła Alice i Jaspera. Carlisle dziękował gorąco przybyszom z Ameryki Południowej, którzy nas uratowali. Kachiri przysunęła się do Zafriny i Senny i wzięła je za ręce. Garrett podniósł Kate wysoko w górę i okręcił ją w powietrzu.

Stefan splunął na śnieg. Vladimir zazgrzytał zębami z kwaśną miną.

Prawie wdrapałam się na wielkiego rdzawego basiora, żeby porwać w objęcia swoją córeczkę. Przycisnęłam ją sobie mocno do piersi, a Edward przytulił nas obie.

– Nessie, Nessie, Nessie – zagruchałam.

Jacob szczeknął, czyli zaśmiał się po swojemu, i trącił nosem tył mojej głowy.

– Cicho tam – mruknęłam.

– Czyli w końcu zostanę z wami? – spytała mała.

– Na zawsze – przyrzekłam jej.

Mieliśmy przed sobą całą wieczność. A Nessie miała wyrosnąć na piękną, zdrową, silną kobietę. Tak jak półczłowiek Nahuel, za sto pięćdziesiąt lat miała być nadal młoda. A my wszyscy mieliśmy być nadal razem.

Szczęście rozeszło się po moim ciele z siłą fali uderzeniowej – tak gwałtownie, tak niespodziewanie, że nie byłam pewna, czy to nie dawka śmiertelna.

– Na zawsze – szepnął mi Edward do ucha.

Nie byłam w stanie wykrztusić z siebie ani słowa więcej. Uniosłam głowę i zaczęłam całować go z takim zapamiętaniem, że pewnie mógłby od tego zapłonąć las.

A gdyby tak się stało, zupełnie bym tego nie zauważyła.

39 I żyli długo i szczęśliwie

– Więc różne czynniki złożyły się pod koniec na nasze zwycięstwo, ale tak naprawdę wszystko sprowadzało się do... Belli – tłumaczył Edward.

Moi bliscy siedzieli wraz z dwójką ostatnich gości w salonie. Za wielkimi oknami zapadała noc.

Vladimir i Stefan znikli, jeszcze zanim przestaliśmy wiwatować. Byli ogromnie rozczarowani tym, jak skończyła się nasza konfrontacja z Volturimi, ale Edward twierdził, że pokaz tchórzostwa w wykonaniu ich wrogów sprawił im tyle uciechy, że do pewnego stopnia wynagrodziło im to tę frustrację.

Egipcjanom spieszno było dogonić Amuna i Kebi, by tamci nie musieli zadręczać się dłużej myślą, że doszło do starcia. Byłam pewna, że jeszcze kiedyś ich zobaczymy – a przynajmniej Benjamina i Tię.

Następni opuścili nas nomadowie. Peter i Charlotte porozmawiali chwilę z Jasperem i tyle ich widzieliśmy.

Amazonki, na nowo w komplecie, także jak najszybciej chciały wrócić do domu – trudno było im wytrzymać z dala od ich ukochanego lasu deszczowego – ale też zbierały się do wyjazdu z o wiele większą niechęcią niż niektórzy inni goście.

– Musisz nas odwiedzić z małą – powiedziała Zafrina. – Obiecaj mi, że nie zapomnisz!

Renesmee przycisnęła mi rączkę do szyi, dołączając się do tych próśb.

– Oczywiście – zgodziłam się.

– Zobaczysz, Nessie, będziemy najlepszymi przyjaciółkami! – zadeklarowała dzika kobieta, zanim odeszła ze swoimi siostrami.

Po Amazonkach przyszła kolej na Irlandczyków.

– Dobra robota, Siobhan – skomplementował ją Carlisle, kiedy się żegnaliśmy.

– Ach, ta moc pobożnych życzeń – skwitowała z sarkazmem, wywracając oczami. Ale potem nagle spoważniała. – Rzecz jasna, to jeszcze nie koniec. Volturi nie przebaczą wam tak łatwo tego, co się tu wydarzyło.

Odpowiedział jej Edward.

– Byli wstrząśnięci, ich pewność siebie legła w gruzach. Ale masz rację, nie da się ukryć, że prędzej czy później dojdą po tym do siebie. A wtedy… – Zacisnął usta. – Podejrzewam, że spróbują zaskoczyć każdego z nas z osobna.

– Alice ostrzeże nas, jeśli coś postanowią – oświadczyła Siobhan pewnie – i znowu się zbierzemy. Być może nadejdzie czas, że nasz świat będzie gotowy uwolnić się od Volturich raz na zawsze.

– Być może – przyznał Carlisle. – A jeśli do tego dojdzie, zmierzymy się z nimi razem.

– Właśnie tak – poparła go Siobhan. – Wszyscy razem. Jak moglibyśmy przegrać, skoro miałabym inne plany?

Zaśmiała się perliście.

– W samej rzeczy – powiedział Carlisle. Objęli się, po czym doktor uścisnął rękę Liama. – Spróbujcie odnaleźć Alistaira i opowiedzcie mu, jak to się wszystko potoczyło. Nie chciałbym, żeby następne dziesięć lat spędził, chowając się pod jakimś głazem.

Siobhan znowu się zaśmiała. Maggie utuliła mnie i Nessie, i odeszli.

Denalczycy rozstali się z nami jako ostatni. Tanya i Kate nie były za bardzo w nastroju do świętowania – zamierzały w spokoju opłakiwać siostrę. Na Alaskę wyjechał też z nimi Garrett. Byłam pewna, że już się od nich nie odłączy.

Dwójką przybyszów, która z nami została, byli Huilen i Nahuel, chociaż spodziewałam się, że zabiorą się z Amazonkami. Zafascynowany ich historią Carlisle siedział teraz pogrążony z Huilen w głębokiej rozmowie, podczas gdy Nahuel im się przysłuchiwał, a Edward wyjaśniał reszcie rodziny, co przegapili, nie wiedząc o moich nowych umiejętnościach.

– Alice dostarczyła Arowi wymówki do tego, by mógł się wycofać. Gdyby nie to, że umierał ze strachu przed Bellą, doprowadziłby chyba jednak swój diabelski plan do końca.

– Umierał ze strachu? – powtórzyłam ze sceptycyzmem. – Przede mną?

Edward uśmiechnął się, spoglądając na mnie z miną, której do końca nie rozumiałam: w jego oczach kryła się tkliwość, ale też i podziw, a nawet rozdrażnienie.

– Kiedy ty wreszcie spojrzysz na siebie obiektywnie? – spytał mnie rozczulony. Podniósł głos, żeby zaznaczyć, że mówi już do wszystkich. – Volturi nie starli się z nikim na uczciwych zasadach od jakichś dwudziestu pięciu wieków. I nigdy, przenigdy, nie brali udziału w starciu, w którym nie mieliby nad przeciwnikiem przewagi. A zwłaszcza, odkąd przyjęli do swoich szeregów Jane i Aleca. To już nie były bitwy, tylko rzezie. Żałujcie, że nie mogliście usłyszeć, jak nas postrzegali! Zazwyczaj podczas narady trójki przywódców za sprawą Aleca ofiary są nieprzytomne. Dzięki temu, kiedy zapadnie wyrok, nikt nie może uciec. A my tymczasem staliśmy dumnie, było nas więcej od nich i mieliśmy w swoich szeregach osoby wybitnie uzdolnione, podczas gdy w zetknięciu z tarczą Belli dary ich geniuszy na nic się nie zdawały. W dodatku Aro zdawał sobie sprawę, że jeśli wyda rozkaz do ataku, Zafrina z miejsca oślepi jego żołnierzy. Jestem pewien, że wielu z nas zginęłoby w tej bitwie, ale oni z kolei byli pewni, że i wielu z nich pożegnałoby się z życiem. Istniało nawet spore prawdopodobieństwo, że przegrają. Nigdy wcześniej nie znajdowali się w takiej sytuacji. I najwyraźniej ich przerosła.

– Trudno o pewność siebie, kiedy jest się otoczonym przez stado wilków wielkości koni – zadrwił Emmett, dając Jake'owi sójkę w bok.

Jacob wyszczerzył zęby w szerokim uśmiechu.

– Przede wszystkim, gdyby nie wilki, toby się w ogóle nie zatrzymali – podkreśliłam.

– Właśnie – zgodził się ze mną.

– Co do tego, nie ma wątpliwości – przyznał Edward. – To kolejna rzecz, z którą nigdy wcześniej się nie zetknęli. Prawdziwe Dzieci Księżyca bardzo rzadko tworzą sfory i nigdy tak do końca się nie kontrolują. Szesnaście basiorów wmaszerowujących na polanę w szyku bojowym – na taką niespodziankę Volturi nie byli przygotowani. Kajusz strasznie się zresztą boi wilkołaków. Kilka tysięcy lat temu niemal przegrał z nimi bitwę i do dzisiaj nie może się z tego otrząsnąć.

– Więc istnieje jednak coś takiego jak prawdziwe wilkołaki? – spytałam. – Te od pełni księżyca i srebrnych naboi?

Jacob prychnął.

– Prawdziwe. To co ja jestem, wymyślony?

– Wiesz, co mam na myśli.

– Akurat z pełnią to prawda – zdradził Edward. – Ale srebrne naboje to tylko kolejny z tych mitów, którymi ludzkość usiłowała dodać sobie animuszu. Niewiele wilkołaków chodzi jeszcze po ziemi. Kajusz tak zaciekle zwalczał je przy pomocy swoich sług, że prawie wyginęły.

– I nigdy mi o nich nie wspominałeś, bo...

– ...bo jakoś nigdy nie było okazji.

Wywróciłam oczami, a Alice parsknęła śmiechem i pochyliła się do przodu (Edward obejmował ją drugim ramieniem), żeby do mnie mrugnąć.

Spojrzałam na nią spode łba.

Jasne, kochałam ją do szaleństwa. Ale teraz, kiedy już dotarło do mnie, że nareszcie jest w domu, a jej dezercja była tylko intrygą, bo Edward musiał uwierzyć, że opuściła nas na dobre, zaczynałam odczuwać coraz większą irytację. Była mi winna wyjaśnienia.

Westchnęła.

– No, Bello, wyrzuć to z siebie.

– Jak mogłaś mi to zrobić?

– To było konieczne.

– Konieczne! – wybuchnęłam. – Przez ciebie uwierzyłam, że wszyscy mamy zginąć! Przez te kilka tygodni żyłam na skraju wytrzymałości psychicznej!

– Mogło się to skończyć i w ten sposób – zauważyła ze spokojem – więc lepiej było tak to załatwić, żebyś zawczasu odesłała Nessie.

Odruchowo przytuliłam małą mocniej do siebie – spała mi na kolanach.

– Ale wiedziałaś, że to nie jedyna możliwość – zarzuciłam Alice. – Wiedziałaś, że jest nadzieja. Nigdy nie przyszło ci do głowy, żeby po prostu mnie we wszystko wtajemniczyć? Wiem, że Edward musiał myśleć, że nie mamy szans ze względu na Ara, ale mnie mogłaś przecież powiedzieć prawdę.

Zamyślała się na moment.

– Nie sądzę – stwierdziła. – Nie jesteś aż taką dobrą aktorką.

– Więc to przez mój brak zdolności aktorskich?

– Och, już tak nie piszcz, Bello. Czy ty w ogóle masz pojęcie, jak trudno mi było wcielić ten plan w życie? Nie miałam nawet pewności, że ktoś taki jak Nahuel istnieje. Wiedziałam tylko tyle, że mam rozglądać się za czymś, czego nie widziałam! Wyobraź sobie, że szukasz czegoś takiego – to niełatwe. Do tego, jakbyśmy się nie dość spieszyli, mieliśmy jeszcze za zadanie wysłać do was kluczowych świadków. A ja musiałam mieć oczy non stop szeroko otwarte na wypadek, gdybyś postanowiła przekazać mi jakieś nowe polecenia. Będziesz mi musiała kiedyś wytłumaczyć, co takiego jest w tym Rio. A na samym początku musiałam oczywiście postarać się dowiedzieć o każdym fortelu, do jakiego mogli uciec się Volturi, i zostawić wam dość wskazówek, żebyście byli przygotowani na każdą okoliczność, a miałam tylko kilka godzin na odtworzenie wszystkich opcji. No i przede wszystkim musiałam was przekonać, że naprawdę z wyrachowaniem was porzucam, bo Aro musiał być pewny, że nie kryjecie już żadnego asa w rękawie. Inaczej Aro nie wziąłby moich wymówek za dobrą monetę. A jeśli myślicie, że nie miałam wyrzutów sumienia...

– Już dobrze, już dobrze – przerwałam jej. – Przepraszam. Wiem, że tobie też było ciężko. Tylko tak jakoś... Och, tak okropnie za tobą tęskniłam! Nie rób mi już tego więcej.

Pokój wypełnił jej dźwięczny śmiech. Uśmiechnęliśmy się, słysząc znowu tę niebiańską muzykę.

– Też za tobą tęskniłam, Bello. Więc przebacz mi i spróbuj czerpać satysfakcję z faktu, że to ty jesteś bohaterką dnia.

Teraz już wszyscy wybuchnęli śmiechem. Zawstydzona, ukryłam twarz we włosach Nessie.

Edward zabrał się z powrotem do analizowania każdej zmiany w stosowanej strategii i układzie sił, jakich byliśmy tego dnia świadkami na polanie, i ogłosił z przekonaniem, że to moja tarcza (i nic innego) sprawiła, iż Volturi wycofali się z podkulonymi ogonami. Czułam się nieswojo, widząc, w jaki sposób inni na mnie patrzą. Nawet Edward. Jakbym urosła w ich oczach o trzydzieści metrów. Starałam się ignorować te pełne podziwu spojrzenia, skupiając się głównie na twarzyczce śpiącej Nessie i Jacobie, który jako jedyny odnosił się do mnie tak samo, jak zwykle. Dla niego już zawsze miałam być tylko Bellą i przynosiło mi to ulgę.

Spojrzenie, które najtrudniej przychodziło mi tolerować, stanowiło również dla mnie największą zagadkę.

Rozumiałabym, gdyby pół człowiek, pół wampir Nahuel miał już o mnie wyrobione zdanie i mój wyczyn był dla niego szokiem. Ale przecież mnie nie znał. Mogło mu się zdawać, że dzień w dzień odpieram swoją tarczą ataki groźnych wampirów i w tym, czego dokonałam na polanie, nie było w gruncie rzeczy nic szczególnego. A mimo to nie odrywał ode mnie oczu. A może od Nessie, ale to też mi się nie podobało.

Musiał sobie uzmysławiać, że mała była jedyną przedstawicielką jego gatunku i zrazem płci przeciwnej, z którą nie łączyły go więzy pokrewieństwa.

Do Jacoba, jak przypuszczałam, jeszcze to nie dotarło i miałam nadzieję, że długo nie dotrze. Jeśli o mnie chodziło, miałam dość wszelkich konfliktów na długi czas.

Kiedy Edward odpowiedział już na wszystkie nasuwające się innym pytania, nasza dyskusja przerodziła się w kilka równolegle prowadzonych rozmów.

Czułam się dziwnie wyczerpana. Rzecz jasna, nie senna, ale tak, jakbym miała za sobą dostatecznie długi dzień. Potrzebowałam odrobiny spokoju, odrobiny normalności. Chciałam, żeby Nessie znalazła się w swoim własnym łóżeczku. Marzyłam, by otaczały mnie już ściany mojego własnego domu.

Zerknęłam na Edwarda i przez ułamek sekundy miałam wrażenie, że i ja potrafię czytać w myślach. Widziałam, że czuł dokładnie to samo, co ja. Że też marzył o odrobinie spokoju.

– Może powinniśmy położyć Nessie?...

– Tak, to dobry pomysł – zgodził się od razu. – Chyba nie wyspała się za dobrze zeszłej nocy przy tym całym chrapaniu.

Uśmiechnął się do Jacoba.

Mój przyjaciel wzniósł oczy ku niebu. Ziewnął.

– Nie ma co, trochę czasu już minęło, odkąd ostatni raz spałem w łóżku. Założę się, że ojciec będzie wniebowzięty, kiedy zwalę mu się na głowę.

Dotknęłam jego policzka.

– Dziękuję.

– Do usług. Ale ty już o tym dobrze wiesz. – Wstał, przeciągnął się, pocałował w czubek głowy Nessie, a potem mnie, a na koniec klepnął Edwarda po przyjacielsku w ramię. – Do zobaczenia jutro. Chyba będzie od teraz strasznie nudno, prawda?

– Mam nadzieję – powiedział Edward.

Kiedy Jacob wyszedł, i my się podnieśliśmy – ja jak najostrożniej, żeby mała się nie obudziła. Byłam wdzięczna losowi, że śpi tak smacznie. Taki ciężar spoczywał jeszcze kilka godzin wcześniej na tych drobnych ramionkach! Najwyższy czas, by mogła być znowu dzieckiem – hołubionym i bezpiecznym. Przed sobą miała jeszcze kilka lat dzieciństwa.

Rozmyślanie o spokoju i bezpieczeństwie przypomniało mi o kimś, komu te dwie rzeczy były bardzo potrzebne. Przystanęłam przy kanapie.

– Ach, jeszcze coś. Jasper?

– Tak, Bello?

Siedział wciśnięty pomiędzy Alice a Esme, nareszcie nie trzymając się aż tak bardzo na uboczu.

– Tak pytam, z ciekawości... Dlaczego J.Jenks sztywnieje na sam dźwięk twojego imienia, co?

Jasper zachichotał.

– Cóż, wiem po prostu z doświadczenia, że niektórych lepiej jest zastraszyć niż przekupić.

Ściągnęłam brwi. Obiecałam sobie w duchu, że od tego momentu to ja stanę się pośrednikiem pomiędzy Cullenami a Dżejem. Z Jasperem za partnera w interesach jak nic już niedługo by dostał zawału.

Wyściskani i wycałowani, życzyliśmy naszym bliskim dobrej nocy. Tylko Nahuel znowu zachował się dziwnie – odprowadzał nas wzrokiem z takim wyrazem twarzy, jakby chciał do nas dołączyć.

Przeprawiwszy się przez rzekę, ruszyliśmy przez las w niemalże ludzkim tempie, donikąd się nie spiesząc i trzymając się za ręce. Miałam po dziurki w nosie życia z poczuciem, że zbliża się jakiś niezwykle ważny termin. Chciałam rozkoszować się każdą chwilą. Edward musiał czuć to samo.

– Muszę przyznać, że Jacob mi dzisiaj zaimponował – odezwał się.

– Tak, te wszystkie wilki to było coś.

– Nie o to mi chodzi. Ani razu nie pomyślał dzisiaj o tym, że według Nahuela Nessie już za sześć i pół roku będzie młodą kobietą.

Zastanawiałam się nad tym przez moment.

– Nie patrzy na nią w ten sposób. Wcale mu nie zależy, żeby szybko dojrzała. Chce tylko, żeby była szczęśliwa.

– Wiem. I tak jak powiedziałem, to mi imponuje. Wiem, że nie powinienem tego mówić, ale mogła gorzej trafić.

Zmarszczyłam czoło.

– O tym to ja zacznę myśleć za te sześć i pół roku.

Edward zaśmiał się, a potem westchnął.

– Wygląda na to, że jak dojdzie co do czego, biedak będzie miał konkurencję.

Bruzdy na moim czole się pogłębiły.

– Zauważyłam. Jestem wdzięczna Nahuelowi za to, co dla nas zrobił, ale to całe gapienie się mógłby sobie darować. Mam gdzieś, że jest jedyną półwampirzycą, z którą nie jest spokrewniony.

– Och, on wcale nie gapił się na nią, tylko na ciebie.

Tak też mi się wydawało... ale to nie miało sensu.

– Po co miałby mi się przyglądać?

– Bo żyjesz – odparł cicho.

– Nic nie rozumiem.

– Całe swoje życie – wyjaśnił – a jest pięćdziesiąt lat starszy ode mnie...

– Niedołężny staruch – wtrąciłam.

Puścił tę uwagę mimo uszu.

– Zawsze uważał siebie za coś w rodzaju wcielenia zła, za mordercę z natury. Jego siostry także zabiły swoje matki, ale wcale się tym nie przejmowały – Joham wychował je w przekonaniu, że ludzie to zwierzęta, a one same to boginie. Ale Nahuelem opiekowała się Huilen, a Huilen kochała swoją siostrę bardziej niż kogokolwiek na świecie. To go ukształtowało. Poniekąd, szczerze siebie nienawidził.

– To okropne – szepnęłam.

– Ale potem zobaczył naszą trójkę – i uświadomił sobie, że bycie w połowie nieśmiertelnym wcale nie oznacza, że jest się automatycznie potworem. Patrzy na mnie i widzi... że mógł mieć takiego ojca.

– Nie zaprzeczę – zgodziłam się. – Jesteś ideałem pod każdym względem.

Prychnął, ale zaraz na powrót spoważniał.

– Patrzy na ciebie i widzi, jakie życie mogła wieść jego matka.

– Biedny Nahuel – mruknęłam, a potem westchnęłam, bo wiedziałam już, że nie będę w stanie myśleć o nim źle, niezależnie od tego, jak bardzo będzie mnie krępował swoim świdrującym spojrzeniem.

– Nie musisz go żałować. Jest teraz szczęśliwy. Dzisiaj zaczął wreszcie sobie przebaczać.

Podniósł mnie tym na duchu. Pomyślałam, że mimo wszystko mamy za sobą dzień wypełniony szczęśliwymi zdarzeniami. Chociaż tragiczna śmierć Iriny rzucała na niego cień, nie dało się zaprzeczyć, że nad innymi uczuciami górowała radość. Życie, o które tak walczyłam, po raz kolejny zostało uratowane. Moja rodzina była znowu w komplecie. Moja córeczka miała przed sobą świetlaną przyszłość rozciągającą się przed nią aż po horyzont. Nazajutrz zamierzałam odwiedzić ojca, który widząc, że strach w moich oczach zastąpiła wesołość, sam też miał odzyskać spokój. Nagle dotarło do mnie, że nie zastanę go w domu samego. Przez ostatnie tygodnie byłam zbyt zajęta, żeby to dostrzec, ale teraz nie miałam wątpliwości, że Sue i Charlie są parą. Poczułam się tak, jakbym właściwie od zawsze wiedziała, że tak to się skończy – że matka wilkołaków zwiąże się z ojcem wampirzycy. Nareszcie miał nie być sam. Uśmiechnęłam się, uradowana swoim odkryciem.

Ale najważniejszym zdarzeniem w tej powodzi szczęścia było to, czego byłam najbardziej pewna: że zostanę z Edwardem na zawsze.

Za nic nie chciałabym raz jeszcze przechodzić przez to, co przeżyłam w ciągu minionych tygodni, ale musiałam przyznać, że dzięki nim doceniałam to, co mam, jeszcze bardziej niż przedtem.

Nasz kamienny domek był oazą spokoju wśród srebrnobłękitnej nocy. Zanieśliśmy Nessie do łóżeczka i starannie opatuliliśmy ją kołderką. Uśmiechnęła się przez sen.

Zdjęłam podarek Ara z szyi i rzuciłam go w kąt pokoju. Jeśliby chciała, mogłaby się nim bawić – lubiła błyskotki.

Przeszliśmy wolnym krokiem do sypialni. Między nami kołysały się nasze splecione ręce.

– Będziemy świętować całą noc – mruknął Edward, biorąc mnie pod brodę, żeby przyciągnąć moje usta do swoich.

– Czekaj – zawahałam się, odsuwając się od niego.

Spojrzał na mnie zdezorientowany. Zazwyczaj w takich chwilach nie protestowałam. Okej, cofam „zazwyczaj" – to był pierwszy raz.

– Chcę coś najpierw wypróbować – wyjaśniłam z niepewnym uśmiechem.

Przypatrywał mi się zaskoczony.

Przyłożyłam mu dłonie do policzków i żeby się skupić, zamknęłam oczy.

Nie wychodziło mi to za dobrze, kiedy starała się mnie tego nauczyć Zafrina, ale teraz znałam swoją tarczę o wiele lepiej niż wtedy. Rozumiałam już, że miałam kłopoty z oderwaniem jej od siebie, bo bronił się przed tym mój instynkt samozachowawczy. W porównaniu z chronieniem tarczą innych było to dla mnie nadal niezwykle trudne. Okrywająca mnie błona stawiała zaciekle opór. By odepchnąć ją od siebie, musiałam użyć całej swej siły i woli.

– Bello! – wyszeptał zszokowany Edward.

Dał mi tym samym znać, że moja sztuczka działa, więc skoncentrowałam się jeszcze bardziej, przywołując wspomnienia specjalnie wybrane na tę okazję. Pozwoliłam im zalać swój umysł, mając nadzieję, że zalewają jednocześnie umysł Edwarda.

Niektóre z nich nie były zbyt wyraźne – pochodziły z czasów, kiedy byłam jeszcze człowiekiem, zarejestrowałam je więc nędznymi ludzkimi zmysłami: pierwszy raz, kiedy zobaczyłam jego twarz... to, jak się czułam, kiedy trzymał mnie w ramionach na łące... jego głos dochodzący do mnie z mroku po tym, jak zaatakował mnie James... jego twarz, kiedy czekał na mnie pod girlandami kwiatów, żeby pojąć mnie za żonę... każda droga mojemu sercu chwila z naszego pobytu na wyspie... jego chłodne dłonie dotykające naszego dziecka przez skórę mojego brzucha...

A potem przyszła kolej na wspomnienia wyraziste, na sceny i obrazy zapamiętane w najdrobniejszych szczegółach: jego twarz, kiedy zbudziłam się do nowego życia o świcie niekończącego się dnia swojej nieśmiertelności... tamten pierwszy pocałunek... tamta pierwsza noc...

Jego wargi naparły znienacka na moje, gwałtownie mnie rozpraszając.

Z cichym jękiem straciłam panowanie nad odpychanym poza siebie ciężarem. Wrócił błyskawicznie na swoje stare miejsce, na powrót przesłaniając moje myśli.

– Ech – westchnęłam. – A już mi się udawało!

– Słyszałem cię – wykrztusił. – Ale jakim cudem? Jak to zrobiłaś?

– To pomysł Zafriny. Ćwiczyłam to z nią parę razy.

Był oszołomiony. Zamrugał dwukrotnie i pokręcił głową.

– Teraz już wiesz – powiedziałam ze swobodą, wzruszając ramionami. – Nikt nigdy nie kochał nikogo tak bardzo, jak ja kocham ciebie.

– Masz prawie rację. – Uśmiechnął się, nadal powoli dochodząc do siebie. – Wiem tylko o jednym wyjątku.

– Kłamca.

Znowu zaczął mnie całować, ale nagle przestał.

– Udałoby ci się to zrobić jeszcze raz? – spytał zafascynowany.

Skrzywiłam się.

– To bardzo trudne.

Nie odstąpił. Patrzył na mnie wyczekująco.

– Ale ostrzegam, że nic, ale to nic, nie może mnie rozpraszać!

– Będę grzeczny – przyrzekł.

Zacisnęłam usta i ściągnęłam brwi. Ale potem się uśmiechnęłam. Ponownie przyłożyłam mu dłonie do policzków, odepchnęłam od siebie tarczę i zaczęłam pokaz tam, gdzie go przerwałam – wyświetliłam Edwardowi naszą pierwszą noc po mojej przemianie... ze szczególnym naciskiem na co ciekawsze szczegóły.

Kiedy moje wysiłki znowu przerwał jego namiętny pocałunek, parsknęłam śmiechem.

– A niech cię – warknął, przesuwając łapczywie wargami wzdłuż krawędzi mojej żuchwy.

– Mamy masę czasu, żeby nad tym popracować – przypomniałam mu.

– Całą wieczność – mruknął.

– Hm, to mi pasuje.

A potem zajęliśmy się już rozkosznym przeżywaniem tego drobnego, acz idealnego fragmentu naszej wspólnej wieczności.

Spis wampirów

Amazonia
Kachiri
Senna
Zafrina*

Denali
Eleazar* – Carmen
Irina – ~~Laurent~~
Kate*
~~Sasha~~
Tanya
~~Vasilii~~

Egipt
Amun – Kebi
Benjamin* – Tia

Irlandia
Maggie*
Siobhan* – Liam

Półwysep Olympic
Carlisle – Esme
Edward* – Bella*
Jasper* – Alice*
Renesmee*
Rosalie – Emmett

Rumunia
Stefan
Vladimir

Volturi
Aro* – Sulpicia
Kajusz – Athenodora
Marek – ~~Didyme~~*

Straż przyboczna Volturich
(*wybór*)
Alec*
Chelsea* – Afton*
Corin*
Demetri*
Felix
Heidi*
Jane*
Renata*
Santiago

Nomadzi amerykańscy (*wybór*)
Garrett
~~James~~* – ~~Victoria~~*
Mary
Peter – Charlotte
Randall

Nomadzi europejscy (*wybór*)
Alistair*
Charles* – Makenna

* wampir obdarzony dodatkowymi nadprzyrodzonymi zdolnościami
– pary
~~imię~~ wampir, który stracił życie przed wydarzeniami opisanymi w niniejszym tomie

Podziękowania

Jak zwykle jestem niezmiernie wdzięczna następującym osobom:

Mojej wspaniałej rodzinie za wsparcie i miłość, której nie da się porównać z żadną inną.

Mojej utalentowanej i niestrudzonej asystentce do spraw public relations Elizabeth Eulberg za stworzenie STEPHENIE MEYER z surowej gliny, która była niegdyś tylko zwykłą szarą myszką o imieniu Steph.

Całemu zespołowi w Little, Brown Books for Young Readers za pięć lat entuzjazmu, wiary, wsparcia i niezwykle ciężkiej pracy.

Wszystkim twórcom i administratorom stron internetowych poświęconych cyklowi „Zmierzch": jesteście naprawdę *cool*.

Moim kochanym fanom, którzy mają wyjątkowo dobry gust, jeśli idzie o literaturę, muzykę i kino, za to, że uwielbiają mnie bardziej, niż na to zasługuję.

Księgarzom, którzy polecali klientom moje książki, bo to dzięki nim cała seria to bestsellery. Wszyscy pisarze mają wobec was dług wdzięczności za to, z jaką pasją promujecie literaturę.

Niezliczonym zespołom i muzykom, którzy motywowali mnie do pracy. Czy wspominałam już Muse? Tak? Naprawdę? Jaka szkoda. Muse, Muse, Muse...

A teraz osoby, którym jeszcze nigdy nie dziękowałam:

Najlepszemu nieistniejącemu zespołowi na świecie – Nic and the Jens z gościnnym udziałem Shelly C. (Nicole Driggs, Jennifer Hancock, Jennifer Longman i Shelly Colvin) – za to, że wzięłyście mnie pod swoje skrzydła. Bez was nie ruszałabym się z domu.

Moim przyjaciółkom na odległość, które uchroniły mnie przed szaleństwem: Cool Meghan Hibbett oraz Kimberly „Shazzer" Suchy.

Shannon Hale za bezgraniczną wyrozumiałość i dbanie o moje wisielcze poczucie humoru.

Makennie Jewell Lewis za zgodę na użycie jej imienia i jej mamie, Heather, za wspieranie Arizona Ballet.

I na koniec nowo odkrytym przeze mnie zespołom, których piosenki trafiają na moją prywatną listę „przebojów, przy których łatwiej się pisze": Interpol, Motion City Soundtrack oraz Spoon.

Spis treści

KSIĘGA TRZECIA – BELLA

GRUPA WYDAWNICZA
PUBLICAT S.A.

Firma rozpoczęła swoją działalność w 1990 roku pod nazwą Podsiedlik-Raniowski i Spółka.
W 2004 roku przyjęto nazwę PUBLICAT S.A., w tym samym roku w skład grupy PUBLICAT
weszło wrocławskie Wydawnictwo Dolnośląskie. W 2005 roku dołączyło do niej katowickie
Wydawnictwo Książnica. Rok 2006 to objęcie nazwą Papilon programu książek dla dzieci.
W roku 2007 częścią grupy stała się warszawska Elipsa.

Papilon
baśnie i bajki, klasyka
polskiej poezji dla dzieci,
wiersze i opowiadania,
książki edukacyjne, nauka
języków obcych dla dzieci

Publicat
książki kulinarne, poradniki,
książki popularnonaukowe,
literatura krajoznawcza,
hobby, edukacja

Elipsa
albumy tematyczne:
malarstwo, historia,
krajobrazy i przyroda,
albumy popularnonaukowe

Wydawnictwo Dolnośląskie
literatura faktu
i poradnikowa, historia,
biografie, literatura
współczesna, kryminał
i sensacja, fantastyka,
literatura dziecięca
i młodzieżowa

Książnica
literatura kobieca, powieść
historyczna, powieść
obyczajowa, fantastyka,
sensacja, thriller i horror,
beletrystyka w wydaniu
kieszonkowym, książki
popularnonaukowe